Le refuge irlandais

EMILIE RICHARDS

Le refuge irlandais

Roman

MIRA

Titre original :
WHISKEY ISLAND
publié par MIRA®

Traduction de l'américain par FLORENCE GODEBSKA.

Photo de couverture
DAVID NOTON / GETTY IMAGES

ISBN 2-280-85500-3

Aux Kelleys de County Cork,
avec le regret de n'avoir jamais eu la chance de vous connaître.

REMERCIEMENTS

L'auteur aimerait remercier l'équipe du White Door Saloon à Lakewood, Ohio, pour sa patience, son enthousiasme et ses informations — sans compter sa salade, la meilleure du nord-est de l'Ohio. Merci, Annie, Laurie, Barb, Antoinette et Gina. Vous auriez vraiment dû me laisser laver quelques assiettes.

Prologue

18 janvier 1880

Pour un prêtre ayant fait vœu de pauvreté, ce n'est pas rien de rencontrer quotidiennement, parmi ses ouailles, plus de misère et de soucis qu'il n'en éprouvera jamais dans sa propre existence. Et pourtant, ces familles viennent à moi avec de joyeux sourires, des présents et maints signes de leur respectueuse dévotion. Les femmes m'apportent du pain frais, cuit dans des âtres rudimentaires, et des fleurs sauvages cueillies sur les terres pourries par les rejets des usines. Les hommes, eux, m'offrent leurs histoires et parfois une goutte du « poison » qui les aide à émousser la lame acérée du désespoir qui, jusqu'au tréfonds de l'âme, les transperce.

D'aucuns se répandent en invectives contre les bars de Whiskey Island, beaucoup trop nombreux, il est vrai. J'ai moi-même versé des larmes sur ces lieux de perdition, quoique je comprenne — ô combien — le réconfort passager qu'ils peuvent procurer. Si le paradis doit récompenser les souffrances des hommes et des femmes que je sers, je crains que ce funeste poison les y précipite avant l'heure.

J'ai fréquenté ces temples de la crapulerie — pour inciter des hommes à retourner vers leurs familles ; pour me dresser entre des frères qui, le lendemain, auraient oublié le motif de leur querelle. J'y ai aussi apprécié la chaleureuse camaraderie, les récits et les ritournelles de notre lointain passé — et rêvé d'un avenir où l'homme irlandais s'accomplirait enfin.

Si Sainte-Brigid est un havre pour nos âmes, les bars de Whiskey Island sont pour nos cœurs, sans doute, des refuges. Certes, le cœur est un maître capricieux ; cependant la plupart d'entre nous feraient bien, je crois, de lui prêter une oreille plus attentive...

Journal du père Patrick McSweeney — Paroisse de Sainte-Brigid, Cleveland, Ohio.

Malgré le froid mordant, Niccolo transpirait sous ses épaisseurs de lainages et sa veste polaire.

— La conductrice doit être paralysée par la peur, s'écria-t-il. Si vous reculiez pour lui laisser un peu d'espace, hein ? Et puis, donnez un peu de temps à l'autre pour faire sortir l'enfant.

— C'est toi qui donnes les ordres ? rugit l'homme, prenant appui des coudes sur le toit de la voiture et visant Niccolo. Pour qui tu te prends, au juste ?

— Un simple étranger qui n'a pas envie de voir le sang couler, rétorqua Niccolo en prenant garde de ne pas baisser les mains. Laissez-moi donc les convaincre de sortir.

— Vas-y. Ecarte-toi, jeta Frankenstein junior à son complice. Il a raison. Laisse-les sortir.

Le blondinet souriait d'un air sinistre depuis l'arrivée intempestive de Niccolo. Son sourire s'élargit tandis qu'il agitait son arme d'une cible à l'autre, visiblement prêt au carnage.

Enfin, il fit un pas en arrière. Niccolo sentit son cœur recommencer à battre. Il éleva un peu la voix pour que les femmes puissent l'entendre.

— Vous feriez mieux de quitter la voiture. Il vous laisse le champ libre. Ne traînez pas, il est plutôt nerveux.

— Oh, putain ! s'écria l'homme en se cognant contre une vieille Chevy, garée trop près de la Mazda. Dehors ! hurla-t-il à la fille au volant. Grouille-toi !

Le parking était tout en longueur, avec deux rangées de voitures de part et d'autre d'une allée centrale, un réverbère à chaque extrémité, un revêtement de bitume en miettes, et une benne à ordures cachant ce qui devait être l'entrée de la cuisine du saloon. En ce mardi soir de janvier, quelques jours après les festivités du nouveau millénaire, il faisait un froid de canard et la perspective du verglas n'encourageait pas à sortir. Il était trop tard pour dîner, trop tôt pour un dernier verre, de sorte que le parking était à moitié vide, et il n'y avait pas âme qui vive dans la rue.

Niccolo pria intérieurement.

« Faites que ces femmes obéissent aux ordres. Faites que les malfaiteurs s'en aillent sans leur faire de mal. »

Ses prières avaient-elles été entendues ? La portière s'ouvrit et la conductrice, une femme à la taille élancée, descendit de voiture.

— Vous ne me la prendrez pas, dit-elle en dressant le menton. Il faudra me tuer d'abord.

— Des menaces ? aboya le blondinet, l'air incrédule. Non mais, je rêve ? C'est moi qui ai le pistolet, j'te signale !

— Vous ne l'aurez pas.

Le basané tourna la tête vers elle.

— C'est jamais qu'une bagnole, ma p'tite dame. Vous voulez risquer votre peau pour un tas de ferraille ? Il va vous descendre si vous lui filez pas les clés.

Elle hésitait.

— La voiture ? Vous ne voulez que la voiture ?

— M'enfin...

— Je vous en prie, dit-elle juste assez fort pour que Niccolo l'entende. Ne faites de mal à personne.

— Passez-moi les clés.

Elle croisa obstinément les bras sur sa poitrine.

— Pas avant qu'elles ne soient sorties. Peggy, occupe-toi d'Ashley.

Le malfrat fit un bond en avant et plaqua la jeune femme rousse contre la carrosserie, lui enfonçant le canon de son revolver au creux du cou.

La portière du passager s'ouvrit à son tour, et Peggy sortit du véhicule. Elle était plus jeune que Niccolo ne l'avait estimé au premier regard, et ses cheveux plus châtains que bruns ; ils encadraient un visage à l'ovale parfait et à la beauté irréelle — malgré la peur qui s'y lisait.

— Attendez que je récupère Ashley, plaida-t-elle.

Celui qui tenait Niccolo en respect éructa :

— Arrêtez de jacter et magnez-vous, bon sang !

Peggy, qui avait bien une tête de moins que sa compagne, se hâta de basculer le siège et tendit les bras vers la petite.

— Ashley, viens.

Niccolo vit la fillette s'agripper à son siège d'enfant.

— Non !

— Fais ce que je te dis, Ashley.

La petite se mit à gémir.

— Empêche-les de m'emmener !

Peggy se pencha à l'intérieur, défit les courroies du harnais et s'empara de l'enfant récalcitrante.

— Arrête, Ashley, s'il te plaît.

— Non ! hurla-t-elle de plus belle en gigotant. Je veux maman !

— Je vous en prie, laissez-les nous rejoindre, supplia Niccolo. Je suis certain qu'elles ne tenteront rien de stupide.

Le basané — le plus raisonnable, semblait-il, du tandem — fit signe à Peggy de s'avancer.

— Mettez-vous là.

Ashley serrée contre elle, Peggy s'approcha en chancelant de Niccolo. Ce dernier ne quittait pas des yeux l'autre malfrat, qui pressait toujours son arme sur la gorge de la conductrice. Laquelle finit par décroiser lentement les bras et tendit son porte-clés.

— Lâchez-la, elle ne se mettra pas en travers de votre chemin, dit Niccolo aussi calmement qu'il put. Comme votre ami l'a dit : il ne s'agit que d'une voiture. Inutile de blesser quelqu'un.

— Ouais, renchérit le copain en question. Laisse-la et fichons le camp.

— J'me tâte, fit l'autre en caressant le cou de son otage de la pointe du revolver. Elle est plutôt mignonne, non ? Qu'est-ce que t'en penses ? Si on l'embarquait pour nous tenir compagnie ?

La fillette se débattait dans les bras de Peggy.

— J'veux pas y retourner... !

— Chut, Ashley, murmura Peggy. Chut.

Niccolo leur lança un regard de côté ; la terreur convulsait les traits de la jeune femme. La petite, trop jeune pour comprendre réellement ce qui se passait, se mit à geindre.

— Allez, fous-lui la paix, dit le basané en élevant la voix. On y va, maintenant.

L'autre hésita un moment, puis s'écarta, relâchant sa prisonnière. Niccolo crut que le pire était passé ; mais la conductrice n'eut pas fait deux pas, que son tortionnaire la rattrapait par les épaules et la plaquait de nouveau contre la voiture. Sous le choc, sa tête fut projetée en arrière.

— Quand j'te dis de faire quelque chose, lui hurla-t-il en pleine figure, tu le fais. Vu ?

— Oui..., dit-elle d'une voix tremblante.

— La prochaine fois que j'te dis de sortir de cette foutue bagnole, tu sors de cette foutue bagnole.

— D'accord.

— Et si je veux les clés, tu me les donnes, compris ?

— Tout ce que vous voulez.

— Alors si je dis que tu viens avec nous, t'as pas intérêt à faire ta mariole !

— Hé, merde, dit son compagnon. Tu veux nous faire pincer ou quoi ? Y'aura pas de prochaine fois. Alors on décanille, fissa !

Il recula lentement vers la Mazda tout en visant alternativement Niccolo et Peggy avec l'enfant dans ses bras.

Niccolo serra les dents : il valait mieux ne rien dire. Le blondinet se la jouait macho ; il était prêt à descendre quelqu'un pour se prouver quel mec il était. La fillette elle-même parut se rendre compte de la gravité de la situation et cessa de geindre.

— Allez, file ! lança le blondinet en attrapant la conductrice par le bras et en l'envoyant valdinguer vers le capot. Va les rejoindre.

Niccolo remarqua, tandis que la jeune femme rejoignait leur petit groupe, le soulagement sur le visage couturé de l'autre sbire. Son propre soulagement fut de courte durée. Un rugissement de sirène déchira le silence, et un gyrophare projeta son pinceau de lumière rouge dans la nuit.

— Délivre-nous du mal..., murmura Niccolo.

— Merde ! Faut foutre le camp. Prends la gosse, hurla le blondinet à son coéquipier en pointant son arme sur lui.

— T'es dingue ? s'écria celui-ci, l'air paniqué.

— Prends la gosse, j'te dis ! Ils nous laisseront pas passer, sinon !

Niccolo s'interposa.

— Non ! Filez. Je dirai à la police que vous n'avez blessé personne. Je les retiendrai pendant que vous...

Pour la seconde fois de la soirée, le basané pivota et braqua son pistolet sur Niccolo ; puis il marcha sur lui à grandes enjambées.

— Du balai !

Tirée à bout portant, la balle avait toutes les chances de traverser son corps et d'aller blesser l'une des femmes ou l'enfant, derrière lui, pensa Niccolo. S'il n'obtempérait pas, l'autre allait tirer, c'était évident. Ses traits, plus dissymétriques que jamais, se contractaient violemment. Le type était à bout. Prêt à faire feu sur le moindre obstacle.

Niccolo s'écarta d'un pas. Le blondinet, lui, s'était déjà glissé au volant de la Mazda. L'autre allait arracher la fillette des bras de Peggy. Puis la Mazda foncerait sur eux...

Niccolo ne comptait pas les laisser s'enfuir avec l'enfant.

— Prenez-moi à sa place..., dit Peggy qui sanglotait à présent. Prenez-moi...

Pour toute réponse, le basané tendit le bras vers l'enfant. Au même instant, un autre rugissement de sirène se fit entendre, plus proche, suivi du beuglement de la radio de bord.

Niccolo attendit l'instant précis où il ne serait plus dans la ligne de mire, où l'homme saisirait Ashley.

— A plat ventre ! cria-t-il aux femmes tandis qu'il abattait de toutes ses forces son poing sur le poignet armé du tueur.

L'homme accusa le choc — sans perdre l'équilibre. Comme la conductrice rousse se jetait sur Peggy pour la plaquer à terre avec la gamine, il fit feu sur Niccolo.

Sans réfléchir, celui-ci se jeta tête baissée sur son agresseur. Sous la violence de l'assaut, l'homme s'effondra à la renverse, au moment même où la voiture de police arrivait sur les lieux.

Des portières claquèrent. Quelqu'un prit le coude de Niccolo pour le maintenir debout.

— Il y a un autre pillard dans la voiture, articula-t-il d'une voix blanche. Attention, il est armé...

Il pointa l'index vers la Mazda qui, curieusement, n'avait pas bougé. Surpris, il scrutait le véhicule, quand il remarqua une silhouette qui disparaissait derrière la benne à ordures. Avant qu'elle ne s'évanouisse dans la nuit, il eut le temps de remarquer les couches de vêtements superposés dont elle était accoutrée.

Les événements lui avaient manifestement embrouillé les idées. Où le truand à la chevelure décolorée avait-il pu trouver ce déguisement ? Pourquoi se sauvait-il sans que personne ne tente de l'en empêcher ?

L'un des policiers passa les menottes à l'individu qui gisait aux pieds de Niccolo, pendant qu'un autre, revolver au poing, s'approchait de la Mazda.

— Trop tard, il s'est enfui..., murmura Niccolo.

Un voile embrumait son cerveau.

— Vous êtes blessé.

Il reconnut la voix de la conductrice et sentit sa main sur son épaule. Il se rendit compte alors que son bras droit le brûlait, que ses oreilles bourdonnaient.

La voix de la jeune femme s'éleva de nouveau. A présent, elle criait.

— Megan... pour l'amour du ciel, aide-moi à le transporter à l'intérieur ! Il a reçu une balle.

Le policier fit lever son prisonnier sans cérémonie et lança avant de s'éloigner :

— Vous feriez mieux de ne pas le bouger, mademoiselle. Asseyez-vous par terre, monsieur, nous allons appeler une ambulance.

— Otez-vous de mon chemin !

Niccolo entendit une nouvelle voix féminine. Ce n'était pas celle de la conductrice, ni celle de Peggy, sanglotant non loin, encore moins le timbre fluet de la jeune Ashley. C'était une voix grave, rauque et impérieuse de contralto. Il releva la tête et eut la vision d'une Jeanne d'Arc armée pour la bataille, fendant la foule, les poings serrés, vivante image de la justice offensée.

La Pucelle donna ses ordres.

— Appelez qui vous voudrez, mais je compte m'occuper moi-même de cet homme ! Et vous autres, faites-moi disparaître ce foutoir de mon parking !

Niccolo eut l'impression que le sol venait à sa rencontre. On l'empoignait. Pourquoi, se demanda-t-il comme ses paupières se fermaient, la vie des saints illustrée qu'il avait reçue lors de sa première communion montrait une Jeanne d'Arc blonde et diaphane ?

En vérité, sainte Jeanne était petite, robuste, avec une chevelure de l'exacte couleur des flammes qui l'avaient dévorée.

2.

— Pas le moment de jouer les badauds, Sam Trumbull. Ou vous vous rendez utile ou vous circulez. Allez, ouste !

Megan Donaghue, bousculant les habitués du Whiskey Island, leur fit prestement dégager le terrain, afin que les policiers transportant le blessé puissent accéder à une table du saloon.

Le travail avait tourné au ralenti toute la journée. Un temps morne, une soirée tristounette — sans match de football à la télévision, ni musiciens pour égayer l'atmosphère. Megan avait surestimé le succès du plat du jour, leur fameuse soupe de coquillages aux patates, ordinairement si populaire. Elle se retrouvait avec des quantités de nourriture sur les bras et des pommes de terre virant en farine au freezer. Elle allait devoir congeler la soupe pour la servir le mois prochain à sa famille, qui ferait la fine bouche, chipoterait...

Oui, ce mardi, tout avait marché de travers. Son barman de jour avait donné son congé, le juke-box était en panne et, pendant qu'elle était en cuisine, un client en avait profité pour allumer un cigare, empuantissant l'air déjà raréfié de la grande salle. L'irruption de voitures de police dans son parking et la cascade d'événements pour le moins surprenants qui l'avait suivie couronnaient en beauté une soirée pourrie...

Le dénouement d'un piratage de voiture avec arrestation des deux malfrats.

Un passant blessé à sa porte.

Une fillette terrifiée qu'elle ne connaissait ni d'Eve ni d'Adam.

Et, plus incroyable encore, la rencontre avec ses sœurs — dont l'une n'avait pas remis les pieds à la maison depuis plus de dix ans.

Megan fit ce qu'elle avait toujours fait quand le chaos menaçait : elle prit les choses en main.

— Casey, assieds-toi. Et tiens-toi tranquille, vu ?

Megan désigna d'autorité une table à sa sœur cadette, comme si celle-ci avait encore besoin qu'on s'occupe d'elle. Comme si Casey avait toujours dix-sept ans...

Puis Megan se tourna vers la benjamine qui serrait cette fillette inconnue dans ses bras. Peggy qui, normalement, aurait dû se trouver à Athènes, Ohio, en train de suivre ses cours à l'université.

— Tiens, prends cette chaise. Et pas de discussion. J'ignore ce que vous fichez ici, Casey et toi, mais quels que soient vos projets, vous n'êtes pas en état de les réaliser pour le moment. C'est clair.

Peggy Donaghue se laissa tomber sur le siège le plus proche.

— Nous voulions te faire une surprise. Casey est venue en voiture de Chicago ; nous l'attendions à la gare routière.

— Eh bien, pour une surprise, c'est réussi, lança Megan en s'accroupissant devant l'enfant.

Elle baissa la voix d'un ton.

— T'en as vu de toutes les couleurs, toi, hein ? Tu veux un Coca ? Du pop-corn ?

La fillette, le visage grave sous sa frange de cheveux châtains, se contenta de la dévisager de ses grands yeux ; ils n'exprimaient aucune émotion. Elle finit par hocher la tête, sans un mot.

— Je parie que tu as un joli prénom, reprit Megan, et une très bonne raison d'être là.

Casey, qui ne s'était pas encore assise, répondit pour elle.

— Elle s'appelle Ashley, et je m'occupe d'elle pour le moment. Megan, tu peux arrêter de te faire du souci pour moi, je vais très bien.

Sur ce, elle s'effondra pratiquement sur sa chaise.

Megan n'avait qu'une envie : serrer Casey dans ses bras et la réconforter. Casey et Peggy étaient, pour elle, la chair de sa chair, la prunelle de ses yeux... Mais si les liens qui les unissaient étaient forts, ils avaient été, ces dernières années, mis à rude épreuve — et elle n'avait pas envie de commettre le moindre impair.

Se faisant une douce violence, elle reporta son attention sur le blessé, qu'on avait installé dans le coin désigné. Un étranger... Elle était certaine (sa mémoire des visages, le métier voulait ça, était infaillible) de ne l'avoir jamais eu comme client dans son bar, auparavant. Il était grand, svelte, large d'épaules, son visage allongé, ses traits saillants, et sa barbe — comme ses yeux et ses cheveux, noire — impeccablement taillée.

Le policier, un jeunot avec une coupe en brosse plastronnant sous son nouvel uniforme, eut soudain l'air inquiet en voyant le blessé enfouir son visage dans ses mains.

— Je serais plus tranquille si on l'emmenait aux urgences, déclara-t-il.

Megan eut un geste de dénégation.

— Selon l'auxiliaire médical, il vaut mieux qu'il se repose ici un moment. Je vais nettoyer sa blessure. Quand il se sentira d'attaque, il pourra aller se faire poser des agrafes. Quelqu'un d'ici l'accompagnera.

— Il a eu de la veine que la balle ne fasse que l'effleurer.

L'homme releva la tête.

— Mes facultés auditives n'ont pas été affectées, sachez-le.

Megan se pencha sur lui.

— Comment vous sentez-vous ?

— C'est juste une impression ou vous aimez prendre les choses en main ?

— Il faut bien que quelqu'un le fasse, dit-elle avec un léger sourire. Vous, vous êtes le héros, ça devrait vous suffire, non ?

Il fit la grimace.

— Un héros foudroyé.

— Vous vous êtes évanoui, ou presque. La belle affaire ! Après s'être fait tirer dessus, ça n'a rien d'anormal.

— Qu'en savez-vous, au juste... ?

— Ça tombe sous le sens. Et d'abord, qui êtes-vous ?

— Niccolo Andreani. Nick.

Il haussa un sourcil interrogateur comme pour lui retourner sa question.

— Megan Donaghue. La voiture que ces salopards essayaient de piquer appartient à ma sœur Casey. C'est elle qui était au volant. L'autre, l'enfant scotché sur ses genoux, est ma petite sœur Peggy.

— J'ose à peine vous dire : ravi de vous rencontrer.

Megan aimait sa voix. Grave et bien timbrée, apaisante.

— Vous avez débarqué par hasard au beau milieu de tout ça ? Une sacrée mauvaise surprise, j'imagine.

— Ce n'était pas un hasard, rectifia Casey depuis l'autre table. Je l'ai vu obliquer vers le parking, les mains levées. Vous aviez remarqué que nous étions en difficulté, n'est-ce pas ?

Megan se redressa.

— Eh bien, nous avons eu de la chance que vous soyez venu à la rescousse.

— Il faut que j'y retourne, dit le policier. Appelez-nous ou passez au commissariat, si vous voulez ajouter quelque chose à votre déposition. D'accord ?

Son regard les incluait tous, à l'exception de Megan et de la petite Ashley.

Niccolo acquiesça d'un signe de tête.

— J'aimerais bien savoir ce qui est arrivé à l'autre homme, intervint Casey avant le départ du jeune policier. Très exactement.

Megan, étonnée par le ton de sa sœur, se tourna vers elle.

— Eh bien, c'est assez curieux, ma'ame, répondit l'agent. Quand je suis arrivé à la voiture, je l'ai trouvé affaissé sur le volant, son arme posée sur la banquette. Avec une belle bosse à la tempe. Vous pouvez être sûre qu'il va écoper d'un sérieux mal de crâne. Lorsqu'il vous a secouée, vous ne lui auriez pas porté un coup ?

— Elle n'a pas pu le frapper, dit Niccolo. Il avait braqué son revolver sur sa gorge.

— Si j'en avais eu l'occasion, je ne l'aurais pas manqué, renchérit-elle.

Si Casey n'était pas particulièrement jolie, sa vivacité d'ordinaire le faisait oublier. A cet instant, toutefois, elle parut, aux yeux de Megan, éteinte et bien plus âgée que ses vingt-huit printemps.

— Il m'a semblé avoir vu quelqu'un..., commença Niccolo.
— Qui ça ? s'enquit le policier.
— Je ne peux pas vous dire. J'ai peut-être rêvé... j'ai cru que c'était le voleur de voiture qui s'enfuyait.
— En tout cas, quelqu'un l'a frappé. C'est sûr, dit l'agent. Pourriez-vous nous donner une description ?
— Il n'y avait personne, assura Casey d'une voix qu'elle s'efforça de rendre convaincante. Sinon, je l'aurais vu.
— Dans ce cas, comment expliquez-vous qu'on ait retrouvé le type inconscient ? demanda Niccolo.
— Aucune idée, répondit Casey en soutenant son regard.
— Bon, si l'un de vous en a une, prévenez-moi, sans faute, soupira le policier avant de s'éclipser.
— Je n'ai rien vu, moi non plus, ajouta Peggy.
Ashley poussa un faible gémissement. Peggy eut l'air étonné de la découvrir sur ses genoux.
— Parce qu'il n'y avait personne, martela Casey sur un ton péremptoire, en se levant.
— Hé, où vas-tu comme ça ? l'apostropha Megan.
— Chercher la bouteille de Jameson's. J'imagine que tu la gardes toujours dans le coin, non ? dit-elle d'une voix traînante en s'éloignant.
Megan fit de nouveau face à Niccolo.
— Vous allez me laisser soigner votre bras, O.K. ? Si vous n'êtes plus là quand je reviendrai avec ma trousse de secours, je vous traquerai sans merci, vous êtes prévenu !
— La vie de fugitif ne me tente pas vraiment.
Elle fut déconcertée par son brusque sourire ; quoique trop faible pour être éblouissant, sa sincérité lui alla droit au cœur.
Peggy se leva à son tour.
— L'appartement du premier étage est-il occupé ?
Megan réfléchit un instant.
— Non, les locataires sont partis il y a une quinzaine de jours. Mais ils l'ont laissé dans un sale état, et je n'ai pas eu le temps de le faire repeindre

et de changer la moquette. Cependant Casey et toi pouvez l'investir, si le cœur vous en dit. Vous y serez plus à l'aise que chez moi.

— Si ça ne te fait rien, je vais monter tout de suite. Ashley et moi avons autant besoin de repos l'une que l'autre.

La fillette n'avait toujours pas versé une larme. Si Megan n'était pas spécialement connaisseuse, il lui semblait qu'avec son visage en forme de cœur et ses fins cheveux soyeux, Ashley était une enfant plutôt jolie. Comment, pourquoi avait-elle été confiée à la garde de sa sœur Casey ?

Une question en amenait une autre. Qui avait pu pousser Casey à revenir au Whiskey Island Saloon après avoir décrété, haut et fort, qu'elle n'en passerait jamais plus la porte ? Qui... ou quoi ? Megan avait vu sa sœur de temps à autre, durant cet exil — toujours ailleurs. Elle avait même fait le voyage jusqu'à Chicago, où Casey vivait. Alors, la revoir entre ces quatre murs...

— Tu me diras s'il te manque quelque chose ? proposa Megan en ébouriffant les cheveux d'Ashley. Et puis... nous parlerons plus tard.

— Rien d'urgent. Et qui ne puisse attendre demain, dit Peggy en quittant la salle, l'enfant toujours accrochée à elle.

— Ç'a été un sacré choc. Pour toutes les deux, fit remarquer Niccolo.

Megan ne sut qu'ajouter. Elle aurait voulu que tout cela ne soit qu'un mauvais rêve. Elle n'arrivait pas à analyser rationnellement les événements — et préféra changer de sujet.

— Je ne vous ai jamais vu ici. Etes-vous du quartier ?

Il secoua la tête.

— Quasiment. J'habite du côté de Sainte-Brigid.

Casey revint, la bouteille dans une main, des verres dans l'autre.

— Où est passée Ashley ?

— Peggy l'a emmenée au premier étage. Il y a de la place pour vous trois dans l'ancien appartement.

Casey hocha la tête.

— Je vais leur laisser le temps de s'installer avant d'aller voir. Hum. C'est la tournée de la maison, annonça-t-elle.

Megan avait peu de chance d'éclaircir ce soir-là les dizaines de questions qu'elle se posait. Elle haussa les épaules avec fatalisme.

— Si tu me prends par les sentiments ! Faisons honneur à ce bon vieux whiskey irlandais.

Elle prit la bouteille des mains de sa sœur et remplit prestement les verres.

— Sláinte.

Le whiskey lui réchauffa le cœur, l'âme et le ventre. Elle comprenait qu'on puisse désirer un verre à en mourir, elle comprenait cette soif d'oubli qui précipitait parfois ses clients dans l'ivresse — et les couleurs que le liquide ambré donnait aux existences les plus ternes, les histoires qu'il permettait d'exhumer, les cœurs angoissés qu'il déverrouillait...

Ce pouvoir incomparable avait son versant ténébreux. Elle en savait quelque chose. Patronne de bar, comme trois générations avant elle, elle buvait rarement ; en tout cas jamais pour conjurer le passé...

Car le breuvage avait pratiquement détruit sa propre famille.

Elle fit claquer son verre vide sur la table.

— Je reviens dans une minute avec ma trousse.

Niccolo commençait à se demander ce qu'il faisait assis au coin de cette table. L'étourdissement qui avait failli lui faire mordre la poussière s'était dissipé. Il lui était déjà arrivé de s'évanouir, une fois, en donnant son sang ; la même cause avait sans doute produit le même effet. Son bras le brûlait, et quand on relèverait la manche de sa chemise de flanelle, sa blessure se remettrait probablement à saigner. La plaie n'était pas assez profonde pour être recousue ; une piqûre antitétanique serait sûrement nécessaire.

A la vérité, il s'attardait parce qu'il n'avait pas de meilleur endroit où aller. Sa maison était vide et peu accueillante — un chantier plutôt qu'un refuge. Ignatius Brady, le prêtre de Sainte-Brigid, son seul ami en ville, était parti pour une retraite. Quant à ses voisins... d'un côté, un jeune couple à la vie professionnelle trépidante ; de l'autre, une femme aguichante qui ne recevait que des hommes, pour de courtes visites dont ils ressortaient toujours avec des airs extatiques...

Niccolo se mit à examiner les lieux. Dans son genre, Whiskey Island était une sorte de perle. Si à l'extérieur le vieux bâtiment manquait d'allure, avec sa façade de bois uniformément peinte d'un kaki médiocrement glamour, son enseigne, discrète, déployait néanmoins d'élégantes lettres gaéliques. Trois trèfles sculptés au fronton rappelaient, sans ostentation, les antécédents irlandais de la maison.

A l'intérieur, une tout autre atmosphère régnait. Les murs étaient presque entièrement lambrissés de bois sombre (du noyer, supposa-t-il) ; à en juger par sa patine, il devait dater d'un bon demi-siècle. Au-dessus des panneaux, se détachant sur une peinture d'un beau vert profond, des photos montraient des falaises battues par les vents et des cottages de torchis blanc.

Des portraits, aussi, composaient une galerie de femmes et d'hommes d'un autre siècle, le visage fermé, dans des attitudes guindées ; des clichés de groupe rassemblaient des familles, flanquées d'enfants sur des poneys, de curés en soutane...

Sur une pancarte, suspendue au-dessus du comptoir en acajou, on pouvait lire en lettres majuscules soigneusement calligraphiées :

« Trí bhuna an ólacháin :
maidi n bhrónach
cóta salach
pócat folamha. »

La traduction suivait en italique :

Les trois écueils de la boisson :
matin pénible,
manteau sale
et poches vides.

Les tabourets rembourrés semblaient assez confortables pour affronter une longue nuit de sérieuses libations ; le large écran ultraplat d'une télévision, placée en hauteur dans un coin, était d'un modèle récent et luxueux. La salle était beaucoup plus vaste qu'il ne l'aurait cru. Une bonne centaine de personnes devaient s'y serrer pour la Saint-Patrick.

— Vous ne connaissiez pas l'endroit ?

Il croisa le regard de Casey Donaghue et secoua la tête.

— On peut dire que vous avez choisi votre jour, pour une première visite.

Il eut un sourire désabusé.

— Je faisais simplement ma promenade du soir.

— Par une nuit pareille ? Avec ce froid ? Il y aura au moins quinze centimètres de neige demain matin.

— Je sais. J'allais rentrer chez moi.

— Merci, Niccolo. Peu de gens auraient agi ainsi.

Il haussa les épaules. Il lui semblait n'avoir fait que son devoir.

— Vous vous êtes montrée héroïque. J'ai vu la manière dont vous avez couvert Ashley et votre sœur...

Ce fut à son tour de hausser les épaules, l'air aussi gêné qu'elle. Il observa son visage avec plus d'attention : mince et anguleux, encadré de beaux cheveux souples et ondulés. Si Megan, Peggy et elle étaient véritablement trois sœurs, le créateur n'avait pas, pour chacune d'elles, usé du même moule, ni de la même beauté.

Megan Donaghue s'imposa à ses pensées. D'une taille inférieure à celle de Casey, elle semblait plus ramassée, plus enveloppée ; son visage pouvait sans mal être pris dans un rectangle ; ses traits évoquaient une version féminine de Huckleberry Finn. La chevelure flamboyante qui l'avait, avant de sombrer dans l'inconscience, tant frappé, et qui formait comme un casque de boucles désordonnées, lui donnait une allure, intrépide et rebelle, de garçon manqué.

— Etes-vous propriétaires du saloon, demanda-t-il, vous et vos sœurs ?

— Oh, que oui ! s'exclama Casey, une moue aux lèvres. D'ivrognes et de poètes, de vieux habitués placides et de braillards imbibés de whiskey : voilà de quoi nous avons hérité. Je n'y étais pas revenue depuis des années.

Ces mots étonnèrent Niccolo.

— L'endroit est pourtant agréable.

— Ouais, et tout le monde sait qui vous êtes.

— Est-ce si terrible que cela ?

Le sourire qu'elle eut n'adoucit pas les angles de son visage.

— Dans un endroit tel que celui-ci, vous pouvez consumer votre vie. Oublier tout ce qui s'étend au-delà de cette porte. Vous n'avez qu'à demander à Megan.

Il l'entendit arriver avant de la voir. Sa démarche était à l'image de son attitude : vivace, fiévreuse, bruyante. Elle électrisait l'atmosphère alentour.

Elle jeta sans ménagement, devant lui, la vieille boîte usée contenant sa pharmacie de secours.

— Bon, on va vous nettoyer ça, pendant que vous prendrez un autre verre. Puis Barry vous conduira à Metro, où ils pourront recommencer le travail. Barry est le barman. Je lui demanderai d'attendre pour vous raccompagner chez vous, ensuite.

Megan indiqua du menton un homme chauve en polo vert qui se tenait derrière le bar.

Niccolo n'avait pas plus de raison d'accepter que de refuser son programme.

— Vous ne préférez pas vérifier vous-même s'ils font du bon travail ? railla-t-il.

Les yeux d'ambre aux longs cils de Megan lui décochèrent un regard sévère.

— Il y a deux possibilités, Nick. La manière douce... ou la féroce. A vous de choisir.

Il fut inutile de rouler sa manche de chemise : elle était déchiquetée et pendait, en lambeaux. Il posa son coude sur la table et laissa la jeune femme s'activer.

— Dans le temps, je rêvais d'être infirmière, lui révéla-t-elle en écartant avec précaution les morceaux de tissu qui collaient à la plaie.

— L'infirmière Ratchet[1], je présume.

Elle esquissa un léger sourire.

— Comment ai-je pu croire que c'était un métier gratifiant ? Dieu sait que j'ai pris soin d'un bon nombre de zinzins dans mon existence. Vous n'avez pas idée de la kyrielle de blessés qui se sont succédé à

1. Le redoutable personnage qui torturait Jack Nicholson dans *Vol au-dessus d'un nid de coucou*, le film de Milos Forman (1975).

cette même table pour se faire rafistoler. Ils viennent ici, brûlant d'en découdre. Nous n'encourageons pas les rixes, bien évidemment, et nous cessons de leur servir de l'alcool dès qu'ils se montrent agressifs. Parfois nous nous laissons surprendre, malgré tout.

— A l'âge de dix-sept ans, elle soignait déjà leurs bobos et ne s'est jamais privée de dire leurs quatre vérités à ces bagarreurs impénitents, renchérit Casey. Moitié mère supérieure, moitié mère-poule !

— Oh, je me fiche pas mal de ce qui a pu leur arriver ensuite, maugréa Megan tout en s'occupant de son bras avec cette délicatesse qu'on met à soigner un oiselet tombé du nid. Oui, c'est bien le dernier de mes soucis.

Casey croisa le regard de Niccolo. Elle haussa des sourcils dubitatifs.

— Attention, ça va piquer, annonça Megan en tamponnant la plaie avec un linge froid et humide.

Curieusement, la douleur procura à Niccolo une certaine joie. Sans doute lui rappelait-elle que cette soirée aurait pu lui être fatale.

Soudain, d'un radiocassette posé sur le comptoir, s'éleva dans la pièce un air de musique celte d'une poignante nostalgie. Malgré lui, ses paupières se fermèrent comme pour lui faire mieux savourer l'instant. La fumée des cigarettes se mêlait de façon incongrue à l'odeur du pain en train de cuire. Les mains de Megan étaient douces, et les élancements dans son bras lui prouvaient qu'il était vivant.

Il rouvrit les yeux ; Casey était partie. Son verre de whiskey avait été rempli, et Megan, debout devant lui, les bras croisés, le regardait avec des yeux brillants.

Elle prit la parole d'une voix émue, de ce ton de contralto mélancolique, un peu rauque, reconnaissable entre tous...

— Cette table vous sera réservée, Niccolo Andreani. Aussi longtemps que vous le souhaiterez. Cette bouteille est à vous. Quand elle sera terminée, il y en aura toujours une autre. A votre guise. Vous ne serez jamais considéré comme un étranger ici, ni n'aurez à débourser le moindre centime, quel que soit votre désir.

Niccolo désirait de nombreuses choses. Quant à les trouver... dans un saloon, c'était plus que douteux.

Si tel devait être le cas, pourtant, quelle suprême ironie !

3.

Casey était encore sous le choc. Elle n'était pas du genre poule mouillée, habituellement. Ses mains n'arrêtaient pas de trembler. Demain matin, trembleraient-elles toujours ?

Quand le canon du revolver s'était enfoncé dans son cou, les événements des derniers mois avaient défilé devant ses yeux. Ses erreurs, les doutes qui l'avaient torturée. L'effrayante responsabilité qu'Ashley représentait. Même s'il s'agissait d'une responsabilité limitée dans le temps, son devoir était de protéger la fillette — au mépris de sa propre sécurité.

— Maman ?

Casey s'aspergeait le visage dans la salle d'eau de l'appartement. Elle prit le temps de se sécher avant de répondre avec une feinte assurance :

— Je ne suis pas ta maman, ma petite puce. Je m'appelle Casey, tu te souviens ?

— Maman...

Casey sentit son cœur se serrer. Elle ouvrit la porte de la salle de bains et passa dans le minuscule salon où Ashley avait somnolé quelques minutes à peine, pelotonnée à un bout du sofa. Peggy, devançant sa sœur, prit la petite contre elle et la berça.

Casey s'accroupit à sa hauteur.

— Ashley, ma chérie. Personne ne te fera du mal. La police a emmené les vilains hommes, très loin.

Ashley renifla et fourra son pouce dans sa bouche ; elle était raide et tendue dans les bras de Peggy.

Le salon, plutôt minable, n'était guère plus grand qu'un mouchoir de poche. Un divan couvert de suédine marron et deux chaises tapissées en tissu écossais s'alignaient le long des murs. Une table basse occupait le centre du tapis rectangulaire — et les trois filles remplissaient largement l'espace restant.

— Ça va aller, dit Peggy, rassurante, à sa sœur. Ashley a besoin d'une bonne nuit de sommeil. Demain matin, elle se sentira tout à fait bien.

— Je suis vraiment désolée de ce qui s'est passé. J'imagine que nous avons débarqué au mauvais moment, et au mauvais endroit.

— Nous avions déjà connu des bagarres dans ce parking, mais jamais rien d'aussi grave. Megan ferait bien d'installer une caméra de surveillance à l'extérieur, et un lampadaire supplémentaire.

— On s'en est pas trop mal sorties, pour finir, hein ?

Casey fut frappée par la détresse qui hantait le regard de sa sœur, et reprit :

— Tu sais, Peg, c'était si horrible... Depuis, j'ai l'impression d'avoir été transformée en statue de sel. Je n'arrive même pas à verser une larme.

Peggy soupira.

— Ashley n'a pas dit un mot.

— Je vais te donner quelque chose qui te fera plaisir, Ashley.

Casey fouilla dans ses poches arrière, puis tendit ses poings serrés devant elle.

— D'abord, il faut que tu devines : dans quelle main ?

Ashley s'agita sur les genoux de Peggy, sans ouvrir la bouche.

— Je te mets sur la piste, reprit Casey. C'est assez petit pour tenir dans ma main, mais ça n'est pas le meilleur endroit pour le garder.

Ashley, qui regardait ses propres mains, leva les yeux. Elle semblait effrayée à l'idée de se tromper.

— Alors... dans laquelle ? insista Casey. Allez, essaye. Je suis sûre que tu vas gagner.

Ashley poussa un profond soupir, secoua la tête.

Casey s'approcha un peu plus près, jusqu'à ce que le bord de la table l'arrête.

— Encore une précision. Pourquoi ça n'est pas fait pour être gardé dans la main ? Parce que le meilleur endroit où le mettre, c'est ta bouche. Mais il n'y restera pas longtemps...

Ashley plissa le front.

— Un bonbon, dit-elle.

— Quelle petite maligne ! s'exclama Casey sans montrer à quel point elle était contente que l'enfant eût enfin parlé. J'étais sûre que tu devinerais. Tu es très forte, tu sais. Maintenant, dis-moi dans quelle main.

Peggy fronça les sourcils comme si elle voulait faire taire Casey. Ashley n'était pas en état d'affronter un échec, même à un simple jeu de devinette.

— Celle-là, dit Ashley après mûre réflexion en indiquant la main droite.

— Tu vois ? Je t'avais bien dit que tu gagnerais.

Casey ouvrit la main ; un bonbon à la menthe enveloppé de papier vert était posé sur sa paume.

— Et dans celle-là ?

Ashley, guère émue de son triomphe, s'était penchée et pointait l'index sur la main gauche.

— Montre-moi ce qu'il y a dedans, insista l'enfant.

Ce fut au tour de Casey d'avoir l'air embarrassé.

— Mais tu as déjà gagné. Et du premier coup.

Ashley planta son regard dans celui de Casey et attendit.

Celle-ci sourit et ouvrit sa main gauche. Un autre bonbon apparut.

— Tu m'as bien eue, n'est-ce pas, petite coquine ?

Ashley s'empara des deux friandises et revint dans le giron de Peggy. Elle prit le temps, après avoir mangé les pastilles de menthe, d'en plier et replier soigneusement les emballages jusqu'à les réduire à la taille de deux confettis verts.

Casey se redressa.

— Tu as la manière, Casey, y'a pas à dire, reconnut Peggy en souriant.

— Vous pensez pouvoir dormir à présent, toutes les deux ?

Peggy jeta un coup d'œil à Ashley et hocha la tête.

— Nous allons essayer, en tout cas.

— J'irai chercher les valises dans la voiture un peu plus tard. Choisis la chambre que tu veux, nous prendrons l'autre avec Ashley.

— Ça baigne.

— Je vais t'aider à la déshabiller. Et puis j'irai faire un tour en bas avant que Megan ne vienne fureter dans nos affaires. Je t'éviterai au moins Meg la Tornade.

Elle tendit les bras et, cette fois, Ashley s'y blottit de bon gré. Casey la tint contre elle et posa les lèvres sur sa petite tête.

— Vous allez être sages toutes les deux, jusqu'à ce que je revienne ?

— Tout va bien se passer, assura Peggy.

Casey descendit sans bruit l'escalier et se glissa dans la petite réserve qui séparait les toilettes « hommes » des toilettes « dames » du saloon. Elle referma la porte et s'assit sur une pile de cartons, son téléphone portable à la main. Sortant une feuille de sa poche, elle y déchiffra un numéro et le composa.

Il y eut huit sonneries avant qu'une voix féminine ne se fasse entendre.

— Grace, ici Casey.

Son interlocutrice mit un moment à répondre.

— Tu m'as eue de justesse. Demain, nous changerons de numéro.

— Je sais. Ecoute, il faut absolument que je te parle d'un incident qui est arrivé ce soir.

Casey décrivit en détail la tentative de vol de sa voiture, insistant sur le fait que tous étaient sains et saufs. Surtout Ashley.

Après un silence, Grace demanda :

— Comment va-t-elle ?
— Je crois que ça va.
— Est-ce que tu as pu lui parler en particulier ?
— Quelques instants par-ci par-là. Il est difficile de la faire s'exprimer. Elle ne dit rien. Elle ne pleure pas non plus.
— Que penses-tu de cette attaque à main armée ?
— Les deux types ne sont que des malfrats du coin qui essayaient de me voler ma voiture. Ils ont voulu emmener Ashley en guise d'otage... A mon avis, ça ne va pas plus loin.
— Elle ne peut pas venir ici pour l'instant. Nous ferions peut-être bien de la changer d'endroit.
— Elle commence tout juste à se sentir en confiance avec moi. Après toutes ces difficultés, je n'aime pas l'idée de la faire encore déménager, à moins que ça ne devienne absolument indispensable. Compte sur moi pour ouvrir l'œil. A la moindre alerte, je reprendrai contact.
— Je ne peux pas te donner le nouveau numéro. Tu sais qui appeler pour l'avoir.
— Han-han.
— Tu l'embrasseras de ma part, n'est-ce pas ?
— Han-han.
— Et de la part de... qui tu sais.
— Evidemment.
— Sois prudente.
— Tu peux compter sur moi.
Un déclic signala la fin de la communication.
Casey tendit l'oreille aux bruits qui lui parvenaient depuis la grande salle. Lorsqu'elles étaient enfants, Megan et elle avaient bâti moult cabanes avec les cartons et les chaises stockés dans cette même pièce. Whiskey Island Saloon avait été un beau terrain de jeux, et un endroit heureux où grandir, entre une mère chaleureuse et indulgente et un père qui aimait chanter des ballades de sa belle voix de ténor.

Personne ne lui arrivait à la cheville pour interpréter *The Gypsy Rover* ou *The Rising of the Moon*. Et personne ne chantait aussi volontiers que lui.

Le sourire qui lui était monté aux lèvres s'effaça. Il fallait qu'elle parle à Megan. Si la soirée avait été riche en surprises, ça n'était pas terminé : elle en avait une autre à lui annoncer — et de taille.

Megan ne s'attendait pas à ce que Casey la rejoigne derrière le comptoir. Elle était en train de disposer des chopes de bière brune et blonde sur un plateau. Il ne lui restait qu'à y ajouter deux demis de Guinness et elle pouvait très bien se débrouiller seule. Elle essaya donc de dissuader sa sœur de l'aider.

— Le coup de feu est passé. Tu peux remonter. Je m'en sortirai jusqu'au retour de Barry.

Elle s'inquiétait pour sa sœur. Casey était d'une pâleur à faire peur et l'appréhension marquait toujours ses traits, bien qu'une heure se fût écoulée depuis la tentative de vol. Elle aurait eu besoin de lâcher la pression dans une bonne crise de larmes, suivie d'une longue nuit de sommeil. Megan, cependant, connaissait trop bien Casey pour savoir qu'elle ne s'autoriserait ni l'une ni l'autre.

Casey se mit à remplir les bocks avec une habileté consommée. Tant d'années avaient passé, pourtant, depuis que leur père lui avait inculqué l'art du métier ! Mais elle avait travaillé comme barmaid, entre autres petits boulots, pour gagner sa vie et payer ses études à l'université. Cela expliquait sans doute qu'elle n'eût pas perdu la main.

— Il faut que je te parle, Megan, dit-elle en levant les yeux.

— Je crains de ne pas en avoir tout de suite le loisir. Dès que Barry sera de retour, il faudra que j'aille en cuisine. La cuisson du pain est en route. Quand les sirènes ont retenti, j'étais en train de récurer les marmites.

— Tu n'as pas un cuisinier, le soir ?

L'employé aux cuisines du Whiskey Island, un jeune homme qui poursuivait ses études à l'université régionale, était si doué au fourneau que Megan lui pardonnait son manque de régularité.

— Si, il s'appelle Artie, et il est étudiant. Il s'est brusquement souvenu, cet après-midi, qu'il avait un examen à passer demain.

— Il te faudrait quelqu'un sur qui tu puisses compter.

— Avec le salaire que je donne ? Crois-tu qu'une telle perle existe ?

— Je vais les récurer, moi, tes fonds de marmites. Et nous bavarderons quand tu auras un instant.

Megan s'empara du plateau chargé de verres.

— Il n'en est pas question. Retourne là-haut, je viendrai te rejoindre dès que j'aurai fini. Nous pourrons parler toute la nuit, si tu veux. Tu me raconteras ce que tu fais là, pour commencer, et pourquoi tu sers de mère adoptive à cette fillette.

Elle fit une pause avant de reprendre :

— Tu sais, si j'avais été prévenue de ton arrivée, j'aurais tué le veau gras — au lieu de faire une soupe de clams aux pommes de terre.

Casey n'eut pas même un sourire.

— Je ne peux pas attendre. C'est urgent.

Megan fronça les sourcils. Casey avait toujours aimé n'en faire qu'à sa tête — une marque distinctive de leur famille.

— Bon, eh bien, remplis les corbeilles de pop-corn. Je vais servir les verres. Nous trouverons peut-être une minute... dans une minute.

La minute grossit de neuf autres avant qu'il n'y eût une accalmie. Elles s'installèrent l'une à côté de l'autre à l'extrémité du bar ; Megan gardait ses clients à l'œil. Sam Trumbull, facétieux boute-en-train et quasi-mascotte de la maison, s'évertuait à s'insinuer dans les bonnes grâces du groupe qu'elle venait de servir. D'ici peu, il se ferait offrir un verre. Elle connaissait la manœuvre.

— Par où on commence ? attaqua Megan. Combien de temps vas-tu rester ?

— Combien de temps veux-tu bien me garder ?

Megan fut trop surprise pour répondre.

— Mon cas est si désespéré ? se méprit Casey. Tu ne veux pas que je reste ?

— Ne dis pas n'importe quoi ! Tu sais que cette maison est autant la tienne que la mienne. Mais seulement...

Megan lui fit face, croisant les bras sur sa poitrine.

— Tu avais juré que tu ne reviendrais jamais. Et brusquement, tu débarques et tu veux t'installer pour une durée indéterminée...

— Je ne veux pas m'installer. Mais j'ai besoin d'un toit et d'un travail. C'est aussi simple que ça.

— Tu as un appartement et un métier à Chicago.

— Plus maintenant. J'ai sous-loué l'appart' et lâché le boulot.

— Pourtant, tu aimais ce travail, non ?

— Tu n'as jamais travaillé dans les services sociaux pour la protection de l'enfance. C'est usant... j'étais au bout du rouleau.

Megan éluda le sujet et poursuivit sa petite enquête.

— Que fabriques-tu avec cette gosse, Casey ? A-t-elle besoin d'un logement, elle aussi ?

— La mère d'Ashley est une amie qui... traverse des difficultés. Si elle vient de décrocher un job fixe à Milwaukee, elle n'a ni les moyens ni l'endroit pour recevoir décemment un enfant. Il vaut mieux qu'elle prenne le temps de s'installer avant de récupérer Ashley. J'ai donc accepté de m'en occuper dans l'intervalle.

Megan préféra ne pas souligner que Casey, elle non plus, n'avait ni logement ni travail. Ce n'était pas le moment de discuter.

— Mon barman de jour m'a donné son congé aujourd'hui, et l'appartement est vide. Tu peux te débrouiller avec ça ?

— Si j'ai pu faire face aux récents événements...

Casey secoua la tête, comme si elle n'en avait pas terminé avec l'exposé de ses problèmes.

— Meg, l'épisode de ce soir... c'était atroce. Dire que Peggy et moi, nous voulions te faire une surprise. Nous trouvions qu'il était temps de se réunir. Et que ce serait important de le faire ici.

Elle marqua une pause.

— Après tout ce qui s'était passé.

— C'était une bonne idée.

Megan essaya de sourire. Sans succès.

— La tentative de vol a jeté un sacré froid, dit-elle en avalant sa salive.

— J'aurais voulu leur foncer dessus. Dès qu'ils sont apparus, j'ai compris ce qu'ils voulaient. Mais ils avaient déjà sorti leur revolver. Je n'ai pas voulu risquer une fusillade. Ashley aurait été une cible facile, tu comprends ?

— Casey, tu ne vas pas nous faire une crise de culpabilité ?

— Ce n'est pas de la culpabilité. Plutôt un sentiment d'échec. A l'image du reste de ma vie...

— Tu t'es montrée d'un courage incroyable ! J'ai entendu Niccolo dire que tu t'étais jetée sur Ashley et Peggy pour faire rempart de ton corps.

— Ce Niccolo, surgi de nulle part... comme si Dieu nous avait envoyé un ange exterminateur.

Megan fit une moue dubitative.

— N'exagérons rien. Niccolo ne faisait que passer par là... Tu n'aurais pas eu une expérience mystique dernièrement ? Une conversion à la saint Paul sur le chemin de Damas ?

— Meg, Niccolo n'a pas été le seul à surgir du néant.

Sur le point de tancer vertement sa sœur — croire à de telles inepties ! — , Megan se ravisa ; mieux valait attendre qu'elle s'explique.

— Il y avait quelqu'un d'autre, déclara lentement Casey.

— Je ne comprends rien à ce que tu racontes.

— Le type blond, tu sais, celui qui me tenait à la gorge avec son revolver ?

— J'espère qu'ils vont l'enfermer pour cent ans au moins, cet enfoiré !

— Oh, il sera dehors avant mon prochain anniversaire. Là n'est pas la question.

Casey avait une respiration heurtée, comme si elle revivait la scène.

— Il m'a tirée par le bras et m'a envoyée valdinguer sur le capot de la voiture. J'ai failli tomber ; je me suis redressée et j'ai rejoint l'endroit où se tenaient les autres. Le type avait mes clés, il n'avait plus qu'à démarrer. Or, il ne l'a pas fait.

— Parce qu'il s'était cogné, d'une manière ou d'une autre.

Casey secoua la tête.

— Tu te souviens ? Niccolo a parlé de quelqu'un qui s'enfuyait.

— Il était au bord de l'évanouissement. Alors, comme témoin... Et puis, tu as dit qu'il n'y avait personne.

— Il y avait quelqu'un, Meg. Je l'ai vu, moi aussi.

— Alors, quoi ? Tu as changé d'avis, c'est ça ? Les flics comprendront, j'en suis certaine. Après le stress que tu as subi...

— Je n'ai pas changé d'avis. Je n'ai pas voulu le leur dire. Intentionnellement.

— Et pourquoi ?

— Parce que je crois que c'était Rooney. Cet homme que Niccolo a vu disparaître, Meg — je suis quasiment certaine que c'était Rooney. Et j'ai préféré que personne d'autre ne l'apprenne.

4.

Niccolo avait eu raison pour la piqûre antitétanique... et tort pour les points de suture. Le service des urgences était relativement calme — personne n'étant assez stupide pour écoper d'une balle dans la peau par une nuit aussi froide. Un médecin avait passé la tête dans le box de Niccolo et, un peu plus tard, un interne était venu poser trois agrafes à son bras. Barry, qui s'était révélé un fan inconditionnel des Steelers — un étrange engouement dans une ville raide dingue des Browns — n'avait cessé, tout au long du chemin de retour, de parler tacles, feintes et attaques éclairs.

A présent, Niccolo, légèrement étourdi, se tenait sur le plancher d'érable récemment poncé de son hall d'entrée et réfléchissait à ce qu'il allait faire ensuite.

Se coucher ? Sage solution. Il brancherait le radiateur dans la seule chambre de l'étage ayant encore ses murs, et essaierait de lire. Ou alors... il pourrait prendre sa voiture et retourner sur l'aire de stationnement. Avant la prochaine chute de neige. Avant que ne s'effacent d'éventuels indices...

Au cours des deux années passées, il avait pris l'habitude de choisir les plus improbables chemins. Pourquoi changer de règle ? Il se mit à la recherche d'une lampe torche.

Le trajet fut court. Sa maison et le Whiskey Island Saloon faisaient tous deux partie d'Ohio City, jadis ville à part entière, aujourd'hui simple quartier à l'ouest de Cleveland. Le voisinage était des plus disparates. L'embourgeoisement du quartier avait commencé des années auparavant sans jamais vraiment aboutir. Quelques-unes des splendeurs architecturales d'Ohio City avaient été magnifiquement rénovées et revendues à de riches propriétaires ; d'autres demeures, moins bien loties, achevaient de tomber en ruine.

Hunter Street abritait de superbes bâtiments anciens... dans un état de délabrement lamentable. Lookout Avenue, en revanche, où était situé le Whiskey Island Saloon, avait toujours été un quartier ouvrier — et l'était resté. Maisons et jardinets, modestes et proprets, incarnaient le rêve de ces immigrants dont les aciéries et les docks du lac Erié ou de la Cuyahoga River avaient exploité les forces.

Dédaignant le parking, qui s'était entre-temps passablement rempli, Niccolo stoppa au coin de la rue suivante puis, rebroussant chemin à pied, emprunta le trottoir qu'il avait déjà foulé plus tôt dans la soirée, avant de s'arrêter juste à l'entrée du parc de stationnement. Il demeura là un long moment, observant les lieux. Tout était calme. Il n'aurait pas à rejouer les héros et s'en félicitait.

S'il ignorait ce qu'il cherchait vraiment, il savait qu'il ne fallait rien brusquer. Immobile, il se remémora la scène telle qu'elle s'était déroulée, plaça les acteurs en position, leur fit rejouer l'action et les dialogues. Quand il fut certain d'avoir sondé tous les replis de sa mémoire, il s'avança entre les deux rangées de voitures à l'arrêt, scrutant le sol à l'aide de sa torche.

Il était jonché de mégots de cigarettes, de tickets déchirés et d'emballages variés. Il s'approcha de l'endroit où stationnait encore le véhicule de Casey Donaghue. Faisant aller et venir le pinceau lumineux, il examina minutieusement le carré d'asphalte entourant la voiture. Il ne découvrit rien de significatif. Il se mit alors à quatre pattes et jeta un coup d'œil en dessous.

Une portière claqua, des voix s'élevèrent dans la rue. Il attendit que les noctambules s'éloignent, le regard fixé sur un objet qui avait attiré son attention. Il s'aplatit sur le sol et, tendant le bras, récupéra près du pneu avant ce qui ressemblait à une semelle de chaussure. Comme il se redressait, une voix familière l'apostropha.

— C'est une chance que j'aie reconnu ce derrière. Sinon vous étiez bon pour un coup de pied mal placé !

Niccolo se retourna, sa trouvaille à la main.

— J'ignorais que mon derrière fût aussi remarquable.

Megan l'observait avec curiosité, attendant visiblement une explication.

— Je devrais être chez moi, dans mon lit, déclara-t-il.

Elle pencha la tête de côté comme pour acquiescer, sans rien ajouter.

— J'aime les énigmes. Et j'aime encore plus les résoudre, coûte que coûte.

— Et quelles réponses comptez-vous trouver sous la voiture de ma sœur ?

— J'essaie de découvrir si les effets combinés de la peur et d'une blessure par balle peuvent provoquer des visions.

— Et quelle est votre conclusion ?

Elle ne portait pas de manteau, remarqua-t-il, mais un polo blanc à manches courtes, un pantalon kaki et un foulard émeraude noué autour du cou.

— Vous n'êtes pas habillée pour soutenir une conversation par ce froid.

— J'étais en train de sortir les ordures, dit-elle en indiquant le container du menton.

— Je peux attendre.

Elle s'éclipsa sans un mot.

Il examinait de près sa trouvaille lorsqu'elle revint, emmitouflée dans une veste en duvet safran.

— Qu'est-ce que c'est ?

Il lui tendit le morceau de cuir.

— Ça n'a peut-être rien d'intéressant.

Elle le saisit du bout des doigts avec un air plutôt dégoûté.

— Cette semelle ne provient pas d'une chaussure ordinaire, dit-il. Vous voyez combien elle est usée ? Trois trous, dont l'un est encore bourré de papier journal.

Elle la lui rendit, du bout des doigts toujours.

— Et alors ?

— Je n'ai vu personne à l'intérieur, ce soir, portant ce genre de chaussure. Elle appartient à quelqu'un — un homme, certainement — qui traverse une mauvaise passe ; un homme qui n'a pas même de quoi s'offrir une pinte de Guinness.

— Je ne comprends pas où vous voulez en venir.

— Celui que j'ai cru voir ce soir, et qui a probablement assommé le voleur, était accoutré d'un tas de vêtements superposés. De loin, je l'ai même pris pour une vieille femme. Admettons l'existence de cet homme et imaginons qu'il soit vraiment dans la dèche. Ne porterait-il pas toute sa garde-robe sur lui ? Primo, pour se protéger du froid — il ne possède sans doute pas de manteau — ; secundo, parce que c'est plus commode à transporter ainsi que dans un sac en plastique.

— Casey a déclaré qu'elle n'avait vu personne.

— Casey était trop occupée à protéger votre sœur et la fillette. Elle n'avait pas, comme moi, le regard fixé sur la voiture.

— J'ai pourtant l'impression que vous étiez assez occupé, vous aussi.

— Ç'a été une vision très brève.

— Etait-ce avant ou après votre évanouissement ?

A la suite de Casey, Megan s'y collait... Les sœurs s'évertuaient à tourner ses soupçons en dérision. Il changea de tactique.

— Il y a une benne à ordures dans le coin. Et vous servez des repas, n'est-ce pas ?

— Oui, la meilleure cuisine populaire de toute la ville.

— Y a-t-il des personnes qui viennent fouiller la poubelle dans l'espoir d'y trouver de la nourriture... ?

— En fin de soirée, tous ceux qui ont faim peuvent venir réclamer les restes, côté cuisine. C'est une tradition, ici. Nul ne l'ignore. Si quelqu'un était venu frapper cette nuit, nous lui aurions servi de la soupe de pommes de terre.

Il fut un brin déconcerté.

— Cette tradition remonte-t-elle loin ?

Elle sourit, semblant un instant baisser sa garde.

— Vous voulez une leçon d'histoire ?

— Tant que la température ne chute pas d'un autre degré...

Elle se dirigea vers le fond du parking, dépassant le coin des poubelles ; Niccolo lui emboîta le pas. Elle fit halte sur un tertre à l'herbe raidie par le givre, sous un bosquet de peupliers de Virginie et de saules décharnés. Ils se tenaient en fait sur une sorte de promontoire, un détail géologique assez inhabituel dans la partie ouest de Cleveland pour avoir donné son nom à Lookout Avenue, qui pouvait être traduit par « Avenue du poste de guet », ou « de la vigie ».

— Eh bien, ouvrez vos oreilles. Savez-vous ce que c'est ? l'interrogea Megan en montrant le panorama qui s'étendait en contrebas.

Il balaya du regard la cité s'étalant à leurs pieds, semblable à nombre d'autres villes de la région des Grands Lacs. Sur leur droite s'élevait le quartier des affaires, avec ses myriades de lumières artificielles, et son profil architectural qui n'avait jamais obtenu l'estime qu'il méritait. Le nouveau stade de football était bien visible, tout comme les ponts et les vieux bâtiments du cœur historique de la ville.

Juste en dessous d'eux, vers le nord, et au-delà des six voies de l'autoroute fédérale, s'offrait une vue dégagée de la zone industrielle : une haute tour surmontée de l'enseigne *Halite Salt*, des pyramides de minerai et des rails s'enfonçant en direction du lac Erié, lequel scintillait faiblement sous le ciel hivernal.

— C'est plus intéressant de jour, souligna Megan, croisant ses bras devant elle et enfouissant ses mains sous ses aisselles. D'ici, vous pouvez voir les deux phares, et les Huletts.

— Les Huletts ?

— Des grues. Plus hautes que la plupart des bâtiments. On les a utilisées à partir des années 1910 pour décharger le minerai des navires. Moins chères, elles ont aussi permis d'épargner les vies d'une autre génération d'Irlandais.

— Vos ancêtres ?

— C'est ce que l'on m'a raconté.

Niccolo, par goût, s'intéressait à l'histoire. Dans le cas présent, cependant, quel était le lien avec l'apparition du parking ?

— Savez-vous comment on appelle cet endroit ?

Elle désignait la langue de terre séparant l'autoroute des rives du lac, là où un entrelacs de rails serpentait parmi les entassements de minerai.

— Aucune idée.

— Whiskey Island.

— Pour quelle raison ?

— Parce que ç'a été le lieu où ont survécu les premiers habitants de l'Ohio du Nord-Est, vers 1800, lorsque Cleveland n'était guère plus qu'une terre marécageuse battue par des hivers meurtriers. Plus tard, au cours de ce même siècle, les Irlandais s'installèrent dans ces parages dédaignés de tous. Et soudain, la bonne ville de Cleveland trouva que le coin portait parfaitement son nom.

Niccolo apprécia son explication.

— N'est-ce pas, tout de même, un honteux stéréotype ?

Elle se tourna vers lui.

— Du temps de sa splendeur, quatorze bars tenaient le haut du pavé à Whiskey Island. Stéréotype ou pas.

Impressionné, il émit un petit sifflement.

— Ce n'est pas une île, reprit Megan, bien qu'elle l'ait été sans doute à une époque reculée. Aujourd'hui, c'est une péninsule. Vous me demandiez tout à l'heure depuis combien de temps nous avons adopté cette tradition de nourrir les pauvres ? Sachez qu'ici, après la grande débâcle financière de 1929, s'élevait une « Hooverville » florissante — c'est le surnom facétieux qu'on avait donné en ce temps-là aux camps de la misère, rassemblant les chômeurs et les déshérités. Mes ancêtres ont donc pris cette habitude. Pendant des années, ils ont continué, de manière informelle, bien entendu. N'importe quel pauvre hère avait droit à un bol de soupe, sans avoir à fournir d'explication. Lors de la Grande Crise, on servait des repas tous les soirs, ici même, sur ce parking. Les hommes qui grimpaient la colline, à la nuit tombée, savaient qu'ils trouveraient de quoi manger. Ma famille, m'a-t-on dit, veillait à ce qu'il y eût toujours des restes à distribuer.

— Le saloon appartient à votre famille depuis aussi longtemps ?

— Oui, depuis sa fondation à la fin du XIXe siècle. Avant, nous vivions là, en bas, nous aussi. Lorsque le temps de l'ascension sociale est venu, mes aïeux ont préféré demeurer à portée de regard. Ils ont voulu se souvenir d'où ils venaient. Et aucun d'entre nous ne l'a oublié, depuis.

Une attitude hors du commun, songea Niccolo, mais que sa propre famille eût approuvée ; elle aurait compris l'attachement des Donaghue à ce bout de terre à l'abandon, qui ressemblait à première vue à n'importe quel terrain vague.

— Ainsi, avec cette coutume d'aider les affamés, il se pourrait très bien que l'un d'entre eux ait perdu un morceau de sa chaussure près de la voiture de votre sœur. C'est ce que vous suggérez ?

— A mon avis, cette semelle avait toutes les chances d'être sur place avant l'arrivée de Casey. Elle était peut-être là depuis des semaines. Qui sait ?

Il observait les voitures qui roulaient le long de la côte. A cette heure de la nuit, la circulation était fluide sur l'autoroute. La pente qui y menait était raide, mais tout à fait accessible pour un homme à pied désirant disparaître au bas de la colline après avoir traversé les voies. Niccolo décida d'emprunter lui-même cet itinéraire le lendemain et d'aller jeter un coup d'œil à Whiskey Island.

— L'homme que j'ai vu ce soir cherchait peut-être de l'aide.

— Si c'était le cas, il en aurait trouvé en restant dans le coin. Plutôt qu'en s'enfuyant.

— Et s'il avait craint d'avoir des ennuis après ce qu'il avait fait ?

— Des ennuis ? Pour avoir empêché un vol de voiture ?

— Vous semblez décidée à me prouver par a + b que le bonhomme n'a jamais existé... ailleurs que dans mon imagination.

Elle garda le silence un moment ; quand elle reprit la parole, ce fut d'un ton badin.

— J'espère que vous avez apprécié ma petite leçon d'histoire. La connaissance du milieu socio-culturel n'est-elle pas un atout pour l'espion ?

— Parce que j'espionne ?

— Simple figure de style.

Il posa une main sur son épaule, en un geste amical et naturel.

— Eh bien, puisque je fourre mon nez dans ce qui ne me regarde pas, puis-je vous poser une question ?

— Essayez toujours...

Il laissa retomber sa main.

— Quand ce bandit voulait faire sortir votre sœur de la voiture...

— Casey ?

Il opina.

— Casey semblait le soupçonner de vouloir s'emparer d'Ashley.

— C'est bien ce qu'ils ont voulu faire, non ? Ils étaient prêts à la prendre en otage.

— Plus tard, oui. C'est exact. Mais au moment dont je vous parle, ils ne semblaient s'intéresser qu'à la voiture. Et à rien d'autre. Or, la fillette redoutait aussi qu'ils s'en prennent à elle.

— Ce n'est qu'une enfant, toute jeune. Elle était morte de peur... Les enfants ramènent tout à eux, vous savez bien.

Megan avait l'air réellement perplexe.

— Sur le moment, ça m'avait semblé étrange. C'est la raison pour laquelle je m'en suis souvenu.

Elle ne répondit pas. Tournant les talons, elle se dirigea vers le parking.

— Je ne comprends pas pourquoi nous en faisons toute une histoire, Nick. Bon sang ! je n'ai même pas eu le temps de demander des explications à propos de cette fillette. Pourquoi diable êtes-vous si intéressé par un détail aussi anodin ?

Il eut un petit rire comme s'il se dénigrait lui-même.

— Plus rien ne semble anodin après que l'on s'est retrouvé nez à nez avec le revolver d'un psychopathe. Voilà pourquoi je monte cette affaire en épingle, cherchant à tout prix des explications — alors qu'il n'y a sans doute rien à expliquer.

En lui-même, il savait. Il savait pourquoi cet homme « imaginaire » l'intéressait à ce point. Pour des raisons qu'il n'avait aucune intention de dévoiler, il ne pouvait pas, il ne voulait pas bannir de son esprit la vision de ce pauvre hère emmitouflé dans ses haillons.

La porte arrière du saloon atteinte, Megan fit une pause.

— N'avez-vous pas appris que la plupart des choses qui nous arrivent sont complètement arbitraires et dénuées de sens ?

Ses joues blanchissaient sous les flocons. La neige, annoncée un peu plus tôt par Casey, tombait dru à présent. Les courtes boucles de Megan se poudraient de parcelles étincelantes, ses cils aussi. Niccolo fut pris d'une irrépressible envie de cueillir le flocon qui venait de se poser sur le bout de son nez.

Pour ne pas céder, il serra les poings au fond de ses poches.

— Je ne vous connais guère, Megan, mais j'ai peine à croire que vos paroles traduisent le fond de votre pensée.

— A votre place, je n'y risquerais pas ma chemise.

— Au contraire, je suis prêt à prendre les paris.

Elle se hérissa soudain.

— Il se trouve que vous étiez dans les parages, ce soir. Vous auriez pu tout aussi bien passer par la rue d'à côté, emprunter l'avenue voisine. Bien entendu, je suis heureuse que ça n'ait pas été le cas. De là à penser que votre présence est le signe de quelque intervention divine, non !

Il sourit devant sa véhémence.

— Vos aïeux irlandais doivent se retourner dans leur tombe, Megan Donaghue. Allons, vous ferez le signe de croix dès que j'aurai le dos tourné !

— Ce serait bien la première fois en dix ans.

— Une catholique qui ne pratique plus...

— Demeure une catholique ? J'en doute. A moins que le Saint-Siège ne fonde une paroisse pour les athées.

Il était temps de la laisser rentrer. Ne l'avait-il taquinée que pour prolonger leur entretien ? Cette prise de conscience le désarçonna.

— Je vais peut-être pouvoir trouver le sommeil, maintenant. En tout cas, je vais essayer.

— Ah, c'est ça ! Vous êtes insomniaque ?

— Les questions sans réponse m'empêchent de dormir.

— Vous avez donc trouvé ce que vous cherchiez ?

— Pas vraiment.

— Désolée que vous vous soyez fourvoyé dans un cul-de-sac. A mon avis, il n'y avait rien d'intéressant à découvrir.

Si Megan faisait tout son possible pour le convaincre qu'il avait eu une hallucination, elle était aussi trop fine pour ignorer que plus elle protesterait, plus elle aiguiserait sa curiosité. Il se demandait même si elle ne souhaitait pas qu'il en découvrît davantage. De manière plus ou moins inconsciente, s'entend.

Elle ouvrit la porte et disparut à l'intérieur après un bref hochement de tête.

Le parking fut de nouveau plongé dans le silence. Les premiers flocons fondaient sous ses pas. Balançant sa torche d'avant en arrière, Niccolo gagna l'entrée du parking, s'arrêtant une dernière fois près de la voiture de Casey.

Il serait passé à côté de l'objet si le pinceau lumineux de sa lampe torche n'avait suscité un scintillement inattendu, près du pneu avant gauche. Il le ramassa et l'examina, au creux de sa paume.

Il s'agissait d'un bouton de manchette en or, de belle taille, très ouvragé. Les reflets qui avaient attiré son attention provenaient de diamants, dont la double rangée formait deux grands S entrelacés.

Sans être expert en joaillerie, il devina au premier regard que le bijou était ancien et probablement de grande valeur.

Il referma les doigts sur sa seconde trouvaille de la soirée et réfléchit à ce qu'il y avait lieu de faire. Les voleurs de voiture ayant été pris sur le fait, le bouton de manchette ne constituait pas une pièce à conviction. Et puis, il doutait qu'un tel objet leur appartînt.

Mais ce clochard, qu'il était de plus en plus convaincu d'avoir vu, pouvait très bien l'avoir laissé tomber.

Ce bouton de manchette hors de prix, aussi curieux, aussi insensé que cela parût, lui appartenait sans doute.

Après un bref débat avec sa conscience, Niccolo glissa sa trouvaille dans sa poche.

Il avait déjà son idée sur la suite à donner aux événements de la soirée.

5.

Les Donaghue, tous autant qu'ils étaient, aimaient la noce. Bobby Donaghue — fraîchement entré à l'école communale — perdait-il sa première dent de lait, ils célébraient l'événement. Kyle Donaghue Flanagan était-il élu commissaire aux comptes du comté de Cuyahoga, ils festoyaient. Le même Kyle — plus connu sous le sobriquet de « l'escamoteur » — aurait-il été renvoyé de ce même poste pour « indélicatesse », la famille eût été capable de fêter sa mésaventure d'un cœur tout aussi joyeux.

Le clan Donaghue comptait trois ou quatre générations depuis la famine qui avait jeté leurs aïeux aux abois dans des bateaux-cercueils, de la lointaine Irlande aux rives de l'Amérique. Si, à chaque génération, la gêne s'était peu à peu estompée, le désir de commémorer les événements de la vie, si infimes fussent-ils, était demeuré aussi vif.

Un grand nombre de ces fêtes mémorables s'était déroulé au Whiskey Island Saloon. Il y avait eu une nouba à tout casser pour l'entrée dans le troisième millénaire — si phénoménale, en fait, que la maison avait semblé très calme depuis. Dès le lendemain soir du vol de voiture avorté — et du retour surprise de Casey —, la fête battait de nouveau son plein dans le clan Donaghue. Megan avait vu grand et approvisionné la cuisine en conséquence. Au train où allaient les choses, sa fameuse soupe de poisson aux pommes de terre ne verrait jamais le congélateur. Elle en aurait presque remercié les deux malfrats du parking !

— Comment se porte ma nièce préférée ?

Megan se prêta à la rude accolade de son géant d'oncle Dennis, le frère aîné de sa mère. Le mariage, dans le clan Donaghue, équivalait à un véritable lien du sang, aussi longtemps que les pièces rapportées ne prenaient pas de grands airs ni ne donnaient de leçons de morale. Quant aux familles des beaux-frères et belles-sœurs, elles étaient acceptées sans difficulté, et d'autant plus volontiers qu'elles possédaient une goutte de sang irlandais.

— Je vais très bien, oncle Den. Tu vas te mettre au Coca, maintenant, n'est-ce pas ?

— Tu me vois en train de porter un toast à mes nièces chéries avec un verre de soda ?

Dennis prit un air outragé et fronça les sourcils avec une telle vigueur que ses lunettes d'écaille glissèrent le long de son grand nez.

— Je voudrais surtout que tu arrêtes de leur porter des toasts.

Megan connaissait son monde ; elle savait qui gronder, qui cajoler — et à qui refuser un verre. Oncle Dennis, par exemple, n'avait droit qu'à deux : cette limite franchie, il devenait plus collant qu'un papier tue-mouches. Elle avait entendu dire qu'après une cuite phénoménale, dans ses jeunes années, Dennis s'était installé chez ses parents, et qu'il avait fallu batailler une semaine durant pour le renvoyer dans ses foyers.

— Prends plutôt un bol de soupe pour te désaltérer, conseilla Megan en lui pinçant la barbichette.

— La recette de Rosaleen ?

Elle fit signe que oui. Rosaleen, son arrière-arrière-grand-mère, avait fourni la base de la gastronomie whiskey-islandienne, depuis la fondation même du saloon. Ses merveilleuses recettes étaient devenues légendaires, non seulement dans la famille, mais dans toute la communauté alentour.

Dennis lui lança un regard brillant de gourmandise.

— Tu ne voudrais pas me dire, par hasard, ce que tu mets dedans pour la rendre si veloutée ?

Megan feignit l'hésitation, ouvrit la bouche pour lui révéler son secret puis, se ravisant, pinça les lèvres et lui sourit.

— Crapule, va ! tonna-t-il.

— Peggy ? cria Megan au même instant, faisant signe à sa sœur qui remportait un plateau de verres vides. Une soupe, ajouta-t-elle en indiquant son oncle. Et un Coca pour l'accompagner.

Peggy fit le geste d'envoyer un baiser à oncle Dennis et fila en cuisine déposer son fardeau.

Casey joua des coudes pour les rejoindre. Elle était l'héroïne de la fête et avait endossé pour l'occasion, sur un pantalon moulant de velours noir, une extravagante tunique dorée toute en transparence et en broderies, dont elle goûtait fort le parfum de scandale.

Elle fit une grimace comique.

— J'en ai ma claque des mots d'enfants, des histoires drôles, des souvenirs de caniches et de poissons rouges, des bonnes amies et des cabanes en carton.

— Tu tombes à pic, ma chérie, lança Dennis. Moi, je vais te dire la vérité et rien que la vérité : tu étais un vrai diable ! Et ta sainte mère a passé davantage de temps à convaincre les sœurs de ne pas te virer de Sainte-Brigid qu'à essuyer des verres derrière ce comptoir.

— Cesse de raconter des craques avec cet accent du terroir à couper au couteau, oncle Den, intervint Megan. Tu n'es allé en Irlande qu'une fois. Et pour deux semaines !

— Mais quelles semaines ! s'exclama-t-il avec nostalgie.

Casey planta un baiser sur sa joue.

— C'est rafraîchissant d'entendre la vérité de la bouche d'un honnête homme. Mes années d'absence semblent avoir favorisé une sorte de légende dorée à propos de mes jeunes années, et je dois dire que je m'y perds dans ce portrait à l'eau de rose.

— Tu es partie trop longtemps, dit Dennis. Comment veux-tu que tout le monde se souvienne du démon que tu étais ?

— Je vais finir par croire que mon absence n'a pas assez duré.

— Tu nous as manqué, ma chérie. A tous et à chacun. Ça devrait être interdit de lâcher sa famille aussi longtemps, déclara-t-il avant de lui retourner son baiser et de s'éloigner vers d'autres conversations.

— Tu t'amuses ? demanda Megan, légèrement ironique, à sa sœur.

— A ton avis ?

Megan pencha la tête.

— J'ai l'impression que tu es dépassée. Après toutes ces années.

— Tu vois, c'est exactement ce genre de réunions qui m'a donné envie de revendre le saloon, au début.

Megan se rendit compte qu'elles entraient en terrain miné : la raison de leur différend. Un sujet qu'elles n'avaient pas abordé depuis des lustres.

— Moi, ce sont des réunions comme celle-ci qui m'ont convaincue de ne pas vendre.

— Eh bien, tu as ce que tu voulais, n'est-ce pas, et nous voici plongées jusqu'au cou dans une autre de ces fiestas redoutables.

— Es-tu si malheureuse d'être de nouveau entourée de ta famille ?

— Que veux-tu que je te dise ? Après avoir déclaré haut et fort que je n'y remettrais jamais les pieds, me voici. Dès que j'ai eu besoin d'aide, j'ai rappliqué en courant. Vers Whiskey Island et vers toi.

Un lointain cousin accapara Casey ; Megan en profita pour s'extraire de la cohue et souffler un peu. D'après ses estimations, sans compter les habitués et quelques clients occasionnels, ils étaient une bonne cinquantaine ce soir-là — un groupe réduit, vu les circonstances. Une épidémie de grippe particulièrement virulente faisait rage, et de nombreux Donaghue avec de jeunes enfants, ou de vieux parents à charge, avaient préféré rester chez eux pour éviter tout risque de contagion.

Dans la cuisine, elle tomba sur Peggy occupée à remplir des bols de soupe à la louche. Artie, le cuisinier intermittent, s'était sans doute octroyé un moment de répit bien mérité.

Comme toujours, Megan fut frappée par le charme et la beauté de sa jeune sœur. Ses cheveux d'un châtain profond, ses yeux d'ambre foncé, ses traits plus fins, son corps plus gracieux, ses formes plus épanouies n'étaient pas ce qui la différenciait le plus de Megan ou de Casey, mais bien sa confiance absolue dans la bonté de l'humanité. Une certitude palpable dans chacune de ses expressions, chacun de ses gestes. Elle aurait eu pitié de Landru et déploré l'enfance malheureuse de Charles Mason.

— Sans moi, tu ne t'en serais pas sortie, ce soir, lança Peggy par-dessus son épaule. Quel cirque, non ?

Depuis que l'édition matinale du *Plain Dealer* avait dévoilé à la une le vol de voiture, la journée de Megan n'avait été qu'une succession de coups de fil affolés et de visites en coup de vent de membres de la famille, venus s'assurer que les sœurs étaient bien saines et sauves. Vers midi, tout le monde attendait fébrilement l'annonce de festivités. A 13 heures, Megan s'était mise en campagne : courses, livraisons, menu, préparation, distribution des tâches. De tout l'après-midi, elle n'avait eu une minute pour parler à l'une ou l'autre de ses sœurs.

— Je suis ravie de t'avoir à la maison, dit Megan. J'aurais pu engager un extra pour ce boulot. Tu dois avoir des choses plus importantes à faire.

— Qu'y a-t-il de plus important qu'une réunion de famille ?

Peggy n'était pas femme à se laisser pousser dans ses retranchements. Megan décida de tâter le terrain. En douceur.

— Je suis heureuse que Casey et toi soyez là toutes les deux, mais... il me semblait que les cours reprenaient cette semaine.

— Effectivement.

— Ça ne te pose pas de problème de manquer ?

— Je n'avais pris que deux jours à Noël. Lorsque Casey m'a mise au courant de ses projets, j'ai demandé un congé supplémentaire. L'hôpital n'a pas fait de difficulté pour me l'accorder.

Peggy espérait intégrer l'Ecole de médecine d'ici un an ; pour subvenir à ses besoins, elle travaillait à mi-temps comme réceptionniste dans un service d'urgences. Si le salaire était loin d'être mirifique, son poste lui permettait d'acquérir une précieuse expérience. Lorsque le service hospitalier lui avait demandé d'être de garde pendant les jours fériés, elle avait été forcée d'accepter sous peine de perdre son emploi.

Megan posa la main sur l'épaule de Peggy.

— Tu me connais. C'est plus fort que moi, je m'inquiète toujours à ton sujet. Et surtout, je ne veux pas que tu te sentes obligée de jouer les tampons entre Casey et moi. Si c'est la raison de ta présence ici.

— Hé, ne suis-je pas libre de rentrer à la maison quand bon me semble ? Sans arrière-pensée ?

— C'est évident. Et je m'en réjouis. Tu m'as manqué, tu sais ? Et, sincèrement, je suis désolée pour hier soir.

— Ne te fais pas de souci. D'ici un jour ou deux, je prendrai cela comme une intéressante plongée dans l'univers psychique de deux déséquilibrés. Une sorte d'entraînement intensif, gratuit.

Megan obligea sa sœur à lui faire face, pour essayer de découvrir sur son visage des séquelles du stress qu'elle avait subi, ou quelque signe de drame sous-jacent.

— Ne me dis pas que tu songes à la psychiatrie ?

Peggy eut un sourire.

— Pourquoi pas ? Nous aurions bien besoin d'un psychiatre dans cette famille.

— Tu veux rire ? Tu serais tellement occupée par tes propres parents que tu n'aurais plus de temps pour d'autres patients.

— Pas de problème. Je doublerai mes honoraires. Comme tu fais pour le tarif des boissons.

— Je ne les vole pas, c'est eux qui laissent de gros pourboires. Tu vois un peu oncle Den sur ton divan ?

Megan fit mine de frissonner.

— Tu devrais choisir la médecine sportive. Il n'y a pas un seul athlète dans tout le clan.

— Nous ne sommes pas obligées de décider maintenant, n'est-ce pas ? Si nous n'apportons pas sa soupe à notre bon oncle, Dieu sait ce qu'il est capable de faire.

— Réserve-moi un créneau dans ton emploi du temps, pour que nous ayons une bonne discussion, tu veux bien ? J'aimerais rattraper le temps perdu.

Instantanément, Peggy perdit le sourire.

— Oui, pour que tu me cuisines à petit feu, avec une batterie d'avertissements à la clé ! Non, merci. Je n'ai aucune envie d'être soumise à la question. Je souhaite seulement profiter de mon séjour ici, avec mes sœurs, et prendre un peu de repos. Vu ?

Le ton tranchant de Peggy prit Megan au dépourvu.

— Combien de temps veux-tu souffler ?

— Autant que j'en aurai envie. Peux-tu respecter ma décision ?

— Entendu, soupira-t-elle. Je serai là si tu désires te confier. Sinon, je ne parlerai que de la pluie et du beau temps, ou de la prochaine saison de base-ball.

Peggy se détendit un peu.

— Les Indians tiennent toujours le haut du pavé.

— Jusqu'à leur prochaine défaite.

Peggy finit de disposer les bols de soupe sur son plateau.

— Toujours aussi optimiste, sœurette ! lança-t-elle en passant le seuil de la cuisine.

De retour dans la salle, Megan bavarda avec différents membres de sa famille et des clients. Elle remplit quelques verres ici et là avant de rejoindre le coin près de la porte où Peggy s'entretenait avec sa tante et son oncle. Frank Grogan se leva aussitôt et serra Megan dans ses bras. Elle lui répondit par un rituel baiser sur les joues.

Deirdre Grogan, à son tour, se prêta à une accolade en règle. C'était une femme de petite taille, très féminine, qui semblait toujours sur le point de faire d'importantes révélations. Jadis, sa chevelure avait été du même blond vénitien que celle de Casey ; au fil des ans, toutefois, elle avait pris un ton plus doux — avec l'aide de son coiffeur — et tirait à présent sur un léger champagne. Si Deirdre et son mari étaient tous deux en tenue décontractée, le cardigan de la tante était du sur mesure tricoté main, et la veste sport de l'oncle sortait de chez Brooks Brothers.

Moins folkloriques que le reste de la tribu, les Grogan étaient gentils et très comme il faut. Deirdre se dévouait corps et âme au centre catholique du West Side, et Frank, dont la réussite en affaires était proverbiale, ne rechignait pas à se porter garant lorsqu'un membre de la famille avait besoin d'un prêt ou d'une recommandation. Le couple avait toujours considéré les trois sœurs Donaghue comme les filles qu'ils n'avaient pas eu la chance d'avoir. Tout au long de l'enfance de Peggy, ils lui avaient servi de parents de substitution, veillant à ce qu'elle ne manquât de rien. Ils avaient tenté de faire la même chose pour l'indomptable Casey et l'orgueilleuse Megan — et avaient essuyé une double fin de non-recevoir.

— Peggy était en train de nous parler de son travail, annonça Deirdre.

Megan n'ignorait pas qu'il s'agissait d'un point sensible. Les Grogan étaient assez riches pour assumer complètement les études de Peggy. Celle-ci avait résolument refusé de profiter de leur envahissante générosité. Elle leur permettait tout juste de payer ses manuels scolaires.

« Mon salaire, certes, ne me suffit pas, mais j'ai obtenu une bourse confortable », leur avait-elle déclaré avec toute la diplomatie nécessaire.

— L'équipe est formidable. Mes collègues ont tout de suite été d'accord pour me faire profiter de leur expérience. J'ai déjà appris les gestes de premiers secours, et l'un des médecins m'a autorisée à lui poser des questions sur ses interventions, quand je ne suis pas débordée de travail.

— Tes références sont excellentes pour entrer à l'Ecole de médecine, renchérit Frank. Et, vu tes notes, tu pourras intégrer l'université de ton choix. Tu sais que nous sommes disposés à t'aider.

— Nous plaçons les bénéfices du saloon correspondant à la part de Peggy pour ses études médicales, dit Megan d'un ton ferme. Et cela, depuis un bon moment.

Peggy prit la balle au bond.

— Eh bien, puisque vos poches débordent, pourquoi ne vous cotisez-vous pas pour m'envoyer à Aspen pendant quelques mois ? Un peu de ski sous le soleil du Colorado... qui sait si j'aurai encore envie de me démener pour ces études ensuite !

— Si on t'offrait plutôt une paire de skis le jour où tu passeras ton examen d'entrée ? proposa Deirdre.

Ils éclatèrent tous de rire et la tension s'évanouit.

Megan reprit le chemin de la cuisine. A mi-parcours, elle s'aperçut que son oncle l'avait suivie. La prenant par l'épaule, il l'entraîna vers un coin plus tranquille.

— Megan, il faut que je te parle.

— Ecoute, nous parlerons de cette Ecole de médecine quand ce sera devenu une réalité, commença-t-elle. Pour le moment, elle n'a pas encore décidé de ses choix d'orientation.

— Ce n'est pas de Peggy que je souhaite t'entretenir, ma chérie.

Elle n'en revenait pas qu'il l'eût appelée « ma chérie ». Frank, contrairement à Dennis, se montrait avare en termes affectueux et autres démonstrations de tendresse.

Le mot lui avait échappé, semblait-il, et il fourrageait dans sa chevelure clairsemée, l'air mal à l'aise. Sa pomme d'Adam proéminente montait et descendait tandis qu'il cherchait à s'éclaircir la gorge.

— Voilà... j'ai reçu une visite ce matin. Je pensais qu'il valait mieux que tu saches...

— De qui ?

— Un dénommé Niccolo Andreani.

Désarçonnée, elle mit un instant à réagir.

— Nick est venu chez toi ?

— Non, non, je me suis mal fait comprendre. A mon bureau, et...

Il s'arrêta net comme s'il venait seulement d'entendre sa réponse.

— Ainsi, tu le connais ?

— Oncle Frank, c'est lui qui a déjoué les plans des voleurs de voiture. J'espérais le voir ici, ce soir.

Comme son oncle restait silencieux, elle ajouta :

— Que faisait-il dans tes bureaux ? Et pourquoi m'en parles-tu ?

— Il n'est pas venu me trouver. L'un de mes employés l'a trouvé en train de rôder aux alentours de la propriété.

La propriété appartenait à l'entreprise Grogan Gravier. Jeune homme, à sa sortie de l'université, Frank Grogan s'était tout de suite mis à travailler au dépôt des chemins de fer de Whiskey Island. Par un beau soir, il était entré au saloon pour étancher sa soif et y avait rencontré Deirdre Donaghue, la blonde fille du patron. En un rien de temps, ce benêt de Frank, qui n'avait rien de remarquable, épousa la ravissante Deirdre, partit pour le Viêt-nam et revint couvert de médailles, les poches bourrées de millons de dollars — ses gains au poker — avec l'intuition que le monde était en train de changer et qu'il ferait tout aussi bien de s'y adapter.

Il avait investi dans une affaire de gravier qui battait de l'aile, près du dépôt ferroviaire. Grâce à un travail acharné et à son sens des affaires, la réussite avait été totale. S'il avait réinvesti ses millions de dollars dans une douzaine d'entreprises, il avait gardé les bureaux du siège à Whiskey Island, où il se sentait le plus à son aise.

— Qu'est-ce que Nick voulait ? s'enquit Megan en faisant signe à Barry de ne pas interrompre leur discussion, comme le barman fondait sur eux.

— Il m'a dit qu'il avait vu un vieil homme, en haillons, se diriger vers chez nous, la nuit dernière. D'après lui, cet homme serait un vagabond.

Megan sentit une boule se former dans sa gorge.

— Il n'a pas précisé où il l'avait vu ?

— Non, il est resté assez vague. Je ne sais pas trop..., balbutia Frank en secouant la tête. J'aurais dû lui réclamer des détails. Il semblait penser que ce vieil homme avait traversé l'autoroute pour se rendre sur l'île. Il m'a demandé ensuite s'il y avait des S.D.F. dans le coin.

Megan joua les étonnées.

— Je ne vois pas bien pourquoi tu me rapportes cela...

Elle voyait parfaitement où il voulait en venir.

— Il y a eu des témoignages, Megan. Des gens l'ont vu à plusieurs reprises.

— Mais qui ? lança-t-elle d'un ton rageur.

— Cet homme. Personne n'a pu l'approcher. Mais les descriptions concordent. Taille moyenne, vieux vêtements enfilés les uns sur les autres.

Il fit une pause et conclut avec un air entendu :

— Tignasse rousse. Et claudication.

Megan ferma les paupières, sans pouvoir chasser l'image que Frank venait de faire surgir.

L'oncle baissa la voix.

— Ce sans-abri est-il lié au vol de voiture ? Est-ce la raison pour laquelle Andreani posait toutes ces questions ce matin, sur l'île ?

Megan soupira et rouvrit les yeux.

— Nick est persuadé de l'avoir vu s'enfuir peu après l'arrivée de la police. Mais il ne fait pas partie du gang, au contraire. Il semblerait qu'il ait assommé l'un des malfrats, permettant à la police de les arrêter.

Frank ne pipa mot.

— Casey pense aussi l'avoir vu, cet homme, ajouta-t-elle enfin.

— L'a-t-elle reconnu ?

Megan en eut soudain assez de tourner autour du pot.

— Il ne s'agit pas de Rooney, oncle Frank, si c'est ce que tu suggères. Il a disparu depuis dix ans. Il est clair, depuis le temps, qu'il est allé rejoindre le grand abreuvoir céleste.

— Que ta tante ne t'entende jamais dire une chose pareille, Megan !

— Ne t'inquiète pas. Je n'ai aucune intention de parler de Rooney à qui que ce soit.

— Ton ami Andreani pourrait bien changer la donne.

— Qu'est-ce que tu veux dire ?

— Qu'il a la ferme intention de découvrir qui est ce gars, et où il crèche. C'est curieux, on dirait qu'il s'est fixé cette tâche, comme une sorte d'obligation. Tu as une idée de ce qui le motive ?

— J'ai rencontré Niccolo pour la première fois hier soir. Il n'avait jamais mis les pieds dans ce bar, auparavant. J'imagine qu'il se sent redevable envers ce type de les avoir sauvés, si tel est bien le cas.

— Tu devrais lui parler.

— Pourquoi ?

— Parce qu'il va continuer à poser des questions. Et que si ce malheureux s'avère...

— Ce n'est pas lui !

Elle se rendit compte que son éclat de voix avait attiré l'attention sur eux. D'ici un instant, ils se retrouveraient, Frank et elle, au centre d'une petite foule de curieux. Elle murmura rapidement :

— Je vais y réfléchir.

Frank eut un sourire triste.

— Je serai là en cas de besoin. N'hésite pas. Une dernière chose : évitons d'y mêler Deirdre ou Peggy pour le moment.

— Tout à fait d'accord. N'en parle pas non plus à Casey, s'il te plaît.

— Tu as ma parole.

Casey, par-dessus tout, aimait prendre du bon temps. Personne n'avait le chic, comme elle, pour savoir s'amuser et s'entourer des meilleurs compagnons. Elle en avait justement rencontré un parmi les joyeux fêtards de la soirée, un camionneur, sosie d'Elvis, répondant au prénom de Earl, affligé d'une ex-femme et deux enfants, et qui n'avait aucune intention de recommencer les mêmes bêtises. S'il était nouveau au Whiskey Island Saloon, il ne l'était pas pour Casey. Au cours de son existence mouvementée, elle avait rencontré des centaines de Earl, et elle savait exactement quoi attendre d'une brève rencontre avec ce genre de gars.

Au début, elle l'avait sans doute encouragé comme antidote contre sa propre famille. Earl était l'une des rares personnes dans la salle qui ne connaissait pas sa biographie par le menu, et qui n'avait donc pas d'opinion arrêtée sur son style de vie. Au fil de la soirée, elle avait flirté avec lui tout en parant ses attaques trop directes ; à présent, il s'avérait qu'il avait l'intention « d'emballer la marchandise ».

— Dis donc, poupée, on pourrait pas mettre les bouts ?

Earl, assis sur un tabouret au bout du comptoir, saisit la main de Casey et la posa résolument sur sa taille.

Cela faisait un moment qu'il s'entêtait, toutes les cinq minutes, à poser la même question, et Casey s'impatientait.

— Je ne peux pas m'en aller. C'est une fête de bienvenue en l'honneur de mon retour.

Elle s'était abstenue de parler d'Ashley qui, après une courte présentation à quelques membres de la famille, était remontée à l'étage sous la surveillance d'une jeune baby-sitter. Casey n'avait pas voulu accabler la fillette sous le poids des mondanités — elle-même se sentant déjà accablée pour deux.

— C'est ma fête et je me mettrai à pleurer si j'en ai envie..., fredonna-t-il d'une voix de fausset.

— Quoi ?

— C'est une chanson. Tu es trop jeune pour connaître, bébé. Mon bébé.

— Je ne suis pas ton bébé, ni quoi que ce soit d'autre, Earl. Et je te répète que je ne quitterai pas la soirée.

Casey reprit possession de sa main.

— Que dirais-tu d'une autre bière ?

— Hé, je veux être capable de « fournir ».

Casey se doutait que le brave Earl ne faisait pas référence aux seules roucoulades du refrain de *Blue Suede Shœs.*

— Alors, trouve quelqu'un à qui parler. Ça ne devrait pas être difficile. Dans ma famille, ils ont la langue bien pendue. Et ça n'est pas un vain mot.

Il prit un air buté. Décidément, Earl semblait avoir autant d'imagination qu'un éléphant de mer. Dire qu'il l'avait attirée parce qu'elle trouvait reposant de ne pas avoir à se concentrer sur sa conversation...

Elle lui tapota la joue.

— Quoi qu'il en soit, trouve-toi un autre interlocuteur en attendant.

L'irritation vint déranger la platitude de son encéphalogramme.

— Je ne compte pas rester. Ou tu viens avec moi, ou je me dégote un autre bastringue un peu plus rigolo.

S'il y avait une chose qu'elle n'appréciait pas, c'était bien les ultimatums. Et le petit père Earl commençait nettement à lui courir sur le haricot. D'accord, il en jetait dans son jean serré, et sa charmante moue n'aurait pas déparé dans *Blue Hawaii* ; malheureusement, il paraissait aussi imbu de lui-même que le King dans ses plus mauvais jours.

Elle le défia du regard.

— Eh bien vas-y, mon vieux.

— Pour qui tu te prends, dis donc ? éructa-t-il en se laissant glisser de son siège. Tu te crois supérieure ? Tout ça parce que tu tiens un bar ?

— Et toi, tu te sens quelqu'un sous prétexte que tu trimballes des bananes de La Nouvelle-Orléans à Chicago à la vitesse d'un escargot qui courrait le marathon d'Indianapolis ?

L'incompréhension s'afficha de nouveau sur sa figure. Il se doutait qu'elle se fichait de lui, mais ne distinguait pas bien où était l'insulte.

— Bon, je me casse. J'ai mieux à faire. Beaucoup mieux.

— Ben, ne te gêne pas.

Il la repoussa et se dirigea vers la sortie. Un homme surgit qui lui barra le passage.

— C'est une manière, ça, de bousculer les dames ?

L'homme qui s'était interposé n'était pas aussi costaud que Earl, mais son attitude était menaçante — ce qui était d'autant plus étrange qu'il portait un costume gris des plus classiques et se tenait devant lui les pouces nonchalamment passés dans les poches de son pantalon.

— Ote-toi de mon chemin.

— Je n'en ai pas l'intention, répondit l'homme calmement. Tu dois des excuses à la dame, d'abord.

Sa voix parut familière à Casey.

— Oh, laissez tomber, dit-elle. Je m'en fiche. Qu'il s'en aille, cela vaudra mieux !

L'homme secoua la tête. Ses cheveux noirs étaient coupés court, ce qui contrastait d'autant avec la coiffure bouffante élaborée et les rouflaquettes de Earl. Son visage avait du charme malgré des traits plutôt communs. Un visage, somme toute, idéal pour... un agent secret. Par exemple.

— Il vaut mieux qu'il s'excuse. Ne serait-ce que pour être en paix avec sa conscience. N'est-ce pas ? ajouta-t-il en s'adressant directement à Earl.

— Dégage ! gronda-t-il férocement, dans une triste imitation de l'Elvis des derniers temps.

— Aucune chance.

— Je vous connais ? lui demanda Casey.

Earl chargea avant que l'inconnu n'eût le temps de répondre. Il fit un pas en arrière, leva le bras pour dévier la trajectoire de Earl, puis, projetant son corps en avant, le cueillit de plein fouet. Le camionneur fit une embardée, tournoya sur lui-même, chancela, et se retrouva le bras maintenu fermement dans le dos.

— Ex-cu-sez-moi, lui souffla l'étranger.

A présent, Earl faisait face à Casey. Elle n'aurait su dire lequel des deux était le plus surpris.

— Tu n'as qu'à le dire, lui chuchota-t-elle.

La foule dans la salle était telle qu'ils n'avaient pas encore trop attiré l'attention. Cela pouvait changer d'une minute à l'autre.

— Bon sang, Earl. Obéis et tire-toi.

Earl émit un vague borborygme qui pouvait passer pour une parole d'excuse. En tout cas, l'étranger s'en satisfit et le relâcha. Casey remarqua, toutefois, qu'il restait sur le qui-vive. Prêt à frapper au cas où Earl se retournerait contre lui.

— Tu viens de louper la meilleure partie de jambes en l'air de ta carrière, bébé, lança Earl sur un ton de bravade dérisoire qui tomba à plat.

— Vas-y sans moi, rétorqua Casey avec lassitude. Tu ne verras même pas la différence.

Earl, lissant son T-shirt, fit un crochet pour éviter le justicier et se dirigea droit vers la sortie. Casey l'accompagna du regard jusqu'au moment où la porte se referma derrière lui. Elle se tourna alors vers l'homme au complet gris.

— Je vous connais ? répéta-t-elle.

— Toujours en train de traîner avec des paumés, Casey ? les marginaux et les camés ?

Elle prit la mouche aussitôt.

— La drogue ne m'intéresse pas. Et ne m'a jamais intéressée. Quant à mes amis, je les choisis en conséquence.

— Mouais, c'est une manière de le dire. Les jeunes avec qui tu traînais étaient plutôt braves sous leurs airs de faux durs. Mais aucun d'entre eux n'a décroché le Nobel, que je sache.

— Je suppose que pour être fréquentable il faut porter un costume trois-pièces ?

— Pas du tout. Je connais bon nombre d'hommes en complet-veston qui ont moins de cervelle que ton ami Earl. Et certains sont même aux commandes de ce comté. Hum. J'essayais te rafraîchir la mémoire. J'étais l'un de ces paumés.

Il sourit avec gravité, et à cet instant, elle le reconnut.

— Jon Kovats !

Elle pencha la tête, comme si un nouvel angle de vue allait lui fournir des informations supplémentaires.

— Seigneur, nous avons déjà eu cette conversation, avant, n'est-ce pas ? reprit-elle.

— Il y a bien longtemps.

Jon et elle fréquentaient le même collège, un établissement public bondé se divisant, en gros, entre les gosses qui espéraient s'en sortir, et ceux qui se contentaient des réponses faciles. Leur Q.I. supérieur à la norme leur avait valu de se retrouver dans les mêmes classes pour surdoués, où ils avaient été bichonnés et poussés de l'avant. Ensemble, ils s'étaient révoltés, séchant les cours quand ils le pouvaient, bûchant leurs examens quand il le fallait.

Au fil des ans, ils étaient devenus amis intimes, et concurrents occasionnels pour les meilleures places. Dans le peloton de tête.

— Tu as toujours été bonne poire pour les cas désespérés.

Jon s'installa sur le tabouret laissé vacant par Earl et leva les yeux sur elle. Casey le dominait pratiquement de sa haute taille.

— Non, je n'étais pas aussi snob que toi, c'est tout.

Casey remarquait maintenant des détails qui ne l'avaient pas frappée de prime abord. Le regard profond, les yeux noisette, la mâchoire volontaire, et la métamorphose d'un jeune rebelle efflanqué en un homme aux larges épaules, portant costume.

— Moi ? Un snob ? Je descends d'une longue lignée de paysans hongrois. Je suis né avec de la Terre sous les ongles.

Elle lui prit la main et l'examina. Puis la garda à plat dans sa paume.

— Tu les as bien brossés, depuis.

— Salut, Casey.

Il entremêla ses doigts aux siens.

— Ça fait un bail, n'est-ce pas ? dit-elle platement, préférant se réfugier derrière un cliché.

— Et comment ! Tu as disparu de la surface de la Terre après le collège. Personne ne savait où tu étais passée.

Elle n'était pas prête à aborder ce sujet.

— J'ai appris par la rumeur publique que toi aussi, tu avais disparu.

Il s'adossa au comptoir.

— Rien de mystérieux. Mes parents attendaient que je finisse mes études pour déménager et s'installer au sud de Colombus. Mon père a acheté une concession automobile dans une petite ville.

— Tu les as suivis ?

— Non, je suis parti aussi loin que possible. Dans l'Etat de San Francisco, puis à Stanford pour faire mon droit.

— Pas étonnant qu'on ait perdu ta trace !

— Et toi, pouvait-on retrouver la tienne ?

— Pas facilement, concéda-t-elle sans vouloir s'étendre.

Elle fit un bref calcul mental et fut effarée du résultat.

— Dix ans. Non, onze — mon Dieu. Après tes études de droit, es-tu devenu avocat ?

— Je travaille au bureau du procureur général.

Elle repensa à Earl, grimaçant de douleur, le bras tordu dans le dos. Earl, le chauffeur de poids lourd, qui avait dû plus qu'à son tour triompher dans des bagarres avec des gros bras et autres piliers de bars.

— Est-ce là que tu as appris à te défendre ?

— Non. ça, je l'ai appris au LAPD[1].

Elle haussa un sourcil interrogateur.

Il s'expliqua volontiers.

— J'ai été flic avant d'entrer à la faculté. A l'époque, j'hésitais entre la chasse aux voleurs et la justice.

— Tu as toujours eu un sens hyperdéveloppé du bien et du mal.

Curieusement, le sujet les ramenait au début de leur conversation, remarqua Casey avant de poursuivre :

— Moi aussi, sur un certain plan. Les gens que je fréquente n'arrivent sans doute pas à la cheville de tes copains BCBG, mais je fais attention. Pas d'ivrognes, de drogués ou de pervers.

— Des types à qui tu n'as pas besoin de parler, c'est ça ?

Il n'avait rien oublié malgré toutes ces années.

— Bienvenue au club, hein, Jon ?

Il lui sourit. Un sourire bien plus sensuel que dans ses souvenirs, songea Casey. Et qui n'était plus celui du bon vieux camarade.

— Cette Casey, toujours la même, n'est-ce pas ? Prête à faire une pirouette, si je m'approche trop près de la vérité.

— Qu'est-ce que tu fabriques à Cleveland ? Tes parents n'y habitent plus. Tu vivais sur une terre bénie des dieux, et tu as échangé le soleil californien pour notre bonne vieille purée de pois ?

— Oui, dit-il, sans donner de détails.

Une main se posa sur l'épaule de Casey et elle se retourna, surprise qu'on osât la déranger.

— Casey ? murmura Peggy sur un ton contrit. La baby-sitter voulait rentrer. Je lui ai réglé ses heures et je l'ai renvoyée chez elle. Ashley dort profondément, mais je peux faire une pause et monter la voir, si tu préfères.

1. LAPD : Los Angeles Police Department (La police municipale de L.A.).

Son regard se posa sur Jon.

Casey le lui présenta sans attendre.

— Peg, tu te souviens de Jon ? Tu étais encore petite lorsque nous avons quitté le collège.

Peggy sourit poliment, puis son visage s'illumina : elle l'avait reconnu.

— Je m'en souviens très bien. Vous me lisiez des histoires. J'adorais celle du vilain *Chat dans le Chapeau*.

Peggy et Jon échangèrent quelques plaisanteries, puis Casey s'excusa et entraîna sa sœur un peu plus loin.

— Ça ne te fait rien de veiller sur Ashley ?

— Non, pas du tout. Mais ici, c'est le coup de feu. Les deux tables là-bas réclament l'addition. Les deux du coin veulent passer commande. Et il y a pas mal de gens qui attendent leur soupe de poisson.

— Bon, va voir si elle dort bien, et profites-en pour faire une pause. Je m'occupe des tables. On branchera ensuite l'écoute-bébé dans la cuisine.

Casey suivit sa sœur des yeux, soulagée de pouvoir terminer sa conversation avec Jon. La soirée avait pris un tour surprenant, et elle se sentait perdre tout contrôle. Un sentiment qu'elle n'appréciait pas particulièrement...

Lorsqu'elle retourna au comptoir, elle fut encore plus surprise.

Jon Kovats avait disparu.

6.

Megan possédait un appartement au premier étage d'un élégant bâtiment en brique sur Edgewater Drive, dans un quartier pratique. En remontant vers le nord, de belles promenades le long du lac s'offraient à elle et, côté sud, elle pouvait trouver tous les genres de commerces. Ses fenêtres qu'ombrageaient de vénérables érables s'ornaient de jardinières où elle avait planté toutes sortes de fleurs. Elle avait organisé un coin-repas avec des banquettes intégrées et installé sa chambre à coucher dans une pièce suffisamment vaste pour abriter un ancien lit-bateau en cerisier. Elle avait marchandé de façon éhontée avec un antiquaire de Lorain Avenue pour acquérir ce lit, qu'elle avait ensuite amoureusement restauré dans ses moindres finitions, lui adjoignant, au fil de ses recherches, une commode, également en cerisier, et sa coiffeuse assortie.

L'appartement abritait des trésors chinés au marché aux puces ou dans des braderies : une collection de théières miniatures s'alignant sur l'étagère de la cuisine ; une cruche Fiestaware des années 30, posée devant la glace de la coiffeuse, contenant, été comme hiver, des fleurs fraîches ; et, jeté sur le lit-bateau, un quilt « Jardin de Grand-Mère », composé de neuf cent soixante-deux hexagones découpés dans de la toile à sac — tissée à l'époque même de la construction de la maison — dont les motifs floraux, disposés en cercles de couleurs accordées, avaient été cousus par quelque main patiente.

Une nuit d'insomnie, elle s'était mise à compter les hexagones ; à mi-chemin, elle y avait renoncé ; à son âge, elle avait tout de même mieux à faire...

Megan appréciait son appartement plus que tout : elle y savourait les joies de la solitude. Enfant, puis jeune fille, elle n'avait jamais eu de chambre à elle. Il lui avait toujours fallu se battre pour un moment d'intimité — cinq minutes de tranquillité, volées ici ou là, porte fermée, dans la salle de bains ou les toilettes. Elle avait partagé son lit avec Casey ou Peggy — parfois les deux, les soirs d'orage. Ce goût de la solitude ne l'empêchait pas, certaines nuits, de trouver son lit bien vide... surtout quand il pleuvait.

Le jeudi matin, elle s'éveilla au son d'une petite pluie insistante qui tournerait sans doute à la neige. Elle resta au lit, les bras croisés sous la nuque, et fixa le plafond.

La veille au soir, elle avait préparé le ragoût de mouton à l'irlandaise de Rosaleen, et l'avait laissé à mijoter dans la rôtissoire électrique. A midi sonnant, la première tâche de la nouvelle employée du saloon, Casey, serait de le servir — aidée de Peggy —, avec les autres plats inscrits sur le menu, aux ouvriers des usines avoisinantes qui se presseraient en foule pour un repas plantureux arrosé d'une bonne pinte de Guinness, ou de Crooked River Ale, la bière locale. A cet instant, quelque part, dans l'au-delà, son arrière-arrière-grand-mère sûrement sourirait aux anges, ses semblables...

Megan aurait vraiment préféré être là-bas plutôt que d'avoir à se rendre chez Niccolo Andreani. Elle n'avait pas fermé l'œil une bonne partie de la nuit ; pour une fois, la pluie n'avait pas été seule responsable de son insomnie. Elle avait pensé à ses sœurs. Casey, revenue sans crier gare s'installer à la maison — et Peggy, qui l'avait suivie... Puis elle avait imaginé Niccolo en train d'explorer Whiskey Island — ce lieu où, jadis, son arrière-arrière-grand-mère récoltait des oignons et des asperges sauvages le long des traverses du chemin de fer, tout en se lamentant sur la disparition des poissons, asphyxiés par les eaux délétères et polluées de la Cuyahoga River qui coulait devant sa masure, sur Tyler Street...

Ce n'était cependant pas le fantôme de Rosaleen Donaghue qui tourmentait Megan.

Mais à quoi bon ruminer des pensées sans forme ? Elle se secoua et entreprit de se préparer. Une heure plus tard, elle roulait dans les rues d'Ohio City.

Quoiqu'elle n'eût guère de mal à repérer la maison de Niccolo, elle préféra s'accorder un moment pour examiner les alentours. Dans sa jeunesse, son jeu favori consistait à transformer les vieilles maisons : elle les repeignait, mentalement, les entourait de jardins merveilleux. Combien de fois ne s'était-elle pas imaginée sous une véranda de belle proportion, en train de servir du thé ou de la limonade sur des tables couvertes de nappes imprimées, gonflées par un vent paresseux ? Elle découpait, dans des magazines, des photos de balcons tarabiscotés, ornementés de jardinières fleuries et de plantes exubérantes, et les affichait dans le coin de la chambre qu'elle partageait avec ses sœurs. Dès qu'elle le pouvait, elle se plongeait dans la contemplation de ses photos et échappait ainsi, un bref instant, à une réalité nettement moins gracieuse.

Cela faisait des années qu'elle n'avait pas joué à ce petit jeu. D'autres avaient appris à y jouer : certaines des maisons devant lesquelles elle passait étaient visiblement restaurées par des artistes.

Elle gara sa vieille Chevy devant chez Niccolo, sans en descendre, et contempla la spacieuse bâtisse à un étage, dont le porche était assez grand pour abriter une flopée d'enfants.

Une maison de famille.

Elle n'avait pas songé qu'il pût être marié. Quand il avait été blessé, il n'avait pas téléphoné chez lui pour rassurer quiconque. Il avait accepté que Barry le conduise à l'hôpital, et le ramène, comme s'il n'avait pas eu d'alternative. Il se promenait seul ce soir-là et, plus tard, lorsqu'il était revenu à Whiskey Island, il n'était toujours pas accompagné.

Tandis que Megan réfléchissait, la porte s'ouvrit, laissant apparaître une tête brune, et un bras nu qui s'empara du journal roulé en cylindre. Quand il se redressa, Megan reconnut Niccolo ; en dépit de la température, proche de zéro, il portait un jean coupé au-dessus du genou et un T-shirt blanc.

La matinée n'était guère avancée. Megan fut prise de remords. Il avait l'air d'un homme au saut du lit, un homme qui s'apprêtait à prendre sa première tasse de café, en toute tranquillité.

A moins qu'il ne partage ce moment d'intimité avec l'épouse modèle qui allait avec une maison comme celle-là ! Avant que les enfants...

Elle se figea, immobile, espérant que Niccolo ne la remarquerait pas. Dès qu'il serait rentré, elle s'éloignerait, incognito. Elle reviendrait plus tard, lorsqu'elle serait certaine de ne pas tomber sur monsieur et madame en peignoir avec une ribambelle de bambins portant encore leurs couches de la nuit.

Trop tard. Niccolo, tenant le journal sous son bras, scrutait la Chevy. La fameuse nuit du vol, elle était garée juste à droite de la Mazda de Casey. Et il y avait toutes les chances pour qu'il s'en souvînt. Les portières constellées de rouille et les quatre bleus différents de la carrosserie de « Charité » étaient facilement reconnaissables.

Niccolo était sans doute pieds nus, sinon il aurait traversé le trottoir, songea-t-elle. Elle poussa un soupir, ouvrit sa portière, puis, à moitié cachée par le long capot de « Charité », elle l'apostropha :

— Je peux revenir plus tard.

Il était inutile de crier : le jardin côté façade n'était pas immense, et la maison guère éloignée de la rue.

— Pourquoi ?

Un instant, elle crut qu'il lui demandait pourquoi elle voulait revenir. Ce qui aurait été plutôt grossier.

Il fit une grimace. Elle s'imagina alors qu'il s'impatientait dans ce froid mordant, lui qui était bras et jambes nues...

— Megan, je voulais dire : à quoi bon revenir plus tard ? Puisque vous êtes là, entrez.

— Vous êtes sûr ? Je ne vais déranger personne ?

Il plissa le front, comme si le moindre effort intellectuel était vraiment trop pénible avant la première injection de caféine.

— Vous voulez dire... une épouse, ou une petite amie à demeure ?

— Par exemple, admit-elle.

— Je vis seul — si on excepte une ou deux souris, qui ont d'ailleurs reçu leur préavis d'expulsion.

Le spectre de la femme en peignoir-éponge s'évanouit.

— Je pourrais au moins attendre que vous ayez pris votre café.

— Au contraire, venez le prendre avec moi.

La proposition était alléchante et Megan remonta l'allée vers la maison.

— Vous avez sans doute reconnu la voiture ? dit-elle en le rejoignant sur le perron. Charité est un sacré numéro.

— Charité ?

— Peggy l'a baptisée ainsi.

Il lui tint la porte.

— Pourquoi ?

— Dès que je m'éloigne de chez moi de plus d'un kilomètre et que je coupe le moteur, elle refuse de repartir. Elle a toujours fait ça. Elle ne consent à redémarrer que devant chez moi, ou devant le saloon.

— Je suis un peu au ralenti ce matin. La subtilité m'échappe.

Elle passa devant lui et pénétra dans le hall puis, se retournant, lui dit en souriant :

— Charité bien ordonnée commence par soi-même.

Il poussa un gémissement.

Elle ne pouvait pas lui en vouloir. Ce genre de blagues tirées par les cheveux circulaient par centaines au sein de sa famille. L'esprit des Donaghue ne fonctionnait qu'à coup d'humour. Ils étaient tombés dedans en naissant. Et, sans lui, la vie leur aurait paru à tous affreusement décourageante.

Le regard de Niccolo sur elle était aussi curieux qu'amical. Il n'avait pas cette expression de concupiscence plus ou moins affichée avec laquelle les hommes regardent en général les femmes. Non, ses yeux étaient vifs, intelligents et dénotaient un intérêt sincère.

— Ne vous éloignez pas du chemin en allant dans la cuisine. On ne vous retrouverait peut-être jamais.

— Quelle magnifique demeure !

— Vous vous y connaissez ?

— Un peu. C'est du néogothique, n'est-ce pas ? Fronton à pignons avec ses roses en trèfles. Fenêtres à rinceaux nanties de leurs moulures d'origine, que vous allez restaurer, j'espère. Croisée d'ogive sur pilastres soutenant le porche...

Prenant conscience qu'elle étalait ses connaissances d'une manière un brin pédante, elle s'interrompit aussitôt.

— Excusez-moi, je m'intéresse à l'architecture et j'adore les vieilles maisons.

— Pourquoi vous excusez-vous ?

— C'est une chose de s'y connaître, une autre de gloser sans fin sur ce que l'on sait.

— Ah, le péché de vanité ! Ça me rappelle le sage conseil que les mères administrent à leurs filles.

— Lequel ?

Il fit monter sa voix de basse d'un octave.

— Ne laisse jamais un homme découvrir que tu es plus intelligente que lui, Megan, si tu veux attraper un mari.

— Qui vous dit que je suis à la chasse au mari ?

Il sourit.

— Vous essayez de vous faire pardonner de parler en experte de mon sujet préféré. Cela m'intrigue.

— Il n'y a pas de quoi. Je suis des cours semestriels sur les matières qui m'intéressent.

— Et l'architecture en fait partie ?

Une foule de choses l'intéressait. La littérature, la philosophie, la physique. Elle n'avait jamais passé de diplôme universitaire ; un jour ou l'autre, à force d'accumuler les unités de valeur, elle finirait par en décrocher un.

— J'ai assisté à plusieurs cours magistraux sur le sujet. J'aimerais vraiment voir le reste de la maison, mais si ça vous ennuie...

— J'aurais aimé vous en montrer davantage. Vous savez, l'intérieur était un vrai désastre quand j'ai acheté, et, malheureusement tout est encore sens dessus dessous.

Si le hall d'entrée était à l'image des autres pièces, effectivement, le chantier était de taille. Les plâtras qui n'étaient pas encore tombés pendaient à de gros clous fichés dans les murs, et le circuit électrique avec ses fils dénudés faisait froid dans le dos. Le plafond, lui, semblait neuf, et une belle lanterne ancienne, qui avait dû jadis fonctionner au gaz, jetait une douce lumière au-dessus de leurs têtes. L'escalier montant vers la droite portait encore des traces de peinture qui cloquait, un indice de plus sur le mauvais état des lieux, à moins que Niccolo ne préparât les fonds pour une couche de peinture fraîche.

— L'escalier est en pleins travaux, dit-il comme s'il avait lu dans ses pensées. J'ai déjà décapé quatre couches et j'ignore toujours ce que je vais trouver en dessous. J'ai enlevé trois épaisseurs de lino de ce sol. Le parquet d'origine était en chêne ; hélas je n'ai pas pu le récupérer. En revanche, le plancher sous-jacent est en érable massif et, avec un peu d'huile de coude, je pense pouvoir le remettre en état.

Elle baissa les yeux. Un peu d'huile de coude lui parut une estimation très optimiste.

— Ce sera magnifique si vous trouvez un moyen de le sauver.

— Il n'y a pas de mystère. Il suffit de s'y attaquer, planche par planche.

Avait-elle jamais rencontré un homme capable d'une telle patience ? Un homme paraissant si maître de lui ? Un tel homme ferait un amant merveilleux...

Cette idée saugrenue la prit au dépourvu. Elle fit quelques pas pour dissimuler son trouble.

— Il n'y a pas trop de danger avec tous ces fils à nu ? s'enquit-elle.

— Aucun danger. J'ai enlevé les plombs correspondants. Je remplace les circuits défectueux petit à petit. J'ai commencé par les pièces principales. L'électricité y fonctionne à présent. Je m'attaquerai au reste en son temps.

Il la contourna et se dirigea vers le fond du hall.

— Laissez-moi vous montrer ce qui a été fait au rez-de-chaussée.

Ils terminèrent leur visite par la cuisine. Megan était vraiment impressionnée par ce qu'elle avait vu. La maison renaissait sous les mains habiles de Niccolo. Il était en train de transformer une douairière bossue et ridée en une ravissante et voluptueuse jeune fille. Quoique le squelette restât le même, les dégâts des ans étaient systématiquement bannis, couche après couche. Une opération de rajeunissement magique...

— Ce n'est pas évident, je sais, conclut-il en lui désignant une table ronde, dans un coin.

Obéissante, elle se laissa tomber sur une chaise à haut dossier.

— Sauf si vous utilisez votre imagination. Alors ça devient facile de voir au-delà des murs lépreux et des planchers défoncés. Je n'ai pas de mal à imaginer l'état dans lequel se trouvait cette bâtisse et l'allure qu'elle aura une fois finie.

Tout en parlant, elle balayait la cuisine du regard. Niccolo était un artisan de génie ; on ne pouvait pas en dire autant de ses talents de décorateur. Quelques meubles épars occupaient çà et là les pièces qu'ils avaient visitées et, bien que la cuisine fût déjà avancée, peu de détails reflétaient vraiment la personnalité du maître de céans. Un réfrigérateur, deux placards vitrés au-dessus d'un évier provisoire, un comptoir en aggloméré, des plans de travail en contreplaqué et un dallage de tommettes dont la peinture s'écaillait composaient l'ensemble.

— C'est là que j'ai commencé. Vous pouvez constater que je suis loin d'avoir terminé.

Il alla prendre le pot de verre de la cafetière électrique.

— Un espresso ?

Elle fronça le nez.

— Je supporte mal le café noir.

— Vous le prenez avec du lait ?

— Oui, et trois cuillerées de sucre.

Elle éclata de rire devant son expression choquée.

— Je sais. Je suis désolée.

— Vous buvez du vrai café, ou du soluble ?

— Oh, du vrai quand il y en a.

— Remettez-vous-en à moi.

La proposition était trop intrigante pour être refusée.

— Pas de problème. Je suis toujours prête à goûter quelque chose de nouveau.

Il continua à parler tout en remplissant le pot d'eau froide et en sortant un paquet de café en grains.

— Ma philosophie, c'est moitié restauration, moitié rénovation. Je suis partisan du confort moderne pour rendre la vie plus facile dans une maison, tout en préservant ce qui la rend belle et unique.

— Vous n'en êtes pas à votre coup d'essai, si je comprends bien ?

— A vrai dire, c'est la première maison que je rénove par moi-même.

— Vous vous êtes donc installé à votre compte après avoir travaillé avec quelqu'un d'autre ?

Il se tut tandis qu'il moulait le café. Elle eut l'impression qu'il hésitait à répondre.

Elle le regarda. Il se déplaçait avec une grâce féline. Elle s'était trompée, concernant les pieds nus. Il portait des sandales de cuir noir en plus du jean effrangé et du T-shirt blanc, provenant visiblement de paquets de trois vendus en promotion au supermarché.

Certes, la simplicité de sa mise allait de pair avec son allure de centurion. Néanmoins elle l'aurait bien vu en smoking. L'idée d'une chemise blanche contre sa peau bistre lui plaisait particulièrement.

Il arrêta le moulin électrique.

— Dans ma jeunesse, j'ai travaillé avec mon père. Un artisan exigeant. Qui n'a jamais fait fortune, parce qu'il s'obstine à nier le progrès. Mon frère aîné, Marco, par contre, est à la tête d'une entreprise de construction qui vous bâtit une maison en six semaines chrono. Il refuse de faire les choses à l'ancienne. Pour ma part, je me situe entre les deux.

— Dans ce que vous avez fait ici, quelle est la part de votre père, et celle de votre frère ?

Il sourit largement et son visage s'illumina d'une façon aussi merveilleuse qu'inattendue.

— Eh bien, Marco est dans les murs. Cette pièce était deux fois plus petite. Il y avait un garde-manger là où vous êtes assise, et un escalier à vis dans ce coin. J'ai impitoyablement abattu tout ça pour n'en faire qu'une seule pièce. Quant à mon père, je dirais qu'il est dans ces vitrines. Elles n'étaient pas dans la maison, je les ai achetées chez un brocanteur.

Elles étaient faites en loupe d'érable, lui semblait-il. Et d'une facture si remarquable, que la simplicité de leur ligne mettait en valeur le bois précieux mieux qu'aucun autre enjolivement.

— Avez-vous d'autres projets d'ameublement, dans le même ordre d'idées ?

Il éclata de rire.

— Si seulement vous pouviez voir ce qui s'entasse à la cave ! J'en ai des dizaines, de ces armoires vitrées. Imaginez-vous qu'elles avaient été laquées en doré. Et avec une peinture drôlement tenace.

Megan émit un petit sifflement.

— Je les ai eues pour presque rien, dit-il en surveillant le café qui passait. C'était encore trop cher payé.

— Oui, mais la cuisine sera somptueuse.

Elle n'avait pas de mal à se la représenter une fois terminée. Ce qu'elle aimait, adolescente, dans les magazines, c'était les photos « avant ». Parce qu'elles laissaient place à l'imagination. « L'après » était souvent un peu décevant.

— J'espère que d'autres personnes seront de votre avis.

Elle le questionna du regard.

— J'ai l'intention de vendre la maison, une fois restaurée. Voilà ma combine : acheter bon marché, rénover à la sueur de mon front et revendre avec profit. Quoique je n'aie pas l'impression que les prix soient très élevés dans le quartier.

Megan, sans qu'elle puisse se l'expliquer, fut déçue.

D'un Frigidaire des années 50 Niccolo sortit du lait, qu'il versa dans un pot en Inox. Il le posa près de la cafetière puis, se tournant vers la jeune femme, s'accouda au comptoir et la dévisagea.

— Vous n'êtes pas simplement venue pour la visite, n'est-ce pas, Megan ?

Elle tapota la table des doigts comme si elle répondait en morse. S'en apercevant, elle cessa aussitôt.

— C'est vrai. Pas plus que pour le café, même si je ne doute pas qu'il soit excellent.

— Alors, pourquoi ?

Il lui en coûtait d'entamer la discussion. Elle prit son temps avant de formuler sa question.

— Vous avez rencontré mon oncle Frank, hier matin. Frank Grogan.

Niccolo changea légèrement d'expression.

— Avez-vous des liens de parenté avec tous les habitants de Cleveland ?

— Avec un bon nombre, oui, du côté ouest.

— J'aurai intérêt à m'en souvenir.

— Oncle Frank m'a rapporté que vous interrogiez les gens de Whiskey Island à propos d'un vagabond.

— Que savez-vous d'autre à mon sujet ?

— J'aimerais que vous arrêtiez votre petite enquête, Niccolo.

— J'apprécie les gens qui vont droit à l'essentiel. Cela dit, vous m'avez déclaré vous-même qu'il n'y avait personne. Alors, en quoi cela vous concerne-t-il si je m'entête dans mes illusions ?

— Parce que, tout bien pesé, il se peut qu'il y ait eu quelqu'un.

Elle l'observa tandis qu'il digérait la nouvelle. Comment avait-elle pu croire que cet homme se laisserait berner ?

— Qu'est-ce qui vous a fait changer d'avis ? demanda-t-il enfin.

— Le temps, j'imagine. J'ai eu le loisir de repenser à tout ça.

— Qu'est-il arrivé au cours de ces quelques heures pour vous convaincre que j'avais bien vu quelqu'un ?

Elle s'était doutée — à présent elle en avait confirmation — que la partie ne serait pas facile.

— Nous étions tous sous le choc ce soir-là, et bien incapables d'aligner des pensées cohérentes.

— Tiens, moi qui avais eu l'impression, au contraire, que vous aviez les idées très claires. Suffisamment claires en tout cas pour me persuader que je déraillais.

Elle tenta une autre approche.

— C'est oncle Frank qui m'a fait changer d'avis.

Niccolo poussa le pot à lait sous le bec chromé du percolateur et tourna le bouton de la pression ; Megan attendit qu'il eût fini de réchauffer le lait. Déjà le café embaumait la pièce.

— A dire vrai, reprit-elle, je ne voulais pas y croire sur le moment, mais cet homme... il se pourrait que nous l'ayons connu dans le temps. Il s'agirait d'un vieux bonhomme qui vivait dans le coin... que personne n'avait plus vu depuis très longtemps.

Il lui tournait toujours le dos.

— Combien de temps ?

— Des années. Nous pensions qu'il était probablement mort. Et nous nous étions tous faits à cette idée.

Le café était prêt. Il le partagea entre une chope et une fine tasse en porcelaine, ajouta le lait crémeux et bouillant dans la chope et apporta le tout sur la table.

— Et maintenant ?

— Eh bien, ce n'est pas facile d'accepter que quelqu'un revienne de l'au-delà.

— Je ne sais pas. Beaucoup de gens ne croient-ils pas en la résurrection ?

Il alla chercher le sucrier et les petites cuillères. Megan versa dans sa chope son habituelle dose massive de sucre et la fit fondre en tournant un peu nerveusement sa cuillère.

— S'il s'agit vraiment de l'homme auquel je pense, c'est un cas désespéré. Pendant des années, les gens ont essayé de l'aider. Ils n'ont essuyé que des refus de sa part. Il voulait qu'on le laisse tranquille. Je ne pense pas qu'il apprécierait, soudain, d'être suivi à la trace, d'être... exhumé et de subir la charité d'autrui.

— L'homme que j'ai vu était un héros, Megan. Il a pris des risques, et pas des moindres, pour sortir de l'ombre et faire échouer un crime.

Ne mérite-t-il pas un peu d'attention, un peu d'aide ? Peut-être accepterait-il des secours à présent ? Et si c'était la raison pour laquelle il traînait dans le parking ce soir-là ?

La table était si étroite, et Niccolo si près, qu'elle sentait la chaleur se dégager de son corps. Cette intimité était étrange. Et complètement déroutante.

Elle se pencha vers lui, néanmoins.

— Niccolo, vous ignorez tout de cet homme, et de la situation. Comment pouvez-vous prendre fait et cause aussi soudainement ? Qu'avez-vous à voir avec tout ça ? Vis-à-vis de nous, vous êtes un étranger ; quant à ce malheureux... vous ne le connaissez ni d'Eve ni d'Adam. Alors ?

Il sirota quelques gorgées de son café avant de poser sa tasse.

— J'aime raconter des histoires. Puis-je vous en dire une ?

— Je pensais que ce talent nous était réservé, à nous les Irlandais.

— Je suis prêt à prendre les paris. Un stéréotype contre un autre. Mon grand-père était champion en la matière et nul ne l'a jamais égalé. Laissez-moi tenter ma chance, voulez-vous ?

Si elle souhaitait avoir le dernier mot, mieux valait écouter son histoire ; elle poussa un discret soupir.

Niccolo s'installa confortablement sur son siège et posa un bras sur la table.

— Je vivais à Pittsburgh. Etant originaire du sud-ouest de la Pennsylvanie, d'une toute petite ville, je me suis donc installé tout naturellement dans la région. J'occupais un emploi dans l'un des meilleurs et des plus riches quartiers de la ville. L'endroit où je travaillais était vaste et très ancien. Il était également placé sous ma responsabilité.

— Vous étiez gardien ?

Il esquissa un sourire.

— Disons plutôt que j'étais le patron du bâtiment. Je demeurais... non loin. J'en prenais soin, et j'y organisais différentes manifestations. Un matin, très tôt, en gravissant les marches de l'entrée, je découvre un vagabond endormi dans une niche, en haut de l'escalier. Le bâtiment était fermé à clé, bien entendu, mais il offrait un semblant d'abri contre la rigueur des intempéries, grâce à ces deux niches qui flanquaient le portail principal. Quand vous vivez au centre-ville, vous êtes souvent confrontés à la misère. Dans une banlieue résidentielle telle que celle-ci, il s'agissait d'une rencontre tout à fait inhabituelle.

Tout en étant curieuse de connaître la suite, elle se demandait où il voulait en venir.

— Et alors ?

— C'était un vieillard, édenté et sale. A l'image des milliers de sans-abri qui hantent nos cités. Je l'ai secoué et je lui ai demandé de circuler. Le matin suivant, il était de retour, le matin d'après aussi. Bref, nous étions à la fin de l'été, et cette niche, j'imagine, n'était pas un endroit plus désagréable qu'un autre pour y dormir. Je pris l'habitude de lui apporter du café, un petit pain et des fruits, de temps à autre. Je lui donnais aussi quelques dollars, par-ci par-là. J'appris qu'il dînait habituellement d'une soupe populaire en ville, ou dans un foyer. Il ne voulait pas y rester dormir. Il me dit une fois qu'il ne se sentait pas en sécurité à l'asile. Ce fut l'une des rares circonstances où il me fournit quelques détails sur son mode de vie.

— Avez-vous découvert son identité, des éléments de son passé ?

— Je lui demandai de me parler de lui, mais il n'avait pas grand-chose à dire. Il s'appelait Billy. Avant d'échouer à Pittsburgh, il avait été à New York. C'est à peu près tout ce que je récoltai comme renseignements. Peu à peu, je cessai de l'interroger. Cela ne nous menait nulle part et nous avions des problèmes plus urgents à résoudre. Sa présence, par exemple.

Niccolo reprit une ou deux gorgées de son espresso. Revivait-il ses conversations avec le vieux clochard ?

Son regard chercha celui de Megan, puis il continua son récit.

— L'automne était arrivé, et la température chutait de jour en jour. Les gens qui fréquentaient l'endroit avaient, eux aussi, découvert que Billy avait élu domicile dans ce renfoncement, et ils m'en voulurent d'avoir fermé les yeux sur son installation. Nous eûmes des discussions pour tenter de trouver une solution. D'autant que Billy dormait de plus en plus tard, et que les gens étaient maintenant obligés de le contourner pour entrer et sortir. Parfois, il urinait sur les marches, et il avait le chic pour laisser son coin jonché de détritus divers et variés. Il était incapable de nettoyer derrière lui, et moi je n'arrivais pas toujours à temps pour éliminer ses traces. Billy n'était plus invisible, il dérangeait la communauté.

« Finalement, j'annonçai à Billy qu'il allait devoir déménager, de façon définitive. En vain... Un soir où le thermomètre avoisinait le zéro, j'ai téléphoné à la police et leur ai suggéré d'arrêter Billy pour vagabondage. Il aurait pu ainsi passer la nuit en prison, au chaud. Cette tentative de dissuasion ne porta pas ses fruits. Car je le retrouvai sous le porche tous les matins qui suivirent. Je lui dégottai alors un asile pour hommes, de l'autre côté de la ville, et je l'y conduisis moi-même. Grâce à la distance qui nous séparait désormais, j'étais convaincu d'être débarrassé du problème Billy et de réintégrer, enfin, mon train-train quotidien. »

Megan n'eut pas un sourire.

— Comme un chien errant que l'on va déposer chez un voisin. S'il se fait écraser par une voiture, on n'en sait jamais rien.

Niccolo se figea un instant : visiblement, la jeune femme avait touché une corde sensible.

— Deux jours plus tard, Billy était de retour. J'eus beau le menacer de la police, il s'en fichait complètement. J'ai donc appelé le commissariat. Lorsque les agents l'ont emmené, ils m'ont promis de régler le problème.

Il baissa les yeux sur sa tasse, l'air abattu.

— Si je n'étais pas fier de moi, je ne voyais aucune autre solution. L'hiver était en avance cette année-là, le gel menaçait. Et les... usagers de l'endroit se montraient inflexibles. On m'avait sommé de faire preuve d'autorité, et de libérer les lieux du clochard.

Megan s'appuya contre le dossier de sa chaise. Si son cœur battait à tout rompre, elle n'en laissa rien paraître.

— Qu'est-il arrivé ensuite ?

— Le juge classa le dossier et remit Billy à la rue. Il existe certes des programmes de réhabilitation pour les gens comme lui, mais les listes d'attente font des kilomètres. On met des appartements à leur disposition, ou des chambres indépendantes dans des résidences privées : il n'y avait plus une place de libre. Et la prison locale avait déjà suffisamment de détenus ayant perdu tout sens moral à nourrir pour se charger d'un Billy qui, d'après eux, avait encore la capacité de s'en sortir. Ils n'ont donc rien pu faire pour lui. Le problème, c'est qu'ils ont omis de me prévenir, après m'avoir assuré que tout était réglé.

Il leva les yeux.

— Je l'ai cru. Jusqu'au jour où... j'ai retrouvé Billy mort de froid, un matin, en haut des marches.

Megan déglutit péniblement.

— Mort de froid ?

— Oui, gelé. C'est un spectacle que j'espère ne jamais revoir.

— Ecoutez, je ne vois pas bien le lien entre...

— Après cela, continua-t-il sans faire attention à sa remarque, je fus dévasté par la culpabilité. J'ai voulu faire quelque chose pour qu'une telle horreur ne se reproduise jamais. Il y avait une ancienne maison de fonction, vide, derrière notre bâtiment. Je suis allé voir les autorités et je leur ai demandé de la convertir en refuge pour les déshérités. Un endroit sûr, où ils se sentiraient en confiance, écoutés et secourus. Avec une équipe professionnelle et motivée, une consultation psychologique et médicale, un service d'aide à la réinsertion dans le monde du travail...

— Ils ont refusé, devina-t-elle.

— Ces gens-là avaient pourtant du cœur, ils avaient tous ressenti durement la mort de Billy ; même ceux qui s'étaient montrés les plus acharnés à le faire déguerpir. Malgré tous ces bons sentiments, ils ne souhaitaient pas être envahis par d'autres « Billy ». A la place de mon projet, ils décidèrent de recueillir des fonds pour l'asile existant déjà en ville. L'idée était d'organiser une réception avec buffet et orchestre, quelque chose de très officiel où tout le monde pourrait s'amuser. Ensuite, les frais une fois remboursés, on donnerait l'argent collecté au nom de Billy. On trouva l'idée bonne et généreuse et tous s'en contentèrent...

— Excepté vous.

Megan n'avait encore pas touché à son café. Elle en prit une gorgée. C'était délicieux, mais le breuvage avait du mal à passer la boule qui lui obstruait la gorge. Elle posa sa tasse et remarqua alors qu'elle était frappée à l'effigie d'une cathédrale.

— Oui, tous, sauf moi, conclut Niccolo avec une grimace de dépit.

Pensive, Megan souligna de l'index l'image de la cathédrale.

Niccolo reprit la parole.

— Vous avez deviné, n'est-ce pas, Megan ? demanda-t-il d'une voix empreinte de douceur et de gravité.

Elle hocha la tête.

— Le bâtiment, c'était une église...

— Oui.

— Et en tant que responsable des lieux, ce fut pire pour vous, car vous vous attendiez à davantage de bonté et d'humanité de la part de pratiquants.

— Non, pas vraiment. Je ne pouvais pas leur jeter la pierre. Ils étaient simplement humains, avec leurs faiblesses, comme nous en avons tous.

Elle rencontra son regard.

— Alors pourquoi avez-vous été tellement ébranlé, Nick ? Vous aviez essayé de secourir Billy. Qu'auriez-vous pu faire de plus ?

— Tout.

Il sourit avec une tristesse infinie.

— J'étais le curé de cette paroisse, comprenez-vous ? Et celui de Billy. Dieu me l'avait confié. J'ai trahi Billy. J'ai trahi Dieu. A présent, je suis devenu un simple charpentier qui a des visions... des visions de clochards célestes, là où il ne devrait pas y en avoir.

7.

L'abbé Ignatius Brady, curé de Sainte-Brigid, était un homme qui appréciait le raffinement. Dans sa quête de la qualité, il hantait les étalages du West Side Market d'Ohio City pour y trouver les produits les plus frais, les plus goûteux. Il faisait le bonheur des bouchers du marché, qui lui réservaient les meilleurs morceaux. En fin de matinée, ce jeudi, Iggy passa chez Niccolo pour lui remettre un romsteck de compétition.

Niccolo, sachant ce que l'on attendait de lui, accepta de bonne grâce le rôti présenté avec une triomphante modestie, et invita Iggy à partager son souper.

A 6 heures précises, Iggy se présenta pour la seconde fois à la porte de la maison. Les deux hommes se donnèrent l'accolade ; puis Iggy suivit Niccolo dans la cuisine où, le matin même, celui-ci avait raconté autour d'un café sa triste histoire à Megan.

Il attendit qu'Iggy se fût installé sur sa chaise préférée avant de lui indiquer une bouteille sur le comptoir.

— J'ai là quelque chose qui va vous plaire. Un barolo particulièrement savoureux qu'un cousin m'a rapporté de Toscane, l'été dernier.

Le visage ascétique d'Iggy s'illumina. De trente ans plus âgé que Niccolo, il était si frêle qu'une paresseuse brise d'été aurait bien été capable de l'emporter. Chez ce saint homme, l'esprit avait pris le pas sur la chair. La mort ne serait sans doute qu'une formalité pour cet être diaphane déjà si proche du ciel.

— Tu es trop bon pour moi.

Iggy était toujours touché par la gentillesse, et toujours il l'accueillait avec une surprise émerveillée. Il était le seul homme véritablement humble que Niccolo eût jamais rencontré.

— Et ce n'est qu'un début, annonça Niccolo en présentant la dive bouteille avec le panache d'un sommelier, avant de retourner le tiroir à la recherche d'un tire-bouchon. J'ai préparé la recette préférée de ma mère. Vous n'allez pas être déçu.

— Qu'est-ce donc ?

— J'ai fait mijoter le rôti dans une sauce à la tomate. Nous aurons des épinards à la vapeur en guise d'accompagnement.

— Et des pâtes ?

— Bien entendu.

Iggy ne mangerait que quelques bouchées, mais il s'en délecterait. Il lorgna avec gourmandise du côté du fourneau.

— Ce sera bientôt prêt ?

Niccolo éclata de rire.

— Très bientôt. Un verre de vin, en attendant ?

— Bien volontiers.

Le vin fut servi et les toasts portés.

— La maison prend tournure, Niccolo.

— Vous trouvez ? En ce moment, je ne vois que ce qui reste à faire.

— Symptomatique de ta conception de l'existence, ça.

Niccolo réfléchit un instant.

— C'est curieux, vous n'y avez jamais fait allusion auparavant.

— Si, mais sous des formes différentes. C'est une grâce... autant qu'une malédiction de se projeter sans cesse dans le futur. Et qui peut, parfois, vous pousser à un activisme forcené. Ah, tu n'es pas de ceux qui échouent sur les récifs de l'indécision !

— L'homélie du jour ? dit Niccolo en souriant finement.

Le visage étréci de l'abbé s'éclaira d'un grand sourire ; ses dents de devant étaient largement espacées.

— Disons que j'y travaille.

— J'imagine que vous voyez aussi le revers de la médaille. Un homme incapable de jouir de ses talents et de la plénitude de l'instant ne peut atteindre le bonheur.

— Bien évidemment.

Niccolo se laissa aller contre le dossier de sa chaise et fit lentement tourner son verre de vin.

— En ce qui me concerne, vous n'avez pas d'inquiétude à avoir. Je suis fier de ce que j'ai accompli, Iggy.

— N'importe qui, à ta place, dans cette période de transition, s'interrogerait sur son cheminement passé et son devenir. C'est notre lot d'être saisis par le doute dès que nous considérons les tenants et les aboutissants de nos existences.

Niccolo réfléchit à tout cela tandis qu'ils sirotaient leur verre en connaisseurs. Il se sentait tellement en confiance avec Iggy que le silence, loin de représenter une gêne, les unissait encore davantage. Ignatius Brady était son maître et son confident depuis son entrée au séminaire. Il avait assisté à son ordination, ainsi qu'à la réunion qui avait mis fin à son sacerdoce. Et tout au long de ces événements, jamais Iggy ne l'avait jugé. Jamais.

— Je ne regrette rien, admit finalement Niccolo. Ni les années passées au service de la paroisse, ni mon départ. Je sens toujours dans mon quotidien la présence agissante de Dieu. Ce qui a changé, c'est qu'à présent plus personne ne me traduit Ses paroles. Je dois trouver mon propre code, seul.

— As-tu eu du succès dans tes recherches ?

Niccolo rit de bon cœur.

— Il s'est passé beaucoup de choses pendant votre retraite.

— Vraiment ? Je ne suis parti qu'une semaine. Guère plus.

Niccolo quitta la table pour s'activer au fourneau. Il sortit du placard un paquet de tagliatelles au poivre noir et le jeta dans l'eau frémissante.

— J'ai vu Billy, Iggy... et je ne suis pas loin de penser qu'il m'a sauvé la vie. Alors que moi, je n'ai pas pu, ou pas voulu, sauver la sienne.

Iggy ne parut pas surpris outre mesure.

— Souhaites-tu m'en parler ?

— Connaissez-vous une femme du nom de Megan Donaghue ? Elle tient le Whiskey Island Saloon, sur Lookout Avenue.

— Nombre d'affaires importantes se concluent au saloon. A l'heure du déjeuner, on peut y rencontrer le Tout-Cleveland de la politique. Et les Donaghue font tous partie de Sainte-Brigid. Tu penses si je les connais.

Niccolo régla la flamme sous la marmite où étuvaient les épinards.

— J'ai fait connaissance des Donaghue d'une curieuse façon.

Tout en achevant les préparatifs du repas, il conta l'épisode des voleurs de voiture à Iggy, puis lui parla de la visite de Megan.

— Elle prétend que le vieil homme est quelqu'un des environs et que, de toute façon, il refuserait mon aide.

Il éteignit sous les casseroles, transvasa les épinards dans une terrine préchauffée, découpa le rôti en tranches qu'il disposa dans un plat, et arrosa le tout avec la sauce tomate onctueuse et parfumée.

— Elle t'a paru sincère ?

— Une parcelle de vérité, tronquée, est parfois aussi malhonnête qu'un mensonge.

— Tu as l'impression qu'elle te cache quelque chose ?

— Qu'en pensez-vous ?

— Que tu as raison. Dieu est à l'œuvre à travers toi, et ce n'est pas l'absence du col dur autour de ton cou qui peut Le dissuader d'intervenir. Tu as raison aussi sur un autre point : à toi de trouver le code à présent.

— Est-ce à dire que vous me refusez votre aide ? Que vous ne me mettrez pas sur la piste pour élucider cette affaire ?

— Je ne peux rien dire.

Niccolo savait mieux que quiconque qu'il ne fallait pas forcer un témoignage, surtout lorsqu'il était défendu par le secret de la confession.

— Une dernière chose, dit-il en sortant de sa poche le bouton de manchette ouvragé qu'il présenta dans la paume de sa main à son interlocuteur. Après les événements du parking, je suis retourné sur les lieux et j'ai ramassé ceci près de la voiture. J'ai l'impression que c'est ce vieil homme dont je vous ai parlé qui l'a perdu.

— Pourquoi lui ?

Niccolo lui fit part de son raisonnement.

— De plus, je l'ai trouvé juste derrière la roue, ajouta-t-il. Personne n'avait roulé dessus.

— Bel objet. Ancien, et qui doit valoir son prix.

— Plutôt qu'une trouvaille faite dans une poubelle, je serais tenté de penser qu'il appartenait à ce vagabond. En ce cas, les initiales pourraient être celles de son nom.

— Cela signifierait aussi une chute sociale assez vertigineuse, n'est-ce pas ?

— Regardez, les lettres forment deux S entrelacés.

Iggy fronça les sourcils.

— Cela me rappelle quelque chose. Quoi ? Je ne saurais le dire.

— Ce bouton de manchette vous semble familier ?

— Non. Les lettres, et la manière particulière dont elles sont agencées. Comme s'il ne s'agissait pas d'un simple monogramme.

— Oui, je vois ce que vous voulez dire.

— J'y réfléchirai, promit Iggy. Je ne manquerai pas de te faire part de mes découvertes. Il y a autre chose, néanmoins, que j'aimerais te dire.

Iggy ferma les paupières et se pencha au-dessus du plat de viande rôtie, les narines frémissantes, d'un air extatique.

— Quoi donc ? s'enquit Niccolo tout en remettant le bouton en sûreté au fond de sa poche.

— Je suis persuadé que Billy a encore des choses à te faire comprendre. Et je ne suis pas étonné qu'il soit revenu... pour ton plus grand bénéfice.

Le dimanche, pour Niccolo, était devenu le jour le plus difficile de la semaine. Durant les longs mois d'indécision et d'introspection qui avaient suivi le décès de Billy, il s'était demandé comment il supporterait de ne jamais plus célébrer la sainte messe. Quand il était prêtre diocésain, il percevait la tension qui montait au fil des jours, au fur et à mesure que le dimanche approchait. Quand l'aube se levait ce matin-là, elle se résolvait dans une glorieuse apothéose.

Il y avait, bien sûr, d'autres événements religieux, d'autres tâches gratifiantes qui le nourrissaient spirituellement. Mais, ces dimanches matin où il officiait à la Sainte Table, lorsque le pain et le vin devenaient le corps et le sang du Christ, lorsqu'il était l'instrument de cette mystérieuse transsubstantiation, sa vie prenait tout son sens et l'univers n'était plus que perfection.

Un cadavre gelé sur les marches de Sainte-Rose-de-Lima avait bouleversé à tout jamais ses certitudes.

Quand l'aube de ce dimanche se leva, cette même semaine où il avait reçu les visites de Megan et d'Iggy, Niccolo tenta de se distraire en lisant le *New York Times*, puis en écoutant un enregistrement de *la Bohème*. Il était allé à la messe, le soir précédent, et s'était efforcé de ne pas dresser la liste des erreurs commises par le nouveau vicaire du père Ignatius, un jeune séminariste. Nick s'était alors remémoré ses propres fautes de prêtre débutant, et notamment une messe, pendant laquelle il s'était pris les pieds dans son aube, au moment de distribuer la communion, et s'était effondré sur le balustre du chœur tel un criminel offrant son cou au couperet de la guillotine.

Il dégusta un gâteau à la cannelle acheté à la boulangerie voisine et but deux tasses de café serré maison. Puis, quand il fut clair que ni Puccini ni les mots croisés ne le tiendraient plus longtemps en haleine, il enfila sa veste la plus chaude et sortit.

Au bout de l'allée, il s'aperçut que sa voiture, une modeste Honda grise, avait attiré des visiteurs : deux jeunes adolescents, carrément installés sur le coffre, et qui n'esquissèrent pas le moindre mouvement.

— Bonjour, messieurs, lança Niccolo, s'arrêtant à quelques mètres du véhicule et les observant. Que se passe-t-il ?

L'un des jeunes était noir ; Niccolo pensa au tandem des voleurs du parking. Il fut satisfait de voir que l'intégration raciale progressait à pas de géant de ce côté de la ville, même si sa récente expérience en la matière laissait quelque peu à désirer. Le jeune noir portait des dreadlocks à la rasta. Des cheveux châtains, raides et ternes, tombaient sur les épaules de son compagnon, qui arborait avec fierté les trois poils d'une barbichette.

— Rien de spécial, répondit le rasta avec un sourire qui n'atteignit pas son regard.

L'autre se mordait les lèvres et se trémoussait nerveusement.

— Je ne connais pas encore tous mes voisins.

Niccolo s'avança, la main tendue, sans enlever son gant.

— Je m'appelle Nick Andreani.

Ils hésitèrent un bon moment. Finalement, le garçon aux fines tresses serra la main offerte et la secoua avec brutalité.

— C'est bien que vous ayez un nom. Ça peut toujours servir.

Nick ne le lâcha pas. Au contraire, plus le jeune homme essayait de se dégager, plus il exerçait de pression.

— J'aimerais connaître les vôtres.

— Qu'est-ce que ça peut vous faire ?

— C'est bête, mais j'aime bien savoir qui s'assied sur ma voiture.

Le gosse joua les étonnés.

— C'est votre bagnole ?

Les jeunes s'amusaient à le défier. Niccolo ne comptait pas se laisser faire.

— Et toi ? dit-il familièrement à l'autre. Tu as un nom ?

L'intéressé sursauta.

— Josh, annonça-t-il enfin. Et lui, c'est Winston.

Niccolo laissa retomber la main de Winston.

— Ravi de faire votre connaissance, vous deux.

— Pas de quoi..., lâcha Winston comme si les mots lui écorchaient la bouche.

— Vous habitez dans le coin ?

Josh chercha dans le regard de Winston une indication sur la conduite à suivre.

— Et alors, si c'était le cas ? répondit Winston.

Niccolo passa les pouces dans sa ceinture.

— Winston, mettons tout de suite les choses au point. Nous avons une conversation polie, entre gens civilisés. Aucun coup fourré là-dedans. Aucun manque de respect. Je n'essaye pas de savoir qui vous êtes, et où vous habitez, pour vous dénoncer aux flics. Vous êtes assis sur ma voiture et, en attendant de la récupérer, je bavarde avec vous un moment. C'est tout.

— Vous comptez appeler personne, alors ?

Josh n'eut cette fois pas besoin de quêter l'approbation de son camarade.

— Et pourquoi le ferais-je ?

— Moi, j'ai pas l'intention de descendre de là. J'aime regarder les gens passer. Et ça me botte d'être perché ici.

Winston était plutôt beau garçon, surtout lorsqu'il daignait sourire comme il le faisait à présent.

— Ce sera moins drôle quand je démarrerai. Ce seront les gens qui te regarderont passer, l'avertit placidement Niccolo.

Josh se laissa glisser par terre.

— Allez, viens, Winston.

Winston ne bougea pas d'un pouce.

— Il y a une fille qui promène son chien dans cette rue. Ça fait un bon observatoire.

— Et alors, que fais-tu quand elle passe ? demanda Niccolo.

La question prit Winston au dépourvu. Il laissa tomber son masque de petit dur et eut soudain l'air très jeune. C'était l'indice qu'attendait Niccolo : il avait simplement affaire à des gosses désœuvrés qui ne savaient pas quoi fiche un dimanche matin — et non à des délinquants juvéniles avec des casiers longs comme le bras.

— Ecoutez, j'ai une meilleure idée, dit Niccolo.

— Ah ouais ? rétorqua Winston en faisant la moue.

— Ma véranda. Vous n'avez qu'à vous asseoir en haut des marches.

Winston ne semblait pas comprendre.

— Là-bas, insista Niccolo avec un geste.

— Vous n'avez pas peur, j'sais pas, moi, qu'on abîme quelque chose ? s'enquit Josh.

Ce fut plus fort que lui, Niccolo sourit.

— Vous avez vu l'état de la maison ? Je ne vois pas ce que vous pourriez abîmer.

— Comment se fait-il que vous vivez dans une bicoque aussi croulante ? lança Winston en quittant son perchoir d'un déhanchement désinvolte.

Niccolo fit celui qui n'avait rien vu.

— Je suis en train de l'arranger, de tout réparer moi-même. Dites, les gars, vous avez déjà fait de la menuiserie ?

— Vous voulez rire, maugréa Josh. Mon vieux m'arracherait la peau des fesses si je m'approchais de sa boîte à outils.

Niccolo préféra s'abstenir de tout commentaire. Il s'adressa à Winston :

— Et toi ?

Le garçon haussa les épaules. Niccolo fit tranquillement le tour de sa voiture et annonça au tandem :

— A mon retour, si vous êtes encore dans le coin, je vous montrerai ce que j'ai entrepris dans la maison.

Winston réagit immédiatement, la mine soupçonneuse :

— C'est quoi ce plan ? Vous avez l'intention de nous emmener dans votre baraque et de nous faire des trucs ?

— Affirmatif ! J'ai l'intention de vous faire faire le tour du propriétaire, et de vous servir un chocolat pour vous réchauffer. Il fait plutôt frisquet, ici. Voilà. Mais c'est bien de vous en inquiéter, et encore mieux de vous informer.

Winston se rengorgea. Il avait repris ses allures de petit dur.

— Ouais, on n'est pas nés de la dernière pluie, tous les deux. Et on nous la fait pas !

— A la bonne heure. Les petits futés et les dégourdis, on n'en aura jamais trop.

Niccolo leur fit un petit salut de la main, ouvrit la portière du conducteur et se glissa derrière le volant. Lorsqu'il fit sa marche arrière pour sortir, il remarqua que les jeunes avaient libéré le passage. Ce qu'il interpréta comme un signe encourageant. Puis il se dirigea vers Whiskey Island.

Peu de villes peuvent s'offrir le luxe de conserver trente acres de terre vierge au cœur d'un quartier d'affaires en pleine expansion. Surtout quand lesdits terrains sont situés en bordure d'une rivière et d'un lac, avec une vue imprenable et une valeur au mètre carré à l'avenant. La ville de Cleveland avait évidemment de mirifiques projets pour occuper ces arpents déserts, et les discussions faisaient rage dans les officines. En attendant, une grande partie de la péninsule demeurait à l'abandon.

Si Niccolo était nouveau venu dans cette cité, il n'était pas sans savoir qu'en une dizaine d'années une véritable résurrection s'y était opérée. Ainsi, Cleveland était passée du statut de « Belle Endormie des bords du lac » à celui de « Ville Phare ». Cet important port de commerce abritait à présent plusieurs équipes sportives parmi les plus réputées, et un orchestre symphonique que de nombreux critiques n'hésitaient pas à classer en première position sur la scène musicale mondiale. On y trouvait aussi des musées de renommée internationale, et des instituts de recherche médicale dont la notoriété dépassait largement le cadre du pays. Des théâtres, magnifiquement restaurés et modernisés, attiraient les meilleures productions et les plus grands artistes ; la « Ceinture d'Emeraude » qui sertissait la ville d'un écrin de parcs et de verdure servait de promenade pour les randonneurs, et de piste d'entraînement pour les sportifs de tout poil.

Cependant, aussi grande fût-elle, l'ambition des hommes politiques ne permettait pas de tout accomplir en un jour. Les *Flats*, où Moses Cleaveland avait débarqué en 1796 pour s'approprier les terres au nom de la Connecticut Western Reserve, avaient été les premiers à se développer, grâce à l'enthousiasme des nouveaux arrivants et aux sommes investies. Les entrepôts et les usines, le long de la Cuyahoga River, étaient maintenant convertis en une version un peu édulcorée de Bourbon Street, avec ses restaurants et ses bars envahis le week-end par un public exubérant et tapageur.

Whiskey Island, reliée aux *Flats* par un pont unique, le River Road Bridge, attendait toujours que l'on statue sur son sort. L'endroit avait encore une vocation industrielle : on y exploitait le sel, provenant de mines profondes situées sous le lac Erié, qui permettait de sabler toutes les routes verglacées du nord de l'Ohio en hiver ; des cargos et des péniches sillonnaient la rivière et le lac. Une ligne de chemin de fer divisait d'est en ouest la péninsule.

Encore plus à l'ouest, le long des rives, deux phares abandonnés témoignaient de la cruauté des ouragans, et de l'importance historique de la ville comme port de commerce. Non loin, s'étendaient des terrains qui seraient bientôt transformés en un quartier d'immeubles en copropriété ; complexe hôtelier et restaurants y attireraient les touristes, déjà nombreux à apprécier les charmes de Cleveland.

Ce matin-là, Niccolo décida de se rendre du côté des marinas. Au cours de sa précédente incursion, il avait exploré la majeure partie des terrains accessibles de la péninsule. Ce qui n'était pas une mince affaire, au milieu de propriétés privées étroitement surveillées. Il avait interrogé tous ceux qu'il avait pu rencontrer, des gardes assermentés aux ouvriers se rendant à leur travail — et n'avait récolté que très peu d'informations intéressantes.

Il aurait d'ailleurs abandonné ses recherches, sans la visite de Megan.

Entre-temps, il avait découvert que cette portion nord-est de Whiskey Island avait récemment servi de refuge à un groupe de vagabonds, installés dans des cabanons en ruines ayant jadis appartenu à une compagnie de dragage. Les abris de fortune une fois démolis, les vagabonds s'étaient — soi-disant — égayés dans la nature. « Et quelle nature ! » songea Niccolo. Sans remonter très loin dans le temps, il n'était pas difficile d'imaginer que des meutes de chiens sauvages et des hardes de cerfs de Virginie avaient parcouru ces bois et ces taillis.

La route menant à la nouvelle marina était creusée d'ornières et il dut la parcourir en première, en cahotant sur les nids-de-poule. Puis il gara la voiture et continua à pied jusqu'à la rivière pour avoir un meilleur point de vue sur le phare le plus proche, celui du poste de garde de l'Old Coast.

Une épaisse couche de boulets, mélangée à des tessons colorés de poterie, se mêlait à la terre grasse. Il se demanda ce qu'un archéologue exhumerait en admettant qu'il se mît à creuser à travers ces différentes strates. Découvrirait-il seulement des témoignages laissés par les premiers habitants, et à présent ensevelis sous des tonnes de déchets, héritage de notre XXe siècle ?

Parvenu à la rivière, il grimpa sur la digue et observa, de l'autre côté de l'étroit chenal, les terrasses couvertes de restaurants et de cafés qui profitaient du soleil hivernal. La saison s'étant montrée plus clémente qu'à son habitude, le lac n'avait pas gelé, et le trafic fluvial ne s'était pas un seul jour interrompu. Plus loin, un pont d'un brun grisâtre basculait majestueusement pour laisser passer un navire de fort tonnage. Vers l'ouest, des mouettes s'affairaient en poussant des cris stridents autour de montagnes de gravier argenté qui, avec la distance, ressemblaient à des perles iridescentes.

Au bout de quelques minutes Nick obliqua vers le sud, empruntant un sentier qui serpentait à travers bois. Parvenaient encore à ses oreilles les gémissements des élévateurs procédant au chargement du minerai. Malgré la présence toute proche du Cleveland urbain, cette partie de Whiskey Island avait des allures de sanctuaire rural. Le temps y semblait suspendu entre passé et avenir...

Les bois n'étaient pas spécialement denses. Nick se doutait qu'en continuant droit devant lui, il aurait bientôt rencontré l'une de ces dunes faites de main d'homme, dunes de sable, de sel ou de minerai qui donnaient à cette péninsule son aspect lunaire. Il préféra arpenter de long en large le sous-bois, furetant à la recherche d'il ne savait exactement quoi.

Les arbres les plus grands avaient pris racine dans des dépressions et des creux, sous le niveau du remblayage, et, en les traversant, il sentit la pente s'incliner sous ses pas. Bientôt, il atteignit un endroit où apparaissait enfin le sol originel, constitué d'une terre noire et meuble. Il tomba sur les restes d'une péniche aménagée et tourna autour un moment, en quête d'indices ou de traces d'une éventuelle présence humaine. Il découvrit d'autres carcasses de bateaux et des monceaux de débris divers et variés évoquant des terriers de renards, ou des constructions plus élaborées de castors.

Ses vaines explorations commençaient à le fatiguer, d'autant plus que le froid redoublait. Au moment où il s'apprêtait à rebrousser chemin, un arrangement de branchages attira son regard. On aurait dit une sorte d'abri, très primitif. Peut-être n'était-ce l'œuvre que des vents et des eaux de ruissellement. Son instinct, toutefois, lui soufflait qu'il « chauffait ». Les branches et les bois flottés qui recouvraient un pli du terrain à l'écart du chemin paraissaient trop régulièrement disposés pour n'être qu'un simple caprice de Dame Nature.

Il descendit vers le centre de la petite dépression et se pencha juste au-dessus.

— Il y a quelqu'un ?

Il attendit, puis réitéra sa question, un peu plus fort.

Personne ne répondit. Il s'accroupit pour examiner le tas de branches ; des brindilles étaient tressées pour maintenir une sorte de couvercle en place.

— Je cherche quelqu'un... un homme qui m'a sans doute sauvé la vie.

Aucune réponse.

En observant l'arrangement de plus près, un espace entre les feuillages lui permit d'apercevoir une sorte de fosse de deux mètres sur un mètre et demi. Les cailloux et les gravats avaient été soigneusement dégagés et des mains sans doute possible humaines en avaient garni le fond de journaux et de sacs plastique.

— Doux Jésus !

Le cri lui échappa, moitié prière, moitié juron. Il fallait qu'une créature fût tombée douloureusement bas pour accepter de vivre dans une telle tanière. En comparaison, l'alcôve de Billy à Sainte-Rose-de-Lima semblait un palace.

Quel homme choisirait de vivre ainsi ? Qu'est-ce qui avait pu l'amener là et pourquoi ne cherchait-il pas d'aide ? L'alcoolisme ? La maladie mentale ? Un passé criminel ?

Cette personne, quelle que fût son identité, avait résolument tourné le dos à la société. Et Niccolo imaginait sans peine que l'habitant de ce terrier, homme ou femme, n'apprécierait sûrement pas son ingérence. Megan Donaghue, il en avait peur, avait vu juste sur ce point.

Il griffonna une note en hâte, sur un morceau de papier, demandant d'entrer en contact avec lui. Il inscrivit son nom, son adresse et son numéro de téléphone, puis fourra dans le trou billet — qui alla se loger entre le bord d'un plastique et une page de journal, dans un endroit où personne ne le découvrirait jamais.

Il se mit à genoux et, après avoir repoussé délicatement les branchages, passa la tête dans le trou et récupéra son billet. En cherchant du regard un meilleur endroit où le poser, il avisa une liasse de papiers, un peu plus loin, hors de sa portée.

Il la considéra un moment, hésitant à franchir le pas. Fallait-il pousser l'indiscrétion jusque-là ? Le souvenir du corps gelé de Billy lui fournit la réponse. Il se pencha de nouveau et s'empara des papiers.

La liasse était mince — quelques feuillets tenus ensemble par un vieux bout de ficelle. Il s'assit sur ses talons et entreprit de la défaire. Sur le dessus, il y avait un dessin d'enfant à moitié en lambeaux. Le papier était vieux et friable, il provenait de ce genre de cahier à petits carreaux qu'il avait, lui aussi, utilisé dans son enfance. Trois personnages grossièrement esquissés cabriolaient au milieu de la page, une représentation, sans doute, d'enfants en train de jouer. Des enfants qui ne devaient plus faire de galipettes depuis belle lurette.

Il mit délicatement le dessin de côté et s'intéressa à la seconde page. Il s'agissait d'une coupure de presse, maculée de taches et déchirée. Un instant, il pensa avoir affaire à l'une de ces feuilles de journaux qui tapissaient le fond de la fosse, mais un examen plus approfondi lui révéla que l'article était ancien et avait été non pas arraché, mais soigneusement découpé aux ciseaux. Des parties manquantes en rendaient la lecture difficile. Il parvint à déchiffrer un nom, James

Simeon, et les mots « Millionaires' Row ». Il répéta le nom à haute voix pour ne pas l'oublier.

Le dernier élément était un vieux cliché. Deux petites filles endimanchées, assises sur un sofa, regardaient droit dans l'objectif, et par conséquent le dévisageaient. L'une des deux tenait un bambin sur ses genoux, à la jolie frimousse, au sourire malicieux et aux cheveux coupés au bol.

Ce fut l'aînée de ces trois enfants qui captiva l'attention de Niccolo : celle qui s'accrochait farouchement au poupon. C'était une rousse charmeuse avec des boucles rebelles et un visage carré. Un visage qui n'avait guère changé depuis que la photo avait été prise. Et cette charmeuse, il venait de la rencontrer.

Derrière lui, quelque part sur la rivière, la sirène d'un bateau réclamant de nouveau la bascule du pont se fit entendre. Whiskey Island, son riche passé, ses secrets bien dissimulés le narguaient, hors d'atteinte. Quelles histoires avait-elle à raconter ? Que révélerait-elle sur ces êtres qui avaient vu le jour, ou rendu leur dernier soupir ici même ? Combien de personnes aujourd'hui devaient-elles leur existence à ceux qui s'étaient jadis installés là, avaient souffert et lutté sur cette misérable terre ?

L'homme qui avait pris cette photographie ?

Niccolo regardait à présent la photo à travers un regard noyé de larmes. Comment n'avait-il pas deviné la vérité plus tôt ?

24 mai 1880

Par la plus obscure des nuits, quand bien même la vacillante flamme de la plus modeste chandelle me serait-elle refusée, je chérirai toujours la mémoire de cette journée.

J'ai enseveli des morts, soigné des moribonds, donné l'extrême-onction à des hommes et des femmes qui s'accrochaient désespérément au peu de vie qui les animait encore, et tout cela m'a bouleversé l'âme. Aussi, quelle joie de célébrer la vie à ses débuts, de tenir un nouveau-né dans ses bras et de le baptiser au nom de la Sainte-Trinité, de célébrer une Première Communion, ou d'unir les destinées de deux êtres qui n'en formeront plus qu'un...

J'ai donc célébré un mariage, en ce jour. A cette occasion, il m'a été donné de faire la connaissance de deux nouveaux enfants de mon pays. Elle, d'une beauté merveilleuse et fraîche, malgré le terrible voyage qui éprouve, au-delà de l'imaginable, nos jeunes compatriotes irlandais les plus résistants. Lui est solide avec, malgré tout, ce genre de faiblesse que l'on devine chez les meilleurs des hommes. Il aime cette femme, et ne se trouble point devant l'avenir incertain qui sera leur lot. Rien ne pourrait ternir, semble-t-il, l'espoir qui luit dans son regard.

Et pourtant, ils en connaîtront des épreuves, innombrables... Ils sont pauvres, ces deux-là. Plus pauvres encore que les plus misérables de mes malheureuses ouailles, avec, pour tout viatique, un rêve commun pour les soutenir tout au long des années à venir. Eux ne voient que leur rêve merveilleux, bien entendu. Ils sentent la vie courir dans leurs veines et ignorent les caprices du destin. Ils vont travailler, épargner sou à sou, et réaliser leurs projets, un par un.

Aujourd'hui, je n'ai pu trouver dans mon cœur les mots pour leur dire que la volonté des hommes ne coïncidait pas toujours avec la volonté du Seigneur, et qu'ils devaient accepter leur destin, sans révolte, car, à la fin, leurs souffrances recevront récompense dans ce monde meilleur qui fait notre espérance.

Non, je n'ai pu prononcer ces paroles. Parce que, aujourd'hui, mon propre rêve est qu'ils puissent réaliser le leur, d'une manière ou d'une autre.

Demain, il sera temps d'affronter les tempêtes.

Journal du père Patrick McSweeney — Paroisse Sainte-Brigid, Cleveland, Ohio.

8.

Whiskey Island
Mai 1880

En Irlande, il y a un dicton qui caractérise cette région de famine et de misère qu'est Mayo : « Mayo God help us » (Mayo, que Dieu vienne à notre secours). L'homme, en effet, n'y trouve sa consolation qu'au ciel, car, dans ce séjour désolé, tout bien lui est refusé. Jamais il n'hérite des terres que ses ancêtres cultivent depuis des siècles, jamais il ne possède en son nom la masure dans laquelle sa famille se blottit frileusement contre les rigueurs insensées de l'hiver. Dans le comté de Mayo, l'homme, pour tout héritage, reçoit une part de l'enfer. Le droit de donner au riche propriétaire terrien le peu qu'il récolte. La permission d'assister, impuissant, au déclin de sa famille et à la mort de ses enfants tandis que les vertes pousses des pommes de terre nouvelles noircissent et se ratatinent pour n'être plus que cendres empoisonnées.

De son père, et du père de celui-ci, l'homme hérite la haine de l'envahisseur et de l'injustice. A moins que, à l'instar de Terence Tierney, il n'hérite du désir de quitter pour toujours ces landes lugubres, battues par des vents acharnés, et d'émigrer vers les terres promises de l'Amérique.

Le jour où il s'embarqua pour Cleveland, Terence ignorait pratiquement tout de l'endroit où il se rendait. Son frère aîné, avant lui, était parti pour l'Ohio. Grâce à l'aide du curé de sa paroisse, Darrin avait écrit deux fois à sa famille, avant de mourir. Accompagnant ses lettres d'un peu d'argent.

« Le travail est dur, disait Darrin, mais il y a du travail. Les salaires sont misérables, mais il y a des salaires. »

Pour sa part, il habitait un endroit baptisé Whiskey Island, en compagnie d'autres Irlandais, ayant eux aussi émigré de Mayo. On y comptait des églises et un lac si vaste qu'un jour, peut-être, y disparaîtrait-il, de la même manière que, lors de sa traversée, l'océan avait englouti l'homme qu'il était auparavant.

Darrin n'avait pas écrit toutes ces choses. C'était Terrence, le rêveur de la famille, qui les avait captées, à travers la fibre même du papier qui avait véhiculé, jusqu'à sa lointaine patrie, les rêves de Darrin. Il avait une maison, avait-il signalé dans sa seconde missive. Une maison suffisamment grande pour les accueillir tous.

Puis le courrier s'était interrompu. Des mois plus tard était arrivée une troisième lettre, écrite par un prêtre, le père McSweeney de Sainte-Brigid. Comme les deux premières, ils l'avaient apportée au curé du village pour qu'il puisse la leur lire. Elle leur apprit le décès de Darrin, victime d'un accident sur les docks. Et l'argent envoyé par ce bon père de l'Ohio représentait le dernier salaire de Darrin.

Que fallait-il faire de sa maison, maintenant qu'il reposait en paix ?

Jadis, ils avaient été quatre frères, tous solides et en bonne santé, en dépit de la famine qui ravageait la contrée. Adolescent, leur père, Thomas Tierney, avait sauvé la vie du plus important propriétaire terrien du comté, et quand la première vague de famine s'était abattue sur Mayo, ce même homme était venu en aide à Thomas et à sa famille.

Quand la Grande Famine avait frappé pour la seconde fois, il n'était resté que Darrin pour sauver ce qui pouvait l'être encore. La terre avait changé de mains, beaucoup étaient morts, et plus personne ne se souvenait de l'acte de bravoure du petit Thomas, devenu, depuis, un vieillard décharné.

Les deux autres frères n'étaient déjà plus là à l'époque. L'un était parti pour Liverpool ; personne n'en avait plus jamais entendu parler. L'autre était mort d'une affection qui aurait pu être soignée par une nourriture appropriée : encore eût-il fallu en trouver.

Comme des centaines de familles avant eux, les Tierney raclèrent leurs fonds de tiroirs et rassemblèrent tout juste de quoi expédier Darrin en Amérique, dans l'idée qu'il serait leur sauveur. Quand celui-ci mourut, ils envoyèrent Terence à sa place, utilisant les derniers gages du défunt pour faire traverser l'océan à leur benjamin. C'est ainsi que Terence se retrouva sur le pont d'un paquebot de la compagnie Cunard, serrant dans son balluchon un trésor : trente-sept dollars et quelques vivres durement acquis.

A présent, Terence vivait dans l'ancienne maison de Darrin, sur Tyler Street, dans ce lieu appelé Whiskey Island. Il ne s'était attendu à rien de mirifique. Et il avait eu raison. Il s'agissait d'une baraque construite en madriers mal équarris, avec des parois de toile goudronnée. Le tout aussi étroit que l'esprit d'un Anglais, c'est-à-dire à peine assez large pour y loger deux minuscules pièces sur le devant, et une modeste cuisine à l'arrière. Un escalier branlant menait à une chambrette à l'étage, perpétuellement humide en raison des pluies constantes et des fuites nombreuses du toit. La Cuyahoga roulait ses eaux infâmes devant la porte d'entrée et, plus loin, s'étendait le lac.

Mais cette maison était la sienne. Et dorénavant, elle serait aussi celle de Lena.

Par un soir de mai, Terence était dans son « salon » en compagnie de son meilleur ami. Avec une certaine angoisse, il se demandait ce que sa jeune épouse penserait de son installation.

— Tu sais que tu es verni, toi. Tu t'en rends compte, Terry ?

Terence tripotait le col empesé de sa chemise qui lui irritait le cou.

— Pour sûr, je m'en rends compte, Rowan. Lena est pour moi ce qu'il y a de plus important au monde. Elle... et la santé de ma famille, bien sûr.

Il baissa la tête et, de nouveau, le col dur lui rentra dans le cou.

— Elle est magnifique... une vraie beauté. Cachottier, tu ne m'en avais rien dit ! Avais-tu peur que ta jeune épouse tape dans l'œil de ton meilleur ami ?

Terence rit de bon cœur.

— Pas vraiment. Je souhaitais seulement t'épargner le péché d'envie. Et à moi-même, celui d'orgueil, dit-il en se tournant vers Rowan.

Celui-ci souriait. C'était un homme brun, assez costaud pour décharger le minerai sur le port avec Terence et ses camarades, mais suffisamment astucieux pour avoir trouvé un meilleur moyen de gagner sa vie : il était policier. Bien qu'il ne fût pas de service, il portait ce jour-là l'uniforme, un ensemble dûment amidonné et repassé qui le gênait, lui aussi, aux entournures.

— Un homme qui ne serait pas fier de Lena Harkin...

— Lena Tierney, corrigea Terence.

Les mots lui parurent magiques à prononcer.

— Je regrette seulement que ma mère n'ait pas été là aujourd'hui pour le mariage. Et mon père.

— Ils seront bientôt avec toi.

Terence aurait aimé croire son ami. Rowan inspirait la confiance, avec son air de santé triomphante, sa force et son allure pataude. Quand il penchait la tête de côté en haussant ses sourcils fournis, il incarnait le bon droit, la certitude de mériter tout ce qu'il possédait.

On ne pouvait pas en dire autant de Terence, à première vue. Grand et maigre, il faisait plutôt penser à un maître d'école, ou à un moine. Il n'avait pas l'allure râblée du terrier capable de creuser et de pelleter des tonnes de minerai, à fond de cale, pour recommencer le lendemain avec la même énergie. Son visage aux traits fins et ciselés ne dénotait pas la force brute. Et ses yeux d'un bleu lavé paraissaient toujours hantés par des visions horrifiques de famine et de maladie.

Heureusement pour lui, les apparences étaient trompeuses.

— Je suis loin d'avoir économisé suffisamment pour faire venir mes parents, dit-il. Et maintenant que me voilà marié...

— Quand il y en a pour un, il y en a pour deux, c'est ce qu'on dit. Et puis ta chère Lena contribuera aussi aux dépenses.

Terence en était conscient. Néanmoins la perspective de laisser circuler sa femme à l'extérieur, sans protection, ne lui souriait guère. Whiskey Island était un endroit plutôt malfamé, fréquenté par maints voyous.

— Si sa mère n'avait pas payé son voyage, je ne sais pas comment elle aurait pu me rejoindre ici.

— Et sa mère compte-t-elle sur toi, en retour, pour sa propre traversée ?

— Certainement, et ce sera un honneur pour moi de lui envoyer de quoi payer son billet. Elle est seule, et n'a que moi. Mes parents, la mère de Lena... c'est à mon tour, à présent, de faire tout mon possible pour les aider.

Rowan secoua la tête d'un air désolé.

— Plus personne n'a besoin de moi. Au pays les survivants ont déjà émigré. Et mon honneur à moi, Terry, ce serait de t'aider. Tu le sais, n'est-ce pas ?

Terence sentit une boule se former au fond de sa gorge. Il envoya une tape bourrue dans le dos de Rowan et lui serra l'épaule.

— Tu es un ami en or, Rowan. Tu l'étais pour mon frère... tu m'aides déjà beaucoup en me louant la chambre à l'étage...

— Je pourrais très bien partager mon lit, Terry. Cela te permettrait de prendre un second locataire.

Terence secoua la tête, la mine grave.

— Il y a si peu de place pour une personne, et qui d'autre qu'un ami supporterait les fuites, la pluie et le vent qui s'engouffrent par les fissures du toit ? Tu devrais habiter en haut de la colline, avec ceux qui s'en sortent, et non pas ici, avec les misérables que nous sommes.

— J'habite avec mon ami Terence. L'endroit où il demeure importe peu, déclara Rowan d'un ton solennel.

Terence le remercia d'un signe de tête. Son cœur débordait trop pour s'exprimer autrement.

Rowan libéra son épaule de la main de Terence.

— Il est temps d'aller arroser ça. Je sais que tu n'es pas un buveur, mais un petit verre ne te fera pas de mal... en guise de remontant pour ce soir, dit-il avec un clin d'œil.

— Mais Lena...

— Katie l'amènera ici et l'aidera à s'installer.

Katie Sullivan était l'épouse de Seamus Sullivan, un ami de Terence et de Rowan qui habitait la rue voisine, dans une masure guère plus avenante. Les Sullivan, tout comme Rowan, avaient constitué la famille d'adoption de Darrin ; aussi, tout naturellement, prirent-ils Terence sous leur aile dès son arrivée à Cleveland : le lendemain même, Seamus l'avait conduit aux entrepôts pour trouver du travail. Katie était une femme pleine de bon sens qui veillait sur les deux petits enfants du couple comme une louve sur ses louveteaux. Et, sou à sou, elle bataillait pour constituer le pécule qui permettrait un jour à sa famille d'aller s'installer sur la colline.

C'était le rêve de tout habitant de Whiskey Island. Monter, monter de plus en plus haut, s'éloigner de la puanteur de la rivière, des relents pestilentiels que vomissait la raffinerie de Standard Oil, et laisser derrière soi les fièvres pernicieuses que causaient ces marais infestés de moustiques — ce coin de terre inhospitalier qu'ils continuaient à nommer : chez-nous.

— J'espère que Katie ne va pas flanquer la frousse à Lena, dit Terence. Dieu sait quelles histoires elle va lui raconter.

— Parce que tu crois qu'elle n'aura pas déjà entendu des centaines d'histoires sur ce qui l'attend ce soir ? Ne t'inquiète pas : si Katie lui parle, ce sera sûrement avec plus de sagesse que la plupart des autres. C'est une femme pratique, notre Katie. Je suis certain qu'elle trouvera plus utile d'enseigner à Lena comment réparer les voies d'eau dans la toiture et balayer l'âtre.

Rowan montra le portemanteau d'un signe du menton.

— Allez, prends ton vêtement et suis-moi, camarade.

Terence ne buvait pas. Il n'avait que peu de goût pour l'alcool, et du mépris pour les pouvoirs qu'il exerçait. Mais Lena, il le savait, serait heureuse de jouir d'un moment de tranquillité, seule dans la maison.

Depuis son arrivée, vingt-quatre heures auparavant, les événements s'étaient succédé. Tout était déroutant pour elle. Jusqu'à ce mariage précipité à Sainte-Brigid, l'après-midi même, qui avait dû la bouleverser. Si une jeune Irlandaise n'attend pas grand-chose de l'existence, elle espère au moins avoir sa mère près d'elle le jour de ses noces. Or, même cette menue consolation lui avait été refusée.

— Juste un verre, dit-il à Rowan en enfilant son manteau usé jusqu'à la corde. Où allons-nous ?

Rowan lui envoya une bourrade dans le dos.

— Ce n'est pas le choix qui manque, vrai ? Allons au plus proche.

Whiskey Island, qui faisait moins d'un mile de long, et le tiers en largeur, s'enorgueillissait de posséder quatorze bars. Il fallait bien que les désespérés puisent leur réconfort quelque part.

Terence le trouvait non pas dans l'ivresse, mais dans le rêve. Il avait rêvé de Lena et, à présent qu'elle était là, il rêvait de rapatrier le reste de la famille — et des enfants que Lena et lui élèveraient ensemble. Des enfants qui ne connaîtraient ni la faim ni la maladie, et recevraient l'instruction dont il avait été privé.

— Es-tu heureux, Terry ? s'inquiéta Rowan. Dis-moi que oui.

— Oui, certes, je suis heureux. Je le serai encore davantage lorsque nos vieux parents auront quitté Mayo, et nous ce sale coin. Je me languis d'emménager en haut de cette colline, Rowan, et que nous y vivions tous ensemble.

— Une chose à la fois. Profite de l'instant présent.

Terence sourit et souffla la lampe.

— Alors, que cet instant soit rempli de joie !

Rowan ouvrit la porte.

— C'est comme si c'était fait.

Lena avait été préparée à ses conditions de logement. La veille, sous l'œil attentif de Katie Sullivan, elle avait parcouru les ruelles étroites de Whiskey Island et s'était fait une idée de son nouvel environnement. Même si Katie ne lui avait pas nommément désigné la maison de Terence, ou sa rue, Lena avait dû revoir ses espoirs à la baisse à chaque pas. C'était loin d'être le paradis... qu'elle n'avait pu s'empêcher d'espérer. Il y avait de quoi manger, il y avait du travail. Et la côte déchiquetée de l'Irlande de l'ouest, si elle avait généreusement nourri son âme, n'avait oncques produit de quoi sauver ses enfants.

— C'est rudimentaire, certes, lui dit Katie, mais ça fera l'affaire, le temps que Terry gagne mieux. Ne le critique jamais, Lena. Tu sais, il travaille plus dur qu'aucun autre.

Lena n'était pas choquée par les recommandations de Katie. Une autre qu'elle aurait pu se vexer d'être prise en main comme elle l'avait été depuis son arrivée de New York. Lena appréciait déjà la brune Katie Sullivan, et son regard auquel rien n'échappait. Katie était une femme droite et directe, n'ayant pas — avec une maison plus vaste que celle-ci, deux enfants à élever, et le linge à laver dont elle se chargeait, en sus, pour ajouter quelques cents au salaire de Seamus — de temps à perdre en ronds de jambe, et elle ne s'attendait pas non plus à ce qu'on fasse des manières avec elle.

— Cette maison sera parfaite, dit Lena. Elle possède un toit, n'est-ce pas ? Et des murs ? J'imagine qu'il y a bien une fenêtre en façade, avec une vue sur la rivière. Que demander de plus ?

— Je suis contente de t'entendre parler comme cela. Cette maison n'a guère connu le bonheur, avec le décès de Darrin et le souci que Terry se faisait à ton sujet : il craignait de ne pas arriver à te faire venir.

Lena traîna un instant derrière tandis que Katie remontait l'allée — ou ce qui en tenait lieu — et ouvrait grand la porte.

— C'est lui qui te l'a dit ?

Katie s'effaça pour laisser Lena entrer la première.

— Non, c'est Seamus. Il m'a dit que Terry et toi, vous vous connaissiez depuis le jardin d'enfants.

— Nos mères jouaient déjà ensemble, petites filles. Je n'ai jamais aimé personne d'autre que Terry. C'était normal que nous finissions par nous marier.

— Etait-ce ton choix de venir, Lena ?

— Depuis combien de temps as-tu quitté l'Irlande, Katie ?

La voix de Katie se durcit.

— Pas assez longtemps.

— Alors, tu as ta réponse. Je voulais venir. Je serais restée à Mayo si Terry avait décidé de ne pas partir. Nous serions morts de faim, côte à côte.

— Ici, tu t'en sortiras.

C'était tout le bien que Katie pouvait lui souhaiter, et, munie de ce viatique, Lena franchit le seuil de sa maison.

L'escalier qui se trouvait devant elle méritait à peine son nom. Court et étroit, il menait, savait-elle, à la minuscule pièce que louait Rowan Donaghue. Elle évita de regarder la porte close sur sa gauche, devinant qu'elle conduisait à la chambre. Elle ne se sentait pas prête à affronter le lit. Elle franchit donc le seuil de l'autre pièce, sur sa droite.

L'endroit était sombre et sentait la moisissure. La soirée était trop avancée pour que l'unique fenêtre pût dispenser de la lumière. Il y avait un âtre le long du mur flanqué d'une chaise unique de bois à haut dossier. Dans un coin, sur une petite table, était posée une lampe à pétrole. Un autre luminaire défiait les lois de la gravité à l'extrémité du manteau déjeté de la cheminée.

— Une touche féminine sera la bienvenue, pour sûr, déclara Katie en éclairant la lampe de la table. Avec un bon feu, et quelques images sur les murs, ce ne sera pas si mal.

— Nous ne passerons pas de longues soirées ensemble, assis devant le feu, gloussa Lena.

Etonnamment, l'austère Katie se mit aussi à rire.

— A moins que cette chaise ne te soit réservée, seras-tu capable de tricoter ou de repriser debout ?

— Terence n'y a sans doute pas réfléchi.

— Il a peut-être l'intention de te tenir occupée dans la chambre voisine, dit Katie en haussant un sourcil noir.

Lena sentit ses joues s'enflammer. Sa peau fine et tachée de son, sa chevelure rousse lui venaient de ses ancêtres. Si elle ne reniait pas cet héritage, elle redoutait la facilité avec laquelle on pouvait lire ses sentiments sur son visage.

— Ce n'est pas quelque chose que tu doives rejeter.

Katie se détourna, pour ne pas gêner davantage Lena.

— Ta mère t'aura sûrement dit le contraire, mais tu dois me croire, Lena, il y a si peu de bonnes choses dans cette vie. Et celle-ci en est une.

Les joues de Lena avaient viré au cramoisi. Elle aurait eu des dizaines de questions à poser — et savait qu'elle n'aurait pas le courage d'en articuler une seule.

— Le bon Dieu nous a fait ce cadeau pour se faire pardonner tout le reste, reprit Katie. Les bons pères ne seront peut-être pas d'accord, mais qu'en savent-ils, hein ? S'ils découvraient à quel point c'est merveilleux, comment voudrais-tu qu'ils restent prêtres ?

Lena gloussa de nouveau. C'était une attitude surprenante de la part d'une jeune femme qui ne s'était plus autorisée à jouer les gamines depuis tant d'années. Et pourtant elle se sentait d'humeur primesautière, ce soir. Bientôt Terry rentrerait, et elle se retrouverait seule avec lui. Pour la première fois. Soudain, elle se sentit beaucoup plus jeune que ses dix-huit printemps.

— Allons jeter un coup d'œil dans la cuisine, et ensuite, ouste, au lit ! C'est là que Terry s'attendra à te trouver, si tu veux mon avis.

Lena, de bon gré, suivit son amie dans la cuisine. Elle contenait elle aussi une cheminée, nantie d'une crémaillère pour y suspendre bouilloires et marmites. Un faitout, sur son trépied, était posé au bord de l'âtre. Il y avait une table dans un coin, et une étagère où étaient rangés le peu d'ustensiles que Terence possédait, au-dessus d'un épais billot servant de plan de travail. De fourneau, point.

Katie fit la moue.

— Il n'y a pas grand-chose, ici. Je vais voir ce que je pourrai récupérer ici ou là.

— Tu en as déjà trop fait, protesta Lena.

— Pas de fourneau, évidemment. Les hommes ne cuisinent guère. J'ai de la vaisselle dont je ne me sers pas, des cuillères, un couteau ou deux...

— Je suis heureuse de t'avoir pour amie, dit Lena en serrant fort la main rêche et rougie par les travaux de sa voisine.

— Tu en auras besoin, d'amis, tu sais, car la vie ici est loin d'être facile. Nous nous serrons les coudes, et nous essayons de nous entraider du mieux que nous pouvons.

— Tu peux compter sur moi pour te rendre la pareille.

— Alors, nous faisons une bonne affaire l'une et l'autre.

Katie jeta un dernier regard dans la cuisine et secoua la tête.

— A peu près propre, c'est tout ce qu'on peut en dire.

— Non, il y a autre chose, dit Lena avec un grand sourire. On peut dire qu'elle est à moi. Ma première cuisine...

L'expression de Katie se radoucit.

— Allons te préparer pour ton époux, à présent.

Elle tourna les talons et Lena traversa le salon et l'entrée à sa suite. Katie ouvrit la porte de la chambre que Lena et Terence partageraient désormais et y alluma la lampe. La pièce était d'une taille encore plus réduite que celle d'à côté ; des patères et quelques meubles s'alignaient le long des murs. Près de la porte, Lena fut surprise de découvrir une très belle commode aux tiroirs profonds pour ranger le linge. Elle était flanquée d'une jolie table sur tréteaux, laquelle soutenait la lampe et le nécessaire de toilette — cuvette et cruche assortie.

L'espace restant était occupé par un lit à peine assez large pour deux personnes. Il était recouvert d'un quilt grossier qui semblait avoir été fabriqué avec des morceaux disparates de vêtements d'homme.

Katie souleva le coin du dessus-de-lit.

— Ça n'a pas belle allure, je sais, mais c'est du lainage, et il te tiendra aussi chaud qu'un feu de tourbe. Je l'ai fait moi-même avec des bouts d'étoffe achetés chez le fripier. Il ne restait plus rien dans la maison quand Terry est arrivé. Le peu que Darrin avait réussi à rassembler s'était volatilisé, emporté par de pauvres hères.

Lena effleura le plateau de la table du bout des doigts.

— Sais-tu comment il est mort ? Personne ne m'a rien dit.

— Vaut mieux oublier.

— Je t'en prie, Katie.

Celle-ci soupira.

— Ce fut un accident. Il était tout au fond de la cale du bateau. Un chargement de minerai s'est déversé sur lui. On a dit qu'il avait dû mourir vite, mais ils ont mis deux jours à retrouver son corps enseveli sous la gangue.

Lena frissonna.

— Seamus... et Terence, seigneur !

— Ils sont prudents. Ils font toujours attention.

— Leur métier est terrible.

— Pelleter le minerai est un travail infernal. Le poussier est si dense qu'il imprègne les poumons, et les hommes toussent pendant des heures en rentrant du travail, jusqu'à ce qu'ils l'aient expectoré. Et puis, il s'infiltre sous leur peau et dans leurs cheveux, et ils ressemblent à de vrais Peaux-Rouges... avec des chevelures presque aussi flamboyantes que la tienne, acheva Katie dans un faible sourire.

— Il n'y a que cela comme travail ?

— C'est déjà beau. En plein hiver, quand les rivières gèlent et empêchent les bateaux de naviguer, l'embauche est plus rare.

Katie se redressa.

— Allez, ma chère. Terry sera là d'un instant à l'autre, et moi il faut que je rentre. Seamus et les enfants doivent déjà m'attendre. Veux-tu que je t'aide à te déshabiller avant de partir ?

Soudain timide, Lena refusa d'un hochement de tête.

— Tu es trop bonne, merci. Je vais me débrouiller.

Katie lui sourit.

— Très bien, on fait comme ça, alors.

Elle s'attarda un peu avant de risquer :

— Y a-t-il quoi que ce soit...

— Non, je te promets ! Ça ira. Merci pour tout, Katie.

— Et souviens-toi de ce que je t'ai dit, n'est-ce pas ? Ce n'est pas la taille de la maison qui fait un foyer heureux. C'est l'amour entre l'homme et la femme qui y demeurent... et ce qui se passe ici, déclara Katie en tapotant le dessus du lit une dernière fois avant de sortir d'un pas conquérant.

Lena entendit la porte d'entrée se refermer sur elle. Elle se laissa choir sur le lit, les mains jointes sur ses genoux. La maison lui sembla alors extraordinairement silencieuse. Quand avait-elle été seule ainsi, pour la dernière fois ? Sûrement pas en Irlande, où elle avait veillé son père tout au long de sa maladie jusqu'à sa mort. Ensuite, elle s'était occupée de sa mère qui avait failli mourir de chagrin. Lena n'avait pas eu non plus un moment de solitude à bord du bateau bondé qui l'avait amenée en Amérique. Si, durant ces brèves heures passées sur le pont, à l'air libre, elle avait tenté de s'isoler, cela avait été bien difficile au milieu d'une telle foule.

Et maintenant elle guettait le pas de son mari, avait hâte d'entendre sa voix, même si elle se posait des questions sur la conduite à tenir ensuite.

Elle se remit debout ; il n'allait sûrement pas tarder. S'il arrivait avant qu'elle se fût dévêtue et débarbouillée, elle aurait à le faire devant lui.

Cette perspective la fit s'activer. En quelques minutes, elle avait quitté jupe et jupons, corset et ceinture. Elle garda son caraco qui lui servirait de chemise de nuit. Puis elle se débarrassa de ses bas et de ses souliers, et courut à la table de toilette, heureuse de constater que le pichet était rempli d'eau fraîche.

Elle découvrit sa modeste malle près du lit, où Terence avait dû la déposer auparavant. Elle en sortit sa vieille brosse à cheveux préférée, et, après avoir enlevé toutes ses épingles, la passa à grands coups nerveux dans l'épaisseur de sa chevelure qui lui tombait à la taille. Elle était en train de se demander si elle devait se faire des nattes ou non, lorsqu'elle entendit la porte s'ouvrir. Il n'était plus temps de se perdre en conjectures.

Terence était à la maison.

Leur maison.

— Lena ?

— Je suis là.

Elle s'était attendue à ce qu'il pénètre dans la chambre directement et exécute ce que l'on attendait d'un mari, le soir de ses noces. Au lieu de quoi, ses pas s'éloignèrent.

Elle était intriguée, à présent. Avait-elle commis quelque impair ? Aurait-elle dû l'attendre, habillée de pied en cap, dans le salon ? La trouvait-il impudique de l'attendre ainsi, au lit ?

Elle entendit son pas se rapprocher, puis de nouveau s'éloigner. Heureusement, son ami Rowan avait choisi de dormir ailleurs pour cette nuit. C'était suffisamment troublant de partager l'intimité de son nouveau foyer avec un homme, alors deux...

Terence ne se montrant toujours pas, sa curiosité vainquit sa gêne.

— Terry, qu'est-ce que tu fais ?

— Viens donc voir.

Elle baissa les yeux sur son caraco, usé jusqu'à la corde, maintes et maintes fois reprisé. Aucun de ses vêtements n'avait été acheté pour elle. Elle en avait hérité, de ses tantes ou de ses cousines. Le corset venait de sa propre mère, bien plus corpulente qu'elle — à l'époque où elle le portait encore.

Décidément, elle ne pouvait se montrer dans cette tenue. Toutefois comment ignorer son invitation ? Elle se glissa hors du lit, tira la couverture matelassée et s'en drapa les épaules comme d'une cape. Elle était encore plus lourde qu'elle le paraissait, et Lena dut se déplacer à petits pas, sa traîne frottant le plancher derrière elle.

Elle entrouvrit la porte et, ne voyant trace de Terry dans l'entrée, gagna le seuil du salon.

— Terry ?

Il apparut dans l'encadrement de la porte menant dans la cuisine, ses cheveux blonds brillant à la lueur de la lampe. Contre lui, il tenait une chaise qu'il alla déposer avec un brin de solennité devant la cheminée.

Alors elle remarqua comme la chaise était fine et jolie.

— Oh, Terry ! s'exclama-t-elle.

— Elle est pour toi, Lena. Elle te plaît ?

Elle oublia qu'elle était pratiquement nue, sous son invraisemblable couvre-lit. Elle oublia que leur pauvreté était si grande, que jamais la chance ne s'arrêterait à leur porte. Elle s'approcha, traînant le quilt sur ses talons, comme une royale cape d'hermine.

— Oh, c'est... c'est magnifique !

— C'est une chaise à bascule. Ils appellent ça un *Boston Rocker*, par ici. Je voulais que tu l'aies comme cadeau de noces. Tu pourras t'asseoir près du feu en hiver et, quand nous aurons des enfants, tu pourras les bercer à la bonne chaleur de la cheminée.

Elle passa doucement la main sur le bois poli. Les accoudoirs formaient une jolie courbe et le dossier était chantourné en quenouilles ; des dessins au pochoir ornaient le bois de leurs couleurs fanées.

— Tu l'as acheté pour moi ?

— Une veuve sans enfant me l'a vendu. « Elle vous sera plus utile qu'à moi », m'a-t-elle dit.

Lena en eut les larmes aux yeux.

— Tu es un homme adorable.

Elle fut dans ses bras, aussi naturellement que le soleil se lève et que les alouettes tournoient au-dessus des prairies en été. Il les referma autour d'elle comme si le geste lui était familier, comme s'ils étaient mariés depuis longtemps déjà.

— J'ai si peu... à te donner, dit-il en butant sur les mots.

— Au contraire, tu as tout : toi-même !

— Lena...

Il lui prit le menton et posa ses lèvres sur les siennes. En levant les bras pour entourer son cou, la couverture tomba de ses épaules.

Le corps de son mari lui parut grand et musclé, tout contre elle. Elle l'avait déjà embrassé, jadis, derrière la haie de leur chaumière. Elle avait apprécié ses baisers à l'époque. A présent, elle les aimait.

Elle l'aimait, lui.

— Lena, assieds-toi un instant.

Il prit place dans le fauteuil et l'installa sur ses genoux. Il l'embrassa de nouveau, avant qu'elle puisse protester. Il croisa les bras derrière elle pour mieux la serrer contre lui ; les baisers s'enchaînèrent, et se répondirent. Puis il glissa la main sur son sein, et, à travers la toile fine, elle sentit la chaleur de sa peau, les battements de son pouls. De ses lèvres, il traça un chemin vers son épaule ; la chemise glissa, exposant sa chair. Il lui semblait qu'elle devait dire quelque chose, mais les mots lui manquaient.

Elle ferma les paupières. Un vertige la saisit tandis qu'il prenait ses seins en coupe, revenait à ses lèvres...

— Mon ange...

Ses vêtements étaient de bien vaines barrières. Lorsque son caraco glissa sur sa taille, elle soupira d'aise. Il l'emporta, légère comme une plume ; elle continua à l'embrasser, les bras autour de son cou.

Il referma la porte de la chambre derrière eux et l'allongea sur le lit. Elle le regarda se déshabiller prestement, et l'excitation qu'elle ressentit fit taire toutes ses craintes. Quand il la rejoignit, elle se blottit contre lui.

Le contact de leurs deux corps nus lui parut merveilleux. Combien de fois, pourtant, n'avait-elle pas été mise en garde contre l'acte de chair ? Les vilains noms dont on le désignait, les punitions qu'il méritait !

— Nous serons heureux, tu verras, murmura Terence avant de la faire sienne, enfin.

— Oh, oui, renchérit-elle.

Quelques instants plus tard, elle le redit avec encore plus de conviction.

— Oh... oui, Terry... oui.

17 janvier 1881

Nous venons dans ce monde au sein d'une famille. Certains d'entre nous sont accueillis dans la joie, comme des cadeaux inestimables, d'autres, dans l'affliction, comme des fardeaux inutiles. Tout au long de nos existences nous nous battons pour la liberté ou, au contraire, avons tendance à nous réfugier dans le giron de ceux qui ont veillé sur nous, enfants. Bien souvent, nous passons d'un camp à l'autre avec autant de régularité que le balancier d'une horloge.

La famille est la grande épreuve de force de l'humain, le prix qu'il doit payer pour son entrée en ce monde et la dette qu'il laissera derrière lui en le quittant. De tous les bonheurs que j'ai pu éprouver, le plus précieux est l'instant où l'on s'éveille dans son lit familier, entouré de ceux qui nous connaissent si intimement et dont on entend les bruits et les murmures par-dessus la cloison...

Journal du père Patrick McSweeney — Paroisse Sainte-Brigid, Cleveland, Ohio.

9.

Whiskey Island Saloon
Février 2000

Pendant toute une période, après la fête des retrouvailles au saloon, Casey eut l'impression de voir Jon Kovats pratiquement à tous les coins de rue de la ville. Elle l'apercevait faisant la queue au distributeur automatique de billets de Tower City, traversait la rue en le hélant : c'était un étranger surpris qui se retournait. Puis elle le découvrait en train de moudre du café à la brûlerie du Giant Eagle, lui tapait sur l'épaule — et se retrouvait face à un homme au nez en trompette et aux tempes dégarnies.

Elle aurait pu l'appeler, bien sûr. Après tout, elle savait où Jon travaillait, même si son numéro personnel était sur liste rouge. Elle aurait pu passer au bureau du procureur et lui proposer de déjeuner ensemble — une démarche qui ne lui avait jamais posé problème avec ses précédentes relations. La vérité était qu'elle se sentait blessée. Blessée que Jon eût de nouveau disparu. Ils avaient été bons amis. Très bons amis.

Jon avait joué un rôle de premier plan lors de son adolescence. Ils avaient passionnément discuté de toutes sortes de sujets — et contradictoirement, la plupart du temps. Combien de soirées n'avaient-ils pas passées à essayer de démolir leurs arguments respectifs ? Ces joutes ne portaient pas ombrage à leur amitié ; mieux, elles la fortifiaient.

— Tu sais, Casey, s'écria Megan depuis la cuisine, nous sommes vendredi. Notre plus grosse journée. Dans moins d'une demi-heure, les clients se presseront en foule, ici. Des grands gaillards pour la plupart, qui ne badinent pas avec les heures de repas quand ils sont affamés. Je ne voudrais pas être à ta place quand il faudra leur annoncer que les tables ne sont pas prêtes.

Casey sursauta, surprise en pleine rêvasserie. Megan avait raison, il était temps de s'y mettre.

— 'Scuse-moi, lança-t-elle à tue-tête.

— Quand tu auras terminé, viens nous donner un coup de main par ici.

Megan dirigeait la cuisine avec l'assistance de deux aides. L'une d'elles était malade ce jour-là. Casey se mit essuyer les tables avec énergie, jusqu'à ce que Peggy vienne lui enlever la lavette des mains.

— Retourne donc dans la cuisine, je me charge de ça.

— Tu peux aussi t'occuper du bar ?

— Sois tranquille, va !

Casey la remercia d'un sourire. Peggy paraissait particulièrement en beauté dans la tenue traditionnelle du saloon, polo blanc et foulard vert noué autour du cou. Casey, persuadée que sa sœur ne ferait que l'aller et retour, était franchement étonnée de voir que Peggy n'avait pas l'air pressée de reprendre ses cours. De fait, le matin même, elle s'était proposée comme remplaçante pour la journée, ainsi que la semaine suivante, permettant ainsi à leur serveuse de jour de rendre visite à ses parents à l'autre bout du pays. Certes, Casey appréciait la présence de Peggy d'autant plus que celle-ci la secondait auprès d'Ashley. Elle commençait néanmoins à se poser de sérieuses questions.

— Tu vas bien ? s'enquit Casey. Dis-moi… si tu es rentrée à la maison dans l'idée de prendre du repos avant d'attaquer ton prochain semestre, tu risques d'être déçue, non ?

— J'ai besoin de réfléchir, pas de me reposer.

Casey la considéra, tête penchée, attendant une réponse à sa muette interrogation.

Peggy éleva la voix pour couvrir la musique country diffusée par la radio de la cuisine.

— Tu sais ce que c'est. L'école nous permet d'aiguiser notre sens critique dans certains domaines, mais en ce qui concerne la vraie vie...

— Un bar ne me paraît pas l'endroit idéal pour se livrer à l'introspection.

— Détrompe-toi. Parfois, le meilleur moyen de savoir où l'on va, c'est encore de revenir aux sources.

Le sourire qui accompagnait ces mots illumina son visage. Casey s'était sans doute inquiétée à tort. Si sa jeune sœur avait un problème, elle semblait de taille à le résoudre par elle-même. Elle la trouvait d'ailleurs plus calme, plus posée que d'habitude. Sans la sentir déprimée pour autant.

Laissant Peggy frotter les tables avec vigueur, elle contourna le comptoir et disparut à l'office.

Jon Kovats était installé à l'un des bacs situés le long du mur d'en face. Les manches roulées aux coudes, il faisait la vaisselle.

— Qu'est-ce que tu fiches ici ? s'exclama Casey en forçant la voix pour dominer le chahut du poste.

Jon se retourna ; cette fois, c'était bien lui, non un étranger lui ressemblant vaguement.

— Megan est en train de vider la poubelle. Elle te fait dire de râper le fromage.

— Mais, Jon, que fais-tu ?

Il la regarda comme si ses facultés mentales lui donnaient de l'inquiétude.

— Tu ne vois pas ?

Elle scanda les mots comme si elle s'adressait à un enfant :

— Pourquoi es-tu en train de laver des assiettes dans l'arrière-cuisine d'un bar ?

Il se replongea dans sa tâche.

— L'une de vos employées est malade.

— Je croyais que tu avais un métier. Le procureur t'a flanqué dehors ?

— C'est du travail au noir.

Megan revint dans la cuisine et se dirigea droit sur l'évier pour se laver les mains.

— Casey, on a besoin de ce fromage, *pronto.* Hier, j'en ai manqué.

Casey prit une voix glaciale :

— Megan, je te présente Jon. Jon... Megan.

— C'est la meilleure ! Comme si je ne savais pas qui était Jon.

Megan disparut dans le coin où étaient rangés les ustensiles et en revint avec un poêlon gigantesque.

— Je connais Jon depuis le collège.

Casey, tout en sachant pertinemment que ça n'était pas le moment d'essayer d'éclaircir les choses, ne put s'empêcher de lancer d'un ton rageur :

— Je vois ! Tu le connais sans doute mieux que moi. Je ne l'ai pas vu depuis dix ans. Peut-être êtes-vous restés en relation épistolaire tout ce temps-là ?

— Comme si j'avais le temps d'écrire des lettres, rétorqua Megan en jetant un plein saladier d'oignons en rondelles dans l'huile qui grésillait au fond de la poêle.

Casey mit le robot en marche et attaqua le bloc de trois kilos de fromage. Greta, l'employée présente, vint s'installer près d'elle pour éplucher la salade. D'âge moyen, elle avait un visage rond, et travaillait habituellement en silence, ce que Megan appréciait grandement. Aussi surprit-elle l'assemblée en intervenant dans la conversation.

— Moi aussi, je connais Jon.

Casey fit celle qui était moyennement intéressée.

— Ah oui ? Tout le monde le connaît, ici.

— Ben oui. C'est lui qui a mis à l'ombre le gars qui avait cassé la figure de mon Ralph.

Casey se souvint que Megan lui avait conté l'histoire : le mari de Greta distribuait les journaux et un matin de bonne heure, peu de temps auparavant, il avait été attaqué et dévalisé. Le voleur avait été rapidement arrêté et condamné.

— Tiens, vraiment ?

— Jon m'avait promis qu'il mettrait ce type hors d'état de nuire pour longtemps, et c'est ce qu'il a fait.

Casey réfléchissait tout en découpant des carrés de fromage pour alimenter la machine. Elle mourait d'envie de se retourner pour voir ce que faisait Jon, mais décida bravement de ne pas céder à ses pulsions. Ah, elle ne se laisserait pas mener par le bout du nez ! Et puis, quel jeu jouait-il, de son côté ? Elle n'aurait su le dire, mais elle était déterminée à ne pas s'y prêter.

Elle se concentra donc sa tâche, stoïque, tandis que Megan et Greta s'affairaient alentour. Elles travaillaient ensemble depuis si longtemps qu'elles donnaient l'impression d'exécuter une partition à quatre mains, chacune, indistinctement, s'activant à ce qu'il y avait à faire à cet instant-là, sans gêner l'autre, dans une harmonie commune. La soupe à l'oignon parfumée au whiskey concoctée par Megan mijotait à petit feu, diffusant son parfum entêtant dans la cuisine. La vapeur qui s'élevait de l'évier et du fourneau saturait l'air et faisait friser les cheveux de Casey.

Elle fit passer le dernier cube de fromage dans le robot, l'éteignit et apporta le râpé sur l'îlot central. Il servirait pour le gratin de pommes de terre, les salades, et le plat du jour : « la quiche du berger », une autre des recettes de Rosaleen. En jetant un coup d'œil à l'évier, elle découvrit — elle aurait dû s'en douter — que la vaisselle était terminée.

Jon Kovats, selon son habitude, avait déjà disparu.

Le coup de feu au Whiskey Island Saloon se situait entre 11 h 30 et 13 h 30. Les clients ensuite vidaient peu à peu les lieux ; les employés rentraient chez eux, Megan en profitait généralement pour faire des achats ou déposer de l'argent à la banque ; l'après-midi se déroulait plutôt calmement sous la houlette du barman.

Le commerce reprendrait sur le coup de 17 heures — heure à laquelle les habitués passaient au bar après leur journée de travail. Barry, lui, se pointait vers 16 h 30. Et Megan, rentrée de courses, restait sur place jusqu'à 21 heures, heure de fermeture officielle de la cuisine. Le menu du soir était le plus souvent limité et, même en l'absence d'Artie, Barry seul suffisait à faire face. Megan s'avançait dans ses préparations pour les plats du lendemain et cuisait le pain irlandais à la levure — grand classique figurant toujours au menu.

Cet après-midi-là, Casey avait achevé les tâches en cours, tout en servant au bar quelques clients occasionnels. Tout naturellement, elle s'était intégrée à la routine.

Megan rentra avec un carton de serviettes et de nappes en papier au moment où Casey enfilait son manteau.

— Tu sors ?

— C'est l'heure d'aller récupérer Ashley.

Ça lui était sorti de la tête : Casey avait trouvé une garderie à Sainte-Brigid pour la petite. De fait, même quand elle était là, Ashley était tellement effacée qu'elle se fondait dans le décor. Si Megan n'avait pas été ravie, au début, à l'idée d'avoir un enfant dans les pattes, force lui était de reconnaître que la présence de la fillette n'avait jusqu'à présent causé aucune perturbation.

— Est-ce qu'elle aime sa classe ?

— Megan, bon sang, c'est quoi cette histoire avec Jon ?

Megan réprima le sourire qui lui montait aux lèvres. Casey avait ruminé son ressentiment tout l'après-midi ; le travail ne leur avait pas laissé l'opportunité d'en parler. Elle trouva sa sœur particulièrement séduisante sous le feu de la colère. Son port de tête altier, sans doute. A moins que ce ne fût sa manière de rejeter ses épaules en arrière. Tante Deirdre avait mené une telle croisade pour que la jeune Casey se tînt droite !

Megan s'expliqua pendant que la salle s'emplissait peu à peu.

— Il est passé me voir dans la cuisine. Tu sais, je l'ai toujours trouvé sympathique, et nous avons bavardé un petit moment. Je lui ai dit que j'étais débordée et, la minute suivante, il était en train de faire la plonge. Il est sacrément efficace.

— Ouais... surtout pour les apparitions et les disparitions surprises !

Megan fut intriguée. Vis-à-vis des hommes, le comportement de Casey tournait au désastre avec une constance assez stupéfiante. Elle avait le chic pour ne tomber que sur des perdants. Elle s'était même mariée avec l'un de ces losers. Un divorce à l'amiable, heureusement, avait rapidement suivi ; Casey avait hérité de la voiture et du reliquat de leur compte en banque commun. Stan, lui, s'était offert l'aguichante petite blonde qu'il avait draguée au bureau.

Megan poussa sa sœur de côté ; trois hommes se dirigeaient droit vers le comptoir.

— Jon et toi, vous étiez si proches. Inséparables...

Casey eut une grimace de dégoût.

— Nous étions amis. Rien d'autre.

— Tu veux dire qu'il ne s'est rien passé entre vous, jamais ?

— Ashley et moi irons faire un tour, je pense.

— Une petite réunion à trois ?

— C'est quoi, ces insinuations, Megan ?

— C'est quoi, cette attitude, Casey ?

L'incriminée se redressa de toute sa hauteur. Décidément, tante Deirdre avait eu raison d'imposer ces leçons de maintien. Les deux sœurs se faisaient face, comme si souvent par le passé.

— Je comprends les hommes, déclara Casey. Je lis en eux comme dans un livre.

— Un livre de bandes dessinées.

— Tu t'aventures sur un terrain miné, Meg.

— Je t'ai interrompue. Qu'allais-tu dire ?

— Je les comprends, et ça m'agace quand ce n'est pas le cas.

— En d'autres termes, Jon t'a lâchée pour aller faire la bringue. Il est aussi futé que toi, ce qui le rend imprévisible, et ça t'irrite. Disons qu'il ressemblerait plutôt à... oh, je ne sais pas : à Batman plutôt qu'à l'« Incroyable Hulk ».

— Puisque tu es si maligne, depuis quand n'as-tu pas eu d'homme dans ta vie ? Imprévisible ou pas !

De la part de n'importe qui d'autre, Megan se serait senti insultée. Avec une sœur, songea-t-elle, vous étiez vaccinée — à vie — contre la susceptibilité...

— Ecoute, je n'apprécie pas tes choix en ce qui concerne les hommes. Ce tocard avec qui tu flirtais, par exemple, le soir de la fête, c'était vraiment le paumé sur toute la ligne. Rassure-moi : tu n'as pas l'intention de coucher avec lui ?

— Au moins, j'ai le choix, moi !

— Touché.

— Oh, la barbe, Meg ! Nous avons encore recommencé. Je savais que ça se passerait comme cela, si je revenais. C'était un coup bas... Désolée.

— Et moi, quand je te demande si tu vas coucher avec le sosie d'Elvis, je ne vaux pas mieux !

Cela fit sourire Casey.

— Nous sommes de vilaines filles. Toutes les deux.

Megan salua un nouveau groupe prenant place au comptoir puis revint à sa sœur.

— Alors, tu en as l'intention ou pas ?

— Mais non ! Je ne compte pas coucher avec lui. De toute façon, ça m'étonnerait qu'il remette les pieds ici. Tu as raison, c'était un imbécile de la pire espèce. Tu vois, mon cas n'est peut-être pas si désespéré.

— Hélas... tu les attires comme des mouches. Dès qu'il s'agit des hommes, tu restes embourbée dans la même ornière. Une vraie malédiction ! Tu aimes trop avoir la position dominante, Casey.

— Que sais-tu de ces trucs-là, toi, hein ?

Megan tapota l'épaule de sa sœur.

— Je ne parlais pas de ta vie sexuelle.

— Alors, parlons de la tienne. Je subodore que tu n'as personne dans ta vie, et depuis un bon bout de temps. Est-ce que je me trompe ? Blague à part, comment ça se fait, Meg ?

Megan connaissait la réponse. Casey aussi, se doutait-elle. L'une et l'autre éprouvaient une véritable difficulté à s'engager. Ça n'était pas la peine d'avoir un doctorat en psychologie pour comprendre pourquoi.

— Je suis trop occupée pour me mettre à chercher.

— Autrement dit, si l'homme de ta vie franchissait cette porte, à l'instant, il aurait ses chances ?

Megan songea à Niccolo. L'ex-père Andreani. Comme souvent, d'ailleurs, ces derniers temps. Il était, sans conteste, l'homme le plus séduisant qu'elle eût rencontré depuis longtemps... et le moins disponible, probablement.

Elle redressa le menton.

— Non. Je suis trop occupée pour avoir une relation suivie.

— Bon sang, Megan, cesse de vouloir porter le monde à bout de bras ! Il continuera à tourner sans toi, ne t'inquiète pas.

C'était un vieux débat. Pour une fois, Megan se contenta de hausser les épaules. Puis elle lança :

— J'ai peut-être peur de découvrir la vérité ?

— Tu as peur que ce soit vrai, ou que ça ne le soit pas ?

— Casey, tu te rends compte des économies de psy que je pourrais réaliser si tu restes !

— Ashley et moi allons peut-être suivre Jon à la trace, finalement, pour voir un peu ce qu'il en est. Pourquoi ne prends-tu pas ta soirée ?

— C'est le soir des *pirojkis*. Il y aura foule.

— Artie et Barry s'en sortiront. Le samedi après-midi est plutôt calme, en général. Inutile que tu passes des heures dans la cuisine. Je descendrai tôt, demain matin, pour t'aider.

Megan fut tentée. Elle était plus fatiguée que d'habitude, avec son personnel réduit. Debout depuis 6 heures du matin, elle ne se souvenait même plus si elle avait déjeuné ou non.

— Ecoute un peu, dit Casey. Demain, c'est le jour du bouillon de bœuf aux légumes, n'est-ce pas ?

— Oui, c'est ce qui est prévu.

— Je mettrai la soupe en route plus tard, dès qu'Ashley sera endormie, ainsi nous aurons de l'avance pour demain matin... à condition que tu t'en ailles tout de suite.

— Je voulais aussi faire du pain.

— Il y en a plein le congélateur.

Megan sentait déjà ses muscles se détendre. Elle avait quatre heures d'émissions de télévision enregistrées qu'elle avait envie de regarder depuis des semaines. Un bon verre de vin rouge, quelques légumes sautés, et un long, long bain brûlant avec des essences aromatiques...

Casey comprit qu'elle avait gagné.

— A la bonne heure.

Megan fit une dernière tentative pour décrocher la palme du martyre.

— Toi aussi, tu es fatiguée.

— Pas tant que toi. Et puis, si je mets la main sur Jon, je le ramènerai ici pour faire la vaisselle pendant que je cuisinerai.

— D'accord. A charge de revanche.

— Pour une fois que c'est dans ce sens-là, on ne va pas se plaindre !

Casey lui serra affectueusement le bras avant de s'éclipser vers la sortie, où elle croisa et salua Niccolo sans que Megan s'en aperçoive.

— Megan ?

Sa voix la fit sursauter.

« Autrement dit, si l'homme de ta vie franchissait cette porte, à l'instant, il aurait ses chances ? »

Elle se retourna.

— Bonjour. C'est trop tard pour le déjeuner, et un peu tôt pour le dîner, mais si vous souhaitez prendre un verre...

— Je passais voir si vous vouliez dîner avec moi.

— Ici ?

— Non. Dans un endroit tranquille où nous pourrons bavarder.

Elle se doutait du sujet qu'il voudrait aborder.

— Normalement, je travaille jusqu'à 9 heures, se défendit-elle.

— Casey m'a dit que vous aviez votre soirée libre.

— Et quand avez-vous découvert cela, au juste ?

— Comme elle me tenait la porte pour que j'entre, elle m'a glissé : « Sortez-la d'ici, Nick, avant qu'elle n'oublie définitivement qu'il y a un autre monde, dehors. »

Cette Casey, elle ne manquait pas de culot ! Megan lui souhaitait d'avoir autant de mal à retrouver Jon qu'à cueillir un trèfle à quatre feuilles en plein hiver.

— Je fais partie de vos bonnes œuvres, on dirait !

— J'étais venu vous inviter à dîner et, en prime, j'ai eu la bénédiction familiale. Plutôt sympathique, non ?

Elle appréciait tellement son sourire. Il éclairait son visage un peu sombre comme une aube claire fait reculer la nuit.

— J'ai une meilleure idée. Si nous allions chez moi ? J'avais pensé faire sauter des petits légumes frais, et il doit bien me rester des crevettes au congélateur.

— Ne préférez-vous pas sortir ? Vous cuisinez déjà toute la journée.

Mais elle n'avait pas cuisiné pour lui. Chez elle, devant ses propres fourneaux... Sa fatigue s'envola comme par enchantement.

— Vous pourrez m'aider, dit-elle. J'adore donner des ordres.

— Tiens, je ne l'avais pas remarqué ! Et si nous prenions une bouteille de vin chez moi, en passant ?

— Bonne idée, surtout si vous voulez quelque chose d'un peu raffiné. Je ne me fournis qu'en vins californiens à bas prix.

— Je ferais bien de me charger aussi du café, qu'en pensez-vous ?

Elle lui répondit par un sourire. Dire qu'elle avait tant attendu cette soirée de repos, seule, chez elle ! A présent, voilà qu'elle se sentait surtout impatiente de la partager.

10.

Pour quelqu'un qui ne semblait pas tolérer les frivolités, Megan avait un intérieur étonnamment fantasque et personnel. Planté au milieu de son salon, Niccolo eut l'impression d'être de retour au confessionnal, où il recueillait les secrets enfouis dans le tréfonds de l'âme humaine.

— Cela vous dérangerait si je prenais une douche et me changeais ? demanda Megan. Mes vêtements empestent le tabac. Je n'en aurai pas pour longtemps.

— Prenez tout votre temps. Voulez-vous que je débouche la bouteille ?

— Oh, là ! Ce n'est pas un cabernet à quatre dollars !

— Vous m'en direz des nouvelles après la première gorgée.

Elle lui sourit, puis gagna sa chambre dont elle referma la porte.

Niccolo était heureux de cette opportunité d'examiner les lieux. Megan Donaghue l'intéressait bien plus qu'il ne l'aurait voulu. La prêtrise ne l'avait rendu ni aveugle ni insensible au charme féminin. S'il ne s'était certes pas défroqué à cause de la dureté du célibat, prétendre qu'il le regrettait eût été hypocrite.

Ces années d'abstinence le laissaient néanmoins particulièrement vulnérable, et douloureusement conscient qu'il suffisait d'un souffle pour raviver les braises. Et Megan, sans le savoir, ranimait ses désirs si longtemps réprimés.

Il inspecta donc l'appartement et le trouva original. Il se plut à en admirer les détails : le tapis circulaire sous la commode rustique ; le grand châle au crochet, plié à l'extrémité du sofa d'un bleu soutenu qui lui rappela les entrelacs des pull-overs tricotés jadis dans les îles d'Aran ; les coussins qui s'amoncelaient de l'autre côté, recouverts de patchwork, provenant de quilts d'antan.

Dans la cuisine, il fouilla les tiroirs à la recherche d'un tire-bouchon, qu'il trouva à sa troisième tentative. La pièce était petite, mais très chaleureuse. Un cochon en céramique servait de boîte à farine. Le riz était rangé dans un bocal en forme de souris. Du linge de maison, ancien, brodé de phrases sentimentales ou de proverbes, des torchons de lin, des napperons ajourés, des tabliers décorés de personnages humoristiques, suspendus à des tringles à rideaux ou à des poignées pour saisir les casseroles... l'accumulation bohême lui rappela la cuisine de sa grand-mère, pleine de ses chers vieux trésors...

Il cherchait des verres à pied quand Megan reparut. Elle portait une tunique vert d'eau découvrant ses genoux, avec une sorte de collant par-dessous — si ce vêtement portait un nom, il l'ignorait. Ses cheveux formaient une couronne de boucles désordonnées encore humides de la douche, et sa seule concession à la coquetterie consistait en une touche de rouge à lèvres.

— Vous avez trouvé ce que vous cherchiez ?

Une vague de désir le terrassa brusquement. Un sentiment si puissant, si dévastateur, qu'il lui sembla être victime d'une force quasi cosmique.

Il se détourna pour cacher son trouble.

— J'ai trouvé des pots de confitures, des verres à jus de fruits. Mais pas de verres à vin. Y en a-t-il, quelque part ?

— Ah, j'aurais dû vous le dire : ils sont rangés dans la salle à manger. Enfin, salle à manger est un grand mot pour un simple coin aménagé dans le salon. Ça fait plus chic de l'appeler ainsi.

— Voudriez-vous aller m'en chercher deux ?

— Et comment !

Il profita de son absence pour se rappeler à l'ordre : le but de sa visite était d'avoir une conversation sérieuse avec elle. Son séjour à Cleveland était censé lui apporter des réponses, non lui créer de nouveaux problèmes.

Megan revint avec les verres qu'elle posa sur le comptoir, devant lui.

— Si nous finissons la bouteille ce soir, pourrai-je la garder pour impressionner la galerie ?

— Même si nous ne l'avons pas terminée. Tout est à vous, la bouteille et son contenu.

Comme elle s'était approchée, il perçut le parfum de son shampoing : une douce odeur de lilas qui semblait parfaitement en accord avec le côté rétro du décor — à défaut de correspondre à la dame des lieux.

— Bon, il serait temps que je m'y mette si nous voulons dîner. Vous qui faites un café délicieux, aimez-vous aussi cuisiner ?

— Au moins autant que manger.

Elle se retourna, visiblement surprise.

— C'est vrai ?

— L'un des rares plaisirs terrestres qui ne m'avait pas été enlevé.

A peine l'eût-il proférée qu'il regretta sa réflexion. Elle faisait trop clairement allusion à cet autre plaisir terrestre qui lui était de nouveau accessible.

— Cela fait combien de temps, Niccolo ?

Il cessa de respirer pendant un instant.

— Que vous avez quitté l'état de prêtre.

— J'hésitais sur le sens de votre question, avoua-t-il.

Elle eut un petit sourire.

— Eh bien, répondez à la question que vous pensiez que je posais.

— Nous n'abandonnons pas vraiment le sacerdoce. Nous perdons nos droits, et nous sommes libérés de toutes les obligations attachées à l'état clérical. J'ai fait le saut il y a environ dix mois.

L'expression de Megan s'adoucit.

— En souffrez-vous ?

— Je me sens en paix avec le passé, et avec mon existence présente. Ce serait plutôt l'avenir qui poserait problème...

— Avez-vous des projets ?

— Prendre une autre année sabbatique, ou deux, même. D'où le chantier. J'aime travailler de mes mains, et j'aime cette sensation de faire revivre un lieu, grâce à mes efforts. Et puis, j'en tirerai un peu d'argent, ce qui me laissera davantage de temps pour réfléchir.

Elle le frôla en allant décrocher une casserole.

— Vous aimez le riz basmati ?

Il songea avec dépit qu'il préférerait le contact de son corps à toute autre chose. La gorge serrée, il grommela un vague oui.

Elle mit le riz à cuire, puis sortit du bac du réfrigérateur des champignons, des carottes, un poivron rouge et des oignons qu'elle posa sur le plan de travail.

Il lui présenta son verre ; elle le leva en attendant qu'il porte un toast.

— Aux nouvelles amitiés.

— Allons-nous être amis ?

Elle faisait sans doute référence à la conversation à venir, et non au tour que pourraient prendre leurs relations.

— Je l'espère.

Elle but une gorgée de vin.

— Hum, le nectar des dieux.

— N'exagérons rien, il s'agit simplement d'un bon soave de deux ans d'âge, un blanc sec du nord de l'Italie. De Vénétie pour être précis.

— Je préfère ma version, déclara-t-elle, posant son verre pour s'agenouiller devant le tiroir du bas d'un meuble de rangement.

Elle se releva en tenant à la main une planche à découper en forme de pomme.

— Le travail de menuiserie d'un de mes cousins pour décrocher son badge de boy-scout.

Elle lui avait tout naturellement tendu la perche pour entrer dans la saga familiale ; il ne se sentait pas prêt à la saisir. Pas encore.

— Un trésor de famille, fit-il remarquer platement.

— C'est vrai.

Elle posa la planche sur le comptoir et y joignit un couteau pointu qu'elle décrocha du râtelier voisin.

— Vous qui aimez faire la cuisine, aimez-vous aussi émincer ?

— Uniquement si vous ne faites aucun commentaire sur ma manière de faire.

— Promis. Euh... en rondelles fines, si vous pouvez.

— Promis, rétorqua-t-il avec une lueur amusée dans le regard.

Elle retourna vers le Frigidaire, ouvrant cette fois le compartiment congélateur. Sa tête y disparut.

— Et pourquoi Cleveland ? s'enquit-elle d'une voix étouffée.

— De nombreux membres de ma famille, et la plupart de mes amis, vivent dans la région de Pittsburgh. Je peux donc les voir facilement quand l'envie m'en prend. Et puis, ce qui a été décisif, c'est la présence du père Brady de Sainte-Brigid. Il a été mon mentor, depuis le début. Je suis venu lui rendre visite, j'ai vu la maison à vendre. Tout s'est organisé, je n'ai eu qu'à suivre.

— Vous ne l'appelez jamais « ma maison ».

Il s'immobilisa, avec le poivron sous le jet du robinet, n'étant pas certain de ce qu'elle voulait dire.

Elle claqua la porte du congélateur et fit un geste dans sa direction en agitant un plein sac de crevettes.

— Vous en parlez comme de la maison sur laquelle vous travaillez. Et non pas comme de votre maison.

— Oui, car cela traduit ma pensée.

— Mais quelque chose vous a sûrement attiré dans cette maison, en particulier. Quelque chose de sentimental. De... personnel. Car, à Pittsburgh, on trouve de ces charmantes vieilles demeures à la pelle, non ?

Il acheva de laver les légumes avant de répondre. Qu'était-il prêt à lui révéler ?

— L'Eglise préfère que nous quittions le lieu du crime, dit-il avec un sourire désabusé. Il ne nous est pas recommandé d'habiter là où nous avons exercé notre ministère. Et puis ma famille a mal pris ma décision. Je suis passé du statut d'élu adoré à celui de vilain petit canard. Voilà ce qui s'appelle échanger un cliché contre un autre !

— Je trouve ça injuste. Après tout, c'est votre vie.

— Trois générations en Amérique. Personne ne coupe le cordon ombilical dans un tel clan. Mon déménagement rendait les choses un peu moins pénibles pour eux tous.

— Vous pardonneront-ils un jour ?

La vérité était douloureuse.

— Ceux de ma génération, oui, probablement ; pas celle de mes parents ni de mes grands-parents. Ils continueront à m'aimer car j'appartiens à la famille, mais je ne peux pas leur en demander davantage.

— Vous avez tant perdu d'un seul coup, c'est... navrant.

Il fut touché ; elle avait l'air réellement chagriné. Il perçut aussi un accent de colère sous-jacent, comme si elle ne comprenait pas comment les siens avaient pu le lâcher aussi radicalement.

Sainte Megan, toujours prête à monter en première ligne, à pourfendre l'injustice...

Il ouvrit le poivron, l'épépina et le découpa en lanières. Megan le frôla de nouveau en allant mettre en route le micro-ondes. Devait-il se réjouir que sa cuisine fût si exiguë ?

— Je n'ai pas déchu, conclut-il, à mes propres yeux en tout cas. Et nous sommes toujours en bons termes, Le Seigneur et moi. L'Eglise ne m'a pas non plus fermé ses portes. On m'a exhorté à vivre une vie chrétienne, et c'est mon intention. Je ne suis pas à plaindre, vous voyez ?

Ils travaillèrent en silence pendant un moment. Bientôt les préparatifs furent achevés. Megan jeta un coup d'œil aux légumes soigneusement coupés et rangés sur un plateau. Elle eut un petit sifflement admiratif.

— Vous n'avez qu'un mot à dire pour être engagé au saloon. C'est une véritable nature morte.

Megan ne bavardait pas pour ne rien dire et, plus surprenant, elle s'était abstenue de jouer au chef. Ils avaient œuvré côte à côte dans une étonnante intimité. Non comme de vieux amis qu'ils n'étaient pas, et encore moins comme des amants. Mais dans une harmonie rare et précieuse, quelque part à mi-chemin entre les deux, et cela le rendait heureux.

— Vous n'êtes pas obligé de rester là à me regarder, déclara brusquement Megan tandis qu'elle chauffait la poêle en Inox. Installez-vous donc confortablement dans le salon, avec votre verre. Je vous ai fait bosser suffisamment dur comme ça.

— Ce n'est pas une punition. On ne se lasserait pas de vous voir travailler, Megan.

Elle leva un regard surpris.

Où était passée la retenue de ses années de prêtrise ?

— Je sais que certains cuisiniers n'aiment pas qu'on les observe lorsqu'ils sont aux fourneaux, ajouta-t-il, espérant modérer l'audace de sa précédente phrase. Alors, si vous préférez que je m'en aille...

— Vous voulez rire ! Je ne suis jamais seule dans la cuisine du Whiskey Island.

Il s'installa à la petite table encastrée dans le coin opposé et prit ses aises, verre en main. L'huile rissolait, l'ail et le gingembre embaumaient.

— Quel genre de plats préparez-vous ? Je n'ai jamais vu le menu.

— Une nourriture très basique, les casse-croûte habituels le soir. A midi, nous y ajoutons des salades, des sandwichs et des soupes. Mais nous sommes surtout connus pour nos spécialités. Nous nous servons des recettes de mon arrière-arrière-grand-mère. Ce sont des secrets bien gardés, qu'une seule personne par génération a le droit de connaître. J'ai eu cette chance.

Il pesa soigneusement ses mots.

— Et qui vous les a transmis ? Votre père ?

Elle demeura silencieuse un long moment. Il était persuadé qu'elle ne répondrait pas, aussi fut-il surpris de l'entendre reprendre la parole. Elle s'efforçait de parler d'un ton neutre, au prix, semblait-il, d'un immense effort de volonté.

— Il n'y a pas eu de rituel de passation dans mon cas, si c'est le sens de votre question. J'ai commencé très tôt à faire la cuisine au saloon, encore adolescente. Etant la plus âgée, c'était à moi qu'incombaient toutes les responsabilités.

Niccolo hésitait. Fallait-il poursuivre la conversation dans cette voie ? Si des centaines de questions lui brûlaient la langue, il savait qu'il importait de les poser au bon moment.

Elle n'ajouta rien. Il attendrait d'être à table pour pousser plus loin. La gastronomie était pour l'heure un sujet moins compromettant.

— Quelles recettes exécutez-vous ?

— Notre pain irlandais à la levure, par exemple, est une ancienne recette de Rosaleen.

— Rosaleen était le nom de votre grand-mère ?

Megan monta la flamme sous la poêle et y versa une généreuse rasade d'huile d'arachide. Aussitôt le liquide bouillant se mit à crépiter.

— Arrière-arrière, reprécisa-t-elle.

Elle fit pleuvoir les carottes et les remua vivement à l'aide d'une spatule de bois.

— Votre pain à la levure est-il si différent des autres ?

— Et comment ! Il n'a rien à voir.

— J'ai hâte d'y goûter.

Elle continua à tourner le mélange quelques minutes avant d'y ajouter le poivron.

— Notre célèbre soupe poisson-pommes de terre et notre consommé de poireaux au whiskey sont des créations de Rosaleen ; notre ragoût Mulligan et notre pâté de mouton en croûte, également — sauf que nous utilisons du bœuf et que nous l'avons rebaptisé « tourte irlandaise » : le mouton n'a pas grand succès par ici. Il y a aussi le potage à la saucisse et au chou, le feuilleté à la morue, très populaire pendant le carême — bien que j'emploie comme poisson ce que mon mareyeur a en promotion ce jour-là. Je pourrais vous en citer cent autres... cela suffit pour aujourd'hui. Je cuis aussi du pain d'avoine et du pain de seigle très noir, lorsque je suis d'humeur.

— Et pourquoi un sauté de légumes, ce soir ?

— Parce que je suis cent pour cent américaine.

— Et que vous êtes un peu lassée de la tambouille irlandaise ?

— Vous avez tapé dans le mille.

Il éclata de rire.

— Et vos sœurs ne vous jalousent pas d'être la seule à connaître le secret de ces recettes ?

— Casey ? Jamais de la vie. Elle préférerait se battre que cuisiner.

— Et Peggy ?

— Peggy ?

Sa voix se radoucit.

— Peggy aime bien faire la cuisine, elle aussi. Mais elle va devenir médecin. Elle est faite pour ça. Elle ramenait toujours à la maison des rouges-gorges aux ailes cassées, des vers de terre ratatinés, bref n'importe quelle créature ayant besoin de ses bons soins. Elle rendait ma tante folle.

— Votre tante ?

Megan se tut. Il attendit.

Elle avait gardé pour la fin les crevettes et les oignons verts ; quand ils se mirent à rissoler, elle prit la peine de lui répondre.

— Peggy a passé beaucoup de temps chez notre tante Deirdre. Elle et son mari Frank l'ont pratiquement élevée. C'est ce Frank Grogan que vous avez rencontré sur Whiskey Island.

— Hum...Vous semblez pourtant très proche d'elle.

— Je l'adore.

— Vous avez des sentiments très passionnels envers votre famille, n'est-ce pas ?

— Est-ce si étrange ?

— Pas dans mon milieu, en tout cas. C'est le contraire qui serait étrange !

Elle baissa la flamme quand les crevettes virèrent au rose, puis les arrosa d'une sauce légère à base de tamari et de gingembre qu'elle avait auparavant préparée.

— C'est cuit... le riz aussi. Etes-vous prêt à passer à table ?

— Plutôt deux fois qu'une !

Disposant les légumes sautés dans un plat préalablement chauffé au four, elle le parsema de graines de sésame grillées. Puis elle le lui tendit.

— Voulez-vous avoir la gentillesse de porter ceci dans le salon, et de revenir chercher le vin ? Pendant ce temps, je vais m'occuper du riz, et nous n'aurons plus qu'à manger.

Ils firent des allées et venues, en silence, couvrant la petite table en chêne de victuailles. Enfin ils s'assirent l'un en face de l'autre. La vaisselle en porcelaine, subtilement dépareillée, aux motifs à fleurs bleues et blanches, avait davantage de charme qu'un strict service ; la nappe et les serviettes, dont le lin avait pris des tons ivoire avec les années, complétaient à merveille le tableau.

Niccolo leva son verre à sa santé.

— Si j'avais dû deviner dans quel genre d'appartement vous viviez, j'aurais eu tout faux.

— Vraiment ? A quoi vous attendiez-vous ?

— Un appartement fonctionnel dans un ensemble moderne, en zone résidentielle, non loin d'un accès à l'autoroute. Avec une piscine intérieure et une salle de gymnastique.

— Je fais suffisamment d'exercice pendant mes journées au saloon, entre la cuisine et le bar...

Il continua sur sa lancée.

— Une moquette couleur sable, des murs blancs, dépourvus de tableaux, parce que vous n'aimeriez pas avoir à reboucher les trous si vous déménagiez, un canapé-lit qu'on déplie le soir, un pouf, ou un meuble bas servant de table à café, qui vous servirait aussi à dissimuler les couvertures, la télévision ou le magnétoscope. Ni animaux domestiques ni plantes, et un voisin, la porte à côté, prénommé Hal, qui aurait pris l'habitude de débarquer chez vous une ou deux fois par semaine pour vous demander des conseils sur la meilleure façon de s'en sortir avec son patron ou sa petite amie.

Elle rit d'un cœur léger.

— Vous me connaissez mal, je vous assure. Je périrais dans un endroit comme celui-là. Casey, par contre, s'en arrangerait assez bien. Elle n'est jamais chez elle. Et je ne lui donnerais pas deux heures pour mettre Hal à ses pieds, éperdu d'admiration.

— Vous cherchez sans cesse à apparaître comme un être complètement dépourvu de sentiments et de fantaisie.

— Vous ne me voyez que lorsque je suis occupée, c'est pour ça.

— Je vois surtout que vous vous acharnez à prétendre que les choses sont différentes de la réalité.

Il prit sa fourchette et piocha dans le plat. C'était encore plus délicieux qu'il ne l'avait imaginé.

Elle ne mordit pas à l'hameçon.

— Eh bien, de mon côté, je dois dire que je ne vous aurais jamais imaginé dans la maison d'Hunter Street.

— Dans quel décor m'auriez-vous vu ?

Elle fit mine de réfléchir.

— Franchement ?

— Oui, franchement.

— Dans un quartier résidentiel chic, un bâtiment Tudor de Shaker Heights, par exemple, avec du lierre grimpant sur les côtés et un salon vitré donnant sur un jardin ombragé à l'arrière. Une épouse svelte qui ramènerait du travail de bureau à la maison plusieurs soirs par semaine, et deux enfants bien élevés qui feraient sagement des coloriages avant d'aller se coucher, ou qui regarderaient un documentaire, présélectionné, et intellectuellement enrichissant, sur la chaîne publique.

— J'ai l'air si ennuyeux !

— Equilibré. Intelligent. Efficace et travailleur comme pas un. Amateur de musique baroque et de philosophie grecque.

— Ce serait plutôt Gilbert et Sullivan, et les Monty Python.

— Vous aimez Gilbert et Sullivan ?

— Un fan enragé.

— Ça alors ! Comme moi. J'aime aussi Brahms, Charles Ives, les madrigaux anglais, tout ce qui est celte, le disco tardif et le hip-hop le plus récent, surtout si je n'en comprends pas les paroles.

— Alors pourquoi vous évertuez-vous à cacher tout cela ?

— Il faudrait que vous compreniez ma vie, Nick, pour me comprendre, moi.

— Je ne demande que ça.

Elle mâcha quelques bouchées, finit son verre de vin et ne dit pas non lorsqu'il le lui remplit de nouveau.

— Que pensez-vous avoir découvert, exactement ? demanda-t-elle enfin.

Il s'était attendu à cette question. S'il n'avait peut-être pas pris la mesure de la Megan « sentimentale » que révélait de façon si évidente son appartement, il ne s'était pas trompé sur son indéniable côté « Trêve de plaisanteries, venons-en au fait. »

— Le vagabond que j'ai vu la nuit du braquage n'est pas simplement une ombre qui rôde dans les parages, Megan. Il a un lien avec vous.

Il fit une pause avant d'ajouter :

— Il pourrait s'agir de votre père.

Elle ne poussa pas vraiment un soupir, mais expira longuement, avec un léger chuintement de ballon qui se dégonfle.

— Qu'est-ce qui vous fait croire cela ?

— Il y a un homme qui vit dans les bois, non loin de ces nouvelles marinas en construction sur Whiskey Island. J'ai découvert un...

Il ne put prononcer le mot trou.

— ... un abri, qu'il s'est aménagé. A l'intérieur, il y a une photo ancienne, représentant trois petites filles. L'une d'entre elles est votre portrait craché. Vous fixez l'objectif d'un air maussade.

— Je ne me rappelle pas cette photo.

— Est-ce vous, Megan ?

— Comment voulez-vous que je le sache ! C'est vous qui l'avez vue, pas moi.

— Y a-t-il une chance que cet homme soit votre père ?

Elle posa sa fourchette et s'empara de son verre, dont elle fit tournoyer le contenu.

— Mon père... est-il au Pérou, en train de kidnapper des touristes au nom de la lutte anticapitaliste ? Possible. Fait-il, en ce moment même, l'ascension du Kilimandjaro, à quatre pattes et à reculons pour établir un record ? Ça se peut. A moins qu'il n'enseigne l'art de faire voler des cerfs-volants chinois à des enfants du fin fond de l'Arkansas. Est-ce que je sais où se trouve mon père, et ce qu'il peut bien faire ?

Non. Est-ce que je sais s'il est encore en vie ? Non. Cela m'intéresse-t-il de le savoir ?

— Oui ?

— Pas plus qu'il ne s'est intéressé à ses trois filles quand il les a abandonnées.

Elle avait dit cela sans colère apparente. Sans même paraître blessée. Ses émotions devaient être trop profondément enfouies... Elle était redevenue la Megan qu'il connaissait avant ce soir-là. Directe, sûre d'elle, légèrement cynique.

— Vous pensez que cet homme est votre père, n'est-ce pas ? Pourquoi auriez-vous systématiquement cherché à me décourager, sinon ?

— C'est vrai. Il se peut que ce soit lui. Casey l'a vu ce fameux soir, et elle a pensé qu'il pouvait s'agir de Rooney. Oncle Frank a entendu dire, à plusieurs reprises, qu'il y avait un homme réfugié sur Whiskey Island et les descriptions correspondent à Rooney, elles aussi. Alors, oui, il erre peut-être dans le coin, plutôt que d'escalader des montagnes ou de rançonner des touristes. D'autant que cela demanderait d'avoir les idées claires.

— Est-il alcoolique ?

Elle haussa les épaules.

— J'ignore ce qu'il est exactement. Sinon l'homme qui a failli nous détruire.

— Et si vous me racontiez l'histoire depuis le commencement ?

— Pourquoi donc ? Les confessions ne sont plus votre gagne-pain, que je sache ! Qu'est-ce que tout ça peut bien vous faire ? Vous ne pouvez pas sauver tous les SDF d'Amérique, sous prétexte que l'un d'entre eux est mort sur les marches de votre église !

Là, elle était en colère. Sans un mot, il la regarda droit dans les yeux jusqu'à ce qu'elle rougisse.

— Désolée. Mais pourquoi vous obstinez-vous, Nick ? On ne peut pas tout remettre d'aplomb, en ce monde. Il y a des gens qui ne veulent pas être aidés.

— Il m'a peut-être sauvé la vie. Ainsi qu'à vos sœurs et à Ashley.

Elle retomba dans le mutisme.

— Il s'appelle Rooney, c'est ça ?

— C'est... un diminutif de Rowan. Un prénom traditionnel dans la famille. Le premier Rowan Donaghue était l'époux de Rosaleen, dont nous évoquions tout à l'heure les talents culinaires. Mon père a toujours été Rooney, pour nous tous. Nous ne l'appelions jamais autrement.

— Quel genre de père était-il, avant de partir ? Votre mère était-elle encore en vie ?

— Elle est morte juste après la naissance de Peggy.

— C'est la raison pour laquelle Peggy est allée vivre chez votre oncle et votre tante ?

— Non. Je l'ai élevée moi-même jusqu'au... (Megan reprit sa respiration) jusqu'au départ de Rooney. Après cela, on n'a plus voulu me laisser m'en occuper. Du moins, pas toute seule.

— Quel âge aviez-vous ?

— Quatorze ans, quand Peggy est née. Une aide s'occupait d'elle et de certains travaux ménagers pendant les heures où j'étais à l'école. Le reste du temps, Casey et moi en prenions soin. Surtout moi. Casey n'avait que dix ans. Trop jeune pour de telles responsabilités.

— Et vous donc !

— Non. A cette époque, on pouvait compter sur moi comme sur un adulte. J'avais aidé ma mère pendant des années. Dieu sait si elle se démenait pourtant, mais la tâche était au-dessus de ses forces. Si Rooney dirigeait le saloon, il buvait plus qu'il ne servait. Maman se dépensait sur tous les fronts. Quand j'étais enfant, ils possédaient une maison, plus bas dans la rue, par commodité, pour que Rooney soit plus proche de son travail. Rapidement, la situation s'est détériorée, ils ont perdu la maison et la plus grande partie de ce qu'ils possédaient. Nous avons emménagé dans l'appartement au-dessus du saloon. Un deux pièces, minuscule. Casey et moi dans l'une, mes parents dans l'autre.

Les mots avaient jailli dans un flot presque incontrôlable. Par peur d'aller trop loin, elle s'arrêta brusquement.

Il l'incita à reprendre la parole.

— Ainsi, vous vous êtes occupée de votre famille pendant que votre mère faisait marcher le saloon ?

— D'une certaine manière, le saloon devint une extension de la maison. C'est là que j'ai réellement grandi. Quand nous avions besoin d'espace, nous descendions jouer, et nous y étions toujours bien accueillies. A l'époque, il y régnait une atmosphère familiale, plus marquée encore que celle d'aujourd'hui. Ma mère, toutefois, ne plaisantait pas sur la discipline : défense de se soûler, de blasphémer et de se battre. Elle souffrait du cœur, et elle se fatiguait vite, mais lorsqu'elle priait un homme de s'en aller, il filait. Sans demander son reste. Eût-il protesté, les autres clients l'auraient sorti comme un malpropre. Si Rooney avait pris la cuisine en charge, tant bien que mal, c'était maman qui faisait marcher le navire. Elle était le pilier sur lequel toute la famille se reposait.

— Et après sa mort, les choses sont parties à vau-l'eau ?

— Tout le monde s'y est mis pour empêcher le naufrage. Je me suis chargée de la cuisine. J'étais trop jeune pour servir à boire. Rooney s'en occupait donc, avec des intermittents, ou des membres de la famille qui se sentaient concernés par le sort du saloon, et par notre avenir, à nous, les enfants.

Elle eut un pâle sourire.

— Tous les soirs, un membre du clan Donaghue apparaissait pour donner un coup de main. Oh, aucun d'entre eux ne l'aurait reconnu. Ils étaient passés prendre une bière, ou manger un morceau de tourte irlandaise, faire un brin de conversation, ou le ciel savait quoi. Et ils finissaient, comme par hasard, derrière le bar, ou à la plonge, servaient ou débarrassaient les tables, tout en faisant sauter Peggy sur leurs genoux. Moi, je préparais le plat du lendemain en repassant mes leçons d'histoire.

« Nous avons tenu ainsi pendant trois ans, à peu près. Mes notes s'en ressentaient, mais j'arrivais peu ou prou à garder la tête hors de l'eau. Et puis, un matin, je me suis levée tôt pour accompagner Peggy au petit coin et, en passant, j'ai vu que la porte de Rooney était ouverte : sa chambre était vide. Il était parti... Ce fut son dernier exploit. Des gens ont prétendu par la suite l'avoir vu, ici ou là. Nous appelions cela les apparitions de Rooney. Elles se firent plus rares au fil du temps, et finirent par cesser.

— Jusqu'à aujourd'hui.

Elle acquiesça d'un bref hochement de tête.

— Je ne comprends pas comment vous avez pu maintenir Whiskey Island dans la famille, Megan. Vous aviez quoi, seize ans ?

— Presque dix-sept. J'ai quitté l'école pour pouvoir travailler à plein temps. Et j'ai décroché ma dispense de bac pour entrer à l'université, un an plus tard.

Niccolo suivait son idée.

— Je ne comprends pas. Avec la famille si unie, si généreuse que vous m'avez dépeinte, comment ont-ils pu laisser faire ça ?

— Ils n'ont pas laissé faire, Nick. Quand Rooney a disparu, ils ont voulu vendre le saloon, et nous disperser chez les uns et les autres jusqu'à notre majorité. Je les ai prévenus qu'à la première tentative, nous nous enfuirions, en emmenant Peggy avec nous. J'étais déterminée et ils l'ont compris. Whiskey Island Saloon était notre seul repère. Si on nous l'avait retiré, j'en aurais eu le cœur brisé.

» Ils ont alors envisagé différentes solutions. Engager un gérant pour tenir le saloon, en attendant que nous fussions en âge de le faire nous-même. Le prix à payer, c'était de vivre chez des parents. Tante Deirdre et oncle Frank auraient bien voulu prendre Peggy, mais ils rechignaient à nous avoir toutes les trois. Ils craignaient — à juste titre — d'avoir à discuter âprement avec nous toutes les décisions concernant la petite. Une grand-tante offrit d'accueillir Peggy ; elle habitait si loin que nous n'aurions pratiquement plus vu notre jeune sœur. Un tas de compromis divers et variés furent évoqués. Moi, la seule chose qui m'importait c'était que nous restions au saloon, ensemble.

— Tout à l'heure, vous disiez que Peggy avait passé de nombreuses années chez votre oncle et votre tante ?

Megan s'éclaircit la gorge.

— A la fin, ce fut la chose sur laquelle je dus lâcher prise. Il fut entendu que Peggy demeurerait chez les Grogan durant la semaine et qu'elle reviendrait à la maison le week-end. Casey et moi lui rendions visite quand nous le pouvions. Le reste de la famille continua à nous épauler et à nous garder à l'œil. Nous engageâmes des employés supplémentaires qu'ils eurent la bonté de payer. Et je fis tourner la boutique.

— Cela a été dur de perdre Peggy.

Ce n'était pas une question. Il avait entendu la souffrance dans sa voix.

— Peggy, c'était mon bébé. Je l'avais élevée. Elle était heureuse avec moi et en parfaite santé. J'avais interrompu mes études pour veiller sur elle. A la fin, cela se révéla insuffisant. J'ai dû me résoudre à la laisser partir, sinon, je perdais tout. Et puis, je devais aussi me soucier de Casey.

— Casey posait des problèmes ?

— Casey a toujours été une rebelle. Après le départ de Rooney, elle s'est vraiment déchaînée. Je dois dire que j'en ai bavé.

Il risqua une explication.

— Elle ressentait plus cruellement l'absence de votre père ?

— De nous trois, c'est Casey qui avait le plus désespérément besoin de lui.

— Le soir où nous nous sommes rencontrés, Casey a dit qu'elle n'était pas revenue chez vous depuis des années.

— C'est vrai. Nous avions eu une violente dispute. Elle est partie dès la fin de ses études secondaires. Elle envoyait des cartes postales à Peggy tous les mois à peu près. Personne n'a su au juste où elle demeurait, pendant toutes ces années. Les cartes provenaient chaque fois d'endroits différents, à un rythme difficile à suivre. Et puis, un soir, elle me téléphona. Elle avait vingt ans à cette époque et poursuivait des études supérieures en Pennsylvanie. Elle prit alors l'habitude d'appeler assez régulièrement. L'année suivante, Peggy sous le bras, j'allai lui rendre visite. A partir de ce moment-là, Peggy passa une grande partie des vacances d'été avec Casey, et nous restâmes en relation toutes les trois, par téléphone et par courrier. Une fois Casey installée à Chicago, je suis allée la voir à plusieurs reprises.

— Mais elle n'est jamais revenue ?

— Non.

Megan se tut un instant comme si elle débattait intérieurement de l'opportunité d'entrer dans les détails.

— Non, jusqu'à aujourd'hui, répéta-t-elle.

— Quelles leçons en tirez-vous ?

— Comment défendre mon point de vue ? Peggy s'est épanouie. Tante Deirdre et oncle Frank l'adorent, et elle les adore en retour. Elle n'a pas l'impression que nous l'ayons abandonnée. Casey a fini par réintégrer le bercail. Tout semble donc pour le mieux.

— Et pourtant, vous auriez espéré que les choses se passent différemment.

De nouveau, c'était une constatation plutôt qu'une interrogation.

— Je regrette surtout que Rooney ne soit pas resté dans les parages plus longtemps. Même s'il était un piètre père, sa présence m'aurait au moins permis d'atteindre l'âge requis pour prendre la direction des opérations. Oui.

— Et vous lui en voulez.

Elle s'était montrée sincère jusque-là. Niccolo avait été témoin de ses efforts pour exposer une vérité qui lui coûtait. A présent, il la sentait de nouveau réticente. Son expression se durcit.

— Je refuse de verser des larmes sur le cas de Rooney Donaghue. Lorsqu'il nous a abandonnées, il a perdu la place qu'il occupait dans mon cœur.

— Savez-vous pourquoi il est parti ?

— Parce qu'il était incapable de faire face.

Megan n'avait pas hérité de son père cette faiblesse de caractère. A seize ans, elle avait été capable de se colleter à d'énormes défis, et de s'en sortir la tête haute. Son attitude courageuse masquait cependant une sorte de désespoir. En tout cas un mélange de chagrin, de colère et de frustration.

— Etiez-vous proche de lui, Megan ? Avant tout ceci ? Avant qu'il ne s'effondre ?

— Pour moi, il ne s'est pas effondré. Il a tout simplement renoncé.

— Etiez-vous proches tous les deux ? insista-t-il.

Elle haussa les épaules. La réponse était visible dans son regard. Elle avait été attachée à ce père qui n'en avait fait qu'à sa tête. Elle l'avait même profondément aimé.

— Alors, que faire, à présent ?

— Mais rien ! C'est ce que je me tue à vous dire depuis le début.

— C'est un héros. S'il continue à vivre dans cet abri précaire, il pourrait bientôt se retrouver au cimetière. L'hiver n'est pas fini. Cet homme ne fera pas long feu, je vous l'assure.

— Il s'en est sorti jusque-là. Apparemment, il n'est pas complètement sans ressources. Et puis, il a de la famille dans le coin. Personne ne lui refusera de l'aide s'il en demande. Et même si j'éprouve du mépris à son égard, jamais je ne chasserai une bête errante dans le besoin.

— En d'autres termes, laissons Rooney résoudre ses problèmes. Laissons Rooney prendre des décisions, en ignorant qu'il n'a probablement pas toute sa tête.

Elle demeura silencieuse si longtemps qu'il ne comptait plus sur une réponse de sa part.

— Ecoutez, je vais vous dire une dernière chose. Quand Rooney vivait encore avec nous, il avait l'habitude de sortir tard le soir. Je ne savais jamais où il traînait ni s'il comptait revenir... J'allumais une lampe, que je plaçais dans la vitrine du saloon. Quand nous fermions pour la nuit, j'éclairais la fenêtre de l'appartement, à l'étage. La lampe restait ainsi allumée, toute la nuit, jusqu'à ce qu'il fût rentré sain et sauf.

Nick sentit une boule dans sa gorge. Elle, en revanche, gardait l'œil sec.

— Lorsque Rooney est parti pour de bon, je ne l'ai dit à personne. Croyez-moi si vous voulez, mais j'ai réussi à donner le change pendant plus de deux mois en allumant cette fameuse lampe, tous les soirs, pour le guider vers chez lui. Finalement quelqu'un a découvert la supercherie. La famille fut mise au courant et se réunit à plusieurs reprises pour statuer sur la conduite à adopter. Tout au long de ces semaines, j'allumais cette fichue lampe et priais pour le retour de Rooney. Quand tante Deirdre est venue chercher Peggy, je suis restée assise jusqu'à l'aube près de la fenêtre, à attendre une réponse à mes prières.

Elle secoua la tête comme pour se moquer de sa propre crédulité.

— J'ai continué pendant des mois. Je croyais dur comme fer qu'il n'était pas trop tard, que tout pouvait encore s'arranger. J'ai dû gaspiller une centaine d'ampoules inutilement, avant de me dire qu'il y avait de meilleurs moyens de dépenser cet argent.

— Avec ou sans lampe, peut-être n'était-il pas en état de retrouver son chemin ?

— Dites plutôt qu'il ne le voulait pas. Rooney était un doux rêveur, un affabulateur, un mystique. Et, quand on le poussait dans ses retranchements — un lâche. Voilà tout.

— Et pourtant, il est revenu, Megan. L'autre soir, il était là, dehors, sur votre parking.

Niccolo fouilla dans sa poche et en retira le bouton de manchette qu'il lui présenta sur sa paume ouverte.

— Je crois qu'il a perdu ceci avant de disparaître.

Il observa Megan tandis qu'elle examinait l'objet. Pas la moindre lueur de surprise dans son regard.

— C'est la première fois que je le vois. Qu'est-ce qui vous fait croire que ce bijou lui appartient ?

Il lui fournit la même explication qu'à Iggy.

— Quoi qu'il en soit, il est à vous, Megan. Même s'il n'appartient pas à votre père, il a été trouvé dans votre parking.

— Je n'en veux pas.

Il s'attendait à sa réaction.

— Ce bijou a probablement de la valeur.

— Je n'en veux pas, vous dis-je. S'il est à Rooney, c'est qu'il l'a trouvé... ou volé. Je n'ai rien à voir avec ça, acheva-t-elle d'une voix tendue.

Niccolo préféra rempocher le bouton de manchette plutôt que se lancer dans un débat stérile.

— Il était peut-être en train de rassembler son courage pour entrer dans la cuisine, quand il est tombé sur le braquage.

Elle se leva pour desservir. Il était évident que ni l'un ni l'autre ne mangeraient davantage ce soir-là.

— Si jamais il se présentait à ma porte, je ne le chasserais pas. Il n'est pas question que je lui coure après, si c'est ce que vous voulez. Je ne lui ferme pas ma porte, mais je n'allumerai plus la lampe.

Niccolo en avait assez dit. Il fallait respecter l'amertume de la jeune femme et reconnaître que, d'une certaine façon, elle avait réussi à accepter la désertion de Rooney. A présent, elle allait devoir faire face à sa réapparition.

Sa tâche, en ce qui le concernait, était de s'assurer que Rooney reste en vie dans l'intervalle.

Dans la cuisine, Niccolo retint Megan par le bras.

— J'aimerais vous dire deux choses.

Le regard de Megan s'attarda sur sa main avant de revenir à son visage.

— Deux seulement ?

Il sourit.

— Oui. Un record, n'est-ce pas ?

— Allez-y.

— Vous avez de quoi être fière. Vous êtes une femme extraordinaire.

— Ça fait une ou deux choses, là ?

— Je suis heureux que vous ayez été franche avec moi. D'autres m'auraient dit de m'occuper de mes oignons.

— Ce n'est pas faute d'avoir essayé de faire passer le message !

— Je sais, mais vous avez fini par vous ranger à mon avis, en fin de compte.

Elle soupira en s'adossant au comptoir.

— Je vous demande seulement de ne pas aborder le sujet avec Casey ou qui que ce soit d'autre dans la famille, Nick. Nous avons assez souffert comme cela.

— En retour, puis-je vous demander de les mettre au courant s'il se passe quelque chose qu'ils ont intérêt à savoir ?

— Vous ne comptez pas en démordre, n'est-ce pas ? Vous n'allez pas cesser vos recherches ?

— Je ne peux plus m'arrêter désormais. Désolé.

— Eh bien, je crois que la discussion est close, à présent.

— Pas tout à fait.

Megan plissa les paupières.

— Quoi encore ?

— Nous avons des tas d'autres sujets à aborder : Gilbert et Sullivan, les bons vins italiens... la gastronomie, les familles nombreuses et bruyantes, les vieilles maisons... la raison pour laquelle vous avez mentionné Charles Ives en omettant de citer Aaron Copland.

Toute tension sembla l'abandonner d'un coup.

— Nick, on dirait que vous courez toujours après les difficultés. Est-ce pour cela que vous n'avez pu rester prêtre ?

— Non, ce sont les difficultés qui me courent après !

Et cette femme pourrait bien être la plus grande de toutes. L'un et l'autre le savaient, Niccolo en était conscient. Seulement, ils n'étaient pas prêts à saisir la chance qui s'offrait à eux. Lui, parce que, au fond de son âme, il demeurait un prêtre. Elle, parce que, au fond de son cœur, elle était encore l'adolescente trahie par l'homme qu'elle avait le plus aimé.

— Voulez-vous que nous fassions comme si Rooney avait été l'unique raison de notre rencontre ? dit-il. Si c'est votre désir, je m'y conformerai.

Sa proposition lui arracha un sourire, bien malgré elle, semblait-il.

— Si les choses tournaient comme je le souhaite, je ne m'en remettrais pas.

— Alors, pas de ça !

— Je vous apprécie, Nick, sincèrement. Et vous m'attirez... si vous voulez tout savoir. Mais j'ai eu beau passer ma vie à aider les autres, j'ai toujours été nulle en ce qui concernait mes propres relations.

— Il se peut que nous ayons ce point en commun. Je manque un peu d'expérience pour l'affirmer.

Si son sourire s'effaça, ses yeux d'ambre brillèrent d'une lueur particulière. Et, lorsqu'il s'approcha, elle ne se déroba pas. Pas plus qu'elle ne frémit lorsqu'il passa la main dans ses boucles rebelles. De son pouce, il lui caressait à présent le front. Megan ferma les paupières. Sous la pulpe de ses doigts la peau était douce et lisse, soyeuse...

Il laissa retomber sa main et recula d'un pas. Elle rouvrit les yeux.

— Merci pour ce dîner, Megan.

Elle hocha la tête.

— Merci pour le vin.

Il tourna les talons pendant qu'il le pouvait encore.

11.

S'occuper du bar était aussi naturel à Casey que respirer ou marcher. Elle était capable de mémoriser les commandes, de laver, désinfecter et sécher une douzaine de verres tout en répondant au téléphone et en dressant la liste des plats à emporter, sans cesser de discuter avec les habitués ni perdre le fil de ce qu'elle dirait à Jon Kovats lors de leur prochaine rencontre.

Si elle ne l'avait pas encore retrouvé, ce n'était qu'une question de temps : grâce à ses recherches, elle savait à présent où il habitait.

— Chaud devant !

Peu avant 1 heure de l'après-midi, ce lundi-là, elle fit glisser une chope sur le zinc en direction du vieil homme qui se tenait au bout du comptoir. Un client régulier, ce Charlie Ford, et pas compliqué : il lui avait annoncé d'entrée de jeu qu'il prendrait toujours le plat du jour précédé d'une Black-and-tan, un mélange de bière brune et blonde. Juste une, pour lui permettre de tenir jusqu'au repas.

Charlie était déjà devenu l'un des consommateurs favoris de Casey. Le teint fleuri, les yeux pétillant de malice, il était la bonne humeur incarnée et un conteur invétéré. S'il se permettait, au fil des rencontres, des blagues de plus en plus olé olé, il ne versait jamais dans la vulgarité ; il fredonnait plutôt *Trois curés dans un bateau* que *Trois putes sur le trottoir de Capitol Hill.*

Charlie arrêta la chope d'un geste élégant et précis et la porta avec délectation à ses lèvres. Casey fila alors en cuisine pour y chercher son plat. Quand elle posa devant lui le corned-beef aux choux, elle en eut l'eau à la bouche. La viande avait mijoté depuis l'aube, et son arôme puissant était monté à la tête de tout le monde en cuisine. Pour l'accompagner, Megan avait préparé du pain d'avoine, pétri au beurre avec une touche de mélasse.

— Un vrai régal des familles, s'écria Charlie en se penchant au-dessus de son assiette fumante, les yeux clos, les narines palpitantes. Je l'avoue : ma mère ne cuisinait pas aussi bien !

Casey ne se souvenait pas d'avoir jamais vu cuisiner sa propre mère. Rooney depuis toujours avait officié aux fourneaux — dans ses bons jours...

— Vous avez eu le dernier, de justesse, dit-elle à Charlie.

Anticipant le rush de midi, elle avait heureusement mis de côté pour lui au réfrigérateur une généreuse portion.

— Quelle que soit la quantité de bœuf aux choux que prépare Megan, il y a toujours pénurie sur le coup de 1 heure. J'ai l'impression qu'ils en captent les effluves jusque chez EMI et Van Roy, soupira-t-elle, nommant les deux compagnies dont les employés fréquentaient assidûment le saloon.

Charlie eut un sourire assez large pour révéler une molaire manquante.

— J'ai toujours hâte que nous soyons le quatrième lundi.

Malgré elle, Casey était touchée. Qu'elle le veuille ou non, le Whiskey Island Saloon était bien plus qu'un bar. Lieu de réunion aussi bien pour les habitants du quartier que pour ceux qui, délaissant le voisinage, avaient emménagé vers des villégiatures plus recherchées telles que Bay Village ou Rocky River, rare était l'étranger qui en franchissait la porte. Et combien d'endroits existait-il, dans ce monde impersonnel, où l'on était accueilli, nourri et gentiment taquiné par des amis qui connaissaient votre histoire et vos boissons préférées ?

— Quand vous aurez terminé tout ça, j'ai une belle part de tarte aux pommes pour vous. Cadeau de la maison.

Il s'arrêta net, la fourchette en l'air.

— En quel honneur ?

— Une petite récompense pour votre fidélité. Pas un mot aux autres.

— Je pourrais avoir une boule de glace par-dessus ?

— C'est parti !

Le laissant à son repas, elle passa un linge humide sur le zinc, remplit quelques verres dans la foulée, offrit un paquet de bretzels à un comptable qui lui faisait du gringue depuis une semaine. S'il n'était pas dénué de charme, ses vues sur l'existence ressemblaient à un tableau de chiffres géant. Et elle n'avait aucune envie de passer sa vie à être transférée d'une colonne à l'autre.

En cuisine où elle se rendit pour annoncer ses nouvelles commandes, une Megan visiblement en plein coup de feu se démenait pour préparer un plat de sandwichs réclamé par un bruyant groupe de huit personnes. Peggy arriva à la rescousse pour charger les assiettes sur son plateau. Comme elle ne semblait pas disposée à reprendre ses cours, Megan l'avait réquisitionnée comme serveuse.

Casey prit les deux assiettes qui ne tenaient pas sur le plateau et lui emboîta le pas.

— Ces messieurs sont servis, annonça Peggy aux joyeux lurons groupés en un cercle serré.

— Vous êtes la plus jolie fille du coin, risqua l'un des hommes, tandis qu'elle distribuait les club-sandwichs au pain de seigle et à la dinde et les assiettées de frites. Je me passerais bien du sandwich — je préférerais vous croquer, vous !

Peggy ne se troubla pas pour autant.

— Je ne suis pas au menu. Et j'ai un petit ami qui ne plaisante pas. Il m'attend tous les soirs devant cette porte.

Ses copains envoyèrent au don juan des claques dans le dos en riant de bon cœur.

Casey fut impressionnée par la maestria de sa jeune sœur ; sa manière, souriante mais ferme, de désamorcer les avances des fâcheux.

Elle lui en fit d'ailleurs la remarque sur le chemin de la cuisine.

— Je te dirais bien que tu as ce métier dans le sang, si c'était un compliment.

Peggy éclata de rire.

— J'aime bien ce que nous faisons ici. Il me semble que servir des Black-and-tans jusqu'à la fin de mes jours pourrait me rendre heureuse.

Casey réagit à ce qu'elle ressentit comme un nouveau signal d'alarme. Un de plus — elle ne les comptait plus.

— Ecoute, je sais que je suis mal placée pour donner des leçons, mais je crois qu'il y a des choses plus intéressantes à faire dans la vie.

— Alors, pourquoi tu ne les fais pas ? C'est toi qui avais juré qu'on ne t'y reprendrait jamais, non ?

— J'avais peut-être besoin de faire une pause.

Peggy quitta son plateau du regard.

— Et moi aussi, peut-être !

D'une voix entrecoupée où perçait l'inquiétude, Casey lâcha :

— Tu ne comptes pas reprendre tes études de médecine, c'est ça ?

— Je n'ai encore rien décidé.

Casey ne fit aucune remarque.

— J'ai pris un semestre de réflexion. C'est ma seule certitude pour le moment... Ne te fais aucun souci. J'ai accumulé assez d'unités de valeur ; je pourrai toujours passer l'examen en juin.

— Tu peux me dire pourquoi ?

— J'ai des choses à tirer au clair, Casey. C'est tout. Et je n'ai encore rien dit à Megan. Alors, laisse-moi le lui annoncer à ma manière, d'accord ? Elle va en tomber raide.

— Megan ? Tomber raide ?

— Qu'est-ce que tu crois ? Dès qu'il s'agit de nous, rien à faire, tout est de sa faute : elle ne s'est pas suffisamment battue pour me garder avec elle vingt-quatre heures sur vingt-quatre ; elle n'a pas su m'enseigner les vraies valeurs de la vie. Tu sais, elle culpabilise encore à propos de ton départ. Voilà pourquoi je me suis abstenue de lui parler.

Casey eut un vague remords. Elle observa sa sœur avec plus d'attention.

— Tu as peur, n'est-ce pas ?

— Je suis terrifiée.

— Je sais bien qu'elle s'inquiète.

— Donc je préfère attendre le moment opportun.

Casey comprit que les confidences n'iraient pas plus loin.

— Je suis heureuse que tu sois ici. Ashley t'adore.

— Ashley est la petite fille la plus silencieuse que j'aie jamais rencontrée.

Ashley était trop silencieuse, trop pâle, trop grave. Casey avait tant vu d'enfants comme Ashley, enfants aux yeux écarquillés et cernés de noir, enfants n'osant plus parler de peur que leurs paroles brisent l'équilibre précaire de leurs tristes petites existences.

— Elle apprécie la garderie, dit Casey.

Il fallait dire que Sainte-Brigid possédait d'excellents professeurs, spécialement formés à l'accueil d'enfants issus de milieux défavorisés.

— J'ai pourtant eu l'impression que tu avais du mal à lui faire franchir la porte, le matin.

— Elle n'a jamais envie d'y aller, mais, une fois sur place, elle est contente. Sa maîtresse dit que ça se passe plutôt bien. Certes, Ashley n'a pas encore quitté son attitude méfiante vis-à-vis du monde... on le serait à moins.

— Elle sortira de sa coquille le jour où sa mère la récupérera.

N'ayant rien à rajouter, Casey passa derrière le comptoir et remplit deux verres de glace pilée et de Seven Up, que Peggy alla porter à la grande table du coin.

Quand elle s'avisa que l'homme assis en face d'elle n'était pas celui qui y était un instant auparavant, Casey était en train de rincer un verre à l'eau bouillante. Elle faillit le laisser tomber.

— Jon !

— C'est bizarre, tu as toujours l'air tellement surpris de me voir.

— Tu es un monstre de sournoiserie ! Ne me dis pas le contraire.

— Je t'ai manqué ?

— Tu t'entraînes pour le rôle de L'Homme Invisible ? Un coup, je te vois, un coup, je te vois pas ?

— J'ai une vie très occupée. Je n'ai pas trop le temps de traîner.

— Oh, désolée de te faire perdre ton temps.

— Il y a quelque chose qui sent délicieusement bon, ici. Serait-ce du corned-beef aux choux ?

— Megan n'en fait qu'une fois par mois.

— J'ai eu du nez de passer, alors.

— Pourquoi ? Tu ne resteras probablement pas assez longtemps dans le secteur pour y goûter.

— Au contraire, ça me plairait... si tu cessais de m'asticoter.

— Moi ? T'asticoter ?

Jon Kovats avait changé à bien des égards. La transformation de son sourire la frappa particulièrement : plus nonchalant, plus confiant. Sa manière de l'évaluer du regard était nouvelle aussi — et assez excitante.

— J'aimais bien quand tu n'étais pas d'accord avec moi, dit-il en posant ses avant-bras sur le zinc et en se penchant vers elle. Tes yeux dansaient lorsque ton cerveau s'emballait. Quand tu t'enthousiasmais pour une idée, et que tu voulais la défendre... tu étais magnifique.

— Jon, tu ne remarquais même pas mes yeux à l'époque. Tu ne pensais qu'à obtenir de meilleures notes à l'oral de mathématiques modernes, ou à convaincre la vieille Mme Egan de te dispenser de travaux pratiques en biologie — sous prétexte que ta mère était à l'article de la mort.

— Faux.

Il n'avait pas l'air de plaisanter ; elle en fut stupéfaite.

— Ne prends pas la mouche, Jon. Ton amitié était la seule chose sur laquelle je pouvais compter à l'université.

— Je te disais simplement que lorsque ton regard s'anime, tu es belle. Et je prendrais volontiers une portion de ce plat du jour, O.K. ?

Elle fut sur le point de lui dire qu'il n'y en avait plus ; mais elle était tellement heureuse de voir Jon assis là, ce même Jon qui, adolescent, avait été le confident de tous ses rêves et de tous ses espoirs — bien plus qu'aucun des amoureux qu'elle avait eus par la suite... bien plus que son propre mari... qu'elle n'eut pas la malice de le décevoir.

— Tu as de la chance. Il en reste justement une portion. Elle est pour toi.

Il pencha la tête et l'observa intensément.

— C'était celle que tu te réservais, n'est-ce pas ?

— Comment as-tu deviné ?

— Tu ne peux rien me cacher, Casey. Va la chercher et nous la partagerons.

— Tu seras encore là à mon retour ?

— Je sais attendre.

Ils partagèrent le corned-beef tout en devisant gaiement, passant en revue leurs anciens amis et leurs repaires favoris. Les clients du déjeuner s'étant peu à peu dispersés, ils s'installèrent à une table tranquille pour déguster une part de tarte aux pommes.

— Parle-moi de ton travail, dit Casey. Qu'est-ce qui t'a poussé à endosser la pèlerine du justicier assermenté ? Flic d'abord, et maintenant procureur général...

— Tout à l'heure j'étais l'Homme Invisible.

— Oui, ce ne sont pas les qualificatifs qui manquent, avec toi.

Il fit glisser le dernier morceau de tarte vers elle, du bout de sa fourchette.

— J'ai un sens surdéveloppé du bien et du mal. Que veux-tu que je te dise ?

— Jon, sous tes allures de mauvais garçon, tu étais quelqu'un de tellement brillant. J'étais persuadée que tu deviendrais physicien nucléaire ou neurochirurgien.

— Les gens m'intéressent davantage que les atomes ou les rouages du cerveau.

— C'est pourquoi tu as choisi la justice après la police ? Par amour de tes semblables ? Ou pour le plaisir de les mettre à l'ombre ?

— Je veux mettre les criminels en prison pour que les bonnes gens puissent vivre en paix.

Il s'étira sur sa chaise, un bras paresseusement passé autour du dossier. Il avait un corps élancé, sans une once de graisse ; ses membres longs évoquaient la silhouette d'un cow-boy. Au fil des années, toutefois, il s'était épaissi. Son torse et ses épaules étaient plus impressionnants que par le passé. Jusqu'à ses mains, qui semblèrent, elles aussi, plus grandes à Casey.

— Qu'est-ce qui t'a poussé dans cette voie ?

— Tu n'imagines pas que j'aie pu échouer là parce que je n'avais rien trouvé de mieux ?

— Bien sûr que non.

— C'est ça, le privilège d'une longue amitié.

Il eut de nouveau ce sourire chaleureux et incroyablement viril.

— Un après-midi, je déambulais dans une rue de San Francisco, en plein jour donc, lorsque deux gars m'ont sauté dessus. Comme un imbécile, je me suis défendu. Quand ils m'ont laissé sur le carreau, je n'avais plus ni montre, ni portefeuille... ni battements de cœur.

— Jon ! s'écria-t-elle, horrifiée.

Il fit un geste rassurant de la main.

— Je ne m'en souviens quasiment pas. Le bon côté des traumatismes crâniens, en quelque sorte... Un témoin qui avait assisté à la scène se mit à appeler au secours. Un docteur passait par là ; il commença la réanimation en attendant l'ambulance. Ce n'est pas une ville dangereuse, et le quartier n'était pas pire qu'un autre. J'ai joué de malchance.

— Et tu es tombé sur des salopards.

— Ma convalescence fut longue. Je quittai l'école pendant un semestre entier, avec ordre d'en faire le moins possible. De toute manière, dès que je tirais un peu trop sur la corde, je souffrais de séquelles. J'étais condamné au repos forcé. Moi qui avais toujours travaillé tellement dur... c'était la première fois dans mon existence que je pouvais simplement rester assis et réfléchir.

— Et tu as pris la décision de te venger de ces gars en devenant policier ?

— J'ai pas mal gambergé à l'époque. J'ai pris conscience du nombre de gens auxquels cela arrive, et combien notre société avait besoin de réformes profondes.

— Oh non, ne me dis pas que tu es devenu un néoconservateur pur et dur qui réclame davantage de prisons et la peine capitale pour les voleurs de voitures !

— Non, mais je ne suis pas non plus un défenseur du laxisme intégral, et le discours : « Sa maman n'a pas été gentille avec lui et c'est pas sa faute si le pauvre gars est devenu un tueur en série », très peu pour moi ! De toute façon, il n'y a pas de solution miracle. Cela vaut le coup d'y réfléchir, néanmoins. Et il m'a semblé que je remplissais les conditions requises pour m'y consacrer.

Comment n'aurait-elle pas compris Jon ? N'avait-elle pas connu, elle aussi, de ces expériences qui vous changent la vie ?

Elle fit un sort à la dernière bouchée de tarte.

— Je suis certaine que tu y réussis parfaitement. Tu es bon, honnête et ton sens de la justice n'est plus à démontrer. J'en sais quelque chose : ton côté raisonnable, pondéré me rendait dingue !

— Tu étais une tête brûlée. Tu méprisais ceux qui osaient te faire la moindre réflexion.

— Sauf toi. Je ne t'ai jamais méprisé.

— Non, car je t'écoutais toujours. Attentivement.

Il étendit son bras en travers de la table, ouvrant la paume de sa main comme pour l'inviter à s'en saisir.

— Et maintenant, je suis tout ouïe.

— Il n'y a pas grand-chose à dire.

— Permets-moi d'en douter. La femme la plus intelligente que je connais a divorcé et se retrouve en train d'essuyer les verres au fond d'un bistrot de famille où elle avait juré ne jamais revenir. Comment est-ce possible ?

Elle secoua la tête, indécise, ne sachant par où commencer.

— Parle-moi de ton divorce.

— D'accord. Ce n'est pas compliqué. Stan n'était qu'un raté de plus dans ma collection. Sauf qu'il cachait bien son jeu. Megan ne l'avait rencontré qu'une fois, cela lui avait suffi pour le démasquer. Même Peggy avait vu clair. Mais moi, j'étais fascinée par ses boucles folles et son duplex de luxe.

— Combien de temps a duré le mariage ?

— Un an. La première semaine, tout s'est bien passé. Ensuite, les choses se sont rapidement gâtées. Pour Stan, il tombait sous le sens que j'étais une fille « compréhensive », qui fermerait les yeux sur ses petits à-côtés conjugaux — et ses magouilles pour frauder le fisc.

— Pas vraiment réjouissant, le tableau.

De fait, la dissolution du mariage avait été un vrai soulagement pour Casey. Après que le véritable Stan avait commencé à montrer le bout de l'oreille, elle n'était restée que pour n'être pas accusée de changer d'avis comme de chemise. Elle avait même tenté de sincères efforts pour maintenir la barque à flot.

Hélas... elle avait fini par se rendre à l'évidence : il n'y avait rien à sauver du naufrage.

— Le plus pénible a été de prendre conscience de mes erreurs. En vérité, je n'avais fait qu'emprunter de mauvais chemins, à commencer par mon départ d'ici. La perte de Stan, elle, équivalait à l'arrachage d'une dent gâtée. Bon débarras, quoi ! J'ai simplement regretté de ne pas m'être rendu compte plus tôt des progrès de la carie.

— Dur, dur.

— Bref, je ne soupire pas après le bonhomme.

— Et Elvis, c'était un moyen de te remonter le moral ?

— Je ne l'avais jamais vu avant ce soir-là. On a fait connaissance. Rien de plus.

— Bon, passons aux choses plus graves, alors.

Elle mit la main sur son cœur et battit des cils.

— Je t'ai déjà révélé la noirceur de mon âme !

— Pourquoi travailles-tu ici ? Megan a-t-elle besoin de toi à ce point-là ?

— Megan se débrouille très bien sans moi. Elle l'a prouvé pendant des années.

— Pourquoi as-tu disparu ?

— Je voulais voir le monde.

— J'imagine qu'il y a autre chose.

— Megan ne t'a pas mis au parfum, l'autre jour, pendant que tu faisais la vaisselle ?

— Je n'ai pas l'impression que Megan souhaite en parler.

— Tu étais à la soirée donnée pour célébrer mon retour. Il y aura sûrement eu un membre de ma famille pour te mettre au courant, non ?

— Sont-ils au courant, justement ?

Quelle réponse donner à sa question ? Personne n'avait mis le sujet sur le tapis. Megan avait-elle gardé le secret sur leur brouille ?

— Tu n'es pas obligée de me répondre, dit-il. Je n'ai aucun droit de fourrer mon nez dans tes affaires.

Il avait l'air de le regretter. Elle était vraiment surprise du degré d'intimité qui s'était déjà établi entre eux. Comme s'ils n'avaient pas été séparés tout au long de ces années — quoique le Jon ici présent fût extrêmement différent du jeune garçon d'antan.

Soudain, elle éprouva le désir de le lui dire. Ce sale petit secret dont ni Megan ni elle n'avaient eu envie de parler, depuis son retour. Il lui sembla que ce serait un soulagement que d'arrêter de faire semblant... d'arrêter de se comporter comme si la dispute n'avait jamais eu lieu.

— En fait, c'est assez simple, dit-elle en se carrant dans sa chaise. Je voulais que Megan vende le saloon. Après tous les efforts, démesurés qu'elle avait faits pour le garder au sein de la famille, je lui ai demandé de vendre et de diviser l'argent entre nous pour que nous puissions, chacune, faire ce dont nous avions envie.

Il n'eut pas l'air choqué outre mesure.

— Je comprends ce que tu pouvais ressentir. Des souvenirs plutôt tristes étaient liés à ce bâtiment.

— C'est ton avis, vraiment ? J'ai plutôt l'impression que c'était horriblement égoïste de ma part. Mais j'étais malade de voir Megan se sacrifier continuellement, et j'avais pris cet endroit en grippe. C'est peut-être encore le cas, d'ailleurs. Je ne sais pas. Megan voulait continuer à tenir Whiskey Island, et m'envoyer au collège sur le peu de bénéfices qu'elle dégageait. Moi, je voulais parcourir le vaste monde, avoir une vie à moi. Et je voulais qu'elle en ait une, elle aussi. Qu'elle cesse de s'occuper de moi.

— Et elle ne voyait pas les choses de la même façon...

— Bien sûr que non ! Cet endroit, c'est toute son existence. Elle l'a dans le sang. Retire-lui Whiskey Island et son cœur cessera de battre — du moins en est-elle persuadée. Elle a vraiment tout fait pour le sauver, pour nous. Elle a interrompu ses études, travaillé nuit et jour. Et je n'en voulais même pas !

Il ne disait pas un mot.

Casey prit une respiration plus calme.

— Alors, je suis partie. J'ai décidé que j'étais libre de vivre comme bon je l'entendais. Un après-midi, j'ai rencontré des voyageurs en route vers le sud, et je les ai suivis. Tout simplement.

— Et tu ne lui as rien dit ?

— Non. Je savais qu'elle essaierait de me faire changer d'avis. Et je refusais de la laisser décider pour moi plus longtemps.

— A moi non plus, tu n'as rien dit.

Elle avait les yeux fixés dans le vague, elle les ramena sur lui avec un pâle sourire.

— Jon, je ne pouvais pas te prévenir, toi. Je fuyais. J'avais honte. Je savais combien j'allais faire de mal autour de moi. Le désir de partir était plus fort que tout. Ici, j'étouffais. J'avais tort, je sais, mais je m'en fichais, il fallait que je m'en aille à tout prix.

— Et à présent, te voilà de retour.

Elle eut un geste d'impuissance.

— Il était temps de rentrer.

— Pourquoi ?

Comme Casey cherchait ses mots, Peggy lui fit signe. Elle était près du téléphone mural, le combiné dans une main.

Casey se mit debout aussitôt, sans réfléchir.

— On m'appelle au téléphone, on dirait. Pourrions-nous remettre cette discussion à plus tard ?

Il s'était levé, à son tour.

— On verra.

Sourcils froncés, elle soutint son regard.

— Qu'est-ce que ça veut dire ?

— Notre amitié n'a été qu'une gigantesque partie remise, Casey. J'ai passé mon temps à attendre que tu t'aperçoives de mon existence. Je n'ai pas l'intention de continuer.

— Je ne vois pas à quoi tu fais allusion.

— Tu ne vois pas ?

— Tu étais mon meilleur ami. Nous avons passé le plus clair de notre temps ensemble. Et jamais je ne t'ai ignoré. Comment peux-tu parler d'occasions manquées... de parties remises ? Entre nous ?

— Tu sais où j'habite, et tu as probablement mon numéro de téléphone. Appelle-moi si tu as envie de poursuivre cette conversation.

— Comment cela, je sais où tu habites ?

— Je t'ai vue passer en voiture près de chez moi, vendredi soir. Qui t'a renseignée ?

Elle n'allait pas nier. C'était bien inutile avec un ex-flic, représentant du ministère public.

— J'ai obtenu ton adresse par un ami de Peggy qui travaille dans le même immeuble de bureaux que toi. Je n'ai pas ton téléphone.

— Eh bien, la prochaine fois que tu passes, arrête-toi donc et entre. Merci pour le corned-beef et la tarte. Je continue à penser qu'ici, on sert la meilleure cuisine de tout Cleveland.

Un regard chaleureux, un bref sourire, et il était parti.

Elle fixait encore la porte lorsque Peggy la rejoignit.

— Je ne sais pas qui c'était, mais on a raccroché.

— Oh ! Désolée, dit Casey, se rappelant brusquement que Peggy lui avait fait signe de venir. Etait-ce moi qu'on demandait ? Ou était-ce l'un des fournisseurs de Megan ?

Peggy haussa les épaules.

— Eh bien, c'était un homme, il n'a demandé personne en particulier, et il s'est mis à poser des questions. Je ne savais pas trop que faire.

Casey ne lui prêtait qu'une oreille distraite.

— A propos du saloon ?

— Plus ou moins. Il a voulu parler à un dénommé Al, puis savoir à qui correspondait le numéro, s'il s'agissait d'une résidence privée ou d'un commerce. Il m'a demandé mon nom, et si je travaillais là... tu vois, ce genre de trucs.

Tous les sens de Casey étaient en alerte, à présent. Et, déjà, elle échafaudait différents scénarios.

Quelqu'un avait-il retrouvé sa trace à cause du coup de fil qu'elle avait passé la veille au soir ? Elle s'était servi du Taxiphone du saloon plutôt que d'utiliser son portable personnel. Elle avait imprudemment pensé qu'elle ne courait aucun risque en appelant du bar. Elle regrettait maintenant de ne pas être sortie téléphoner d'une cabine publique des environs.

— C'était sans doute une erreur, dit-elle enfin. Ou alors un de nos clients avait donné ce numéro pour être joint à l'heure du repas.

— A vrai dire, il a sonné pas mal de fois avant que je décroche. Et personne ne m'a semblé attendre un appel. La salle est presque vide.

Casey jeta un regard autour d'elle : c'était vrai. Elle avait été tellement absorbée dans sa conversation avec Jon qu'elle n'avait pas vu la foule se disperser.

— Peut-être qu'un client attendait un appel et s'est lassé ?

— Pourquoi son correspondant n'a-t-il pas simplement expliqué la chose, au lieu de chercher à me cuisiner ? Je lui ai dit qu'il était sur un appareil à pièces, dans un bar, que nous avions probablement une douzaine de clients qui s'appelaient Al, et que je ne voyais pas comment l'aider. Il ne me lâchait toujours pas. C'est à ce moment que j'ai voulu que tu viennes.

Peggy avait parfaitement répondu, se dit Casey. Si son appel de la veille avait été — à Dieu ne plaise ! — localisé, son correspondant penserait qu'elle avait utilisé le Taxiphone d'un bar avant de continuer sa route. D'autre part, le numéro qu'elle avait appelé venait d'être attribué ; la ligne avait été vérifiée et revérifiée, elle n'était *a priori* pas sur écoute. Elle pourrait appeler Grace, évidemment... Etait-ce la meilleure solution ? Fallait-il l'alerter pour un simple coup de fil un peu bizarre ?

Et puis, Ashley se débrouillait bien dans sa classe, elle commençait tout juste à s'adapter à son nouvel environnement. Casey n'avait pas le cœur de chambouler de nouveau son univers...

— Je suis contente que tu ne lui aies rien dit de plus, à ce type, déclara Casey. Si jamais il rappelle, passe-le-moi tout de suite. Je verrai bien ce qu'il a derrière la tête.

— Désolée d'avoir interrompu ta conversation avec Jon. Je l'aime bien, et toi ?

— Plutôt, oui.

— Il me rappelle Stan.

Casey tourna un regard horrifié vers sa sœur : la comparaison était tellement extravagante !

— Jon n'a rien à voir avec Stan.

Peggy souriait.

— Heureuse que tu t'en sois aperçue.

12.

Jon vivait dans une rue éloignée de Lakewood, à la limite de Cleveland, quartier ancien, sans cachet particulier, mais confortable — aux jardins bien tenus, tout en longueur. La plupart des habitations possédaient une véranda ; chez Jon, elle avait été couverte, des années auparavant ; sa maison regardait de haut le reste de la rue. L'aluminium du revêtement extérieur laissait voir quelques traces du bleu « colonial » des premiers pionniers. Aujourd'hui, il avait fané sous les intempéries. Les volets avaient disparu depuis longtemps, et le toit avait été rapetassé sans le souci d'appareiller les bardeaux. Peu d'éléments distinguaient la maison de ses copies, alentour — hormis l'incompétence, et le manque de goût, de la dernière personne qui en avait pris soin.

Ce lundi-là, en fin d'après-midi, Casey était affalée sur le volant de sa voiture et se demandait ce qu'elle faisait devant chez Jon. Elle était passée prendre Ashley à Sainte-Brigid avant 5 heures, avait parlé à sa maîtresse. Elle avait eu l'intention de rentrer à Whiskey Island pour dîner tôt. Et elle était à présent garée devant chez lui.

Pourquoi ? Elle, une fille à succès, toujours très demandée, et qui n'avait pas pour habitude de cavaler après les hommes ! Beauté fatale ? Non pas ! Elle avait appris à se mettre en valeur, s'habiller et danser... Elle pouvait se contenter de peu. Les hommes qui sortaient avec elle savaient à quoi s'en tenir : elle ne cherchait pas à s'engager, elle ne courait ni après les histoires romantiques, ni après les cadeaux de luxe. Non ; qui était capable de l'amuser lui plaisait, voilà tout.

Elle se souvint que Jon et elle avaient bien ri, dans le temps... lors d'enfiévrés bavardages.

N'était-ce pas la raison qui la poussait à attendre, dans sa vieille Mazda, que le courage lui vienne de franchir l'allée tronquée et d'aller frapper à la double porte métallique ?

— J'suis fatiguée, geignit Ashley depuis la banquette arrière.

C'était si inhabituel d'entendre la fillette se plaindre — et s'exprimer par une phrase complète — que Casey se tourna vers elle, les sourcils froncés.

— Nous ferions mieux de rentrer tout de suite à la maison, en ce cas.

— Nan, j'suis fatiguée de rester assise !

Après une longue journée passée en classe, Ashley avait besoin de s'ébrouer un peu. La présence d'un enfant de mauvaise humeur dans une pièce ne révèle-t-elle pas immanquablement le caractère d'un homme ?

— Allons voir mon ami. Au moins tu pourras te dégourdir les jambes.

Casey détacha la fillette de son siège et la posa sur le sol.

— Ça va mieux, comme ça ?

Ashley érafla de la pointe de ses bottes la fine couche de neige cristallisée sur les brins d'herbe. Elle arborait une frimousse parfaitement satisfaite, à présent qu'elle était dehors.

La pelouse de Jon alternait plaques d'herbe roussie par le gel et pissenlits. Les misérables arbustes qui flanquaient le perron sortaient tout droit d'une braderie d'arrière-saison chez un pépiniériste. Ces genévriers hirsutes trop à l'étroit dans leur pot ne la surprirent pas : elle avait rarement rencontré d'homme qui s'intéressât, de près ou de loin, à la décoration d'une maison.

Tout en tambourinant énergiquement à la porte de la véranda, elle jeta un coup d'œil à l'intérieur : une vieille balancelle métallique, tendue d'une toile qui partait en lambeaux ; une cage à oiseaux sans oiseaux, sur une table en bambou ; un châle effrangé, dans les tons bronze et avocat, pendant d'un treillis d'osier « spécial plante grimpante » sans plante spéciale...

La porte intérieure s'ouvrit, et Jon s'avança sur le perron. Elle s'était demandé s'il serait déjà rentré. Or, non seulement il était chez lui, mais il avait eu le temps de se changer, d'endosser un polo de coton vert qui soulignait la largeur de sa carrure, ainsi qu'un jean décoloré. Il ne frémit même pas en affrontant le tourbillon de vent glacial qui le cueillit sur le pas de la porte. Après tout, il était un enfant de Cleveland. Nourri, comme la plupart d'entre eux, par des générations de *pirojkis* et *dekielbasa* ; cela vous épaississait définitivement le sang.

Casey posa les poings sur ses hanches, dans une attitude qui signifiait : « Une seule remarque désagréable, et c'est de l'histoire l'ancienne, vieux ! »

— Salut, Casey. Comment va ?

— Si je dérange, je pars.

— Tu arrives à peine. Est-ce Ashley ?

Casey fit les présentations. Elle lui avait dit qu'elle s'occupait de la fille d'une amie ; elle fut néanmoins surprise qu'il se souvînt du nom de l'enfant. Ashley, extrêmement prudente toujours, ne pipa mot lorsque Jon s'accroupit devant elle et l'accueillit chaleureusement.

— Voulez-vous entrer ?

Casey, d'un geste brusque, renfonça les cheveux qui s'échappaient du capuchon de sa parka fourrée.

— Non, nous préférons mourir de froid.

Il se releva et leur tint la porte ouverte, tandis qu'elle franchissait les derniers mètres sous le porche, tout en poussant Ashley devant elle.

— Sympa, cet endroit.

Il lui sourit.

— Une pension de famille, style hongrois, début XIXe. Elle appartenait à l'une de mes vieilles tantes. Son mauvais goût est resté légendaire.

— Et c'est toi qui as hérité de la bâtisse ?

— Non, mon père. Ma famille avait l'intention de vendre, lorsque je suis revenu au pays. Nous avons passé un marché. Je nettoie et je repeins de la cave au grenier, je débarrasse les lieux de toutes les vieilleries et, en échange, je vis ici gracieusement — en attendant de trouver un endroit où acheter.

— Ah, j'avais pensé que c'était un nouveau genre : le chic miteux !

— En vérité, j'ai fait quelques intéressantes découvertes. Tu veux voir ?

Elle n'y tenait pas plus que cela. Les vieilles baraques, c'était plutôt la tasse de thé de sa sœur.

— Viens, tu vas voir, insista Jon. C'est amusant. Et cela va plaire à Ashley.

Faire le tour du propriétaire serait en effet plus plaisant que se regarder en chiens de faïence, de part et d'autre d'une table, en essayant de reconstruire le passé à coups de souvenirs.

— Oui, pourquoi pas ?

Il ouvrit la porte intérieure et les fit pénétrer dans l'entrée.

— Ça sent encore le moisi. Je suis arrivé trop tard dans la saison pour aérer avant les grands froids. Le temps que je force les fenêtres... Tante Magda ne les avait pas ouvertes depuis des années. Elles étaient ou collées par la peinture, ou condamnées.

— Une de ces misérables qui fait la chasse aux lézardes et aux trous de serrures à coups de ruban adhésif ?

— Pas à ce point. Mais elle était vieille et prudente.

Casey fronça le nez.

— Je sens une odeur de chats.

— Tu as le nez fin. J'avais pensé m'en être débarrassé. J'ai dû vaporiser un carton entier de désodorisant.

— Combien de chats avait-elle ?

— Une bonne douzaine, de son temps. Elle aimait les chats.

— Je connais ce genre de refuge : dès que tu ouvres la bouche, tu manges un poil.

— C'est ce qu'on appelle avoir un chat dans la gorge. Elle leur avait attribué des numéros plutôt que des noms. Imaginant, sans doute, qu'elle perdrait la mémoire des chiffres en dernier, le grand âge venant.

Casey commençait à la trouver sympathique, cette tante Magda.

— Une femme pratique à l'excès. Tout à fait le genre de Megan.

— Megan a l'air bien, soit dit en passant. Est-elle heureuse ?

Megan avait toujours apprécié Jon. Au point que, parfois, Casey s'était demandé s'il y avait eu quelque chose de plus sérieux entre eux. Comme elle était vexée dans sa jeunesse, lorsque Jon s'intéressait de trop près à ses sœurs...

Elle effleura du bout des doigts une desserte récemment cirée. Elle devait reconnaître que le maître de maison entretenait bien les lieux.

— Megan semble heureuse. Tout est relatif. Elle travaille trop, comme elle l'a toujours fait. Il ne se passe pas grand-chose d'autre dans sa vie. Elle ne s'en plaint jamais.

— Je suis étonné qu'elle ne se soit pas mariée. Avec son amour de la famille, son sens des responsabilités, sa générosité...

— Sainte Megan, priez pour nous ! Justement, elle en a peut-être eu assez. Elle a déjà élevé une famille. Qui voudrait rééditer un tel exploit ?

— Je l'ai toujours admirée. Elle ne désirait que le meilleur pour vous tous — et elle l'obtenait.

Casey songea aux larmes que Megan avait versées au moment de la séparation d'avec Peggy, à son désespoir d'abandonner ses études, à sa colère lorsque Casey avait voulu prendre les choses en main. Il y avait tout un pan de la personnalité de sa sœur que le reste du monde ne voyait jamais.

— Allons-y, reprit Jon, tu me diras ce que tu en penses. Ensuite, je vous montrerai ce que je vous ai promis.

L'escalier au fond de l'étroite entrée s'incurvait sur la gauche. Au-delà, on devinait la cuisine. Casey commença par le salon, sur sa droite, s'arrêtant sur le seuil.

— Il n'y a plus trace de tante Magda par ici.

— Il fallait bien que j'aie une pièce à moi. Dès mon arrivée, j'ai traîné tout le mobilier cassé et branlant de l'autre côté de la rue, j'ai arraché les vieux tapis, rafraîchi les murs et installé mes propres affaires. C'est l'unique pièce que j'ai pu peindre avant la chute brutale du thermomètre.

Le salon avait beau être encombré de meubles, le résultat était tout à fait plaisant. Jon, apparemment, aimait le cuir, les écossais subtils et le bois foncé. Elégant, et très masculin.

— On continue ? dit-il, puis, se penchant vers Ashley, il lui demanda : Tu veux monter sur mes épaules ?

La petite écarquilla les yeux et recula jusqu'à buter contre les jambes de Casey.

Jon n'en fut pas offensé pour autant. Il ajouta simplement, d'un ton doux :

— Dis-le-moi, si tu changes d'avis, d'ac ?

Les autres pièces étaient à l'image de la véranda. La passion de Magda avait été les chats, pas la décoration. Les témoignages de son existence n'en étaient pas moins touchants. Des piles de partitions près d'un petit orgue électronique ; des exemplaires du *Ladies Home Journal*, exhortant ses lectrices à l'effort de guerre...

— Je ne souhaite pas jeter tous les vestiges de tante Magda, expliqua Jon. Je me suis contenté d'éliminer le bric-à-brac inutilisable et de vendre quelques objets de peu de valeur. Voici maintenant ce dont je ne me séparerai pas, et que je voulais montrer à Ashley.

Ils étaient à l'étage ; Jon ouvrit la porte d'une troisième chambre, libérant aussitôt des senteurs de naphtaline et de roses fanées.

Casey le suivit, traînant derrière elle Ashley. Il actionna le commutateur et le plafonnier s'éclaira.

C'était une nursery de poupées ; son mobilier d'osier datait de l'époque victorienne. Un berceau tressé de rubans décolorés abritait un trio de ces anciens baigneurs. Un exquis rocking-chair, sur un coussin de velours, en hébergeait deux autres. Dans un coin se tenait un cheval à bascule, joli, portant sur son dos un cow-boy, ses *chaps* de cuir et son Stetson. Trois marquises en porcelaine se pavanaient dans des robes de taffetas et de dentelle, dans une vitrine.

D'autres petits personnages peuplaient la chambre enchantée : un petit garçon en chapeau tyrolien — une dent manquait à son sourire — ; une figurine, à l'expression effrontée, à peu près de la taille d'Ashley, adossée contre les fleurs de la tapisserie...

Ashley avait l'air médusé — Casey non moins, ce qui amusa Jon.

— Plutôt surprenant, hein ? La première fois que je les ai vues, j'ai cru être dans un musée. Comment Magda a-t-elle acquis cette incroyable collection ? Mes parents n'en ont aucune idée. La famille de mon père vient d'une région rurale de Hongrie. Ici, en Amérique, les femmes sont devenues employées de maison, les hommes ont été engagés aux usines de laminage. Magda avait quatre-vingt-dix ans quand elle est morte et n'a jamais travaillé que pour des salaires de misère, tout au long de sa vie. Elle était femme de ménage et repassait chez elle le linge des autres. Or, ces jouets valaient cher.

— Et davantage encore, à présent. Une véritable petite fortune. Elle a dû dépenser jusqu'à son dernier penny pour s'offrir un tel luxe.

— Une dame très âgée, vivant un peu plus loin dans la rue et qui avait été la meilleure amie de Magda, m'a raconté qu'un jour qu'elle lui montrait ses poupées, elle lui avait confié : « Ce sont mes enfants. »

— Des chats et des poupées... c'est triste. Pauvre vieille fille.

— Oh, son sort n'a pas été si désespéré que cela. D'après ma mère, Magda avait reçu plusieurs demandes en mariage. Elle a éconduit tous ses galants. Elle prétendait qu'elle ne ferait la cuisine et le ménage qu'à condition d'être payée.

— Une âme romantique, ta tante !

— Peut-être avait-elle la même opinion des enfants que des maris. D'où la collection de chats et de poupées.

— Que vas-tu faire de tout ça ? Tu disais que tu voulais les garder, mais pourquoi ?

Il était de dos, devant la vitrine, occupé à aplatir l'ourlet d'une robe qui rebiquait ; il se tourna pour lui répondre.

— Je m'intéresse à l'histoire.

— Je sais bien que tu t'y es toujours intéressé, mais... des poupées...

— Ah, pas assez viril, c'est ça ?

De fait, tout ceci parut soudainement très masculin aux yeux de Casey. La chambrette et ses occupants de porcelaine peinte et de biscuit semblaient mettre en valeur la stature de Jon. Visiblement, il était suffisamment bien dans sa peau pour se ficher de l'opinion d'autrui.

Il fit un geste pour englober la pièce.

— J'aime l'idée que mes enfants hériteront un jour de ce témoignage de leur passé, et que je pourrai leur raconter que, jadis, leurs aïeux jouaient avec des billes et des cerceaux — avant l'invention du Pokémon et de Barfie-surfeuse-sur-le-web.

Casey ne put s'empêcher de sourire.

— Ce que tu peux être sentimental ! Pourtant, je crois me souvenir que lorsque je te parlais de mes futurs enfants, tu levais les yeux au ciel.

— Casey, j'étais un jeune garçon. Cette réaction n'était qu'un réflexe conditionné par l'âge.

— Oui, j'imagine.

— Et tu n'étais qu'une adolescente. Cependant tu aimais vraiment les enfants. Tu disais toujours que, plus tard, tu leur consacrerais ta vie pour qu'ils ne connaissent plus la faim, le désespoir et les mauvais traitements.

Elle eut froid soudain et frotta ses avant-bras.

— Tu as trop de mémoire. J'ai l'impression d'avoir retrouvé un magnétophone et un stock de vieilles cassettes.

— Que diriez-vous d'un petit quelque chose à grignoter ?

Il interrogea du regard Ashley, sans succès : elle était toujours perdue dans la contemplation muette des joujoux.

— Elle a goûté à l'école avant de venir, et moi je n'ai pas faim pour le moment.

— Voulez-vous boire ? Un Coca ? Un jus de fruits ?

— Oui, merci.

Il prit la poupée dont il avait arrangé le vêtement et la tendit à la petite.

— Aimerais-tu jouer avec elle, Ashley ? Je crois qu'elle s'ennuie toute seule, sur son étagère.

Ashley fronça les sourcils et risqua une réponse.

— Elle a des amis.

Jon hocha la tête gravement.

— Les poupées se fatiguent vite de leur propre compagnie, c'est bien connu. Elles ont besoin de quelqu'un pour les prendre dans les bras et jouer avec elles.

— Jon, c'est une antiquité de prix, lui opposa Casey.

— Pas aussi précieuse qu'une petite fille.

Ashley semblait agitée de désirs contradictoires. Elle ne faisait jamais rien à la légère ou rapidement. Casey avait beau en connaître la raison, cela lui serrait le cœur, chaque fois. Finalement, l'enfant tendit les bras.

— Je suis heureux que tu acceptes de t'en occuper, dit-il en plaçant la beauté aux boucles soyeuses et au joli costume de bain début de siècle entre les mains de la petite fille. Elle dormira mieux ce soir si tu as joué avec elle.

— Les poupées dorment jamais.

— Vraiment ? dit-il, parfaitement sérieux.

— Elles regardent, elles regardent les choses qui se passent la nuit. Elles savent tout.

Casey ferma les yeux.

— C'est vrai. Elles veillent sur toi, entendit-elle Jon répondre. Pour que tu fasses de beaux rêves.

Casey rouvrit les yeux. La petite fille serrait avec force la poupée sur sa poitrine. Il se passerait bien du temps avant qu'Ashley ne fît de beaux rêves. Et aucune poupée au monde ne pouvait rien y changer.

Jon les raccompagna dans le salon. Casey débarrassa le canapé de cuir de la pile de documents qui l'encombrait et s'y installa confortablement pendant que Jon leur servait à boire. Ashley alla se réfugier dans un coin, le dos tourné aux adultes, et Casey l'entendit murmurer. Elle décida de la laisser tranquille. L'enfant avait besoin de prendre son temps, et pour une fois que quelque chose l'intéressait...

En y regardant de plus près, elle se rendit compte que Jon devait aussi utiliser la pièce pour travailler. Après avoir vu l'état du reste de la maison, elle comprenait pourquoi. Curieuse, elle feuilleta les papiers posés sur la table basse. Quel genre de dossiers l'occupaient ? Hélas, l'écriture de Jon était aussi illisible qu'au beau temps de ses études.

Il revint avec une corbeille de bretzels. Elle n'eut pas le cœur de lui dire qu'elle ne pouvait plus voir les crackers en peinture depuis qu'elle avait repris du service au bar du Whiskey Island. Il posa également une assiette de biscuits salés et une timbale en plastique près d'Ashley, sans déranger son colloque avec son monde intérieur.

— Tu aurais dû être médecin, dit-elle en indiquant ses dossiers lorsqu'il la rejoignit. Ton gribouillage est parfaitement indéchiffrable.

— On m'espionne ?

— Je me demandais ce que tu faisais.

Elle fut surprise de le voir s'installer près d'elle. Combien de fois pourtant s'étaient-ils assis cuisse contre cuisse, épaule contre épaule au temps de leur adolescence ! Mais cela semblait si loin, à présent.

Il lui tendit un verre où tintaient des glaçons, qu'elle posa sur la table basse. Puis il passa le bras sur le dossier du canapé.

— Il s'agit d'une enquête sur actes de vandalisme le long de la voie ferrée de Whiskey Island. Il y a eu des dégâts importants, un début d'incendie, des équipements lourds ont été détruits. Nous pensions avoir trouvé le coupable. Il avait un alibi.

— Dommage.

— Oh, nous finirons par le pincer. En attendant, l'entreprise va faire garder le chantier et y poster des chiens. Le gars aura une mauvaise surprise s'il revient sur les lieux.

— Mon oncle possède une affaire dans le coin : Grogan Gravel.

— Il est sans doute au courant, mais dis-lui quand même d'ouvrir l'œil. On ne sait jamais.

Ils parlaient de choses et d'autres. Sans importance. Visiblement, il attendait qu'elle entre dans le vif du sujet.

— Au saloon, aujourd'hui, tu m'as demandé pourquoi j'avais choisi ce moment pour revenir.

— En vérité, j'ai déjà une petite idée sur la question.

— Tiens, tiens.

— Pendant que nous faisions la vaisselle, Megan m'a expliqué que tu t'occupais d'enfants en difficulté pour un organisme de protection sociale, à Chicago. Mais que tu avais laissé tomber.

— Te connaissant, tu as mené ta petite enquête — je me trompe ?

Il ne s'en défendit pas.

— Tu es partie sans préavis, sans même ranger ton bureau.

Elle s'enfonça dans les coussins et ferma les paupières.

— C'est le souvenir que j'ai laissé de moi ? Sous prétexte que je n'ai pas jeté à la corbeille une boîte de Kleenex entamée et une poignée de trombones usés ?

— Au contraire, ils gardent de toi un souvenir ému. Personne n'a voulu évoquer les raisons de ton départ précipité.

— La raison est pourtant simple : un enfant dont je m'occupais, un enfant dont la vie était entre mes mains, a été assassiné par son père — un homme à qui j'avais personnellement accordé un droit de visite.

Jon demeura silencieux à son côté, et elle lui en sut gré. On lui avait si souvent dit que ça n'était pas sa faute ! Les mots avaient perdu tout pouvoir.

Elle redressa la tête.

— Tu as raison, j'ai toujours voulu aider les enfants. Est-ce parce que j'ai eu moi-même tant besoin d'aide pour grandir ? Je ne saurais le dire. Mais après avoir un peu roulé ma bosse et découvert le vaste monde, j'ai éprouvé le besoin de me fixer, de décrocher un travail et de m'inscrire à l'université. J'ai eu la chance d'obtenir une bourse dès ma deuxième année. J'ai travaillé dur et j'ai eu mon diplôme.

— Parle-moi de ton travail.

— Je m'investissais cinquante à soixante heures par semaine. Je traitais les dossiers d'à peu près quatre-vingt-dix familles ; je donnais dans les tribunaux mon avis sur les droits de garde. J'étais épuisée, sans m'en rendre compte. J'avais toujours travaillé dur, et cela ne m'effrayait pas. Seulement mon travail s'en ressentait. Je le comprends, avec le recul.

La main de Jon reposait sur le dossier, à quelques centimètres de son épaule — elle pouvait compter sur sa présence rassurante, si elle le désirait.

— Voici les faits marquants de mon existence, acheva-t-elle avec une expression tendue.

— Tu peux me parler du cas auquel tu as fait allusion tout à l'heure ?

— On m'a demandé de faire un rapport sur la famille Collins. Ils étaient en plein divorce. Mme Collins s'était plainte de la violence de son mari sur elle et sur ses enfants. Il battait notamment son plus jeune fils, Steven. M. Collins ne réclamait pas la garde des enfants, mais un droit de visite, ce que son ex-femme refusait mordicus. C'est une situation malheureusement courante pour un enfant de devenir l'exutoire de la colère d'un parent. J'avais de la sympathie pour Mme Collins, et une extrême méfiance envers le père. Mais d'une façon intuitive, sans pouvoir dresser de constat.

— Y avait-il des preuves pour corroborer les déclarations de cette femme ?

— Rien de concluant. Pas de certificats médicaux, ni de rapports dans ce sens des autorités scolaires ou du voisinage. Nous avons fait examiner l'enfant par un pédiatre : il n'y avait pas trace de fractures, récentes ou anciennes. Quelques petites cicatrices, certes ; rien de bien méchant.

— Tu ne pouvais légalement pas empêcher le père de voir son enfant.

— J'ai rencontré Steven en tête à tête deux fois, seulement. La première, j'étais en retard. J'avais eu à dénouer un drame dans une autre famille. Steven était âgé de huit ans, et il était extrêmement fermé. Devant cet échec, j'ai demandé une autre convocation. Et, comme un fait exprès, je suis de nouveau arrivée en retard. Je n'ai quasiment rien pu sortir de lui. Quand je lui ai demandé si son papa lui manquait et s'il voulait passer du temps avec lui, il a marmonné un vague « peut-être. »

— Tu n'avais pas grand-chose de tangible sur quoi t'appuyer, Casey.

— Je savais dans mon for intérieur que quelque chose clochait. Le père avait un côté faux-jeton, mielleux. La façon dont il regardait ses fils me donnait la chair de poule. D'un seul coup d'œil, il pouvait les réduire au silence. Steven, surtout, paraissait terrorisé en sa présence. C'est tout ce que j'ai pu inscrire dans mon rapport. J'avais une mauvaise impression. Tu vois ce que ça peut donner avec un juge ? dit-elle dans un rire amer : « Désolé, monsieur Collins, mais l'assistante sociale désignée par le tribunal n'aime pas la manière dont vous regardez vos enfants. Droit de visite refusé. »

Elle prit une longue inspiration.

— Steven est mort d'une hémorragie au cerveau au cours de son premier week-end avec son père. Collins est en prison. Steven est au paradis — à supposer qu'un tel endroit existe. Mme Collins ne se remet pas du choc, et moi j'ai renoncé à mon métier, à jamais.

— Ce n'était pas ta faute.

— Sans doute. Et j'en suis venue à la même conclusion. Mais si j'avais fait davantage, si j'avais travaillé quatre-vingts heures par semaine au lieu de soixante, peut-être aurais-je pu établir un dialogue avec Steven ? Si je l'avais vu dix fois, et non pas deux, ou si seulement je n'avais pas été en retard, ou préoccupée ces deux fois-là... qui sait si je n'aurais pas récolté des éléments concrets qui auraient encouragé le juge à demander une expertise psychologique. Ou à mettre le père en observation.

— Tu es un être humain, Casey, et les chances n'étaient pas de ton côté.

— C'est le système qui était contre moi.

— C'est pour cela que tu as lâché ? Tu ne voulais plus avoir affaire à ce système, de près ou de loin ?

— Exact.

— Il y a d'autres moyens de faire ce travail, dans des centres privés, avec davantage de temps pour examiner les dossiers et rencontrer les familles. Tu pourrais y songer.

Elle haussa les épaules.
— Je ne préfère pas.
— Tu préfères le bar ?
— Où la seule décision importante que j'ai dû prendre est de couper les citrons non plus en quartiers mais en rondelles, compléta-t-elle avec un petit sourire. Quoique, cette semaine, j'aie été jusqu'à me demander si j'offrirais ou non une cerise au marasquin à l'un de nos bons clients.
— Tu gâches tes talents.
— Tu n'as aucune idée de ce que je gâche ou non !
— Je connais tes rêves et je vois que tu les laisses tomber.
— Tu prétends me connaître, mais, bon sang ! Jon, dix ans se sont passés. Qu'est-ce qui t'autorise à critiquer les décisions que j'ai prises depuis ?
Il emprisonna sa main entre les siennes.
— Casey, je ne te critique pas.
Elle voulut lui reprendre sa main ; il la serra plus fort encore.
— A d'autres ! Tu n'as aucune idée de ce que j'ai enduré, de la culpabilité dont j'ai souffert, des matins où je n'arrivais même plus à sortir du lit. Tu ne peux pas savoir, parce que tu ne me connais pas. Nous sommes des étrangers !
— Vous vous disputez ?
C'était la petite voix inquiète d'Ashley.
— Non, ma chérie... Nous parlons un peu fort, c'est tout.
Ashley retourna à ses jeux avec la poupée.
— Nous ne serons jamais des étrangers, déclara Jon en baissant la voix.
Elle le dévisagea en retour, lassée, soudainement, du petit jeu qu'il jouait avec elle. Car il jouait, à l'évidence. Il ne connaissait pas grand-monde à Cleveland ; il se divertissait avec l'un des fantômes de sa jeunesse...
Lorsqu'elle plongea son regard dans le sien toutefois, colère et certitudes s'évanouirent instantanément.

Il lui saisit le menton et l'obligea d'une douce pression à rester les yeux dans ses yeux.

— Casey, je te connais comme si je t'avais fait. Je n'ai rien oublié, crois-moi. Pas plus que je n'ai oublié ce jour fatidique où tu t'es enfuie, il y a dix ans : j'ai eu l'impression, d'un seul coup, que le soleil avait perdu tout son éclat.

Elle fut incapable de répondre un seul mot.

Il lui adressa ce beau sourire confiant qui, malgré elle, l'émouvait.

— Alors, je suis parti à mon tour. En sachant qu'un jour tu reviendrais, et que ce jour-là, je comptais être présent... et prêt à toute éventualité. A l'époque, je n'avais pas pensé être absent aussi longtemps. Mais j'ai eu beaucoup à apprendre et, lorsque je me suis senti d'attaque pour ce retour, j'ai découvert que tu t'étais mariée.

Elle retrouva partiellement sa voix.

— Jon, il ne s'agissait que d'amitié entre nous, n'est-ce pas...

De nouveau, elle ne put achever.

— J'ai dû attendre patiemment que tu grandisses — que je grandisse moi-même — dans ce domaine.

— Mais dix ans, tout de même !

— Que veux-tu que je te dise, nous sommes des fleurs tardives !

Flagrante démonstration, s'il en fut, de son incapacité à comprendre les hommes, songea Casey. Jon avait toujours été son meilleur ami, le seul être, en dehors de ses sœurs, à qui elle pouvait véritablement se confier. Il avait représenté, pour elle, la sécurité. Leur relation n'avait pas été sexuelle. Au contraire, elle s'était établie, d'entrée de jeu, bien au-delà, échappant ainsi à tous les pièges du genre. Avec lui, elle n'avait pas eu besoin de flirter ou de faire semblant. Elle avait pu être pleinement elle-même.

Et elle avait cru, dur comme fer, qu'il en était de même pour lui.

Il secoua la tête.

— On dirait que cette possibilité ne t'avait jamais effleurée... ?

A son tour de secouer la tête.

— Megan savait, dit-il.

— Tu l'as dit à Megan, et à moi, non ?

— Je n'ai pas eu à lui dire. Elle n'avait aucune raison de refuser de voir la vérité en face, comme tu le faisais, toi.

— La vérité n'était peut-être pas si évidente que cela. Ne crois-tu pas que tu dissimulais drôlement tes sentiments lorsque tu étais avec moi ?

— Ne me prête pas d'intentions machiavéliques. Je crois simplement que tu avais peur.

— Prétends-tu que j'étais amoureuse de toi ?

— Non. Simplement que tant que j'étais ton ami, tu pouvais partager tes sentiments avec moi. Et c'était tellement unique, que tu n'avais pas envie de perdre ça. Si notre relation avait évolué, ce côté merveilleux aurait risqué de changer, lui aussi, qui sait ?

— Excuse-moi, mais tu tombes dans le psychologisme. Pour moi, c'est du bla-bla qui frise l'autosatisfaction.

— Tu trouves ?

La douceur de sa voix fit retomber la colère qui menaçait de submerger Casey. Les larmes lui montèrent aux yeux.

— Oh, Jon, si tu penses vraiment ce que tu dis, tu as choisi le mauvais numéro avec moi, je te le garantis.

— Je te devais une explication, mais tu ne me dois rien en retour. Reprenons les choses où nous les avions laissées, ou même encore un peu plus loin. Redevenons des amis, comme autrefois. Profitons l'un de l'autre, sans contrainte ni hâte. Et laissons-nous porter. Nous verrons bien ce qui arrivera. D'accord ?

Après tout ce qu'il avait dit, elle était surprise qu'il fût disposé à accorder du temps au temps. Elle avait été à deux doigts de lui dire qu'il n'était pas question d'engagement sérieux entre eux, et voici qu'il n'en demandait même pas un.

— Mais, simplement, pour te donner un avant-goût...

Il l'attira vers lui. Ce n'était pas difficile, il avait toujours le bras sur le dossier derrière elle ; l'autre main avait lâché son menton pour la maintenir doucement par les épaules. Elle n'eut pas le temps de résister ; puis ce fut l'envie qui lui manqua — lorsque, douces et fermes, les lèvres de Jon se posèrent sur les siennes.

Un instant, elle fut incapable de respirer. Non parce qu'il l'en empêchait. Son baiser était davantage un hommage, une célébration. Et il était dénué de brutalité. Non, la perte de son souffle tenait plutôt au fait que son corps semblait ne plus lui appartenir. Son cœur était comme suspendu entre deux battements. Ses poumons oubliaient de se gonfler d'air. Elle demeura suspendue dans le temps, entre la jeune fille qu'elle croyait avoir été et la femme qui restait à naître.

Puis la jeune fille et la femme, l'une et l'autre, se fondirent dans ses bras. Elle entrelaça ses doigts derrière son cou, l'attira d'une douce pression sur la nuque et, sans plus se poser de question, lui rendit son baiser. Ce fut comme une tiède et bienfaisante pluie d'été.

Lui le premier rompit le charme. Il lui décocha de nouveau son sourire enjôleur.

— Pas mal pour un échantillon.

— Hé, tu vas me rendre folle à ce train-là !

Il se leva et annonça, sans se troubler :

— Je te raccompagne à la porte.

Il n'y avait rien à rajouter. Elle avait été menée par le bout du nez — critiquée, embrassée, encensée, confessée... Elle avait davantage échangé de confidences et éprouvé d'émotions au cours de cette rencontre que durant son année de mariage tout entière.

— Ashley, on y va, ma puce.

La petite fille ramassa la poupée et la tendit à Jon.

— Tu sais, dit-il, si tu me promets d'en prendre soin, tu peux l'emmener chez Casey pendant quelque temps. Ça lui fera des vacances.

Ashley secoua la tête.

— Non, ses amies lui manqueront. Je préfère revenir.

Il reprit donc la poupée.

— Bonne idée. Reviens quand tu veux pour jouer avec elle.

Casey prit la décision d'acheter une poupée à Ashley. Peut-être l'aiderait-elle à faire de beaux rêves ?

Elles suivirent Jon jusqu'à la porte ; ils firent une pause sur le seuil.

— Continueras-tu à débarquer au saloon sans crier gare ? Dois-je être sur le qui-vive en permanence ?

— Tu sais où j'habite, je connais ton appartement.

— Eh bien, si tu n'es pas trop débordé, n'hésite pas à t'arrêter. Nous servons des *pirojkis* tous les vendredis soir. Et si tu viens suffisamment tôt, tu me trouveras à mon poste.

— Merci du renseignement.

Lorsqu'elles atteignirent la voiture, Casey se retourna pour jeter un dernier coup d'œil à la maison. Elle pensait qu'il aurait disparu à l'intérieur ; il n'avait pas bougé et les suivait du regard.

Elle lui adressa un petit salut de la main.

Il sourit en refermant la double porte.

13.

Le bureau du père Brady donnait sur un jardin de curé, agrémenté de sa fontaine rituelle et de son non moins traditionnel banc de pierre. Au printemps, jonquilles et narcisses ensoleillaient les plates-bandes. L'été, les rosiers grimpants embaumaient ; l'automne, les massifs d'asters et les blanches fleurs du réséda. Le bureau n'était pas grand, certes, mais lorsqu'il ouvrait les rideaux sur ce petit coin de paradis, le père Brady se disait que le monde lui appartenait.

Niccolo était à la fenêtre, et regardait le jardin sous sa couche de neige fraîche. La fontaine s'était muée en pièce montée. Ses narines palpitaient au gré des odeurs familières — celle des vieux livres, les notes citronnées de l'encaustique, le cuir patiné des fauteuils. La nostalgie le prenait.

— Irez-vous vers le soleil, plus au sud, lorsque vous prendrez votre retraite, Iggy ?

— J'essaie de ne pas trop y penser. J'ai encore tant de choses à accomplir ici, avant.

— Pourtant, la paroisse semble florissante. La fréquentation est en hausse. Les finances sont équilibrées. Ce n'est pas chose courante, par les temps qui courent...

— A leur perte, compléta malicieusement Iggy en versant le café.

Il utilisait un service en argent des plus raffinés. Les deux hommes se retrouvaient là plusieurs fois par semaine, avant d'entamer leur journée de travail respective. Iggy, sans en avoir jamais parlé, savait combien Niccolo appréciait ces contacts « spirituels », où ils débattaient librement de droit canon, de foi, et des difficultés de la politique paroissiale, tout en échangeant des nouvelles de leurs connaissances communes.

— Si nous n'avons pas résolu tous nos problèmes, reprit Iggy, aucune banqueroute ne nous menace. J'éprouve surtout le désir de tout mettre en ordre avant de passer la main.

— Dans quel domaine, par exemple ?

— Eh bien, je me suis lancé dans le classement des archives, ce mois-ci. Une équipe de volontaires a préparé le travail, en opérant un premier tri. Il faut maintenant que j'examine moi-même les documents pour en estimer la valeur. Il en est d'assez personnels, qu'il me répugnerait de rendre publics sans y avoir jeté un coup d'œil, au préalable.

Niccolo rejoignit son ami près de la table et prit la tasse qu'avait remplie Iggy.

— Quel genre de documents ?

— En l'occurrence, le journal de l'un des premiers curés de Sainte-Brigid : le père Patrick McSweeney.

— C'est une chance pour l'église de posséder un tel témoignage, non ?

— Sans doute. Il a été retrouvé, il n'y a pas longtemps, au fond d'un carton contenant les minutes d'innombrables réunions de confréries du début du siècle. A ma connaissance, la dernière personne à l'avoir lu, c'est le père McSweeney lui-même.

— Ainsi, vous ne l'avez pas encore parcouru ?

— Niccolo, parfois tu me facilites vraiment la vie. On dirait que tu lis dans mes pensées.

Niccolo réalisa un peu tard qu'il venait de tomber dans un piège habilement tendu.

— Vous désirez que ce soit moi qui le lise ? Pourquoi ?

— Tout simplement parce que je n'en ai pas le temps. Il n'y aura peut-être pas grand-chose à glaner, s'il s'est contenté de détailler son emploi du temps par le menu ou, pis encore, de dresser l'inventaire des comptes de la paroisse. Nous pouvons aussi nous retrouver face à un document beaucoup plus personnel, à un authentique témoignage. Il faudrait dans ce cas décider de son sort.

— Vous n'imaginez pas le détruire, tout de même ? C'est un document historique.

— Le détruire, non. Pourquoi pas le remettre tranquillement là où je l'ai trouvé, sous sa pile de vieux papiers sans intérêt ? dit Iggy en portant sa tasse à ses lèvres. Tu es l'homme providentiel pour cette mission, sais-tu ? Tu t'intéresses au passé irlandais de Whiskey Island. Et les aïeux de ces Donaghue qui te fascinent faisaient probablement partie des ouailles du bon père McSweeney. Je suis certain que l'histoire te passionnera.

— Vous n'avez rien à envier à Tom Sawyer !

— Acceptes-tu ? Tu me rendrais un fier service. Je suis persuadé que tu y trouveras ton compte.

Niccolo avait parlé à son ami de la tanière qu'il avait découverte sur Whiskey Island, et de Rooney ; il lui avait semblé que le confesseur de la famille devait savoir ce genre de choses. Iggy, de son côté, lui avait confirmé qu'il ne s'était rien rappelé à propos du bouton de manchette.

— Il y a peu d'écrits sur Whiskey Island, se plaignit Niccolo. Je suis allé à la société historique ; apparemment, les Irlandais étaient trop occupés à survivre pour témoigner de leur quotidien. Je n'ai rien trouvé non plus concernant la famille Donaghue.

— Il est possible qu'en ce domaine, nous possédions davantage de documents qu'aucune autre institution. Le passé irlandais de Cleveland est avant tout un passé catholique, et les prêtres ont toujours tenu soigneusement leurs registres. Oui, l'existence d'alors était loin d'être facile. Les maladies, la dureté du travail, la faim, la mort... Et pourtant, c'était mieux que ce qu'ils avaient laissé derrière eux, au pays. La foi et l'humour les aidaient à traverser toutes ces épreuves.

— Sans parler des quatorze débits de boissons.

— Que veux-tu, l'homme, quand il est désespéré, cherche l'oubli.

Iggy quitta son fauteuil pour la bibliothèque vitrée où étaient rangés tant de précieux volumes. Il l'ouvrit avec une petite clé tirée du fond de sa poche puis, sur la pointe des pieds, tâtonna sur l'étagère supérieure jusqu'à ce qu'il eût trouvé ce qu'il cherchait. Refermant la vitrine, il revint avec un gros cahier dont la reliure de cuir trahissait la décrépitude avancée.

— Me rendras-tu le service de le lire pour moi ? s'enquit Iggy en le posant près de la tasse à café de Niccolo.

Niccolo était trop intrigué — et trop redevable envers Iggy — pour refuser.

Iggy s'éclaircit la gorge.

— Et... de le recopier ?

Niccolo leva les yeux.

— Vous voulez rire ?

— Ce manuscrit est vieux de plus d'un siècle. L'encre est en train de se décolorer. Tu seras peut-être l'un des derniers à pouvoir encore le déchiffrer.

— C'est un travail de titan !

— J'en suis conscient, et je suis navré de te mettre à contribution ainsi. Mais tu as la sensibilité et la tournure d'esprit nécessaires, et puis tu es équipé d'un ordinateur qui devrait te rendre la tâche plus facile. C'est d'une importance capitale pour l'église et — qui sait ? — pour toi aussi peut-être.

— Je ne vous suis pas sur ce dernier point.

— Tu seras dans le secret d'un autre prêtre. Un homme qui a sûrement mené les mêmes combats que toi. Peut-être te connaîtras-tu mieux toi-même en comprenant ce qu'il a vécu.

— Vous l'avez déjà lu, n'est-ce pas ?

— Je l'ai seulement survolé. Suffisamment, toutefois, pour deviner l'importance de ce récit. Le père McSweeney était une âme sensible et généreuse, instruite aussi. Tu vas pouvoir lire en elle. Je ne pense pas que cela te déçoive. Tu risques même d'en être grandement éclairé.

Niccolo ne pouvait pratiquement rien refuser à Iggy. Son regard tomba sur le manuscrit : sept bons centimètres d'épaisseur, plus proche du registre que du livre de poche.

Les secrets d'une âme...

Niccolo s'en empara et le soupesa.

— Ça ne se fera pas en un jour. D'autant que la calligraphie ne doit pas être des plus aisées à décrypter.

Il feuilleta les premières pages ; il ne s'était pas trompé. L'encre était une denrée rare au XIXe siècle. On écrivait petit, et serré.

— Vous avez raison, le texte est en train de s'effacer.

— Fais ce que tu peux. Je suis certain que McSweeney t'en sera reconnaissant.

Niccolo referma le journal et le posa sur la table. McSweeney serait-il si heureux que cela ? Lorsqu'un homme met son âme à nu, espère-t-il qu'un jour cette âme soit exposée ? De quels tourments McSweeney avait-il souffert ? Quelles joies avaient été les siennes ? Qu'il eût été désireux de les partager, rien n'était moins sûr.

Niccolo leva les yeux et rencontra le regard d'Iggy.

— Passez-vous des nuits d'insomnie à imaginer quelles tâches vous pourriez me faire faire pour me maintenir dans le giron de l'église ?

Iggy lui sourit avec bonhomie.

— Inutile. Tu n'as jamais quitté le giron de l'église — n'est-ce pas, Niccolo ?

Une surprise l'attendait chez lui. Il ne se souvenait pas vraiment d'avoir engagé ces quatre garçons qui traînassaient sur son perron. Il était même certain de ne jamais l'avoir fait — pourtant, ils étaient là, espérant qu'il les laisse entrer et manier leurs nouveaux joujoux.

Au début, Winston et Josh n'étaient pas revenus frapper à la porte. Non, ils s'étaient contentés d'arpenter lentement le trottoir devant la maison, un après-midi, quelques jours après leur première prise de contact, jusqu'à ce que Niccolo les invitât à entrer. Au bout d'une semaine, ils étaient devenus des habitués, débarquant après l'école, et même certains samedis.

Plus tard, Joachim s'était joint à eux. Un gaillard costaud à la carrure de docker et aux hanches étroites de mannequin. Le demi-centimètre de cheveux qui avait repoussé sur son crâne depuis une malheureuse expérience de « boule à zéro » était d'un noir de jais et ne couvrait pas encore l'extravagant léopard bondissant tatoué sur sa nuque.

Le quatrième larron, Tarek, était brun, lui aussi. Sa coupe était plus classique et, même lorsqu'il était en tenue « négligée », son jean impeccablement repassé — et de la meilleure marque.

Les quatre adolescents incarnaient, aux yeux de Niccolo, une sorte de précipité des divers groupes ethniques qui avaient à présent investi le quartier, et il s'attendait, pour que le tableau fût complet, à l'arrivée d'un garçon d'origine asiatique.

S'ils n'étaient d'abord venus que pour regarder sa télévision et piller ses réserves de chips, pop-corn et autres « douceurs », après quelques jours d'âpres discussions — oui ou non, Jerry Springer se faisait-il doubler pour ses scènes de bagarre ? —, ils avaient daigné s'intéresser à ce que faisait Niccolo.

Ils s'étaient surtout retrouvés dans ses pattes pour commencer. Winston adorait jouer les mouches du coche et ne s'en privait pas. Josh, beaucoup moins sûr de lui, ne savait jamais très bien où fourrer ses pieds et ses mains, si ce n'était au mauvais endroit et au mauvais moment. Joachim, placide, essayait de ne pas encombrer ; sa carrure d'armoire à glace lui rendait la tâche difficile. Quant à Tarek, toujours très comme il faut, il essayait désespérément de discipliner la petite troupe, ce qui causait davantage de désordre qu'autre chose.

Niccolo s'était alors rendu à la quincaillerie la plus proche, avait brandi sa carte de crédit, et était revenu les bras chargés de boîtes à outils en promotion, garnies de marteaux, tournevis, pinces et autres clés à molette. Il avait instamment demandé aux garçons de se tenir hors de son chemin et, pour sceller cette promesse, leur avait assigné différents travaux. Comme tous les jeunes mâles qui se respectent, ils étaient nés pour démolir et rien ne pouvait leur faire plus plaisir que d'abattre des cloisons à coups de masse. En un temps record, de pleins chargements de gravats et de poutrelles mangées aux vers s'entassèrent devant la maison, en transit vers la décharge.

Les lattes gauchies du plancher vinrent ensuite. Ce que les garçons pouvaient faire, armés d'un simple levier ! La prudence dont ils étaient capables si la nécessité s'en présentait était surprenante. Il leur avait parlé de moulures et de menuiserie, leur avait fait comprendre qu'il était plus difficile de restaurer des boiseries anciennes que de les faire sauter. Et ils l'avaient écouté.

Winston, en particulier, se montrait très adroit de ses mains, contrôlant parfaitement ses gestes — agréable contraste avec les idées folles qui lui passaient constamment par la tête et qu'il ne se gênait pas d'exprimer. Il se chargeait des travaux délicats, ceux qui requéraient un maximum de patience, les mouvements les plus précis, et les menait à bien. Il avait pris l'habitude de bricoler près de Niccolo. Il ne lui demandait jamais son avis, et lorsque celui-ci le lui donnait quand même, il ricanait insolemment. Cependant, dès que Niccolo avait le dos tourné, il suivait ses conseils.

Ce jour-là, malgré la tempête de neige de la nuit précédente, la fine équipe attendait à son poste habituel. Winston était assis sur la plus haute marche ; Josh, en contrebas, avait soigneusement balayé la neige avant de s'installer. Joachim était appuyé contre un pilier, et Tarek se tenait, droit comme un i, devant la porte d'entrée. Une nouvelle recrue grossissait les rangs de la troupe, une jeune noire aux boucles brillantes ; son visage et son expression la désignaient comme la jeune sœur de Winston. Elle était assise à côté de lui et lui pinça le bras lorsque Niccolo s'approcha.

Winston indiqua nonchalamment la fille d'un geste du pouce.

— Ma sœur, Elisha.

Niccolo lui souhaita la bienvenue d'un signe de tête amical.

— Bonjour, Elisha.

Son frère n'était jamais habillé en fonction du temps. Elisha, elle, était emmitouflée dans un confortable parka et portait des moufles. Comme toute adolescente digne de ce nom, Elisha ne se serait jamais exhibée avec un chapeau ; au moins avait-elle eu le bon sens de rabattre sa capuche sur ses oreilles.

Winston prit la parole en son nom.

— Elle voulait voir ce qu'on fabrique.

— Vous avez bien fait de venir, lui dit Niccolo.

Winston n'en avait pas fini avec lui.

— Où étiez-vous ? On se les gèle, dehors.

Niccolo consulta sa montre — un de ces objets qu'un adolescent ne porte pas non plus.

— Je ne suis pas en retard, c'est vous qui êtes en avance.

— On n'avait rien de mieux à faire.

— Pourquoi ne profitez-vous pas du samedi pour dormir ?

Joachim bâilla et s'étira.

— Chez moi, y'a trop de gosses. Impossible de se reposer avec tous ces mioches qui vous grimpent dessus.

Tarek prit la parole de sa voix posée.

— Nous nous levons tôt pour la prière.

Niccolo lui sourit, heureux de voir que Tarek commençait à se confier.

— Excellente habitude.

— Ma mère travaille de nuit, expliqua à son tour Winston. Elle réveille Elisha en rentrant pour prendre son lit.

— Et moi, je réveille Winston, dit celle-ci avec la voix rauque d'une fille plus âgée et plus sage. Pourquoi le laisserais-je dormir quand je suis obligée de me lever ?

— Effectivement, approuva Niccolo en grimpant l'escalier tandis que Tarek s'écartait respectueusement. Je vais faire un chocolat pour vous réchauffer.

Si personne, bien évidemment, ne le remercia, il y eut un murmure intéressé derrière lui. Il sourit pour lui-même en remarquant que Winston les obligeait tous à s'essuyer les pieds avant de fouler le parquet fraîchement poncé et vitrifié de l'entrée.

Ils le suivirent dans la cuisine, Winston jouant les guides pour sa sœur.

Le chocolat chaud serait insuffisant. Les enfants n'avaient pas l'air particulièrement sous-alimentés, à l'exception de Josh. Pourtant, ils étaient toujours affamés. Il se souvint qu'au même âge, son frère et lui ne se sentaient jamais rassasiés, en dépit d'une mère et d'une grand-mère qui trouvaient leur bonheur à les gaver.

— Du pain perdu ou des crêpes ? proposa-t-il, résigné.

— J'ai déjà pris mon petit déjeuner, répondit poliment Tarek en détournant les yeux.

— J'imagine qu'une deuxième tournée ne te fera pas peur.

Joachim était resté dans l'embrasure de la porte, comme s'il craignait qu'il n'y eût plus assez de place pour les autres s'il entrait.

— J'aime tout.

— Jamais mangé de pain perdu, dit Winston avec une trace de regret dans la voix.

— Allons-y pour le pain perdu, conclut Niccolo, en espérant qu'il aurait suffisamment de pain.

Le murmure d'assentiment fut interrompu par des coups frappés à la porte. Joachim prit l'initiative d'aller ouvrir.

Niccolo sortait une livre de sucre et des œufs d'un placard lorsque Megan pénétra dans la cuisine. Il s'était vaguement demandé qui pouvait bien être ce visiteur matinal ; jamais il n'aurait imaginé que ce fût elle.

Elle ne parut guère surprise en découvrant le club des cinq. Elle portait un jean et un pull-over rouille, presque de la même couleur que ses cheveux.

— Hmm, génial. Vous voulez bien me nourrir aussi ?

Il n'avait pas revu Megan depuis leur dînette ensemble ; il avait fréquemment pensé à elle depuis ; il sentit son cœur s'emballer. Il réussit à sourire comme si de rien n'était.

— A condition que vous me donniez un coup de main.

— Faire la cuisine pour une armée ? Je crois que c'est dans mes cordes.

Il la présenta aux jeunes, observant leurs réactions. Pour la plupart, ils se montrèrent réticents ; Megan ne sembla pas s'en formaliser. Le regard insistant de Winston et l'indifférence étudiée de Tarek, pas plus que les marmonnements embarrassés de Josh, ne la désarçonnèrent. Elle réserva son sourire le plus chaleureux à Joachim, qui lui serra la main avec effusion. Puis, se tournant vers la méfiante Elisha, elle la salua comme une amie.

— Alors, que puis-je faire ? demanda-t-elle tout en relevant ses manches.

— Nous avons l'intention de faire du pain perdu.

— Hmm... on dirait que je suis arrivée au bon moment.

Il aurait aimé savoir pourquoi elle était venue. Jusqu'à présent leurs relations avaient tourné autour du mystère et des secrets. Si elle était simplement passée lui rendre visite, sans alibi, n'était-ce pas un nouveau chapitre qui s'ouvrait ?

Ils s'activèrent côte à côte, comme une équipe déjà rodée. Elle fit griller du bacon, à point, comme il l'aimait. Elle le complimenta sur son pain perdu, et prépara un mélange de beurre fondu et de miel pour allonger la bouteille de sirop d'érable à moitié vide.

La table n'étant pas assez grande pour les accueillir tous, ils laissèrent les enfants se serrer autour et mangèrent leur part debout contre l'évier. La soirée passée dans la cuisine de Megan et le désir qui l'avait étreint au point de faillir l'embrasser lui revinrent à la mémoire. Il retrouva le doux parfum de ses cheveux, sa hanche à peine effleurée, sa chaleur. Il était un homme dans la force de l'âge ; sans contact sexuel depuis plus de dix ans, il craignait d'avoir moins de maîtrise de soi que les adolescents assis à sa table.

— Quel bon vent vous amène ? lui demanda-t-il entre deux éclats de voix, profitant de ce que les enfants étaient lancés dans une discussion passionnée sur les vidéo-clips.

— Seigneur, jamais je ne serais venue si j'avais su que vous teniez une réunion de prière pour délinquants suivie d'un petit déjeuner, dans votre cuisine !

— Ce ne sont pas de mauvais gosses.

Elle lui adressa un large sourire.

— Vous en êtes persuadé, à ce que je vois.

— Pas vous ?

— A mon avis, il vaut mieux les garder à l'œil.

— Ça donne des leçons, mais qui a encouragé Joachim lorsqu'il lui a fait les yeux doux ?

— Ce garçon va briser bien des cœurs. Dès que ses cheveux auront repoussé.

— Ainsi, vous aimez les bruns bien baraqués ?

— A l'occasion, oui.

— Vous ne m'avez pas dit pourquoi vous étiez ici. Pas que vous ayez besoin d'une bonne raison pour venir. Au contraire.

— J'ai pris ma journée. Je voulais vous parler. Je vois que j'ai été doublée.

— Ils sont très appliqués dans leur travail, mais ils en ont vite assez. Ils partiront après le prochain repas. Pourquoi ne restez-vous pas ? Vous nous aiderez. Ensuite nous pourrons parler.

— Vous aider ?

— Pourquoi pas ? Nous allons isoler le grenier. Vous nous passerez les outils si vous n'avez pas de talents particuliers.

— Vous n'y êtes pas du tout. Je sais pratiquement tout faire. Comment avez-vous réuni une pareille équipe ? Cela m'intrigue. Qui sont-ils et d'où viennent-ils ?

— Pure magie.

— C'est-à-dire ?

— Ils sont apparus par enchantement devant ma porte. Et ils se multiplient comme des lapins blancs dans un chapeau haut de forme. Elisha est une nouvelle venue et, s'ils continuent à se matérialiser à ce rythme-là, je vais devoir rançonner l'épicerie du coin.

Elle plissa le nez.

— Vous m'aviez dit que vous aviez besoin de temps pour réfléchir. Comment faites-vous avec ce vacarme ?

— Lorsqu'ils sont là, je n'essaye même pas.

— Hum. Vous êtes un brave gars.

— Ça ne sonne pas comme un compliment...

— A quoi cela vous avance de jouer les chefs scouts ?

— J'aime les avoir autour de moi. Cette maison a besoin de vie et de rires autant que de plâtre et de peintures neuves.

Megan en demeura coite.

Le petit déjeuner touchait à sa fin. Le pain perdu avait été englouti, le bacon n'était plus qu'un lointain souvenir, même si Tarek n'y avait pas touché — religion oblige — ; les conversations s'étaient calmées.

— Alors, tentée par un peu de bricolage ?

— Je relève le défi.

14.

Il fallut deux heures à Megan pour apprivoiser Elisha, qui refusa ensuite de s'éloigner d'elle. Winston fut conquis lorsque Megan étaya discrètement un panneau de gypse qui s'affaissait pour qu'il pût finir de fixer le plafond intérieur. Les autres l'adoptèrent dès qu'ils eurent constaté combien elle était adroite de ses mains et savait ne pas, comme tant d'experts, accabler de conseils.

A l'heure du déjeuner, l'isolation et le lambrissage des combles avaient été rondement menés. Tout en terminant leur soupe de légumes accompagnée de croque-monsieur, les enfants se mirent d'accord sur la date de leur prochaine matinée de travaux.

— Il y avait des milliers de choses plus urgentes à faire aujourd'hui, mais le grenier les fascine, expliqua Niccolo à Megan après avoir refermé la porte derrière Josh — toujours le dernier à partir. Ils y sont toujours fourrés.

— C'est pourquoi vous avez voulu refaire l'isolation et lambrisser.

— L'isolation était une nécessité. La frisette ? je ne sais pas, dit-il en haussant les épaules. Je n'aurais pas forcément choisi le pin... Il fallait bien trouver un matériau sans danger. Je préfère les tenir éloignés du plomb, de l'amiante ou du radon...

— Ils adorent bricoler. C'est étonnant.

— C'est moi le plus étonné dans cette histoire.

Il s'étira, frôlant du bout des doigts les épaules de Megan.

— Et vous m'avez sidéré. D'où tenez-vous tous ces talents ? Vous n'avez rien à envier à Thor quand vous maniez le marteau. Je vous ai aussi entendue expliquer les bases du courant alternatif à Elisha. Chapeau !

— Il fallait bien maintenir un toit au-dessus du saloon. J'ai appris à faire un peu de tout. Electricité, plomberie, plâtre. Et les plafonds intérieurs.

— Je suis impressionné. Sincèrement.

Les compliments l'ayant toujours mise mal à l'aise, elle détourna les yeux.

— Avez-vous parlé aux parents de cette fine équipe ?

— J'aurais dû, c'est vrai. J'ai le sentiment, toutefois, que la plupart de ces gosses sont plutôt à la dérive. La mère de Winston et d'Elisha, par exemple, exerce deux métiers différents depuis la mort de son mari. Elle apprécie, j'imagine, qu'ils aient un endroit chaud où aller tandis qu'elle grappille quelques heures de sommeil entre deux. Joachim a sept frères et sœurs, et il parle avec tendresse de ses parents...

— Mais ils ont trop à faire pour s'occuper de lui, acheva Megan.

Une situation qu'elle avait connue plus souvent qu'à son tour dans ses jeunes années.

— Le gosse est costaud, intelligent. Je ne pense pas qu'ils se fassent du souci pour lui. Si les parents de Tarek sont plus stricts, leur magasin les occupe beaucoup. Il est le seul à appeler chez lui et à surveiller l'heure pour être certain de rentrer à la maison à temps. Josh, en revanche, m'inquiète. Il ne dit jamais un mot sur sa situation personnelle.

— Vous êtes devenu l'éducateur de cette petite bande de jeunes, on dirait ?

Il ne releva pas. Megan se mordit la langue. Elle n'avait pas eu l'intention de se montrer critique ou condescendante.

— Niccolo, je ne voulais pas...

— Non, vous avez raison.

Il se dirigea vers la cuisine, elle l'y suivit.

— J'avais rarement le temps de me consacrer aux cas particuliers, quand j'étais prêtre.

Il lui fit signe de prendre place à table et l'interrogea du regard en soulevant la cafetière pleine. Elle accepta sa proposition.

— Et je le regrettais, enchaîna-t-il. Plus je travaillais, plus ma congrégation s'étendait et moins j'avais le loisir de m'impliquer dans la vie de mes ouailles. Je ne les connaissais pas tous par leur nom.

— Et à présent, vous avez le temps ?

— Oui, c'est un grand luxe.

Se rendait-il compte à quel point une telle attitude trahissait sa solitude ?

— Pour les enfants, c'est pain bénit, fit-elle remarquer.

Elle avait pris une première gorgée de café et promptement reposé sa tasse pour y ajouter du sucre.

— Pour vous aussi. Je vous ai observé : vous avez l'air de bien les aimer.

— N'est-ce pas naturel ?

— Beaucoup ne le verraient pas de cet œil, Nick.

— Ce n'est pas votre cas, pourtant.

— Moi ? Ne me lancez pas sur le sujet ! Avouez que ce petit gang est assez brut de décoffrage.

Il se pencha sur la table et couvrit sa main de la sienne.

— Vous vous êtes amusée, non ?

— Je suis restée parce que je souhaitais vous parler.

— Vous auriez pu revenir plus tard.

— Il fait froid dehors. Charité n'aurait peut-être pas démarré.

Megan appréciait le contact de sa main. Trop ? Sans doute. Elle ne comptait pas s'en priver pour autant.

— Dites, votre numéro de cynique, vous y croyez vraiment ?

Elle était cynique ; seulement Niccolo, qui posait sur elle son regard de prêtre, ne le voyait pas. Elle poussa un soupir et reprit sa tasse. A deux mains.

— Abordons plutôt la raison de ma présence ici...

Il se carra sur sa chaise et attendit patiemment.

Elle but la moitié de son café crème, à petites gorgées, avant de se lancer.

— Bon, voilà. Ma sœur Casey a un ami, Jon Kovats, qui travaille au bureau du procureur. Il lui a rapporté que de sérieux actes de vandalisme avaient été perpétrés sur Whiskey Island. L'entreprise la plus touchée a l'intention de poster des gardes et des chiens dans le secteur.

Le silence de Niccolo était un encouragement à poursuivre.

— Casey n'avait pas d'avis particulier sur la question. C'est simplement venu dans la conversation. Je lui ai alors parlé de ce que vous aviez trouvé lors de vos incursions dans la péninsule. La photographie, notamment.

— Comment a-t-elle réagi ?

« Putain de merde, tu attendais quoi pour me mettre au parfum, Meg ? »

Elle préféra lui servir une version raccourcie, et édulcorée.

— Elle ne porte pas Rooney dans son cœur, mais elle a été touchée.

— Pensez-vous que votre père soit à l'origine de ces saccages ?

— La destruction, ça le connaît ! Tant qu'il respirera, il fichera la pagaille partout où il passera. C'est Rooney tout craché ! On ne le refera pas.

— Il apparaissait et disparaissait, m'avez-vous dit, jusqu'au moment où il a vraiment quitté ses enfants. Etait-il violent ? Avait-il l'habitude d'exprimer sa colère par des actes ?

— Il n'a jamais levé la main sur nous, si c'est le sens de votre question. Dans une famille où, pourtant, gifles et fessées étaient de tradition dans l'éducation des enfants. Je me rappelle cependant une ou deux bagarres où Rooney est intervenu, soi-disant pour séparer les combattants. En vérité, cela lui plaisait.

— Etait-il homme à chercher la vengeance ?

— Parfois, vous causez comme un prêtre.

Il lui adressa un franc et chaleureux sourire qui semblait en dire un peu plus long.

— Et vous, comme une aubergiste.

Elle était si tendue qu'elle n'arriva même pas à lui retourner son sourire.

— Non, Nick, il ne cherchait ni la vengeance ni les représailles. C'est sans doute la seule chose dont je puisse témoigner en sa faveur.

La plupart du temps, Rooney était dans son univers, à part, complètement indifférent à son entourage.

— Ce n'était pas une si mauvaise chose, il me semble.

— Ecoutez, j'ai cessé de penser à Rooney depuis bien longtemps. Je l'ai chassé de mon esprit, il y a de cela des années. J'étais persuadée qu'il était mort !

Elle avait élevé la voix ; une profonde respiration la calma.

— A présent, il me faut de nouveau faire face à ce problème.

Niccolo, d'un bref hochement de tête, l'incita à poursuivre.

— Bon sang, ne soyez pas aussi gentil ! Vous me rendez les choses encore plus difficiles.

Megan en avait les mains qui tremblaient.

— Quoi, par exemple ?

— Je veux que vous m'emmeniez voir l'endroit où il se terre.

L'expression de Niccolo demeura impénétrable ; il ne fit aucun commentaire.

— C'est mon père, dit-elle finalement. Même si cela ne signifie plus grand-chose... En tout cas, c'est suffisant pour que sa pensée m'obsède. S'il y avait quelque chose, malgré tout, que l'on puisse faire pour lui ? J'en doute, certes. Tout le monde a essayé. Sans succès. Assistantes sociales et psychologues. Oncle Frank l'emmenait même à des réunions des Alcooliques Anonymes, allant jusqu'à faire semblant d'être, lui, le buveur en quête de secours. Mais personne ne peut vous aider malgré vous.

— Vous êtes convaincue que Rooney ne cherchait pas l'aide d'autrui ?

— Le monde réel était, à ses yeux, trop dur pour qu'il eût envie de s'y adapter.

— Megan, vous avez tellement les pieds sur terre qu'il vous est ardu de voir l'univers à travers les yeux de quelqu'un qui...

— La vie est faite de choix. J'ai fait les miens, Rooney les siens. Je veux juste m'assurer qu'il ne court aucun danger. Oh, c'est davantage pour les autres que pour moi : Casey est complètement retournée.

Quant à Peggy, elle finira par l'apprendre d'une manière ou d'une autre, même si nous essayons de garder le secret.

Megan secoua la tête. Les larmes lui étaient montées aux yeux.

— Le salaud, murmura-t-elle.

Il se retint de tendre la main vers elle. Elle détesterait cela. Il attendit, tranquillement assis, qu'elle eût chassé ses larmes et recouvré son sang-froid.

— Je suis retourné à l'endroit où j'avais découvert la photographie cinq ou six fois depuis, Megan. Rien n'indique qu'il soit revenu dans l'intervalle. Je lui avais laissé un message. Le mot est toujours là. Personne n'y a touché.

— Le cliché, aussi ?

— Oui, avec la coupure de presse l'accompagnant. Un article ancien, à propos d'un dénommé James Simeon. Ce nom vous dit-il quelque chose ?

— Non.

— Je n'ai pas eu le temps de faire des recherches sur ce personnage. Qui sait s'il a une quelconque importance dans cette histoire ?

— Rooney n'a peut-être jamais mis les pieds dans cet endroit. Quelqu'un d'autre a pu trouver cette vieille photo...

— Cela vous rendrait-il plus heureuse ?

La question n'était pas perfide, mais néanmoins la blessa. Le visage fermé, le dos raide, elle ne se détendit qu'au moment où il lui prit la main.

— Vous y repenserez à l'occasion. Plus tard, dit-il doucement.

— Avez-vous le temps d'y aller, maintenant ?

— Bien entendu.

— Vous voyez, Nick, votre vie n'a pas tant changé que cela. Vous vous occupiez de gens en détresse. Vous le faites toujours. Pour tendre une main secourable, vous êtes encore capable de tout lâcher. Dans l'instant.

— D'autres choses ont changé, Megan.

Il avait raison. Et elle le savait.

*
* *

Un vent cinglant soufflait du lac. Le scintillement d'un peu de neige, au fond des fossés et des creux, charmait les yeux. Une fois descendu de voiture, Niccolo s'empara du bras de Megan pour la guider le long du sentier, à travers bois.

Il aurait préféré un prétexte plus romantique à cette promenade près du lac, un temps plus clément. La joie d'avoir Megan près de lui rachetait tout. Il n'avait pas envie de voir cette journée se terminer.

Megan s'arrêta et présenta son visage au soleil.

— Comment peut-il survivre dehors, Nick ? Même par ce beau soleil. Avec la neige et ce terrible vent, nous ne devons pas être loin de —7° .

— Il a survécu jusqu'ici. C'est donc qu'il a trouvé le moyen de se réchauffer.

— S'il s'agit vraiment de Rooney, il doit aborder la soixantaine. Un homme plus jeune s'en sortirait probablement. Mais lui, abîmé et diminué par l'existence qu'il a menée... Il ne mange sûrement pas à sa faim, ni ne trouve un sommeil convenable...

Elle s'arrêta si soudainement que Niccolo n'osa pas regarder dans sa direction, par crainte de la surprendre au bord des larmes.

— Il a eu assez de ruse et de force pour surprendre ce voleur de voiture et le mettre hors d'état de nuire, lui rappela-t-il.

— Je n'étais qu'une jeune adolescente quand il est parti. Il ne me reconnaîtrait pas.

— Je suis certain du contraire.

Ces mots étaient uniquement destinés à la rassurer — car il n'était pas évident que Rooney reconnût quiconque.

— Si c'était bien Rooney, ce soir-là, s'est-il rendu compte que ces deux jeunes femmes étaient Casey et Peggy ? Les voleurs de voiture auraient-ils suscité dans sa conscience obscurcie un sentiment paternel ?

Elle réfléchissait à voix haute.

— Cela fait si longtemps... il a aussi bien pu prendre Ashley pour l'une d'entre nous. Peggy, pourquoi pas ?

— Quoi qu'il ait pensé, il a été assez courageux pour s'interposer dans une attaque à main armée.

— Il ne tient peut-être pas à la vie.

Ils approchaient de la sinistre fosse, guère plus grande qu'un cercueil.

Megan baissa la voix.

— Je regrette que nous soyons venus.

— Non. Vous regrettez que cela soit devenu nécessaire. Voulez-vous y aller seule ? proposa-t-il à voix basse, lui aussi.

Elle secoua la tête.

— Voudriez-vous m'accompagner ?

Il prit sa main, mêla ses doigts aux siens ; ils descendirent le raidillon. En quelques pas, ils furent à la lisière du taillis. Ils s'y tinrent, muets. Megan semblait incapable de proférer un son.

— Monsieur Donaghue, dit Niccolo. Etes-vous là ?

Pas de réponse. Il s'y attendait.

— Monsieur Donaghue, répéta-t-il.

— Rooney ? C'est Megan.

Elle lâcha la main de Niccolo et fit un pas.

— Es-tu là-dedans, Rooney ?

Elle s'agenouilla et entreprit d'écarter les branches. Bientôt la fosse apparut. Journaux et plastiques la tapissaient encore. Rien ne semblait avoir bougé depuis la précédente visite de Niccolo. Il s'accroupit près de Megan.

— Il n'y a personne, dit-elle d'une voix étranglée.

Niccolo se pencha au bord du trou ; son regard fut immédiatement attiré par un détail qu'elle ne pouvait voir. Se redressant, il s'assit sur ses talons.

— Quelqu'un est venu depuis la dernière fois.

— Comment le savez-vous ?

— Le mot que j'avais laissé est parti. Les papiers aussi.

— Les papiers ?

— La photographie, la coupure de presse... Il y avait aussi un dessin d'enfant. J'avais oublié de vous en parler. Un dessin qui représentait trois petites filles en train de danser.

— Casey. J'en mettrais ma main au feu. Elle adorait dessiner. Elle continue d'ailleurs, en secret. Quand elle était petite, elle donnait toujours ses dessins à Rooney. Il les fixait parfois avec un aimant sur le réfrigérateur.

— Je suis désolé.

— Il a vidé les lieux, n'est-ce pas ?

— Allez savoir. Il est passé ici, c'est tout ce que nous savons... A moins que quelqu'un d'autre n'ait découvert sa cachette et fait main basse sur ses affaires.

— Qui pourrait s'y intéresser ?

Bonne question, en effet. Un envoyé des services officiels eût-il découvert la pauvre tanière, il aurait soit fermé les yeux jusqu'au printemps, soit détruit la cachette. Pourquoi se serait-il emparé d'une poignée de papiers, laissant le reste intact ?

Niccolo se remit debout.

— Il se peut qu'il revienne, Megan. Nous pourrions laisser un nouveau message.

— Pour dire quoi ? « Rentre à la maison, Rooney. Tu nous manques. Nous t'aimons. »

Ignorant le sarcasme, il lui répondit sur un ton grave.

— Ce serait trop d'un coup. Dites-lui que vous tenez toujours la lampe éclairée à la fenêtre. Ça, il le comprendra, n'est-ce pas ?

— Je ne l'allume plus, Nick. Je souhaite qu'il ne lui arrive aucun mal. Mais je ne veux pas de lui dans ma vie.

Elle luttait — c'était visible — pour garder son calme.

— Si nous marchions encore un peu ? Peut-être trouverons-nous des traces de son passage, qui sait ?

Elle fit non de la tête, ouvrit son fourre-tout — qui ressemblait davantage à un ballon de foot qu'à un sac de femme — et en sortit son carnet de chèques. Détachant son relevé d'identité bancaire, elle entoura son nom et son adresse, inscrivit en dessous : « sois prudent », puis glissa le billet dans la fosse.

Quand elle se releva, il prit son visage en coupe dans ses mains.

— Je suis triste que nous ne l'ayons pas trouvé. Et content que vous soyez venue.

Son regard, son visage exprimaient la douleur. Elle eut un bref signe de tête. Il l'attira contre lui. La première fois, il n'avait pas été capable de l'embrasser, malgré la bonne chère et le vin, l'atmosphère chaleureuse. A présent, avait-il le choix ? Il n'avait pas embrassé de femme depuis des années, mais cela s'oubliait-il ?

Elle lui opposa une résistance douce mais ferme. Par peur de ressentir quelque chose, il le savait. Par défi, aussi, comme si elle le considérait comme un ennemi à défaire sur le champ de bataille. Son corps tremblait. Des paroles sans suite lui échappèrent. Il fit taire ses protestations en l'embrassant derechef.

Enfin, elle se laissa aller. Elle jeta les bras autour de son cou, se pressa contre lui, et fondit en larmes. Il lui baisait les joues, le front, les cheveux. Puis il la tint dans ses bras, tout simplement, comme elle s'abandonnait au chagrin.

15.

Casey n'avait pratiquement pas adressé la parole à Megan depuis une semaine. Elles avaient échangé quelques mots par-ci par-là concernant l'organisation du saloon, les emplois du temps. Dès que la conversation devenait personnelle, Casey rompait brusquement les chiens. Elle en avait trop gros sur le cœur pour risquer une explication cartes sur table. Surtout, elle craignait de ne pouvoir se maîtriser. Une fois déjà, par le passé, la colère les avait poussées à la rupture. Il fallait marcher sur des œufs.

Ce vendredi-là, en fin d'après-midi, Casey faisait du rangement en attendant de passer le relais au barman, qui serait là d'une minute à l'autre. Megan sortit de la cuisine, s'essuyant les mains sur un torchon.

— Mauvaise nouvelle. Barry vient d'appeler. Il a glissé sur une plaque de verglas devant chez lui. Il est aux urgences, avec un bras probablement fracturé ou foulé.

— Quelle poisse !

— On ne sait pas encore s'il sera en état de venir plus tard. Je vais me charger du bar. Artie se débrouillera sans moi pour les *pirojkis*, et je n'aurai qu'à me lever à l'aube, demain matin, pour rattraper le retard et me mettre en cuisine.

— Bravo, sainte Megan ! Sans toi, la bande de tarés et de bons à rien que nous sommes ne s'en sortirait pas.

— Tiens, tu as retrouvé ta langue ? A la bonne heure !

Casey se mit à nettoyer nerveusement, soulevant les bouteilles, frottant et essuyant les étagères — déjà étincelantes de propreté.

Megan sentit qu'elle devait faire le premier pas.

— Ecoute, je suis désolée. J'ai vraiment foiré sur toute la ligne. J'aurais dû te le dire tout de suite, pour Rooney. C'est vrai. Mais j'ai eu du mal à me faire à cette idée. Je ne voulais pas y croire. J'étais en plein déni, j'avoue.

— Nous aurions pu partager ce sentiment.

— Casey, pour survivre à l'enfance que nous avons eue, ma seule parade a été de me convaincre que si je ne prenais pas les choses en main, tout s'écroulerait. Je n'ai probablement jamais dépassé ce stade, surtout en ce qui le concerne, lui.

Casey sentait fondre sa colère. Il lui restait néanmoins des griefs à formuler.

— Il s'agit de mon père, Meg, et même si je lui en veux énormément, tu n'as pas le droit de me cacher la vérité à son sujet.

— En as-tu parlé à Peggy ? Rooney est aussi son père.

— D'accord, un point pour toi.

— Quel sera le meilleur moment pour le lui dire ? Je remets cette décision entre tes mains. Elle n'a pas l'air mal, mais le fait qu'elle ait lâché ses études pour ce semestre n'augure rien de bon, à mon avis. Devons-nous la charger de ce souci supplémentaire ? Ça se discute...

— Il faut la mettre au courant, Megan ! Nous pourrions le lui annoncer ensemble. Pourquoi pas au cours d'un dîner dominical, toutes les trois, comme nous le faisions jadis ?

— Ah, je vois ! Tu regrettes surtout le gigot d'agneau et les petites pommes de terre sautées.

Sa boutade ne dérida pas Casey.

— Comment va-t-elle réagir ?

— Aucune idée. Elle était si jeune quand il est parti...

Megan reprit sa respiration avant de poursuivre d'un ton précipité :

— Casey, je suis allée à Whiskey Island, avec Nick. J'ai vu le refuge où se terre Rooney — en tout cas le lieu où il est sans doute passé. C'est une horreur.

— Encore une de tes cachotteries ?

— Tu ne m'adressais plus la parole. Où aurais-je trouvé une oreille attentive ?

— Ah oui ? Tu n'aurais pas plutôt eu peur ? Peur que je réitère ma proposition de vendre ce fichu saloon et de quitter le coin avant que Rooney ne nous tombe sur le paletot !

— D'accord, j'ai peut-être eu la trouille ! Ç'a toujours été ton obsession, n'est-ce pas ? Brader, fuir, changer d'endroit comme de chemise, tout recommencer ! Tu veux que je te dise une bonne chose ? Nous aurions beau déménager sur la planète Mars, cela ne changerait rien. Il serait toujours vivant. Toujours en train de traîner quelque part, dans le coin. Et il serait toujours notre père !

Elles se défièrent du regard, paupières étrécies. Casey fut la première à baisser les yeux.

— Tout ce je voulais, c'était laisser notre enfance loin derrière nous.

— Impossible.

— J'ai fini par m'en apercevoir, non ? Pourquoi crois-tu que je sois revenue ?

— Justement, j'aimerais le savoir.

— J'avais dans l'idée que si nous vendions le saloon, ce que nous y avons vécu serait effacé. Nous serions alors libres. Libres de réinventer nos vies. Loin des mauvais souvenirs... de Rooney . Je voulais le rayer d'un trait, celui-là. Je n'étais qu'une enfant. Je n'étais pas capable de voir ce que cet endroit représentait d'autre.

Elle croisa le regard de Megan.

— Des liens, reprit-elle. Vis-à-vis du passé. De l'avenir. Des liens entre nous toutes.

Megan la considéra avec douceur.

— J'ai eu mes torts, aussi. J'ai voulu régenter ton existence.

Un léger sourire joua sur les lèvres de Casey.

— Tu n'y as pas renoncé.

— Heureusement, tu ne te laisses plus faire.

— Qui sait ? Si tu avais vraiment joué les dictateurs, je n'aurais pas fait autant d'erreurs.

— Et tu n'aurais rien appris.

— Ecoute, tout ça c'est du passé. Dorénavant, ce que je te demande, c'est de me tenir au courant. D'accord ? Promets-moi qu'à la minute où tu apprendras quelque chose concernant Rooney, tu m'en feras part.

— Entendu. Pour l'heure, cependant, il semble avoir disparu une nouvelle fois de la surface de la planète. Navrée. J'ai du mal...

— ... à encaisser ?

— Du mal à discerner ce qui est juste. Je suis loin d'avoir la science infuse.

Casey, moqueuse, posa la main sur son cœur.

— Sans blague ?

Le regard de Megan se réduisit à deux fentes.

— Par exemple, que faire... ensuite ? Tu as une idée, toi ?

— Tu n'as pas de projets avec Nick ?

Expression indéchiffrable de l'intéressée.

— Qu'est-ce qui te fait croire que j'en aurais ?

— J'avais l'impression — je me trompe peut-être — que vous passiez beaucoup de temps ensemble ?

— Je voulais simplement qu'il me montre cet endroit.

— Donc, tu ne comptes pas le revoir ?

Pas de réponse.

— Jamais ?

— Qu'essayes-tu de manigancer, Casey ?

— Une idylle, un mariage, des lendemains qui chantent.

— C'est un ancien prêtre.

Elle aurait annoncé à Casey qu'il avait été tueur à gages, elle n'eût pas été plus étonnée.

— N'en tire aucune conclusion hâtive, Casey. Inutile.

— Alors pourquoi m'en parles-tu ?

Megan eut une moue dubitative.

— Parce que tu ne peux pas flirter avec lui de façon anodine ? Parce qu'il prend les choses trop au sérieux ?

— Ah, les sœurs, quelle engeance ! s'exclama comiquement Megan, un peu vexée d'avoir été démasquée si facilement. Bon, je vais hacher les oignons. J'ai commandé douze douzaines de *pirojkis* en supplément. Le temps s'est radouci, il y aura foule ce soir. Es-tu certaine de t'en tirer, seule, pour les consommations ?

— Ne t'inquiète pas. Je demanderai un coup de main à Peggy. Ashley est invitée à un anniversaire et dormira chez des amis, nous n'aurons donc pas à la surveiller.

— Je suis heureuse de voir que tu lui laisses un peu la bride sur le cou. Au fait, sa mère sera-t-elle bientôt prête à reprendre Ashley ?

Casey réussit à rester impassible.

— J'ai eu de ses nouvelles, il y a quelques jours. Les choses se présentent bien. On lui a parlé d'un logement. Elle doit d'abord réunir des fonds. Pour l'instant, elle dort encore sur le canapé d'une amie, et il n'y a pas de place pour Ashley.

— Cette femme... tu la connais bien ? A ton avis, a-t-elle réellement l'intention de reprendre Ashley ?

— Je réponds d'elle, les yeux fermés. Elle est capable de tout pour sa fille — y compris d'être séparée d'elle lorsque les circonstances l'exigent.

Megan ne semblait pas convaincue ; elle eut un haussement d'épaules désinvolte.

— Je te tiendrai au courant dès que j'aurai Barry au téléphone.

— Dis-lui que je pense à lui.

Megan disparut comme elle était venue. La soirée serait longue. Avec un peu de chance, Casey serait trop occupée pour s'inquiéter de l'avenir, ressasser ses erreurs passées ou se lamenter complaisamment sur le gâchis de sa vie sentimentale. Elle n'aurait pas à penser à la frêle enfant qui lui avait été confiée, ni aux problèmes de sa mère...

Peggy fit alors son apparition au bas de l'escalier, Ashley sur les talons. La fillette était adorable dans sa petite veste de velours bleu — achetée par Casey dans une boutique qui venait de s'ouvrir non loin. Elle en avait d'ailleurs profité pour renouveler la garde-robe de la petite. Celle-ci portait son sac à dos à l'effigie de la Petite Sirène ; bien qu'un peu passé de mode, il faisait ses délices.

— Comme tu es jolie ! la complimenta Casey. Je crois que tu vas bien t'amuser.

Ashley, avec ses deux couettes châtaines, ses immenses yeux bleus qui lui mangeaient la figure et son air grave, ne pipa mot.

— Je suis même certaine que tu vas t'amuser, tu vas voir.

Casey leva les yeux sur sa sœur et ajouta, *mezzo voce* :

— Les Kincaid sont héroïques de garder trois petites filles pour la nuit. S'ils arrivent à fermer l'œil, chapeau.

— Tu te souviens, quand j'ai voulu que mes petites amies dorment à la maison ? Leurs mères avaient refusé tout net de les laisser passer la nuit au-dessus d'un saloon, du coup Megan avait loué une suite à l'hôtel.

— Oh, oui. Et tu avais failli nous faire renvoyer pour tapage nocturne. A 4 heures du matin, nos voisins de chambre comptaient encore les moutons !

— C'était la faute de Megan : elle avait voulu nous faire une démonstration de morse en frappant des messages sur le plancher.

— Les jeux éducatifs ont toujours eu sa faveur.

Casey se tourna vers Ashley :

— As-tu ton cadeau pour Kathleen ?

L'enfant hocha la tête avec solennité.

— As-tu dit à Peggy ce que tu avais choisi ?

Pour toute réponse, Ashley fourragea dans son sac et en sortit le cadeau, enveloppé d'un beau papier glacé bleu et or, qu'elle tendit à Peggy.

— Et qu'y a-t-il à l'intérieur, Ashley ? insista Casey.

— Un livre.

— Lequel ? Peggy adore lire.

— La-Petite-Maison-dans-la-prairie.

Elle avait lancé le titre d'un seul trait, comme si elle craignait d'être interrompue au milieu de sa phrase.

Peggy — qui se laissait encore piéger par les questions où l'on pouvait répondre par oui ou par non — intervint :

— Bon choix. Est-ce l'un de tes préférés ?

Ashley hocha la tête.

Bien que le livre fût habituellement apprécié par des enfants plus âgés, Casey n'avait pas été autrement étonnée du choix de la fillette. Sa mère lui lisait très souvent des histoires. Et la vie simple de Laura Ingalls Wilder et de sa famille avait dû sembler pleine de charme à la petite.

Casey rangea le livre dans le sac à dos.

— Nous sommes un peu bousculées à présent, il faudra que tu attendes pour que je t'emmène chez ton amie. D'accord ?

— Je peux l'y conduire, proposa Peggy. Je n'ai rien à faire.

— Tu parles trop vite. Peux-tu nous donner un coup de main ce soir ? Barry ne sera pas là, et je ne suis pas aussi rapide que toi.

— Aucun problème.

Casey remercia sa sœur d'une pression sur l'épaule et lui indiqua l'adresse des Kincaid.

— Ashley, passe une très belle soirée, ma chérie.

Sans un sourire, l'enfant se dirigea d'un pas raide vers la porte, comme un petit soldat partant affronter une épreuve de plus. Casey en eut le cœur serré.

Dix minutes plus tard, fin prête pour le grand rush, Casey revenait de la resserre, les bras chargés, lorsqu'elle découvrit Jon derrière le bar. Son client préféré, Charlie Ford, était installé en face de lui, tandis que Jon s'essayait à tirer une pinte de Guinness.

— Dites donc, vous ! Qui vous a permis de vous servir ?

Elle fit le tour du comptoir avec la rapidité d'un colley rassemblant son troupeau.

— Casey, tu ne dis pas bonjour à Charlie ?

Si elle s'efforçait de garder un air sévère, elle avait du mal à ne pas pouffer.

— Charlie, c'est vous qui l'avez poussé ?

— Moi ? Au contraire, j'ai essayé de l'en empêcher. D'ailleurs, sait-il seulement comment s'y prendre ?

— Ce n'est pas sorcier, tout de même ! s'exclama Jon. Il suffit de tenir le bock sous le jet, de mettre la pression, et le tour est joué, non ?

Jon portait un pantalon noir et un polo à manches longues dont le beau vert Véronèse mettait en valeur ses yeux noisette.

— Erreur ! se récria Casey. Il va ruiner notre réputation, n'est-ce pas, Charlie ?

— Ou — pire ! — une bonne pinte de Guinness.

Le regard de Charlie pétillait ; Jon non plus n'était pas en reste.

— Aurais-je oublié quelque chose d'essentiel ? Une prière gaélique, peut-être ? Une offrande au dieu de la bière ?

— Otez-vous de là, Kovats. Vous avez besoin d'une leçon.

Casey le chassa d'un coup de hanche.

— Du balai ! Et maintenant, soyez attentif.

Elle mit de côté la chope à moitié remplie et en prit une autre.

— Nous ne rafraîchissons pas le verre.

— Je ne l'avais pas fait.

— Un peu de sérieux. Il y aura une interrogation à la fin.

— Nous voilà revenus à l'université.

— Donc, nous ne glaçons pas les verres. Ça, c'est bon pour les cafés branchés fréquentés par de jeunes cadres dynamiques du centre-ville. En Irlande, cela ne s'est jamais vu et ici, à Whiskey Island, comme vous le savez, nous ne badinons pas avec la tradition. Par contre, nous servons la bière frappée. Aux alentours de 4° . L'époque de la Guinness tiède est révolue — même dans la mère patrie. Est-ce clair ?

— Oui, ma'ame.

— C'est un art qui requiert de la patience. Etes-vous un homme patient, Jon ?

— Vous connaissez la réponse, me semble-t-il.

Casey eut la surprise de sentir ses joues s'échauffer. Dieu merci, elle n'était pas femme à piquer un fard, malgré sa carnation de blonde.

— Il faut remplir le verre aux trois quarts.

Elle joignit le geste à la parole, inclinant la chope pour que le jet de bière se brise sur la paroi.

— Maintenant, il faut attendre.

— Pourquoi ?

— Parce que le liquide doit reposer avant la dernière phase du remplissage.

— Combien de temps faut-il attendre ?

Elle se retourna pour lui faire face, sous la mine réjouie d'un Charlie qui ne perdait pas une miette du dialogue.

— Une minute ou deux.

— Du temps perdu !

— Pas du tout. J'ai le temps de demander de ses nouvelles à Charlie, par exemple.

Elle se pencha vers le vieil homme :

— Comment ça va, Charlie ?

— Y'a pas à se plaindre. On a lu le journal. Fait les mots croisés. Emmené son vieux chien bâtard faire un tour.

— Sammy, je crois. Il se porte bien ?

— Il vieillit, tout comme moi. Dort beaucoup, mais ne rechigne pas à sa promenade quotidienne. L'est encore capable de rapporter la balle quand les petits reviennent au pays et jouent avec lui.

— Vos petits-enfants, justement, comment vont-ils ?

— Sont trop loin. Malheureusement. Mais j'm'en vais aller les visiter pour la Saint-Paddy.

— Non... Vous ne serez pas là ? Whiskey Island ne saurait fêter la Saint-Patrick sans vous.

— Faudra pourtant, c't'année. J'serai vite de retour. Trop de monde dans cette fichue ville de New York. Pas ma tasse de thé, ça !

— Vous avez raison.

Elle tourna la tête vers Jon.

— Toujours attentif ?

— Ça ne fait que 30 secondes.

— Parce que tu comptes ?

— Je suis un élève appliqué.

— Maintenant, c'est le moment d'aller voir comment ça se passe en cuisine — mettre son grain de sel, asticoter un peu Megan. On peut aussi passer la lavette sur le zinc pour la énième fois, ou remplir un verre ou deux, laisser reposer...

— Et cætera. Fascinant.

Charlie gloussait de bonheur.

— Dites, vous comptez le reconvertir en barman ? Où est donc passé Barry ?

Le temps qu'elle lui explique la situation, le compte à rebours était terminé.

— Bon. Dernière étape : ajouter la quantité manquante — un pouce environ. Plutôt moins que plus. Il faut viser le ras-bord. Sans que le liquide déborde, toutefois. Affleurer sans renverser.

Elle procéda à la démonstration. Dans toute la ville, il n'y avait pas une Guinness servie avec plus de doigté. Même Barry n'était pas aussi expert. Elle aurait pu gagner haut la main tous les concours : Rooney, en son temps, lui avait enseigné toutes les subtilités du métier.

— Et voilà ! triompha-t-elle en posant le bock devant Charlie.

Jon se haussa du col pour mieux voir.

— Après une si longue attente, il pourrait avoir un petit parasol dans son verre.

— On n'est pas des mauviettes, se défendit Charlie, rigolard.

Ils abandonnèrent Charlie à la contemplation de la perfection et s'installèrent un peu plus loin.

— Fin prêt pour les travaux pratiques ? s'enquit Casey en montrant la pompe à bière.

— Je tirerais un demi les yeux fermés, se vanta-t-il. Enfin... presque.

— Un brin d'humilité ne nuit en rien.

Elle s'accouda au comptoir, croisant les bras.

— Je suis contente de te revoir.

— Vrai ?

— Vrai de vrai.

— Dans ce cas, tu me laisseras peut-être t'inviter à dîner.

— Une invitation impromptue ?

— Excuse-moi, mais j'avais un rendez-vous qui vient de s'annuler.

— Avec une jolie blonde ?

— Non, avec un malabar dénommé Jœ, policier de son état.

— Encore cette histoire sur Whiskey Island ? hasarda-t-elle de sa voix la plus neutre.

— Non. Un meurtre. Ce n'est pas que j'aime mélanger les torchons et les serviettes — les cadavres et une bonne pizza — mais c'était le seul moment où nous pouvions nous rencontrer. Maintenant, c'est à l'eau. D'où ma tentative de te suborner.

— Humour de procureur ?

— Tu as des projets.

— Je le crains. Un rancard crapuleux au saloon. Avec tous les gars qui font le déplacement pour venir tâter de ma Guinness.

Il eut l'air déçu.

— Personne d'autre ne peut remplacer Barry ?

— Si tu restais manger un morceau ? C'est le soir des *pirojkis*. Barry finira peut-être par apparaître si le médecin veut bien le lâcher. Je pourrais alors me libérer, plus tard. Sinon, nous trouverons bien un moment entre deux tournées pour discuter.

— Je ne te rendrai pas nerveuse à traîner dans les parages ?

— Tu veux rire.

— Je pourrais te faire perdre tes moyens.

— Rien ne peut m'atteindre lorsque je suis derrière le comptoir.

— C'est ce qu'on verra.

Peggy rentrait à cet instant ; Casey lui fit signe.

— Ça fait plaisir de vous revoir, Jon, dit-elle chaleureusement puis, se tournant vers Casey, elle ajouta : Je l'ai déposée, mais elle n'était pas ravie de rester là-bas.

— Ashley, précisa Casey à l'intention de Jon, passe la nuit chez une amie de l'école.

— Ainsi, elle est toujours avec vous ?

— Et elle le sera encore pour un moment.

Jon était-il contrarié ? Une femme avec un enfant à charge disposait de très peu de temps libre...

— C'est une petite fille intéressante. Je ne m'y connais guère en enfants, mais elle semble un peu triste et solitaire, non ?

Peggy prit la parole.

— Il n'y a pas plus silencieux qu'elle. Et encore, elle fait des progrès. Pas assez vite cependant, à mon goût.

Casey se promit de confier moins souvent Ashley à sa sœur.

— Elle a eu des moments difficiles, expliqua-t-elle.

— De quel ordre ? s'enquit Jon.

— Pour commencer, elle se retrouve avec moi, au lieu d'être avec sa mère.

— Elle n'a pas de père, de tante, de grand-mère ?

— Elle n'a personne d'autre.

Il y eut un cri en provenance de la cuisine, suivi d'un fracas. La pression montait. Ça n'était que le début d'une longue et harassante soirée. Peggy consulta sa montre.

— Je file là-haut me changer. Je reviens tout de suite.

— Prends ton temps. Tu auras bien assez à courir d'ici un moment.

Cette petite diversion soulagea Casey. Pourvu que Jon ait perdu son instinct de flic et cesse de la harceler de questions !

Son espoir fut de courte durée. A peine Peggy eut-elle tourné les talons, il la relança sur le sujet.

— Connais-tu bien cette femme ?

— La maman d'Ashley ? Si tu veux tout savoir, je l'ai rencontré dans un refuge pour femmes où je travaillais comme volontaire.

— Toi ? En travailleuse sociale dans un centre pour femmes en détresse ?

— Pourquoi as-tu l'air aussi étonné ? Après m'être sortie de mon propre mariage, j'ai décidé d'aider d'autres femmes à se libérer.

Il montra soudain un visage grave.

— Tu veux dire que ton mari te battait ? Ou te menaçait ?

— Non. Il y a différentes sortes de mauvais mariages. J'ai simplement pensé que, dans ce domaine, j'avais quelques lumières à apporter.

— La mère d'Ashley était-elle aussi volontaire dans ce centre ?

— C'était une femme qui cherchait à se sortir d'une mauvaise passe. Au bout de quelques semaines, sa situation a commencé à s'arranger. Dans l'intervalle, j'avais appris à la connaître, à l'apprécier, et j'ai accepté de m'occuper de sa fille pendant qu'elle cherchait du travail en dehors de l'Etat.

— J'imagine que tu sais ce que tu fais.

— Merci pour le vote de confiance, rétorqua Casey, grinçante. Je n'en attendais pas tant.

— Si je servais quelques Guinness, histoire de me faire la main ?

La salle commençait à se remplir. Charlie avait été rejoint par trois habitués ; les deux tables d'angle étaient déjà occupées. Un nouveau groupe passait la porte.

— Non, va plutôt t'installer à une place confortable avant que tous les sièges soient pris.

— Je vais me retrouver seul.

— Tu vas — elle lança un bref coup d'œil vers la porte qui venait de nouveau de s'ouvrir — tiens, tu vas pouvoir parler à quelqu'un.

Niccolo était apparu sur le seuil.

— Nick, venez par ici.

Il les rejoignit en quelques enjambées ; elle fit les présentations. Les deux hommes se serrèrent la main en se jaugeant du regard.

— Nick, êtes-vous venu dîner ? Vous savez que nous sommes réputés pour nos *pirojkis* — les meilleurs de la ville. Sans me vanter.

— En vérité, j'étais venu voir Megan. Est-elle dans les parages ?

— Je vais la chercher.

Elle revint une minute plus tard ; les deux hommes étaient déjà engagés dans une conversation amicale.

— Elle est sortie faire des courses pour le repas de demain. Voulez-vous manger quelque chose en attendant ? Peut-être pourra-t-elle se joindre à vous, un peu plus tard. Promettez-moi de lui faire avaler un peu de nourriture.

Il sourit. Le premier soir, en dépit des circonstances dramatiques, elle avait senti qu'il se passait quelque chose entre sa sœur et lui. A présent, elle en était certaine.

Elle réprima un petit sourire et annonça de sa voix la plus professionnelle :

— Choucroute, pomme de terre ou fromage ? Faites vos choix. Si vous en prenez six, vous avez droit à une saucisse grillée et une salade.

— L'offre est trop belle, dit Niccolo. Donnez-moi un assortiment. Jon ?

— Pareil pour moi, si on me laisse tirer deux pintes de Guinness.

— Ah, les garçons avec leurs nouveaux jouets ! s'écria Casey, levant les yeux au ciel. Allez, vas-y.

— Je vous rejoins dans un instant, lança Jon à Niccolo, qui se dirigea vers une table située près de la porte.

— C'est le gars qui est intervenu le soir des voleurs de voitures, n'est-ce pas ?

— L'un des deux, oui.

La stupéfaction se peignit sur le visage de Jon.

Oui, son père était l'autre héros de cette fameuse soirée. L'homme au regard halluciné et au cœur tendre qui lui avait appris à monter à bicyclette, à chanter la tyrolienne et à raconter des histoires avec panache ; Rooney, revenu du monde des morts pour les hanter.

Jon, devant son silence, l'interrogea :

— Nick n'était pas seul ?

Elle leva les yeux sur lui, croisa son regard noisette si sérieux... si différent de celui de Rooney.

— Il a reçu l'aide d'un fantôme.

Elle sentit les larmes lui brûler les paupières et se détourna brusquement.

— Va donc jouer les barmans, Jon. Je viendrai vous voir dès que possible.

16.

Niccolo n'avait pas prévu de s'éterniser au saloon. Deux bouchées d'un *pirojki* fourré à la pomme de terre, fondant de beurre, le convainquirent qu'il avait eu raison de changer d'avis. Casey n'avait pas exagéré en vantant la marchandise.

Et puis la compagnie n'était pas des plus mauvaises. Des hommes de la trempe de Jon Kovats, Niccolo en avait déjà rencontré au cours de son sacerdoce. De ces piliers sur lesquels se bâtit une société. Honnêtes, responsables, discrets, ils exécutent des tâches importantes sans attirer l'attention sur eux, occupent des emplois dédaignés par ceux qui visent la notoriété et l'argent. Point n'était nécessaire de passer beaucoup de temps avec lui pour prendre la mesure de l'intelligence et du sens de l'humour de Jon — deux qualités qui avaient rarement le bonheur d'aller ensemble. Niccolo remarqua aussi que le regard du jeune procureur adjoint s'attardait souvent sur la sœur de Megan.

En cet instant, toutefois, les yeux de Jon étaient fixés sur lui.

— Vous profitez donc de cette période pour réévaluer vos choix ?

Niccolo acquiesça. Il avait fait un bref résumé de son récent passé à Jon — qui avait accepté son histoire sans sourciller, ce dont il était particulièrement reconnaissant. Tout le monde n'aurait pas eu la même largesse d'esprit.

Jon continua sur sa lancée :

— Un homme riche d'une éducation et d'une expérience comme les vôtres ne devrait pas avoir de difficultés à rebondir, comme on dit.

— On m'a offert de diriger une fondation, mais je ne souhaite pas occuper un emploi administratif, fût-ce pour de bonnes œuvres.

— Vous voulez vous investir dans un projet plus personnel, si je comprends bien.

Le projet personnel sur lequel Niccolo fantasmait pas mal depuis quelque temps fit son entrée en coup de vent au Whiskey Island Saloon. Megan traversa la salle pour aller dire un mot à Casey, laquelle pointa l'index en direction de leur table.

Megan se retourna ; il la vit se crisper, et son cœur s'emballa.

Il n'avait pas parlé à Megan depuis leur excursion à Whiskey Island. Elle avait gardé le silence dans la voiture pendant le trajet du retour et depuis ne s'était pas manifestée. Il se doutait qu'elle lui en voulait d'avoir été surprise dans un instant de faiblesse. La femme qui avait su dissimuler son chagrin aux yeux de tous, derrière une apparente dureté, avait fini par craquer. Malgré le comportement inqualifiable de son père à l'égard de sa propre famille, elle l'aimait toujours, et le regrettait.

Elle s'approcha de leur table sans grand enthousiasme.

— Casey m'a dit que vous étiez de sortie, et que vous aviez finalement pris vos quartiers ici.

Elle regardait Jon en parlant, évitant soigneusement Niccolo.

Jon se leva, lui avança une chaise.

— Voulez-vous vous joindre à nous ?

— Je...

— D'après Casey, vous n'avez rien mangé de la journée. Comment voulez-vous servir le monde si vous ne prenez pas soin de votre personne ?

Megan eut un sourire forcé.

— Casey est une vraie commère.

Niccolo intervint.

— Ça nous ferait plaisir que vous acceptiez.

Difficile à présent de continuer à l'ignorer. Elle battit des paupières et tourna son regard vers lui. Elle était prise au piège : refuser eût été grossier.

— Rapidement, alors.

— Voulez-vous partager mon assiette ? Il y en a largement pour deux.

— Non, merci. A quoi bon tenir un restaurant, si on ne peut être servie ?

Elle prit place. Casey apporta deux nouveaux verres de Guinness pour les hommes et un pour Megan.

— J'ai déjà passé la commande pour toi, annonça-t-elle à sa sœur. Ne me dis pas que tu n'as pas le temps de manger.

Jon retint Casey par la main comme elle allait repartir.

— Si tu venais aussi t'asseoir avec nous ?

— Impossible. C'est un vrai cirque ce soir. A la première accalmie, si Artie peut me remplacer au bar, je viendrai passer un moment avec vous.

Elle s'éloigna en hâte.

— Elle ronchonne parce que je me fatigue trop, mais elle n'a pas arrêté de la journée, dit Megan.

Jon leva son verre à sa santé.

— Je me demande laquelle de vous deux est la pire.

Megan but une gorgée de bière, puis une autre, s'installa plus confortablement, un bras passé au-dessus du dossier de sa chaise.

— J'ignorais que vous vous connaissiez, tous les deux.

— Nous venons de faire connaissance.

— Jon vous a-t-il dit qu'il était féru d'histoire ?

— Non, pas encore. Quelle est votre époque de prédilection ? demanda Niccolo en se tournant vers le jeune homme.

— Toutes les époques me passionnent.

— Jon, n'aviez-vous pas fait des recherches sur l'histoire locale à l'université ? Une thèse de fin d'année à laquelle Casey avait participé ?

Jon eut un sifflement admiratif.

— Incroyable ! Cela fait si longtemps.

— Je l'avais trouvé intéressante.

Niccolo songea à la jeune Megan, privée d'études par les circonstances et par son obstination à vouloir garder Whiskey Island Saloon dans la famille, coûte que coûte, obligée de parfaire ses connaissances à travers celles des autres.

— *Cleveland au tournant du siècle*, précisa Jon. Casey et moi avions remonté toute la longueur d'Euclid Avenue, prenant des photos et des notes pour les légendes. Une étude de « Millionaires' Row » — l'avenue la plus sélecte du monde pour certains — avant et après.

Niccolo dressa un sourcil interrogateur. Il connaissait Euclid Avenue, l'une des rues principales du centre des affaires. Elle déroulait son ruban d'asphalte parmi les parkings bétonnés, les fast-foods et les enseignes lumineuses. Rien qui pût attirer le touriste...

Remarquant son expression dubitative, Jon s'empressa de préciser :

— Je sais, ça paraît à peine croyable. Mais aux beaux jours où les revenus n'étaient pas imposables, Cleveland accueillait une foule d'industriels de premier plan, et ils avaient construit de fabuleuses demeures le long de cette rue. John D. Rockefeller, Samuel Mather, l'un des fondateurs de U.S. Steel, Charles Brush, l'inventeur de la lampe à arc et le créateur de General Electric. Des maisons plus extravagantes et somptueuses les unes que les autres.

— Et probablement pas une d'Irlandais, fit remarquer Megan. Mes aïeux étaient trop occupés à décharger le minerai sur les quais.

— Et les miens souffraient mille morts dans les fonderies et les aciéries, renchérit Jon. A une certaine époque, on trouvait davantage de Hongrois à Cleveland que dans aucune autre ville — hormis Budapest. Il y avait aussi foule de Polonais, Slovaques et autres Européens de l'Est. Une main-d'œuvre bon marché, taillable et corvéable à merci.

— Au cours de vos recherches, êtes-vous jamais tombé sur un dénommé James Simeon ? s'enquit Nick.

— N'importe qui d'un peu renseigné sur l'histoire locale pourra vous en conter l'histoire.

— Ne vous faites pas prier, le taquina Megan.

Peggy vint servir le plat de sa sœur et s'éclipsa.

Jon s'installa plus à son aise sur son siège.

— Simeon... vous êtes certains d'avoir le temps ?

— Faites-nous un résumé, s'il vous plaît, dit Megan avant de mordre dans un *pirojki* croustillant à souhait.

— James Simeon était un potentat local des affaires. Le minerai du Michigan, que les ancêtres de Megan déchargeaient sur le port, et que mes arrière-grands-parents s'échinaient à fondre, aboutissait la plupart du temps dans les usines sidérurgiques de Simeon. Le personnage passait pour brillant tout autant que retors. Son acier était exporté par bateaux dans le monde entier ; l'homme s'était fait des ennemis — nombreux — tout au long de sa carrière. Il était connu pour ses méthodes peu recommandables vis-à-vis de la concurrence, et pour les conditions de travail dangereuses qu'il imposait à ses ouvriers. On n'a pas beaucoup pleuré sa disparition.

— Sa disparition ? s'étonna Niccolo, devançant Megan qui s'apprêtait à poser la même question.

— Oui, c'est la partie la plus étonnante de l'histoire. L'homme s'est tout simplement volatilisé par un soir d'hiver. Malgré ses immenses richesses et ses relations haut placées, nul n'a jamais retrouvé trace du bonhomme. Une sorte de Jimmy Hoffa[1] avant la lettre.

— J'imagine qu'ils n'ont pu draguer la totalité du lac, hasarda Niccolo.

— Effectivement. La noyade demeure la théorie la plus répandue. On avait beau être en janvier, l'Erié n'était pas encore gelé cette année-là. Sans doute quelqu'un en a-t-il eu assez des agissements de Simeon, ou de son ego hypertrophié. Un tour en bateau, un boulet au pied, et hop ! par-dessus bord. Ni vu ni connu. Quand j'étais enfant, les journaux reparlaient régulièrement de cette disparition mystérieuse. Pour la ville de Cleveland, il s'agissait du crime du

1. Président du très puissant syndicat des camionneurs, les « Teamsters ». Poursuivi pour fraude et corruption par la justice américaine, il fit quelques années de prison. Libéré, et décidé à reconquérir sa place, il disparut sans laisser de trace le 30 juillet 1975. Le mystère ne fut jamais élucidé. Qui l'avait assassiné ? Mafia, concurrents syndicalistes, le gouvernement lui-même, furent tour à tour soupçonnés. Mais le ministère de la Justice classa le dossier « top secret ».

siècle. L'équivalent du meurtre de Marilyn Sheppard[2], cent ans plus tard.

Pourquoi diantre Rooney avait-il conservé cet article en sa possession ? Niccolo se creusait la tête sans trouver de réponse.

— Qu'est-il arrivé à sa compagnie après la mort de Simeon ?

— Il me semble que son épouse a tout vendu avant de quitter la ville. L'affaire a sans doute fusionné avec une autre société. A moins qu'elle n'ait sombré corps et biens. Le manoir des Simeon a été dévoré, comme tant d'autres, par les monstres des temps modernes qui se sont abattus sur Euclid Avenue. Victimes du progrès. Rockefeller et quelques-uns de ses amis avaient même pris des dispositions pour que leurs demeures fussent démolies après leur mort, afin que personne d'autre n'en profitât. Ils étaient probablement horrifiés à l'idée que les aïeux de Megan, ou les miens, en pleine ascension sociale, ne revendiquent ce droit.

— Ou les miens, tout aussi bien, intervint Niccolo. Les Italiens avaient aussi leurs détracteurs.

Jon hocha gravement la tête.

— Les jours glorieux de Millionaires'Row sont bel et bien passés. Et très peu des maisons d'origine sont encore visibles. Rockefeller peut dormir en paix dans sa tombe.

— Mais pas Simeon, souligna Megan. Quel que soit l'endroit où il a fini, je ne pense pas qu'il repose en paix.

Ils achevèrent leur dîner sans autre conversation. Jon quitta la table pour aller bavarder avec Casey — ou, plus probablement, pour laisser une opportunité de tête-à-tête à Megan et à Niccolo. Megan allait certainement devoir retourner au travail avant peu ; Niccolo savait ne disposer que d'un court instant.

— Vous m'avez manqué.

Il posa sa main près de la sienne, s'abstenant toutefois de la toucher.

2. Femme d'un médecin de Cleveland, Sam Sheppard, qui fut accusé de l'avoir assassinée. Condamné sans preuve, il fut libéré dix ans plus tard et acquitté au cours d'un second procès. Ce fait divers a inspiré la série télévisée, puis le film : *Le Fugitif.*

— Je n'étais pas très loin.

— Il m'a semblé que vous aviez besoin de temps libre pour faire le point.

— Très prévenant de votre part.

— Me suis-je trompé ?

— Je suis fatiguée d'être poussée dans mes retranchements, Nick. En ce qui concerne mon père, vous semblez avoir des objectifs. Les miens diffèrent des vôtres. J'ai l'impression que vous voudriez me forcer à éprouver certains sentiments.

— Parlons-nous de votre père... ou de nous ?

Elle leva les yeux sur lui.

— Des deux, peut-être.

— Comment pouvez-vous dire que je vous ai poussée, dans l'un et l'autre cas ? Vous êtes venue chez moi, vous souvenez-vous ? Vous avez insisté pour que je vous emmène à Whiskey Island.

Il surprit, dans son regard, le conflit des émotions.

Oui... elle s'était montrée injuste.

Il avala d'un trait son fond de Guinness.

— Je ne vous ai sans doute pas laissé suffisamment de temps...

— Sans troubler ma tranquillité, coupa-t-elle.

Le coup lui fit mal. Il était redevenu un simple mortel ; des sentiments, longtemps réprimés, se faisaient jour en lui ; et il devait résister à la tentation de s'insurger contre ces faiblesses humaines.

— Eh bien, je vous laisse, dit-il enfin. Au cas où j'en apprendrais davantage sur Rooney, désirez-vous être tenue au courant ? Vous ou Casey ?

— Vous ne trouverez rien de plus. En admettant qu'il soit réellement passé par là, il a vidé les lieux, à présent. Je l'ai constaté de mes yeux.

— Vous ne répondez pas à la question que je vous ai posée.

— Evidemment, je veux être tenue au courant !

L'impasse... Ils étaient arrivés au terme de leur conversation. Et de leurs brèves relations, par la même occasion. Niccolo savait reconnaître ces instants où la messe est dite.

— Dois-je payer au comptoir ?

— Le dîner vous est offert.

Il fut tenté de refuser. C'était sa manière d'avoir le dernier mot. N'ayant pas envie d'entamer une querelle, il se contenta d'un bref : « Merci. »

Il repoussa sa chaise et se leva.

— Je n'ai jamais mangé de *pirojkis* aussi bons.

— Si vous en apprenez davantage sur Rooney...

— Je ne manquerai pas de vous appeler. Je laisserai un message si vous êtes absente.

— C'est ça ! « Megan, j'ai retrouvé votre père. Pour de plus amples renseignements, téléphonez-moi. »

— Vous savez, c'est vous qui fixez les règles. Pas moi. Si vous souhaitez en changer, faites-le-moi savoir.

Comme elle ne répondait pas, il posa cinq dollars de pourboire sur la table et s'en fut.

Niccolo avait attendu tellement plus de Megan. Même en mettant de côté ses réactions physiques, son attrait indéniable pour la jeune femme — le satiné de sa peau, la douceur de ses lèvres —, il lui restait d'immenses espaces à combler en lui.

Il aurait aimé lui parler du groupe de jeunes qui travaillait dans sa maison. Deux nouvelles recrues étaient venues grossir les rangs : une amie d'Elisha, de façon intermittente, ainsi qu'un dénommé Roy, en rupture de ban avec l'université, qui avait pris l'habitude de passer en début d'après-midi, pendant que les autres étaient en cours.

Niccolo aurait aimé lui dire que Joachim et Elisha demandaient toujours de ses nouvelles. La jeune fille s'était découvert des talents de décoratrice ; elle apportait chaque fois des échantillons de peinture et de tissu, des photos d'intérieurs découpées dans des magazines pour la maison. Le grenier avait été définitivement baptisé le « club-house ». C'était amusant d'observer comment les jeunes se l'appropriaient peu à peu, presque furtivement, transformant l'ancien palais des courants d'air en un lieu bien à eux, qu'ils meublaient à l'occasion de tapis au rebut et de meubles récupérés dans des décharges. Il avait passé un après-midi à leur montrer comment réparer des lampes et, depuis, ils amenaient leurs trouvailles, leurs objets à bricoler.

Malgré cela, malgré les cris et les rires des adolescents, les pas dans l'escalier, les coups de marteau et les craquements du bois sous leurs mains parfois malhabiles, la maison paraissait encore trop silencieuse à Niccolo.

Parce qu'elle ne revenait véritablement à la vie qu'en présence de Megan.

Miséricorde !

Il était arrivé à Whiskey Island et s'était garé machinalement. Peut-être était-ce le résultat de leur conversation — ou de son manque plutôt — mais il avait été conduit là, sans y réfléchir, par son inconscient. Dans un état de frustration douloureux. Peut-être Rooney l'avait-il appelé, cet homme qu'il avait à peine entr'aperçu et qui lui parlait à l'âme avec la voix rauque de Billy.

C'était la première fois que Niccolo venait là la nuit. Les lieux semblaient hantés. Des volutes blanches montaient du lac comme des fantômes ; un croissant de lune effilé jouait à cache-cache dans un ciel obscurci d'épais nuages ; les mouettes s'étaient tues, et toute la nature.

Lors d'une précédente incursion, il avait repéré un raccourci à travers bois. Ce fut celui-ci qu'il emprunta en sortant de sa voiture. Sa vue s'ajustait lentement à l'obscurité ambiante. Whiskey Island avait beau être située au milieu d'une grande métropole, les lumières de la ville n'y pénétraient pas. Il aurait pu tout aussi bien se trouver au fin fond de l'Ohio, sur un chemin de campagne résonnant du claquement des sabots d'un attelage amish.

Il rabattit sa casquette sur ses oreilles — le froid était vif — et prit son temps pour examiner les alentours, à la recherche d'indices d'une présence humaine. Parfaitement conscient, ce faisant, de transgresser la loi, il continua à avancer, confiant, sous la protection de Celui qui était au-dessus des lois humaines.

Il aurait voulu parler à Megan du journal du père McSweeney. Il n'était pas encore très avancé dans sa lecture ; suffisamment toutefois pour apprécier l'extraordinaire valeur du document. Les images et les odeurs de Irishtown Bend, dont dépendait Whiskey Island, avaient pris vie pour lui, sous la plume inspirée du vieux prêtre disparu depuis tant d'années. La nuit précédente, avant de s'endormir, Niccolo était tombé sur une description de l'endroit où il se trouvait à présent, une description si éloignée de la réalité d'aujourd'hui qu'elle l'obsédait encore.

Des hommes, des femmes et des enfants étaient morts sur ce bout de terrain. Ils avaient aimé, s'étaient battus, et avaient partagé le peu qu'ils possédaient. Ils avaient pleuré leurs familles laissées derrière eux, en Irlande, abandonné leur passé et rêvé de temps nouveaux. Niccolo s'était particulièrement intéressé à une famille dont McSweeney dévoilait peu à peu l'existence : Terence et Lena Tierney, du comté de Mayo. Le vieux curé avait béni leur mariage et leur semblait très attaché.

Niccolo foulait la terre qu'un siècle auparavant les Tierney avait déjà foulée — à la recherche de Rooney, dont la famille avait également vécu dans les parages.

Un homme se matérialisa soudain, à une cinquantaine de mètres devant lui. Il était sorti de l'ombre et se tenait silencieusement au milieu du chemin.

Niccolo s'immobilisa. L'homme l'avait vu. Il regardait droit dans sa direction. Il ne semblait pas enclin à la fuite. Niccolo se souvint d'une partie de chasse de son adolescence : il était tombé sur un magnifique cerf au milieu d'une forêt de Pennsylvanie : le dix-cors avait fièrement dressé ses bois et les avait considérés, son père et lui, avec l'air hautain de qui se sait au sommet de la hiérarchie sylvestre. Ni l'un ni l'autre n'avaient épaulé. Au bout d'un moment, le cerf s'était tranquillement rembuché, disparaissant à leur vue.

Des apparitions...

L'homme qu'il avait brièvement surpris dans le parking, le soir de l'attaque à main armée, était de la même taille, autant qu'il s'en souvienne. Pour ce qui était des détails, l'apparition avait été trop fugace. Au point qu'il avait un instant douté de sa véracité.

Sans laisser de trace...

— Je cherche un homme qui s'appelle Rooney Donaghue.

Sa voix lui parut tonitruante dans le silence glacé de la nuit.

— Les étoiles sont de sortie, ce soir, répondit le fantôme. Quatre seulement. Le Père, le Fils et le Saint-Esprit. La dernière, je ne sais pas. La Vierge Marie, peut-être.

Niccolo fit un pas en avant, puis d'autres. L'homme ne bronchait pas. Il le regardait, sans crainte apparente, sans curiosité non plus.

Il était vêtu, d'après ce que Niccolo pouvait discerner, de nombreuses couches de vêtements, transformant une frêle charpente en une silhouette massive, au-dessous d'une sorte de passe-montagne tricoté, relevé sur les oreilles. Son manteau maculé de boue et percé d'accrocs était d'un épais lainage et tombait aux chevilles.

Niccolo s'arrêta à dix pas environ. L'homme devait avoir la soixantaine, ou davantage. L'existence qu'il menait rendait presque impossible un compte exact. Son visage était crasseux, mais ses joues rasées de près.

— Je m'appelle Niccolo Andreani.

Le regard du fantôme était dans le vague à présent.

— Elles nous surveillent, vous savez. Elles s'inquiètent pour nous.

Les étoiles, perçant à travers les nuages, étaient nombreuses. Dans l'imagination du vieil homme, il n'y en avait que quatre.

La voix de Niccolo se fit douce et apaisante.

— Je cherche quelqu'un qui m'a sans doute sauvé la vie, devant le Whiskey Island Saloon. L'ai-je trouvé ?

— Vous ne pouvez pas leur échapper. Où que vous soyez, elles vous surveillent. Elles savent...

Niccolo essayait de mémoriser les traits de son interlocuteur, non sans s'interroger sur l'utilité d'une telle démarche. Megan n'avait plus vu son père depuis des années. Et ce n'était pas grâce à la description, si précise fût-elle, qu'il pourrait lui faire, qu'elle saurait avec certitude s'il s'agissait de Rooney ou non.

— Qu'est-ce qu'elles voient ? demanda Niccolo. Les étoiles, qui regardent-elles ?

— Elles vous voient. Vous venez ici souvent.

Un frisson d'excitation parcourut Niccolo.

— Vous m'avez vu, mais moi, je ne vous ai pas vu.

— Vous ne savez pas où regarder.

— Je ne viens pas dans l'intention de vous déranger, ou de vous faire du mal. Je voudrais simplement vous aider.

— Pas besoin d'aide. Les étoiles y pourvoient. Il faut que je fasse attention, maintenant.

Il ramena les pans de son manteau, prêt à partir.

— Rooney...

L'homme fit volte-face. Il n'avait pas l'air étonné que Niccolo l'appelât par son prénom, et c'était une sorte de victoire.

Lui parler de Megan, de Casey, de Peggy, lui dire qu'elles se faisaient du souci pour lui ? Son intuition, qui lui soufflait que toute insistance risquait de détruire le lien fragile qui s'établissait entre eux, l'en empêcha.

— Avez-vous repris vos affaires ? demanda Niccolo. La photographie et le dessin ? Ils n'y sont plus.

— Sont cachés.

— Si c'est à cause de moi, c'est inutile. Je ne veux rien vous prendre, seulement vous aider. Avez-vous assez à manger ?

— Des étoiles. De Dieu le Père.

— Les étoiles vous donnent de la nourriture ?

L'homme partit d'un rire étrange.

— Cachés, à cause des étoiles. Chuuttt...

Il retrouva brusquement son sérieux et ajouta :

— Je ne peux pas protéger...

— Qu'est-ce qu'il vous faut protéger ?

— Attention, il faut que je fasse très attention.

— Si je vous apporte des affaires, des vêtements, des provisions, vous en servirez-vous ? Manquez-vous de quelque chose en particulier ?

— Venez quand il y aura des nuages.

— Vous êtes Rooney, n'est-ce pas ? Rooney Donaghue ? Je vous aiderai de toute façon, qui que vous soyez. Mais j'aimerais savoir.

— Les étoiles ont pris mon nom.

— Jadis, portiez-vous le nom de Rooney ?

— Prudence, prudence...

Niccolo était quasi certain qu'il s'agissait bien de Rooney. Le fantôme était de nouveau hors d'atteinte, dans la brume du délire.

— Je reviendrai un soir avec de la nourriture, des habits, des couvertures. La prochaine fois qu'il y aura des nuages.

— Ecoutez bien, vous pourrez les entendre.

— Les étoiles ?

Un petit rire secoua doucement Rooney.

— Les morts.

Sous des montagnes de minerai, près des voies de chemins de fer, recouverts de tonnes de tessons de poteries ou plus prosaïquement largués dans les remous de la Cuyahoga, les morts... Les morts de Whiskey Island, Niccolo l'avait lu, étaient trop pauvres, dans le temps, pour s'offrir une concession.

— Les morts... de votre famille ? s'enquit-il.

— Les morts appartiennent à qui sait les écouter.

— Les étoiles appartiennent-elles aussi à quelqu'un ?

— Non. A elles-mêmes.

Il serra de nouveau les pans de son manteau et s'éloigna en boitant vers la lisière du bois.

Niccolo le vit se fondre dans les ténèbres.

Seules les étoiles savaient où il allait.

13 octobre 1881

***S**i Dieu a pu voir l'agonie de son Fils sur la croix, alors nous autres mortels pouvons accepter la mort des enfants que nous aimons. Pourtant, quelle peine terrible est la nôtre, et combien grande l'épreuve de la foi ! J'ai vu des mères et des pères détruits à jamais en recueillant le dernier souffle de leur enfant bien-aimé. Je me suis dressé, je l'avoue, contre la sainte volonté du Seigneur, furieux de mon impuissance contre les forces des ténèbres et de la destruction. Les hommes et les femmes de Sainte-Brigid essuient les plus grandes tribulations de l'existence avec courage et humour ; devant l'enfant qui souffre et meurt, il n'y a cependant pas de courage assez grand.*

Si je récite les prières des mourants et administre l'extrême-onction, je n'en dois pas moins demander le pardon pour mes propres doutes.

Journal du père Patrick McSweeney — Paroisse de Sainte-Brigid, Cleveland, Ohio.

17.

Whiskey Island
Octobre 1881

Le petit Tommy Sullivan venait de mourir, à quatre ans. Katie Sullivan, enceinte de son troisième enfant, n'avait pas versé une seule larme.

« Il est au ciel, avec les anges, dorénavant », avait-elle déclaré en fermant pour toujours les doux yeux de son fils.

Elle n'avait plus dit un mot depuis. Ni pendant la veillée mortuaire, ni même quand le minuscule cercueil, assemblé pièce à pièce par Seamus Sullivan avec des planches de bois flotté, avait été porté en terre.

Katie vaquait silencieusement à ses occupations, récurant sa maison à en faire saigner ses pauvres mains calleuses. Lena savait que son amie tentait d'éradiquer les miasmes de la fièvre pernicieuse qui avait emporté son fils et qui pouvaient fort bien s'attaquer à sa petite Laurie, encore au berceau. Hélas ! le combat était perdu d'avance. La maladie et la mort s'infiltraient dans les maisons les mieux tenues, déjouaient la vigilance des meilleurs parents — couchaient dans la tombe les enfants les plus vigoureux, les plus rieurs.

— Pardonnez-moi, mon père, car j'ai péché. Ma dernière confession remonte à six jours.

Lena leva les yeux vers l'écran grillagé qui la séparait du père McSweeney. Si elle joignait les mains avec révérence, la révolte agitait son cœur. Elle suivit le rituel familier avant que de dresser la liste de ses fautes — plus nombreuses que d'habitude, et beaucoup plus sérieuses.

— Qu'est-ce qui vous trouble, mon enfant ? Dites-moi.

Lena fut prise au dépourvu par sa question.

Le vieux prêtre grincheux de son enfance faisait la chasse aux péchés comme un mineur passe au crible du sable aurifère, dédaignant les paillettes pour les grosses pépites. Rien ne lui plaisait tant que les péchés mortels, et, pour satisfaire sa passion, il n'hésitait pas à élargir les fautes vénielles aux proportions d'offenses méritant les flammes de l'enfer.

— Je suis en colère, mon père, dit Lena, tirant son châle sur sa tête comme pour se cacher à la vue des puissances célestes. Je ne comprends pas pourquoi Tommy Sullivan est mort, ni pourquoi Katie et Seamus doivent tant souffrir. Qu'ont-ils fait pour mériter cela ? Qu'avons-nous fait, tous autant que nous sommes, pour mériter la colère de Dieu ? Nous travaillons dur, nous nous entraidons, nous faisons l'aumône aux plus pauvres que nous. Nous gravissons la colline pour venir à l'église, nous ne manquons pas la messe. Mais Dieu, Lui, la descend-il, cette colline, pour visiter Whiskey Island ? Où était-Il quand le petit Tommy rendait son dernier soupir ? Où est-Il quand les bateaux augmentent le prix de la traversée depuis l'Irlande et que le salaire de Terry, lui, reste aussi bas ? Est-Il auprès de nos familles tandis qu'elles meurent de faim à Mayo ?

— Il semblerait que Dieu vous ait tourné le dos, Lena.

— Pas seulement à moi. A tous les Irlandais !

— Tommy Sullivan était un bon petit garçon. Vous y étiez attachée, n'est-ce pas ?

— Comme je suis attachée à Katie. J'ai peur qu'elle ne parle plus jamais.

— Et vous devez parler pour elle ?

— Quelqu'un doit bien le faire !

— Seriez-vous rassurée de savoir qu'elle vient toujours au confessionnal ? Qu'elle n'a pas entièrement renoncé à la parole ?

Lena assimila l'information. Déjà, elle se sentait mieux. Ainsi, Katie n'avait pas tout à fait perdu sa langue.

— Chacun d'entre nous doit trouver sa manière d'exprimer son chagrin, dit le père McSweeney. Katie a choisi de souffrir en silence. Vous avez choisi d'exposer vos griefs haut et fort. Espérez-vous que Dieu vous punisse pour cela, et délaisse Katie ? Pensez-vous détourner ainsi Son attention ?

Lena baissa la tête. Les larmes lui brûlaient les paupières.

— Je me sens si impuissante.

— Et c'est la vérité. La mort de Tommy n'est pas de votre ressort. Vous ne pouvez pas vous poser en médiatrice entre Katie et Notre-Seigneur. La seule chose que vous puissiez faire, Lena, c'est être auprès de Katie, prête à l'écouter quand elle aura décidé de parler de nouveau.

Lena n'aurait pu dire un mot sans se mettre à sangloter. Elle se contenta d'opiner du chef, bien qu'elle ne fût pas certaine que le prêtre pût la voir.

— Et en ce qui concerne votre foyer ? Allez-vous chercher du travail ?

Elle retrouva un filet de voix, entrecoupé.

— Terry ne voudra jamais.

— Je parlerai à Terence.

Ce fut le premier rayon d'espoir depuis la mort de Tommy.

— Vous feriez cela ?

— Terence est un homme sensible et bon. Il n'y en a pas deux comme lui dans tout Whiskey Island. Cependant il a tendance à pécher par orgueil. Je le lui rappellerai la prochaine fois que nous nous verrons.

Terry méritait ces compliments. Un an et demi de mariage n'avait fait qu'accroître son amour pour lui. Mais Terry était intimement persuadé qu'il devait protéger son épouse des dures réalités de leur existence.

Elle était beaucoup plus forte qu'il ne le croyait.

— Père, pourquoi acceptez-vous de m'aider ? J'ai douté de la sagesse divine.

— Désirez-vous le pardon ?

— Oui, dit-elle avec humilité. Je le désire.

Au sortir de l'église, une demi-heure plus tard, Lena rejoignit Rowan Donaghue. Le policier, en uniforme, l'attendait pour l'escorter jusque chez elle. Il lui tendit une brassée de chrysanthèmes blancs, cueillis, se doutait-elle, dans le jardin de l'une des magnifiques propriétés d'Euclid Avenue qu'il avait pour mission de protéger.

— Ce ne sont pas les dernières roses de l'été, dit-il, ôtant son couvre-chef et lui tirant sa révérence. Mais ne sont-elles pas jolies ? J'ai pensé que vous aviez besoin d'un peu d'encouragement.

Elle accepta les fleurs dont l'extrémité des pétales commençait légèrement à s'oxyder. Avec l'hiver tout proche, la saison fleurie touchait à sa fin. Elle apprécia son cadeau.

Elle enfouit son nez dans le bouquet, espérant y surprendre les senteurs attardées de l'été, un parfum de soleil et d'azur.

— Avez-vous enfreint la loi pour me les apporter ?

— Quel genre de question est-ce là ?

— Une honnête question.

— Le jardinier de Wade House est un de mes amis.

— Elles sont belles.

— Moins que vous.

Elle releva la tête et lui sourit. Le visage rond et avenant de Rowan était agréable. En apprenant que Terry hébergeait un locataire, elle avait craint de vivre, dans un si petit espace, avec un autre homme que son époux. Vaine crainte. Facile à vivre, discret, complaisant, cherchant toujours à améliorer leur situation, Rowan avait un solide sens de l'humour et savait presque toujours la dérider : cela valait bien de perdre un brin d'intimité.

Ils cheminèrent en silence, saluant ici ou là d'autres habitants d'Irishtown Bend — ou de « L'Angle », comme on nommait parfois ce quartier de la ville. Ils passèrent devant des maisons à flanc de colline, aux façades sur pilotis ; à l'abri du plancher de leurs propres salons, leurs propriétaires s'installaient parfois en dessous, sur de confortables terre-pleins.

Ils croisèrent des groupes d'enfants riant et jouant. Les garçons se bousculaient et se roulaient dans la poussière ; les filles les observaient d'un œil malicieux, respectant la bonne tenue dûment enseignée au collège religieux. Un garçonnet poursuivant son cerceau vint se jeter dans leurs jambes. Il tâta de la poigne ferme de Rowan, qui l'avait rattrapé par la peau du cou, et détala sans demander son reste après avoir bredouillé une vague excuse.

La route serpentait jusqu'à la rivière en contrebas. Plus ils progressaient, plus les maisons étaient misérables. Le papier goudronné remplaçait bien souvent les murs en dur. Charpentes et madriers avaient été « récupérés » sur des chantiers en construction, ou sur les bords du lac. Une fumée délétère s'échappait des hautes cheminées des raffineries et des fonderies ; la suie noircissait les branches nues des arbres.

Lena frissonna, croisa les pans de son châle sur sa poitrine.

— Ce n'est pas étonnant que mon pauvre jardinet soit aussi minable, Rowan. L'air et l'eau sont corrompus.

— La rançon du progrès. Un jour, peut-être, ce sera votre tour de corrompre l'air, et de posséder une grande et belle maison. Grâce, justement, au progrès.

— Si c'est le prix à payer, je préfère m'en passer.

— Vous renonceriez à la richesse ?

— Aux dépens de la santé d'autrui, oui.

— Vous pensez au petit Tommy, n'est-ce pas ?

— A la fin, Tommy s'étouffait littéralement. De toute façon, qu'aurait-il pu respirer de bon ? Le poussier, la fumée, les émanations empoisonnées.

— Les enfants qui habitent en haut de la colline souffrent et meurent aussi de ces fièvres.

— Plus rarement que les nôtres.

Rowan changea de sujet. Il était inutile de chercher à la convaincre.

— Le temps fraîchit. La neige ne va pas tarder.

— Et nous l'aurons pendant de longs mois.

— Il y aura des courses de traîneaux sur Euclid. C'est un magnifique spectacle. Cette année, je compte bien persuader Terry de vous amener les voir.

— Il travaille dur. Il est tellement épuisé quand il rentre...

— S'il ne se décide pas, je vous y conduirai, moi.

— Je voudrais travailler, Rowan, pour soulager un peu Terry. Le père McSweeney m'a promis de lui en toucher un mot. Si Terry s'obstine à dire non, eh bien, je le mettrai au défi, s'écria-t-elle en dressant un menton impertinent.

Rowan ne répondit pas, elle en fut affligée. Il était, avant tout, le meilleur ami de Terry.

— Si Terry refuse encore, je lui parlerai, finit-il par dire.

— Je ne peux pas vous demander cela.

— L'avez-vous fait ? Non. Je suis sûr qu'un compromis est possible.

— Quel genre de compromis ?

Ils avaient atteint les étroites ruelles défoncées de Whiskey Island ; elles menaient à la rivière. Lena échangea un bonjour avec une femme qui passait. Elle releva sa jupe à pleines mains pour ne pas en mouiller l'ourlet dans la flaque noirâtre s'étalant devant l'un des nombreux saloons qui peuplaient le coin. Au bord du caniveau, un homme était vautré, sa casquette sur le visage quoiqu'il n'y eût pas de soleil, et ronflait tout son soûl.

— Si vous aviez un fourneau, Lena, un vrai fourneau à la place de l'âtre, pourriez-vous faire de la cuisine et la vendre sur les quais ?

La plupart de leurs voisins possédaient un fourneau ; c'était pour elle un luxe dont elle n'osait rêver, tant que leurs familles n'auraient pas fait la traversée.

— De la cuisine ?

— Du ragoût, des pâtés, du *soda bread*[1] comme au pays, des tartes, tous ces délicieux plats que vous préparez pour Terry et moi, chaque

1. Pain traditionnel irlandais, qui tire son nom du bicarbonate de soude, utilisé à la place de la levure pour faire lever la pâte. La recette à base de farine de blé complet, où entrent aussi babeurre ou yaourt, produit des pains d'une saveur exceptionnelle, légèrement acidulée. Le *soda bread* était cuit autrefois dans un chaudron suspendu dans la cheminée.

soir. Vous êtes la meilleure cuisinière d'Irishtown Bend, vous n'aurez aucun mal à vendre ce que vous préparerez.

— Nous n'avons pas les moyens d'acquérir un fourneau.

— Moi, oui.

Il leva la main pour l'empêcher de protester.

— Ecoutez, je sais où m'en procurer un, de belle dimension, de surcroît. Il vous conviendrait parfaitement. Vous me rembourserez petit à petit sur vos gains. Avec un petit pourcentage d'intérêt pour la peine que j'aurai prise. C'est le secret de la réussite : il faut dépenser pour gagner. Avec un penny, on en récolte un autre.

— Vous passez trop de temps sur Euclid Avenue, Rowan.

— Sérieusement, qu'en pensez-vous ?

Ses pensées s'emballaient dans toutes les directions. Elle avait pensé, au mieux, prendre des lessives et du repassage, ou garder des enfants. Jamais elle n'aurait eu l'idée de transformer ce qu'elle préférait faire en source de revenus.

Elle était bonne cuisinière. C'était sans doute orgueilleux de sa part de le penser, mais elle n'en avait cure. Elle avait pris l'habitude, en se surpassant dans la préparation des repas de ses deux hommes, d'oublier ses déceptions et ses malheurs, sa hantise de la famine menaçant les familles restées au pays, le fait qu'elle n'eût pas encore donné d'enfant à son époux...

Tout cela — à quoi s'ajoutait maintenant la disparition du petit Tommy — avait alimenté en elle un farouche désir de créer quelque chose de chaleureux et de bon pour briser la terrible austérité de leur existence. Elle avait donc arrangé un semblant de potager dans son jardin, grand comme un mouchoir de poche. Pour en amender la terre stérile, elle filait sur Pearl Street, à la fin des marchés, afin de troquer du pain d'avoine croustillant, cuit dans sa cheminée, contre des fanes de légumes, des os, des boisseaux de pommes tachées et de poires blettes...

Elle était perdue dans ses pensées. Rowan l'en tira :

— Je connais la cuisinière de la maison Simeon. Elle m'a dit qu'ils allaient recevoir un nouveau fourneau à gaz, d'ici deux jours. Elle ne fera pas de difficulté, je crois, à me céder l'ancien.

— Comment Terry va-t-il prendre ça, Rowan ?

— J'en fais mon affaire.

— « Petit bois nourrit le feu, grosse bûche l'éteint » !

— Terry ne manquera pas de voir les avantages d'un tel arrangement. Il préférera vous savoir à la maison, en train de préparer des plats que vous vendrez ensuite à ses collègues et à ses amis, plutôt que de vous voir travailler à l'extérieur.

— Je ne sais pas comment vous dire merci, Rowan.

— Pas de ça entre nous, Lena. Nous sommes amis, et c'est tout ce qui compte.

Un mois plus tard, le fourneau occupait pratiquement tout l'espace de la petite cuisine. Lena était aux anges. En été, elle pâtirait sans doute de la chaleur produite par les flancs de fonte rougis à blanc ; la maisonnette deviendrait vite étouffante, et Terence s'en inquiétait. Pour l'heure — les premiers flocons de neige tombaient —, sa femme avait l'air folle de bonheur.

— Oh, Terry, dit-elle en claquant des mains, sens un peu cette bonne chaleur. Je vais pouvoir cuire des miches et des miches de pain. Et les soupes vont mijoter des jours entiers. Que dis-je, des semaines !

— Vos soupes ne dureront jamais une semaine, ça j'en suis certain, lança Rowan depuis le seuil. Tous les gars du port qui n'ont pas la chance d'avoir une épouse pour leur préparer leur gamelle vont se jeter sur vos petits plats.

Terence était blessé dans son amour-propre. Que sa femme fût forcée de gagner l'argent qu'il ne rapportait pas en quantité suffisante était un affront qu'il avait du mal à avaler. Ne devait-il pas plutôt se réjouir d'avoir une épouse telle que Lena ? Et un ami tel que Rowan ?

Lena se retourna vivement vers lui et surprit sur son visage l'expression de son tiraillement.

— Terry, je serai tellement heureuse de travailler ainsi. Mes journées sont trop longues. Sans enfant pour m'occuper...

Elle laissa sa phrase en suspens. C'était une autre épine dans la chair de Terry. Il n'avait pas été capable de lui faire un enfant. Pourtant Dieu sait qu'il s'y était essayé. Un nombre incalculable de fois.

— Et quand il y aura un enfant ? demanda-t-il, ne voulant pas croire ni même envisager qu'elle fût stérile.

Il se l'était répété à maintes et maintes reprises : ce n'était qu'une question de temps.

Elle dressa un front têtu.

— Quand l'enfant sera là, Terry, je m'occuperai de lui tout en cuisinant. Katie ne prend-elle pas soin de ses enfants pendant qu'elle fait ses lessives ?

Rowan tenta une diversion.

— J'ai prévenu Katie que « le monstre » était là. Elle passera le voir demain.

— Elle est déjà debout ? s'enquit Terence.

Deux semaines auparavant, Katie avait accouché d'une petite Annie. Si le bébé lui avait rendu sa voix, Katie ne parlait toujours pas de Tommy.

— Elle est de nouveau elle-même. Ou presque, dit Rowan.

— Cette Katie Sullivan, c'est une perle rare.

Terence leva les yeux sur son épouse et ajouta :

— Pas autant que ma Lena, toutefois.

— Hum. Je vous laisse, je sors prendre un petit verre, lança Rowan avant de s'éclipser discrètement.

Terence ouvrit les bras. Lena s'y jeta.

— Je veux que tu sois heureuse, murmura-t-il. C'est tout ce qui m'importe.

— Je suis heureuse.

Elle l'embrassa longuement et passionnément. Puis, tapant dans ses mains :

— Et maintenant, le bain et le rasage.

— Et où comptes-tu mettre le tub, avec cet engin qui occupe toute la place ?

— Ne t'inquiète pas, il y en a assez dans le coin. J'ai vérifié. Et l'eau bout pratiquement.

Bénéficier d'une pièce assez chaude pour prendre son bain était un plaisir non négligeable, devait-il admettre, éprouvant un début de reconnaissance pour leur nouvelle acquisition. Il alla chercher la baignoire de zinc ; effectivement, elle tenait juste à l'endroit prévu.

Lena versa dedans de pleines bouilloires fumantes. Pendant ce temps, il se dépouilla de ses vêtements de travail, imprégnés de la même poussière rouillée qui s'était infiltrée sous sa peau et dans sa barbe. Lena avait pris son bain, savait-il, avant d'aller à l'église. Il regretta de ne pas en avoir été le témoin privilégié.

— Dans quel état es-tu ! roucoula-t-elle.

Terence se laissa glisser dans l'eau avec un frisson de plaisir. Il plia les genoux. Lena mouilla ses épaules avec un seau.

— A présent, penche-toi en avant, et laisse-moi frotter.

Il ne se fit pas prier. Son travail était aussi épuisant que dégradant. Chaque samedi soir, cependant, Lena le faisait briller comme un sou neuf. Tout au long du dimanche, il retrouverait sa dignité.

Il s'abandonna complètement à ses mains douces et méticuleuses et, plus tard, au fil du rasoir qui crissa sur ses joues et son menton. Elle fut obligée de l'aiguiser de nombreuses fois. Cette damnée poussière métallique altérait la lame ; il faudrait bientôt en changer. Il soupira d'aise quand elle lui lava les cheveux et le peigna. Enfin, elle le sécha avec une serviette encore légèrement humide de son bain à elle.

Il souffla les lampes et l'entraîna vers le lit... Lorsqu'elle cria de plaisir, il déchargea sa semence, comme il l'avait fait pratiquement chaque soir, depuis leur nuit de noces.

Et tandis qu'elle reposait endormie à son côté, il se demanda ce qui serait le pire : avoir un enfant et le voir mourir comme Tommy Sullivan, ou en être privé à jamais ?

Quel terrible tour Dieu leur jouerait, si le plaisir qu'ils prenaient l'un avec l'autre ne portait pas ses fruits !

18.

Whiskey Island
Octobre 1882

Katie Sullivan possédait un stock de proverbes, issus de son Irlande natale, qui couvrait pratiquement toutes les occasions.

— Sans un bon voisin, on n'est rien, Lena. Inutile de me remercier.

Katie équilibra sur sa hanche la petite Annie, à présent âgée de un an, tandis qu'elle posait la bouilloire sur le fourneau de Lena. Laurie — trois ans, l'aînée des enfants Sullivan, maintenant — jouait paisiblement dans son coin. Katie, gênée par son ventre proéminent, peinait pour atteindre le brûleur le plus éloigné. Elle attendait une nouvelle naissance d'un moment à l'autre.

— Tu travailles trop dur, fit remarquer Lena à son amie.

— Ne nous plaignons pas qu'il y ait du travail.

— Oui, et plus que je ne l'aurais imaginé... pour un revenu bien maigre.

Lena essuya son front ruisselant du coin de son tablier. En dépit des premiers frimas, la cuisine, envahie par la vapeur, était une étuve. Le fourneau avait été allumé bien avant l'aube. Une dizaine de boules de pain cuisaient au four ; deux énormes marmites, l'une de soupe, l'autre de ragoût, mijotaient.

— C'est parce que tu travailles pour des gens encore plus pauvres que toi. Incapables de te donner plus que quelques misérables piécettes. Et combien d'entre eux nourris-tu pour rien ?

— Ce sont des hommes honnêtes et bons, tous autant qu'ils sont, et il faut bien qu'ils mangent.

— Ce n'est pas moi qui vais te jeter la pierre. Tu devras sans doute nourrir aussi mon Seamus quand je serai alitée, avec le bébé.

— Quel plaisir ce sera, après tout ce que tu as fait pour moi !

— Granny O'Farrell dit que ce sera un p'tit gars.

Granny O'Farrell, la sage-femme du quartier, se trompait rarement dans ses prédictions. Il était temps, songea Lena, d'aborder enfin le douloureux sujet de la mort de Tommy.

— Il va te rappeler ton cher petit Tommy. Ce ne sera pas trop dur pour toi ?

— Je n'ai pas besoin qu'on me le rappelle. Je le vois toutes les nuits.

Malgré la chaleur ambiante, Lena sentit un frisson glacé la parcourir.

— Katie, qu'est-ce que tu racontes ?

— Il vient à moi, mon Tommy. Je lui manque, vois-tu, et il n'est pas en paix.

— Il a pourtant été baptisé, Katie. Il est parmi les anges, tu l'as dit toi-même le jour de sa mort.

— C'est vrai. Mais il continue à me regretter. Peux-tu comprendre ça ?

Lena demeura silencieuse. Que savait-elle des liens unissant une mère à son fils ? Pourquoi Tommy ne reviendrait-il pas visiter Katie en songe ? Si cela l'aidait à vivre, de quel droit Lena l'aurait-elle jugée ?

— Un jour, tu comprendras.

— Crois-tu ? Voilà bientôt trois ans que je suis mariée et... toujours pas de bébé à l'horizon. Ce n'est pas faute d'essayer, pourtant.

— Pour ça, je veux bien te croire, ma chère.

Il faisait trop chaud dans la cuisine pour rougir davantage, et Lena avait perdu sa naïveté de jeune vierge. Elle eut un petit rire de dérision.

— Nous faisons peut-être trop de tentatives, qui sait ?

— As-tu demandé à notre bon père de prier pour toi ?

— Oui.

Katie aussi, Lena le savait.

— Sans doute devons-nous faire venir nos familles d'abord, reprit-elle. Nous aurons bientôt suffisamment d'économies, tu sais. Pour ma mère, ce n'est plus un problème ; maintenant qu'elle a rejoint sa cousine à Dublin, elle y restera. Mais les parents de Terry commencent à se faire vieux, et je crains que bientôt ils ne soient trop malades pour affronter la traversée.

— C'est donc une bénédiction que tu n'aies pas encore d'enfant. La réponse de Dieu...

La réponse du Seigneur se faisait drôlement attendre. Elle avait espéré que l'argent âprement gagné aurait rendu leur existence plus légère. En réalité, ses gains avaient seulement transformé leurs rêves en projets envisageables.

Elle ne devait pas s'apitoyer sur son sort.

— Eh bien, les repas d'aujourd'hui nous rapporteront peut-être un ou deux pennies supplémentaires. J'ai préparé de plus grandes quantités que d'habitude. Plus il fait froid, plus les hommes mangent.

— Le moineau dans la main vaut mieux que la grue qui vole. Fais attention.

— Katie, s'il te plaît, laisse-moi t'apporter du pain et de la soupe pour te remercier de la peine que tu as prise ce matin. Cela t'évitera d'avoir à te mettre en cuisine en arrivant chez toi. Tu mérites de prendre du repos, dans ton état.

La réponse de Katie la surprit grandement.

— Je ne dis pas non.

— C'est d'accord, alors. Je passerai chez toi avant de commencer ma tournée.

— Prévois une part pour Granny, aussi.

— Que dis-tu ?

— Seamus risque d'être papa avant la tombée de la nuit.

— Jésus, Marie, Joseph ! Rentre chez toi tout de suite. Veux-tu que je garde Laurie et Annie avec moi ?

— Et que tu livres les repas avec un enfant sous chaque bras ? Non, Granny les surveillera ou appellera une voisine à la rescousse. J'aime autant les avoir près de moi, ça m'évite de m'inquiéter.

Même avec ses enfants sous les yeux, elle n'était pas tranquille. Depuis la mort de son petit Tommy, son inquiétude avait tourné à l'obsession.

Lena voulut se montrer rassurante.

— Dès que j'aurai terminé ma tournée, je viendrai chez toi m'occuper d'eux.

— Tu seras la bienvenue. A présent, il faut que j'y aille.

— Je vais t'accompagner...

Katie l'arrêta d'un geste.

— Je te donne ma parole : je n'accoucherai pas dans la rue entre ici et chez moi. Les douleurs du travail commencent à peine. Une petite marche me fera du bien.

Elle appela Laurie pour partir. Mais celle-ci, occupée à jouer à la maman avec une famille de pinces à linge qu'elle avait installée dans un panier, se fit tirer l'oreille. Lena promit de lui apporter sa progéniture plus tard dans l'après-midi. Apaisée, l'enfant accepta de suivre sa mère.

Lena se hâta de faire ses derniers préparatifs. Elle avait une bonne raison d'accélérer le mouvement. Katie avait beau plaisanter, avec des naissances aussi rapprochées, les femmes accouchaient souvent beaucoup plus rapidement, avait-elle remarqué.

Terence et Rowan lui avaient construit une charrette pour trimbaler ses marchandises sur les quais. Elle la roula jusqu'à la porte de derrière et commença à la charger, faisant particulièrement attention aux marmites qui étaient lourdes et brûlantes. Elle plaça les pains contre, pour que les miches restent tièdes et protègent les différents récipients des cahots de la route, puis retourna chercher dans la cuisine une corbeille garnie de tartes, préparées la veille au soir avec les dernières pommes de la saison.

Les assiettes en fer-blanc, les couverts et les bols coiffèrent le tout. Cette vaisselle avait été un gros investissement pour elle, bien que

Rowan l'eût obtenue à bas prix dans un saloon de Whiskey Island qui avait mis la clé sous la porte. Avant que Rowan ne dénichât cette affaire, elle n'avait servi aux hommes que ce qui pouvait se manger avec les doigts.

Le trajet jusqu'aux docks lui prit une vingtaine de minutes. Plus longtemps que de coutume : un vent contraire avait soufflé de glaciales bouffées, imprégnées des remugles du port. Et elle avait traîné un peu chez Katie, en passant comme prévu lui porter de la soupe, du pain et une tarte aux pommes. Granny, déjà à pied d'œuvre, prophétisait que le nouveau-né serait là avant le retour de son père. De sa chambre, Katie, qui semblait moins flambante que dans la cuisine un peu plus tôt, avait hélé son amie, lui faisant promettre de ne rien dire à Seamus — « pour ne pas inquiéter inutilement le pauvre homme ».

Lena avait assisté à plusieurs accouchements. Au cours de l'un d'eux, sa mère avait perdu la vie. Sans doute elle aussi s'inquiétait-elle inutilement.

Chaque fois qu'elle arrivait aux docks, elle était saisie par le spectacle de ces gigantesques navires-transporteurs qui dominaient la rive du haut de leurs coques de bois ventrues. Terence lui avait expliqué que les chantiers navals — aussi gourmands que les docks en main-d'œuvre irlandaise — mettaient en construction des navires en acier.

« Beaucoup disent qu'ils ne flotteront jamais. Le premier homme qui a construit un radeau en assemblant des troncs d'arbres a probablement entendu la même chose », avait-il dit en riant.

Whiskey Island était un univers chaotique et brutal, le refuge des bandes et des malfaiteurs. Les rixes étaient quotidiennes ; les vols dans les entrepôts, monnaie courante. Il arrivait que des vigiles fussent attaqués, voire assassinés. Un collègue de Rowan n'avait dû son salut qu'à sa fuite éperdue. Les hommes étaient fréquemment dévalisés à la sortie des saloons. Les plus malins buvaient toute leur paye avant d'en franchir les portes.

Cependant Lena n'avait pas peur. Elle évitait seulement, pour ne pas tenter le destin, de sortir seule le soir ; là, en plein jour, elle savait ne risquer rien. Un respect profondément enraciné pour la gent féminine semblait être de mise même parmi les truands les plus endurcis de Whiskey Island.

Un mari pouvait gifler sa femme, la contraindre à coucher avec lui. Mais s'il s'attaquait à l'épouse ou à la sœur d'un autre, leur famille poursuivrait le coupable jusqu'à ce que justice soit rendue. Nul n'ignorait cela, même dans ce coin de perdition.

Elle s'intéressait à ce qui se passait autour d'elle. Terence lui avait appris que pour charger l'un de ces gros bateaux — certains contenaient plus de trois cents tonnes de minerai — une centaine d'hommes avait été nécessaire. Mais si les cales se remplissaient en trois jours dans le Michigan, le même nombre d'hommes en mettait sept à les vider à Cleveland.

A l'époque où Darrin y travaillait, il n'était pourvu, en tout et pour tout, que d'une pelle et d'une brouette, qu'il lui fallait remplir, puis pousser le long d'un abrupt chemin de planches jusqu'à une passerelle menant à quai. Là, le minerai était chargé sur des wagons et expédié vers les fonderies. Le jour où l'une des planches de l'étroit passage avait cédé sous lui, Darrin avait été enseveli vivant.

Terence était un peu plus chanceux. Un système de poulies avait été mis en place. Les hommes travaillaient maintenant exclusivement à fond de cale, et remplissaient des seaux qu'un groupe de mules hissait hors du minéralier. S'ils n'avaient plus à pousser de lourdes brouettes, ils avaient perdu, en revanche, l'opportunité de voir le soleil pendant leurs douze heures de labeur, hormis durant la courte pause du repas.

Les cales étaient profondes, les vaigres pentues, glaciales au début de l'hiver — avant que le lac ne gèle, interdisant tout trafic —, humides et froides au printemps et à l'automne, suffocantes l'été. Il ne fallait pas être sujet à la claustrophobie pour trimer dans un endroit pareil. Ni faible des bronches. Dès leur arrivée, les hommes respiraient un air lourd, chargé de particules qui s'incrustaient dans leurs poumons. Pas un de ces « ratiers » — c'est ainsi qu'on nommait les matelots sans spécialité dans l'argot de la marine, et le sobriquet s'appliquait doublement à ces hommes occupés à creuser inlassablement — qui ne toussât et crachât tout au long du jour. La nuit, bien souvent, Lena restait éveillée, affolée par la respiration sibilante de son mari.

Elle traversa les voies ferrées, sursauta au coup de sirène d'un steamer, évita un attelage de mules et un groupe de débardeurs. Les hommes la saluaient, soulevant leur casquette et exposant leurs cheveux encore exempts de la poussière rubigineuse qui colorait le reste de leur corps. L'un d'entre eux s'arrêta le temps d'acheter un morceau de pain et une part de tarte. Les autres savaient que Lena ne servait pas les repas à cet endroit. Elle avait son emplacement au bord du bassin ; les hommes avaient l'obligation de consommer sur place. Sinon, elle n'aurait jamais récupéré vaisselle et couverts.

Elle chercha Terry des yeux dans la foule que vomissaient les entrailles du transporteur. Il était difficile de reconnaître quelqu'un, de loin, parmi toutes ces chemise couleur de rouille, ces bretelles, ces casquettes vissées sur la tête, cette couche uniforme de poussier...

Elle franchit les dernières ornières et se posta sur une légère éminence près de l'eau. Elle était un peu en avance. Les hommes prenaient leur temps à la sortie du bateau, étiraient leurs membres endoloris, respiraient l'air froid à grandes goulées. En dépit du vent cinglant et des nuages qui dissimulaient le soleil, ils étaient heureux d'être de nouveau dehors.

Enfin, elle repéra son mari dans un petit groupe qui se dirigeait vers son étal. S'il dominait les autres de toute sa taille, il était aussi le plus maigre. Malgré l'épais chandail qu'elle lui avait tricoté, et l'écharpe de laine nouée autour de son cou, il souffrait visiblement du froid. Il en souffrait en permanence. L'absence de graisse. Le manque de sommeil. Mais il était vigoureux, et ne se plaignait jamais.

Près de lui, on pouvait voir Seamus Sullivan, petit, râblé, noir de poil, et plutôt enrobé pour un pauvre. Bien que Katie n'arrivât pas à la cheville de Lena en tant que cuisinière, elle mettait un point d'honneur à bien nourrir sa famille et considérait chaque centaine de grammes supplémentaire sur la balance comme une victoire personnelle. Et Seamus avait tendance à prendre du poids facilement.

Son visage rond se fendit d'un sourire lorsqu'il aperçut Lena, et il répondit d'un signe de main à son salut. Il était aussi accommodant que son épouse était scrupuleuse. A la mort de son fils, il avait pleuré et tempêté, bu comme un trou, et s'était promptement remis. S'il avait aimé Tommy autant que Katie, Seamus était plus fataliste.

— Ma Katie n'est pas là ? s'étonna-t-il quand il fut à portée de voix.

— Non. J'ai insisté pour qu'elle se repose à la maison. C'est moi qui vous nourris aujourd'hui.

— Par tous les saints et les anges, elle est en train d'accoucher, n'est-ce pas ?

— Qu'est-ce qui vous fait penser une chose pareille ?

— A moins qu'elle ne soit obligée de garder la chambre, jamais elle ne manque de m'apporter mon repas.

— Je n'ai rien à dire sur ce sujet.

— Vous ne cacheriez pas à un homme qu'il est sur le point d'être père ?

— Ça se pourrait, si sa femme me l'a demandé.

Il eut un grand sourire qui creusa deux fossettes dans son visage poudré de rouille.

Terence ne l'embrassa pas, n'entoura pas ses épaules de ses bras, mais son expression de bonheur réchauffa le cœur de Lena.

— Nous as-tu apporté quelque chose de bon en cette journée particulièrement froide ?

Elle souleva le couvercle de ses marmites.

— Oh, que oui ! Faites votre choix avant que les autres n'arrivent. A vous l'honneur, Seamus.

Le fumet du ragoût de mouton à l'irlandaise, ou plutôt du « Mulligan », comme elle avait baptisé cette version plus fruste, leur monta aux narines. Il était abondamment garni de navets, de pommes de terre et de carottes. Elle utilisait tous les ingrédients qu'elle pouvait trouver à bon marché, et ne manquait pas d'imagination pour les accommoder.

— Pour moi, du ragoût, annonça Seamus en fouillant dans sa poche à la recherche de quelques pièces.

— Enlevez cette main de votre poche tout de suite, le gronda Lena. Je n'accepterai pas plus d'argent de vous que de ma propre mère.

Elle remplit généreusement une assiette creuse et l'accompagna d'un bon morceau de pain.

— Une tarte vous attend, Seamus. Et pour mon seigneur et maître, qu'est-ce que ce sera ?

— Qu'as-tu prévu pour mon souper ?

— Les restes du déjeuner.

— Alors, je prendrai volontiers du ragoût.

Elle servit une autre assiettée, piochant les morceaux de viande qu'elle put trouver, comme elle l'avait fait pour Seamus. Les autres clients ne seraient pas aussi bien lotis.

— Il y aura de la neige avant la fin de la semaine, dit Terence en prenant son assiette, je le sens dans l'air.

Lena aussi le sentait, et elle l'attendait avec impatience, quand bien même la neige ralentissait considérablement la progression de sa carriole. Après la première bonne chute, un blanc manteau s'étendait sur les taudis, les fonderies et les tas d'ordures en décomposition. L'air redevenait sain et vivifiant, le monde retrouvait sa pureté originelle — un court instant, avant que la suie des usines ne revînt la souiller.

— Il y aura des courses de traîneaux sur Euclid Avenue, dit Terence. Aimerais-tu aller les voir cette année, Lena ? Les hivers derniers, nous les avons manquées, à force de remettre.

La perspective l'enchanta. L'année précédente, et celle d'avant, elle n'avait pas voulu insister pour aller voir les traîneaux, bien que Rowan l'eût suggéré à plusieurs reprises. Terry était si fatigué quand il rentrait du travail, et son peu de temps libre si vite écoulé.

L'autre raison, c'était le ressentiment qu'éprouvait son mari envers ceux qui vivaient si différemment. Les patrons qui confinaient les Irlandais à fond de cale, dans des conditions de travail épouvantables et pour des salaires de misère, étalaient, eux, un luxe insolent et s'offraient de princières demeures sur « l'Avenue ». Bien que ces Champs-Elysées clevelandais fussent à un jet de pierre de son logis, à pied ou en tramway, elle n'y était allée qu'une seule fois. Entraînée par Katie, elle avait parcouru une petite partie de cette vaste promenade, s'émerveillant de la somptuosité des résidences, des ormes aux frondaisons majestueuses qui s'inclinaient au-dessus de sa tête, et même de la chaussée, richement pavée, qui se riait des inondations.

— Uniquement si toi, tu le veux, répondit-elle à Terence.

Les mots eurent du mal à franchir ses lèvres, tellement son désir d'y aller était grand. Il y avait si peu de place dans leur existence pour la couleur, le rire, la fantaisie. Si peu de distractions. Le temps d'un après-midi, elle oublierait, pour une fois, l'Irlande et ses souffrances, un travail si dur, de si dérisoires résultats. Elle était heureuse, certes, avec Terence. Mais elle était aussi trop jeune pour se résigner. Elle croyait encore en un avenir un peu moins sombre.

— J'ai grande envie d'y aller, dit-il en lui pinçant gentiment la joue, y laissant une marque de poussière rougeâtre.

Elle eut un sourire de bonheur et se serait jetée à son cou, faisant fi des règles de bonne conduite, s'il ne s'était détourné pour laisser place aux ouvriers qui faisaient maintenant la queue devant la cantine en plein vent. Elle n'eut que le temps de lui faire un petit signe d'adieu lorsqu'il s'éloigna en compagnie de Seamus, ayant terminé de déjeuner, saucé son assiette et rendu les couverts. Elle servit alors soupe et ragoût à pleines louchées, laissant, au fond de la marmite, tout juste de quoi les nourrir le soir. Quand le dernier de ses clients fut rassasié, elle se prépara à rentrer.

Elle rangeait les derniers bols lorsqu'une voix familière retentit derrière elle.

— On dirait que vous avez eu une bonne journée.

Le père McSweeney. Si elle s'était attendue à le trouver là ! C'était un homme jeune, d'une dizaine d'années de plus que Terence, avec des cheveux châtains et des yeux plus bleus qu'un lac de montagne. De haute taille, large d'épaules, il aurait fait un excellent docker, n'eût-il choisi la prêtrise. Sa force physique était un atout auprès de la population mâle. On le respectait.

Certaines femmes — sûrement inspirées par le démon... — se demandaient, en poussant des soupirs, comment un tel athlète avait pu se vouer à une vie d'austère célibat.

Lena se tint très droite, comme chaque fois qu'elle était en présence du prêtre de sa paroisse.

— Oui, mon père, j'ai presque tout vendu. J'ai gagné ma journée.

— Et le droit d'être fière d'avoir nourri tant d'hommes de Sainte-Brigid.

Elle se détendit un peu et lui sourit.

— Je croyais que l'orgueil était un péché.

Il lui retourna son sourire.

— L'excès d'orgueil uniquement.

— Etes-vous en mission particulière dans les parages ?

— Pas vraiment. Il y a des hommes ici qui fréquentent rarement la messe. De temps en temps, je leur fais savoir que je l'ai remarqué. En général, le dimanche suivant, ils sont là.

— Il me reste de quoi vous servir une soupe. Si je mets la main sur un bol propre...

— J'ai déjà pris mon repas, merci. Je m'apprêtais à remonter la colline. Puis-je vous accompagner ?

— Ce sera un honneur pour moi.

— Comment un petit bout de femme comme vous peut-il tirer une si lourde charrette ?

— Les femmes sont plus fortes que ne le croient les hommes. Devrais-je transporter mes faitouts sur les épaules, suspendus à un joug de bois, j'en serais encore capable.

— Seriez-vous offensée que je tire le tombereau à votre place ?

— Et pourquoi le feriez-vous ?

— Parce que je le peux. Mon travail me donne rarement l'occasion d'aguerrir mes muscles. Me refuseriez-vous le plaisir de pratiquer un peu d'exercice ?

— Vous avez de la repartie, mon père. Vous feriez merveille sur les planches.

Elle fit un pas de côté, néanmoins, pour le laisser tirer sa charrette.

Ils s'ébranlèrent pesamment. La plupart des hommes étaient retournés au travail. Ceux qui s'attardaient encore, s'ils soulevaient respectueusement leur casquette au passage du tandem, n'en faisaient pas moins un détour pour les éviter. Une fois laissé les docks derrière eux, et passé les rails du chemin de fer, le père McSweeney prit la parole.

— Comment trouvez-vous la vie ici, Lena ? Avez-vous parfois le mal du pays ?

— Ma mère me manque.

— Viendra-t-elle bientôt vous rejoindre ?

— Quand les parents de Terry seront là, nous mettrons de côté pour son voyage. Hélas ! les prix ne font que grimper.

— Et le salaire de Terence lui, n'augmente pas.

— Il y a de meilleurs emplois, mais plus il s'échine sur les minéraliers, moins il a d'énergie pour rechercher autre chose. Il n'a que la force de se lever le matin et de descendre dans la cale.

— J'aurais aimé lui être utile. Si je recommande l'un de mes compatriotes, je suis immédiatement suspect.

C'était la stricte vérité, Lena ne l'ignorait pas. S'il leur arrivait de trouver des emplois de conducteurs de tramway, de pompiers ou même de policiers, comme Rowan, la plupart des immigrés n'avaient d'autre solution que d'accepter les tâches les plus pénibles. Les Irlandais avaient la réputation d'être indomptables, querelleurs et peu dignes de confiance. Leur foi catholique, profondément enracinée, ne faisait rien pour les rendre moins louches aux yeux des habitants de Cleveland, majoritairement protestants.

— Nous finirons bien par nous en sortir, dit Lena.

— J'en suis persuadé.

Elle préféra changer de sujet.

— Mon père, il faut que je vous prévienne : le bébé de Katie Sullivan est en train de naître.

— Déjà ?

Il eut l'air sincèrement heureux.

— Granny O'Farrell dit que ce sera un garçon.
— Quelle bénédiction ! J'ai beaucoup prié pour elle.
— Et pour moi ?
— Avez-vous besoin de mes prières, Lena ?
— Comme n'importe qui. Pas plus.
— Je ne suis pas certain que ce soit la vérité.
— Pourquoi donc, mon père ?
— Je sens que vous êtes fermement déterminée à faire ce qui vous semble juste.
— Et vous intercédez pour moi à cause de ça ?
La perplexité l'envahit.
— Vous vous montrez impatiente envers Notre-Seigneur. Parfois, vous agissez plutôt selon votre volonté que selon la Sienne.
— Qu'Il me fasse part de son opinion, je serais ravie de l'entendre !
Le père McSweeney éclata de rire.
— Pourtant, Il nous révèle Sa volonté à travers la doctrine de l'Eglise. Dites-moi la vérité : s'il vous était donné d'entendre Sa voix en chaire, ou dans votre cœur, laquelle suivriez-vous ?
Elle réfléchit un court instant.
— Celle qui parlerait le plus fort, je suppose.
— C'est bien ce qui m'inquiète.
— Suis-je si différente des autres ?
— En vérité, vous êtes plus intelligente, et plus déterminée. Vous ne vous tournez pas vers le ciel pour trouver des solutions. Vous préférez compter sur vous-même. Et ce ne sont pas les promesses d'une vie meilleure au paradis qui vous réconfortent.
C'était assez vrai, bien qu'elle ne fût pas prête à en convenir.
— Soyez prudente, Lena. Ne faites pas des choix que vous regretteriez ensuite.
Ils avaient descendu Thompson Street, jusqu'à Union. Ils étaient à présent sur Tyler et elle tournerait au coin du prochain pâté de maisons. Ils s'arrêtèrent.
— Père, j'essaye d'être une bonne épouse, une bonne voisine et une bonne catholique. Je n'ai l'intention ni de quitter mon mari, ni

de m'enivrer au pub. Je lutte pour agir selon la justice. Toutefois... si je faisais un mauvais choix, vous me le diriez, n'est-ce pas ?

— M'écouteriez-vous ?

— Je vous écoute toujours, mon père.

Certes, mais lui obéissait-elle ? C'était une autre paire de manches.

— Dites à Katie et à Seamus que je passerai demain voir le nouveau-né.

— Je n'y manquerai pas. Et merci d'avoir tiré mon chariot.

Tête penchée, il la considérait en souriant ; son regard semblait sonder le fond de son âme.

— Bonne journée, Lena. Que Dieu vous bénisse.

Elle le suivit des yeux tandis qu'il s'éloignait, essayant de chasser l'avertissement de son esprit.

Plus tard, cependant, quand elle fut au chevet de Katie, à lui tenir la main pendant qu'elle souffrait les douleurs de l'enfantement, Lena repensait encore à ce que le père McSweeney lui avait dit.

19.

Novembre 1882

Lena avait une nouvelle robe, la première qu'elle eût jamais possédée en propre. Une robe qui n'avait appartenu ni à une tante, ni à une cousine, ni à une personne plus riche qui s'en serait lassée et séparée. Elle avait acheté le tissu, un lainage d'un vert profond, dans une échoppe proche de Sainte-Brigid, après qu'un orage particulièrement violent en avait soufflé la toiture. Avec une coupe judicieuse, et une collerette de dentelle écrue qui dissimulait les taches dues aux intempéries, elle avait confectionné un modèle sobre qui lui allait parfaitement.

Katie lui avait donné son peigne en ivoire, mieux adapté à la flamboyante chevelure de son amie qu'à la sienne, et Rowan offert trois boutons en os de baleine qu'il avait dénichés dans une boutique de Public Square. Noël n'était que dans quelques semaines ; elle avait déjà reçu ses cadeaux.

Elle avait achevé ses travaux d'aiguille juste à temps pour la messe et la promenade prévue sur Euclid Avenue.

— Tu es sûr que ça va ? demanda-t-elle anxieusement à Terence en virevoltant pour la dixième fois au moins devant lui.

Il considéra son corps svelte mis en valeur par le tombé du tissu.

— Lena, tu vas attraper le tournis à force de toupiner. Tu es ravissante. La robe est superbe. Ce sera un plaisir et un honneur pour moi de te donner le bras, cet après-midi, sur Euclid Avenue. Crois-moi, je serai le plus comblé des hommes.

Il n'y avait rien à ajouter à cela. Dans un dernier tourbillon, elle alla se jeter dans ses bras et ferma les yeux pour recouvrer son souffle.

— Nous allons bien nous amuser, Terry !

— Pour sûr. Après l'église...

— Je suis si contente qu'il ait neigé.

Elle esquissa un pas de côté, joignit les mains. Son regard brillait d'excitation.

Terry demeura grave. Il affichait même une certaine inquiétude.

— Tu as si rarement l'occasion de t'amuser, n'est-ce pas ? Tu es jeune, en âge de rire — et tu travailles pourtant si dur...

— Ça m'est égal de beaucoup travailler, du moment que nous prenons aussi du bon temps.

Elle lui pinça gentiment la joue pour l'obliger à sourire.

— As-tu oublié comment ?

Il l'attira à lui et la tint serrée un moment.

— Tu m'aideras à m'en souvenir, chuchota-t-il.

Un brillant soleil les accompagna le long du trajet vers Sainte-Brigid. La neige partout étincelait de mille paillettes. Les arbres et les toits des masures semblaient avoir été saupoudrés de sucre glace par quelque malicieuse fée. Les bises du lac se reposaient ; l'air était vif sans être coupant.

Ils saluèrent des connaissances et des amis, de plus en plus nombreux au fur et à mesure qu'ils montaient la colline. Tous se rendaient à la messe. Des familles entières, les enfants paradant devant, par ordre de taille. De vieilles femmes aux châles lourds, tirés sur leurs têtes ; de jeunes filles chapeautées, lançant des regards en coin à la recherche de tout ce qui pouvait ressembler, de près ou de loin, à un représentant de la gent masculine. Des chiens folâtraient sur les talus en compagnie de garnements dépenaillés qui s'élançaient périlleusement du haut des pentes dans des caisses de bois démantibulées, en guise de luges.

L'église de pierre grise, si elle n'était pas un chef-d'œuvre d'architecture, couronnait la colline d'un bâtiment solide et vaste qui tenait en respect le froid à ses portes — et entretenait la flamme de l'espoir en son sein. En dépit de ses doutes, avec Terence à son côté et le bon peuple d'Irishtown Bend tassé sur les bancs alentour, Lena sentait peu à peu une douce chaleur s'infiltrer dans son âme mécréante. Elle s'agenouillait, se relevait, se rasseyait, se signait, tout en observant le père McSweeney ; l'humble prêtre s'était métamorphosé en instrument de Dieu. Il accomplissait les rites traditionnels ; sa belle voix vibrante de baryton emplissait la nef ; ce n'était plus un simple homme appelé au service de ses frères, mais un guerrier dans toute sa splendeur combattante, venu terrasser le mal et les libérer de l'Adversaire.

Quand elle eut communié au pain et au vin consacrés, ses doutes, ses mouvements de rébellion lui parurent soudainement insignifiants, puérils. Dans la lumière dorée des bougies, auréolée par les rais de soleil filtrant à travers les vitraux, son âme s'éleva.

Elle osa prêter l'oreille à sa voix intérieure.

L'impensable s'était produit. Elle n'avait pas saigné depuis plus de six semaines. Au début, elle avait pensé s'être trompée. Les semaines se ressemblaient tant ! Peu d'événements marquants les différenciaient.

Elle avait si souvent prié, dans cette église même, la Mère de toutes les mères de faire un père de Terence...

Quelle impression cela ferait-il de tenir son enfant dans ses bras, de le nourrir au sein ? Certes, ce serait une responsabilité de plus, mais quelle joie ! Et comme il aurait été désiré, ce bébé qui les comblerait...

La neige s'était remise à tomber quand ils sortirent. Lena sentit bondir son cœur fraîchement purifié à la perspective de l'après-midi qui les attendait. Terence l'entraîna par le bras.

— J'ai une surprise pour toi.

— Quel genre de surprise ?

— Tu n'auras pas à faire la cuisine aujourd'hui.

— Terence, as-tu perdu...

Il la fit taire d'un index posé sur ses lèvres.

— Nous avons économisé suffisamment, Lena. J'ai fait le compte vendredi après-midi. Nous avons de quoi faire venir p'pa et m'man. J'achèterai leur billet la semaine prochaine et le leur posterai. Quand le printemps refleurira, ils seront avec nous.

Les parents de Terence une fois à Cleveland, il ne resterait qu'un mandat à envoyer à Dublin, à sa propre mère. Ils seraient bien à l'étroit dans leur maisonnette de Whiskey Island, surtout si le bébé se confirmait.

« Bah, qu'importe ! songea-t-elle. En vivant ensemble, nous pourrons épargner plus facilement. »

Jusqu'à ce que sa mère les rejoigne, que Terence trouve un meilleur emploi, mieux rémunéré. Jusqu'à ce qu'ils déménagent en haut de la colline.

Jusqu'à ce que Whiskey Island ne soit plus qu'un mauvais souvenir.

— Es-tu certain qu'il y a assez ? demanda-t-elle en s'accrochant à son bras pour éviter de glisser. Assez pour passer l'hiver, si le lac gèle et paralyse les bateaux ?

— Fais-moi confiance, j'ai bien compté. Et maintenant, la fête !

Il ne lui dirait rien de plus, dût-elle l'interroger sur tous les tons. Il lui prit fermement le bras et, contournant les plaques de verglas et les groupes de promeneurs du dimanche, ils s'en furent jusqu'à un petit hôtel qu'elle avait déjà remarqué en faisant ses courses au marché de Pearl Street.

Lena se figea sur le seuil, indécise. L'établissement, certes, était loin d'être flambant. La clientèle se composait surtout de voyageurs de commerce. Par la vitre, elle put apercevoir les meubles miteux de l'entrée, le papier déchiré qui pendait par endroits sur les murs marqués de salpêtre. Pourtant, à ses yeux, c'était un véritable palace. Elle eut un mouvement de recul.

Terry comprit ce qui l'agitait.

— Ne crains rien, Lena. Le propriétaire est un Irlandais. On m'a assuré que nous serions acceptés dans la salle à manger.

Elle avait si souvent vu des pancartes aux devantures, proclamant qu'elle et ceux de sa race n'étaient pas les bienvenus.

— Un Irlandais ? C'est sûr, Terry ? Comment peut-il se retrouver à la tête d'un tel établissement ?

— Grâce à la sueur de son front et à un brin de chance. Tu verras, ça nous arrivera aussi. Je te le jure. Nous sommes sur le bon chemin, Lena, je le sens, dit-il en se frappant le torse.

Elle avait une envie folle de lui dire que la chance, effectivement, avait tourné en leur faveur puisqu'elle portait sans doute le fruit de leur union. Sans doute… Pourrait-elle supporter la déception de son époux ? Mieux valait attendre d'être tout à fait sûre.

Elle posa la main sur son bras et le regarda.

— Moi, ce n'est pas un brin de chance, mais une pleine brassée que j'ai reçue. Puisque tu m'as été envoyé, et que nous nous sommes mariés.

Il lui pressa la main puis, après lui avoir volé un baiser, la guida vers la salle de restaurant.

Terence avait discrètement, et soigneusement, économisé l'argent de ce repas et des billets de tramway aller-retour pour Euclid Avenue. Lena, de son côté, lui remettait ses gains, lui les ajoutait à son salaire et, à la fin du mois, après avoir prélevé la somme indispensable à leur survie, cachait les billets restants sous une latte du plancher de leur chambre. Le plus beau jour pour lui allait être celui, tout proche, où il pourrait enfin vider la boîte en fer et payer le voyage de ses parents.

Pour cette journée de sortie, promise à Lena depuis si longtemps, il ne voulait pas regarder à la dépense.

— Terry, as-tu déjà vu quelque chose d'aussi magnifique ?

Difficile effectivement d'imaginer spectacle plus grandiose. Il ne savait où donner du regard : les plus pauvres parmi les pauvres lorgnant les plus riches des riches. Terence s'était rarement aventuré dans cette partie de la ville, et jamais pour déambuler oisivement sur les trottoirs.

— Je n'ai jamais rien vu d'aussi beau. Et d'aussi injuste.

La phrase lui avait échappé malgré lui.

Lena serra son bras plus fort.

— Crois-tu que ces gens-là ne souffrent pas, comme nous ?

Elle fit une pause, guettant du coin de l'œil les sentiments contradictoires qui passaient sur son visage. Elle le vit faire des efforts pour combattre l'envie, la révolte, l'amertume...

— Je suis certaine qu'à la fin de la journée, ils sont aussi fatigués que nous. Réfléchis un peu. Le travail des domestiques à organiser, les banquets, les bals auxquels il faut se rendre, les séjours à la campagne, la visite des docks et des usines pour vérifier que leur argent est bien placé... Je les plains, sincèrement, dit-elle en hochant la tête avec componction.

Terence éclata de rire.

— Si on les oubliait, hein ? Si nous nous contentions de passer de bons moments ?

Elle se rangea aussitôt à son avis. La journée était magique. Pourquoi laisser la moindre contrariété risquer de la gâcher ? Le temps s'était mis de la partie ; le soleil étincelant transformait en forêt enchantée la double rangée d'ormes aux branches recouvertes d'une bonne couche de givre. L'Avenue elle-même, d'un blanc lumineux, semblait une rivière gelée. Y évoluaient avec grâce toutes sortes de traîneaux.

— Les gens qui habitent ici sont trop raffinés pour supporter le passage des tramways devant leur maison. Le tracé des rails bifurque vers Prospect, à partir d'Erié Street, l'endroit où nous sommes descendus de voiture, pour reprendre ensuite après Case. Ce qui laisse, entre les deux, un bon mile de libre pour se déplacer en traîneau.

— Rowan ne travaille-t-il pas ici, aujourd'hui ?

— Ce matin, uniquement. A ce qu'il me semble, marmonna-t-il.

A la vérité, Rowan préparait une autre surprise. Terence ne voulait évidemment rien dire.

— Je comprends maintenant pourquoi il aime patrouiller ici.

— La police est chargée d'arrêter la circulation sur les rues débouchant sur l'Avenue, lorsqu'il y a de la neige, pour ne pas gêner les courses.

— Quel métier agréable : avoir ce spectacle sous les yeux, tous les jours !

Elle s'arrêta net. Terence fit de même.

Ils avaient descendu le mail à pas lents, partageant leur attention entre les attelages et les manoirs construits en retrait de l'Avenue, au fond de jardins vastes comme des parcs. A présent, c'était le spectacle de la rue qui fascinait Lena.

Qui ne l'eût été à sa place ? Terence n'avait jamais fait attention auparavant à la diversité des véhicules. Les *cutters*, par exemple, étaient de petit gabarit, légers, bas sur patins, destinés principalement à la course. Attelés d'un cheval unique, construits pour un seul passager, ils étaient fins et racés. Certains étaient peints de vives couleurs, ornés de paysages, de reproductions d'animaux sauvages ou exotiques. D'autres, artistiquement sculptés et rehaussés de dorures, offraient de véritables chefs-d'œuvre au regard.

Des modèles plus grands, tirés par deux chevaux, dotés en général d'un siège haut pour le conducteur et de deux places en vis-à-vis pour les passagers, déclinaient, eux aussi, toute une gamme. Dans les plus somptueux on se drapait de fourrures précieuses ; les ferrures étaient d'or et d'argent. Les moins élégants n'étaient guère plus que des caisses de bois montées sur des patins métalliques, dont les occupants se contentaient de couvertures de laine tricotées et de grossières peaux de buffle. Tous, cependant, évoluaient sur la neige aussi gracieusement que des cygnes sur un étang.

— Les chevaux, Terry. Regarde ceux-là.

Lena indiqua une paire de juments baies, frappées toutes deux d'une étoile blanche au front. Le traîneau à deux places glissait lentement ; ses fières coursières paradaient au pas espagnol, sabots haut levés, dans une parfaite harmonie.

— As-tu remarqué les harnais ?

Ses boucles, ses anneaux et ses cocardes étaient en argent, décorés de plumets et de crins tressés. Tous les chevaux portaient des clochettes qui carillonnaient gaiement à chaque pas. Les deux juments avaient en sus des colliers de grelots autour du cou et d'autres encore, accrochés aux sangles et aux guides. L'Avenue tintinnabulait.

Lena, émerveillée, murmura doucement :

— On doit avoir l'impression de filer comme le vent avec des bêtes pareilles !

— Quand elles se lancent au galop, c'est sûr, observa Terence. Rowan m'a dit qu'il y avait peu de courses le dimanche.

— Sans doute parce que l'Irlandais travaille toute la sainte semaine, sauf le dimanche. Pourquoi ces nantis lui fourniraient-ils une distraction gratuite ce jour-là ?

Il rit de bon cœur à la boutade de son épouse.

— On nous offre déjà le spectacle des maisons et des traîneaux. Et ils n'ont pas encore trouvé le moyen de nous faire payer le droit de nous promener dans leurs rues.

— Ne leur donnons pas des idées.

Il l'entoura plus chaudement dans les plis de sa cape et ils reprirent leur flânerie.

Ce monde à part, insouciant et joyeux, ils pouvaient seulement l'admirer de loin, de l'autre rive, Terence en avait une conscience aiguë. Plus tard, ils s'arrêtèrent pour se réchauffer à un feu de bois qui brûlait en retrait de la rue. Un homme vendait des pommes de terre chaudes qu'il tirait de sous les braises. Terence en acheta une qu'ils utilisèrent en guise de chaufferette, se la passant de main en main jusqu'à ce qu'elle fût devenue aussi glacée qu'eux. Terence finit par la manger et insista pour que Lena en goûtât aussi, histoire de reprendre des forces.

La neige tombait par rafales intermittentes, ce qui n'empêcha pas le soleil de briller la plus grande partie de la journée sur les attelages qui passaient de front, au petit trot, dont on entendait les joyeuses conversations d'une voiture à l'autre, puis les murmures s'éloigner et flotter au vent de façon irréelle, comme ils disparaissaient au bout de l'Avenue...

Lena ne se lassait pas du spectacle. Jamais elle n'avait paru aussi jeune. Elle était, de loin, la femme la plus belle, même si sa mise modeste ne rivalisait pas avec les capes de zibeline, les cols d'hermine, les étoles et les manchons de renard bleu et la débauche de joyaux qu'exhibaient ces dames. Sa chevelure brillait comme un incendie dans la nuit noire, et son visage irradiait d'une lumière presque palpable. Elle ne semblait pas s'en rendre compte, mais elle attirait les regards de nombreux hommes sur son passage. Terence, lui, le vit tout de suite.

Il aurait voulu tout lui donner. La lune, le soleil, le paradis. Il aurait aimé lui offrir la plus belle paire de chevaux, un traîneau peint aux couleurs de leur verte Irlande. Il avait seulement pu acheter des billets de tramway pour eux deux.

— Allons-nous bientôt reprendre le tram ?

— As-tu trop froid pour t'amuser ?

— Non, mais tu es fatigué, Terry. Et si nous devons parcourir dans l'autre sens tout ce trajet...

— Nous pourrons prendre un tramway plus loin, ne t'inquiète pas.

Elle lui sourit tendrement.

— Tu as besoin de profiter de ta journée de repos.

— Je préfère être ici, avec toi.

Il était si fasciné par son sourire qu'il manqua l'homme qu'il cherchait. Aussi fut-il aussi surpris que Lena lorsque Rowan lui tapa sur l'épaule.

— Ah, vous voilà ! J'ai eu un mal de chien à vous retrouver.

— Rowan ! s'écria Lena en lui prenant les mains. Nous espérions vous rencontrer.

Les deux hommes échangèrent des regards entendus. Rowan fit un signe imperceptible en réponse à la muette interrogation de son ami, et Terence sentit son cœur bondir de joie.

Rowan tourna son attention vers Lena.

— Quel spectacle réjouissant, ma chère ! Cette robe vous va à ravir.

— Vraiment, vous trouvez ?

— Et voilà, on est reparti pour les coquetteries. Moi qui croyais qu'on en avait terminé avec ça !

Lena le reprit sur un ton taquin.

— N'est-ce pas le devoir d'un époux d'admirer sa femme, et de ne jamais s'en lasser ?

— Pour sûr, qu'il ne s'en lassera jamais, intervint galamment Rowan. Il y a toujours quelque chose à admirer chez vous.

— Ne devrais-tu pas écouter plus souvent ton meilleur ami, Terry ?

— Mon meilleur ami ne devait-il pas être accompagné ?

— Tu n'as pas bien regardé.

Rowan indiqua l'espace derrière eux. Ils se retournèrent et virent approcher une mince jeune fille en manteau gris, le sourire aux lèvres.

Il attendit qu'elle les eût rejoints pour faire les présentations.

— Mademoiselle Nani Borz.

Ils échangèrent des paroles de bienvenue. L'accent aux cadences mélodieuses, différent cependant du leur, révélait les origines étrangères de Nani. La jeune femme était brune, avec de pâles yeux bleus et une mâchoire carrée, volontaire, dont la sévérité s'adoucissait quand elle souriait. Elle semblait sincèrement enchantée de faire leur connaissance. Terence fut immédiatement conquis.

— Nani travaille comme domestique ici même, sur l'Avenue, expliqua Rowan. Sa famille est originaire d'un village proche de Budapest, et elle demeure de ce côté de la ville.

— Je suis femme de chambre chez les Simeon.

Nani tripotait les plis de son manteau, d'une façon compulsive, comme si un excès d'énergie l'empêchait de se tenir tranquille.

— Dans laquelle de ces maisons ? s'enquit Terence. J'imagine qu'il s'agit du même Simeon qui m'emploie.

Rowan confirma.

— Effectivement, James Simeon soi-même. Universellement connu pour ses mines de fer, célèbre à présent pour son acier. Venez, prenons cette direction.

Il tendit le bras à Nani et ils marchèrent tous quatre de front.

— Aimez-vous votre travail, Nani ? demanda Lena.

A sa voix chaleureuse, Terence devina qu'elle aussi appréciait la jeune femme.

Nani ne répondit pas immédiatement. Quand elle le fit, sa voix était grave.

— Mme Simeon est une femme bonne. Tout ce que je fais pour elle est… comment dire ? un plaisir pour moi.

— Ils ont de la chance d'être tombés sur Nani, précisa Rowan. Elle abat le travail de deux personnes sans rechigner.

— C'est moi qui ai de la chance d'avoir un tel emploi. Pour quelqu'un de ma condition…

— Et la maison ? Est-elle aussi somptueuse que celles-ci ? demanda Lena en indiquant d'un geste le côté gauche de la rue.

Ils passaient devant deux propriétés mitoyennes. L'une déroulait un immense parc paysager au fond duquel ils apercevaient un petit château de brique et de pierre, aux fenêtres à meneaux, flanqué de tourelles et de deux ailes aux arcades symétriques. L'autre, plus discrète, n'en était que plus élégante. Une blanche colonnade supportait une vaste véranda qui courait tout le long du premier étage. De nombreuses portes-fenêtres s'y ouvraient, dont les vitres reflétaient l'ordonnance d'un jardin à la française, des buis taillés, un petit kiosque.

— M. Simeon trouve toujours ce qu'il y a de mieux.

Rowan ponctua sa réplique d'un sourire.

— C'est chez lui que j'ai trouvé votre fourneau, Lena. Dès que Simeon a su qu'il existait un modèle plus récent sur le marché, il n'a eu de cesse qu'il ne se fût débarrassé de l'ancien.

Terence essaya d'imaginer comment on pouvait vivre ainsi. C'était impossible ; leur monde était aussi différent de l'univers des Simeon que s'ils avaient vécu sur une lointaine planète.

— Les lignes de tramway commencent un peu plus loin, indiqua Rowan en montrant le bout de l'Avenue, à quelques rues de là. C'est l'endroit où les traîneaux tournent pour repartir dans l'autre direction. Quand ils font la course, ils remontent la partie opposée de l'Avenue, prennent leur virage là-bas, et repartent en gagnant de la vitesse. Quand ils trouvent un autre conducteur qui veut bien relever le défi, ils s'élancent alors à toute allure. Ceux qui ne veulent pas prendre part à la course se garent sur les côtés.

— Le spectacle est si merveilleux qu'il me fait battre le cœur quand je les regarde passer de la fenêtre du premier étage, renchérit Nani en pointant l'index. C'est ici, la maison Simeon.

A travers un bosquet d'arbres dénudés, Terence vit d'abord les cheminées. Sous cet angle, et en été, songea-t-il, la maison devait être pratiquement invisible derrière son rideau de feuilles, d'autant qu'elle était située très en retrait de la chaussée par rapport à ses voisines. Quand ils avancèrent, la silhouette du bâtiment se précisa. Il en eut le souffle coupé. Si les demeures qui bordaient l'Avenue inspiraient toutes l'envie, celle-ci avait dû être bâtie pour provoquer la jalousie d'un saint lui-même.

— Le seigneur du château, murmura-t-il, impressionné.

— Pardon ? dit Nani.

— Celui qui est né avec une cuillère d'argent dans la bouche. Le gentleman, héritier d'une longue tradition.

— M. Simeon ne vient pas d'une famille riche et puissante. Et cet homme est loin d'être un gentleman. Je viens d'une contrée reculée, d'un pauvre village, pourtant je peux l'affirmer.

— Qu'est-ce qui fait la différence ? s'exclama Lena. Un homme est-il un gentleman simplement parce qu'il n'a pas besoin de travailler ?

— Cela n'a rien à voir.

— Alors, sont-ce ses manières ?

— L'homme le plus pauvre de mon village peut apprendre les bonnes manières.

— Alors, à quoi reconnaît-on un gentleman ?

Nani sombra dans le mutisme. Terence, trop occupé à contempler l'architecture, n'y fit pas attention.

A ses yeux, sans doute naïfs, le manoir de pierre sombre évoquait une forteresse médiévale, avec ses remparts crénelés, ses portes profondément enfoncées sous leurs voûtes d'ogives, ses meurtrières suggérant la présence de quelque escouade d'archers embusqués derrière leurs arbalètes. L'ensemble, confondant dans sa complexité, n'était pas sans paraître menaçant.

Entourée de constructions plus délicates, plus ouvragées, la maison Simeon imposait sa présence massive et sa démesure un peu folle. C'était une demeure qui entendait dominer, intimider et défier autrui. La forêt de hauts arbres qui l'encerclait accentuait cette étrange impression de château surgi du néant par quelque tour de magie.

— A la façon dont il traite son entourage, je crois, finit par dire Nani. C'est très révélateur. Un gentleman a la conscience de ce qu'il est. Il n'exige pas que les autres reconnaissent son existence.

Rowan l'encouragea à poursuivre.

— Et c'est ce que fait M. Simeon ?

— Ce n'est pas de la cruauté, mais il est perpétuellement là, vous voyez ? Il surveille tout, vérifie tout, pour s'assurer que tout est... parfait.

— Alors, vous devez être particulièrement fière d'avoir été embauchée ? intervint Terence.

Elle s'esclaffa.

— J'y reste surtout à cause de Mme Simeon. Elle a besoin d'alliés dans son camp. Et puis, je suis si bien payée ! Je suis prête à supporter n'importe quoi pour pouvoir aider ma famille.

Ils se remirent en marche. Une fois dépassé le portail d'entrée menant à l'orgueilleuse maison, Terence ne put s'empêcher de lancer un dernier coup d'œil par-dessus son épaule. Lena, remarqua-t-il, avait eu le même réflexe.

— Tiens, tiens, regardez un peu par ici ! s'écria Rowan quelques instants plus tard.

Ils étaient arrivés au bout de la piste de glisse.

— N'est-ce pas un traîneau vide, là, un peu plus loin ?

Terence observa Lena, qui fronçait les sourcils sans comprendre.

— Et en quoi cela nous intéresserait-il ? s'étonna-t-elle.

Le traîneau en question était rangé le long du trottoir opposé, juste avant Case Avenue, l'endroit où tournaient les attelages en compétition.

— Il y a bien un cocher, et il m'a tout l'air de se languir d'un peu de compagnie, reprit Rowan.

— En tout cas, pas de personnes dans notre genre, dit Lena en s'approchant du virage pour mieux regarder.

— Au contraire, des personnes exactement comme nous, contra Rowan. Si nous lui en touchions un mot ?

— On ignore ce qu'il y a dans la casserole tant qu'on n'en a pas soulevé le couvercle, émit doctement Terence. Katie l'a souvent répété.

Lena le retint par la manche.

— Terry, le traîneau appartient sûrement à quelqu'un qui n'apprécierait pas que nous montions dedans. Même si le cocher nous y autorisait.

Rowan lui prit l'autre bras.

— Je crois qu'il apprécierait énormément, ma chère. Voyez-vous, le traîneau appartient à mon commissaire, et la balade est une récompense pour un service que je lui ai rendu.

En vérité, c'était le gage d'un pari que Rowan avait gagné. Terence connaissait toute l'histoire.

— Nani, étiez-vous au courant ? demanda Lena à sa nouvelle amie.

— Pas jusqu'à présent !

— Etes-vous déjà montée dans un traîneau ?

Nani battit des mains.

— Jamais !

— Eh bien, en route ! s'exclama Rowan. Venez, mesdames, avant que la neige ne fonde.

Ils traversèrent la chaussée. Les hommes aidèrent les femmes à s'installer dans le sens de la marche. Ils durent se serrer pour tenir à quatre, face à face, sur les étroites banquettes. Il y avait des couvertures en peau de buffle pour se couvrir, et des chaufferettes au charbon de bois, enveloppées dans des épaisseurs de chiffons, tenaient les pieds au chaud.

Le visage de Lena irradiait d'une telle joie que Terence pouvait à peine le supporter. Il prit sa main gantée sous la pelisse, et la serra entre les siennes. Elle se rappellerait cette journée particulière, songea-t-il, ému, jusqu'à son dernier soupir. Même en imaginant que le destin leur devînt favorable, que l'argent coulât à flots et qu'un luxe tel que celui-ci fût monnaie courante, Lena garderait toujours dans son cœur le souvenir de cet incomparable instant.

Les chevaux, un gris pommelé et un alezan, mal assortis, certes, mais tous deux solides et vaillants, s'ébranlèrent. Ils prirent le virage de départ et entamèrent la remontée de l'Avenue, au pas d'abord, puis au petit trot.

Ils durent ralentir quand un étincelant traîneau noir, frappé d'un blason doré à la portière, déboucha brusquement de l'une des propriétés, leur coupant la route. Nani s'écria :

— C'est lui, M. Simeon ! Que va-t-il dire en me voyant ?

— Il pensera que l'un de tes amis t'a emmenée faire un tour, la morigéna Rowan. C'est ton après-midi libre, Nani. Personne n'a le droit de te dire comment le passer.

Elle s'apaisa, sans pour autant oser élever la voix.

— Il aura filé avant que nous le rattrapions, heureusement. Ses chevaux sont les meilleurs de la ville.

Mais son traîneau — fait sur mesure, à New York — ne les distança pas. Simeon lui-même menait l'attelage, vêtu d'un épais manteau de fourrure, une chapka de loutre rabattue sur les oreilles. Derrière lui, quatre passagers avaient pris place, trois femmes et un homme plus âgé.

Simeon retenait ses bêtes, de sorte qu'ils cheminèrent bientôt de front. Terence put voir l'homme de près, pour la première fois, tandis que celui-ci s'adressait à leur cocher. Son visage était impressionnant, ses traits anguleux, sa peau étonnamment pâle. Ses sourcils broussailleux et sa longue moustache, noirs.

— Pas reluisante, votre caisse à savon, mais elle a l'air de taille à bien glisser, laissa-t-il tomber.

— Oh, rien d'extraordinaire. Les chevaux ne valent guère mieux, rétorqua leur conducteur, qui s'était présenté sous le nom de Shep.

Shep avait été employé aux écuries de bon nombre de familles de l'Avenue, à sa meilleure époque.

— Ils sont quand même capables de courir, non ? dit Simeon.

— Si je leur lâche la bride, oui.

— Eh bien, allons-y. Les miens piaffent d'impatience.

Les trois femmes à l'arrière du traîneau de Simeon cherchaient à attirer son attention. La plus menue, une frêle créature à la chevelure d'un blond vénitien, avait porté sa main gantée devant sa bouche. Indifférent à ces simagrées, Simeon, qui soutenait l'allure déjà vive des chevaux, inspecta de plus près les occupants de la voiture voisine. Terence se rembrunit ; lorsqu'il vit le regard du magnat s'attarder sur Lena, il eut un pincement au cœur.

Une seconde passa, puis une autre. Simeon détourna les yeux, reconnut Nani — qui rougit violemment et baissa le front avec humilité —, lui fit un petit salut et porta de nouveau son attention sur Shep.

— Si vous craignez que vos bêtes ne soient pas de taille..., laissa-t-il tomber avec un petit sourire.

Les grelots des harnais tintinnabulaient allegretto non troppo.

Rowan se pencha en avant.

— Je ne voudrais pas effrayer les dames, cria-t-il à Shep.

— Je n'ai pas peur du tout ! lança Lena, se penchant à son tour avec des yeux brillant d'excitation. Oh, faisons la course. Au moins sur une petite distance. Une vraie course !

— Vous avez entendu la dame, dit Simeon.

Il leva son fouet et l'abattit sur la croupe de ses chevaux de race, aussi noirs et luisants que son magnifique traîneau. Ils bondirent en avant.

Terence retenait son souffle. Shep allait-il relever le défi ?

Le cocher haussa les épaules, fit claquer son fouet. L'alezan et le pommelé s'élancèrent à leur tour.

— C'est de la folie ! glapit Nani, terrorisée.

— Mais non, agrippez-vous et profitez-en ! Nous allons nous envoler ! cria Lena.

Rowan fut pris d'un fou rire irrépressible.

— C'est ta femme, lança-t-il à Terence. Ses désirs sont des ordres !

Ils gagnaient du terrain sur Simeon. Les naseaux de leurs chevaux arrivaient presque à sa portière. Ils tendirent l'encolure, parvinrent à la hauteur du siège du conducteur. Les quatre coursiers se retrouvèrent bientôt sur une même ligne.

— Ce n'était qu'un échauffement, maugréa Simeon.

Il claqua de nouveau du fouet. Les chevaux noirs redoublèrent d'efforts.

Terence s'attendait à ce que Shep abandonnât. Ils avaient eu leur moment d'amusement et s'étaient bien défendus. Mais le cocher fouetta la croupe de ses bêtes du bout des rênes ; ils bondirent comme des flèches.

Il y avait peu de circulation devant eux, chacun se rangeant pour leur laisser la voie libre. Terence sentit néanmoins un frisson lui parcourir l'échine en se rendant compte que Simeon ne faisait pas mine de ralentir, alors que, devant lui, un petit *cutter* jaune lui bloquait le chemin. A la dernière seconde, l'unique occupant du *cutter* réussit à lancer son cheval de côté pour éviter une collision fatale. Il insulta copieusement Simeon au passage.

— Ça suffit, Shep, dit Rowan en haussant le ton. Tu fais peur aux dames.

En ce qui concernait Lena, Terence le vit bien, rien n'était plus faux.

— N'est-ce pas grandiose, Nani, hein ?

Sa compagne était plus blanche que la neige qui tombait à gros flocons autour d'eux. Elle avait enfoui son visage dans ses mains comme si elle allait se trouver mal.

— Ralentis, Shep ! ordonna Rowan avec une autorité que Terence ne lui connaissait pas.

Shep finit par obtempérer — à regret, visiblement.

Simeon ralentit à son tour. L'une de ses passagères gémissait de façon incontrôlable.

— Ce doit être Mme Simeon, dit Nani, les mains toujours plaquées sur le visage. Elle ne dormira pas ce soir. Et il faudra que je veille à son chevet toute la nuit.

— Courage, Nani. Tu n'aurais probablement pas pu dormir non plus, après une telle aventure, lui dit Rowan en écartant une main de son visage, l'obligeant à le regarder.

Simeon attendit que leur traîneau l'eût rattrapé et s'adressa à Shep.

— Un autre jour, peut-être ?

— Pas si vous foncez sur les autres. Ce n'était pas très fair-play.

— Je n'ai bousculé personne, que je sache ? rétorqua Simeon dont le regard alla directement se poser sur Lena. Avez-vous pris plaisir à la course, madame ?

— Oui, répondit-elle à claire et haute voix. J'aurais préféré avoir une véritable chance de vous battre.

Il éclata d'un curieux rire grinçant qui donna la chair de poule à Terence.

— Il nous faudra organiser cela. Que ne ferait-on pas pour les beaux yeux d'une jolie femme !

Il fit accélérer ses bêtes et disparut bien vite, dans un nuage de poudreuse.

Lena finit par briser le silence qui s'était abattu sur leur petit groupe.

— Quel drôle de bonhomme. Est-il toujours ainsi, Nani ?

— C'est bien ce que je vous avais dit. Il veut toujours être le premier. Et rien ne l'arrête. Ça ne l'aurait pas gêné d'écraser ce malheureux petit *cutter*.

Lena se rassit au fond la banquette et se serra contre Terence.

Ils firent l'amour cette nuit-là avec feu.

Il s'endormit dans ses bras.

Au matin, Terence trouva la cuisine chaude et un copieux petit déjeuner sur la table. En compagnie de Rowan, il dévora ses œufs sur le plat accompagnés de croustillantes crêpes de pommes de terre. Lena s'affairait alentour. Elle avait mis la soupe en route et surveillait la cuisson du pain. Cette journée de vacances lui avait donné une nouvelle vigueur. Et la certitude grandissante de sa grossesse lui mettait le cœur en fête.

— J'irai au marché en rentrant des docks, leur annonça-t-elle. Un bon souper vous attendra ce soir.

Terence lui sourit.

— Cette perspective m'aidera à passer la journée.

Ils terminèrent leur repas en silence et se préparèrent au départ. Terence enfila son manteau et prit le temps d'embrasser sa femme avant de sortir. Rowan, sanglé dans son bel uniforme, le suivit peu après.

Lena repassa mentalement sa liste des choses à faire. La lessive du lundi. Une visite à Katie et au petit Neil. Un arrêt à Sainte-Brigid avant d'aller au marché. Trouver un bon morceau de viande pas trop cher pour le dîner des hommes. Porter un bol de soupe à une voisine malade...

Elle finissait de charger sa voiture à bras lorsque Seamus Sullivan apparut à sa porte.

Son visage hagard la glaça d'effroi et la laissa un instant sans voix.

— Katie ? réussit-elle à balbutier enfin.

Il secoua la tête. Lui aussi semblait avoir perdu sa langue.

— Ce n'est pas le... bébé ?

Sa voix se brisa de nouveau.

Seamus s'éclaircit la gorge.

— Il y a eu un... un accident, au bateau. La poulie a cassé. Et Terence...

— Terence ?

— Ils l'ont emmené à l'hôpital. Je suis venu vous chercher.

C'était impossible... Terence, toujours si soigneux, si prudent...

— C'est pas beau à voir, Lena. Il faut vous préparer. On est allé quérir le père McSweeney. Il nous attendra là-bas.

20.

Décembre 1882

Katie arrivait avec ses enfants à l'aube afin d'aider Lena à préparer les repas pour les docks. Lena savait que son amie veillait tard, beaucoup trop tard, chaque soir, pour terminer son travail de repasseuse. Son caractère s'en ressentait ; elle était à cran et brusquait souvent les petits. Mais rien n'aurait pu la dissuader d'agir ainsi. Lena, de son côté, avait pris dix ans en une nuit.

Depuis l'accident de Terry, ce qu'elle gagnait aux docks était devenu leur unique source de revenus.

Terence avait eu la jambe brisée en quatre endroits par la chute d'un baquet de minerai. La chaîne du treuil avait lacéré son visage et presque sectionné son bras gauche. Si le bras avait pu être sauvé, il pendait sans vie le long de son corps, inutile. La plaie de sa joue se refermait, mais il ne pouvait plus sourire. Il n'en avait d'ailleurs aucune envie.

— Qu'a dit le docteur hier soir ? Y a-t-il du nouveau ? s'enquit Katie.

Trois semaines avaient passé depuis le drame.

Elle était en train de pétrir la pâte de la prochaine fournée. Dans un coin, le petit Neil s'agitait dans son panier et poussait des cris affamés. Katie l'ignorait stoïquement.

Lena mourait d'envie de prendre Neil et de le consoler, mais elle aussi avait les mains occupées. Neil, comme eux tous, faisait le dur apprentissage de l'existence.

— Non, il n'a rien dit de nouveau.

Elle avait baissé la voix, bien que Terry fût probablement en train de dormir — la seule chose qu'il pût faire pour le moment.

— Dans combien de temps Terry sera-t-il guéri ? A-t-il dit quelque chose à ce sujet ?

— Il nous a exhortés à prendre patience. C'est déjà un miracle, d'après lui, que Terry ait pu conserver son bras. S'il ne peut plus jamais s'en servir, à quoi bon ce miracle, Katie ? Et... s'il ne pouvait plus marcher ?

— Chassons ces mauvaises pensées. La Sainte Mère de Dieu veille sur vous. Tout est entre Ses mains, tu ne dois pas l'oublier.

La foi, c'était bien beau. Malheureusement, comment ne pas douter, quand le sort s'acharne ainsi sur vous ?

— Nous ne pouvons pas continuer ainsi, Katie. Nous sommes épuisées, toi et moi, et je gagne si peu.

— Que pourrais-tu faire d'autre ?

— C'est bien là le problème. Je vends de la nourriture à des gens qui peuvent à peine me payer. Je ne peux pas augmenter mes prix. Ils seraient incapables de suivre.

» Les riches achètent-ils leur nourriture à une vendeuse des rues ? Evidemment non.

— Il faut que je me fasse engager comme domestique. Que j'arrête de travailler pour les pauvres.

— Et tu coucheras sur place ?

— Non, bien sûr. Je pourrais trouver un emploi de cuisinière qui me laisse libre d'aller et venir. Rowan patrouille sur l'Avenue. Il connaît la plupart des gens là-bas, il pourrait sûrement m'aider.

— Et Terence ? Qui s'occupera de lui ?

— Toi. Tu pourrais venir trois fois par jour, au début. Et espacer peu à peu, jusqu'à ce qu'il s'en sorte seul. Je te rétribuerai sur mes gages. Ce serait plus juste ainsi.

— Terence a besoin de toi !

Lena fit face à son amie.

— Katie, avant l'accident, nous avions économisé suffisamment pour le voyage des Tierney et pour nous maintenir à flot pendant l'hiver.

Tout a fondu depuis jusqu'au dernier centime. Les frais d'hôpital, les honoraires du docteur... le mandat mensuel pour l'Irlande. Nous avons toujours envoyé de l'argent aux parents, régulièrement. Et je crains le pire si nous cessons. Terence a besoin de moi, certes, mais ses parents aussi, et ma propre mère. Il faudra de nouveau épargner jusqu'à ce que Terence puisse reprendre le travail. En attendant, tout repose sur moi. Il n'y a pas d'autre espoir, vois-tu ?

Katie, bouleversée, ne sut que répondre. Elle acheva de pétrir le pain, sans un mot, se lava et se sécha les mains, puis alla enfin chercher le malheureux Neil. Elle s'installa sur une chaise pour le nourrir. Ses deux filles, qui avaient joué sagement dans le salon, vinrent se réfugier dans ses jupes.

Lena ne pouvait détacher ses yeux du spectacle. L'espoir déçu de sa grossesse lui avait brisé le cœur. Trois jours après l'accident de Terence, ses règles avaient abondamment repris, la laissant exsangue et inconsolable. Son corps avait-il voulu se mettre au diapason du drame, prendre le deuil, lui aussi ?

S'il y avait eu un bébé, il avait disparu à présent. La tristesse, la déception, elles, demeuraient. D'un autre côté, n'était-ce pas un soulagement ? Comment aurait-elle pu faire face à l'épreuve, avec un bébé dans le ventre ou au sein ? Ces bonnes raisons mises à part, plus que jamais, elle sentait l'appel de la maternité. N'était-ce pas le meilleur rempart contre le désespoir ?

— En as-tu parlé à Terence ? demanda finalement Katie. Tu lui as demandé son avis ?

— Non.

— Que dira-t-il ?

— Que veux-tu qu'il dise ? Je n'ai pas le choix. Tu en ferais autant, que Seamus soit d'accord ou non, n'est-ce pas ?

Katie ne démentit pas.

— Je n'accepterai aucune rétribution pour m'occuper de lui. Je le ferai avec plaisir.

Les yeux de Lena furent un instant au bord des larmes.

— Ce n'est pas un plaisir.

— Il souffre tant, Lena. Tu peux le comprendre, n'est-ce pas ?

— Oh, que oui.

— Tout ce qui ne te tue pas te rend plus fort. L'adversité est un bon maître, Lena.

Pourtant Lena se sentait aussi épuisée que découragée. Et en aucun cas grandie. L'homme qu'elle aimait non plus.

Il ne décolérait pas, que ce fût à travers son silence obstiné, ou dans les rares moments où il lui adressait la parole. Il était mécontent quand elle changeait les draps, mécontent qu'elle veuille le couvrir pour qu'il n'ait pas froid. Mécontent quand elle lui donnait à manger, mécontent si elle tardait à le servir. Encore plus mécontent quand elle avait à l'aider pour ses besoins naturels.

Une chaîne qui se brise, la course folle d'un seau lesté de minerai, et son univers avait volé en éclats !

— Ce n'est pas un malade facile, finit par dire Lena d'une voix amère. Si tu acceptes de te charger de lui, je ne t'en voudrai pas de changer d'avis au bout d'une semaine.

— Quand le vin est tiré, il faut le boire. Terence et moi, nous nous en sortirons très bien, ne t'inquiète donc pas.

Un jour chassait l'autre, tout aussi morne, pour Terence. Certes, quand il travaillait à fond de cale, les jours se ressemblaient aussi, jusqu'au moment où, la cloche ayant retenti, il quittait enfin les docks pour la maison. Là, l'existence prenait les couleurs d'une aventure chaque fois renouvelée. Il y avait toujours quelque chose de différent pour leur souper, une surprise ramenée du marché par Lena, une gâterie qu'elle leur avait préparée. Les soirées déroulaient leurs paisibles et tendres moments : Lena se balançant dans son rocking-chair, près de la cheminée, tricotant des chaussettes de laine, ou une écharpe neuve. Reprisant parfois, ou brodant à points menus quelques napperons. Ils devisaient gaiement, faisaient des projets, rêvaient de la future maison où ils seraient tous réunis, des fleurs que les femmes planteraient dans le jardin.

Elle lui parlait de sa journée, de ses rencontres. Lui nourrissait la conversation avec les bribes d'informations qu'il avait pu glaner, bien que la cale d'un bateau ne fût pas un lieu propice aux commérages. Il aimait néanmoins lui décrire en détail les mille et un petits événements de l'existence, et elle l'écoutait toujours avec une attention extrême.

Dorénavant, il préférait se taire, et récriminer dans sa tête, inlassablement. C'était préférable aux interminables plaintes qu'il aurait pu lui adresser : « Lena, j'ai encore essayé de bouger mon bras aujourd'hui sans succès. Le chirurgien aurait tout aussi bien pu m'amputer ! Et la douleur de ma jambe droite est si lancinante ! J'ai envie de hurler. » Ou bien : « J'ai vu ton expression ce matin, quand tu m'as regardé. Tu me plains, n'est-ce pas, tu me trouves monstrueux avec ma figure labourée, balafrée, mes joues creuses. On me dit que j'ai eu de la chance de conserver mes yeux, mais le plus terrible de tout, n'est-ce pas de les ouvrir tous les matins et de voir cette pitié dans les tiens ? »

Qu'il en soit réduit à ça !

La chambre était froide cet après-midi-là ; les lourdes couvertures données par Katie n'arrivaient pas à le réchauffer. Il était couché depuis plus d'un mois, et la chambrette — jadis lieu de plaisir privilégié — était devenue une vraie geôle. Il était tout juste capable de s'asseoir ; avec l'aide de Rowan, il se traînait dans le salon et s'effondrait dans le fauteuil près de l'âtre. Rarement. A quoi bon ? Sa jambe le faisait souffrir si atrocement dès qu'il bougeait ! Ces quelques instants passés en compagnie ne valaient pas un tel martyre.

L'oisiveté lui pesait terriblement. Lui qui avait travaillé toute sa vie n'avait plus pour refuge que le sommeil. Il n'avait jamais appris à lire, bien que c'eût toujours été son plus cher désir. L'école, pour le fils d'un pauvre métayer, était un luxe hors d'atteinte. Il ne pouvait donc s'occuper en lisant. Et qu'entreprendre avec un seul bras valide ? Même tailler du bois à l'aide d'un couteau, le passe-temps idéal de l'homme désœuvré, lui était interdit.

Il y avait pire. Ses blessures le condamnaient à la chasteté. Il ne pouvait plus tenir la femme qu'il aimait dans ses bras...

Quelques coups discrets furent frappés à la porte. Lena entra avec son repas sur un plateau.

— Je suis prête à partir au port, Terry.

Elle approcha. Rowan avait placé une table le long du lit de sorte que Lena pût y déposer ses repas. Quand il ne pouvait pas encore s'asseoir, elle lui donnait la becquée. A présent, il se débrouillait seul, mal, mais seul.

Elle détailla le contenu du plateau. Il s'en fichait royalement.

— Je t'en prie, mange tout ce qu'il y a. Il faut que tu reprennes des forces.

— Pour quoi faire ?

Une cicatrice relevait la commissure de ses lèvres. Le son de sa voix avait changé, il était devenu désagréable, haché, hésitant.

— Pour guérir, lui répondit-elle fraîchement. Crois-tu que nous avons l'intention de te laisser t'étioler ? On a besoin de toi, tu sais. Fais-le au moins pour ta famille, si tu ne le fais pas pour moi.

Il prit la mouche immédiatement.

— Guérir ? jamais je ne guérirai ! Et comment veux-tu qu'un malheureux manchot subvienne aux besoins de sa famille ? En s'asseyant au coin de Public Square et en mendiant ?

Elle laissa tomber le plateau sur la table de chevet, renversant un peu de soupe.

— Si c'est tout ce que tu trouves ! Je t'y conduirai moi-même, dans ma charrette à bras. Dieu tout-puissant ! Avec ton air misérable, Terry, tu serais bien capable de récolter assez de pièces pour t'offrir une maison sur l'Avenue !

Elle couvrit ses joues de ses deux mains, horrifiée. Qu'avait-elle dit ?

Humilié, il se taisait.

Elle se redressa d'un mouvement brusque.

— As-tu besoin de quelque chose avant que je m'en aille ?

— Non, pars.

Elle n'essaya même pas de s'excuser. Elle tourna les talons.

— Je serai absente un long moment.

Ce fut plus fort que lui, il demanda :
— Pourquoi ?
— Parce que je vais aller sur Euclid Avenue postuler pour un emploi.
— Quoi ? rugit-il.
Elle lui fit face.
— Tu as bien entendu. Ils cherchent une aide-cuisinière dans l'une des résidences. Les gages représentent le double de ce que je gagne aux docks. Cet argent nous permettra de nous en sortir cet hiver, jusqu'à ce que tu puisses retravailler. Je me suis arrangée avec Katie, elle passera s'occuper de toi, plusieurs fois par jour. Je préparerai ton dîner en rentrant le soir. On m'a dit aussi que je pourrai rapporter des restes à la maison, de temps en temps.
— Non !
Il réussit à s'asseoir malgré l'effort que cela lui coûtait.
— Je te l'interdis, reprit-il, les yeux étincelant de fureur.
— Tu ne peux pas. Nous n'avons pas le choix. Veux-tu que j'écrive à nos parents de ne plus compter sur nous ?
Il eut l'impression qu'il allait s'étouffer.
— Chez qui ? balbutia-t-il.
Elle hésita suffisamment longtemps pour confirmer ses pires soupçons. Il explosa littéralement.
— C'est Nani Borz qui a arrangé ça, n'est-ce pas ?
— Exactement. Et je lui en serai éternellement reconnaissante. Ils ont accepté de me recevoir en premier, avant les autres candidates.
— Si je suis couché dans ce lit, c'est à cause de James Simeon ! l'as-tu oublié ? C'est son fichu navire qui a fait de moi un infirme ! Son sale minerai !
Lena blêmit.
— Tu parles comme s'il était venu dans la cale couper cette chaîne.
— Il se fiche de ses ouvriers ! L'équipement est vieux. Il y aura d'autres accidents.

— Sans doute, mais il n'est pas pire que les autres. Tu l'as dit toi-même. Ecoute, il accepte de nous aider en m'offrant cet emploi, si je remplis les conditions requises. D'autres ne l'auraient pas fait.

— Il sait qui tu es ? Il sait que j'ai été blessé à bord de l'un de ses bateaux ?

— Nani a pris soin de le lui signaler.

— Je ne veux pas de sa charité !

Elle croisa les bras sur sa poitrine.

— Moi, oui ! Il paie bien ses domestiques. Je veux pouvoir protéger nos familles et prendre soin de toi...

— Je refuse que tu prennes soin de moi !

Les larmes montèrent aux yeux de la jeune femme.

— Préférerais-tu que je te laisse mourir de faim ?

— Oui !

— Eh bien, je ne le ferai pas.

Tournant les talons, elle gagna le seuil de la porte.

— Ne fais pas ça, Lena. Trouve une autre maison, si vraiment tu dois accepter ce genre de travail. Mais pas chez les Simeon.

— Je n'ai pas entendu parler d'autres propositions en dehors de celle-là. Discuter ne nourrit pas son homme, Terry. J'ai intérêt à prendre ce qui m'est proposé si nous ne voulons pas périr de famine tous les deux, avec tous ceux que nous aimons.

Elle referma la porte de la chambre derrière elle. Bientôt, il l'entendit quitter la maison. Dehors, la neige tombait à gros flocons, avec la férocité d'un blizzard. Il imagina le trajet infernal qui l'attendait, l'imagina poussant et tirant sa carriole sur les plaques de verglas, hissant son chargement en haut de la colline tandis que la neige alourdirait son fardeau et refroidirait ses gamelles fumantes. Ensuite, elle se tiendrait en plein vent, dans la bise glaciale, et servirait les hommes qui auraient eu le courage de quitter l'abri du navire pour venir manger un morceau sur le pouce, avant de retourner aux travaux forcés.

Puis elle laisserait son tombereau en quelque lieu sûr et gagnerait Euclid Avenue.

Il l'avait suppliée de ne pas échanger cette existence de damnée pour la relative facilité d'un emploi chez les Simeon.

Cela paraissait monstrueux de sa part. Et pourtant, tout au fond de son cœur, là où une étincelle d'amour pétillait encore pour Lena, pour la vie, il savait qu'elle aurait dû l'écouter.

— Vous êtes à moitié gelée, ma fille, et vous inondez mon tapis !

Lena frissonna longuement, baissa les yeux et enfouit ses mains sous ses aisselles pour les réchauffer.

— Je... je suis sincèrement désolée. Mais j'ai été dehors toute la ma... matinée, dans la neige. Je n'ai pas pu faire autrement.

La cuisinière, une forte femme qui, visiblement, goûtait à tout ce qu'elle préparait, se racla la gorge. Elle répondait au nom d'Esther Bloomfield ; le reste du personnel l'appelait simplement Bloomy. C'était du moins ce que Nani avait confié à Lena.

— Tenez-vous droite et laissez-moi vous regarder.

Malgré elle ses dents s'entrechoquaient. Aujourd'hui, la température avait été cruelle, et le vent, soufflant directement du lac, cinglant. Encore avait-elle de la chance de ne pas se retrouver avec des doigts ou des orteils gelés, après un trajet aussi long et pénible.

Elle rejeta ses épaules en arrière et laissa tomber ses bras, après avoir largement écarté les pans de sa cape, pour que Bloomy pût procéder à son inspection.

— Nani m'a dit que vous saviez faire la cuisine.

— C'est vrai.

Il valait mieux se montrer réservée dans ce genre de situation, Lena ne l'ignorait pas.

— Avez-vous de l'expérience ?

En quelques mots, Lena la mit au courant du petit commerce qu'elle avait monté.

— Il n'en reste pas une miette, en général. Je suis connue pour mon pain, mes soupes et mes ragoûts.

— M. Simeon n'est pas contre un bon ragoût de temps en temps... s'il n'y a pas de témoin, ajouta la cuisinière à mi-voix.

Lena ne sourit pas. Quel curieux monde était-ce que celui où le plus grand plaisir d'un pauvre faisait la honte du riche !

Bloomy scrutait Lena à travers ses verres cerclés de métal. Ses cheveux étaient gris et, en dépit de ses hanches généreuses et de son opulente poitrine, son visage ne manquait pas de finesse. Elle se déplaçait lentement ; ses articulations avaient l'air soudées par endroits.

— Admettons que vous ayez une poule à préparer, comment vous y prendriez-vous ?

Lena en avait rarement eu l'opportunité ; elle essaya néanmoins d'expliquer en détail la manière dont elle accommoderait la volaille. Elles abordèrent ensuite d'autres sujets. Les légumes, les pains, les entremets. Lena répondit de son mieux, n'hésitant pas à admettre son ignorance, le cas échéant.

— Je suis capable d'apprendre à tout cuisiner, dit-elle à Bloomy quand celle-ci parut à court de questions. Cela va vous paraître bizarre, mais la nourriture me parle. Un certain parfum me fera ajouter de la ciboulette ; un autre, du thym. J'aime essayer de nouvelles recettes, toujours en petite quantité pour ne pas gâcher la nourriture, et...

— C'est bon, l'interrompit Bloomy, l'air moins sévère qu'au début. Si Mme Simeon n'y voit pas d'inconvénient, en ce qui me concerne, l'emploi est à vous. Toutefois, vous ferez bien de ne pas oublier que vous travaillez sous mes ordres. Il s'agira de m'obéir au doigt et à l'œil, est-ce clair ?

— Vous pouvez compter sur moi.

Bloomy lui adressa un sourire.

— J'ai l'impression que nous allons bien nous entendre toutes les deux, ma chère. Je n'ai pas une haute opinion des Irlandais, vous savez, mais je reconnais que les filles que nous avons eues jusque-là se sont montrées travailleuses et plutôt dignes de confiance. J'attends qu'il en soit de même avec vous.

Décrocher cet emploi était trop vital pour que Lena s'offrît le luxe de mal prendre la réflexion de la cuisinière.

— Vous ne regretterez pas de m'avoir engagée, madame Bloomfield, je vous l'assure.

— Bloomy, ma chère, appelez-moi simplement Bloomy.

Elle fit signe à Lena de s'approcher du feu.

— Je vais voir si Mme Simeon peut vous recevoir. Réchauffez-vous et séchez-vous.

Lena ne se le fit pas dire deux fois. Elle retira sa cape trempée et étala ses jupes devant les flammes qui dansaient joyeusement. Bloomy sortie, elle n'osa pas inspecter la cuisine de trop près, craignant d'attirer le mauvais sort si elle admirait trop ouvertement les vastes plans de travail, l'évier en métal brillant, les grands placards joliment peints. Elle garda les yeux fixés sur les bûches qui flambaient, jetant une chaude lumière dans une pièce déjà accueillante, avec la vapeur tiède s'échappant des marmites et la bonne odeur du four où doraient des tourtes.

L'hôtel particulier des Simeon fleurait bon le citron et la cire d'abeille, les fleurs fraîches et les gâteaux, la vanille et la cannelle.

Chez elle, c'étaient la puanteur d'égout de la rivière, les émanations des hauts-fourneaux, les relents de la maladie et de la misère. Elle aurait beau frotter et récurer à s'en user les mains, il fallait se faire une raison : jamais son humble maisonnette n'aurait cet air pimpant, ce bon parfum de propre et d'abondance. Elle imagina un instant Terence confortablement installé dans l'une de ces somptueuses chambres du premier étage, une escouade de médecins à ses côtés, des cuisinières et des femmes de chambre aux petits soins... A ce régime-là, nul doute qu'il eût guéri en un temps record.

— Tiens, tiens, qui avons-nous là ?

Elle sursauta. Perdue au milieu de ses pensées, elle n'avait pas entendu le personnage entrer.

Se retournant vivement, elle se retrouva face à un homme de haute taille, solidement charpenté, à la grosse moustache noire tombante. Si elle ne l'avait vu qu'une fois, elle n'eut aucun doute sur son identité.

— Monsieur Simeon, dit-elle en esquissant une révérence.

Si son pays d'adoption proclamait que ses citoyens avaient été créés libres et égaux — même les plus pauvres parmi les pauvres ne l'ignoraient pas —, Lena gardait présent à l'esprit que d'autres lois gouvernaient souvent l'univers des gens riches.

— Qui êtes-vous ?

Il ne souriait pas, quoique manifestement flatté qu'une dame le saluât avec courtoisie dans sa cuisine.

— Lena Tierney. Je suis venue pour la place d'aide cuisinière.

— Oh ! Où est Bloomy ?

— Elle est allée voir si Madame désirait me rencontrer avant de me donner la place. C'est ce que Bloomy a dit, monsieur.

— Julia se fiche pas mal de ça, du moment qu'on ne lui demande pas de faire quoi que ce soit. Bloomy peut bien engager qui elle veut. Mon épouse, voyez-vous, a peu de... talents. Elle a, en tout cas, celui de laisser les autres s'occuper d'elle.

Lena garda un silence prudent.

Il posa un index sur sa joue et la contempla d'un air pensif. Ses ongles étaient impeccablement manucurés. On n'aurait pu y trouver à la loupe le moindre grain de saleté.

— Je suis certain de vous avoir déjà vue.

Il lui sembla plus avisé de prétendre le contraire.

— Je ne pense pas, monsieur.

— Vous avez été placée dans d'autres familles de l'Avenue ?

— Non, monsieur.

— Mais vous avez déjà travaillé ?

— Je faisais des repas que je servais aux ouvriers des docks.

Il fronça les sourcils. Avait-il pu la rencontrer à l'occasion d'une de ses rares incursions au port ?

— Et vous les abandonnez ?

— Non, monsieur, j'ai simplement l'intention de rester au chaud.

Son rire découvrit de larges dents blanches.

— Etes-vous bonne cuisinière, Lena ?

— On le dit.

— Et pour le service, comment vous débrouillez-vous ?

Elle préféra se montrer honnête.

— J'apprends vite... et bien, pourvu qu'on me montre. Vous ne regretterez pas de m'avoir engagée.

— Vous avez l'air très sûre de vous.

— Cet emploi représente beaucoup pour moi, monsieur. Je serai prête à tout pour le garder.

— Quel dévouement, fichtre ! Avant même d'être dans la place.

Elle avait essayé de ne pas se former une opinion sur lui. Les opinions, c'était bon pour ceux qui avaient les moyens et le temps de les cultiver. Si James Simeon lui payait ses gages à la fin de chaque mois que le bon Dieu faisait, que l'homme fût digne d'admiration ou de mépris, peu lui importait, après tout.

Pourtant, bien malgré elle, un frisson l'avait saisie, qui n'avait rien à voir avec son long trajet dans le blizzard. Elle détailla son visage charnu, ses yeux proéminents, ce regard inquisiteur qui semblait fouiller l'intimité de ses interlocuteurs. Il ne lui avait rien dit de désagréable ; n'avait eu aucun geste déplacé. Elle en aurait cependant mis sa main au feu : James Simeon était le genre d'homme à éviter à tout prix.

Il eut un sourire convenu qui, sans être déplaisant, n'éclaira pas son regard.

— Nous serons ravis de vous avoir à la maison, Lena.

— Merci, monsieur. J'espère que Mme Simeon sera du même avis.

Il éclata de rire comme si elle avait dit quelque chose de très drôle.

— Elle le sera. Vous commencerez dès demain matin.

Elle faillit protester. Comment osait-il faire fi de l'avis de sa femme avec autant de légèreté ? Julia Simeon serait certainement contrariée, et ensuite lui en voudrait : Lena deviendrait à ses yeux le vivant rappel du peu de cas que son époux faisait de son opinion.

Cet homme aimait-il donc tant mettre les gens mal à l'aise, autour de lui ?

Elle acquiesça néanmoins d'un bref hochement de tête, en baissant les yeux.

21.

Lena aimait travailler chez les Simeon. Valait mieux seulement se faire oublier du maître de maison. Elle s'y employait scrupuleusement. Si Julia Simeon, femme falote, en apparence comme en esprit, avait possédé un tant soit peu de brillance, avant son mariage, elle s'était étiolée depuis, à l'ombre de son industriel d'époux : sa redoutable personnalité écrasait tout sur son passage.

Nani et Bloomy le lui avaient toutes deux confié : Julia absorbait jusqu'aux pensées et aux sentiments de son mari, et se pliait à tous ses caprices. Avait-elle jamais eu la moindre confiance en elle ? Ce n'était plus qu'un lointain souvenir.

A Lena la tâche apparaissait facile incroyablement, comparée au dur labeur « d'en bas ». Bloomy — employée chez James Simeon depuis cinq ans — était un ange de patience ; et Lena apprenait extrêmement vite.

A la fin de la première semaine, Lena préparait déjà des plats sans sa supervision. Au bout de quinze jours, elle établissait les menus. En moins d'un mois, Bloomy put se consacrer exclusivement à la préparation de desserts délicats et de mets raffinés pour tenter le faible appétit de Julia Simeon. Lena fut chargé des repas de M. Simeon. Au début, elle se sentit désarçonnée, ne sachant pas exactement ce qu'il attendait d'elle ; Bloomy lui laissait la bride sur le cou ; elle s'enhardit et tenta de nouvelles recettes.

Simeon lui-même semblait satisfait. S'il était attentif à sa présence, il ne venait jamais, comme elle s'y était attendue, lui donner des instructions en cuisine. Souvent il ne touchait pas aux repas. Assis, seul, dans sa grande salle à manger d'apparat, il regardait passer les plats et buvait. Bloomy prétendait qu'il n'était jamais ivre : en véritable gentleman, il savait tenir l'alcool. N'empêche, il buvait sec, et semblait y prendre grand plaisir. S'il mangeait, que mangeait-il ? C'était un mystère.

Ce soir-là, Lena avait hâte de rentrer chez elle ; la journée avait été longue ; elle avait dû superviser l'approvisionnement de la semaine et récurer l'office de fond en comble. Ce fut le soir choisi par James Simeon pour se rendre dans la cuisine.

— C'est vous qui aviez préparé le dîner, m'a dit Bloomy.

Surprise, elle se retourna d'un bloc. Simeon se déplaçait silencieusement, comme un fantôme glissant au-dessus du plancher. Elle reprit contenance et lui répondit poliment :

— Oui, monsieur. Etait-il à votre goût ?

— Comment aviez-vous accommodé les pommes de terre ?

Son expression était impénétrable. Elle les avait goûtées et trouvé si fondantes qu'elle avait regretté de ne pouvoir en rapporter pour le dîner de Terence.

— J'ai préparé un beurre fondu, monsieur, que j'ai mélangé à de la crème épaisse. Puis j'ai battu le mélange pour qu'il devienne onctueux et j'y ai ajouté du persil et de la ciboulette...

— Ah. Ce n'était donc pas de l'herbe.

— De l'herbe, monsieur ?

— Ça ressemblait à de l'herbe bien verte, Lena.

Depuis que Bloomy lui avait appris que le chef jardinier faisait pousser des fines herbes en pots, dans la serre au fond du parc, son imagination créatrice avait pris son envol. Avait-elle commis un impair ? Elle aurait dû, sans doute, consulter Bloomy avant de les utiliser aussi généreusement.

— Je vous prie de m'excuser, monsieur. J'espère ne pas avoir gâté votre dîner.

— Au contraire. C'était bon. Comme le rôti. J'imagine que la garniture non plus n'était pas de l'herbe ?

Il la taquinait. Elle aurait volontiers souri s'il l'avait fait pour rompre la glace. Le résultat était à l'opposé : elle se sentit comme un chaton entre les pattes d'un jeune chien joueur ; il pouvait d'un instant à l'autre lui briser la nuque d'un coup de mâchoire.

— Non, monsieur. Je vous promets que vous ne trouverez jamais d'herbe dans mes plats.

— Aimez-vous votre travail, Lena ?

— Oui, monsieur. Je l'apprécie énormément. J'espère vous satisfaire.

— Vous avez un mari, malade, n'est-ce pas ?

Terence n'était pas malade, si ce n'était moralement.

— Il a eu un accident, monsieur.

— S'en remet-il ?

Les éclisses avaient été ôtées du membre fracturé. Le médecin devait à sa prochaine visite pronostiquer ses chances de remarcher un jour. Lena redoutait d'entendre le verdict.

— Pas vraiment, monsieur. Il a été très sérieusement atteint.

— Ainsi, c'est vous qui faites vivre votre petite famille ? Avez-vous des enfants ?

— Non, monsieur.

— Une jolie femme comme vous ?

Il l'agaçait.

— Nous n'avons pas eu cette grâce, hélas.

— Peut-être ne l'aurez-vous jamais, à présent.

Elle fulminait intérieurement. Une insolence, c'était la porte.

Il resta silencieux un long moment, l'examinant de la tête aux pieds comme une pouliche dont il aurait volontiers fait l'acquisition.

— Mon épouse et moi n'avons pas d'enfants. Julia croit être trop fragile pour en porter. Malheureusement, elle ne m'a pas prévenu avant le mariage.

A quoi rimait ce discours ?

— Je...

Il l'arrêta d'un geste de la main.

— Elle attend beaucoup du voyage en Europe qu'elle doit faire. Peut-être en reviendra-t-elle fortifiée, et mieux préparée à remplir ses devoirs conjugaux ? On peut toujours espérer, n'est-ce pas ?

— Oui, monsieur.

— Elle partira dès que le temps se réchauffera.

Il se rapprocha. Elle dut faire appel à toute sa volonté pour ne pas s'écarter brusquement.

— Elle sera sans doute absente un long moment, susurra-t-il.

— Elle va vous manquer et vous lui manquerez.

— Cela m'étonnerait, Lena. Elle pleure dès que je m'approche de son lit. Je serais curieux de savoir si c'est aussi votre style, les pleurnicheries...

Jusqu'à cet instant, elle avait espéré s'être trompée sur ses intentions. Le doute n'était plus permis. Elle se retint à grand-peine de lui cracher au visage ou de le planter là. Les autres domestiques lui avaient assez dit que le moindre signe de rébellion lui coûterait sa place.

Elle tenta de ramener la conversation sur un chemin moins tortueux.

— Monsieur, dois-je vous consulter avant d'épicer mes préparations ? Je serais ravie de me conformer aux habitudes de...

— Vous pensez sans doute que je n'ai pas le droit d'avoir ce genre de conversation avec vous ? Pourquoi vous paierais-je si ce n'est pour que vous me serviez à ma convenance ?

Il s'approchait toujours. Elle sentait maintenant son haleine chargée d'alcool. Une liqueur plus forte, plus amère que le whiskey, qu'elle ne connaissait pas. Elle en eut un haut-le-cœur.

— Voyez-vous, Lena, nous avons ce problème en commun. Moi, avec ma femme qui repousse mes avances, vous, avec votre mari diminué. Dites, éprouvez-vous aussi du mépris pour son corps ?

Le seul être qu'elle méprisait était devant elle.

— La vie continue, n'est-ce pas, ma chère ? Un homme est blessé et, soudain, vous voilà seule à faire bouillir la marmite, sans compensation pour votre dur labeur. Pas même, je le crains, une petite récompense au creux du lit conjugal.

Sa colère était à son comble. Elle voyait déjà son emploi lui glisser entre les doigts. Sa mère et les Tierney attendraient en vain l'argent qui ne leur parviendrait plus ; le docteur refuserait ses visites à Terence faute d'honoraires. Insulter James Simeon, c'était dire adieu à tout emploi sur Euclid Avenue. Qquelle que fût sa place dans l'estime de ses pairs, il rallierait les riches autour de lui quand il serait question de faire front contre un pauvre.

— Je vois, Lena, que vous savez tenir votre langue. C'est un trait de caractère non seulement appréciable, mais indispensable à qui veut faire partie du personnel, ici.

Elle soutint son regard et attendit.

Il tendit la main vers elle et toucha ses cheveux. Comme à son habitude, elle les avait tirés en arrière et rassemblés en un chignon bas sur sa nuque. Il libéra une mèche devant son oreille et l'entortilla autour de son doigt.

— Vous êtes ravissante, Lena. Vous ne l'ignorez pas, j'en suis sûr.

— Avons-nous terminé, monsieur ?

— Pas tout à fait. Je voudrais que vous réfléchissiez à ceci : je suis capable de me montrer généreux, quand je désire quelque chose. Seule la perfection m'intéresse. Je choisis toujours ce qu'il y a de mieux. N'avez-vous rien à dire, Lena ?

— Puis-je partir, à présent, monsieur ?

Il soupira. Il hésita.

— Vous pouvez y aller.

— Merci... monsieur.

Elle fit un pas de côté et s'éloigna, tout en dénouant son tablier. Ses mains tremblaient. Il l'arrêta d'une main sur l'épaule.

— Vous réfléchirez à ma proposition ?

— Bonsoir, monsieur Simeon.

Sa colère allait-elle éclater ? Non. Son rire.

— Une fille avec du tempérament ! Ça n'est pas pour me déplaire.

Son rire résonnait encore à ses oreilles, une demi-heure plus tard, dans le tramway qui la ramenait chez elle.

Terence était maintenant capable de se déplacer à l'aide d'une béquille coincée sous son bras valide, sa jambe morte à la traîne. Le moindre mouvement demeurait un supplice. Sa jambe n'avait pas guéri comme elle aurait dû. Dès qu'il y portait une partie de son poids, si infime fût-il, la douleur aiguë comme une lame de poignard lui déchirait la chair.

Katie ne venait plus l'aider et il en était plutôt satisfait. Sa compagnie, une intarissable source de platitudes, l'avait suprêmement agacé et rendu encore plus coléreux. Dorénavant, quand il avait faim, il allait à cloche-pied jusqu'à la cuisine. Et il n'avait quasiment jamais faim.

Ce soir-là, d'humeur maussade, il était installé près du feu, attendant le retour de Lena. Rowan était passé un peu plus tôt en coup de vent. Il était rarement à la maison ces derniers temps. Ça se comprenait. L'atmosphère n'y était pas des plus joyeuses. Chaque jour, Rowan lui demandait s'il pouvait faire quelque chose pour l'aider. Il n'insistait pas trop. Terence lui en savait gré.

Des pas avaient résonné derrière la porte. N'ayant pas daigné lever les yeux quand elle s'ouvrit, il fut surpris d'entendre une voix masculine.

— Monsieur Tierney ?

C'était Daniel Conner, le médecin aux épaules voûtées et au regard fatigué qui l'avait soigné à l'hôpital. Il était accompagné du père McSweeney.

Terence fut soudain honteux de ne pas s'être lavé ce jour-là et de ne pas avoir mis les vêtements de rechange que Lena lui avait préparés.

— Je ne m'attendais pas à de la visite, dit-il d'un ton bourru.

— Je me suis arrêté chez le père McSweeney, et nous avons décidé de venir ensemble.

Terence aurait aimé leur dire de passer leur chemin ; il n'osa pas. Son respect pour le prêtre n'avait pas pris fin avec son accident. Quant au vieux docteur, il ne pouvait guère lui reprocher les conséquences de ses blessures.

— Pouvons-nous entrer ?

Terence acquiesça d'un bref hochement de tête. Les deux hommes pénétrèrent dans la pièce et refermèrent la porte derrière eux.

— Alors, où en êtes-vous, Terence ? demanda le docteur.

— Ça se voit, non ? Je me déplace jusqu'à cette chaise. Et ce sera sans doute la fin de mes exploits.

— Je sais que vous avez passé un sale moment.

— C'est pour me dire ça que vous vous êtes déplacé ?

— Terence, soyez poli, intervint le père McSweeney. Le Dr Conner est très occupé. Il a trouvé le temps, après une dure journée de travail...

— Je suis prêt à échanger mes journées contre celles du docteur quand il veut !

— Ça suffit ! reprit le prêtre.

Terence ferma les yeux et attendit.

— Avez-vous réussi à remuer votre bras, monsieur Tierney ?

— Non.

— Avez-vous essayé ?

Terence rouvrit les yeux.

— Qu'est-ce que vous voulez que je fasse, exactement ? Ou il bouge, ou il ne bouge pas, non ?

— Montrez-moi ça.

Terence le dévisagea, incrédule.

Le Dr Conner se pencha sur lui et roula sa manche au-dessus du coude.

— Essayez de le bouger. Faites-moi voir un peu. Bien. Encore une fois.

— Bien ? s'esclaffa Terence. Qu'est-ce qu'il vous faut !

— Encore une fois, je vous prie.

Terence reprit sa tentative vouée à l'échec. Il ne s'habituerait jamais à ce que son bras ne répondît point à ses sollicitations.

— Tout espoir n'est pas perdu, déclara enfin le médecin. Vos muscles essayent de répondre, c'est visible. Vous devez essayer de le faire bouger, monsieur Tierney. Vous aurez besoin d'aide pour faire des exercices.

Joignant le geste à la parole, il se mit à actionner le bras de haut en bas, puis de l'intérieur vers l'extérieur. Terence se mordait la langue pour ne pas hurler de douleur.

— Demandez à votre femme de vous faire faire ces mouvements aussi souvent que possible, et le plus longtemps que vous puissiez le supporter. Il se peut qu'avec un brin de chance, la force revienne dans les muscles.

— Ignorez-vous que les Irlandais n'ont jamais de chance ?
— La jambe, à présent.
— Je ne baisserai pas ma culotte devant le père.
— Mon père, voulez-vous nous laisser un instant, je vous prie ?
McSweeney sortit immédiatement.
— A nous deux, monsieur Tierney.
Terence réussit à se soulever et à faire tomber son pantalon sur ses chevilles. L'odeur aigre et forte de son corps lui fit honte.
— Vous allez tendre la jambe devant vous autant que vous le pouvez.
Il s'exécuta, trop las pour discuter.
Le médecin fronçait les sourcils.
— Vous ne pouvez pas la tendre plus loin ?
— Non, c'est mon maximum.
— Pouvez-vous la soulever de terre ?
— Je risque de m'évanouir sous la douleur.
— N'ayez crainte, répliqua le médecin d'un air fatigué. Allez-y, soulevez !
Terence sua sang et eau. Trois centimètres, puis trois autres... il manqua défaillir.
Le médecin l'aida à reposer son pied en douceur, puis palpa la jambe de Terence jusqu'à la cuisse.
— De bien vilaines fractures. Elles ne se sont pas ressoudées droit. J'ai fait de mon mieux. Désolé.
Terence eut un élan de sympathie pour l'homme, et s'en étonna le premier.
— Je ne pourrai plus jamais m'en servir, n'est-ce pas ?
— Pas de la même manière qu'avant, c'est vrai. Avec le temps, la douleur diminuera. Votre jambe sera capable de supporter davantage de poids. Vous retrouverez votre équilibre. Vous aurez besoin d'une canne, bien entendu, pour vous déplacer. De façon permanente.
— Une canne ?
— Oui, si vous continuez à vous servir de votre jambe en dépit de la douleur. Et il le faut. Fléchissez le pied, levez le genou. Marchez

beaucoup. Plus tard, lorsque tout se sera bien solidifié, une chaussure spéciale pourra vous donner la hauteur dont vous avez besoin. Car vos deux jambes ne sont plus de la même longueur. La droite est dorénavant plus courte que l'autre.

Terence le fixait éperdument. Une canne. Une simple canne. Après la prison à perpétuité qu'il avait crainte, c'était comme une remise en liberté.

— Je comprends ce que vous ressentez. Votre vie a changé du tout au tout, et pas pour le mieux. Vous regrettez de ne pas être mort, n'est-ce pas ? Vous n'en êtes pas passé loin, certes, mais vous êtes ici, monsieur Tierney, bien vivant. Et pour encore un bon nombre d'années.

— Pourquoi me dites-vous ce que je sais déjà ?

— J'étais chirurgien pendant la guerre, et j'ai vu la lumière s'éteindre dans plus d'un regard. J'ai coupé des bras et des jambes en quantité... c'est pourquoi j'ai voulu sauver la vôtre, voyez-vous ? Je crois que je n'aurais pas le cœur de pratiquer encore une amputation. A moins d'y être absolument obligé. J'ai vu tant d'hommes mourir de honte. La honte et l'horreur de perdre un membre...

— Où voulez-vous en venir ?

— Votre pire ennemi en la matière, monsieur Tierney, c'est vous-même. Vous avez une épouse qui vous aime. Vous avez un toit au-dessus de votre tête. Ce sont des avantages que beaucoup d'hommes vous envieraient, y compris des hommes pourvus de deux bras valides et de deux bonnes jambes.

— Ils ont au moins le moyen de subvenir à leur existence ! Pensez-vous qu'un soutier manchot et unijambiste ait une chance de trouver du travail, docteur Conner ?

— D'après le père McSweeney, votre intelligence est au-dessus de la moyenne. Servez-vous-en.

— Je n'ai reçu aucune éducation.

— Il n'est jamais trop tard. Parlez-en à votre curé, il a des idées sur la question. En attendant, réfléchissez à ce que je vous ai dit. Votre rage est compréhensible après l'épreuve que vous avez subie, mais il faut vous secouer. Ne serait-ce que par égard pour votre famille, vos amis. Votre vie n'est pas fichue, elle a changé. A vous de vous y adapter.

Terence était blême de colère : comment cet homme, en pleine possession de ses moyens physiques, osait-il lui débiter pareilles platitudes ? Katie Sullivan et son inépuisable stock de lieux communs était largement dépassée par le docteur !

Le médecin posa la main sur son épaule. Terence l'en délogea ; la main revint se poser, ferme et douce.

— Je ne dis pas que ce sera facile, mon garçon. Vous découvrirez de quelle étoffe vous êtes fait. Je vous souhaite bon courage.

La pièce parut particulièrement silencieuse après son départ. Pas pour longtemps : le père McSweeney revint dans le salon et se posta près du fauteuil de Terence, le dominant de toute sa taille.

— Il est temps de cesser de vous lamenter sur un passé qui ne reviendra plus.

— C'est facile à dire pour vous, mon père.

— Je sais. Ce sera vous le perdant, si vous ne faites pas un effort. Lena a besoin d'un mari, pas d'un autre fardeau. Et c'est ce que vous êtes pour le moment.

Les mots étaient sévères... mais justes. Le prêtre enchaîna.

— Devant l'autel, elle a juré de vivre avec vous jusqu'à ce que la mort vous sépare. Si elle vous abandonne aujourd'hui, son âme sera damnée. Voulez-vous lui infliger ce supplice, Terence ? Voulez-vous la forcer à briser les liens sacrés du mariage ? Ou voulez-vous essayer honnêtement de faire quelque chose de votre existence ?

— Mais quoi ? Que voulez-vous que je fasse ?

— Il est temps que vous appreniez à lire et à écrire. Le travail ne manque pas pour ceux qui ont de l'instruction.

— Comment voulez-vous que j'apprenne ? Il n'existe pas d'école pour les hommes de ma condition, que je sache ! Et je n'ai pas les moyens d'avoir un professeur particulier !

— Là, vous faites erreur.

Terence le fixa sans comprendre.

— Je suis allé voir James Simeon pour lui parler de votre cas.

— Simeon ?

— J'avais deux mots à lui dire à propos de votre accident... Il ne se serait jamais produit si les mesures de sécurité les plus élémentaires avaient été respectées.

— Pensiez-vous vraiment que la vie ou la mort d'un Irlandais retiendrait son attention, mon père ?

— En tout cas, il m'a écouté jusqu'au bout. Il connaît votre situation critique, bien évidemment, puisque Lena travaille chez lui comme cuisinière.

— Malgré mes protestations.

— Avait-elle le choix ? dit le curé d'un ton rude. Votre mauvaise volonté n'a fait que rendre encore plus difficile une situation qui l'était déjà.

Terence fut de nouveau blessé dans son amour-propre.

— Simeon a accepté de rétribuer un professeur. Quand vous aurez terminé votre apprentissage, il vous proposera un emploi, si vous vous montrez à la hauteur.

Terence fronça les sourcils.

— Terence, cet homme essaye de réparer une faute. Si jamais vous en parlez à quelqu'un, cependant, il niera et vous coupera immédiatement les fonds. Il n'y a que vous et Lena qui soyez autorisés à savoir ce que je vous dis ce soir. En tout état de cause, il va vous aider.

— Pas question.

Le père McSweeney attendait silencieusement une explication.

— C'est une canaille. Plutôt recevoir l'argent d'une vipère.

— Voyez-vous ça ! Empêcher un homme d'être en paix avec sa conscience, condamner votre femme aux travaux forcés, et vous condamner vous-même à une existence minable de déchet de la société, c'est cela que vous voulez ? Quel orgueil insensé ! Je vous promets de prier pour votre âme jusqu'à la fin de mes jours, Terence, mais je doute que Notre-Seigneur m'entende !

Terence sentit une boule se former dans sa gorge.

— Je ne veux rien accepter qui vienne de lui, s'obstina-t-il.

— Tant pis pour vous ! Parce que vous allez l'accepter tout de même, son aide, et parce que vous allez travailler plus dur que jamais ! Sinon, comptez sur moi pour révéler aux autres quelle pathétique loque vous êtes devenu !

La boule avait grossi dans de telles proportions qu'elle réduisait Terence au silence. Le père McSweeney s'engouffra dans la brèche.

— Vous tenez la chance de votre vie, martela-t-il. Et vous allez la saisir. Vous allez suivre les instructions du médecin et faire en sorte que votre corps guérisse du mieux qu'il peut. Vous vous laverez tous les jours et mangerez les repas que votre épouse s'évertue à vous préparer. Vous respecterez tous ceux qui cherchent à vous aider, et vous prierez le Seigneur en bon catholique. Vous étudierez avec ferveur et enthousiasme, et vous rendrez votre famille et les gens d'Irishtown Bend fiers de vous. Vous m'entendez ?

Terence eut la vision d'une route qui bifurquait. Un Terence sûr de lui, canne à la main, ses livres coincés sous son mauvais bras, Lena à son côté, des enfants gambadant autour d'eux, empruntait la voie de gauche. Sur l'autre chemin, il était seul, traînant sa jambe morte, et se déplaçait par à-coups, péniblement, désespérément. Ce Terence-là s'arrêta et embrassa du regard le territoire qui s'étendait entre les deux routes. Il vit l'autre Terence s'éloigner et bientôt disparaître en haut de la colline.

Les larmes lui montèrent aux yeux. Il pouvait à peine parler.

— Mon père, voulez-vous entendre ma confession ?

— Avec joie, mon fils.

Lena rentra ce même soir, épuisée, vaincue. Il était tard ; pour Terence, cela ne changerait rien. Il râlerait comme de coutume, ou bien lui opposerait un silence glacial. L'une et l'autre perspectives étaient également pénibles.

Sur le trajet du retour, elle n'avait pu penser qu'à sa discussion avec James Simeon. Il avait bu. C'était une chose qu'elle pouvait comprendre et excuser. Les hommes ne disent-ils pas n'importe quoi sous l'emprise de la boisson ? Le matin suivant, en général, ils ont tout oublié. Simeon, sans doute contrarié par le départ prochain de sa femme pour l'Europe, avait-il forcé la dose ? N'avait-il voulu que l'humilier ?

Ou bien s'attendait-il vraiment à ce que, de peur de perdre sa place, elle se soumît à son bon plaisir ?

Elle était sur la corde raide. Le moindre faux pas romprait le fragile et précaire équilibre de son existence. Conduirait au désastre.

Et pourtant, allait-elle risquer de se retrouver, seule, un soir, dans la grande maison silencieuse, avec cet ignoble...

En ouvrant la porte de son logis, elle avait pris sa décision. Elle dirait à Terence — oh, sans entrer dans les détails — qu'elle ne se sentait plus en sécurité chez les Simeon.

Il allait sans doute triompher de la voir renoncer à son emploi, lui qui ne montrait que mépris pour les efforts désespérés de sa femme. D'ailleurs, ne méprisait-il pas la terre entière ? songea-t-elle en poussant un gros soupir.

Elle fut surprise de trouver les lampes allumées au rez-de-chaussée. Rowan, sans doute, avait veillé à ce petit détail. La lumière lui parut accueillante après le long trajet en tramway dans la nuit, et la marche sous les rafales glaciales jusqu'à Whiskey Island. Une autre surprise l'attendait : un bon feu pétillait dans la cheminée.

A son entrée dans le salon, Terence se leva lentement et se tint debout. Elle le regarda avec des yeux écarquillés, et faillit lui dire de se rasseoir. Quelque chose l'arrêta dans la manière qu'il avait de rejeter ses épaules en arrière, de hausser le menton. Il s'était lavé, soigneusement peigné, et avait enfilé des vêtements propres. Soulignée par la lumière rasante de la lampe, sa cicatrice à la joue était encore visible ; bientôt elle disparaîtrait sous la barbe qui repoussait et attirerait à peine l'attention.

— Terry ?

— Tu es en retard, je me suis inquiété.

— Il gèle. Le chemin m'a paru encore plus long que d'habitude.

— Tu es frigorifiée, viens donc près du feu.

— Je m'occuperai de ton dîner dès que je serai un peu réchauffée.

— Il y a des restes d'hier au soir. Ça fera l'affaire.

Elle fut soulagée de le voir si conciliant.

— Est-ce prudent de tenir debout ? Ta jambe ne te fait-elle pas souffrir ?

— C'est supportable.

— Que dirait le docteur ?

— C'est justement lui qui m'a conseillé de me servir de ma jambe aussi souvent que possible. Et de mon bras. Il me faudra de l'aide pour faire les exercices qu'il m'a montrés.

Ainsi donc le Dr Conner était venu en son absence ? Terence, apparemment, l'avait écouté et semblait décidé à suivre ses instructions. Elle n'en revenait pas.

— Il t'a dit que les choses allaient s'améliorer ?

— Oui. Je ne retrouverai jamais ma forme d'antan, pour sûr, mais je peux espérer un mieux certain.

Elle joignit les mains devant sa poitrine.

— Tu remarcheras ?

— A l'aide d'une canne, oui.

— Juste une canne ?

Il lui sourit. Pour la première fois depuis leur promenade sur Euclid Avenue.

— Oui. Quant à mon bras, il ne faut pas s'attendre à des miracles. Il me servira peut-être un jour, différemment. Ce n'est que le gauche, après tout.

Après cette terrible soirée, elle n'espérait plus rien de bon. Cette lumière dans le regard de son mari l'aveuglait. Ses pensées tourbillonnèrent dans toutes les directions.

— Et ce n'est pas fini, autant que tu le saches tout de suite.

Terence se rassit précautionneusement et reprit son souffle avant de poursuivre :

— M. Simeon entend me payer un maître. Cet homme veut se racheter, le père McSweeney est venu me le dire. Je vais apprendre à lire, à écrire et à compter. Si je réussis rapidement dans mes études, il me proposera lui-même un emploi. Mais nous ne devons le dire à personne. Il doit avoir la frousse que tous les ouvriers blessés à bord de ses bateaux ou dans ses fonderies se mettent à réclamer, eux aussi, une aide aussi généreuse. Pour une fois, on dirait que la chance a tourné en notre faveur, Lena.

L'image très nette de James Simeon enroulant une boucle de ses cheveux autour de son petit doigt s'imposa à l'esprit de Lena.

— M. Simeon, répéta-t-elle, comme en transe.

— Oui, et je suis sûr que c'est en partie grâce à toi.

Le visage blême de James Simeon, son regard glacé. James Simeon s'approchant d'elle, lentement mais sûrement. Son haleine. Son humour.

James Simeon ramenant l'espoir dans le regard de Terence !

— J'avais tort, Lena, quand j'ai voulu t'empêcher de travailler chez les Simeon. Je me suis trompé. Pardonne-moi, ma chérie.

Si des doigts de glace n'avaient étreint son cœur, elle en aurait sangloté. Comment pouvait-elle lui dire à présent ce qu'elle avait résolu ?

Un altruisme soudain n'enjoignait pas à Simeon de faire le bien. Il avait offert son aide pour l'obliger, elle, à rester son employée. Pour la garder sous le coude, prête à être utilisée, un soir, aussi naturellement qu'il se servait de son argenterie et salissait les blanches nappes de lin de la table de sa salle à manger.

— Oh, Terry, je...

Il l'arrêta d'un geste de la main.

— Je sais, j'ai transformé ta vie en enfer, Lena. Cela va changer. Je vais travailler dur à m'instruire. Tu seras de nouveau fière de moi, je te le jure. Oui, si je ne devais accomplir qu'une chose sur cette terre, ce serait bien celle-ci : te rendre fière de moi.

Une vague d'amour et de reconnaissance infinie, d'autant plus douce que la source en avait été tarie si longtemps, l'envahit.

Elle éclata en sanglots et, tombant à ses pieds, posa la tête sur ses genoux. De sa main valide, il caressa ses cheveux en murmurant de tendres et affectueuses paroles.

Ses sanglots redoublèrent.

9 février 1883

***H**ier, une vieille femme m'a entretenu de l'âme de son défunt mari. Disparu depuis trois longues années, il était venu la visiter en rêve, cette nuit-là, et lui avait recommandé de faire don de tout ce qu'elle possédait à l'Eglise : sans cela il ne franchirait jamais la porte du paradis.*

« Où dormirez-vous et de quoi vous nourrirez-vous ? lui ai-je demandé, si vous donnez à la paroisse le peu qu'il vous reste ? »

« Mon père, m'a-t-elle répondu, les seule choses qui m'importent vraiment, ce sont votre bénédiction et l'assurance qu'à ma mort mon cher époux et moi serons réunis à jamais avec tous ceux que nous aimons. »

Voilà pourquoi elle était prête à se dépouiller de tout.

Ma bénédiction est gratuite, bien évidemment, et j'ai renvoyé cette femme chez elle avec les maigres économies qu'elle avait apportées en guise de premier paiement pour le repos de l'âme de son mari. Avait-elle conscience de la valeur de son sacrifice aux yeux de Notre-Seigneur ? Son mari, autant qu'il m'en souvienne, n'était ni bon ni pieux. Par-delà la mort, elle lui avait pardonné ; en souffrant de la faim et de la misère, elle espérait racheter son âme.

Comme l'amour de Dieu doit être grand pour ces humbles créatures qui manifestent de telles vertus, reflets de l'étincelle divine qu'Il a mise en elles !

Puissions-nous suivre tous un tel exemple.

Puissé-je aussi aisément pardonner...

Journal du père Patrick McSweeney — Paroisse Sainte-Brigid, Cleveland, Ohio.

22.

Février 2000

Kathleen Donaghue, la mère de Casey, disait toujours, de son vivant, que la tenue d'un saloon n'excusait pas la négligence de la vie de famille. Ainsi, le dimanche, les sœurs Donaghue, dûment pomponnées, étaient emmenées à Sainte-Brigid pour la messe. Au retour, dans la grande cuisine du Whiskey Island Saloon — fermé pour la circonstance au public —, Kathleen, Rooney et leurs trois filles partageaient un somptueux repas, réunissant à l'occasion d'autres membres de leur famille étendue.

Après le décès de sa mère, des années durant, Megan avait pris en charge l'organisation et la préparation de ces réunions dominicales, au fur et à mesure que Rooney s'éloignait. Quand il les avait abandonnées pour de bon, Casey et elle avaient tenté de maintenir la tradition. Avec un succès limité. La fête s'était peu à peu réduite à de simples repas. On ne mettait plus les petits plats dans les grands ; le rituel hebdomadaire ne se fit plus qu'une fois sur deux, enfin devint mensuel.

Ce jour-là, elles remettaient la coutume à l'honneur, comptant sur l'atmosphère conviviale pour aborder, avec Peggy, le délicat sujet de Rooney. Casey espérait vraiment qu'ainsi la pilule paraîtrait moins amère.

— Ashley m'aide à mettre le couvert, cria Casey en direction de la cuisine.

Elle avait descendu du grenier l'antique service de porcelaine familial et, en compagnie de la petite, avait dressé la table au milieu de la vaste salle, avec sa nappe de lin blanc et les précieux chandeliers en argent de Kathleen.

— Le repas sera prêt d'ici dix minutes, répondit Megan dans un bruit de casseroles et de couvercles.

Casey observa attentivement le visage grave de la fillette.

— Bravo, tu as posé les chandeliers exactement au bon endroit.

— J'aidais maman. Chez nous.

Casey fut surprise. Jusqu'alors, son existence « d'avant » avait été sujet tabou.

— Tu l'aidais à mettre la table ?

— Quand papa n'était pas là.

Casey eut l'impression d'avancer sur un champ de mines.

— Vous aviez des chandeliers ?

— Han-han. Et des trucs pour mettre les serviettes dedans.

— Des ronds de serviettes. Tu sais, nous en avons ici, aussi. Allons les chercher. Tu pourras glisser les serviettes dedans si tu veux.

— On mettait des fleurs sur la table, dit Ashley en suivant Casey dans l'escalier menant à l'appartement.

— Quelle sorte ? Tu t'en souviens ?

— Des roses. Ça sentait bon.

Casey ouvrit la porte de leur logement et fit entrer Ashley la première.

— J'aurais bien aimé avoir un bouquet de roses à mettre sur la table aujourd'hui. Mais en hiver, ce n'est pas possible.

— Il n'y a pas d'hiver là où j'habite. J'aime pas la neige.

— Ah bon ?

Casey avait descendu du haut du placard une boîte en carton. Elle en sortit quatre anneaux de porcelaine.

— Oh, regarde, dit-elle, ils sont décorés de minuscules roses peintes à la main. Tu vois, nous aurons quand même des roses à table.

Ashley eut une sorte de gloussement étouffé. Elle examinait les délicats ronds de porcelaine comme s'il s'agissait de quelque trésor. Elle en passa un autour de son poignet menu et admira l'effet produit.

Les circonstances qui avaient placé l'enfant sous sa garde avaient légitimement provoqué la rage de Casey. Si le drame que vivait Ashley avait éveillé en elle un instinct protecteur, elle ne s'était pas pour autant sentie en empathie avec l'enfant. A présent, un flot d'émotions l'envahissait. Elle aurait voulu la prendre dans ses bras et la serrer contre son cœur.

Elle s'efforça de n'en rien montrer ; s'éclaircissant la gorge, elle reprit sur le ton de la conversation :

— Tu sais, la neige a son charme. As-tu déjà fait un ange de neige ?

Ashley leva un regard interrogateur.

— Un ange ?

— Si tu veux, après le repas, nous nous habillerons chaudement, et nous irons au parc. Je te montrerai comment faire. Je suis sûre que tu trouveras ça amusant.

— J'ai fait une boule de neige à l'école. Elle s'est cassée.

— C'est parce que tu ne l'as pas tassée assez fort. Je t'apprendrai à en faire de solides.

Ashley considéra la proposition avec sa gravité habituelle.

— D'accord.

Une étincelle dans son regard marquait un intérêt nouveau.

— Casey ?

— Oui ?

— Est-ce que je vais voir maman bientôt ?

C'était la première fois, depuis toutes ces semaines passées ensemble, qu'Ashley posait cette question. On avait conseillé à Casey de ne pas mentir à l'enfant : les mensonges ne feraient que compliquer une situation déjà intolérable. Il n'était pas facile, pour autant, de révéler toute la vérité.

— J'aimerais tant pouvoir te dire oui, ma chérie, mais je ne sais pas quand ce sera. Par contre, je suis certaine d'une chose : c'est que ta maman pense à toi en ce moment précis et qu'elle t'envoie tout son amour.

— Comment tu le sais ?

— Parce qu'elle n'arrête pas de penser à toi et qu'elle t'aime très fort.

Ashley réfléchit.

— C'est pour ça que je suis ici.

— Tu as raison.

— Si tu avais une petite fille, est-ce que tu t'en séparerais ?

A cinq ans à peine, elle faisait preuve d'une maturité désolante.

— Si j'avais une petite fille, j'essayerais toujours de faire ce qu'il y aurait de mieux pour elle. Même si c'était très très dur.

— Ta petite fille pleurerait peut-être, déclara Ashley en soutenant le regard de Casey. Mais pas moi.

C'était la vérité, Casey ne l'ignorait pas.

— Je le regrette. Tu as le droit de pleurer, tu sais. Parfois, cela fait du bien.

— Oh non. Les gens font du mal quand on pleure. Pour qu'on arrête.

Casey sentit son plexus se nouer.

— Ici, personne ne te fera de mal. Personne ne t'empêchera de pleurer si tu en as envie ou si tu es triste.

Aussi soudainement qu'elle s'était ouverte, Ashley rentra de nouveau dans sa coquille. Elle tourna les talons et se dirigea vers la porte, tenant toujours dans sa menotte les petits ronds de porcelaine. Bientôt Casey l'entendit descendre l'escalier.

Une exclamation rageuse lui échappa.

— Salopard de Bobby Rayburn. J'espère que le bon Dieu va te foudroyer dans ta belle villa de Palm Beach. S'il ne le fait pas, quelqu'un d'autre s'en chargera. Quelqu'un qui aime vraiment cette enfant.

Casey fit le tour de la table du regard. Il y avait là ses deux sœurs et Ashley. Elles venaient de dire le bénédicité, guidées par Peggy, seule à se souvenir de la formule ancienne qui avait bercé leur enfance.

Megan releva le front.

— Passez vos assiettes.

Le gigot d'agneau, parfumé à l'ail, conservait son anonymat, les trois sœurs ayant préféré ne pas dire à Ashley de quel animal provenait la viande. Elles l'appelaient simplement « le gigot », et il sentait délicieusement bon. Des pommes de terre à la vapeur, dorées dans le jus de la viande, tenaient lieu d'accompagnement. Les plus beaux légumes que Megan avait pu dénicher au West Side Market avaient été nappés à la dernière minute d'un beurre fondu aux herbes, relevé d'une pointe de crème fraîche. Une tarte maison aux myrtilles — une extravagance coûteuse en cette saison, mais Peggy en raffolait — achevait de cuire au four.

— La table est bien jolie, dit Peggy. Et le repas somptueux. Alors, que voulez-vous me faire avouer, hein ?

— Comment ça ? se récria Megan.

— Ne fais pas l'innocente. J'ai toujours eu droit à ce genre de repas lorsque tu voulais me tirer les vers du nez. Si je rompais avec un amoureux, nous avions immanquablement un gigot d'agn... Hum. Si j'avais une mauvaise note à un examen : vlan ! de nouveau le gigot. Et quand les choses se gâtaient vraiment, j'étais bonne pour la tarte aux myrtilles. J'en sens l'odeur caractéristique. Je me trompe ?

— Tu confonds l'amour d'une sœur et la manipulation.

— Mon œil, oui !

— Tu es de mauvais poil, Peg ? intervint Casey.

— Pas du tout. Tout va bien. J'apprécie mon séjour ici. J'en avais besoin. Le dossier est clos.

Megan ignora délibérément la dernière phrase de sa sœur.

— Est-ce un homme ? As-tu des peines de cœur ?

Peggy démentit un peu trop rapidement.

— Je peux te garantir qu'aucun homme dans ma vie ne m'irrite autant que toi.

Casey savait qu'un fiancé fantôme avait téléphoné plusieurs fois à l'appartement.

— Tu ne fréquentais pas quelqu'un de ton cours d'anatomie ? Ce type de Cincinnati, non ?

— Tu arrives après la bataille. Il a déménagé l'été dernier pour s'installer dans l'Indiana.

— Ça a dû être difficile...

— Pour qui ? Je sortais avec un autre gars, à l'époque.

— On le connaît ? s'enquit Megan.

— Non. Pas plus lui qu'un autre.

— Bon, on a à peu près fait le tour de la question, soupira Casey. Tes projets, maintenant. Qu'est-ce que tu vas faire quand tu seras grande ?

— Ecoute, je comprends que tu te sentes concernée, mais fais-moi un peu confiance. Je donne l'impression d'être en pleine déprime, franchement ?

En tout état de cause, Casey ne pouvait répondre que par la négative.

— Alors, rassurée ? triompha Peggy.

Rapprochant le plat de légumes de son assiette, elle tria soigneusement les brocolis et se servit une généreuse portion de carottes et de purée de pois cassés.

— Et pour toi, Casey, comment va la vie ? demanda Megan, renonçant à poursuivre l'interrogatoire de sa plus jeune sœur.

— Rien de nouveau...

— Et Jon, alors ?

— Bon sang ! C'est l'Inquisition irlandaise, ou quoi ?

— On le voit assez souvent dans les parages, non ? risqua Peggy. Si cela ne te fait ni chaud ni froid, c'est à désespérer.

— Il se peut qu'il se soit fourré dans le crâne qu'il était tombé amoureux de moi. Avoir d'agréables conversations ensemble ne signifie pas qu'on soit faits pour vivre ensemble. Il confond tout.

Peggy fit une grimace comique.

— Quel imbécile, effectivement ! Croire qu'une parfaite amitié peut conduire à l'amour... Je comprends que tu l'aies envoyé sur les roses.

— Occupe-toi de tes petits pois, toi, rétorqua Casey en picorant dans son assiette.

— Evidemment, si tu ne le trouves pas séduisant...

Megan laissa sa phrase en suspens tandis qu'elle sélectionnait les pommes sautées les plus croustillantes pour Ashley.

— Je me doutais bien que ça n'était pas ton type, les gars grands, beaux et intelligents dont le sourire illumine une pièce, conclut-elle perfidement.

— Nous sommes les meilleurs amis du monde. L'amour remettrait tout en question.

Peggy se servit de pommes de terre.

— Tu n'as pas vu ce film : *Le Mariage de mon meilleur ami* ? Jon pourrait se fatiguer de t'attendre et se consoler dans les bras d'une Cameron Diaz. Que ferais-tu dans ce cas ?

— J'irais danser à son mariage. A ton tour, Megan ! Puisque nous en sommes au chapitre des messieurs, dis-nous un peu pourquoi tu as découragé Niccolo Andreani ?

— Je ne souhaite pas parler de Niccolo, répliqua Megan d'un ton sans appel. Mais j'aimerais bien évoquer quelque chose qui le touche de près.

— Tu m'obliges bien à parler de Jon...

— Et moi de mon avenir...

Ashley lança violemment sa fourchette sur la table.

— Arrêtez de vous battre !

Les trois sœurs, interloquées, contemplèrent l'enfant sans dire un mot. Casey rompit le silence :

— Nous n'étions pas en train de nous battre, ma puce.

— Oh ! que si, la contredit Megan.

Puis, se tournant vers Ashley, elle ajouta :

— Ma chérie, nous ne sommes pas fâchées les unes contre les autres. Nous nous aimons beaucoup. Seulement, nous ne sommes pas toujours d'accord, c'est tout.

— Les gens se font du mal après, marmonna Ashley sans lever les yeux de son assiette.

— Pas dans cette maison, je te le promets, dit Peggy en serrant la main de l'enfant dans la sienne. Megan a raison. Nous nous aimons beaucoup.

Megan, accrochant le regard de Casey, leva un sourcil interrogateur. Celle-ci eut un bref hochement de tête.

Le silence s'abattit sur la table, chacune s'occupant de son assiette.

— Megan, tu étais sur le point de nous dire quelque chose, il me semble, tout à l'heure, risqua enfin Peggy.

Il était temps d'aborder le délicat sujet de Rooney...

Mais des coups furent frappés à la porte du saloon.

— Va donc dire à ce gêneur de passer son chemin, Casey, maugréa Megan. Si on ne peut plus être tranquille le dimanche !

Casey alla ouvrir la porte. Jon se tenait sur le seuil. Il retira son épais bonnet de laine ; aussitôt des flocons de neige poudrèrent ses cheveux noirs.

— Personne ne répondait à l'appartement. J'ai aperçu de la lumière dans la salle, et j'ai tenté ma chance : j'espérais tomber sur toi.

Casey, malgré elle, lui souriait béatement.

— Nous sommes en train de manger. En bas, pour changer.

— Désolé de vous avoir interrompues. Puis-je t'appeler plus tard ?

— Tu fais partie de la famille... joins-toi à nous.

— Je ne veux pas déranger. Je vais...

Elle l'entraîna dans l'étroit vestibule.

— Megan, lança-t-elle à tue-tête, c'est Jon. Il dérange ?

— Dis-lui que son assiette est déjà mise. Qu'il ne s'offusque pas si ce n'est pas le joli modèle en porcelaine, il aurait fallu que je remonte à l'étage. Voilà, c'est servi !

Casey lui fit un clin d'œil. Comme Megan l'avait dit un peu plus tôt, le sourire de Jon était vraiment éblouissant, elle s'en apercevait à présent. Quelque chose palpita dans sa poitrine. Etait-ce son propre cœur qui battait ainsi la chamade ?

Jon se dépouilla de son manteau et l'accrocha à une patère avant de la suivre à l'intérieur. Les sœurs lui avaient fait de la place à côté de Casey ; après les avoir saluées, il avança la chaise de sa voisine, puis s'assit.

— Hum, tout cela a l'air succulent. Je passerais bien à l'improviste tous les dimanches après-midi.

Megan lui adressa un grand sourire.

— Pas de problème, mais venez plus tôt, pour la corvée de pluches !

— Quand le temps se radoucira un peu, je vous inviterai à la maison pour un barbecue hongrois traditionnel.

— A quoi cela ressemble-t-il ? demanda Peggy.

— Ma tante Magda avait une spécialité qu'elle appelait *saluna*. Vous prenez un bloc de bacon que vous tranchez en morceaux, et vous l'enfilez sur des baguettes pour le griller au feu de bois. Vous laissez la graisse s'égoutter sur du pain frais et quand la mie est bien imbibée, vous le dégustez. Vous taillez ensuite le côté bien doré du bacon que vous posez sur votre tartine, et vous recommencez toute l'opération. Cela peut durer toute la nuit, ça dépend de la taille du bloc de bacon.

— Ta tante Magda, quel âge avait-elle quand elle a disparu ? Douze ans, treize ans ? C'était un problème cardiaque ou des artères bouchées par le cholestérol ?

Il rit de bon cœur.

— Elle était plus âgée que je ne le serai jamais.

Casey n'avait aucun mal à imaginer une soirée de printemps dans le jardin de Jon, à Lakewood, autour d'un barbecue. Des blancs de poulet et des hamburgers remplaceraient le bacon débité à la hache, il y aurait des amis, des conversations stimulantes et... Jon.

— Megan, de quoi avais-tu l'intention de nous parler ? s'enquit Peggy en repoussant sa chaise. Ça peut attendre ? Je vais aller chercher un paquet de café à l'étage pour accompagner le dessert.

— Non, reste. Nous ferons le café ici. Nous en servons une centaine de tasses par jour, alors...

— J'ai envie d'un bon décaféiné, qui ne m'empêchera pas de faire la sieste. Je suis vannée.

Casey, comprenant l'hésitation de Megan, décida de prendre les choses en main.

— Il me semble que Jon devrait également être au courant de ce qui se passe, Megan.

Elle se tourna vers lui.

— C'était un genre de conseil de famille, Jon. Cela ne t'ennuie pas trop d'y assister ?

Il secoua la tête. Bien qu'il fût gêné, il n'essaya pas de se défiler, et elle lui en fut reconnaissante.

Megan commença par pousser un long soupir.

— Peggy, te souviens-tu que le soir de votre arrivée, Nick pensait avoir vu un homme s'enfuir ? Un homme qui aurait pu assommer le conducteur de la voiture ?

Peggy fronça les sourcils.

— N'était-il pas revenu sur son témoignage, ensuite ? Il avait reconnu s'être trompé, non ?

— Eh bien, il y avait effectivement quelqu'un. Et nous pensons que cet homme vit sur Whiskey Island.

Megan fit une pause avant de reprendre :

— Peggy, je ne sais pas comment t'annoncer cela en douceur... il se peut que ce soit Rooney. Plusieurs indices vont dans ce sens.

Les joues de Peggy pâlirent lentement. Elle ne fit aucune remarque. Afin de laisser à sa sœur le temps de digérer la nouvelle, Casey s'adressa à Jon.

— Tu n'as jamais rencontré notre père, il me semble ?

— Il était déjà parti lorsque j'ai fait ta connaissance.

— Nous ne sommes pas absolument certaines que l'homme que Nick a surpris soit bien Rooney. Si cela s'avère, nous aurons sans doute besoin de ton aide, d'une manière ou d'une autre. Peut-être le vandale de la presqu'île dont tu m'as parlé et lui ne font-ils qu'un...

— Quel genre d'indices ? articula Peggy d'une voix étonnamment posée.

Megan lui parla en détail des découvertes de Niccolo. Peggy écouta ces révélations sans broncher.

— Je ne me souviens même pas de lui, dit enfin Peggy. J'étais si jeune quand il est parti.

— Moi, je me souviens de mon papa, lança alors Ashley.

Casey regretta que l'enfant eût choisi cet après-midi si particulier pour sortir de sa coquille.

— Est-ce que ton papa t'a fait du mal ? poursuivit Ashley, s'adressant à Peggy.

La jeune femme pressentit toute l'importance de la question.

— Jamais, mon ange. Il s'est sauvé, mais il ne m'a jamais frappée ni blessée. Jamais.

Ashley, apparemment satisfaite, s'intéressa de nouveau au contenu de son assiette.

Peggy se tourna vers sa sœur aînée.

— Comment découvrir si, oui ou non, cet homme est notre père ?

— Je suis allée à l'endroit où il est censé demeurer. J'y ai laissé un mot. Nick se rend sur place de temps à autre. Difficile de faire beaucoup plus pour le moment. S'il s'agit véritablement de Rooney, il est coupé de la société depuis très longtemps. Nous devons y aller tout doux pour ne pas l'effrayer.

— Es-tu sûre, justement, de ne pas vouloir l'effrayer et le faire fuir ?

Megan la regarda, déconcertée.

— C'est vrai, admit-elle, en partie.

— Comment prends-tu cela, Peggy ? s'enquit Casey. C'est plutôt inattendu, non ?

— Je suis très contente de ne pas être loin d'ici, à l'école.

Megan prit la main de la benjamine entre les siennes.

— Quand nous aurons la certitude qu'il s'agit bien de Rooney, il nous faudra sans doute prendre des décisions. J'ignore quels sont nos droits légaux en la matière. Peut-être n'en avons-nous aucun ?

— Si vous parlez de placement dans un établissement spécialisé, intervint Jon, ce n'est pas aussi facile que ça en a l'air. Il vous faudra prouver qu'il est un danger pour lui-même ou pour autrui.

— Parce que ça ne saute pas aux yeux qu'un homme vivant dehors, par ces températures, est un danger pour lui-même ? s'étonna Megan.

— S'il agit ainsi pour se détruire, c'est une chose. S'il se plaît à vivre ainsi, vous n'aurez pas forcément gain de cause devant un tribunal. A ce train-là, tous les SDF du pays seraient traduits en justice. Rooney est libre.

— Et pour atteinte à la personne ? Ne pourrions-nous pas le faire arrêter et placer dans un centre médico-social, ne serait-ce que le temps d'un bilan ?

— Il y a trop de criminels purs et durs pour compter sur la police ou la justice dans ce genre d'affaire. Sauf si nous prouvons qu'il est l'auteur des actes de vandalisme sur Whiskey Island.

— Tu ne penses pas qu'il reviendrait à la maison, si nous l'en priions ? demanda Peggy à Megan. Il a peut-être honte, et besoin d'un encouragement de notre part, qui sait ?

Casey répondit à sa place, d'un ton doux et patient :

— Il y a peu de chance, Peg. Rooney n'a plus toute sa tête. De bons sentiments ne suffiront pas. Quel que soit le problème de Rooney, il ne date pas d'hier. C'est cette durée qui rend les choses difficiles.

— Mais quels problèmes ? Peux-tu être plus précise ?

Casey soupira et lança un regard en biais vers Megan, quêtant son soutien. Curieusement, pour une fois, sa sœur aînée la laissait se débrouiller seule face à une crise familiale.

— Schizophrénie, dédoublement de la personnalité, atteinte des facultés cérébrales. Ethylisme avancé. Va savoir. Quoi qu'il en soit, c'est sérieux, et probablement chronique à l'heure qu'il est. S'il se laisse approcher, nous pourrons sans doute améliorer la qualité de sa vie ; nous n'effacerons pas, pour autant, des années de maladie mentale.

Casey avait pas mal réfléchi à la question depuis son retour. L'amertume qu'elle ressentait vis-à-vis de son père s'était en grande partie estompée. Elle pensait à lui comme à un malade, non plus comme à un salaud.

— Les symptômes en étaient sans doute apparents des années avant qu'il ne nous quitte. Nous étions trop jeunes pour les voir, et notre mère trop loyale pour en parler.

— C'est vrai, il a toujours été différent des autres pères, dit Megan en se carrant contre le dossier de sa chaise. Fantasque... comme si les fées et les *lepréchauns* lui faisaient la conversation. Il racontait de merveilleuses histoires dont il était impossible de démêler le vrai du faux. Pour Rooney, la frontière entre le visible et l'invisible n'existait guère.

— Je regrette de ne pas l'avoir connu. Il n'est donc peut-être pas trop tard...

Ils restèrent silencieux. Une fois déjà, Rooney avait bouleversé leur univers. Il était à parier qu'il allait rééditer son exploit.

On entendit la chaise de Megan grincer sur le plancher.

— Je vais chercher le gâteau.

Il n'y eut aucune protestation. Dans la maison Donaghue, quelles que fussent les circonstances, on ne chipotait pas la nourriture. Contrariété ou pas. Et personne n'aurait songé à dédaigner la fameuse tarte aux myrtilles de dame Megan.

— J'en profite pour monter à l'étage et rapporter ce paquet de décaféiné.

Peggy disparut à son tour. Casey l'avait suivie du regard.

— Je n'arrive pas à savoir si c'est bien ou pas que Rooney soit un étranger pour elle.

— Et toi, comment ça va ?

Elle poussa un soupir. Jon lui prit la main.

— Viens avec moi, à la maison. Nous louerons une cassette vidéo. Tu parleras si tu en as envie.

Bizarrement, le programme lui sembla parfait, bien qu'il fût à l'opposé de sa manière d'agir habituellement pour se débarrasser du stress. Il y a peu encore, elle aurait cherché à faire la fête, à s'étourdir. Pourquoi la perspective de passer un moment, dans la quiétude de sa vieille maison, la tête sur l'épaule de Jon, son bras protecteur autour d'elle, lui parut-elle tout simplement irrésistible ?

Elle surprit le regard d'Ashley sur elle. Sa muette interrogation, son attente.

— Impossible. J'ai promis à Ashley que nous irions faire un ange de neige aujourd'hui. Et des boules de neige.

— Il faut bien trois personnes pour une bonne bataille de boules de neige. Et j'adore Walt Disney. Crois-le si tu veux, j'ai récemment pleuré devant *Bernard et Bianca*. La chanson de Penny, sur le pont du bateau à aube... c'est pour moi le comble de l'émotion cinématographique, et je le dis absolument sans aucun cynisme. Les dessins animés me vont droit au cœur. Ashley choisira le film qu'elle a envie de voir.

— Tu es certain ?

— Il faut que ce soit d'accord avec la princesse, d'abord. Princesse ?

Le visage de l'enfant s'illumina.

— Ma maman m'appelle aussi princesse.

— Un très joli nom : Princesse Ashley.

— Tu veux bien que Jon vienne avec nous jouer dans la neige ? Puis nous irons chez lui quand il fera trop froid dehors.

— Est-ce que je pourrai m'amuser avec les poupées ?

Jon lui sourit.

— Et comment ! Casey m'a dit qu'elle t'en avait acheté une. Apporte-la, tu leur feras faire connaissance.

Pour la plus grande joie de Casey, l'ombre d'un sourire éclaira soudain le regard de la fillette.

23.

Niccolo se demandait comment parler à Megan de la conversation qu'il avait eue avec son père, le vendredi soir. S'il n'avait pas encore la certitude absolue que le vieil homme de Whiskey Island fût bien Rooney, tout portait à le croire. Certitude ou pas, il ne devait rien lui cacher.

Le dimanche en fin d'après-midi, profitant d'un moment d'accalmie — les jeunes faisaient de la peinture, trois pièces plus loin, au son d'une musique tonitruante — dans la maison de fous qu'était devenu son refuge de célibataire, il lui téléphona.

A l'appartement de Megan, il tomba sur un courtois message enregistré. Au saloon, il laissa sonner une dizaine de fois.

Il s'apprêtait à raccrocher quand elle répondit.

Sa voix vibrante d'alto, même à travers un simple bonjour, lui procurait de curieuses sensations. Elle lui remettait à la mémoire des choses auxquelles il avait renoncé... de son plein gré, certes, mais dont il ne se sentait pas libre de réclamer la restitution, pour autant. Le simple son de sa voix lui faisait sentir aussi sa pusillanimité, et le vide de son existence.

Il s'annonça.

Comme de coutume, elle alla droit au fait.

— Avez-vous découvert du nouveau sur Rooney ?

— Je...

Il y eut une salve de grésillements à lui déchirer le tympan, puis la ligne fut coupée.

— Megan ?

Il attendit. Inutilement. Raccrocha, laissa passer un moment, souleva de nouveau le combiné : aucune tonalité.

« Nick ! »

Il fit la grimace et prit le couloir, vers le chantier d'où provenait l'appel.

A la vue de son expression, l'un des jeunes eut la bonne grâce de baisser le volume de la radio.

— Des ennuis avec le téléphone, peut-être ? demanda Niccolo aussi suavement que possible.

Ils étaient quatre à travailler ce jour-là : Joachim, Winston, Josh et le dernier en date, Pete, un étudiant marginal, maladroit et fanfaron, qui avait laissé tomber les études. Pete était blond, avec des yeux bleus — et prétendait être un authentique descendant du chef indien Crazy Horse. Winston et lui rivalisaient d'extravagance, cultivant le scandale et l'outrance. A l'instar de Winston, Pete ne rechignait pas devant l'ouvrage.

— J'ai l'impression qu'on a fichu en l'air un fil ou un câble, risqua Pete. Désolé, j'ai pas fait exprès. Mon doigt s'était pris dedans et j'arrivais plus à l'enlever.

Niccolo s'abstint de demander pourquoi Pete avait passé son doigt sous le fil téléphonique, dûment agrafé au mur.

— Je le réparerai, ce n'est pas grave.

— J'peux vous aider ?

Niccolo avait déjà constaté la fascination de Pete pour tout ce qui concernait la mécanique et le bricolage. Comment était-ce possible qu'aucun éducateur n'eût remarqué les aptitudes du jeune garçon auparavant ? Ravalant son agacement, il sourit.

— Je n'ai pas le temps, là, tout de suite. Et la peinture, comment ça se passe ?

Elisha avait choisi un vert profond. A l'aide de photos découpées dans de vieux magazines, elle avait réussi à convaincre un Niccolo plutôt réticent de prime abord. De fait, la couleur foncée faisait ressortir la teinte blonde des boiseries en érable et soulignait la vue sur le jardin. Le futur propriétaire utiliserait sans doute la pièce comme bureau ou comme salon — et ce ne serait pas lui... Il le regretta un bref instant.

— Va falloir une autre couche, dit Winston.

Il était le « patron » de l'équipe de peinture, une responsabilité qui lui valait un dollar de plus à l'heure. Si Niccolo ne payait pas ses joyeux amateurs pour leurs travaux — qu'il devait refaire en douce, la plupart du temps —, il avait décidé de faire une exception pour la peinture. Une nouvelle couche ? C'était de l'arnaque pure et simple ! Ils avaient tous cruellement besoin d'argent de poche...

Il fit un pas en arrière et posa un regard critique sur les murs.

— Tu as raison. Mais une seule couche fera l'affaire. La pièce a déjà belle allure.

— Faudrait quelque chose d'autre ici, proposa Winston en désignant le seul mur sans fenêtre.

— Ceux qui vivront ici mettront des tableaux.

Winston secoua la tête.

— Je voyais quelque chose de plus fun.

Niccolo eut la vision de graffitis géants.

— Laissons-le comme ça, pour le smoment, d'accord ? Nous achèterons des posters.

Winston haussa les épaules.

Niccolo hésitait à laisser les jeunes seuls dans la maison. Il décida cependant de faire un saut chez ses voisins pour utiliser leur téléphone. Les jeunes cadres dynamiques en pleine ascension sociale n'étaient jamais là le week-end. Restait la jeune femme qui collectionnait les visites masculines, de retour chez elle après un bref séjour hors de l'Etat : elle s'était arrêtée plus tôt, dans l'après-midi, pour récupérer le courrier dont il s'était occupé en son absence.

Il enfila sa canadienne et prévint les jeunes qu'il serait de retour cinq minutes plus tard.

— Je serai juste la porte à côté. Pas assez loin, j'en ai peur, pour ne plus entendre votre radio.

Ils levèrent tous les yeux au ciel, dans un bel ensemble.

*
* *

Ashley, Casey et Jon étaient partis faire des boules de neige, Peggy était montée faire une sieste, et Megan fixait d'un regard vague sa troisième tasse de café, cherchant à rassembler assez d'énergie pour rentrer chez elle. Niccolo l'avait appelée, l'appel avait duré trois secondes. Elle se doutait qu'il ne lui avait pas raccroché au nez, néanmoins, une certaine frustration la taraudait. Qu'avait-il eu l'intention de lui annoncer ?

Elle n'aimait pas trop penser à Niccolo. Depuis qu'il avait croisé son chemin, ses certitudes avaient volé en éclats. Et cela lui faisait peur. Et cette peur l'irritait. Elle était condamnée à aimer Casey, Peggy, et — à un degré moindre — le reste du clan Donaghue. De ce côté-là, elle ne changerait jamais. Mais aimer un homme qui l'aimerait en retour ? Sacré choix ! Le plongeon dans l'inconnu. Le saut à l'élastique... sans élastique.

Elle se secoua, rapporta sa tasse dans la cuisine. Il était temps de rentrer chez elle. Elle s'équipa pour le froid, sortit, fit démarrer Charité...

Elle se retrouva dans la rue de Niccolo sans savoir comment. Apparemment, son inconscient avait décidé pour elle.

Elle se gara devant chez lui. Comme elle allait sortir de la voiture, la porte de la maison voisine s'ouvrit. C'était Niccolo, suivi d'une femme blonde au chignon laqué en pyramide sur le haut du crâne et vêtue d'un justaucorps en Stretch noir qui soulignait sa plastique avantageuse. Elle ne se risqua pas plus loin que le porche, serrant les bras autour d'elle pour se protéger du froid mordant.

Niccolo s'appuya contre un pilastre pour poursuivre sa conversation avec la blonde incendiaire. Le porche était de proportions modestes — un simple abri contre la neige ; la femme était si proche de lui que son haleine, se matérialisant en une buée argentée, faisait comme une mandorle à son profil de centurion.

Leur conversation durait. La femme se mit à sautiller d'un pied sur l'autre. Enfin Niccolo prit congé, descendit les marches, se retourna une dernière fois pour lui adresser un petit au revoir de la main. Megan surprit l'instant exact où il aperçut Charité, garée le long du trottoir. Il ralentit. Un bref sourire éclaira son visage avant de disparaître.

Le temps que Megan descende de voiture, la voisine était rentrée chez elle.

— J'avais pensé finir cette conversation avec vous. J'arrive peut-être au mauvais moment ?

— Ma ligne est coupée. J'essayais de vous appeler de chez Cindy.

Megan éprouva un absurde sentiment de soulagement.

— Vous avez dû me manquer de peu, j'étais déjà en chemin.

— Ma visite n'a pas été inutile. Elle a essayé de me vendre sa maison.

Défigurée par le porche défoncé, des bardeaux d'amiante et des carreaux brisés, rafistolés à l'aide de ruban adhésif, la demeure avait triste mine. Des stalactites géantes pendaient de l'avant-toit ; un maigre jardin composé d'arbustes chétifs à l'agonie achevait de lui donner un air de désolation.

— Italianisez, lança-t-il avant que Megan ait pu se prononcer. Ce n'est pas évident au premier coup d'œil, je sais. A l'intérieur, c'est pire : l'espace est morcelé par des cloisons grossières. Mais la structure est bonne. Supprimez les affreux bardeaux d'amiante, fichez ce porche minable par terre, avec un peu d'imagination, qui sait si on n'en fera pas quelque chose ?

— Vous n'y songez pas sérieusement ?

— Si, justement. C'est la honte du quartier, une vraie verrue. Si je restaure cette bicoque, la mienne n'en prendra que plus de valeur. Et j'ai une maison remplie de gosses qui vont se trouver au chômage d'ici peu. Voilà un beau projet pour les occuper.

— Pourquoi votre voisine veut-elle vendre ?

— Les feux de Las Vegas. Elle va être danseuse de revue !

— Eh bien... Que vouliez-vous me dire, Nick ?

— Il fera meilleur dans la cuisine. Voulez-vous rentrer ?

Elle était curieuse de voir l'état d'avancement des travaux. A la manière dont il fila vers la maison sans attendre sa réponse, elle eut l'intuition que l'explication prendrait du temps.

A l'intérieur, une forte odeur de peinture et le vacarme d'une radio l'accueillirent. L'entrée était maintenant pratiquement achevée : une deuxième couche de peinture, un bon tapis sur le sol et le tour serait joué. Elle le suivit le long du couloir. Il s'arrêta, ouvrit une porte ; le volume sonore monta d'un cran.

— Dites bonjour à Megan, les garçons.

Un concert de braillements lui répondit. Elle passa la tête à son tour. La pièce était d'un vert surprenant, un choix audacieux pour un petit espace, mais qui, finalement, avait son charme. Elle salua les garçons qu'elle connaissait déjà. Pete se présenta, hurlant son nom par-dessus la musique. Ils échangèrent quelques plaisanteries, puis Niccolo la poussa vers le couloir et referma.

Megan agita la main devant son visage.

— Les émanations de peinture auront leur peau.

— Ils préfèrent s'asphyxier, toutes fenêtres fermées, que de baisser le son de la radio. J'en profiterai, quand ils seront partis, pour aérer en grand.

Elle lui emboîta le pas en direction de la cuisine. Il portait un jean maculé de peinture et l'un des T-shirts blancs de son inépuisable collection sous une chemise de flanelle écossaise.

Il avait belle allure. Quand ils étaient séparés, elle avait tendance à oublier combien il avait du charme.

— Café ? demanda-t-il tout en remplissant le filtre.

La réponse n'était pas nécessaire. Aussi s'activa-t-il dans un silence qu'elle ne chercha pas à troubler. Il savait la raison de sa venue. Elle avait tout son temps.

Quelques minutes plus tard, il lui servit un cappuccino fumant. Elle le goûta — et y ajouta du sucre. Il s'installa en face d'elle avec son café noir.

— Comment ça va ?

Elle haussa les épaules. Cela voulait tout dire.

— Avez-vous du nouveau concernant Rooney ?

— Je suis retourné à l'endroit où je vous ai emmenée. J'y ai rencontré un homme avec qui j'ai parlé. Il pourrait bien s'agir de votre père.

Elle digéra la nouvelle.

— Pouvez-vous me le décrire ?

— Ce n'est pas évident. La soixantaine à peu près. Il était engoncé dans un tas de vêtements superposés. Sale, négligé, mais rasé de près.

Elle l'écouta attentivement tandis qu'il lui rapportait leur rencontre et les paroles qu'ils avaient échangées.

— D'après ce que j'ai compris, il ne se montre que par temps couvert, termina-t-il. Il prétend que les étoiles le guettent et l'écoutent. Et qu'il a pour tâche de protéger quelque chose pour elles, ou... contre elles. Ce n'était pas très clair.

— Mais il a réagi au nom de Rooney ?

— Il s'est retourné quand je l'ai appelé. Lorsque je lui ai demandé si c'était son nom, il m'a affirmé qu'il n'en avait plus, que les étoiles le lui avaient pris.

— Il est fou à lier.

Elle n'était pas aussi détachée qu'elle voulait bien en avoir l'air. Un tremblement, annonciateur de larmes, avait fait vibrer sa voix. Elle se racla la gorge.

— Est-ce qu'il boitait, Nick, quand il s'est éloigné ?

Il fronça les sourcils, réfléchit un instant.

— Oui, effectivement. J'avais mis sa démarche chaloupée sur le compte de godillots éculés, ou dépareillés.

— Rooney avait eu un accident de voiture avant son mariage avec ma mère, et il en avait gardé des séquelles. Une claudication qui s'est accentuée avec l'âge.

— Il a caché, m'a-t-il dit, les objets que j'avais trouvés la première fois. La photographie de vous et de vos sœurs, le dessin d'enfant.

— C'est probablement lui, conclut-elle.

— Nous pourrions y aller la prochaine fois que le temps sera couvert. J'apporterai des provisions et les y laisserai, même si nous ne le voyons pas.

Il fit une pause.

— J'ai l'impression que ce soir, justement, il y aura des nuages.

— Qu'allons-nous lui donner ?

— J'ai préparé deux cartons de victuailles et d'affaires.

— Si c'était un chien, nous appellerions la Société protectrice des animaux pour qu'elle s'occupe de son cas. Pourquoi n'existe-t-il pas une Société protectrice des humains ?

— Je ne sais pas exactement comment vous le dire : j'ai l'impression que votre père est investi d'une sorte de... mission. Il est là-bas pour une raison particulière, et serait complètement perdu si on s'avisait de l'entraîner ailleurs contre son gré.

— Mais enfin, il n'a plus toute sa tête, comment peut-il savoir ce qu'il y a de mieux pour lui ?

— La meilleure solution serait de convaincre Rooney de fuir le froid de son plein gré.

— Faire appel à la raison d'un homme persuadé que les étoiles surveillent chacun de ses mouvements ?

— J'ignore si cela marchera, mais le jeu en vaut la chandelle. En revanche, lui mettre la main au collet et l'interner de force dans un hôpital pour le faire traiter n'est pas — à mon avis — une option légale.

C'est ce qu'avait dit Jon, bien placé pour le savoir. Elle lui concéda silencieusement ce point.

— Je sais que vous êtes contrariée. Et c'est bien légitime... Il vaudrait peut-être mieux envoyer quelqu'un du métier pour parlementer avec lui, reprit-il, pensif, après un silence.

— Vous pensez que je veux fuir cette épreuve, c'est ça ?

— Si vous éprouvez du ressentiment à l'idée de son retour, qui pourrait vous jeter la pierre ?

— Moi. J'ai honte de ne pas être meilleure.

— Ne sommes-nous pas tous logés à la même enseigne ?

— Vous m'absolvez de mes péchés ? Le Seigneur me pardonne ?

— Arrêtez de confondre l'intérêt que je vous porte avec... disons, une certaine déformation professionnelle.

Un long silence suivit.

— Vous n'êtes pas tenté de passer votre chemin ? murmura-t-elle finalement. Je ne vous en voudrais pas. J'ai été infecte avec vous, Nick, j'en ai peur.

— C'est vrai. Moi aussi, j'ai peur, si ça peut vous rassurer. J'ai passé des années à étudier, à acquérir de l'expérience dans toutes sortes de domaines... sauf dans celui-ci.

Soudain, ce n'était plus de Rooney qu'ils parlaient. Mais d'eux-mêmes. Ensemble. Elle leva les yeux vers lui.

— Je ne peux rien promettre, dit-elle en lui caressant doucement le dos de la main, du bout des doigts. Je ne sais pas vraiment ce que je désire.

— Je vous demande seulement de ne pas me rejeter parce que vous avez peur. C'est tout.

— C'est tout ?

Il lui décocha un long sourire au charme ravageur.

— Croyez-vous être la seule dans ce pénible état de confusion ?

Elle était sur le point de répondre lorsque la sonnerie du téléphone les interrompit. Sur le moment, elle fut surprise de l'entendre si proche, puis elle réalisa qu'elle provenait de la poche de son par-dessus.

— Excusez-moi.

Elle sortit son portable et tira l'antenne.

— Si je possédais l'un de ces trucs-là, nous ne serions pas en train d'avoir cette conversation, plaisanta-t-il.

Elle lui sourit.

Lorsqu'elle raccrocha, elle ne souriait plus du tout.

— Des mauvaises nouvelles ?

— C'était Casey. Elle était au parc avec Jon. Il a reçu un appel : on a découvert le cadavre d'un homme sur Whiskey Island, à cinq cents mètres environ du chantier de construction vandalisé. On parle d'un clochard. Casey a peur que ce soit Rooney.

24.

Casey avait ramené Ashley au saloon, de sorte que Jon se trouvait sur les lieux où le corps avait été découvert quand Megan et Niccolo y arrivèrent. Ayant récemment vu l'homme qui avait toutes les chances d'être Rooney, Niccolo avait insisté pour participer à l'identification du mort.

Megan serait-elle capable de reconnaître son père ? Le doute était permis. En admettant que les années eussent été clémentes avec lui, il n'aurait plus grand-chose à voir avec l'homme resté vivant dans ses souvenirs.

Niccolo se gara à l'endroit indiqué par Jon et descendit pour aller ouvrir la portière de sa passagère. Le temps qu'il fasse le tour de la voiture, Megan se dirigeait déjà vers deux agents de police postés à la limite d'un terrain vague lunaire, avec son sol gris et nu et ses terrils désolés capuchonnés de neige. Dès qu'il repéra les deux nouveaux venus, l'un des agents, le plus grand, vint leur barrer l'accès.

— Police ! Circulez.

— Jon Kovats nous a priés de venir, répondit Megan. L'homme que vous avez trouvé est peut-être mon père.

Le policier la regarda de travers. Il n'avait pas les moyens de protester. Il poussa un soupir et désigna le terril le plus proche.

— Par là. C'est pas beau à voir. Vous êtes sûre de vouloir faire ça ici ?

— Certaine, oui.

Il s'effaça pour les laisser passer. Niccolo s'empara du bras de Megan.

— Il a raison, vous savez, dit-il dès qu'ils se furent éloignés. Vous pourriez attendre d'être à la morgue.

— Pourquoi pense-t-on que le spectacle de la mort est moins difficile si le corps repose sur d'impeccables draps blancs ?

— Cela vous laisserait le temps de vous y préparer.

— Et de me ronger les sangs.

Il n'était pas mécontent non plus de se débarrasser de l'épreuve au plus vite. Il pressa son bras.

— Laissez-moi regarder le premier.

— Non, ensemble.

Il comprit qu'elle ne céderait pas. Au fond d'elle, Megan n'espérait-elle pas secrètement que ce fût Rooney ? Le mystère serait résolu, son père reposerait enfin en paix...

Ils contournèrent la colline et aperçurent un groupe de gens, des policiers pour la plupart. Jon les vit et vint à leur rencontre.

— Megan, êtes-vous certaine de pouvoir supporter ça ? demanda-t-il sans autres préliminaires.

— Oui. Pouvez-vous nous dire ce qui s'est passé ?

— A première vue, rien de crapuleux. Nous en saurons davantage après l'autopsie, bien entendu. Les apparences plaident pour une mort naturelle. Un infarctus, ou une attaque. A moins que le malheureux n'ait succombé au froid dans son sommeil, l'alcool l'ayant probablement rendu insensible.

— Il avait bu ?

— Nous avons trouvé des bouteilles vides dans les parages. L'une était pratiquement à portée de sa main. Bon nombre de ces gars sont à la rue parce qu'ils boivent. Ce n'est pas plus compliqué que ça. Et ils finissent par en mourir, à plus ou moins longue échéance.

Il marqua une pause avant de reprendre d'une voix légèrement altérée :

— Megan, je suis désolé que cela tombe sur vous. Casey voulait vous éviter cette épreuve... Avec Ashley, elle ne pouvait pas venir.

— J'étais plus âgée que Casey quand Rooney est parti. Je me souviens mieux de lui.

Jon se tourna vers Niccolo.

— Et vous l'avez vu le soir de la tentative de vol ?

Niccolo le mit au courant de sa conversation avec l'homme de Whiskey Island et lui rapporta quelques-uns des propos qu'ils avaient échangés.

— S'il s'agit du même homme, je le verrai immédiatement.

— Etes-vous prêts ?

Niccolo interrogea Megan du regard. Elle hocha la tête. Jon les entraîna plus loin, vers une légère déclivité. Une silhouette, recouverte d'une bâche, gisait sur des gravillons, à proximité d'un engin de levage. Ils approchèrent, s'arrêtèrent à quelques pas. Jon s'avança, releva la bâche.

Niccolo soupira, soulagé.

— Ce n'est pas l'homme auquel j'ai parlé.

— Vous en êtes sûr ?

— Notre conversation a eu lieu il y a moins de quarante-huit heures, et il était rasé de près.

L'homme qu'ils avaient sous les yeux portait une longue barbe broussailleuse. Niccolo détourna les yeux.

Megan, au même instant, tourna la tête. Elle était d'une pâleur de cire, et des gouttelettes de sueur perlaient à son front en dépit du froid mordant.

— Ce n'est pas Rooney, confirma-t-elle.

— Les années ont passé, dit doucement Jon.

— Ce n'est pas Rooney, insista-t-elle.

Elle s'écarta d'un pas mal assuré. Jon recouvrit le corps.

— Ça va aller ? s'enquit Niccolo.

— Je crois, oui...

Il l'entraîna vers un banc improvisé — une plaque de contreplaqué, posée entre deux machines rouillées.

— Penchez la tête en avant, entre vos genoux, si vous avez la nausée.

Pour une fois, elle obtempéra sans discuter. Posant son front sur ses mains, elle aspira de grandes goulées d'air froid.

— J'étais persuadée que ce serait Rooney, dit-elle quand son malaise se fut calmé. Mais c'est le père, le frère ou le mari de quelqu'un d'autre. A qui il va manquer, et qui va s'inquiéter...

— Peut-être pas.

— Seigneur, je déteste le gâchis.

— Peut-être a-t-il ajouté quelque chose de spécial au monde, que personne d'autre n'aurait pu apporter.

Megan releva la tête et lui lança un regard noir.

Il eut un sourire penaud.

— C'est vrai, parfois, je parle encore comme un curé.

— Croyez-vous vraiment qu'il ait apporté autre chose que du désespoir ?

— Je ne sais pas ce qu'il en est de cet homme. Mais Rooney Donaghue a eu trois filles, belles, intelligentes et sensibles. Il a créé un refuge où des hommes et des femmes trouvent chaleur, nourriture, bonne humeur et réconfort...

— Et l'alcool qui a tué ce malheureux.

— Vous veillez sur la santé de vos clients. Vous faites de votre mieux pour les protéger.

Les larmes montèrent aux yeux de Megan.

— Ce monde est vraiment pourri, Nick.

— Pas toujours.

Il lui prit la main et la porta à ses lèvres.

— Je vais vous ramener, si vous voulez bien.

— Ma voiture est devant chez vous.

— Eh bien, rentrons à la maison.

Elle considéra son offre avec gravité, hésita un long moment.

— Vous me donnerez quelque chose à boire ?

— Bien sûr.

— Et à manger ?

— Evidemment.

— Vous me tiendrez contre vous ?

Il lui sembla que ses poumons prenaient feu dans sa poitrine.

— Aussi longtemps que vous me le permettrez.

— Alors, allons-y.

Elle était prise de tremblements incœrcibles et claquait des dents. Pourtant, en arrivant, Niccolo avait fermé les fenêtres et monté le chauffage au maximum. L'équipe des peintres étant partie après le coup de téléphone de Jon, la maison était calme. Megan, emmitouflée dans un immense chandail de laine, les mains autour d'une tasse de café brûlante, arrosée d'une dose d'*amaretto* à faire fondre un glacier, n'arrivait ni à se réchauffer ni à chasser l'effroi qui l'avait saisie.

Niccolo alla chercher un vaste châle bariolé, dont il la couvrit. C'était un objet ancien et précieux, composé de carrés au crochet de toutes les couleurs de l'arc-en-ciel, à présent légèrement fanées.

Megan l'examina.

— Un cadeau de ma grand-mère. Elle l'a fait pour mon entrée au séminaire. D'après elle, il représentait ma nouvelle vie. Mes jours seraient remplis de touches de couleurs différentes, un peu de ceci, un peu de cela, contrairement à la vie des autres gens, faite, pour la plupart, de relations stables, de maisons familiales pérennes, de continuité. Pour finir, m'avait-elle dit, ton existence morcelée composera un tout harmonieux.

— Comme ce châle, dit-elle en s'y pelotonnant. Avait-elle tort ?

— Non, c'est moi qui ai eu tort de prendre mes désirs pour des réalités.

— Comment cela ?

— Je suis entré au séminaire pour de mauvaises raisons. Je voulais que ma famille soit fière de moi. Je voulais être un saint. Je voulais être un dieu et non pas servir Dieu.

Son ton désabusé la prit au dépourvu.

— Vous n'avez guère d'estime pour vous-même, on dirait ?

Il s'installa près d'elle.

— A la vérité, je n'ai pas une si mauvaise opinion de moi. Maintenant. Cela m'a tout de même pris des années, je ne vous le cache pas.

— Vous ne regrettez pas de ne plus être prêtre ?

— J'ai hâte d'entendre le véritable appel et de faire quelque chose de ma vie. Je sais que cela prend du temps de remettre les choses d'aplomb, de changer d'orientation. C'est surtout cela qui est difficile pour moi. De nature, je ne suis pas un homme patient. J'aime mener les choses rondement. C'est bien ce qui m'a valu des ennuis par le passé.

— Moi qui vous prenais pour la patience personnifiée.

— Oh non. Simplement un homme qui lutte pour en trouver le chemin.

Il entoura Megan de son bras et la serra contre son épaule.

— Vous vous réchaufferez plus vite, ainsi.

Elle ferma les yeux sur la vision de l'homme allongé sur le sol gelé. Un sanglot lui échappa.

Niccolo resserra son étreinte. Il savait à quoi elle pensait.

— Cet homme, là-bas, n'était pas votre père.

— La prochaine fois, ce sera peut-être lui.

— Nous allons faire en sorte que cela n'arrive pas.

— Vous l'avez dit vous-même, il n'y a pas grand-chose à faire.

— A cet instant précis, c'est vrai. Alors, détendez-vous et laissez-moi vous réchauffer. Quand vous aurez cessé de trembler, j'irai préparer à dîner.

— Je serais incapable d'avaler quoi que ce soit, Nick.

— Plus tard, si. Vous verrez.

Elle remarqua alors qu'il avait mis de la musique en sourdine. Un air de piano aux accents nostalgiques. Elle lui demanda ce que c'était.

— Brahms. Le début est sombre, ensuite la ligne mélodique s'éclaire et s'allège. J'aime beaucoup ses pièces pour piano, ses rhapsodies et intermezzos. Ils me donnent envie d'apprendre à jouer.

— Pourquoi ne le faites-vous pas ?

— Je n'ai pas de piano.

— Il y en avait sûrement un dans votre église, non ?

— A cette époque, je n'entreprenais rien si je n'étais pas sûr d'exceller. Le Seigneur s'est chargé de me taper sur les doigts !

— Et maintenant ?

— Les choses parlent d'elles-mêmes.

— C'est-à-dire ?

— Je ne suis pas certain d'être très doué pour ceci, mais je le fais quand même.

Elle changea de position pour voir son visage, prenant appui contre son torse.

— Ceci ?

— Vous serrer contre moi. J'ai l'impression d'avoir quatre bras et dix coudes.

— Vous ne vous en sortez pas mal du tout, avec tous ces bras et ces coudes.

— Comment vous sentez-vous ?

— Je ne tremble plus.

Et pourtant elle tremblait plus que jamais. Son cœur tremblait.

— Votre nez devient rouge quand vous avez froid.

— Et maintenant, de quelle couleur est-il ?

Il baissa brièvement les yeux avant de les plonger de nouveau dans les siens.

— Rose.

— Pour un homme qui ne sait pas s'y prendre, vous vous débrouillez bien.

— Question d'instinct.

— Ils ne vous en ont pas débarrassé, au séminaire ?

— C'était un système d'éducation étonnamment humain. Ils ne nous battaient qu'un jeudi sur deux !

— Nick, quand vous renoncez à tant de choses, on doit tout de même vous enseigner à vous en passer, non ?

— Dix recettes pour faire du célibat une partie de plaisir ?

Elle sourit, amusée.

— C'est un peu l'idée, oui.

— Le célibat n'est pas censé être un plaisir. Mais un sacrifice.

— Ça l'était ?

— Oh, oui.

Elle toucha sa joue, couverte de barbe, un geste qu'elle avait eu envie de faire, se rendit-elle compte, tout au long de la journée. Il ferma les paupières. Elle scruta son visage, sa bouche en particulier. Elle se souvint de son baiser. Il avait touché au plus profond d'elle un lieu secret que des hommes avec lesquels elle avait partagé une plus grande intimité n'avaient jamais approché.

Elle était tout simplement sur le point de tomber amoureuse de Niccolo Andreani.

Il rouvrit les yeux.

— Embrassez-moi, Nick. Non, se ravisa-t-elle en posant un doigt sur ses lèvres. Laissez-moi vous embrasser.

Il se déroba.

— Ce n'est peut-être pas une bonne idée. La dernière fois que nous avons essayé, ça n'a pas été une réussite.

— Le baiser était une réussite. Mais la dame mourait de peur.

— Et aujourd'hui ?

— Le baiser d'abord. Je vous dirai tout après.

Il secoua la tête.

— Je ne veux pas vous voir partir en courant. Vous me manquez quand vous n'êtes pas là.

Son cœur fit un looping.

— Vous aussi, vous m'avez manqué, dit-elle doucement. Vous savez, ce n'est pas évident pour moi, je suis dépourvue de tout instinct dès qu'il s'agit de relations sérieuses. Le sexe, passe encore, mais le reste...

— Novices, nous le sommes tous les deux.

— Nous pourrions peut-être apprendre ensemble.

— Megan...

Il poussa un gémissement, inclina la tête. Dans un élan, elle vint à la rencontre de ses lèvres. Elles étaient douces et chaudes. Elle passa les doigts dans ses cheveux et l'attira plus près. Leurs nez se cognèrent. Elle sourit contre sa bouche.

— Ne vous inquiétez pas, il faut un peu d'entraînement.

— C'est le genre d'apprentissage que je ne rechignerais pas à suivre.

— Bientôt, c'est vous qui donnerez les cours.

Ses yeux étaient sombres, mais si faciles à déchiffrer. Elle savait reconnaître le désir. Le désir et l'hésitation. Il était en train de balancer entre ce qu'il ressentait et ce qu'il savait, ou croyait savoir. Il était temps de prendre les choses en main. Elle lui maintint la tête penchée et effleura ses lèvres de la pointe de la langue.

Comme il était bon d'embrasser un homme, de prendre tout simplement le temps de le faire bien ! Elle avait oublié la douceur des préliminaires, la lente montée du désir vers le plaisir suprême, tenu à distance.

Embrasser un homme dont on venait de tomber amoureuse, cela changeait tout.

Sa barbe était soyeuse contre sa joue. Sa bouche ferme et active. Il lui mordilla les commissures des lèvres, sema une pluie de baisers légers autour de son nez, puis revint avec une intensité farouche, presque sauvage, à sa bouche, pour de longs baisers passionnés.

Le temps était suspendu. Ils flottaient sur un nuage, dans une autre dimension. Bientôt, il la fit changer de position et l'attira contre lui, ses seins pressés contre son torse. Elle ouvrit grand sa chemise de flanelle. Il resserra son étreinte. Elle s'arrêta un instant pour se débarrasser du chandail et du châle.

Passant les mains sous son sweater à col montant, il caressa son dos nu. Il avait des mains fortes et rugueuses. Des mains de charpentier dont la chaleur l'apaisait et la rendait docile.

Elle dégrafa d'un tour de poignet son soutien-gorge.

— Je vous évite au moins ça, dit-elle.

Elle avait cru lancer une boutade, et sa propre voix, rauque, l'avait surprise. Quand il effleura sa poitrine, elle frissonna longuement.

— A ce train-là, nous allons être dépassés très vite, dit-il avec une honnêteté confondante.

— Oui... heureusement.

Elle lança la tête en arrière tandis que la main de son compagnon se refermait sur la rondeur d'un sein. La force de son désir étonnait Megan. Jamais elle n'avait voulu un homme à ce point.

Mystifiée par la tendresse de leurs baisers, et sachant être sa première femme — du moins, la première depuis très longtemps —, elle avait essayé de contrôler la situation, de diriger les opérations. Elle comprenait à présent qu'il ne s'agissait plus d'être directive, mais de s'abandonner. De laisser faire...

Ils furent bientôt, sur l'étroit divan, torse nu, allongés l'un sur l'autre. Le fin duvet noir de son buste musclé chatouillait délicieusement sa poitrine.

Elle songea aux préjugés que Nick avait dû vaincre pour donner libre cours à ses désirs, pour accepter la chair, si longtemps réprimée, condamnée... La situation était-elle si différente pour elle ? Des sentiments passionnés, depuis combien d'années n'en avait-elle pas éprouvés ? Il ne s'agissait pas de l'acte physique, dont elle n'avait pas été privée — mais de l'intensité qui aurait dû l'accompagner. Le désir de combler l'autre, le souhait ardent que l'intimité n'ait pas de fin.

— Nous devrions aller dans la chambre, ce serait plus confortable, murmura-t-il dans un souffle enfiévré.

— Trop loin, nous n'y arriverons pas.

— Je vous fais mal. J'ai peur de vous écraser.

— Soyez sans crainte.

Il l'attira à lui d'un geste ferme qui lui arracha un gémissement, et porta un sein à sa bouche. Elle se cambra au-dessus de lui, dans une attitude d'offrande, d'invite.

La boucle de sa ceinture lui blessait la taille. Elle la défit, et fit coulisser la fermeture Eclair. Lui essayait maladroitement de la débarrasser de son jean et ce fut une vraie bataille avant qu'il ne glisse le long de ses cuisses.

Enfin ils furent libérés de tous leurs vêtements. Il était plus beau que tout ce qu'elle avait pu imaginer. Un guerrier romain, ou une statue de Zeus...

De son côté, il la regardait intensément. Pour la première fois de son existence, elle regretta vraiment d'avoir été la plus mal servie des trois sœurs Donaghue sur le plan physique : ses jambes courtes, ses hanches larges, ses petits seins ronds...

— Megan... Vous êtes si belle.

Il le pensait sincèrement. Elle le vit tout de suite. Qu'importait si, dans l'absolu, ce n'était pas vrai. Elle se sentit belle et aimée.

— Et vous... il n'y a pas de mot pour décrire pareille splendeur, murmura-t-elle.

— Je crains de ne pouvoir vous donner du plaisir, je vous désire si fort...

— Chuuuttt...

Elle se mit à califourchon au-dessus de lui et ondula lentement des hanches.

Il poussa un cri formidable.

25.

Niccolo ignorait si l'on devait user de la sexualité comme des réserves d'une épargne dont on touche les revenus, c'est-à-dire : à la petite semaine. Pour sa part, il se sentait d'humeur à piller tout son compte d'un coup, en de folles dépenses.

La deuxième fois qu'ils avaient fait l'amour, dans un lit du premier étage, assez large pour deux, Megan avait atteint le plaisir. Il se doutait que bien des finesses en la matière lui échappaient encore et qu'il aurait à se perfectionner, mais à la vue de sa tête rousse nichée au creux de son épaule, de ses paupières closes et de ses joues rosies, il se dit que la perfection pouvait attendre. La jeune femme avait un air de contentement qui le comblait déjà.

Son propre corps baignait dans un profond bien-être. Il était ébloui du cadeau qu'il avait reçu. Cela ne l'empêchait pas d'être troublé par deux pensées. Il n'était pas censé accomplir un tel acte ; encore moins avec une femme qui n'était pas son épouse.

Il avait déjà débattu, intérieurement, cette double question avant de lui faire l'amour. Il n'était plus prêtre en exercice et rien ne l'obligeait à vivre en homme d'église, certes. La réponse au deuxième point était plus ardue. Jadis, il avait conseillé à nombre de jeunes gens et de jeunes filles d'attendre le mariage avant d'avoir des relations sexuelles. Il les avait entendus en confession quand ils avaient dérogé à la règle, et il avait ardemment prié Dieu de leur pardonner leurs errements. A l'époque, il était persuadé de détenir la vérité.

Or, s'il se sentait coupable, c'était d'avoir pu juger et censurer les autres. Aimer Megan Donaghue ne lui inspirait aucun mépris pour lui-même. Il ne s'agissait pas d'une rencontre sexuelle sans lendemain entre partenaires occasionnels. Dans le monde qu'il avait laissé derrière lui, toutes les questions avaient leur réponse. Dorénavant, les réponses, il n'y avait que dans son cœur qu'il pourrait les trouver.

— Vous ne dormez pas, dit Megan, ouvrant les yeux. Vous devriez pourtant être épuisé après toutes ces prouesses.

— Des prouesses, vraiment ?

— Croyez-en mon expérience.

— Je n'ai pas le choix.

Il entortilla autour de son doigt l'une de ses boucles folles.

— Avez-vous des regrets ?

— Non.

— Moi non plus.

— Tant mieux. Mais je vous préviens, je suis invivable.

— Ça, je l'avais remarqué.

— J'ai besoin de mon intimité, je n'aime pas m'occuper des autres.

— Ça aussi, je m'en étais aperçu. Il n'y a qu'à voir votre famille, les clients de Whiskey Island, la petite Ashley, Jon...

— Nick, je suis sérieuse. Ne vous faites surtout pas d'illusions. Si vous imaginez que notre histoire puisse finir un jour par un mariage et des enfants, oubliez ça tout de suite.

— Ah oui ?

— Je suis nulle pour ce genre de truc.

Comment pouvait-elle se tromper sur elle-même à ce point ?

— C'est un handicap avéré ?

— Ne vous moquez pas de moi.

— Il n'en est pas question.

— Je ne veux pas que vous vous fassiez des idées fausses sur mon compte.

— Je vous promets que cela ne se produira pas.

— Vous ne savez rien de l'amour.

— Je suis un élève doué. Vous l'avez dit vous-même.

Elle essayait de garder un air sévère. Peine perdue : le sourire triompha.

— J'ai dit ça, moi ?

— Nous avons tout le temps devant nous pour voir comment les choses tournent. L'essentiel étant de ne se fermer à aucune possibilité, d'accord ? Peut-être nous rendrons-nous compte, tous les deux, que nous avons fait fausse route. Peut-être tomberez-vous folle amoureuse de moi. Peut-être deviendrai-je magicien à Las Vegas. Je monterai un numéro avec Cindy. Je la découperai en rondelles...

— Hum. Ce n'est pas une mauvaise idée.

— A moins que nous ne décidions de vieillir ensemble...

— Vous me voyez en petite dame boulotte, avec des cheveux blancs qui ne m'iront pas du tout ?

— Je chérirai chacune de vos rides.

— Vous ne lâchez pas vos fantasmes facilement, n'est-ce pas ?

— L'un d'entre eux ne s'est-il pas réalisé ce soir ?

Elle posa la main sur sa hanche, la fit glisser sur le haut de sa cuisse, puis sur son sexe au repos. Il réagit immédiatement à sa caresse.

— Vous n'avez pas encore dit votre dernier mot ?

Il se sentait comme un tigre en cage auquel on vient de rendre la liberté.

— Eh bien, si vous n'êtes pas rompue...

— Sommes-nous en train de rattraper le temps perdu, ce soir ?

— J'aime mieux l'idée que nous travaillons pour le futur.

Il la fit rouler sur le dos et s'étendit sur elle.

— Je propose un compromis : ne travaillons que pour l'instant présent.

— Vendu !

Il se mit à l'embrasser, et cela ne ressemblait pas le moins du monde à un travail.

Ils prirent une légère collation un peu plus tard. Megan avait préparé des œufs brouillés, Niccolo fait griller des tartines de *bruschetta*, frottées d'ail et de tomate fraîche et arrosées d'un filet d'huile d'olive. Ils finiraient par une salade de fruits.

Ils mangèrent en silence, n'éprouvant pas le besoin de parler, seulement de se sourire. La maison leur semblait à présent un foyer. Ce n'était plus un projet immobilier, mais l'endroit où ils s'étaient véritablement rencontrés. Elle se sentait chez elle, dans sa cuisine, ajoutant inconsciemment sa touche personnelle ici ou là, procédant à de menus changements : elle avait interverti les torchons et les maniques, retourné les verres sur les étagères, réorganisé le placard à épices. Il avait déplacé les chaises pour qu'ils aient tous deux la vue sur le jardin, sorti les sets de table bleus offerts par Iggy en cadeau de bienvenue et installé un bouquet d'immortelles dans une coupe pour donner un air de fête à leur dînette.

Le repas terminé, la vaisselle mise à sécher sur l'égouttoir, ils abordèrent le sujet de Rooney.

— Si nous lui apportions ces colis ? proposa Nick. La nuit est nuageuse, dirait-on.

— Avez-vous l'intention de les y laisser s'il ne se montre pas ?

— Je crois, oui. J'y retournerai tôt demain matin. S'ils sont encore là, je les rapporterai et renouvellerai la tentative plus tard.

Il attendait qu'elle donne son avis ; elle demeura muette.

— Vous n'êtes pas obligée de venir. Vous me direz que je ne suis pas obligé d'y aller non plus.

— Je me demandais simplement si c'était une bonne idée d'y aller avec vous. Et si je lui faisais peur ?

— L'important n'est pas tant de voir Rooney ce soir, mais plutôt qu'il récupère les provisions après notre départ.

Elle détourna les yeux.

— J'aimerais tant le voir. Etre enfin certaine.

— Je sais.

— Pouvez-vous attendre quelques minutes ?

— Bien entendu.

— Je vais lui écrire un mot pour lui parler de nous, de ce que nous sommes devenues, et lui donner les numéros de téléphone de tous les membres de la famille. Je pensais mettre le billet dans l'un des cartons.

— Vous trouverez du papier et un stylo dans le tiroir, dit-il en indiquant un meuble. Je vais quant à moi faire une petite inspection de chantier, voir un peu ce que mes lascars ont fait.

Il s'attarda, veillant à laisser à Megan le temps nécessaire pour écrire la lettre la plus difficile, sans doute, de son existence. Quand il revint dans la cuisine, la missive était pliée sur la table. Megan se leva.

— Je vais vous suivre dans ma voiture. Je pourrai rentrer directement, après.

Il s'était douté qu'elle choisirait cette solution. Il n'en fut pas moins déçu, ayant secrètement espéré qu'elle accepterait de passer la nuit chez lui.

— Garez-vous à côte de moi. Il fait très sombre là-bas, et je ne veux pas que vous vous perdiez.

— Je ne vous lâcherai pas d'un pouce.

Le trajet ne prit que quelques minutes. Megan, après avoir garé sa voiture juste derrière la sienne, le rejoignit à sa portière.

— On dirait qu'ils ont démarré la construction ici, dit-il en désignant un espace fraîchement dégagé au-delà du rideau d'arbres. Il y a des plans ambitieux pour cette zone. Cela va devenir de plus en plus difficile pour Rooney de vivre à Whiskey Island incognito.

— Il trouvera un autre endroit, à moins que nous ne parvenions à le convaincre de rentrer à la maison. Il mène sa barque seul depuis un bon bout de temps, et je doute qu'il soit resté dans le coin pendant toutes ces années.

— Qu'est-ce qui vous fait penser cela ?

— Si Rooney était resté dans les parages, oncle Frank aurait entendu parler de lui plus tôt. Ou l'un de ses anciens copains l'aurait repéré. Il était assez connu dans la communauté ; fut un temps où ses apparitions, ici ou là, étaient fréquentes. Ensuite, il a dû quitter la ville.

— Sans doute. Dans ce cas, pourquoi est-il revenu ?

Elle croisa les bras devant elle.

— Je vous ai dit, vous vous souvenez, que les Donaghue s'étaient installés là, à leur arrivée d'Irlande. Son enfance a été bercée par le récit des temps difficiles sur la péninsule. Il cherche peut-être à remonter le temps, qui sait ?

— Je suis en train de lire le journal d'un curé qui officiait à Sainte-Brigid, à cette époque. Je peux vous dire que les temps étaient réellement durs. Les histoires que votre père a entendues n'étaient certainement pas exagérées.

Il la mit rapidement au courant de la manière dont il avait hérité du manuscrit.

— Etes-vous tombé sur des passages concernant les Donaghue ?

— Pas encore. Le père McSweeney parle surtout d'un jeune couple, les Tierney. Rarement — ou brièvement — de ses autres paroissiens.

Il se rendit compte qu'ils devisaient comme s'ils n'étaient pas venus ici pour une raison précise.

Megan parut à son tour en prendre conscience.

— Je me charge d'un carton, vous porterez l'autre.

Il sortit le plus léger des deux de l'arrière de la voiture et le lui tendit.

— J'ai une torche, mais je préférerais ne pas m'en servir. S'il y a des vigiles sur le chantier, j'aime autant ne pas les attirer.

— Allez-y lentement. Je vous laisse passer devant.

Ils suivirent le sentier qu'il avait emprunté la veille. Dommage que Rooney préférât les nuits couvertes : un rayon de lune eût été le bienvenu. Au plus épais du bois, Niccolo alluma tout de même sa lampe. Finalement, ils se retrouvèrent devant l'abri de fortune qu'ils connaissaient déjà.

Niccolo posa son colis sur le sol. Personne en vue.

— Attendrons-nous un moment ?

— S'il ne se montre pas rapidement, je doute qu'il vienne plus tard.

Niccolo eut une idée pour inciter Rooney à sortir de l'ombre, s'il les écoutait.

— Racontez-moi des souvenirs du temps de votre père.

— Quoi, par exemple ?

— Ce que vous partagiez ensemble. Y avait-il des jeux que vous aimiez ? Des livres qu'il vous lisait ?

— Rooney me faisait la lecture, parfois, mais le plus souvent, il me racontait des histoires qu'il avait inventées, ou tirées du folklore irlandais. *Finn MaCool le géant* était l'une de ses préférées. Il y avait une chanson aussi, qu'il chantait pour m'endormir.

— Laquelle ?

Elle comprit où il voulait en venir et, s'éclaircissant la voix, les yeux levés vers les sombres frondaisons, elle entonna doucement le chant.

Dors, mon ange, et que la paix t'accompagne
tout au long de la nuit...

Il l'écouta fredonner la berceuse traditionnelle. Son timbre était beau, clair et juste. Il conjurait le froid, les bois ténébreux, les nuages roulant dans le ciel nocturne.

— Magnifique, dit-il quand elle eut fini.

— Rooney raffolait de tous les vieux classiques irlandais, de *Danny Boy* à *I'll Take You Home Again, Kathleen.* Il avait une superbe voix. Quand il avait bu un verre, il poussait facilement la chansonnette. Le silence qui régnait alors dans le saloon était tel que vous pouviez entendre le ronronnement de la circulation sur la Shoreway quand il reprenait sa respiration. Et ces hommes farouches, qui n'avaient jamais mis un pied sur le sol irlandais, pleuraient leur patrie perdue... Rooney en profitait pour faire passer le chapeau, dit-elle en riant. Il n'avait pas honte de se faire quelques dollars sur le dos de la nostalgie.

— Vous l'aimiez, n'est-ce pas ?

— C'était mon père. La vie avec lui n'était jamais ennuyeuse.

Elle marqua une pause, sa voix s'adoucit.

— Au départ, il était bon père. La mort de ma mère a tout fichu en l'air. C'était grâce à elle, je crois, qu'il gardait les pieds sur terre. Ou alors, il l'aimait tellement qu'il combattait ses démons intérieurs pour se tenir droit devant elle.

— La maladie mentale n'est pas une question de volonté ou de motivation. Je doute que Rooney ait simplement renoncé.

— Le stress du deuil, combiné à la solitude... Plus personne à ses côtés pour occulter ses manques...

Niccolo était heureux qu'elle ait pu aller si loin dans sa réflexion.

— Cela me semble tout à fait plausible.

— Nick, il ne viendra plus.

Le froid se faisait de plus en plus intense. L'obscurité s'épaississait.

— Oui, nous ferions mieux de nous en retourner.

— Rooney ? appela-t-elle. Tu es là ?

Ils tendirent l'oreille. En vain.

— C'est Megan. Nous te laissons des choses dont tu pourrais avoir besoin.

Niccolo s'attendait à ce qu'elle demande à son père de revenir chez eux. Elle n'en fit rien. Et il en fut soulagé. Il était plus prudent de ne rien brusquer. Un pas à la fois.

— Bon, allons-y.

Elle reprit le sentier par lequel ils étaient arrivés. Il la laissa passer devant. Leurs yeux s'étaient habitués à l'obscurité et le chemin lui était désormais familier.

Ils étaient à la lisière du bois quand une forme sur sa gauche attira l'attention de Nick. Ce n'était pas un arbre. Il s'arrêta. Megan était trop loin devant pour s'en apercevoir. Il n'osa pas l'appeler, de peur d'effrayer Rooney, à supposer que ce fût lui.

La silhouette était bien celle d'un homme, qui s'avança un instant à découvert.

— Dites-leur d'arrêter de creuser.

Sa voix était pressante, angoissée.

— Dites-leur d'arrêter. Sinon, les étoiles se vengeront.

Sitôt délivré son étrange message, l'homme disparut dans les ténèbres.

26.

Niccolo se réveilla dans sa maison désespérément vide au son strident du téléphone. Il regretta d'avoir réparé la ligne avant de se coucher. D'un pas titubant, il alla dans l'entrée décrocher l'appareil.

— Nick, je vous réveille ?

Niccolo s'ébroua pour s'éclaircir les idées.

— Quelle heure est-il ?

— 9 h 30. C'est Jon Kovats. Vous avez veillé hier soir ?

Effectivement, il s'était couché tard. Pensant à Megan et à son père. A son passé et au cours imprévu que prenait son existence. Une chose en amenant une autre, il avait fini par rebrancher, sur le coup de minuit, sa ligne téléphonique.

— Oui, beaucoup trop tard. Que se passe-t-il ?

— J'ai pensé que vous seriez peut-être intéressé par une découverte récente, sur la zone de construction de Whiskey Island. Elle date de ce matin, tôt.

Niccolo sursauta, parfaitement réveillé à présent.

— Quoi donc ?

— Entre nous, c'est assez inhabituel de découvrir un cadavre dans ce coin...

Son cœur s'arrêta de battre.

— Vous en avez trouvé un autre ?

— Ce n'est pas le père de Casey, je vous rassure tout de suite. Mais c'est pile à l'endroit où vous l'avez vu. Si l'homme en question était bien M. Donaghue. Excusez-moi un instant...

Niccolo entendit un brouhaha dans le récepteur : Jon devait téléphoner de son bureau.

Dès que Jon reprit l'appareil, il le bombarda de questions.

— J'ai du mal à comprendre ce qui se passe exactement. Vous avez trouvé un nouveau corps, mais vous êtes certain qu'il ne s'agit pas de Rooney. Pourquoi ? Est-ce une femme ? Un jeune homme ?

— Non. Quelqu'un de beaucoup, beaucoup plus vieux : un squelette ! Je vais me rendre sur les lieux, je me demandais si vous vouliez vous joindre à moi.

— Parce que j'y suis allé récemment ?

Un bref instant, il soupçonna Jon d'être au courant de ses allées et venues à la recherche du père de Megan.

— Vous semblez intéressé par le coin et l'histoire. Et il y a eu, en outre, une trouvaille des plus curieuses.

— Décidément...

Ils convinrent de se retrouver sur le site, une demi-heure plus tard. Niccolo raccrocha et fila vers la douche.

Il arriva juste à l'heure. Jon avait tout du procureur, ce matin-là : chemise blanche au col raide, cravate à rayures, costume sombre sous son pardessus de laine ouvert. Il était en train de parler à deux agents de police quand Niccolo, en jean et parka fourré, s'approcha. Jon fit de rapides présentations avant que les agents ne regagnent leur voiture de patrouille.

— Nous attendons le médecin légiste, précisa Jon. Rien d'autre à faire dans l'intervalle. Venez donc voir ce qu'ils ont trouvé.

Depuis le bois situé derrière eux, Rooney les observait-il, guettant le déchaînement du ciel ?

Sur l'aire de terrassement, deux bulldozers étaient arrêtés au bord d'une fosse peu profonde.

« Dites-leur d'arrêter. Sinon, les étoiles se vengeront. »

— Comment se fait-il que les travaux continuent malgré l'hiver ? s'enquit Niccolo. Pourquoi n'attendent-ils pas le printemps ?

— Pour le gros œuvre, les entrepreneurs attendent. Comme la température est clémente en ce moment, ils ont préféré prendre un peu d'avance.

Ils contournèrent l'excavation, puis empruntèrent un raidillon qui descendait.

— Il vaut mieux marcher en file indienne. C'est un peu plus loin, en contrebas, indiqua Jon.

— Je suis surpris qu'il y ait quelque chose à voir, après que les bulldozers sont passés sur le terrain.

— L'un des ouvriers venait à peine d'entamer le travail, quand un objet affleurant le sol a attiré son attention. Il est descendu de son engin et a donné quelques coups de pelle pour voir de quoi il retournait. Nous avons eu de la chance qu'il ait été aussi attentif.

Niccolo ralentit à la suite de Jon. Celui-ci lui fit signe de s'avancer près de lui. Niccolo baissa les yeux. Un bras décharné et un morceau d'épaule sortaient de la gangue de glaise. Des fils pendaient encore au bras, vestiges d'une chemise ou d'une veste. La main était intacte, avec ses métacarpes et ses phalanges au complet. On devinait l'arrondi d'un os iliaque, les sutures d'un pariétal.

Jon pointa son index.

— Je pencherais pour un squelette d'homme, vu sa taille.

Niccolo regarda dans la direction indiquée. Des orteils osseux dépassaient du sol gelé, à bonne distance, effectivement, de ce qui semblait être l'occiput.

La vision n'avait rien de véritablement macabre. La veille, lorsqu'il avait posé les yeux sur le cadavre bleui par le froid du pauvre clochard, c'était le souvenir de Billy qui lui était remonté à la mémoire, l'amertume des promesses trahies et des échecs de la communauté humaine envers ses laissés-pour-compte. L'homme qu'il avait devant lui, en revanche, était mort bien longtemps auparavant, emportant ses secrets dans la tombe — des secrets qui ne seraient peut-être jamais élucidés.

— Depuis combien de temps est-il mort ? En avez-vous une idée ? demanda Niccolo.

— Le médecin légiste nous donnera une réponse assez précise. Cela dit, si mon intuition se vérifie, nous serons capable d'indiquer le jour exact du décès.

— Vous avez déjà votre petite idée sur l'identité du personnage ?

— Vous n'avez pas tout vu.

Jon sortit de la poche de son pardessus un sachet transparent de mise sous scellés, et le lui tendit.

Niccolo s'efforça de rester impassible bien que son cœur battît à tout rompre.

— Qu'est-ce que c'est ? s'enquit-il d'un ton détaché.

Il connaissait déjà la réponse.

— Un bouton de manchette. Il pendait au bout d'un fil entourant le poignet. Il est complètement oxydé. Une fois nettoyé, le monogramme apparaîtra plus clairement. Je suis pratiquement certain qu'il s'agit d'un double S.

— Quelqu'un portant ces initiales a-t-il été porté disparu ?

Niccolo détourna les yeux du bouton de manchette — le frère jumeau de celui qu'il avait rangé dans le tiroir de sa commode.

— Et comment ! Vous ne pouvez pas imaginer combien je suis excité. J'ai tant rêvé de résoudre cette affaire, étant jeune ! J'avais lu tout ce qu'on pouvait lire sur le sujet, au collège. La mystérieuse disparition de James Simeon !

« Dites-leur d'arrêter. Sinon les étoiles se vengeront. »

— Si j'ai raison, l'énigme sera enfin élucidée. Il n'a pas échoué là par hasard. Quelqu'un l'a enterré. Assassiné et enterré, à mon avis.

— Quelque chose m'échappe : les initiales de James Simeon sont JS, pas SS.

— Les deux S enlacés signifient Simeon Steel. C'était le logo abrégé de sa compagnie : la Simeon Iron and Steel. Simeon l'apposait sur tout ce qui lui appartenait. Ses attelages, son traîneau, le portail de sa propriété, ses usines, ses navires. Après sa disparition, il a fallu des années pour ôter tous ces sigles. Un écrivain de l'époque les a comparés à des serpents infestant la ville ; Cleveland selon lui ne redeviendrait habitable que le jour où ils seraient tous effacés.

— Si je comprends bien, la population ne portait pas Simeon dans son cœur.

— Doux euphémisme ! La plupart des gens avaient de bonnes raisons de vouloir sa mort. Ses employés, ses rivaux, les professionnels qu'il a trahis ou calomniés, les syndicats. Sa femme, même. Elle a tout mis en vente et a quitté la ville très peu de temps après la déclaration officielle de sa mort. Certains ont pensé que c'était elle la coupable. Mais elle n'a pas pu commettre le crime elle-même. A ce moment-là, elle était à l'étranger. En Europe, si mes souvenirs sont bons... S'il s'agit vraiment de Simeon, ça va faire du bruit.

— Comment pourrez-vous l'établir avec certitude ?

— Le médecin légiste aura sans doute son avis sur la question. D'ores et déjà, on peut envisager un relevé d'empreintes génétiques, grâce aux os et aux dents.

— Avec quoi les comparerez-vous ?

— C'est là où le bât blesse. Il nous faudra trouver quelque chose.

Niccolo faillit mettre Jon au courant de sa propre trouvaille. L'image de Rooney, traqué et emmené de force au commissariat pour une déposition, le refroidit quelque peu. Mieux valait attendre encore.

— Pourquoi m'avez-vous fait venir ?

— Vous m'aviez posé des questions sur James Simeon. Et je sais que vous avez consacré du temps à rechercher des traces du père de Casey dans le coin. La coïncidence est intéressante, vous ne trouvez pas ?

Jon s'attendait à des commentaires de sa part. Mais que pouvait-il lui dire de plus ? Que Rooney avait trouvé l'autre bouton de manchette au cours de l'une de ses incursions, l'avait perdu en route et qu'à présent il était en sa possession ? Que, pour une mystérieuse raison, Rooney conservait un article sur James Simeon ?

Que Rooney exigeait que les travaux s'interrompent ?

« Dites-leur d'arrêter. Sinon les étoiles se vengeront. »

— Curieuse coïncidence, effectivement. Je ne sais pas trop quoi en penser, cependant.

— Si cela change, faites-le-moi savoir.

— Me tiendrez-vous au courant de l'avancée de votre enquête ?

— Dans la mesure du possible, oui.

Les deux hommes se serrèrent la main. Jon resta sur place dans l'attente du médecin légiste. Niccolo reprit le chemin du parking où il avait laissé sa voiture. Il fut tenté un instant d'aller vérifier si les deux colis étaient encore là — il se trouvait si près de la tanière de Rooney. Il se ravisa toutefois. Ce n'était guère le moment d'attirer l'attention de Jon dans cette direction.

Une fois dans sa voiture, il ne réfléchit pas longtemps à ce qu'il devait faire. Il démarra et se dirigea vers le musée historique.

James Simeon n'était pas un personnage très apprécié. Toutes les coupures de presse que Niccolo put lire sur la Simeon Iron and Steel adoptaient un ton factuel, sans fioritures, parfois semé de sous-entendus malveillants.

Simeon y était dépeint dans sa puissance : il avait employé une partie non négligeable de la classe ouvrière de Cleveland. Si certains journaux, tel le *Cleveland Leader*, méprisaient ouvertement les immigrants irlandais qui se tuaient à la tâche pour le roi de l'acier, ils n'étaient pas insensibles à la manne que ce dernier représentait pour l'économie locale. Et si les journalistes poussaient parfois l'audace jusqu'à évoquer le teint terreux et la lippe dédaigneuse de Simeon, ils prenaient garde à ne jamais ternir sa réputation dans leurs pages.

Il faut dire que le magnat se dépensait sans compter sur tous les fronts du civisme dans sa bonne cité de Cleveland. Il siégeait dans nombre de commissions presbytériennes, patronnait les arts et le Union Club des élites locales, œuvrait de près — et sans succès — avec d'autres privilégiés du Millionaires'Row — pour limiter l'expansion de leur chère Euclid Avenue, les Champs-Elysées locaux. Lui et sa femme, Julia — une blonde évanescente, d'après les clichés un peu flous des microfilms —, fréquentaient les bals de charité et les réceptions avec constance, bien qu'ils n'eussent donné que peu de fêtes dans leur propre demeure.

Julia participait assidûment aux réunions de comité du personnel auxiliaire de l'hôpital et à bon nombre de clubs féminins. Lors d'un carnaval sur l'Avenue, elle avait défilé en Little Bo Peep, la bergère, avec un vrai mouton. Et avait remporté un tournoi de croquet, ce même après-midi, sur les pelouses d'une propriété voisine. Le couple prenait ses quartiers d'été dans une résidence secondaire à Bratenahl, quand il ne se rendait pas dans un établissement thermal de Saratoga Springs.

Partout où le jeune couple était mentionné, Niccolo ne décela pas le moindre intérêt sincère ou chaleureux. Leurs noms apparaissaient invariablement sous la rubrique « Egalement présents », cités machinalement, presque à contrecœur. Ni Simeon ni son épouse ne semblaient avoir été choisis comme membres du bureau directeur d'une quelconque organisation ou association.

Les articles les plus intéressants avaient paru dans les semaines ayant suivi la disparition de Simeon. Une heure après avoir entamé ses recherches, Niccolo tomba sur l'une de ces coupures de presse détaillées, et la lut à fond.

Julia était en Europe pour une visite prolongée. En son absence, Simeon avait travaillé encore plus dur que de coutume, s'interrompant à peine pour un bref dîner avant de retourner à son bureau. Certains prétendaient que son épouse lui manquait affreusement, d'autres affirmaient que le mariage de Simeon n'avait jamais été un mariage d'amour.

A son arrivée en Europe, Julia découvrit qu'elle était enceinte — un événement dûment signalé dans les carnets mondains : c'était le premier espoir d'enfant en sept ans de mariage. Ses médecins l'encouragèrent à mener sa grossesse à l'étranger. Julia étant, disait-on, de santé fragile, ils préféraient ne prendre aucun risque vis-à-vis du futur héritier, et un voyage de retour intempestif en aurait été un.

Abondant dans leur sens, Simeon insista pour que sa femme demeure chez des parents, dans une petite ville du Kent. Elle pourrait y mener une vie calme, recevrait des soins médicaux diligents, et se trouverait à deux pas de Londres, le temps de la délivrance venu. Il avait l'intention de rejoindre Julia quelques semaines avant le terme. Quand elle serait parfaitement remise de l'accouchement et le bébé assez solide pour entreprendre le voyage, ils rentreraient tous ensemble à Cleveland.

Ce scénario optimiste ne se réalisa pas. Simeon disparut une semaine avant son départ prévu pour l'Europe. La nouvelle frappa Julia Simeon de plein fouet. Elle accoucha prématurément d'un enfant mort-né qui fut enseveli au cimetière du village. Julia rentra, seule, en Amérique.

Pendant ce temps, à Cleveland, la police locale diligentait une enquête à vaste échelle, interrogeant toutes les personnes liées de près ou de loin à Simeon ou à la Simeon Iron and Steel. Malgré les moyens mis en œuvre, et la pugnacité des recherches, unanimement saluée, aucun indice ne fut découvert.

Le soir de sa disparition, Simeon avait quitté son bureau en fin d'après-midi dans l'intention de souper de bonne heure, chez lui. La cuisinière, Mme Bloomfield, avait préparé et servi le dîner qu'il avait mangé de bon appétit. Deux des domestiques en avaient fini plus tard les restes sans souffrir du moindre désagrément.

Après souper, Simeon informa Mme Bloomfield qu'il sortait et ne serait de retour que très tard. Il lui avait donné congé pour le reste de la soirée et la nuit, ainsi qu'aux autres serviteurs. Seule une femme de chambre, une dénommée Nani Borz, était restée sur place pour surveiller la maison, en compagnie du jardinier et de son fils, qui vivaient tous deux au-dessus de la remise à voitures. La femme de chambre déclara dans sa déposition s'être couchée tôt et avoir dormi profondément.

Le matin suivant, lorsque le maître d'hôtel vint réveiller Simeon, il trouva la chambre à coucher vide. Le lit n'avait pas été défait. Légèrement anxieux, mais dans la plus grande discrétion, le maître d'hôtel — un Anglais flegmatique — procéda à une petite enquête parmi la domesticité. Aucun d'entre eux n'avait vu ou entendu quoi que ce fût d'anormal en rentrant la nuit précédente. Personne n'avait ouï dire que M. Simeon n'eût pas l'intention de revenir.

Détail inquiétant, sa berline était encore là. Habituellement, M. Simeon aimait jouer les cochers le soir et conduire seul son attelage. Le fils du jardinier servait alors de palefrenier et préparait les chevaux et la voiture. Ce soir-là, aucune demande n'avait été faite en ce sens. Apparemment, M. Simeon était sorti à pied — ou avait emprunté son véhicule à quelqu'un.

Le maître d'hôtel envoya, au siège de la compagnie, un garçon de course avec un billet à l'attention de son employeur. Quand le commissionnaire revint, annonçant que M. Simeon n'était pas au bureau et n'avait laissé aucun message concernant son emploi du temps, le domestique élargit son enquête aux collègues les plus proches de l'homme d'affaires. Il n'apprit rien. Finalement, le *butler*, à la mi-journée, fit une déposition au commissariat.

La police ne se sentit d'abord pas concernée. M. Simeon menait son existence à sa guise. C'était le genre homme qui pouvait s'offrir une journée de répit sur un coup de tête, sans avoir à se justifier auprès de quiconque. Avait-il décidé de se rendre à la campagne, chez des connaissances ? Ou avait-il profité de l'aubaine pour rejoindre une bonne amie ?

Apprécierait-il que la police fourre son nez dans sa vie privée ? Non, très certainement.

Le jour suivant, Simeon n'ayant toujours pas reparu, les forces de l'ordre songèrent à prendre la déclaration du maître d'hôtel au sérieux. Simeon avait manqué plusieurs rendez-vous de première importance, et la rumeur commençait à courir, dans le petit monde des affaires et le long de Millionaires'Row, qu'un incident s'était produit chez les Simeon.

Le troisième jour, malgré un blizzard déchaîné, les policiers sortirent en force, interrogeant toutes les personnes susceptibles d'avoir vu ou entendu parler du magnat du fer et de l'acier. Sans succès. Il avait réellement disparu sans laisser de traces.

La disparition de James Simeon devint l'affaire criminelle numéro un du XIXe siècle. Les théories les plus folles s'échangèrent ; d'innombrables articles, des thèses même, furent écrits ; des discussions passionnées agitèrent les fumoirs à l'heure des cigares et du cognac.

Le fils du jardinier, qui avait eu maille à partir avec la loi pour une rixe sur la voie publique, fut arrêté lorsqu'on le surprit au mont-de-piété, engageant une magnifique montre de gousset. Puis relâché : ladite montre n'avait jamais appartenu au millionnaire. Un homme avoua le crime, sans se souvenir de l'endroit où il avait enterré le corps, ni de la manière dont il avait fait passer Simeon de vie à trépas. Renseignements pris, c'était le cinquième assassinat qu'il revendiquait depuis le début de l'année.

A la fin, tout le monde tomba d'accord sur un point : la mort de James Simeon était un crime passionnel. Le vol eût-il été le mobile, l'un des bijoux de valeur qu'il portait ce soir-là — sa montre, ses extravagants boutons de manchettes, sa chevalière ornée d'un gros diamant — aurait refait surface par la suite dans les officines des receleurs. Sa mort eût-elle été l'œuvre d'un tueur isolé, son corps aurait été découvert dans quelque allée sombre ou sur un terrain vague. La thèse du suicide fut écartée : Simeon Iron and Steel prospérait et le magnat n'attendait-il pas avec impatience la naissance de son premier enfant ?

Quelqu'un l'avait donc assassiné.

Mais qui ?

Niccolo acheva la lecture du dernier article en milieu d'après-midi et sortit pour manger un morceau. Il avait sauté le petit déjeuner et le repas de midi, et son estomac criait famine. Dans un bar proche de l'université, il se fit servir du café et un sandwich. Tout en mangeant, il continua à réfléchir. Comment Rooney Donaghue se rattachait-il à cette histoire ? Avait-il découvert le squelette et le premier bouton de manchette au tout début des travaux, en automne ? Considérait-il que le squelette était investi de pouvoirs surnaturels et avait-il fait vœu d'en être le gardien ? Tout était possible.

Et que penser de la coupure de presse sur James Simeon que Niccolo avait vue dans son misérable abri ? Rooney s'était-il souvenu de l'histoire de Simeon ? Avait-il fait le lien entre le logo incrusté sur le bouton et l'homme mort ? Rooney étant un habitant de Cleveland de longue date, il avait sûrement entendu parler de l'énigme policière. Tout comme Jon, elle avait dû le fasciner. Megan n'avait-elle pas décrit Rooney comme un grand amateur d'histoires et un bon conteur ?

Cependant, dans son état mental actuel, Rooney était-il encore capable de déductions aussi logiques ? Cela semblait à peine croyable.

Niccolo, les yeux perdus dans le fond de sa seconde tasse de café, se demandait ce qui avait pu amener James Simeon sur ce terrain vague désolé, dans ce sordide coin de Whiskey Island. Il était sorti sans son attelage, dans l'intention avouée de passer une partie de la nuit dehors. Son meurtrier n'avait même pas daigné le délester de ses boutons de manchettes. Il avait su où dissimuler le cadavre pour que plus d'un siècle se passe avant qu'il soit fortuitement découvert. La fosse avait été creusée profond, ce qui supposait le travail d'un homme fort, ou de plusieurs : Simeon étant mort au début de l'hiver, il y avait toutes les chances pour que le sol eût commencé à geler.

Plus troublant encore, le secret de sa mort n'avait jamais transpiré : ni lettre, ni confession sur un lit de mort. Celui ou ceux qui connaissaient la vérité l'avaient emportée dans la tombe.

Mais qui ?

Niccolo consulta sa montre. La grosse presse du déjeuner était-elle passée au saloon ? Il ne voulait pas harceler Megan — ni la pousser à faire des choix qu'elle n'était pas prête à envisager...

Le désir de la voir fut plus fort et fit taire ses scrupules.

24 mars 1883

***A**ujourd'hui le temps s'est réchauffé, et les oiseaux ont reparu dans l'arbre devant ma croisée.*

Le printemps ne vient pas d'un jour à l'autre. A Cleveland comme ailleurs. Une journée comme celle-ci n'est qu'une promesse ; ces oiseaux semblent l'ignorer.

L'un d'eux, un roitelet, ou un jeune pinson, avait au bec des brins d'herbe sèche. Entendait-il — comme les ardentes demoiselles de Sainte-Brigid, dont les pensées se tournent impatiemment vers les jeunes gens et le mariage à cette époque particulière de l'année — bâtir un nid et fonder une famille ?

Il rassembla paille et brindilles tout au long du jour. J'avais de grands espoirs pour sa future couvée, et craignais une giboulée de neige assassine. J'admirais son courage et sa détermination tout en priant pour qu'il survécût aux intempéries.

Las, avant même que ne tombe la neige, un milan fondit du ciel sur l'oiselet, entravé par une branchette trop lourde. Voulait-il lui disputer son bien ou démontrer sa force ? Entre deux piaillements aigus mon aimable oiseau avait disparu.

Je n'ai toujours pas le courage de vérifier s'il a survécu ou s'il n'est plus qu'un petit tas de plumes rougies de sang sous ma fenêtre.

Journal du père Patrick McSweeney — Paroisse Sainte-Brigid, Cleveland, Ohio.

27.

Mars 1883

Lena se mit à étudier les habitudes de James Simeon, ses humeurs, ses préférences. Puisqu'elle ne pouvait quitter son emploi, elle ferait en sorte de n'être jamais seule en sa présence. En restant constamment sur ses gardes, peut-être éviterait-elle le pire ?

Passaient les semaines. Terence était assidu à l'étude. La rapidité de ses progrès l'éberluait. Elle avait reçu des sœurs, dans sa jeunesse, un semblant d'éducation ; il en sut bientôt plus long qu'elle. Le soir, assise près du feu, comme elle se reposait d'une épuisante journée de travail, Terence lui lisait le manuel élémentaire que le maître lui avait donné. Des sonnets de Shakespeare ne l'eussent pas plus émerveillée.

Rowan fréquentait de nouveau la maison. Il aidait Terence dans ses leçons. Le savoir de Rowan n'était pas immense, mais il savait lire ; ensemble, ils arrivaient à vaincre les mots les plus ardus. La solide amitié que les deux hommes avaient partagée jadis avait resurgi, intacte.

Lena s'accrochait à l'idée que tout allait bien. Simeon gardait ses distances, comme si leur conversation sur les herbes et l'adultère n'avait jamais eu lieu. Une femme moins avisée se serait bercée d'illusion et n'aurait plus frémi pour sa sécurité. Certes, il avait parlé sous l'emprise de l'ivresse, mais n'y aurait-il pas d'autres soirs où il boirait tout autant ? Et, à moins qu'une autre malheureuse ne pâtisse de ses caprices, il la poursuivrait de nouveau. Cette fois, aurait-elle une échappatoire ?

Sa période faste prit fin à la veille du mois d'avril. Un jour ou deux de beau temps avaient mis toute la maisonnée de bonne humeur. Bloomy apparut en cuisine comme Lena mettait en route les préparatifs du dîner. Elle était en train d'enfiler ses gants et portait chapeau.

— Désolée, ma chère, une urgence m'appelle. Je serai absente jusqu'à demain matin. Mme Simeon est sortie, elle soupera avec des amis ; ainsi vous n'avez rien à préparer pour elle. Ça lui fait du bien de s'aérer un peu. Elle a l'air mal fichue, vous ne trouvez pas ? Les blondes et les rouquines ont toujours l'air malade.

Elle s'arrêta net.

— Euh... vous mise à part, Lena. Vous resplendissez de santé.

L'opinion de Bloomy sur sa personne était le cadet de ses soucis.

— Vous serez donc absente, ainsi que Mme Simeon. M. Simeon a peut-être des projets, de son côté ?

— Pas que je sache, ma chère. Aux dernières nouvelles, il avait l'intention de dîner ici. Il serait impatient de tâter de vos talents.

Un sentiment de panique étreignit Lena.

— Si Mme Simeon n'est pas là, peut-être Nani acceptera-t-elle de descendre dans la cuisine, me tenir compagnie ?

— Nani ? Elle a suffisamment à faire comme ça, vous ne trouvez pas ?

— Oh, non, pas pour m'aider. Nani mérite bien de se détendre un peu de temps à autre, Bloomy. Elle est de service auprès de sa maîtresse jour et nuit. Elle pourrait s'asseoir ici, près du feu, et boire une tasse de thé le temps que j'achève mes préparatifs.

Bloomy eut un air dubitatif. Surtout, elle semblait tourmentée, comme si elle était pressée de partir.

— Eh bien, je suis désolée de tout vous laisser sur les bras. En vérité, ma sœur est tombée malade. Et M. Simeon insiste pour que je me rende auprès d'elle au plus vite.

De nouvelles sonnettes d'alarme retentirent aux oreilles de Lena. La générosité n'étant pas son fort, si James Simeon avait tenu à ce que Bloomy quittât son travail en avance sur l'horaire, il avait ses raisons. Et Lena redoutait de deviner lesquelles.

— Allez-y, et meilleure santé à votre sœur, dit-elle aussi tranquillement qu'elle put. Si vous croisez Nani avant de sortir, voulez-vous avoir l'obligeance de l'envoyer ici ?

— Drôle de demande, ma chère.

Bloomy piqua une dernière épingle à son chapeau et quitta la cuisine.

Lena demeura figée sur place et ferma les paupières. Elle comprit ce qu'un animal pouvait ressentir lorsque la meute des chasseurs se refermait autour de lui. Il ne fallait pas céder à la panique. Mais réfléchir, réfléchir... calmement.

En désespoir de cause, elle avait toujours la possibilité de raccrocher son tablier au clou et de filer. Elle n'aurait qu'à inventer une quelconque excuse.

Et perdre son emploi, avec tout ce qu'il impliquait ? Leur unique source de revenu, l'instruction de Terence et sa confiance en lui retrouvée ? Tous leurs espoirs d'une vie meilleure...

Non, non, il lui fallait trouver autre chose.

Elle épaississait d'un peu de crème le potage au poulet quand Nani se glissa dans la cuisine.

— Bloomy m'a dit de venir.

— Nani !

Lena était si reconnaissante qu'elle faillit lui sauter au cou et l'embrasser.

— J'ai pensé que vous aimeriez vous asseoir un instant et prendre une tasse de thé pendant que je termine de préparer le dîner de M. Simeon.

Nani eut l'air déconcertée à l'énoncé d'une invitation aussi inhabituelle.

— C'est que j'ai à faire là-haut.

— Ça ne peut pas attendre un peu ?

— M. Simeon vient de me donner congé pour la soirée. J'ai des choses à finir avant de rentrer chez moi.

Lena faillit se sentir mal.

Nani était comme l'oiseau sur la branche, prête à s'envoler. Lena devait lui dire la vérité. Elle se sécha les mains sur son tablier et rejoignit Nani au milieu de la cuisine.

— Nani, me considérez-vous comme votre amie ?

— Inutile de me le demander, non ? s'étonna Nani.

— Vous savez que je dis toujours la vérité ?

— Ça oui.

— Alors, je vous en prie, écoutez-moi.

En quelques mots, du mieux qu'elle put, Lena parla à Nani de sa confrontation avec James Simeon, de ce qu'il avait dit et, pis encore, sous-entendu.

— C'est pourquoi j'ai tant besoin que vous restiez ici à mon côté, conclut-elle. Si vous êtes dans la cuisine, il ne tentera rien.

L'air soucieux de Nani s'était accentué au fil des paroles de Lena. A présent, elle secouait la tête.

— Ce n'est pas un homme qu'on peut aimer, certes. Je suis d'accord avec vous, Lena. Mais je travaille dans cette maison depuis longtemps et j'entends les autres domestiques parler. Personne n'a jamais proféré pareille accusation envers M. Simeon. Et je vous assure qu'il n'est jamais venu me faire une telle proposition.

— J'ignore pourquoi il m'a choisie. Le fait est là. Je ne l'ai pas inventé. Il faut me croire.

Nani choisit ses mots avec soin.

— Je suis persuadée que vous le pensez. M. Simeon a tendance à boire, nous le savons. Et un homme qui a tâté de la bouteille ne se souvient pas toujours de ce qu'il a dit.

— Il m'a dit que sa femme pleurait quand il la rejoignait au lit. Est-ce vrai ?

Nani eut l'air mal à l'aise.

— Et aussi, qu'elle comptait faire un voyage en Europe bientôt.

Nani eut un léger hochement de tête.

— Nani, si ces choses sont vraies, les autres le sont aussi. Si je perds ce travail, voyez-vous, Terence sera privé de sa seule chance de recevoir une éducation, et jamais nos familles ne pourront nous rejoindre dans ce pays. Comprenez-vous à quel piège je suis coincée, et l'avantage que cet homme a sur moi ?

— Il n'est pas aussi mauvais que cela. Il ne vous ferait pas une chose pareille.

— Alors, vous ne voulez pas ? Quelques heures, seulement, Nani. Je ferai tout ce que vous voulez en échange. Je suis prête à payer pour votre temps, s'il le faut. Je vous en supplie, restez... restez jusqu'à mon heure de sortie.

— Jamais il ne m'y autorisera.

Lena sentit la peur gagner du terrain. Elle n'avait aucun stratagème en vue et Nani avait probablement raison. Dès qu'il l'apercevrait dans la cuisine, il la renverrait chez elle. Sans lui dire pourquoi, bien entendu. Il se montrerait plein de sollicitude, aimable même. Mais intraitable. Et si Nani refusait d'obtempérer, elle pourrait dire adieu à son travail, elle aussi.

Lena dressa la tête, aux abois. Le chasseur était sur ses traces.

— Rien de fâcheux ne se produira, l'assura Nani.

Elle n'en avait pas moins l'air contrarié. On aurait dit qu'elle allait éclater en sanglots. Au fond d'elle, Nani savait-elle que Lena avait raison ?

— Eh bien, rentrez chez vous, dit Lena.

— Non, je vais rester. Au premier étage. Et plus tard, je descendrai faire une petite visite.

— Vous feriez cela ?

Lena en fut revigorée. Si Nani choisissait bien son moment, en fin de service, Simeon aurait terminé son repas, et Lena pourrait alors quitter la maison avec son amie. Coupant l'herbe sous le pied de Simeon... qui se retrouverait Gros-Jean comme devant.

— Vous voyez ? Tout se passera bien.

Lena lui donna l'accolade, muette de reconnaissance.

Nani quitta la cuisine et Lena se remit vaillamment à ses fourneaux. Quand la sonnette de la salle à manger retentit, elle prit une longue inspiration, versa la soupe dans une écuelle de fine porcelaine et l'emporta dans la salle d'apparat, où Simeon dînait toujours, même lorsqu'il était seul.

James Simeon était assis au haut bout de la table. Quoique baignée par la douce lumière des lampes à gaz et des bougies, la pièce gardait son allure de salle de banquet médiévale. Simeon, trônant comme un pacha, semblait attendre l'hommage de ses vizirs.

— Du potage, Lena ? Et personne pour me le servir ?

Il savait parfaitement pourquoi Bloomy n'était pas là. Elle lui répondit cependant poliment :

— Il n'y a que moi, monsieur.

— Et qu'avons-nous ensuite au menu ?

— Du rôti de porc, monsieur, accompagné de panais et de pommes de terre. Des carottes, venues tout droit de Californie. Et la compote de pommes faite par Bloomy.

— Trop bon pour être dégusté seul, tout ceci. Il va falloir vous joindre à moi.

Elle leva les yeux, sidérée par sa proposition si... déplacée.

— Oh, impossible, monsieur. Ce ne serait pas convenable.

— Qui décide ce qui est convenable ou pas, dans cette maison, sinon moi ? tonna-t-il.

— Je ne suis que la cuisinière. Si les autres me voyaient assise à votre table, ils ne comprendraient pas.

— Il n'y a personne d'autre ; ils ont tous reçu leur soirée de congé. A part vous, Lena. Vous allez vous asseoir à cette table et manger. C'est un ordre, compris ?

Elle le regarda droit dans les yeux.

— Peut-être comprendrais-je mieux si vous me disiez pourquoi.

Il eut un sourire matois.

— Je voudrais avoir des nouvelles de votre mari, Lena. Son avenir m'intéresse beaucoup. Vous me raconterez cela en dînant.

Prise au piège, le canon du revolver pointé sur elle, Lena, impuissante, se tordait les mains.

— Allez vous chercher une assiette de soupe, dit-il.

En cuisine, elle remplit une deuxième assiette creuse. Au moment de l'emporter, la porcelaine lui glissa des mains et se fracassa sur le carrelage, non sans maculer son tablier au passage. Qu'importait ? ce tablier n'était plus nécessaire. Ce soir, elle était censée jouer les consorts et non plus la servante. Enfouissant son visage entre ses mains, elle tenta de refouler ses sanglots.

— Lena !

Sa voix de stentor retentissait depuis la salle à manger.

Après avoir passé un rapide coup de serpillière sur le sol et jeté les débris à la poubelle, elle se servit une autre assiette et revint dans la salle.

— J'ai pensé un instant que vous étiez rentrée chez vous, dit-il d'un ton rogue. Puis je me suis dit : « Non, ce n'est certainement pas le cas. Lena n'est pas stupide. Elle sait où est son intérêt... Elle ne risquerait pas de perdre sa place pour une stupidité pareille, sachant que personne sur l'Avenue ne l'engagerait une fois que j'aurais dit mon mot. »

— Personne, effectivement.

Elle posa l'assiette sur la table, à sa droite, aussi loin de lui qu'elle le put.

— Ce potage est délicieux. Vous êtes une femme aux nombreux talents.

— Seulement pour la cuisine, monsieur. Je n'ai pas d'autres talents.

— A mon avis, vous ne vous rendez pas justice. Vous êtes plutôt bien faite de votre personne, un beau visage... fussiez-vous née du bon côté de la ville, votre destin eût été bien différent. A l'heure qu'il est, vous seriez mariée à un président, un sénateur. A un homme comme moi, qui sait ?

— J'ai la chance d'être mariée à Terence. Il est tout ce dont je peux rêver.

Il eut un mince sourire.

— Quelle dévotion pour un homme qui n'est plus que l'ombre de lui-même, à présent !

— Il est mon époux et j'en suis satisfaite..., monsieur.

— A d'autres ! Je serais étonné qu'il puisse encore remplir ses devoirs conjugaux. Quel malheur pour un homme si jeune, et pour sa fraîche épouse. Est-ce que je me trompe ?

Elle ne dit rien, mais ses joues rouges la trahirent. Il la regarda avec un léger sourire : il avait sa réponse.

Repoussant son assiette, il s'empara d'un verre rempli d'un liquide ambré qu'il sirota à petites gorgées tandis qu'elle tentait d'avaler un peu de soupe. L'estomac noué, elle était au bord de la nausée.

— Bon, ça suffit, dit-il enfin. Passons à la suite.

Elle se leva, rapporta leurs deux assiettes à l'office. Quand Nani ferait-elle son apparition ? Elle pria le ciel pour que ce fût à la fin du repas. N'était-ce pas de la folie douce d'imaginer qu'elle arriverait exactement au bon moment ?

Lena rapporta de nouveaux couverts qu'elle disposa devant Simeon. Il frôla négligemment sa hanche de son bras. Elle eut un frisson d'effroi et s'écarta — pas assez vite. Il la prit par la taille et la serra contre lui.

— L'argenterie est de travers, remettez-la comme il faut, Lena. Bien droite.

Baissant les yeux, elle vit que le couteau n'était pas dans l'alignement. La main de Simeon était posée à côté. Elle était prise au piège de son bras. Elle dut s'exécuter, les mains tremblantes.

— A la bonne heure, dit-il en abandonnant sa taille pour lui tapoter la hanche. Nous n'allons pas nous passer de décorum sous prétexte que vous soupez avec moi, n'est-ce pas ?

Les dents serrées, elle retourna chercher les plats de service : les tranches de rôti de porc sur leur plateau d'argent, les légumes dans du Limoges peint à la main, la compote de pommes saupoudrée d'éclats de cannelle en un bol au liséré d'or fin. Quand tout fut posé sur la table, elle tenta de s'en aller ; il l'arrêta.

— Vous n'avez pas mis votre couvert, Lena. Vous avez été invitée pour tout le repas, vous ne l'ignorez pas.

— Je n'ai pas grand appétit, monsieur. Et je suis une piètre convive. Il vaut mieux que j'aille finir la préparation de votre dessert...

— Je veux vous voir à table. Et plus vite que ça !

Elle s'exécuta de mauvaise grâce.

— Vous êtes-vous jamais assise à une table aussi raffinée que celle-ci, Lena ?

Elle se servit le moins possible, tandis qu'il lui tendait les plats, un à un.

— Non, jamais, concéda-t-elle.

— Enviez-vous ce luxe parfois ?

— Jamais, monsieur.

— Vraiment ? Et pourquoi ?

Elle redressa la tête et, un instant, la colère chassa sa peur grandissante.

— Parce qu'il n'apporte pas le bonheur, et qu'il ne fait pas des gens qui en jouissent de meilleures personnes, n'est-il pas vrai ? La richesse leur donne simplement le pouvoir de maltraiter leur prochain plus facilement.

— Pas toujours. Beaucoup parmi nous œuvrent pour le bien de la société, Lena. Nous bâtissons des églises, des hôpitaux, nous ouvrons des écoles. Nous venons au secours de l'humanité souffrante. Ce pauvre Terence en est un exemple.

Ces faux-semblants l'écœuraient. Une infime partie d'elle, cependant, espérait encore qu'elle avait tort, qu'elle avait mal interprété ce qui s'était passé entre eux, et que Nani avait vu juste : Simeon n'était pas foncièrement mauvais, il s'amusait à ses dépens, sans avoir l'intention d'aller plus loin.

Elle tenta de faire appel à ses bons sentiments.

— Effectivement, aider mon Terence est une preuve de bonté et de générosité. J'espère, monsieur, que vous ne souhaitez que le bien de ma famille.

— Ah, la famille... Vous savez, j'ai épousé Julia après mûre réflexion : j'avais considéré sa lignée, sa réputation, son maintien, son aptitude à devenir la maîtresse d'une maison comme celle-ci, l'hôtesse consommée, l'épouse idéale...

Il secoua tristement la tête.

— Ce fut une erreur monumentale. Et pourtant, on ne me trompe pas facilement.

Lena repoussait la nourriture sur le bord de son assiette, incapable d'avaler ne fût-ce qu'une bouchée.

Comme elle ne disait rien, il poursuivit :

— Mes erreurs toutefois m'ont enseigné quelque chose. Savez-vous ce que j'ai appris ?

Elle posa sa fourchette et le regarda, résignée.

— Le caractère est aussi important chez une femme que chez un pur-sang. Si une femme ou une pouliche manquent de combativité, elles ne seront jamais de bonnes reproductrices.

— Ce sont des propos que je n'ai pas le droit d'entendre.

— Nous parlons d'élevage, Lena. Vous ne vous intéressez pas aux chevaux ?

Elle se leva brusquement, serrant son assiette entre ses mains.

— Je vais préparer votre dessert.

D'un geste impérieux, il lui signifia de regagner son siège.

— Si, quand on la mène à l'étalon, la jument est trop tendue, trop nerveuse, si elle a peur, s'il faut une demi-douzaine de palefreniers pour la tenir tranquille pendant que l'étalon la monte, le poulain ne vaudra rien. En admettant qu'il y en ait un.

— Je ne connais rien aux chevaux, monsieur.

— Ainsi, l'homme qui désire avoir une écurie digne de ce nom trouvera une autre jument, plus forte, plus vaillante, dotée d'un caractère plus farouche. L'étalon sera plus heureux, dit-il avec un sourire appuyé. Et au bout du compte, tout s'arrangera au mieux. Même la première pouliche trouvera son bonheur puisqu'elle sera remise en liberté dans une grasse prairie, sans mâle pour l'importuner...

Que faisait Nani ? Elle était ulcérée. Elle n'en pouvait plus.

— Et l'autre jument ? Que récoltera-t-elle ?

— Une bonne écurie avec de la paille fraîche, du grain et de l'avoine en supplément, une pomme à l'occasion ou un morceau de sucre, l'herbe la plus savoureuse. La vie devient très, très agréable pour elle, car l'homme a besoin d'elle, voyez-vous.

— Nous avons la chance de ne pas être des chevaux.

— Vous trouvez ? J'aime ce qui est simple. Et la reproduction de la race chevaline, c'est la simplicité même.

Elle se leva derechef et cette fois, lorsqu'il lui fit signe de se rasseoir, elle secoua la tête.

— Il faut que j'y aille. Mon mari m'attend. Je prépare votre dessert. Ensuite, je devrai rentrer.

Elle fila vers la cuisine sans lui jeter un regard. Elle perdrait peut-être son travail, mais il lui était impossible de rester assise une minute de plus à côté de lui.

Elle s'attendait à ce qu'il la suivît, et que, abandonnant ses métaphores graveleuses, il lui demandât brutalement de se soumettre. Elle tremblait et résistait à grand-peine à son envie de fuir.

Fuir ? Simeon l'avait prévenue, aucune famille de Cleveland ne l'engagerait jamais plus. Oh, elle finirait peut-être par trouver une oreille compatissante pour écouter sa triste histoire, une femme qui, comprenant son malheur, oserait aller à l'encontre de ses pairs et l'engagerait comme cuisinière. Combien de temps s'écoulerait avant de découvrir une telle perle ? Une femme qui la croirait plutôt que d'écouter un homme de sa propre caste, une femme qui lui donnerait une chance de s'expliquer ? Le père McSweeney lui-même manquait de moyens pour pouvoir l'aider. Il avait réussi à intéresser Simeon au cas de Terence — mais à quel prix ?

A quel prix !

Bloomy avait cuit un biscuit de Savoie plus tôt dans l'après-midi. Lena avait voulu le servir avec des pêches au sirop et de la crème fouettée. Ses mains ne lui obéissant plus, elle se contenta de le saupoudrer de cassonade. Elle s'y reprit à deux fois pour couper deux tranches présentables, qu'elle disposa sur une petite assiette.

Il fallait à présent lui apporter le gâteau ou se faire renvoyer. C'était clair. Devrait-elle lui tenir compagnie pendant qu'il le mangeait ? Lui céder son corps quand il en aurait terminé ? Combien de temps tiendrait-elle avant de crier : « Assez ! » et d'accepter la disgrâce ? Et ses conséquences. Renoncer à revoir sa mère, laisser mourir de faim les vieux parents malades dans leur misérable Irlande, voir Terence redégringoler la pente, perdre sa dignité à peine reconquise. La mort de leurs rêves et de l'espoir...

D'un autre côté, aurait-elle le courage et la santé nécessaires pour endurer un tel calvaire, même s'il devait les sauver tous ? Irait-elle brûler en enfer au côté de James Simeon ?

La sonnette retentit impatiemment. Elle porta l'assiette qu'elle posa devant lui. Puis, reculant d'un pas, elle demanda :

— Ce sera tout, monsieur ?

— Lena, il vient d'arriver une chose curieuse.

Elle attendit, n'osant proférer une parole.

— J'ai aperçu Nani. Je lui avais pourtant donné son congé pour la soirée. Elle prétendait se rendre en cuisine pour y prendre une tasse de thé avec vous. Moi qui la croyais chez ses parents !

L'intervention de Nani avait été un frêle espoir, certes. Mais il lui avait permis de tenir.

Plus rien n'enrayerait le fatal mécanisme.

— Vous l'avez donc renvoyée ? s'enquit-elle d'une voix blanche.

— Et comment ! Elle a si peu l'occasion de profiter de sa famille. Je suis surpris que vous ayez eu l'idée de la retenir.

— Puis-je me retirer, monsieur ?

— Je ne pense pas que nous en ayons terminé, vous et moi, Lena.

Elle hocha la tête et retourna dans la cuisine.

Il y avait peu de vaisselle sale ; elle la fit en attendant qu'il la rejoigne. Quand, finalement, il s'encadra sur le seuil, il souriait de toutes ses dents.

— Défaites vos cheveux, Lena. J'ai envie de les voir dans toute leur splendeur depuis ce jour de décembre où nos traîneaux ont fait la course. J'attendais mon heure. Je savais que vous croiseriez de nouveau mon chemin. Le destin, n'est-ce pas ? Je savais que vous aussi, vous vous souviendriez de moi.

Elle se tenait devant lui, le regard fixe.

— Défaites-les.

— Je préférerais pas.

— Alors, c'est moi qui vais le faire.

Elle ne bougea pas d'un pouce comme il s'approchait. Tout son être se révulsait, pourtant, et lui criait de se sauver.

— Est-ce ainsi que cela doit se passer, monsieur ? Ici, à l'office, avec votre cuisinière ? Il y a des femmes dont c'est le métier. N'importe laquelle ferait mieux l'affaire que moi.

Il retirait ses épingles une à une.

— Ce sont des putains.

— Et que serai-je quand vous en aurez terminé avec moi ?

— Appelez ça de la prostitution si vous voulez, ma chère, moi j'appelle ça conclure un marché.

Il était sur elle, lui soufflait une haleine empestant l'alcool au visage.

Elle fit une dernière tentative, en appela à son honneur.

— Le plaisir que vous prendrez, vous le volerez à un autre homme.

Il éclata de rire.

— Cela fait partie du contrat. Après tout, je ne prends à cet homme que ce dont il n'a plus l'utilité.

Avec un faible gémissement, elle ferma les paupières, droite et raide.

Elle ne lui donnerait rien.

Le reste n'était plus son affaire. C'était celle du diable lui-même.

28.

Des jours, des semaines passaient dans l'hôtel particulier des Simeon. Les tâches quotidiennes avaient leur cortège, son parcours était immuable. Cependant, quand sa femme sortait pour la soirée, Simeon renvoyait les domestiques et Lena restait, seule. Affrontait son calvaire.

Il attendait la fin du dîner, comme il l'avait fait la première fois. Il venait alors la rejoindre en cuisine, relevait brutalement ses jupes, et la prenait sur la table. Une fois même, il l'avait plaquée contre le fourneau encore chaud. Elle endurait ses assauts, ignobles, brutaux, le regard fixe, les mâchoires serrées, raide et crispée. Il ahanait, poussait des grognements bestiaux. Son dégoût l'excitait.

Il lui arrivait aussi de la violer sur le canapé du salon, ou même dans la chambre à coucher de sa femme. L'humilier ajoutait visiblement du piment à son plaisir. Aurait-il même été capable de jouir avec une femme qui ne l'eût pas repoussé et méprisé ?

Elle survivait en s'isolant mentalement, en fermant sa conscience à l'horreur de la situation. La première fois, Simeon lui avait donné l'équivalent d'une semaine de gages... qu'elle avait jetés à la rivière avant de regagner son logis. Elle avait prétendu être malade et s'était immédiatement couchée, face au mur, tournant le dos à Terence quand il l'avait rejointe — Terence qui ne lui avait plus fait l'amour depuis son accident.

La fois suivante, elle garda l'argent de Simeon. N'avait-il pas été durement gagné ? Elle ne put se résoudre à l'ajouter à leurs maigres économies. Comment aurait-elle pu utiliser l'argent du péché pour faire venir leur famille d'Irlande ? Elle dissimula le salaire de la honte dans une cruche dans la cuisine. Terence n'aurait jamais idée d'aller y regarder. Elle la remplissait avec une écœurante régularité.

Pour rendre supportable l'ignominie de son existence, elle se projetait dans le futur. Simeon se lasserait vite d'elle et se trouverait une autre victime. Elle en profiterait pour changer d'employeur, en espérant qu'il ne mettrait pas ses calomnies à exécution. Ou mieux : l'argent mis de côté lui servirait à quitter définitivement les cuisines des millionnaires. Elle louerait une échoppe et lancerait son propre établissement. Rien que de très modeste, certes, mais un endroit où elle servirait une cuisine simple et savoureuse à d'humbles gens, tout en y trouvant son compte. Un commerce dont elle serait la patronne, où, surtout, personne n'aurait barre sur elle.

Sa vision du paradis...

Le joli mois de mai arriva, chaud et fleuri. Le départ proche de Julia Simeon pour l'Europe plongeait la maisonnée dans l'effervescence. Les Simeon avaient prévu de donner une réception dans leur parc pour fêter l'événement.

Tout au long de la semaine Lena et Bloomy avaient travaillé dur en vue de la garden-party, jusque très tard tous les soirs. Lena avait espéré que ce regain d'activités tiendrait Simeon à distance.

La veille de la réception, comme elle partait, Lena le trouva dehors, à l'attendre.

— Bonsoir, Lena. Vous avez l'air éreintée. Vous ferait-on travailler trop dur, ma chère ?

Elle esquissa un geste affolé pour réprimer son cri de surprise.

Le sourire aux lèvres, il s'adressa à elle d'un ton faussement bonhomme.

— Vous ne semblez jamais heureuse de me voir. Pourtant vous n'avez guère à vous plaindre de votre employeur, n'est-ce pas ? Je prends soin de votre excellent mari, avec une générosité que beaucoup envieraient. Et je rétribue grassement vos... heures supplémentaires.

Les traits d'esprit ne faisant que l'exciter davantage, elle avait appris à répondre de la façon la plus terne possible.

— Je pensais avoir terminé ma journée de travail. Il se fait tard.

— Non, elle n'est pas tout à fait terminée. Si nous faisions quelques pas ?

Les jardins étaient vastes et d'allure sévère. Il l'entraîna le long d'interminables allées bordées de buis taillés et d'arbustes à feuilles persistantes. Une partie de la forêt d'origine avait été conservée et l'ombre dense des arbres immenses planait, menaçante, sur l'univers policé, tiré au cordeau, du parc à la française. A présent que la nuit l'enveloppait de ténèbres, Lena avait l'impression de vivre un épisode de quelque conte à faire peur : la traversée de la forêt hantée menant à l'antre de l'ogre.

— Que vais-je faire sans ma chère épouse ?

— Ce que vous faites habituellement dès qu'elle a le dos tourné.

Il éclata de rire.

— Finissons-en, monsieur Simeon. Mon âme est déjà damnée.

Il eut l'air surpris.

— Comment, Lena ?

— Vous avez gagné. Tout ça m'est égal. Une corvée de plus que je fais pour vous.

Il lui décocha une gifle magistrale. Elle couvrit sa joue brûlante de sa main. Sans rien dire.

— Déshabille-toi !

Elle s'exécuta sans piper mot. Elle s'imagina dans l'intimité de sa chambre à coucher, se préparant pour la nuit, et prit son temps pour plier soigneusement ses vêtements.

Il dégrafa son pantalon, le laissa tomber à ses chevilles.

— Sur le dos !

Avec un soupir, elle s'étendit sur le sol, les yeux levés sur la voûte céleste.

Il la couvrit. Puis il lui pétrit les seins sans ménagement, la pinça vicieusement dans l'espoir de lui arracher ne fût-ce qu'un gémissement.

Elle ne lui accorda point cette satisfaction. Elle comptait les étoiles, se remémorant ses nuits passées dans les bras de Terry. Ce qu'elle endurait était une perversion de l'acte d'amour. Mais aussi un sacrifice, librement consenti, au mépris des flammes de l'enfer, pour protéger ceux qu'elle aimait.

— Salope ! cria-t-il, la giflant de nouveau.

Elle ferma les yeux. Les étoiles dansaient toujours sous ses paupières. Il essaya de la pénétrer ; son membre flasque ne lui obéissait plus. Un gloussement de rire s'étrangla dans la gorge de Lena.

Il lâcha un chapelet de jurons et la frappa à la volée. Il referma les mains autour de son cou, pressant les pouces sur sa carotide.

Elle suffoqua, les yeux soudain écarquillés, et se débattit sauvagement, lui envoyant des coups de pied, griffant son visage pour le faire lâcher prise. Peine perdue. Il serrait de plus en plus fort. Elle vit dans son regard s'afficher le triomphe. Puis tout devint flou. Un voile noir l'engloutit. Juste avant de sombrer, elle le sentit se raidir contre son ventre.

Quand elle revint à elle, elle était seule. Prise de vertige, elle réussit à s'asseoir et vit sa silhouette sombre — il s'était rhabillé — disparaître au détour d'une haie de troènes. Des pièces d'argent, beaucoup plus nombreuses que d'habitude, luisaient sur l'herbe, à ses pieds.

Si Terence n'avait pas fait l'amour à sa femme depuis des mois, son désir ne s'était pas émoussé. Au début, dans le tréfonds de son désespoir, il n'en avait pas même imaginé la possibilité. Le moindre mouvement lui causait une souffrance atroce, une traînée de feu incendiait sa chair et ses membres. Il était parfaitement conscient de la déformation de son corps et de son aspect repoussant, et la rage avait pris la place du désir.

Une fois le processus de guérison en route, quand, à force de détermination et d'exercices quotidiens, la douleur dans sa jambe avait peu à peu cédé, et qu'un frémissement de vie timide s'était mis à circuler dans son bras atrophié, le désir était revenu. Depuis, il ne pensait plus qu'à tenir Lena dans ses bras.

Il n'était plus le fringant fiancé qu'elle avait épousé ; il ne le redeviendrait jamais. Avec sa joue balafrée, il était à jamais défiguré ; sa jambe resterait tordue et son bras pratiquement inutilisable. Pourtant,

Lena ne semblait pas le trouver trop monstrueux. Quand elle l'aidait à prendre son bain, elle s'attardait sans dégoût sur ses blessures, soulignant avec tendresse et admiration les progrès de la cicatrisation. Et, joyeuse, elle s'extasiait sur ses forces revenues, sur la consolidation de ses os, la réapparition de ses muscles, depuis qu'il s'entraînait à remarcher.

Jamais il n'avait eu peur de l'approcher, pas même lors de leur nuit de noces. Elle s'était toujours donnée à lui de bon cœur et avec enthousiasme...

A présent, il était rempli d'appréhension. Il craignait que sa confiance en lui, encore fragile, ne fût détruite s'il essuyait un refus de sa part.

Et même si elle l'acceptait, l'accident n'avait-il pas affecté ses fonctions génitales ? Le désir l'avait fui pendant si longtemps qu'il se demandait si cette partie de lui-même n'avait pas été, elle aussi, détruite à jamais. Le désir était revenu, certes ; son corps suivrait-il ?

Bien qu'il la questionnât souvent lorsqu'elle rentrait le soir, Lena parlait rarement de son travail chez les Simeon. Il savait simplement que cette semaine-là, la réception donnée à l'occasion du départ de Mme Simeon, qui aurait lieu le lendemain, lui donnerait un surcroît de travail. Devenu plus habile dans la cuisine, il préparait le repas du soir, et mettait un point d'honneur à ce qu'il fût prêt lorsqu'elle franchissait le seuil de la maison.

Tout en l'attendant, il se demandait comment elle réagirait s'il lui proposait d'aller dans leur chambre, après le dîner, au lieu de lui faire la lecture dans le salon. Rowan était rentré, puis ressorti, il ne reviendrait que très tard. Lena, fatiguée, serait peut-être heureuse à l'idée de se coucher tôt.

Partagerait-elle aussi ses envies... conjugales ?

Il en était là de ses réflexions quand il l'entendit remonter l'allée. Rien qu'à son pas, il mesura son état d'épuisement. La porte s'ouvrit. Elle le regarda sans le voir, comme s'il n'existait pas, depuis le seuil.

— Lena ? dit-il doucement en s'approchant d'elle.

Elle recula, puis son regard rencontra le sien. Ses yeux étaient rouges comme si elle avait pleuré.

— Lena, que se passe-t-il ?

Elle secoua la tête, sans faire un pas pour entrer.

Il vit alors ce qu'elle avait tenté de dissimuler en se drapant dans les pans de sa cape. Il sautilla jusqu'à elle et écarta le vêtement. Son cou était marbré de bleus.

— Sainte Mère de Dieu, Lena ! Que t'est-il arrivé ? Raconte-moi.

Il la fit pivoter vers la lampe et découvrit d'autres marques suspectes sur ses joues.

Elle fut parcourue d'un long frisson, un soupir lui échappa.

— Un homme m'a arrêtée, Terence. Il voulait de l'argent. Comme je n'en avais pas, il a voulu m'étrangler.

De son bras valide, il l'attira contre lui.

— Ma chérie... Comment te sens-tu maintenant ?

— Ça va, dit-elle d'une voix mal assurée. Mon agresseur a entendu quelqu'un arriver et... il s'est enfui avant de pouvoir aller plus loin.

— C'est vrai ? Tu ne me caches rien ?

— Non, non. Ça s'est passé comme je te l'ai dit.

— As-tu vu son visage ?

— Je ne l'avais jamais vu auparavant.

Sa voix se brisa dans un sanglot et elle s'effondra contre lui.

Il lutta pour rester debout, sans trop vaciller.

— Y avait-il un témoin ? Es-tu allée à la police ?

— Non, il n'y avait personne. Et je... je n'avais qu'une envie : rentrer à la maison. Que voulais-tu que je dise à la police : qu'un grand gaillard empestant l'alcool — comme il y en a des centaines à Whiskey Island — en voulait à mon porte-monnaie ?

— Nous préviendrons Rowan, il fera son rapport, j'en suis sûr. Il ne faut plus que tu rentres après la tombée de la nuit.

— Je n'ai pas le choix.

— Alors, je viendrai te chercher.

— Non ! protesta-t-elle en s'écartant. Impossible. C'est trop loin, ce serait trop dur pour toi. Et nous ne pouvons pas nous offrir le prix du trajet en tram. Je prendrai des rues plus fréquentées la prochaine fois. Ce soir, j'étais si fatiguée... je n'ai pas fait attention. Dorénavant, je serai sur mes gardes.

Elle devait penser qu'avec son handicap, il ferait un piètre garde du corps, face à un attaquant, se méprit Terence. A la première échauffourée, il serait balayé comme une mauviette...

— Tu aurais besoin d'un véritable époux, dit-il, amer. D'un homme qui puisse t'entretenir et te protéger. Pas d'une parodie de mari dans mon genre. Je suis incapable de prendre soin de toi, de veiller à ta sécurité, incapable, par-dessus tout, de te donner un enfant. Un bon à rien, Lena, voilà ce que je suis.

— Tu es mon unique raison de vivre, dit-elle en prenant son visage en coupe dans ses mains.

— Je ne peux même pas t'honorer comme une épouse.

Elle plongea son regard dans le sien, d'un air grave.

— Tu ne peux pas, ou tu ne veux pas, Terry ? Le docteur a-t-il dit que cette partie de toi ne fonctionnerait jamais plus ?

Il la regarda intensément, sans pouvoir formuler une parole.

— Ou est-ce un nouvel accès d'apitoiement sur toi-même ? Moi qui pensais que tu en étais débarrassé. Si tu savais combien je te désire.

— J'ai peur.

— Eh bien, nous avons ça en commun. Tu ne peux imaginer à quel point j'ai peur, moi aussi, dit-elle, les yeux mouillés de larmes.

— Lena...

Il voulut l'enlacer, et perdit l'équilibre. Elle l'aida à ne pas tomber, glissa un bras autour de sa taille et l'embrassa sur la bouche, par surprise.

Elle le désirait. Il la désirait. Qu'importait la suite ? Quand bien même il échouerait... il y aurait d'autres nuits, pour rattraper un fiasco, une vie entière devant eux... S'il voulait sauver les ruines de leur mariage, il était temps de s'y mettre. Avant qu'il ne fût trop tard.

Elle tremblait contre lui et il tenta maladroitement de resserrer son étreinte. Elle avait échappé au pire ce soir. Seigneur ! son étrangleur aurait pu la violer si un passant n'était pas arrivé au bon moment !

— Lena... Que Dieu me pardonne ! Je me suis montré d'un tel égoïsme.

Terence embrassa ses joues ruisselantes de larmes, son menton, ses paupières.

— Non. Ça n'a plus d'importance. Allons dans la chambre, Terry. Je t'en prie.

Difficile de savoir qui aida l'autre à gagner la chambre et à se déshabiller, qui releva la couverture pour qu'ils pussent se glisser entre les draps. Il se sentait gauche et emprunté, il mourait de peur, mais toutes ses pensées étaient tendues vers elle. Vers son corps nu qu'il couvait d'un regard fervent... Tout se passerait bien. Elle l'attira vers elle, le soutint pendant qu'il cherchait appui sur son bras valide, le guida pour placer sa jambe tordue le long des siennes.

Avant l'acte, ils avaient pour habitude de s'embrasser et de se caresser longuement. Ce soir-là, toutefois, ils ignorèrent les préliminaires. Il aurait voulu la dévorer. Elle noua ses jambes autour de lui, saisie d'une même ardeur.

Il atteignit la jouissance très vite, et s'effondra dans un râle puissant.

— Oh, Terry, s'écria-t-elle en sanglotant au creux de son épaule.

— Ai-je été trop brutal ?

— Non, non !

Elle redoubla de sanglots.

Il roula sur le côté et chercha un moyen de la prendre dans ses bras. Se blottissant contre lui, elle continua de pleurer à perdre haleine.

— Là, là, mon ange. Ma chérie... Oh, Lena, je sais combien ces derniers mois ont été durs pour toi. Si seulement je pouvais les effacer.

— Tu ne peux pas savoir...

— Si, mon ange, je sais, dit-il en semant de tendres baisers sur son visage baigné de larmes.

Il la rassura, la caressa, puis sombra peu à peu dans le sommeil, détendu et heureux, tout contre elle.

Comment rester au lit, son mari comblé endormi sur son sein ? Le rire de James Simeon, son regard terrible, son odeur, son poids... l'obsédaient. Une idée fixe la hantait : le tuer. Si l'occasion lui en avait été donnée, elle l'aurait saisie sur-le-champ. Courir jusqu'à la propriété, le surprendre dans son lit, le poignarder de sang-froid...

Elle en rêvait.

Elle n'était pas au bout de son chagrin. Ses larmes continuaient de couler le long de ses joues. Terry dormait. Sa semence se mêlait en elle à celle de Simeon — une pluie de lait sur un jet d'acide.

Elle s'était donnée à son mari, souillée encore du poison de l'autre. Elle avait eu besoin, trop, de réconfort et d'amour. Son amour, plus que tout au monde. Quelle sorte de femme était-elle donc pour passer des bras d'un homme à ceux d'un autre ? Pour compter les étoiles pendant que cette canaille de Simeon la violait ? Oui, quelle sorte de femme pouvait ainsi mentir à l'homme qu'elle aimait ?

Pourquoi n'avait-elle pas plongé un couteau dans la poitrine de Simeon le tout premier soir, dans la cuisine ? Qui l'aurait soupçonnée de l'avoir assassiné ? La maison était vide, les domestiques au loin. Elle n'aurait pas eu de mal à effacer ses traces, à mentir à la police. Ç'aurait été un jeu d'enfant. Le péché aurait-il été plus grave que celui qu'elle avait commis depuis ?

Simeon disparu, elle aurait pu trouver un emploi dans une autre demeure. Peut-être même aurait-elle persuadé Julia Simeon de continuer à prendre en charge l'éducation de Terence.

Folles pensées... Le plaisir, toutefois, d'évoquer la mort de Simeon l'aida à sécher ses larmes.

Terence dormait toujours, à son côté, tel un bienheureux, comme il ne l'avait pas fait depuis des mois.

Elle se redressa sur le lit. Le cours de ses pensées l'horrifiait. En laissant Simeon abuser d'elle, son âme était déjà perdue. Mais avait-elle eu le choix ? En revanche, décider d'un meurtre... dont elle serait seule responsable... Quelle créature était-elle devenue pour envisager une solution aussi abominable ?

Elle s'était confessée, plusieurs fois, depuis que Simeon lui faisait subir ces outrages — mais en taisant le principal. Elle en avait appelé à la miséricorde divine, même s'il y avait peu de chance qu'on la lui accordât.

A présent, elle voyait clairement ce qu'il lui restait à faire : aller trouver le père McSweeney et tout lui raconter. Ce qu'elle avait fait et, pis encore, ses projets de vengeance. Dès ce soir.

Sinon, elle ne répondait plus d'elle-même.

Elle se leva sans bruit, se vêtit à la hâte et sortit à pas de loup, sans réveiller Terence.

Le trajet était long, et frais l'air de la nuit sur sa peau brûlante. Evitant les saloons et les venelles les plus sombres, elle grimpa la colline, silencieuse comme une ombre. L'église apparut. Elle se glissa dans la nef éclairée de quelques bougies.

Ses yeux s'habituèrent à la pénombre. Elle était seule. Aucun paroissien ne s'était attardé pour une dernière prière. Dieu lui-même semblait avoir déserté les lieux de sa formidable présence.

Elle trempa le bout de ses doigts dans le bénitier et fit son signe de croix. Elle eut le sentiment de souiller l'eau. Après une rapide génuflexion elle gagna l'un des bancs du milieu de la nef. Elle s'y agenouilla, et baissa rapidement la tête. Elle n'était pas digne de contempler l'image du Christ en croix ou la statue de la Vierge aux mains ouvertes. Encore moins de se trouver dans ce lieu saint. Mais que faire, où aller, et vers qui se tourner ?

Combien de temps demeura-t-elle prostrée, tête basse, le cœur battant sourdement comme un glas dans sa poitrine ? Elle n'aurait su le dire. Un bruit de pas la tira de sa torpeur. Levant les yeux, elle découvrit le père McSweeney.

— Lena ?

Elle le regarda simplement de ses grands yeux de chevrette perdue, où se lisait si bien sa peine.

— Mon enfant, êtes-vous souffrante ?

— Oh oui, dans mon âme.

— Etes-vous venue parler à Notre-Seigneur ou m'attendiez-vous ?

— Le Seigneur ne peut m'entendre, mon père.

— Il est à votre écoute, pourtant.

La flamme des cierges l'auréolait d'une lueur dorée et l'homme lui apparut dans une splendeur qui l'effraya : on aurait dit un ange vengeur venant au-devant de la pécheresse qu'elle était.

— Le Seigneur est toujours à votre écoute, mon enfant, répéta-t-il d'une voix grave. N'en doutez pas.

— Dieu n'aime pas les pécheurs impénitents.

— Est-ce votre cas ?

— Je ne voulais pas commettre ce péché, il m'a été imposé de force.

Le visage habituellement serein du père afficha une expression inquiète.

— Voulez-vous vous confesser ?

Elle était venue pour cela et maintenant elle hésitait.

Le père McSweeney, se glissant entre le banc et l'agenouilloir, vint s'asseoir près d'elle.

— Je ne peux pas.

— Pourquoi ?

— Parce que j'ai beau savoir que j'ai péché, je continuerai.

— Voici une pensée bien troublante. Se repentir de son péché et avoir l'intention de poursuivre dans la même voie funeste...

Elle s'était relevée. Le père était grand. Même assis, il la dominait, et elle se sentit diminuée à la fois par la taille et par l'esprit.

— Dites-moi, mon père, est-ce un plus grand péché de commettre un acte répréhensible pour protéger ceux que vous aimez, ou de les laisser périr de peur d'exposer votre âme à la damnation éternelle ?

— Vous parlez par énigmes.

— Je vous parle de ma vie !

— Si nous commencions par le commencement ? Si vous me disiez d'abord quel est ce péché et pourquoi vous l'avez commis ?

Elle ne parvint pas à se libérer de son fardeau. Pas même dans la pénombre intime et chaleureuse de la nef, à la lueur tremblotante des bougies.

— Alors, il me faut deviner, dit le père McSweeney. Et mes suppositions seront pires que la réalité, j'en suis certain.

— Rien ne peut être pire, mon père.

Il eut l'air profondément chagriné.

— Avez-vous délaissé votre époux pour un autre homme, Lena ? Allez-vous trahir le sacrement du mariage ?

— Non ! J'aime Terry. Jamais je ne l'abandonnerai. Tout ce que je fais, c'est pour lui !

— Qu'avez-vous donc fait de si terrible ? Volé ou menti, pour lui ?

— J'ai... commis l'adultère, pour lui, mon père.

Il demeura silencieux. Elle avoua tout, alors, sur un ton monocorde.

— Aurais-je refusé de me soumettre à sa volonté, acheva-t-elle, il m'aurait chassée impitoyablement, et jamais je n'aurais retrouvé d'emploi. Terry perdait alors ses chances de s'instruire, nos parents étaient condamnés à la famine en Irlande, sans doute à la mort...

— Lena..., murmura-t-il en secouant la tête.

— Pourtant, je n'ai rien fait pour l'encourager, mon père. Il faut me croire. Je faisais tout mon possible pour échapper à ses regards, pour demeurer en compagnie des autres, dès qu'il rentrait au logis. Je m'habillais modestement, je...

— Assez !

Elle s'interrompit, malade de honte.

— Voilà pourquoi Simeon m'écoutait lorsque je lui parlais de Terence. Moi qui avais cru, naïvement, à la générosité de cet homme ! Le démon sait se déguiser.

Elle s'était attendue à une explosion de colère, à quelque sermon cinglant. Elle n'aurait jamais imaginé qu'il prît sur lui une partie de sa culpabilité.

— Vous ne pouviez pas savoir, dit-elle.

— Ma pauvre enfant...

Elle avait cru avoir versé toutes les larmes de son corps. Il n'en était rien. La douceur de sa voix, son indignation même, sa sainte colère d'homme d'église la bouleversaient.

— Vous allez rendre votre tablier, déclara-t-il lorsque ses pleurs s'espacèrent. Vous allez vous confesser et faire pénitence, dès ce soir. Mais vous n'y retournerez pas. Ça, jamais !

— Et qu'adviendra-t-il de Terry ? De nos familles ? Le printemps venu, je pourrais reprendre le chemin des docks avec ma charrette, mon père, mais cela n'épongera pas nos dettes. Terry doit poursuivre ses études. Il apprend si vite. Je...

— Je parlerai à Simeon moi-même.

— Pour qu'il vous dise que je suis une menteuse ? Il en profitera pour me renvoyer et donnera sa version des faits à qui voudra l'entendre. Votre nom et le mien seront salis !

— Que voulez-vous que cela me fasse, ce que cette canaille de Simeon pourra colporter sur mon compte ?

— Ce soir, j'ai songé à le tuer. Oh, pas au moment où... où nous étions ensemble, mais plus tard, de retour à la maison, avec Terry. Oui, j'ai même pensé à la manière dont je m'y prendrais, et à la satisfaction que j'éprouverais. Ma décision était prise.

— Vous n'y remettrez jamais les pieds ! Sinon, un drame terrible...

— Le drame s'est déjà produit, mon père. J'ai perdu mon âme.

— Pas encore. Si vous persistez, et que vous levez une main criminelle sur cet homme, comme vous en avez l'intention, alors, oui, votre âme sera damnée à jamais. Je trouverai un moyen de vous aider.

— Etes-vous plus puissant que James Simeon ? Avez-vous des amis haut placés qui oseront se mettre en travers de sa route ?

Elle se leva ; le père McSweeney la retint par le bras.

— Vous viendrez travailler chez moi.

Sans lui laisser le temps de protester, il enchaîna :

— Ma gouvernante se fait vieille et elle se plaint d'être fatiguée. Elle rêve d'aller vivre chez sa fille et de goûter un repos bien mérité. Les gages sont modestes. Vous gagnerez tout de même mieux votre vie qu'en allant vendre des plats préparés sur le port.

Elle fronça les sourcils. Il reprit la parole avec davantage de véhémence.

— Ecoutez-moi jusqu'au bout. J'assurerai moi-même les cours de Terence. Certes, il ne trouvera pas de travail dans les bureaux de Simeon. Cette proposition n'était sans doute qu'un leurre, comme le reste... une ruse destinée à écarter mes soupçons. Ne vous inquiétez pas pour Terry, j'ai des amis, et nous lui trouverons une place le moment venu.

— Vous n'aurez jamais le temps de vous occuper de lui. Son maître actuel le fait répéter tous les jours.

— Je ferai de même, en guise de pénitence.

Ses yeux brûlaient d'une sombre colère.

— Mais pourquoi vouloir vous punir ?

— Je n'aurais jamais dû croire cette crapule de Simeon. Je savais pourtant à quelle sorte d'homme j'avais affaire. J'ai préféré faire taire mes doutes, grisé par ce que j'accomplissais pour vous et Terence. Ah, l'orgueil, voilà l'ennemi ! Ces derniers temps, pourtant, j'avais remarqué votre air malheureux. Je ne vous ai même pas questionnée sur la cause de votre tristesse. Non, je voulais continuer à croire que j'avais joué les bons Samaritains et que tout était pour le mieux compte tenu des circonstances. Pour ces erreurs impardonnables, je paierai jusqu'à la fin de mes jours.

Elle posa les doigts sur le dos de sa main, crispée sur le rebord du banc. Ce n'était plus au prêtre qu'elle s'adressait, mais à l'ami.

— Mon père, ce n'est pas un péché que de croire en l'avènement d'un monde meilleur, n'est-ce pas ?

— Non, bien sûr. C'en est un de fermer les yeux devant le pire.

L'étau qui lui serrait le cœur cédait peu à peu. Elle n'était pas venue chercher une solution au terrible dilemme de son existence — et voici qu'une planche de salut lui était offerte. L'espoir renaissait en elle, timide comme les premières fleurs d'amandier au début du printemps.

— Que vais-je dire à mon mari ? s'enquit-elle après un long silence pensif.

— Surtout pas ce que vous m'avez révélé.

— Vous préférez que je lui mente ?

— La vérité pourrait lui être fatale. Dites-lui que Simeon s'est montré désagréable avec vous. Il n'a pas besoin d'en savoir davantage. Et vous lui direz que je me fais une joie à l'idée de poursuivre son enseignement. Si je lui apprenais le latin ? Terence a vraiment des dons pour l'étude.

Elle voulut sourire, les larmes l'emportèrent. Eperdue, elle hocha la tête.

Il retourna sa main et mêla ses doigts à ceux de Lena.

— Nous allons nous rendre au confessionnal. Auparavant, je vous demande d'entendre ma confession.

Elle le regarda à travers ses larmes.

— Un prêtre se doit d'aimer tous ses paroissiens, sans exception, et Dieu sait que je m'y applique. Cependant, certaines personnes sont plus chères que d'autres à mon cœur : vous en faites partie, vous et Terry. Pardonnez-moi, Lena, pour les souffrances que vous avez dû endurer.

Elle lui pressa la main ; baissant les yeux sur leurs doigts entrelacés, il hocha lentement la tête.

Une heure plus tard, elle était presque arrivée chez elle lorsqu'un homme sortit de l'ombre d'une porte cochère et lui barra le passage.

Elle étouffa un cri derrière sa main.

— Rowan ?

— Lena, que diable faites-vous dans les rues à pareille heure ?

Son cœur battait à tout rompre. Pendant un horrible instant, le mensonge qu'elle avait raconté à Terence avait semblé se réaliser. Pis encore, elle avait cru que Simeon en personne lui avait tendu une embuscade.

— Je reviens de Sainte-Brigid.

Elle resserra frileusement les pans de sa cape ; un brouillard dense s'était formé sur le lac et envahissait Whiskey Island.

— Par une nuit aussi noire, ce n'est guère prudent. Etait-ce si urgent ?

Tôt ou tard, il apprendrait qu'elle ne travaillait plus chez les Simeon. Autant le lui dire tout de suite. Ce qu'elle fit en quelques mots.

— Le père McSweeney m'a conseillé sur la décision à prendre, conclut-elle. Et j'ai décidé d'accepter son offre : être sa gouvernante.

— Je ne comprends pas. Je pensais que vous étiez heureuse chez Simeon. Les gages sont élevés, le travail n'est pas trop pénible. Bloomy et Nani ne tarissent pas d'éloges sur leur condition, ainsi que les autres domestiques, lorsque je les rencontre. Et puis, la générosité de Simeon vis-à-vis de Terence...

— M. Simeon ne se comporte pas toujours de façon très... agréable avec son entourage.

Il posa un regard perçant sur elle.

— Que vous a-t-il fait, Lena ? Ça ne doit pas être anodin pour que vous le quittiez.

— Ne vous inquiétez surtout pas. Simplement, je n'y retournerai pas.

Elle n'eut pas le temps de s'éloigner ; il lui prit le menton et leva son visage en direction de la seule source de lumière — la flamme vacillante d'un réverbère planté au coin de la rue.

— Vous avez pleuré. Et... vous avez des hématomes sur les joues !

— Cela appartient déjà au passé, Rowan, et doit y demeurer enfoui. Ce qui est fait est fait. Nul ne peut le défaire. Un avenir nouveau s'ouvre à moi.

Il lui tenait toujours le menton.

— Vous pouvez toujours faire appel à moi, Lena, si vous avez des ennuis. Vous ne l'avez pas oublié, n'est-ce pas ?

— Je sais, merci.

Il laissa retomber sa main à regret. Elle vit bien que ses explications étaient loin de l'avoir satisfait. Sans doute mènerait-il sa petite enquête. Ah, s'il mettait Simeon derrière les barreaux d'une prison !

Elle s'était sentie dans une telle solitude ! Avait-elle jamais été véritablement seule ?

— Venez, je vais vous raccompagner.

Il lui tendit le bras. Elle y passa le sien, et ils cheminèrent ainsi en silence jusqu'à la maison.

11 juin 1883

***U**n prêtre vit sa vie loin des femmes. Je me souviens bien de la manière dont ma mère et mes sœurs aînées se déplaçaient dans la maison, leurs longues jupes balayant le sol, leurs mains gracieuses et habiles, éternellement occupées à quelque tâche, leurs lèvres murmurant prières ou réprimandes, leurs yeux toujours aux aguets, se posant sur l'un ou l'autre membre de notre nombreuse famille pour le jauger à l'aune de leur perfection.*

Voilà tout ce que je connais des femmes. Certes, j'en rencontre tous les jours. Je les entends en confession, derrière la grille du confessionnal, je leur administre les sacrements et les porte en terre auprès de leurs défunts maris — qui n'ont souvent pas compris grand-chose à leur valeur.

Jamais je n'avais eu l'opportunité de partager l'intimité d'une jeune femme, de l'observer de très près, de comprendre le pouvoir d'un sourire — et celui encore plus grand d'une larme. Jamais il ne m'avait été donné de sentir cet équilibre subtil entre le donner et le prendre qui caractérise la vie quotidienne d'un homme et d'une femme, ni la douce surprise d'une remarque ou d'un geste qui s'accorde à merveille avec mes propres sentiments.

Lena Tierney fait mon ménage et prépare mes repas. Ce n'est que la partie apparente — et la moins importante — de ce qu'elle m'apporte. Ma vie eût-elle suivi une autre direction, j'aurais été le plus heureux des hommes d'avoir, à mes côtés, une épouse à son image.

Journal du père Patrick McSweeney — Paroisse Sainte-Brigid, Cleveland, Ohio.

29.

Février 2000

Quand Niccolo arriva au saloon, une dépanneuse remorquait la voiture de Casey hors du parking. Les trois sœurs, mains sur les hanches, observaient la scène, et suivirent la camionnette du regard jusqu'à ce qu'elle tournât le coin de Lookout Avenue. Leur ressemblance ne l'avait pas particulièrement frappé par le passé. Là, brusquement, elle lui sauta aux yeux. C'était surtout leur expression — front de tempêtes se formant au-dessus du lac — qui révélait les liens de famille.

— Mauvaise nouvelle ? s'enquit-il.

Il espéra qu'elles n'étaient pas d'une humeur aussi massacrante qu'elles en avaient l'air. Megan, tout particulièrement.

Elle leva la main en signe de bienvenue.

— Une espèce de crétin a flanqué du sucre dans le réservoir et a lacéré les pneus.

Il s'adressa à Casey.

— Vous avez une idée du coupable ?

Casey fixait encore la direction qu'avait empruntée sa voiture.

— Je viens de parler à Jon. L'un des pirates de l'autre soir a été libéré sous caution.

— A votre avis, ce pourrait être lui ?

— Lui, ou un camionneur que Casey a rencontré le mois dernier, dit Megan. Il l'a draguée ; il s'est fait jeter. L'un de nos clients pense avoir vu le gars rôder dans le voisinage, hier.

Peggy mit son grain de sel.

— Ou des enfants qui s'ennuyaient et cherchaient une blague à faire ? C'était la seule voiture au parking, hier soir, à l'heure de la fermeture. Il ne s'agit pas forcément d'une vengeance personnelle.

— Nous ne saurons sans doute jamais le fin mot de l'histoire, dit Casey en laissant retomber ses bras le long de son corps. Il faudra de toute façon que je règle la franchise, n'est-ce pas ? Et que je me ronge les sangs, si quelqu'un s'acharne sur moi. Quelle sera la prochaine tuile ?

Peggy la prit par la taille.

— Rentrons, je vais te faire une tisane.

Casey fit la grimace tout en se laissant entraîner par Peggy à l'intérieur. Niccolo et Megan restèrent en tête à tête au milieu des voitures en stationnement.

— Vous n'avez pas l'impression que ce parking a été construit sur un ancien cimetière indien ? s'enquit Megan en fixant Niccolo avec attention.

Il songea au semblant de tumulus funéraire qu'il avait visité ce matin-là. La fosse qui avait probablement abrité la dépouille de James Simeon pendant un siècle.

— Je pencherais plutôt pour une mauvaise coïncidence, lui répondit-il.

— Comment vous sentez-vous ?

Il hésita sur le sens à donner à sa question. « Dans une forme superbe » lui sembla une réponse couvrant tous les domaines.

— Vous savez, il y a un dicton obscène pour caractériser un aussi large sourire, dit-elle d'un air réjoui.

— Je le connais. Et vous, comment ça va ?

L'enthousiasme de la jeune femme parut moins grand.

— Nick, je ne regrette pas ce qui s'est passé la nuit dernière. Vraiment pas. J'espère simplement que vous n'êtes pas en train de bâtir des plans sur la comète.

— Des plans sur la comète ?

— Je vous l'ai dit, je ne cherche rien de durable.

— Vous vous inquiétez trop.

— Je passe mon temps à m'inquiéter. Parfois, je me demande si ce n'est pas ce que je réussis le mieux.

— A mon sujet, c'est inutile. Je suis un grand garçon.

Elle le prit par la taille et leva le regard vers son visage.

— Ça, on ne peut pas dire le contraire !

— Venez chez moi, j'ai des nouvelles pour vous.

— Impossible. Le pain à préparer pour la fournée de ce soir, la cuisine à mettre en route pour demain...

— Nous pourrions prendre une collation tôt dans l'après-midi puis je vous renverrai à vos fourneaux.

— Et votre petite équipe ?

— Un coup de chance : personne ne s'est présenté aujourd'hui.

— Je ne sais pas. J'ai promis à Casey de passer prendre Ashley à Sainte-Brigid. Puisqu'elle ne peut y aller elle-même, à moins qu'elle ne prenne ma voiture. Or, Charité...

— Bien ordonnée commence par soi-même, je sais.

— Casey n'a aucune patience envers ses caprices mécaniques.

— Allons chercher Ashley ensemble et ramenons-la dîner à la maison, cela laissera à Casey le temps de retrouver son sang-froid.

— Pas bête.

Le visage de Megan n'était qu'à quelques centimètres du sien. S'il se penchait et l'embrassait ici, au milieu de parking, le trouverait-elle un peu cavalier ? Elle lui sourit, se haussa sur la pointe des pieds, et mit un terme à son indécision.

Il y avait six jeunes alignés devant sa porte lorsqu'ils arrivèrent chez Niccolo. Il leur avait laissé un message, expliquant qu'il ne rentrerait sans doute pas de l'après-midi ; ils avaient préféré l'attendre quand même.

— Je ne pensais vraiment pas que nous aurions de la compagnie.

Pour la première fois, il fut contrarié d'avoir introduit Winston et Josh dans sa maison.

— Ce n'est pas grave. Je ne les ai pas vus depuis un bon moment. Et Ashley sera ravie d'être avec eux.

Il en doutait. Ashley était si renfermée, si secrète pour une petite fille de quatre ans. Il l'avait suffisamment observée pour en être frappé. Reconnaître les symptômes de la maltraitance infantile avait fait partie de sa formation apostolique, et son intérêt pour les enfants n'avait pas disparu avec sa soutane et son ministère.

Il se tourna vers la fillette, sanglée sur le siège rehausseur que lui avait prêté Casey.

— Il y a des jeunes qui m'aident à faire des travaux dans ma maison. Ils font du bruit, mais ils sont gentils.

Jusque-là, elle avait été prostrée sur son siège, suçant son pouce, l'œil éteint. Une lueur intéressée s'y forma ; elle se redressa.

— Elle aime les jeunes, chuchota Megan. Ça va très bien se passer entre eux.

C'était vrai. Niccolo présenta l'enfant aux différents membres de l'équipe. Ils se montrèrent polis et suffisamment décontractés pour ne pas la mettre mal à l'aise. Elisha avait amené une amie, Jo Ellen, pour lui faire voir la maison ; tout naturellement, elle inclut la petite dans la visite guidée des lieux.

— Tiens, tiens, c'est intéressant, dit Niccolo à Megan. Je m'attendais à ce qu'elle soit effrayée par des gens qu'elle ne connaît pas.

— Quand ce sont des adultes, oui. Etrangers ou pas, d'ailleurs ; elle a toujours l'air de les craindre. Elle n'est pas particulièrement ravie non plus de fréquenter des enfants de son âge. Bien que cela s'améliore peu à peu. Par contre, avec des adolescents ou des jeunes, elle se sent bien. Elle adore Peggy, et quand mon cousin nous a rendu visite, Ashley n'a fait aucune difficulté pour s'amuser avec ses filles — en âge d'entrer à l'université. Elle s'est tout de suite laissé apprivoiser.

— A-t-elle une sœur aînée ou un grand frère ?

— Casey ne l'a pas mentionné, et Ashley n'en a rien dit.

— Ne parle-t-elle pas de son passé ?

— Pratiquement jamais. Sa mère lui manque. Elle l'a souligné une fois ou deux.

La situation paraissait un peu étrange à Niccolo. Il était encourageant, néanmoins, de voir l'enfant sortir de sa coquille. A la fin de l'après-midi, Ashley, Elisha et Jo Ellen avaient constitué une équipe chargée de poser du papier sur les étagères de la cuisine et de fixer des quarts-de-rond au-dessus des plinthes. La fillette était préposée aux clous et — lorsqu'on pensait que Niccolo ne regardait pas — les plus grandes la laissaient donner quelques coups de marteau pour se faire la main.

Le sourire heureux sur le petit visage d'habitude si contracté valait bien tous les quarts-de-rond qu'il aurait à remplacer.

Vers l'heure du dîner, fatigués de leur journée, les jeunes s'en allèrent un par un. Il avait adopté une ligne de conduite ferme : ne pas les nourrir le soir. S'il commençait, les gosses seraient tentés de s'installer de façon permanente chez lui.

Petit à petit, il avait fait la connaissance de certains parents, qui s'étaient arrêtés en passant, curieux de voir la fameuse maison dont leur progéniture leur rebattait les oreilles. Il avait trouvé sympathiques ceux qu'il avait rencontrés jusque-là, eux-mêmes fiers devant le travail accompli par leurs enfants.

La mère de Winston et d'Elisha, par exemple, était une femme franche et directe, qui l'avait mitraillé de questions avant de lui accorder son premier sourire. Cet entretien avait marqué pour lui le début d'une longue série d'échanges avec Winston ; il essayait de convaincre l'adolescent de la valeur et de l'utilité des études.

En revanche, il n'avait pas vu le père de Josh, et d'après ce qu'il avait compris, il ne risquait pas de le voir. Ses propres observations avaient convaincu Niccolo que Josh était sur le point de fuguer pour échapper aux mauvais traitements paternels. Des quelques coups de téléphone qu'il avait pu donner aux différents services sociaux du comté, il avait appris que la situation était déjà sous surveillance. Malheureusement, les choix offerts à Josh pour sortir de l'impasse n'étaient guère satisfaisants.

Ce soir-là, Josh fut le dernier à partir. Megan était à l'étage et nettoyait le chantier laissé dans une chambre après des travaux de peinture.

Ashley avait voulu se rendre utile et lui tenait compagnie. Niccolo et Josh se retrouvèrent donc en tête à tête dans le hall d'entrée.

Il était temps d'arrêter de tourner autour du pot, décida Niccolo, après avoir déjà tendu plusieurs perches à Josh, qui ne s'en était jamais saisi.

— Ça se passe mal à la maison, n'est-ce pas ?

Josh se racla la gorge et marmonna une réponse qui pouvait passer pour un oui.

— Que vas-tu faire, mon garçon, hein ?

Josh fourra ses mains au fond des poches de son jean — décidément trop élimé, même pour qui joue les décontractés — et secoua la tête.

— A mon avis, tu as deux solutions. Soit tu tiens le coup jusqu'à la fin de tes études secondaires, ce qui te donnera un choix plus vaste. Soit les services sociaux te trouvent un foyer d'accueil pour les quelques années à venir. Ne nous voilons pas la face : ils n'interviendront que si tu le leur demandes, ou si ta situation se dégrade dangereusement. Si tu attends trop longtemps, cela risque d'être trop tard.

— Vous avez parlé à quelqu'un ?

— Je me fais du souci pour toi.

— Je suis assez grand pour me tirer d'affaire tout seul.

— Excuse-moi, mais je ne suis pas de ton avis. Josh... Sérieusement, es-tu en danger chez toi ? As-tu parfois peur d'y laisser ta peau ?

Le jeune garçon avait beau crâner d'un air fanfaron, son visage le trahissait.

— Mon paternel n'est pas si mauvais que ça. C'est seulement quand il a bu.

— Et il est pratiquement soûl tout le temps, non ?

Josh fixa la pointe de ses chaussures.

— J'essaye de ne pas me trouver dans ses pattes.

— Tu as une grande maison ?

Josh secoua la tête.

— Comment peux-tu espérer lui échapper dans ces conditions ?

— Je dors chez des copains. La mère de Winston me laisse un coin par terre, quand je veux. Je lui demande rarement, pour qu'elle ne dise pas non le jour où j'en aurai vraiment besoin. J'essaye de changer d'endroit le plus souvent possible. Le hic, c'est que, du coup, j'oublie d'emporter mes livres et mes cahiers. Et alors, encore des ennuis en perspective !

Evidemment, se souvenir de ses manuels scolaires et de ses crayons, quand on essayait de se rendre invisible pour ne pas se faire tabasser ou attirer l'attention des services sociaux sur la conduite odieuse de votre père, ce n'était guère évident. D'autant que l'homme ne devait pas apprécier de se faire rappeler à l'ordre par un travailleur social. Nul doute alors qu'il se vengeât sévèrement sur son fils — lorsqu'il pouvait remettre la main sur lui.

— Ça te dirait de venir habiter ici, avec moi ?

Les mots lui avaient échappé sans qu'il eût pris le temps de réfléchir à la question. Le gosse méritait une existence digne de ce nom. Entre un père alcoolique qui risquait un jour ou l'autre de le handicaper à vie — ou pis encore — et un foyer surpeuplé d'adolescents en difficulté — en imaginant qu'on pût lui en dégoter un —, l'alternative n'avait rien de transcendant.

Niccolo avait une maison. Des chambres disponibles. Il avait de la place pour Josh, chez lui — et dans son cœur.

— Il faudra que nous en parlions à ton père. Nous aurons besoin de son consentement. Si tu choisis de vivre ici, je tiens à ce que les autorités légales soient au courant et me fassent confiance. Je demanderai que tu sois suivi médicalement, et que j'aie l'autorisation de superviser tes études. Tu penses que ton père acceptera de signer une décharge ?

— Il ne veut pas de moi. Personne n'a jamais voulu de moi.

— Si... moi.

L'expression de Josh s'éclaira un bref instant. Il n'était pas le genre de gosse, toutefois, à croire que sa situation s'arrangerait si vite.

— Je vous dérangerai pas. Je dormirai au grenier.

— Tu choisiras la chambre que tu préfères, au premier étage, et nous te trouverons des meubles. Pas question de te planquer au grenier ou de faire comme si tu n'habitais pas vraiment ici. Bon, vendu ?

— Quand ?

— Quand ton père rentre-t-il du travail ?

— Tard.

— Il fait les trois huit ?

— Non, il sort.

— On va aller chez toi dans un petit moment te chercher des vêtements. Je passerai voir ton père demain matin, avant qu'il ne parte au boulot.

— Je pourrais faire des trucs utiles. Le ménage, la cuisine, ou trouver un job qui me permette de vous rembourser...

— Contente-toi d'être un adolescent, Josh, c'est tout ce que je te demande. Et travaille de ton mieux à l'école.

— Je... je suis pas trop bon sur ce coup-là.

Niccolo n'en était pas surpris.

— Tu le deviendras quand les choses iront mieux pour toi. Et puis, je t'aiderai.

Josh paraissait hésitant.

— J'avais l'intention de coucher chez Joachim ce soir. Je comptais y aller après le dîner.

« Après le dîner de Joachim », corrigea mentalement Niccolo. Il soupçonnait l'adolescent de se passer de nourriture.

— Veux-tu le prévenir ?

— Il n'a pas le téléphone. Je pourrais peut-être y faire un saut maintenant ?

— Sois de retour pour dîner, je vais faire des spaghettis.

— Vous voulez aussi que je prenne mes repas chez vous ?

— Pension complète, sauf quand tu seras invité dehors, bien entendu.

Cette conception paraissait bien éloignée de son ordinaire, mais il opina gravement.

— Je mange pas beaucoup, marmonna-t-il.

— Je vais penser que ma cuisine n'est pas bonne.

Josh eut un timide sourire.

— Votre cuisine est top !

— Pas tant que la mienne, dit une voix dans l'escalier.

Megan, Ashley trottinant sur ses talons, descendait les marches.

— Alors, quatre couverts pour ce soir ? proposa-t-elle.

— Il a une course à faire d'abord. Il reviendra ensuite.

— Je vais habiter ici, lâcha Josh tout à trac.

Megan eut une hésitation imperceptible, puis reprit sa descente.

— Vraiment ? C'est génial.

Josh franchit la porte et la referma très doucement derrière lui, comme si un mouvement trop brusque aurait pu briser son rêve.

— Nick, c'est une plaisanterie, ou quoi ?

— Bon sang, Megan, que faisiez-vous au lieu de m'empêcher de faire des bêtises ?

— Comme si c'était de mon ressort.

Niccolo redevint sérieux.

— C'est un enfant maltraité. Je ne peux pas le laisser dans ce pétrin.

— Un nouveau Billy, hein ? Un autre Rooney ? Sauf que, cette fois, c'est un petit gars débraillé, pas un clodo.

Il n'apprécia pas spécialement la comparaison. Elle n'était cependant pas moqueuse et il ne s'en formalisa pas.

— Il y a bien des gars qui collectionnent des battes de base-ball, ou de vieux hameçons !

— Je plains la femme qui vous épousera. Elle ne saura jamais qui dort dans la chambre d'à côté.

— Si j'avais une épouse, je lui demanderais son avis.

— Elle sera forcée de jouer l'avocat du diable face à la voix de Dieu... Vous vous croyez investi d'une mission sacrée auprès de tous ces malheureux, n'est-ce pas, Nick ?

Il n'y avait jamais songé en ces termes. Péchait-il par orgueil ?

— Je ne sais pas, dit-il, hésitant.

— Vous savez, la plupart d'entre nous ne songent qu'aux fins de mois difficiles, ou à la bonne couleur de leur vernis à ongles. Au fond, vous n'avez pas cessé d'être un curé !

Il eut l'impression que leur discussion était sur le point de dégénérer en dispute, et il ne comprenait pas vraiment pourquoi. Il lui adressa son plus chaleureux sourire.

— A vous de faire sortir la grenouille du bénitier !

— Vous me flanquez la trouille, vous vous en rendez compte, au moins ? C'est trop beau pour être vrai !

— Il y avait un homme aujourd'hui, à l'école, qui ressemblait à mon papa, dit soudain Ashley de sa voix flûtée en revenant dans l'entrée.

Elle avait disparu en direction de la cuisine, au début de leur discussion. Sans doute pour inspecter les étagères fraîchement retapissées.

Niccolo considéra la petite fille, qui s'était arrêtée à mi-chemin entre Megan et lui.

— Dans ton école ?

— Non, dans une voiture.

Megan s'accroupit pour être à la hauteur du petit visage.

— C'était vraiment ton papa, ma chérie ?

— Mon papa, il habite en Floride.

Ses yeux s'écarquillèrent, comme si elle craignait d'en avoir trop dit.

— Alors ce n'était sans doute pas lui, déclara Megan. Tu sais, la Floride, c'est très très loin de l'Ohio.

— Tu aurais bien voulu que ce soit ton papa, n'est-ce pas ? supputa Niccolo.

Ashley secoua lentement la tête, l'air inquiet.

— Cet homme, il est parti, demanda Megan, ou il a essayé de te parler ?

— Parti !

Puis la petite s'écria joyeusement :

— Lisha m'a permis de couper le papier. Tu veux voir ?

— Bien sûr. Tu aimes bien Elisha, n'est-ce pas ?

— Elle est comme Becca.

— Qui est Becca ?
— Ma nounou. Elle s'occupait de moi quand maman était pas là. Becca, elle sait tout.
Megan sourit en ébouriffant les cheveux de l'enfant.
— Moi aussi, j'aimerais bien tout savoir. Il y a des gens qui ont cette chance, dit-elle en glissant un regard en coulisse vers Niccolo.
Ou cette prétention. Visiblement, elle le taquinait. Sans méchanceté. Il préféra aller droit au but.
— Qu'auriez-vous fait à ma place, Megan ? Renvoyé Josh chez lui, sachant ce qui l'attendait ? Il avait peur de rentrer, ça se voyait.
Elle se redressa.
— Tout cela ne me serait pas venu à l'idée.
Elle mentait C'était évident. Seulement il était le seul à le savoir.
— Je vais mettre en route la sauce pour les spaghettis. Si vous installiez Ashley devant la télévision pendant que je vous sers un verre de vin ?
Allait-elle trouver un prétexte pour partir ?
— Viens, Ashley, je crois que c'est l'heure de *Sesame Street.*
Ouf.
— Est-ce que je pourrai regarder les nouvelles ?
Megan avait encore la main tendue vers elle.
— Les nouvelles ?
Ashley lui sourit de toutes ses quenottes.
— Ben oui, je verrai p'têt ma maman.

30.

— Je ne suis pas à prendre avec des pincettes. Tu ferais mieux de filer.

Sans se laisser décourager, Jon franchit le seuil de l'appartement de Casey.

— Si je m'en vais, tu perds une balade en tapis volant... et une bonne occasion d'arrêter de broyer du noir, dit-il en déboutonnant son manteau.

Elle affichait une mine sinistre, une moue à l'avenant. Il fallait qu'elle prenne quelqu'un pour cible de sa mauvaise humeur. Son vieux camarade ferait l'affaire.

— Qui choisit tes vêtements ? l'apostropha-t-elle d'un ton rogue. Ne me dis pas que c'est toi. Tu étais toujours ficelé comme l'as de pique !

— C'est moi, pourtant. Pas besoin d'être diplômé du MIT[1] pour décrocher un costume trois-pièces et le payer à la caisse. Peut-être est-ce l'homme qui a changé, plutôt que son sens de la mode, suggéra-t-il avec un sourire désarmant.

Elle n'était pas prête à faire le dos rond pour autant. Le concessionnaire Mazda venait de l'appeler : les réparations seraient deux fois plus chères qu'elle ne l'avait prévu.

— Tu as interrogé le voleur de voiture ?

— J'ai envoyé quelqu'un discuter avec lui. Il n'a pas quitté sa maison de la nuit, sa mère s'en est portée garante.

1. MIT : abréviation de Massachusetts Institute of Technology.

— La dame en question est-elle la candidate idéale pour le concours de La Femme la plus honnête de l'année ?

— Le flic qui a fait son rapport était satisfait.

— Grand bien lui fasse ! Je pourrais lui payer un voyage à Hawaii, avec l'argent que ça va me coûter.

— En charter ou plein pot ?

— On peut espérer que mon garagiste lui refilera la crème solaire en prime !

— Ton break n'était pas de la première jeunesse. L'assurance couvrira cependant la majeure partie des dégâts, non ?

— Ça, je n'en mettrais pas ma main au feu.

— Il est temps que je t'emmène te changer les idées.

Quand elle l'avait appelé pour lui parler de ses ennuis de voiture, Jon avait évoqué un dîner. Ses démarches, tant auprès du garagiste que de l'assureur, l'avaient accaparée ; l'idée lui était sortie de la tête. A présent, elle ne se sentait plus très chaude.

— Ashley est avec Megan. Elles vont bientôt rentrer. Je ne peux pas demander à ma sœur de faire du baby-sitting toute la soirée.

— Heureusement, tu as deux sœurs.

Peggy, vêtue d'une robe d'intérieur en flanelle, une serviette nouée en turban sur la tête, venait de sortir de sa chambre avec l'air de quelqu'un qui s'apprête à passer une agréable soirée chez soi.

— Je ne compte pas sortir, confirma-t-elle. Ashley et moi regarderons un film à la télévision. S'il n'y a rien d'intéressant pour elle, nous trouverons bien un jeu ou une histoire à lire. De toute façon, la petite se couche tôt.

Depuis son retour au logis, Casey avait été surprise de voir sa sœur se prendre d'un tel d'intérêt pour la fillette. Tout au long de ses années d'errance, elle avait oublié avec quelle désinvolture la famille pouvait se mêler de votre vie quotidienne, que ce fût pour vous décharger d'un fardeau ou pour l'alourdir.

— Sincèrement ? Ça ne te fait rien ?

Dans l'état lamentable où elle se trouvait, Casey craignait que cette soirée avec Jon ne fût la dernière. Elle espéra que Peggy se dédise.

Il n'en fut rien.

— Pourquoi veux-tu que ça me dérange ? Nous serons deux au lieu de trois. Sans toi, nous aurons plus d'espace.

— Trop heureuse de débarrasser le plancher ! Mademoiselle se sent à l'étroit ?

— Bon sang, Casey, va faire un tour. Et reviens-nous de meilleure humeur.

L'intéressée leva les yeux au ciel et fit une grimace à Jon.

— Juste le temps de prendre mon manteau et j'arrive.

L'automobile de Jon était une berline américaine quelconque. Casey eut l'impression d'être dans une voiture de police banalisée.

— Au lycée, tu criais haut et fort que tu roulerais en Corvette avant l'âge de vingt-cinq ans.

— Qu'est-ce qui te fait croire que je n'ai pas réalisé mon rêve ?

— Mon petit doigt !

— Installe-toi et ferme les yeux. Nous serons à la maison dans quelques minutes.

— Je croyais que nous allions dîner en ville ?

— C'est au choix. Que dirais-tu d'un bifteck grillé ? Ensuite, devant un bon feu de bois, tu me raconterais tout ce que tu as sur le cœur.

— Je suis d'une humeur massacrante.

— Tu crois que je ne m'en suis pas aperçu ?

— Si je te raconte tout ce qui cloche, on en a pour jusqu'à demain matin.

— Je suis d'une patience sans limites.

— Quand je suis angoissée, Jon, je m'éclate, je ne fais pas de blabla.

— C'est pour ça que tu as tant fait la fête ?

— Qu'est-ce qui te fait croire ça ?

— Mon petit doigt !

Elle croisa les bras sur sa poitrine et se plongea dans ses réflexions tandis qu'ils roulaient vers Lakewood. Si elle était tant sortie dans sa vie de jeune femme, n'était-ce pas pour fuir ses cauchemars ? Après son départ de Cleveland, les premières années, elle avait tout fait pour ne jamais penser ni à ses sœurs ni à Rooney. Quand son passé la rattrapait, elle se lançait dans n'importe quelle bringue effrénée du moment qu'elle lui procurait l'oubli. Oh, elle n'avait pas fait la difficile sur les compagnons qui avaient peuplé ses heures de plus grande solitude. Quant à l'estime qu'elle pouvait avoir d'elle-même, ou de son corps... Il valait mieux tirer un voile pudique sur cette période trouble de son existence.

Elle ferma les yeux.

— Environ deux ans après que j'ai quitté la maison, je me suis réveillée un matin à côté d'un type que je ne connaissais ni d'Eve ni d'Adam. J'ignorais où j'étais... j'ignorais si ma tête était encore vissée sur mes épaules.

— L'était-elle ?

Elle se le demandait encore, parfois.

— J'ai remis de l'ordre dans ma vie, après cet épisode. J'avais vraiment eu la frousse.

— Mais tu cherchais toujours à prendre du bon temps.

— Quand j'ai été dégrisée, ce matin-là, je me suis dit : « Tu as eu la chance de passer au travers. De garder une bonne santé. » Alors je me suis mise à économiser pour me payer des études, échapper à ce gigantesque ratage qu'était devenue ma vie. J'ai continué à avoir des aventures, certes, quand elles se présentaient... j'étais plus exigeante.

— Quelle Casey es-tu en réalité ? Celle qui fuit ses sentiments en se jetant à corps perdu dans la débauche ? Ou celle qui vole au secours des enfants en détresse, et pleure ceux qu'elle n'a pu sauver ?

Elle se hérissa aussitôt.

— Les deux ne sont pas incompatibles. Je ne cache pas mes sentiments, que je sache. Je ne vois pas où est le mal de s'amuser un peu.

— A qui veux-tu faire croire ça ?

Elle en resta sans voix.

Il secoua la tête.

— C'est l'ennui quand on se connaît trop bien. Tu peux toujours essayer, mais tu sais que les chances de me faire avaler des couleuvres sont minces. Et c'est la même chose pour moi.

— Ah oui ? Et à propos de quoi cet enfant de chœur de Jon Kovats aurait à mentir ? J'aimerais bien le savoir.

— Eh bien, la vie serait plus simple si je pouvais faire semblant de ne pas être amoureux de toi.

Elle n'en revenait pas qu'il l'eût enfin dit.

— C'est une histoire que tu te racontes depuis si longtemps que tu as fini par y croire. Je suis juste la fille que tu as laissée derrière toi, le chemin que tu n'as pas emprunté. La nostalgie est un plaisir solitaire, Jon. Tu es amoureux de ta jeunesse, pas de moi.

Il s'engagea dans l'allée et coupa le moteur. Il n'avait même pas l'air en colère.

— Pour toi, cela se résume ainsi ?

Son équanimité commençait à lui porter sur le système.

— Je devrais coucher avec toi, dit-elle, véhémente, rien que pour te prouver ton erreur !

— Comme on prend une aspirine pour chasser sa migraine après une bonne cuite ?

— C'est à peu près l'idée, oui.

— Rien de plus ?

— Absolument.

— Bon, eh bien, d'accord. On fait ça maintenant ou après le dîner ?

Elle le regarda, stupéfaite.

— Quoi ?

— Tu cherches une occasion de t'éclater, moi j'ai besoin de soigner ma gueule de bois. On fera d'une pierre deux coups. Alors, tout de suite ou plus tard ?

Il sortit de la voiture sans lui laisser le temps de protester.

Elle descendit à son tour, claqua violemment la portière et le rejoignit sur le trottoir.

— Tu as l'air plutôt sûr de toi. Tu es un si bon coup que ça ?

— A toi de juger.

— Tu me lances un défi, si je comprends bien ?

Il se dirigea vers la maison.

— J'ai trop confiance en moi pour ça.
— Que dirais-tu si je te prenais au mot ?
— Alléluia.
Elle l'observa tandis qu'il tournait la clé dans la serrure.
— Je ne te crois pas.
Il lui tint la porte et l'invita d'un geste à entrer.
— Non, reprit-elle, c'est une plaisanterie pour me dérider.
— Alors, là, tu te trompes sur toute la ligne.
— Ah oui ? Et si je te culbutais à même le plancher de la véranda de ta vénérable tante Magda, qu'est-ce que tu dirais ?
— Je te demanderais juste d'attendre une minute, le temps que j'ouvre l'autre porte, j'ai des voisins très curieux.
Il défit le loquet de la seconde porte et s'effaça pour la laisser pénétrer dans le hall.
Elle se dépouilla de son manteau, qu'elle laissa tomber à terre.
— Monsieur est un grand vantard.
Il se débarrassa également de son pardessus et l'envoya rejoindre le manteau. Sans sourciller.
— Madame se pose un peu là !
— Tu crois vraiment que cette partie de jambes en l'air, sous prétexte que nous sommes de vieux amis, comptera davantage pour moi que les innombrables rencontres dont je t'ai parlé ?
— M'ouais.
— Monsieur aurait-il des prétentions ?
— Madame n'en a aucune, c'est là son vrai problème.
Elle portait un tricot de laine gris perle, brodé d'un motif doré. D'un air de défi, elle le fit passer par-dessus sa tête d'un geste si vif qu'un fil s'accrocha au bout de son nez et craqua. Le pull alla grossir le tas gisant à terre.
— Faux ! J'ai de l'ambition. Et il n'y a pas de place pour l'amour dans mes projets d'avenir. Ça ne suffit pas d'aimer, Jon. J'ai été témoin de l'échec de tant de belles histoires d'amour.
— Que nenni !

Il retira sa veste de costume, passa deux doigts derrière son nœud de cravate pour le desserrer et envoya le tout bouler avec sa chemise.

— Tu n'as pas pu voir de belles histoires mal finir, pour la bonne raison que tu n'y as jamais prêté attention. Ton jugement sur la question a été forgé une fois pour toutes quand ton père t'a laissée tomber. Depuis, tu ne remarques que les échecs. Ils te confortent dans ta vision tragique des relations humaines.

Elle ressentit un choc à la vue du torse nu de Jon. Comment l'adolescent dégingandé de jadis avait-il pu se transformer en un tel apollon ?

Son cœur se mit à battre plus vite. Allons, ce n'était qu'un jeu... Elle dégrafa son soutien-gorge, sans l'ôter.

— Tu es devenu l'incarnation même du petit-bourgeois besogneux ! C'est désespérant. Toi qui avais un tel potentiel, Jon. Toi qui passais ton temps à tout remettre en question. Maintenant, tu es rentré dans le rang.

— Avec enthousiasme.

Elle laissa le soutien-gorge glisser le long de ses bras. Leurs regards étaient rivés l'un à l'autre.

— C'est sérieux, Casey. Tu vas continuer à prétendre le contraire pendant un bout de temps. Pas de problème. Puis tu vas te fâcher quand tu t'apercevras que je compte pour toi. Alors tu prendras peur. Pas de problème... Là où je ne serai pas d'accord, c'est si tu t'enfuis de nouveau. Ça n'a servi à rien la première fois. Ce sera pareil cette fois-ci.

— Je ne t'ai pas laissé tomber.

— A d'autres !

— Nous n'étions que des gosses, Jon.

— Mes sentiments pour toi n'avaient rien à voir avec le temps ou l'âge. Ils sont — et ils seront toujours — bien au-delà...

Les larmes lui montèrent aux yeux. Trouverait-elle jamais le courage de faire un pas vers lui ? Elle le désirait, pourtant. Jon... son meilleur ami, le plus fidèle, quoi qu'elle dise ou fasse. Jon, qui savait trouver les mots justes, ceux qui lui allaient droit au cœur.

Elle n'eut pas à faire le premier pas. Il lui évita cette peine... Tous leurs gestes, dès lors, s'accomplirent à l'unisson.

*
**

Elle portait un peignoir à lui, au tissu plaisamment rêche ; il avait enfilé un vieux survêtement aux armes de Stanford dont le blouson largement ouvert permettait à Casey de sentir sa peau sur sa joue. Le souvenir de la volupté brûlait encore au creux de ses reins. Pelotonnée dans les bras de Jon, face à la cheminée, elle observait la combustion de la dernière bûche qu'il y avait placée.

— Il faudrait que j'y aille, dit-elle sans bouger. Ashley pourrait se réveiller et se demander où je suis passée.

— Peggy l'entendra.

Il avait enfoui sa main dans la chevelure de Casey et semblait fasciné par leur masse dorée. Elle sentit qu'il assouvissait un vieux fantasme. Depuis combien d'années rêvait-il de l'instant où il pourrait jouer avec ses mèches rebelles ? De son côté, elle avait exploré avec une gourmandise infinie chaque pouce de son corps... elle aussi en avait eu envie depuis longtemps, sans vouloir l'admettre.

Elle n'était pas prête pour autant à accepter ses sentiments.

— La bataille n'est pas gagnée, tu sais. Rien n'est différent.

— C'est toi qui le dis.

— Tout compte fait, il y a tout de même une légère différence : je ne me souviens pas avoir passé une soirée dans tes bras au coin du feu.

— Il y a bien des choses dont tu ne te souviens pas.

Elle pouffa, et son rire était celui d'une petite fille.

Il dut s'en rendre compte aussi, car la question qu'il lui posa brusquement semblait amenée par une association d'idées.

— Avant que tu t'en ailles, j'aimerais bien que tu me dises la vérité à propos d'Ashley.

Il l'avait cueillie par surprise, ses défenses émoussées par le plaisir, et une gifle en pleine figure ne l'aurait pas dégrisée davantage.

Comme il la sentit se raidir sous le coup, il changea légèrement de position et la serra plus fort contre lui.

— Mais je t'ai dit la vérité.

— Oh, non. Et il est temps de le faire.

— A qui est-ce que je parle en ce moment ? A l'amant, à l'ami ou au procureur ?

— Dis-moi ce que tu sais, sans y mêler le procureur.

— Alors, je ne peux rien dire.

— Bon sang, Casey !

Elle voulut se dégager.

— Il faut vraiment que je parte.

Il l'entoura plus tendrement de ses bras, l'incitant, par la douceur, à ne pas bouger. Il cala la hanche de la jeune femme entre ses jambes, son épaule contre son torse. Puis il lui caressa le cou et, du bout des doigts, traça de petits cercles qui allèrent se perdre dans l'entrebâillement du peignoir. Plusieurs minutes passèrent avant qu'il ne lui dît d'une voix légèrement altérée :

— Le procureur de la République n'est pas de service ce soir. Qu'est-ce qu'un amoureux peut faire pour t'aider ?

— Je ne peux rien dire de plus. J'ai donné ma parole.

— Dans ce cas, laisse-moi faire une supposition. Et toi, tu m'écoutes, d'accord ?

Elle acquiesça silencieusement.

— Ashley fait partie des dossiers sociaux que tu traites. Tu l'as enlevée de chez elle. Les services administratifs du comté se montraient impuissants à agir vite ; à ton avis, l'enfant était en danger.

Elle soupira.

— Jon, bien sûr que non ! Ce serait du kidnapping.

— Heureux de te l'entendre dire.

Il patienta un instant puis, voyant qu'elle ne dirait rien d'elle-même, il enchaîna :

— L'as-tu emmenée avec l'accord de ses parents, le temps qu'ils prennent les mesures qui s'imposent ? Et à l'insu de la police régionale ?

— Non.

Comme elle aurait aimé dire toute la vérité à Jon ! Depuis des semaines déjà. L'angoisse la rongeait sans relâche. Mais avait-elle le choix ?

— Fais-tu partie d'un réseau qui cache des enfants confiés à la garde de leurs parents par décision de justice ?

Elle ne parvint ni à respirer ni à produire un son.
— Casey..., dit-il en la secouant un peu. As-tu perdu la raison ?
— Là, tu as deviné juste.
— Sa mère ne cherchera pas à la récupérer, n'est-ce pas ?
— Jon, que vas-tu faire de ces informations ?
— Nous parlons sur un plan strictement amical.

Elle ne savait pas exactement ce qu'il était censé consigner dans son rapport — et s'il allait en faire un — mais elle avait la sensation très nette de le mettre en porte-à-faux vis-à-vis de ses supérieurs. Et elle n'avait aucune intention de compromettre sa carrière.

— Arrêtons là cette conversation. Si je dis quoi que ce soit d'autre, je risque de te faire du tort.

— C'est toi qui es en danger. Et chaque jour qui passe, davantage. Vas-tu me dire exactement ce qui se passe, que nous puissions voir comment agir ?

— Je ne t'ai pas demandé de m'aider. J'ai déjà quelqu'un qui...
— Ne me dis pas qui c'est. Je ne veux pas le savoir.
— De toute façon, tu n'aurais pas pu me l'extorquer.
— La mère d'Ashley ne viendra pas la chercher, n'est-ce pas ? reprit-il.
— Elle est en prison parce qu'elle refuse de dire au tribunal où est sa fille.
— Ashley est-il son vrai prénom ?
— Pour le moment.

Il eut un léger soupir — expression d'un renoncement fataliste plus que d'un agacement.

— Comment t'es-tu fourrée dans une histoire pareille ?

— J'ai témoigné aux assises lors du procès de ce père meurtrier dont je t'ai parlé, et je me suis effondrée à la barre. Quelqu'un m'a entendue, a pensé que j'étais dévouée à cette cause, et m'a contactée quelques semaines plus tard. On m'a proposé de rejoindre un mouvement clandestin. Ashley n'est pas la seule petite qu'ils cachent. Et ils sont toujours à la recherche de gens fiables pour prendre en charge les enfants.

— Et tu t'es jetée là-dedans à corps perdu ?

Elle tourna la tête vers lui.

— Je suis assistante sociale, tu penses bien que j'ai fait mon enquête, sans rien laisser au hasard. J'en ai conclu que ces gens avaient raison. Le père d'Ashley lui avait réellement fait subir des sévices sexuels. Les signes ne trompaient pas. Cela se voyait comme le nez au milieu de la figure. Mais voilà : le papa en question pèse des millions. Et la maman d'Ashley, après avoir fui le domicile conjugal, s'est retrouvée avec sa chemise sur le dos, sans un sou vaillant. Quand elle a réclamé la garde de sa fille, inutile de te dire qu'elle n'avait guère de chance de l'obtenir.

— Casey, je...

— Oh, ne me dis pas que ça n'arrive jamais ! Le type avait une demi-douzaine d'avocats, et ils se sont débrouillés pour mettre tous les torts sur la malheureuse. Des preuves, des témoignages irréfutables. Bref, elle a été déboutée !

Jon hocha la tête, l'air sceptique.

Casey marqua une pause, le temps de retrouver son souffle, et poursuivit sur un ton plus apaisé :

— Elle a été arrêtée, bien évidemment. Elle restera peut-être en prison jusqu'à la majorité d'Ashley. Au moins sa fille sera-t-elle en sécurité.

— Tu as hérité d'Ashley depuis le début ?

— Non, il y a eu deux personnes avant moi. Et il y en aura d'autres.

Elle sentit la tristesse familière l'envahir.

— C'est une merveilleuse petite fille, reprit-elle d'une voix émue. Elle mérite mieux.

— Que se passera-t-il si on vous retrouve ?

— Tu n'as pas idée des précautions que nous prenons.

— Si on vous retrouve malgré tout, insista-t-il.

— Je ferai face aux conséquences.

— Si le père d'Ashley est aussi riche que tu le dis, il est déjà sur tes talons. S'il ne s'agissait que de la justice, ou de la police, tu aurais une chance. Mais contre cet homme ! Il a dû engager une équipe de fins limiers, et là, tu peux t'attendre à les trouver à ta porte d'une minute à l'autre.

— C'est pourquoi je suis revenue. Avant, nous étions à Chicago — trop longtemps sans doute. Je me suis dit qu'un appartement au-dessus d'un saloon était une planque pas plus mauvaise qu'une autre. Le temps qu'ils retrouvent notre trace et qu'ils débarquent au Whiskey Island, elle sera repartie.

— Elle sera repartie ? Non pas nous ?

— Pour sa sécurité, nous devons souvent la changer de famille. Dans un avenir proche, elle me sera enlevée, sans que je sache pour quelle destination. Cela me brisera le cœur mais c'est ainsi.

— Et si son père t'avait déjà retrouvée, Casey ?

— Je ne comprends pas.

— Quelqu'un te cherche des ennuis. Regarde ce qui est arrivé à ta voiture.

— Pourquoi veux-tu que le père d'Ashley, avec tous ses millions, me joue un tour de collégien en lacérant mes pneus ? S'il découvrait que sa fille est entre mes mains, il n'aurait qu'à le signaler à la police qui ferait le nécessaire, immédiatement.

— Ce n'est pas si simple. Les agents ne croiraient pas sa déposition sans faire un minimum d'investigations. Et puis, il faut une décision officielle pour emmener l'enfant d'un Etat à un autre. Tu pourrais alors profiter de ce laps de temps pour faire valoir ton point de vue auprès de la justice.

— Ça n'explique toujours pas pourquoi il s'en serait pris à mon misérable véhicule. Son style serait plutôt de kidnapper Ashley et de la mettre dans un avion... avant même que je me rende compte de sa présence en ville.

Comme il s'apprêtait à dire son mot, elle l'arrêta d'un geste.

— J'ai tout de même considéré la question. J'ai même appelé mon contact pour en parler. La personne est tombée d'accord avec moi : ce n'est pas le style du bonhomme. Il n'y a pas lieu de s'inquiéter pour le moment.

— Crois-tu que ce soit une vie pour Ashley ?

— Et vivre avec un homme qui prend son pied en faisant joujou avec des petites filles, tu crois que c'est mieux ?

Il sursauta.

— Je reconnais que le système légal est loin d'être parfait.

— Je ne suis pas partisane de la légitime défense, certes, mais je refuse de laisser souffrir un enfant. Si je peux l'empêcher. Pas n'importe quel moyen.

— La mère d'Ashley poursuit-elle son action en justice ?

— Elle fait ce qu'elle peut. Ce n'est pas facile, depuis la prison. Il y a des gens, heureusement, qui l'aident. Qu'elle gagne au tribunal, que le jugement soit cassé, et Ashley pourra revivre normalement. Sinon, elle devra se cacher jusqu'à ce qu'elle soit en âge de se défendre.

— Et sa mère restera en prison.

— Il y a de grands risques, oui.

Devant le silence prolongé de Jon, elle pensa que le sujet était clos. Quand il reprit la parole, toutefois, elle comprit qu'il avait mis ce temps à profit pour échafauder un plan.

— Donne-moi le nom du père et son adresse, je mènerai mon enquête personnelle.

— Tiens-toi à l'écart de tout ça. En savoir trop pourrait te mettre en péril, toi et ta carrière. Si quelqu'un me le demande, je t'assure, Jon, que je nierai avec la dernière énergie t'avoir parlé de cette affaire.

Sans élever la voix, il adopta un ton ferme.

— Dis-moi le nom de son père. Et laisse-moi juger ce que je dois faire ou ne pas faire.

Elle ne put s'empêcher de lui demander ce qui, pourtant, tombait sous le sens.

— Peux-tu me jurer que tu ne me dénonceras pas ?

— Tu me vois en train de faire un truc pareil ? Casey, comment peux-tu... ? Je prendrai toutes les précautions possibles, sois sans crainte, pour que personne ne fasse aucun recoupement avec toi.

— Ashley s'appelle en fait Alice Lee Rayburn. Le prénom de sa mère est Dana, celui de son père, Bobby. Il a fait fortune dans l'immobilier et il habite Palm Beach, en Floride. C'est aussi dans cette ville que Dana est sous les verrous.

— J'espérais que ce serait en Californie. J'y ai des amis.

— Une chance sur cinquante, dit-elle en se nichant de nouveau au creux de son épaule. Comprends-tu pourquoi je fais ça ? La véritable raison ?

— Je comprends que je suis en face de la véritable Casey Donaghue. Mais il faut que tu reviennes dans le droit chemin. Il y a mille choses à faire pour aider des enfants. Le système a foiré, je te l'accorde, et, du coup, tu as perdu confiance. Ne tire pas pour autant une règle générale d'un cas particulier et...

— Ce n'est pas si simple !

— Bien entendu. C'est ta manière de faire pénitence... Tu te sens toujours coupable et responsable de ce qui est arrivé à ce petit garçon, n'est-ce pas ?

— J'aide simplement une fillette à échapper à un monstre.

— Quand ce sera terminé, essaieras-tu de trouver un autre moyen — légal cette fois — pour continuer ton combat ? Dans une association qui traite humainement ses travailleurs sociaux en ne les enfouissant pas sous des tonnes de dossiers, par exemple ?

Elle n'avait pas fait de projet en ce sens, mais il avait probablement raison. Elle avait voulu payer pour son échec en jetant dans la balance son propre avenir. En choisissant le plus grand risque, elle avait cherché la rédemption.

Saurait-elle seulement reconnaître qu'elle s'était rédimée ?

— J'ignore ce que je ferai plus tard. Pour l'instant, je dois veiller sur Ashley. A chaque jour suffit sa peine.

— Et nous deux ? Même régime ? Carpe Diem ?

Elle allait répondre : « Bien sûr »... Les mots restèrent coincés dans sa gorge.

— Tu as le chic pour choisir les bons numéros, toi, conclut-elle finalement.

— Ça, c'est vrai.

Pour une fois, elle s'abandonna sans réticence et sans réserve à son baiser.

31.

Niccolo avait l'intention de finir la transcription du journal de Patrick McSweeney ; à mi-parcours, il avait lâché le clavier de l'ordinateur et s'était plongé dans la lecture du manuscrit. Ce qui l'avait poussé à galoper entre les lignes serrées de la fine écriture si soignée, c'était un nom : Rowan Donaghue.

Rowan Donaghue. Rowan Donaghue, qui était peut-être l'arrière-arrière-grand-père de Megan Donaghue.

Qu'en était-il alors de Lena Tierney, la femme que citait souvent le père McSweeney avec infiniment de tendresse ? S'agissait-il de la Rosaleen dont le Whiskey Island Saloon perpétuait fidèlement les recettes ?

D'après le journal du père, Lena Tierney était venue travailler au presbytère comme gouvernante. La lecture approfondie du manuscrit révélait un McSweeney aimant à employer un langage impénétrable quand il mentionnait des événements d'importance. Plutôt que d'évoquer ses souvenirs personnels, il se plaisait à raconter des histoires. En sa qualité d'homme de Dieu, il prenait son sacerdoce très au sérieux, au point de vouloir dissimuler aux yeux de l'éventuel lecteur posthume de son journal, l'étendue et la profondeur de ses combats.

A charge pour Niccolo de les interpréter. La tâche, toutefois, ne présentait pas d'obstacles insurmontables ; lui-même était passé par là, et ni les difficultés ni les cas de conscience du père ne lui étaient étrangers. Lui aussi s'était battu pour respecter sa mission. Pour se maintenir à l'écart de l'agitation du monde, dans un retrait propice à la paix intérieure, tout en demeurant accessible à ceux qui avaient besoin de lui. Comme il avait lutté pour regarder chaque brebis de son troupeau avec le même amour fraternel, ennemi du favoritisme, sans juger certaines de ses ouailles dont la crudité des propos l'avait parfois heurté.

Dès le début, le journal intime affirmait la personnalité extrêmement sensible du père. Il avait eu à se battre contre ses propres penchants dans bien des domaines. A cause d'eux, ou grâce à eux, il avait acquis une conscience aiguë des tourments qui se jouent de l'âme humaine. Comment McSweeney en était-il venu à choisir la prêtrise ? Niccolo se posait la question. Avait-il répondu à une authentique vocation, avait-il été dirigé vers le séminaire en tant que cadet de famille ou encore parce qu'il avait montré des aptitudes au collège ?

Quelle que fût la réponse, et contrairement à Niccolo, les doutes de McSweeney ne l'avaient pas détourné du sacerdoce. D'après Iggy, Patrick McSweeney était resté curé de Sainte-Brigid jusqu'à la fin de ses jours. Il avait dû mourir à peu près au tournant du siècle.

Malheureusement, le journal n'allait pas jusque-là. Il s'arrêtait juste après un texte, plein de sous-entendus, à propos de James Simeon.

A 3 heures du matin, ce même soir où il avait cuisiné des spaghettis pour Megan et Ashley, Niccolo avait tourné la dernière page, et éprouvé une intense déception.

Lena Tierney avait été employée chez les Simeon, avant qu'elle ne vînt travailler au presbytère pour McSweeney. Quelque chose s'était passé dans l'hôtel particulier d'Euclid Avenue — un fait apparemment marquant puisqu'il avait bouleversé le bon père et l'avait convaincu d'engager sur-le-champ la jeune femme comme gouvernante.

McSweeney aimait particulièrement Lena. Niccolo l'avait deviné entre les lignes, avant même d'établir le rapprochement avec Rosaleen. Le père tenait Lena pour un modèle de femme irlandaise, et il ne tarissait pas d'éloges sur sa vivacité, sa gentillesse, son intelligence, son courage. Il parlait d'elle en des termes qu'il n'employait pour personne d'autre. Si Lena Tierney avait des défauts, aux yeux du prêtre, ils n'étaient pas visibles.

Puis cet événement, mystérieux, terrible dans la vie de la jeune femme, qui avait imprégné les dernières pages du journal d'une atmosphère tragique... Coupable d'on ne savait quoi, le père McSweeney n'hésitait pas à se flageller pour son manque de discernement et son aveuglement. Sa confession s'arrêtait abruptement sur cette note grave.

Niccolo referma le manuscrit, avec le sentiment de frustration d'un lecteur plongé dans un roman passionnant dont il manquerait le dernier chapitre. Hélas il n'existait aucun exemplaire de ce « roman » sur les étagères des libraires ou les étals des bouquinistes, et personne pour en raconter la suite et la fin. A moins que McSweeney n'ait continué à consigner son récit dans un autre carnet, à moins qu'Iggy ne le découvrît dans les archives de Sainte-Brigid... Si ces espoirs ne se vérifiaient pas, Niccolo resterait à jamais dans le doute concernant les liens qui unissaient les différents personnages — la connexion exacte entre Rowan Donaghue, Lena Tierney et James Simeon.

Il posa le carnet sur le bureau de sa chambre, se mit debout et s'étira. Il était largement l'heure d'aller au lit. Il n'avait pas sommeil. Il se rappela alors qu'il n'était plus seul dans la maison. Josh dormait dans une chambre au bout du couloir. Ne s'était-il pas montré trop impulsif ? D'un mot, il avait infléchi l'avenir de l'adolescent. Et pour des années.

Le moyen d'agir autrement ? L'existence de ce gosse n'avait été qu'une longue suite de rejets de la part de son entourage.

Il se remémora la réaction de Megan. Si elle avait tiqué, ce n'était pas parce qu'il avait offert le gîte et le couvert à Josh, mais parce qu'il se chargeait toujours du fardeau des autres. De son côté, n'en faisait-elle pas autant ? Elle refusait de le reconnaître. Elle était capable d'aimer aussi longtemps qu'elle ne l'admettait pas.

Elle pouvait dormir avec lui, en se racontant qu'elle n'était là que de façon temporaire. Peut-être ne resterait-elle avec lui qu'en continuant à se leurrer sur ses propres sentiments.

Il avait beau tenir à elle, énormément, il voyait ses failles : elle était en guerre contre elle-même. Et pour le moment, c'était lui qui passait pour l'ennemi.

Il parcourut le couloir et descendit au rez-de-chaussée. Un lait chaud avec une dose d'amaretto avait toujours été le remède miracle de sa mère contre les insomnies. D'après elle, un bon grog et quelques chapelets venaient à bout des cas les plus récalcitrants.

Il était en train de faire chauffer le lait quand il entendit un craquement derrière lui. Il se retourna ; Josh, nonchalamment appuyé au chambranle, le regardait. Il n'avait pas l'air d'avoir sommeil, lui non plus.

— Que se passe-t-il ? lui demanda Niccolo.

— J'ai entendu du bruit. J'ai pensé que quelqu'un essayait peut-être de s'introduire dans la maison.

— Ce n'était que moi. Tu veux un lait chaud ?

La proposition ne sembla pas l'enchanter, mais il opina du chef.

Niccolo remplit une autre tasse.

— Ça doit te faire drôle d'être ici, non ?

— La lumière de la lune rentre par ma fenêtre.

— Nous mettrons des rideaux, demain.

— Oh, je ne me plains pas. C'est que... chez mon père, on ne voit jamais la lune. Il y a des couvertures devant les fenêtres.

Il eut un sourire gêné.

— Et puis c'est calme, ici. Personne ne crie.

Niccolo trouvait pourtant que la circulation était bruyante pour une rue de traverse. Apparemment, c'était pour Josh la tranquillité campagnarde.

— Et quand tu dormais chez des amis, c'était bruyant aussi.

Il sortit son lait du micro-ondes et mit celui de Josh à chauffer.

— L'appartement de Winston est minuscule. Tout le monde dort plus ou moins dans la même pièce. On entend toujours respirer ou tousser quelqu'un.

Il haussa les épaules.

— Et chez Joachim, la maison est toujours bourrée de gens. Quel que soit le lit que vous choisissez, ses petits frères viennent dormir avec vous.

Ces deux familles démunies n'avaient cependant pas hésité à faire de la place pour le jeune garçon en difficulté. Cette pensée lui fit chaud au cœur.

— Tu t'habitueras au calme. En attendant, tu peux mettre la radio si cela peut t'aider. Je vais t'en apporter une. Seulement, ne la mets pas trop fort, que ça ne m'empêche pas de dormir.

— Vrai ? Ça vous fait rien ?

— Ce qui m'ennuierait c'est que tu ne dormes pas assez. Le manque de sommeil et les études ne font pas bon ménage.

— Oh, de toute façon, je suis nul au bahut.

— Tu es très capable de réussir. Tu avais trop de soucis pour te concentrer. Ici, tu vas pouvoir travailler un peu mieux. Et puis je t'aiderai.

— Pourquoi vous faites tout ça ?

Niccolo sortit la tasse de Josh du micro-ondes avant de répondre. Il la lui tendit, avec le pot de miel et une cuillère, et ajouta une rasade d'amaretto dans son bol.

— C'est simple. Parce que j'en ai la possibilité. Tu as besoin d'une chambre, j'en ai plusieurs. Tu as besoin d'un ami... je me propose de le devenir.

— Vous aimez les enfants. Comment se fait-il que vous n'en ayez pas ?

— J'étais prêtre.

Les mots étaient venus avec une facilité déconcertante. Oui, il était suffisamment en paix avec son passé pour ne plus hésiter à en parler.

— Les prêtres ne se marient pas, et ils n'ont pas d'enfants.

— Et vous n'êtes plus prêtre ?

— Officiellement, non.

— Et vous êtes, euh, catholique ?

— Oui.

— Moi non.

— Ça m'est égal, en ce qui me concerne. Si tu veux m'accompagner à la messe de temps en temps... tu es le bienvenu. Ce n'est pas une obligation. Toutefois... je crois que ça pourrait t'aider.

— Mon paternel, il prétend que tout ce qu'on dit à l'église, ce sont des foutaises.

Niccolo préféra rester évasif.

— Ah oui ?

— Il est furibard à longueur de temps.

— Je suis heureux que ça ne soit pas ton cas.

— Je me mets parfois en pétard.

— C'est notre lot à tous.

— Même vous ?

— Mouais.

— Pourtant vous vous mettez pas en colère avec Winston. La plupart des gens, si. Il a toujours des ennuis à l'école. Enfin... un peu moins depuis qu'il vient chez vous.

— Vraiment ? demanda Niccolo, surpris. Comment ça ?

— Winston est un type futé, mais personne s'en aperçoit. Vous, vous lui avez donné des responsabilités, comme de superviser la peinture de notre local. Et Winston, quand il prend les choses en main, il est capable de mener le truc à bien. Mais à l'école, ils veulent pas le laisser s'occuper de quoi que ce soit. Ils veulent simplement qu'il la boucle et qu'il fasse ce qu'on lui dit. Evidemment, ça lui plaît pas. Ici, il a commencé à apprendre ce que veut dire écouter quelqu'un. Et depuis qu'il vous écoute, ça va un peu mieux à l'école.

Niccolo eut l'impression que c'était le discours le plus long que Josh eût jamais fait.

— Tu es un ami loyal. Et je suis content que Winston se plaise ici. Je l'apprécie. Il va s'en sortir, et réussir. Je lui prédis un succès important.

— A Winston ? s'étonna Josh. Il était sur le point de lâcher l'école. Nous avions l'intention de...

Niccolo haussa un sourcil interrogateur et attendit.

— Faire une fugue, acheva Josh dans un murmure. Mais comme il se faisait du souci pour sa mère et pour Elisha, il hésitait.

— Ni l'un ni l'autre vous ne vous sauverez de l'école, dit Niccolo d'un ton léger.

— Winston dit que vous êtes sur son dos pour le collège.

— Il s'en est plaint ?

— Il dit que c'est pas vos oignons.

— Ça me regarde, tant qu'il continue à fréquenter la maison. C'est un peu mon affaire, tu ne trouves pas ?

Josh réfléchit à la question.

— C'est peut-être pour ça qu'il revient toujours. Parce qu'il a envie que ce soit votre affaire. Comme ça il peut rester à l'école en prétendant que c'est à cause de vous.

— Tu ferais un bon psychologue, toi. Et c'est un talent rare.

L'adolescent écarquilla grand les yeux.

— Vous blaguez ou quoi ?

— Ceux qui observent les autres, et qui comprennent pourquoi ils agissent de telle ou telle manière, sont importants. Car ils aident les gens à ne pas refaire encore et encore les mêmes erreurs.

— J'ai observé mon père pendant des années. Ça m'a fait de l'entraînement. Je pourrais lui dire ce qui ne va pas, mais il ne m'écouterait pas.

S'il se contentait de ne pas écouter son fils, ce serait un moindre mal. Niccolo soupçonnait l'homme d'être plus virulent.

Il posa la main un bref instant sur l'épaule du garçon, l'encourageant silencieusement.

— Pour commencer, il devrait arrêter de picoler. Et arrêter d'accuser les autres quand les choses vont mal.

— Un bon début.

Josh était lancé, à présent.

— Et puis, faut qu'il arrête de cogner. Il a déjà fait de la prison parce qu'il avait tabassé un type dans une bagarre.

— Où es-tu allé pendant ce temps-là ?

— Ma mère vivait encore. Je voulais qu'elle le quitte pendant qu'il était en tôle. Elle a refusé. Elle prétendait que mon père s'occupait d'elle. C'était faux, bien entendu, mais elle était trop soûle pour s'en apercevoir.

— Tu en as bavé, n'est-ce pas ?

— Peut-être que j'étais juste en train d'apprendre pourquoi les gens agissent comme ils le font.

A l'évidence, cette idée plaisait au jeune garçon. C'était au moins une manière positive de regarder son passé. Plutôt que tomber dans l'apitoiement sur soi-même. En dépit de tout ce qu'il lui était arrivé, Josh avait cultivé un esprit optimiste, et le désir de trouver un sens au gâchis absurde de son existence.

Ces constatations furent un baume pour Niccolo. Il avait accueilli les jeunes, sans se poser de questions, sans songer qu'il les influencerait à plus ou moins longue échéance.

— Josh, j'aimerais que tu me répondes.

— Oui, si je peux.

— Pourquoi as-tu continué de venir à la maison ? Vous y travaillez dur. Bon, je sais bien qu'il n'y a pas grand-chose à faire dans les environs, mais il y avait sûrement des trucs plus amusants, non ?

Josh s'abîma dans une intense concentration.

— Il n'y a peut-être pas d'explication, après tout, suggéra Niccolo.

— Si, mais j'essaye de me souvenir.

Niccolo attendit patiemment.

— Partout où je vais, j'ai tout faux, vous comprenez ? En classe, si j'ai pas fait mes devoirs ou que je ne connais pas la réponse, le prof me dit que je suis nul. Chez moi, n'en parlons pas, c'est pire. Même chez les autres, j'ai pas ma place. Je prends de l'espace, vous voyez ? De l'espace dont ils ont besoin, et, de temps en temps, je partage un repas, alors qu'ils n'ont pas beaucoup. Ici, c'est pas pareil. Je suis bien. Et mieux que bien. Vous me donnez des trucs à faire, même si je rate mon coup, vous vous en fichez. Vous me montrez comment réparer mon erreur et basta. Je me sens en sécurité ici. Personne ne me met mal à l'aise.

Si seulement la vocation pouvait être aussi simple que cela, songea Niccolo avec une pointe d'amertume.

— Je commence à avoir sommeil, déclara Josh.

L'adolescent se leva de table.

— Merci pour le lait.

— Pas de quoi. Fais de beaux rêves.

— Peut-être bien que je vais en faire, dit-il avec un sourire timide.

La Saint-Patrick était l'événement le plus attendu de l'année au Whiskey Island Saloon. Megan n'engageait cependant aucun extra. Les Donaghue avaient décrété une fois pour toutes qu'il était du devoir de chacun, dans la famille, de prêter main-forte ce jour-là. L'équipe des permanents œuvrait dans la cuisine, fabriquant des sandwichs au corned-beef à tour de bras — pas moins de quatre à la minute ! —, et le clan Donaghue les faisait passer à la ronde tout en remplissant les verres à de grands pichets de bière fraîche, teintée de vert pour la circonstance. Un groupe de musique celte, dont certains membres étaient des cousins éloignés, s'installait dans un coin de la salle et jouait, assez fort pour percer le vacarme, toute la journée — et une partie de la nuit.

La fête était un tel succès que ceux qui désiraient profiter du plus substantiel corned-beef aux choux devaient réserver leur plat des semaines à l'avance. Dès les premiers jours, les tickets s'arrachaient comme des petits pains. Megan achetait des montagnes de vivres. La cuisine ayant néanmoins ses limites, le soir venu, les provisions venaient toujours à manquer. Heureusement, à cette heure-là, la plupart des convives ne pensaient guère à la nourriture. Du moment que la Guinness coulait à flots, tout le monde était content.

Deux semaines, à peu près, avant le grand jour, Megan raccrochait son téléphone après une longue conversation avec son fournisseur, à propos de bœuf en conserve, lorsque Peggy entra dans la cuisine. Elle huma l'odeur du plat du jour — un ragoût à base de choux —, pâlit et quitta précipitamment les lieux.

Megan, inquiète, la suivit jusqu'à la porte des toilettes, que Peggy lui claqua au nez. Les bruits, de l'autre côté de la cloison, ne laissaient aucun doute sur la nature de son malaise.

A cet instant Casey, descendant de l'appartement, se trouva nez à nez avec Megan. La mine anxieuse de celle-ci ne lui échappa point.

— Que se passe-t-il ?

Megan indiqua la porte des toilettes d'un signe de tête.

— Peggy est malade.

— Ah oui ? J'ai remarqué qu'elle avait sauté le petit déjeuner. Elle nous couve peut-être quelque chose.

Elles se regardèrent brusquement l'une l'autre, frappées par la même idée.

— Non..., dit Megan en secouant la tête. Impossible.

— Tiens, tiens... et pourquoi pas ?

Casey fit la grimace en entendant la chasse d'eau puis le robinet du lavabo, ouvert en grand.

— Elle ne boit plus d'alcool, reprit-elle, ni de vrai café. Elle fait une sieste tous les jours et... tu ne trouves pas qu'elle a pris du poids ?

— Elle boit rarement, de toute façon, Casey. Et elle apprécie ma cuisine. Elle mange toujours davantage quand elle est à la maison.

— Meg, tu connais la signification du mot déni ?

— Elle est spécialiste en biologie, elle saurait tout de même éviter de...

— Tomber enceinte ? acheva Peggy, sortant du petit coin et froissant une serviette en papier entre ses mains mouillées. Franchement, vous pourriez être plus discrètes. Vous vous imaginez que la grossesse rend les femmes sourdes ? Au cas où vous l'ignoreriez, sachez que la contraception est encore une science inexacte. J'ai pourtant adopté un comportement sexuel sans risque et pris toutes les précautions.

Sans risque ou pas, Megan n'aimait pas du tout l'idée de sa petite sœur se livrant aux joies du sexe.

— Et alors ? s'enquit-elle d'un ton un peu sec.

— Eh bien, début septembre, vous devriez toutes les deux être tantes.

Casey réagit la première.

— Margaret May Donaghue ! C'est maintenant que tu nous le dis ?

Le saloon n'étant pas encore ouvert, Peggy s'installa sur une chaise.

— Je viens juste de prendre ma décision. Ce choix n'appartenait qu'à moi, et à personne d'autre.

Casey la rejoignit à la table.

— Si le bébé est prévu pour début septembre, tu es déjà enceinte de plusieurs mois. N'est-ce pas un peu tard pour les nausées matinales ?

— C'est l'odeur du chou, ça ne manque jamais ! Sinon, en général, je me sens en forme.

— N'est-ce pas un peu tard, surtout, pour les décisions ? renchérit Megan en se laissant à son tour tomber sur une chaise.

— Non, indiqua Peggy. D'autant que j'avais plusieurs options.

— Tu avais ?

— Je sais à présent ce que je vais faire. Ce qu'il me manquait, c'était le courage pour vous l'annoncer.

Megan se sentait complètement dépassée par les événements. Casey prit adroitement la situation en main.

— Si tu commençais par le début, à moins, bien sûr, que tu souhaites ne pas en parler ?

— Comme si j'avais le choix ! rétorqua Peggy avec un petit sourire pour adoucir sa remarque un tantinet acerbe.

— Peg, tu es majeure et vaccinée. Tu n'es pas obligée de répondre.

— Ce n'est pas si terrible. J'ai rencontré quelqu'un, à l'hôpital, et nous avons eu une brève liaison. Nous en attendions l'un et l'autre davantage, mais au bout de quelques semaines, nous nous sommes rendu compte que nous avions trop peu en commun pour que ça marche. Nous avons alors décidé de nous séparer bons amis. Un mois plus tard, je me suis aperçue que j'étais enceinte.

Megan retrouva soudainement sa voix.

— Tu l'as prévenu ?

— Oui, il est au courant. C'est un type bien, il m'a proposé de l'épouser.

— Et ?

Peggy secoua la tête.

— C'est la première décision que j'ai prise. Je n'allais pas me marier uniquement pour donner un papa à demeure au bébé. Ni l'un ni l'autre ne seraient heureux, et ce serait l'enfant qui en souffrirait au bout du compte. De toute manière, il sera un bon père, et il aura sa place dans l'éducation de notre enfant.

— Tout cela semble très courtois et de bon ton.

Megan n'aurait jamais pensé avoir ce genre de conversation. Sa petite sœur ! Son bébé ! Elle allait enfanter... Cela lui paraissait complètement invraisemblable.

— Donc exit le mariage, conclut Casey, toujours pragmatique. Et l'avortement ?

— Casey !

Megan bondit de son siège comme un ressort.

— Rassieds-toi, Megan, et garde ton sang-froid. C'est une possibilité à considérer.

— Pas pour moi, dit simplement Megan.

Megan se sentit soudain affreusement vieux jeu — le poids de son éducation catholique, sans doute... Elle se rassit lentement.

— Désolée de réagir de la sorte. Je crois que je suis un peu sous le choc.

— Et l'adoption ? poursuivit Casey, imperturbable.

— J'y ai beaucoup songé. Arriverais-je à suivre des études avec un bébé ? Quand on sait la vie exténuante de l'étudiante en médecine... Alors, abandonner mes études pour un temps, et les reprendre — ou non — plus tard ? Envisager, sinon, une profession qui permette de passer davantage de temps à la maison ? A moins qu'il ne fût préférable de confier le bébé à une vraie famille, avec une mère et un père présents au quotidien ?

— Je comprends pourquoi tu es venue passer le semestre ici, fit Casey. Tu avais vraiment un sacré paquet de problèmes à résoudre.

Megan se pencha au-dessus de la table. Elle était indéniablement impressionnée par la maestria toute professionnelle de Casey dans sa manière de faire face, avec méthode et compassion. Mais, bon sang ! Il ne s'agissait pas de n'importe quel cas social, mais de sa sœur. De Peggy...

— Nous aurions pu t'aider. Si seulement tu nous avais mises au courant, ne put-elle s'empêcher de faire remarquer.

Peggy lui prit la main.

— Tu m'as aidée, Meg. Comme tu le fais toujours. Je n'avais pas besoin d'en parler. Je connaissais toutes les solutions qui s'offraient à moi. J'avais simplement besoin d'être ici, au milieu de vous. J'avais besoin de me nourrir de votre énergie, de prendre exemple sur votre détermination. J'avais besoin de me confronter à vous deux pour découvrir si j'étais de la même trempe.

Megan resta sans voix.

— Et alors ? reprit Casey.

— Oui. J'ai décidé que j'avais les reins assez solides pour tout à la fois suivre les études de médecine et élever un enfant. Ce ne sera pas facile, et je devrai sans doute revoir mes ambitions à la baisse. En attendant, j'ai l'intention de travailler dur cet été pour passer l'examen avant la naissance du bébé. Je compte, ensuite, travailler un an au saloon, pour le garder près de moi. Je poserai ma candidature à l'université de médecine de Case Western pour l'année prochaine. Je pourrai alors rester en ville. Vous serez là pour me donner un coup de main, ainsi que tante Deirdre...

— Et une cinquantaine d'autres Donaghue, l'interrompit Casey.

— Le temps venu, je choisirai une spécialité avec des horaires plus réguliers pour passer un maximum de temps à la maison. Plus tard, je me marierai, et le petit, ou la petite, aura un sympathique beau-papa. D'accord, ce n'est pas très orthodoxe, mais mon bébé sera entouré d'une famille pour le moins étendue et qui le chérira, j'en suis sûre. Une fois qu'ils seront remis du choc de la parfaite Peggy enfantant en dehors des liens sacrés du mariage, bien entendu.

— Comme si ce n'était pas monnaie courante, dit Casey.

— Peggy, il y a une question qui me travaille, intervint une Megan encore sens dessus dessous. Pour ce qui est d'appliquer ce programme à la lettre, je ne suis pas inquiète : tu es forte et tu y arriveras. Mais comment peux-tu être certaine de vouloir être mère ?

Peggy pencha la tête de côté.

— Soyons claires, je ne voulais pas à tout prix être mère. Oh, bien sûr, j'ai toujours imaginé que j'aurais des enfants. Un jour. Plus tard... Mais voilà, la vie bouscule parfois nos petits projets.

— Maintenant que c'est là, te sens-tu prête ?

— Honnêtement ? Oui. J'aurais préféré que les choses se passent différemment, à un autre moment, quand j'aurais été installée professionnellement, et mariée à l'homme de ma vie, certes. Ça ne m'empêchera pas d'aimer ce bébé, et d'être une sacrée bonne mère. Je n'ai aucun doute là-dessus.

Megan n'était pas encore prête à lâcher le sujet. Il lui fallait mettre le doigt sur le point le plus douloureux.

— Comment peux-tu être aussi affirmative, Peg ? Tu n'as jamais eu de mère. Tu étais si petite quand maman est morte que tu n'en gardes probablement aucun souvenir. Et ensuite, tu es passée de main en main, comme un vulgaire sac de patates. Auras-tu la fibre maternelle, toi qui n'en as pas eu d'exemple sous les yeux ? Sauras-tu t'y prendre, sur le plan matériel et psychologique ?

Les yeux de Megan s'étaient emplis de larmes.

Peggy la dévisageait d'un air inquiet, tout comme Casey.

— Excusez-moi, murmura Megan dans un souffle.

— Meg, j'ai eu la meilleure mère du monde. Je t'ai eue, toi.

— Je ne cherche ni compliments ni reconnaissance. Je n'ai pas pu faire pour toi ce...

Casey explosa.

— Oh, arrête ton char, et écoute-la un peu, d'accord ? Tu vois bien qu'elle essaye de te dire quelque chose.

Peggy se pencha, prit la main de Megan dans la sienne.

— Notre mère est décédée, et c'est triste. Mais moi, je n'ai pas souffert du manque, puisque je ne connaissais rien d'autre. Quand je m'écorchais le genou, tu étais là pour y poser un baiser et souffler dessus. Si ce n'était pas toi, c'était tante Deirdre ou Casey. Quand j'avais faim, tu me donnais de quoi manger. Si j'étais fatiguée, qui me racontait une histoire avant de me mettre au lit ? Toi, Meg... Moi qui étais rebelle à la lecture, qui m'a appris à déchiffrer les mots, en chantonnant des comptines ?

— La méthode syllabique, dit Megan en battant des paupières pour refouler ses larmes. Je n'ai jamais compris pourquoi on l'avait abandonnée.

Peggy prit une expression rêveuse.

— Tu penses que tu n'as pas fait du bon travail, je le sais. Détrompe-toi ! Regarde-moi. Je suis heureuse, en bonne santé. Je suis enceinte et j'y fais face. Je t'ai eue, toi, tante Deirdre et Casey. J'avais des mères à ne savoir qu'en faire ! Je souhaite à toutes les filles d'avoir ma chance dans ce domaine. Et, quand l'heure est venue de prendre une décision importante, où suis-je allée ? C'est dans cette maison, et avec vous, que je prends conscience de ma force.

— Allez, n'en rajoute pas.

C'était au tour de Casey, à présent, d'avoir un chat dans la gorge.

Peggy eut un petit rire.

— Oh, vous n'êtes pas parfaites. Loin de là. Mais vous êtes de fortes femmes. Et tante Deirdre, dans son genre, l'est aussi. Croyez-vous que c'était facile de me partager ? Vous rendez-vous compte que, si elle l'avait voulu, elle aurait très bien pu se faire attribuer ma garde par voie de justice, pour ne plus avoir à se confronter à vous deux tout le temps ? C'est une femme bonne et elle avait compris qu'il était important pour nous de ne pas être trop souvent séparées les unes des autres. Elle te faisait confiance pour t'occuper de moi, lorsque nous étions ensemble.

Elle a montré de la bonté d'âme. Et vous aussi. J'ai vraiment été vernie. Essayez de vous fourrer ça dans le crâne, toutes les deux, vu ?

Les vieilles rivalités étant tenaces, Megan ne put s'empêcher de demander :

— Tante Deirdre est-elle au courant pour le bébé ?

— Oui. Je le lui ai dit, parce que, de vous trois, c'était la seule capable de ne pas se tordre les mains à longueur de journée en regrettant de ne pas m'avoir mieux élevée. Elle n'a qu'à me regarder et elle voit le résultat. A ses yeux, c'est une réussite. Elle ne se lamente pas sur ce qui n'a pas été fait, ou ce qu'elle n'a pas pu être. Avec elle, je savais que ma grossesse ne serait pas jugée comme un échec personnel.

Megan, terrassée par la culpabilité, ne pipait mot.

— C'est vrai, n'est-ce pas ? Toi, pendant tout ce temps-là, tu te serais torturée, cherchant à comprendre ce que tu avais fait de mal, te blâmant pour cet « accident ». « Et si je lui avais dit ceci, ou cela, ce ne serait pas arrivé. Et si je l'avais empêchée de regarder ces saletés de cassettes vidéo interdites aux moins de seize ans, ou de lire tous ces romans de Danielle Steel... » N'ai-je pas raison ? Il n'y a personne à blâmer. Et blâmer quoi ? Un petit Donaghue de plus, dont nous serons toutes gâteuses.

— Moi, je ne me sens pas coupable, décréta Casey avant de rabattre de sa superbe devant le regard aigu de Peggy. D'accord, je me sens coupable d'être partie avant la fin de mes études et d'avoir laissé Megan finir de t'élever seule.

— Tu es partie parce que je te serrais la vis au-delà du supportable, dit Megan.

— Foutaises, Meg. Foutaises ! Je suis partie parce que j'étais une sale gosse égoïste. Parce que je n'acceptais pas le départ de Rooney. D'ailleurs, l'ai-je accepté aujourd'hui ? J'en doute. En tout cas, je rejetais la responsabilité de cet échec sur cet endroit, sur toi, sur la famille. Il fallait que je parte, à mon tour, et que je grandisse avant d'envisager de revenir. Etais-tu fautive en quoi que ce fût ? Absolument pas ! Alors cesse de te complaire dans une culpabilité glauque et injustifiée !

— Tu es partie, et alors ? Jamais tu ne m'as abandonnée pour autant, rectifia Peggy. Des petits mots, des cartes postales, des coups de téléphone, des visites... et toutes ces semaines que nous passions ensemble chaque été. Tu as réellement assuré, sœurette. J'ai vu la manière dont tu as poursuivi tes études supérieures, à coups de petits boulots, de cours du soir, de leçons parfois apprises dans la salle de bains ou dans les transports en commun. Et quand mon tour est venu, je me suis souvenue de ton exemple ; je savais qu'en travaillant dur on pouvait y arriver. Et si, aujourd'hui, j'envisage de faire médecine tout en ayant un bébé, c'est tout de même grâce à toi, bon sang !

Le silence retomba sur le petit groupe. Megan entendit ses aides s'activer dans la cuisine. Bientôt la foule du déjeuner se presserait au comptoir et autour des tables. Pour le moment, il n'y avait au Whiskey Island Saloon que trois sœurs enfin réunies, au-delà de leurs culpabilités, de leurs peurs secrètes et de leurs doutes.

— Alors, ai-je eu raison ? finit par dire Peggy.

Megan ravala sa salive.

— Tu es géniale.

— Affaire classée.

— Tu pourras toujours compter sur moi pour garder ton bébé, annonça Megan.

Casey hocha la tête.

— Sur moi aussi.

Megan la regarda, stupéfaite.

— Ici ? A Cleveland ?

— Je n'ai pas l'intention de retourner à Chicago. Ça t'ennuie que je reste ici ?

— Comme si tu avais besoin de demander !

— Je me sens aussi capable que toi de changer des couches.

— Oh, je t'abandonne bien volontiers ce boulot-là.

Peggy prit les mains de ses sœurs.

— C'est vrai que je vais avoir besoin de votre aide, les filles. Merci. Je savais que je pouvais compter sur vous. N'est-ce pas ce que vous m'avez toujours appris ?

Tout cela avait l'air si simple, si évident. Pour Megan, toutefois, la prise de conscience était de taille. Se remettre de l'annonce de la grossesse de sa petite sœur, d'abord. Puis comprendre et accepter le fait que ses sœurs avaient grandi et mûri, s'étaient épanouies... à son insu.

Son labeur obstiné portait de merveilleux fruits, et elle avait bien failli ne pas s'en apercevoir.

— Megan ? l'interpella Peggy devant son air songeur.

— Rooney racontait souvent l'histoire d'un jardinier qui avait planté une magnifique fleur dans son jardin, mais qui ne s'en rendait pas compte, parce qu'il ne levait jamais les yeux pour la contempler. Il gardait toujours le regard fixé sur le sol, guettant les mauvaises herbes à arracher.

Casey fit la grimace.

— Drôle d'association d'idées, Meg.

Pour la première fois depuis bien longtemps, elle regrettait que leur père ne pût voir ses trois filles.

32.

Plus de cent ans avaient passé depuis la mort de James Simeon... La science médicale avait fait suffisamment de progrès pour procéder à une identification préliminaire du squelette découvert sur Whiskey Island. La disparition mystérieuse du millionnaire avait éveillé un tel intérêt pour l'homme, que de nombreux collectionneurs et musées s'étaient arraché ses objets personnels, lorsque sa veuve les avait vendus aux enchères.

Une brève enquête permit de retrouver le dossier médical de Simeon parmi les archives du musée historique municipal. Une fracture sur le tibia droit du squelette correspondait à celle qui était signalée dans le dossier, ainsi qu'une molaire manquante et un orteil amputé. Un cheval avait en effet écrasé le pied gauche de Simeon — un épisode de sa turbulente jeunesse à New York. Si l'animal n'avait pas survécu à la rencontre, le jeune homme n'avait été que légèrement estropié.

L'identification génétique avait paru impossible — jusqu'au moment où un coup de fil inattendu révéla l'existence d'une broche faite avec les cheveux du jeune Simeon.

— A l'époque victorienne, ce genre de broche-souvenir, sertissant une mèche de cheveux coupée sur la tête du défunt, était traditionnel, expliqua Jon à Niccolo le matin de la Saint-Patrick. Dans ce cas précis, toutefois, il n'y avait ni corps ni cheveux. La mère de Simeon — apparemment la seule personne réellement chagrinée par sa disparition — fit fabriquer cette broche avec les premières boucles de son enfant, qu'elle avait pieusement conservées.

La curiosité de Niccolo fut piquée.

— Comment diantre avez-vous découvert cela ?

— Assez simplement en fait. Et non grâce à un fabuleux travail de détective dont j'aurais pu me vanter. Un bijoutier d'Albany a lu une dépêche d'agence de presse sur le squelette et le mystère Simeon et nous a téléphoné. Il avait la fameuse broche en sa possession. La mère de Simeon vivait dans l'état de New York, et ce bijou avait été vendu après son décès. Il l'avait acquis, il y a environ dix ans.

— Et il a accepté de vous la confier pour vos travaux d'identification ? Je n'en reviens pas.

— Nous n'avons pas détruit la broche. Il nous a suffi d'un infime prélèvement pour effectuer la comparaison d'ADN.

— Ah, les progrès de la criminalistique !

— Avant le coup de fil du bijoutier, nous avions l'intention d'utiliser la collection de timbres de Simeon. Comme tout ce qu'il possédait, cette collection était remarquable et le Smithsonian, à Washington, l'exposait dans ses vitrines. Nous espérions y récupérer un échantillon de salive pour le test génétique. C'était plutôt risqué : comment être certain que c'était bien Simeon qui avait humecté de sa salive le dos de ses timbres-poste ?

— Et les résultats ont été positifs, dit Niccolo.

Ce n'était pas une question. Pourquoi Jon lui aurait-il donné rendez-vous sinon, ce matin-là ?

— Le doute n'est plus permis. James Simeon a été enterré à Whiskey Island après avoir péri d'une fracture du crâne.

— Accidentelle ?

— Non. Un coup violent porté avec un objet contondant.

— Le mystère n'est donc qu'à moitié résolu. Nous ignorons toujours pourquoi, et qui l'a tué.

Jon jeta un coup d'œil par la fenêtre du bureau. Il donnait sur Euclid Avenue, où le défilé de la Saint-Patrick allait commencer d'une minute à l'autre. La pièce était bondée de spectateurs qui n'avaient pas eu envie de se colleter à l'enthousiasme patriotique de la foule se pressant sur les trottoirs et la chaussée. Jon avait invité Niccolo à faire partie des privilégiés réunis dans ce bureau — appartenant à des amis, qui le prêtaient pour la circonstance.

Des coups de trompette isolés retentissaient ici ou là ; les fanfares s'accordaient avant de se mettre en marche. Au loin, une cornemuse poussait sa plainte nostalgique et, au pied de l'immeuble, une meute de chiens-loups irlandais s'ébrouait fièrement sous le regard attentif d'un groupe d'adolescents.

— Casey n'a jamais assisté au défilé. « Ce serait comme un grand magasin qui fermerait la veille de Noël pour que ses employés puissent faire leurs courses », m'a-t-elle dit. Toute l'équipe du Whiskey Island, au grand complet, est sur le pied de guerre pendant vingt-quatre heures au moins, en comptant la préparation et le nettoyage.

— Cela fait une éternité que je n'ai pas vu Megan.

Niccolo doutait que les vacances en fussent la cause. Ces dernières semaines, elle était restée étrangement distante.

On entendit des sifflets, et les marcheurs en première ligne se hâtèrent de former les rangs. La parade s'ébranla lentement, et dans un certain désordre ; elle gagna bientôt en vitesse et en style.

Derrière Jon et Niccolo, les invités pillaient le buffet et riaient aux éclats, tout en jetant des regards distraits par les fenêtres aux musiciens et aux chars sur lesquels se pavanaient des politiciens locaux.

— Un détail m'intrigue, Nick, dit Jon lorsque la dernière fanfare eut tourné le coin de la rue. Après la découverte du corps de Simeon, nous avons effectué une enquête de routine dans les environs...

— Qu'espériez-vous découvrir ? Je doute que l'assassin ait traîné dans le coin depuis un siècle en vous attendant.

— C'est la procédure, en la circonstance, de vérifier s'il n'y a pas quoi que ce soit d'inhabituel alentour.

Niccolo se tourna vers son nouvel ami.

— Et c'était le cas ?

— Nous avons trouvé un billet froissé sur le sol. Une lettre de Megan Donaghue à Rooney Donaghue. Ainsi qu'un carton vide portant le nom et l'adresse d'un certain Niccolo Andreani.

L'intéressé n'avait pas pris le temps de retirer l'étiquette du destinataire...

— Je suis content qu'il ait été vide. Cela montre qu'il a probablement récupéré les affaires.

— Vous pourriez éclairer un peu ma lanterne ?

— Pas si cela doit attirer des ennuis à quelqu'un.

— Aucun risque.

— Rooney vit dans le coin, vous le saviez ?

Jon hocha la tête.

— Nous lui avons apporté des vivres et des vêtements, la veille du jour où vous avez trouvé le squelette.

— L'avez-vous vu ?

Niccolo hésita.

— Moi, oui. Mais pas Megan. Il faisait nuit, il est sorti du couvert des arbres et s'est montré un bref instant, au moment où je passais.

— A-t-il dit quelque chose ?

— Oui : « Dites-leur d'arrêter de creuser. »

— A qui ? Aux ouvriers du bâtiment ?

— J'imagine que c'est ce qu'il voulait dire.

— Il savait donc que les maçons allaient faire une trouvaille ? Enfin, c'est l'impression que cela donne.

— Pas nécessairement. Il souhaitait peut-être tout simplement protéger son abri.

Niccolo ne fit mention ni du bouton de manchette ni de l'article sur James Simeon. Il avait beau faire confiance à Jon, il restait viscéralement prudent. Des années de confessionnal y étaient sans doute pour quelque chose.

— Et par la suite, l'avez-vous de nouveau rencontré ?

— J'y suis retourné cinq ou six fois depuis, et je ne l'ai pas revu. L'endroit où il vivait paraissait déserté.

— Qu'en déduisez-vous ?

— Je dois avouer que le comportement et la psychologie de Rooney Donaghue m'échappent un peu.

— Cette histoire ronge littéralement Casey.

— Il se peut qu'il lui ait sauvé la vie le soir des voleurs de voitures.

— Je remercie le ciel que vous vous soyez trouvés là, l'un et l'autre.

A son expression, Niccolo n'eut pas de mal à deviner que Jon était amoureux fou de la belle Casey Donaghue.

— Megan non plus ne s'est pas remise du départ de Rooney.

— Megan a besoin d'un homme à ses côtés. De quelqu'un de bon et de sûr, sur lequel elle pourra s'appuyer.

— Ce n'est pas l'avis de l'intéressée.

Jon eut un petit sourire en coin.

— Décidément, Nick, nous en avons des choses en commun, n'est-ce pas ?

Megan se sentait déjà fourbue, et il était à peine 4 heures de l'après-midi.

— Les commandes sont en légère baisse, dit-elle à son équipe, qui empilait vaillamment les sandwichs sur des assiettes en carton.

— Les tranches de corned-beef, aussi, annonça Casey en criant pour dominer le tintamarre.

Megan repéra Peggy dans la cohue.

— Occupe-t'en, s'il te plaît.

— Oui, m'man, répondit Peggy avec un clin d'œil appuyé.

— Je déteste la Saint-Patrick, marmonna Megan.

— Oh, que non, rétorqua Peggy, ayant visiblement lu sur ses lèvres.

— Oh, que si.

— Fais une pause.

Le conseil était judicieux. Megan était au bord de l'évanouissement. Encore un peu, et elle finirait sous les talons des danseurs de gigue, qui s'étaient lancés dans une démonstration impromptue aux accents endiablés du petit orchestre.

Elle retira son tablier, le suspendit à un crochet, et sortit voir si elle pouvait se requinquer un brin. Juste de quoi tenir jusqu'à minuit, quand ils serviraient leur dernière pinte de bière verte. Tout en se frayant un chemin au milieu de la foule bruyante et dissipée, elle reçut un nombre incalculable de tapes dans le dos — et sur le derrière. Elle s'arrêta le temps de donner une chaleureuse accolade à l'oncle Den, entouré de son groupe de vieux copains. Elle salua tante Deirdre, assise à l'écart, dans un coin, fit un petit signe encourageant à son oncle Frank : il improvisait quelques pas de quadrille. Son épouse essayait de dissimuler sa gêne.

— Megan.

On lui avait saisi le bras. Elle se retourna ; c'était Niccolo.

— Nick ! s'écria-t-elle en se pendant à lui comme s'il lui offrait une bouée de sauvetage. Depuis combien de temps êtes-vous là ?

— Le temps de refuser deux fois de signer une pétition réclamant le départ des Angliches de l'Irlande du Nord, et de verser des fonds à l'IRA.

— Dans les deux minutes et demie, alors, hein ?

— Megan, êtes-vous parente de près ou de loin avec ces dangereux activistes ?

— Mais non.

— Heureux de l'entendre.

— Oh, comme si les Italiens mafieux ne couraient pas les rues !

— Comment vous en sortez-vous, Megan, avec tout ce monde ?

Elle se sentait mieux qu'une minute auparavant. Comme toujours, en sa présence. Impossible de le nier, dès que Niccolo était près d'elle... c'était comme s'il la délivrait de la moitié de ses soucis et de ses fardeaux.

« Pas d'affolement, se dit-elle, c'est sans doute l'effet qu'il produit sur la plupart des gens. »

Elle poussa un long soupir.

— Je fais une petite pause, histoire de reprendre mon souffle.

— Je peux me rendre utile ? Dites oui, et je me mets au travail sur-le-champ.

— Si vous me sortiez plutôt de là un petit moment ?

— Où voulez-vous aller ?

— Allons faire un tour à pied. Mais dans les environs : si je ne rentre pas d'ici quelques minutes, la baraque risque de s'effondrer.

— Et si vous faisiez confiance à vos sœurs, pour une fois ?

— Attendez-moi, je vais prendre mon manteau.

Ils laissèrent derrière eux le vacarme, la fumée, les versions larmoyantes de *La Rose de Tralee.*

— Merci, j'apprécie, dit-elle en humant l'air frais.

— Avez-vous dormi la nuit dernière ?

— Je n'ai pas fermé l'œil. C'est toujours comme ça la veille du 17 mars. Une tradition ancestrale... qui remonte sans doute à l'époque où Rosaleen a ouvert le bistrot.

— Que savez-vous de Rosaleen, Megan ? En dehors de ses fameuses recettes ?

— Pas grand-chose. Elle était rousse et avait de nombreux enfants. J'ai toujours entendu dire que les Donaghue avaient hérité d'elle leur couleur de cheveux, dit-elle en touchant ses boucles avec une légère grimace.

— S'est-elle mariée plusieurs fois, à votre connaissance ?

— Non. Pourquoi me demandez-vous ça ?

— Une Lena Tierney est évoquée dans le journal du père McSweeney, qui parle aussi d'un certain Rowan Donaghue.

— Ce Rowan Donaghue est probablement notre ancêtre, mais Lena Tierney ? Jamais entendu qui que ce soit appeler Rosaleen par ce diminutif, ou évoquer un autre mariage.

— La barrière des générations, peut-être. Cela remonte tout de même à plus d'un siècle. Ma propre famille parle toujours de ceux qui sont restés au pays comme s'ils habitaient la porte à côté. Mais la vérité est parfois sujette à caution. Quand je suis allé visiter le village natal de mon grand-père, j'ai rencontré la fille d'une amie à lui, dont il parlait toujours avec beaucoup de tendresse. A l'entendre, cette femme était une sainte. La fille m'a révélé, elle, que sa mère était une horrible virago. Quand elle mourut, tout le village assista à ses funérailles... Ils tenaient à s'assurer que la chipie était morte et bien morte ! C'était bien la même femme, mais vue sous deux angles différents.

Megan éclata de rire.

— Avez-vous dit la vérité à votre grand-père en rentrant ?

— Et détruit sa légende ?

— Votre famille vous manque, n'est-ce pas ?

— Je pense leur rendre visite d'ici deux semaines. Venez avec moi

Elle s'arrêta.

— Vous blaguez ?

— Pas du tout.

— Ne m'avez-vous pas dit qu'ils avaient du mal à accepter votre... changement d'orientation ?

— C'est vrai, oui.

— Vous ne croyez pas que ce sera encore plus dur pour eux de vous voir avec une femme à votre bras ?

— Certes. Si cette femme n'était pas vous.

— Nick...

— Comment pourraient-ils ne pas vous aimer, Megan ?

Elle ne sut que répondre.

Il lui sourit gentiment en effleurant sa joue.

— Mauvaise idée. Une autre fois, peut-être.

— Peut-être..., répéta-t-elle sans grande conviction. Nous devrions revenir sur nos pas. Il est temps que je rentre.

Ils prirent le chemin du retour dans un silence un peu contraint. Megan finit par le briser :

— Comment ça se passe avec Josh ?

— J'ai fini par mettre la main sur son père. Il m'a accordé la permission de garder Josh à la maison.

— Ça n'a pas été si simple que cela, n'est-ce pas ?

— Exact. Mais c'est terminé. Les papiers sont en règle. Josh m'a été officiellement confié. Il peut rendre visite à son père quand il veut. Jusqu'à présent, toutefois, il n'a guère montré d'enthousiasme pour entretenir des liens avec lui.

— Et pour vous, cette cohabitation avec Josh, qu'est-ce que cela représente ?

— La réponse à une prière.

— Comment cela ? s'exclama-t-elle.

Niccolo s'arrêta et lui prit les mains. Du saloon, maintenant proche, leur parvenaient les notes aiguës d'une flûte irlandaise.

— Grâce à Josh, je me suis rendu compte que j'avais trouvé ma voie.

— La restauration de vieilles maisons ?

— Oui, sous forme de chantier pour les jeunes. Je veux rendre officiel ce que j'ai fait avec Josh et ses amis, Megan. Créer un programme qui enseigne aux enfants non seulement à travailler de leurs mains, mais à planifier et à organiser. Leur apprendre à mettre au point un projet et à le réaliser de a à z, éveiller leur sens de la créativité. Leur apprendre à écouter et suivre des instructions. Leur apprendre à atteindre un but, pas à pas, à travers des gestes simples... Je crois que je pourrais en parler des heures, dit-il avec un sourire penaud.

— Avez-vous les moyens de vos ambitions ?

— Mes moyens personnels seraient suffisants, j'imagine, si je restais à une très petite échelle. L'idée, toutefois, me paraît avoir de l'avenir. L'entreprise pourrait s'ouvrir aux adultes et pourquoi pas aux sans-abri. Le père Brady, enthousiaste, est prêt à récolter des fonds auprès de sa congrégation et des paroissiens de Sainte-Brigid. J'utiliserai ma maison comme base. J'engagerai du personnel. Il faut veiller à maintenir de petits groupes afin que les enfants bénéficient de toute l'attention requise.

— Votre maison...

Il leva un sourcil.

— C'est la première fois que vous parlez de votre maison, Nick...

— A présent, c'est différent. Plus question de vendre.

Il pressa ses mains. S'il ne lui proposa pas d'en faire leur foyer, ce n'était pas parce qu'il n'y avait pas pensé : son regard était éloquent.

Ainsi, il allait rester à Cleveland et y accomplir quelque chose d'important. Il n'était pas besoin de faire taire son cynisme pour admettre que Niccolo avait un don pour s'occuper des jeunes. Ils s'épanouissaient en sa compagnie bienveillante, car ils se sentaient aimés, acceptés et non pas jugés. Elle avait un faible pour ces gosses sans famille, sans repère ; elle avait été l'une d'entre eux.

Et elle avait un très gros faible pour Niccolo.

— Vous êtes terriblement silencieuse, dit ce dernier, lâchant ses mains et se redressant. Vous ne trouvez pas que c'est une bonne idée ?

— Au contraire, c'est un magnifique projet, dit-elle en se remettant en marche vers le saloon. Ce sera un succès, j'en suis certaine. Vous êtes exactement l'homme qu'il faut pour cela.

— Je croyais que vous seriez heureuse de savoir que je reste à Cleveland.

— Evidemment, je le suis.

Il ne commenta pas. Comme elle, il se faisait violence pour maîtriser ses sentiments.

— Je n'aurais pas dû vous parler de ça aujourd'hui. Le moment était mal choisi. Vous êtes épuisée. Pardonnez-moi.

— Ecoutez, même si je venais de dormir dix heures d'affilée, je serais incapable de vous dire ce que vous attendez de moi. C'est trop tôt. Vous menez les choses tambour battant, je ne suis pas prête à suivre, Nick.

— Je ne vous ai pas demandé de m'épouser, Megan, dit-il d'une voix où perçait l'impatience. Je vous ai simplement annoncé que je restais en ville. Si vous avez l'impression que je fais du forcing, je peux me fondre dans le décor, me faire encore plus discret. Que voulez-vous exactement ? Vous n'avez qu'un mot à dire.

Niccolo n'était pas un homme prompt à la colère. Et pourtant Megan l'entendait percer dans sa voix. A qui la faute, aussi ? Elle se conduisait de façon exécrable. Elle en était consciente, sans pour autant pouvoir changer de comportement...

Ils étaient revenus devant la porte du saloon.

— Il faut que je me remette au travail, à présent. Désolée de ne pas avoir eu l'air assez enthousiaste, Nick. Je suis heureuse que vous restiez, et heureuse que vous ayez trouvé un moyen d'utiliser vos talents.

Il eut un petit hochement de tête assez sec.

— Bonne Saint-Patrick. Que tout se passe bien pour vous.

— Vous n'entrez pas ? J'ai une assiette de corned-beef et de chou à votre nom. Nous servirons le dîner d'ici une demi-heure.

— Non, merci.

Il tourna les talons et s'éloigna. Elle le suivit du regard. Une fois déjà, il avait arpenté ce trottoir, par une froide soirée de janvier, alors que tous les gens sensés étaient calfeutrés chez eux, bien au chaud. Il s'était volontairement exposé là où toute autre personne aurait pris ses jambes à son cou. Et il avait probablement sauvé une ou deux vies ce soir-là.

Niccolo Andreani, ex-prêtre, et beau spécimen d'être humain.

Il tourna le coin de la rue et disparut à sa vue.

Pour la première fois, le Whiskey Island Saloon parut à Megan non plus un refuge, mais une prison.

Niccolo n'ignorait pas que les sentiments de Megan à son égard étaient loin d'être clairs. Deux personnages s'affrontaient en elle : la femme assoiffée d'amour qui avait tant à donner en retour, et la femme trahie, au cœur blessé, qui redoutait un nouvel échec sentimental.

L'âge n'y faisait rien. Elle n'était pas sortie des traumatismes de l'enfance. Chacun trouve la paix à son rythme et Niccolo, plus qu'aucun autre, savait combien il était inutile de pousser un être dans ses retranchements. Les fardeaux que Megan avait eu à porter étaient lourds. Pour elle, l'amour était encore synonyme de souffrance.

Le temps d'arriver devant chez lui, il avait fait le tour de la question et pris son parti. A l'issue de ce bref examen de conscience, il se rendit compte qu'il avait attendu une réponse d'une femme qui lui avait pourtant clairement conseillé de n'en rien faire. Il avait de nouveau voulu jouer les démiurges. Une bien mauvaise habitude, assurément. Comment avait-il pu se mettre dans la tête qu'il connaissait mieux que Megan ses véritables sentiments ? Le temps était venu de croire en ce qu'elle avait déclaré, et de cesser d'espérer qu'elle entendrait raison. Dans l'état d'esprit actuel de la jeune femme, le mot raison rimait fâcheusement avec soumission.

Il marqua un arrêt devant l'immeuble de sa voisine. Rendez-vous était pris pour signer l'acte d'achat, une semaine plus tard. Comme il eût aimé tout de suite démolir les cloisons intérieures ! Il se sentait d'attaque pour démantibuler le porche, planche par planche.

Il aurait aussi volontiers pleuré, s'il avait su comment.

Il tourna la clé dans la serrure de sa porte et entra. Des voix venaient de l'arrière de la maison — de la cuisine, lui sembla-t-il. Il remonta le couloir et se trouva devant un Josh tout pâle, debout près de l'évier, et un étranger en haillons dévorant, à table, un bol de céréales.

Josh eut l'air plus que soulagé de le voir arriver. Reconnaissant. Il s'adressa à Niccolo à mi-voix.

— Nick, ce type vient de débarquer. Avec un mot de vous, disant qu'il pouvait venir quand il voulait. Ai-je bien fait de le laisser entrer ?

Niccolo, n'en croyait pas ses yeux. Rooney Donaghue vidait consciencieusement un bol de Cheerios, à grandes cuillerées bruyantes, dans sa cuisine. Comme à l'accoutumée, il était vêtu de différentes couches de vêtements disparates. D'une épaisseur un peu moindre, toutefois. Le temps se réchauffait.

— Tu as parfaitement agi, mon bonhomme.

— Vous voulez que je reste dans le coin ?

— Pas spécialement. Tu t'apprêtais à aller quelque part ?

— J'avais un livre à aller chercher à la bibliothèque. Ça vous fait rien ?

— Pas de problème.

— D'accord. Je reviendrai vite.

Niccolo n'était pas certain que ce fût une bonne idée. Si Rooney, levant les yeux, découvrait qu'il était surpassé en nombre, il était capable de filer sans demander son reste. Nick sortit un billet de cinq dollars de son portefeuille et le tendit à Josh.

— Nous dînerons sans doute tard. Prends-toi quelque chose pour patienter. Et ne te presse pas.

Josh fronça les sourcils, puis, empochant l'argent, hocha la tête.

— Sûr ?

— Ouais.

L'adolescent quitta la cuisine, puis, quelques instants plus tard, la maison.

Rooney avait terminé son bol et s'emparait du grand verre de jus d'orange posé devant lui. Niccolo se glissa à son côté.

— Ça vous ennuie si je vous tiens compagnie ?

Rooney examina Niccolo d'un œil larmoyant, puis revint à son jus d'orange.

— Je suis heureux que vous ayez trouvé votre chemin jusqu'ici, lui dit Niccolo. J'espérais bien vous voir.

— L'homme a de nombreuses demeures.

Niccolo hocha la tête.

— Et pour ce qui est de vous nourrir, avez-vous aussi différentes possibilités ?

— Nourriture en abondance pour celui qui sait où regarder.

— Et Whiskey Island Saloon ? Vous arrive-t-il d'y passer ?

Rooney buvait son jus de fruits à petites gorgées, le regard fixé droit devant lui, sur le mur.

— Vos filles s'inquiètent pour vous.

— Il y a des choses qu'un garçon ne comprend pas. Des choses qu'il ne veut pas faire.

Il devait parler de Josh, pensa Niccolo.

— Josh habite ici, avec moi. C'est un gosse en or. Je suis content qu'il vous ait fait entrer. Ma porte vous sera toujours ouverte.

Rooney tourna la tête vers lui et Niccolo put l'examiner plus attentivement. Un menton et des joues hérissés de chaume, un visage chiffonné et crasseux... L'homme, toutefois, avait fait un certain effort pour mettre un peu d'ordre dans sa tenue. Ses longs cheveux grisonnants avaient été peignés en arrière et attachés avec un élastique. Sa chemise était correctement boutonnée, et les pointes du col avaient été lissées du plat de la main. Ses dents ne semblaient pas avoir trop souffert... Le brave homme et ses vêtements, en revanche, n'avaient pas vu l'eau et le savon depuis une éternité — à en juger par l'odeur fétide qui émanait de lui

— Vous n'étiez pas né que je surveillais déjà l'endroit.

De quel endroit parlait-il ? Du saloon ? Du site des travaux à Whiskey Island ?

— Il vous appartenait jadis, n'est-ce pas ? risqua Niccolo. Le saloon... était à vous.

— J'avais des petites filles. Pfuit ! Disparues !

— Si vous parlez de Megan, de Casey et de Peggy, elles sont toujours là. Elles ont grandi. Ce sont des femmes à présent. Et elles aimeraient beaucoup vous revoir.

— Les étoiles les ont prises.

Il soupira.

— J'ai pas fait mon boulot.

— J'ignore de quel échec vous parlez. Vos filles vous aiment toujours. Qu'est-ce qu'un père pourrait désirer de plus ?

— Les étoiles, elles surveillent tout le temps. J'ai détourné les yeux et elles m'ont vu faire.

Il se pencha en avant.

— Et vous, ça vous arrive de regarder ailleurs ?

Niccolo se creusa la tête à la recherche de la bonne réponse. Celle qui pousserait Rooney à poursuivre la conversation.

— Cela arrive à tout le monde, j'imagine.

— J'ai relâché mon attention. Prenez garde à ne pas faire comme moi.

Des conseils ? De la part d'un homme qui n'avait plus toute sa tête ? Qu'importait : Rooney était encore capable de se soucier des autres.

— A quoi devrais-je faire attention ?

— Aux étoiles. Aux voix. Aux bruits du passé. Les entendez-vous ?

Niccolo s'interrogea. Les écoutait-il, ces voix ? Les voix de ceux qui avaient eu de l'importance pour lui. Qui demeuraient vivantes dans son souvenir, avec leur timbre et leurs intonations ; ces fragments de conversation, ces confessions, ces conseils qu'il avait négligés. Sans être véritablement des voix, au sens où l'entendait Rooney, elles étaient là. Etaient-elles si différentes, au fond, des siennes ?

Il essaya de mettre des mots sur sa pensée.

— Je me souviens de choses que les gens m'ont dites. Comme tout le monde. En un sens, ce sont des voix, n'est-ce pas ?

— Vous avez écouté. Moi pas.

Rooney acheva de vider son verre et le posa sur la table.

— De toute façon, c'est terminé. Réglé. Les étoiles le savent.

— Sont-elles mécontentes ?

Rooney repoussa sa chaise.

— L'avenir le dira.

— Rooney, Megan aimerait tellement vous voir. Pouvez-vous rester un petit moment ? Le temps que je l'appelle et qu'elle puisse venir vous parler ? Vous ne serez pas obligé de rester ensuite, elle a simplement besoin de voir que vous allez bien.

— Megan était comme sa mère. Plus forte, même. Casey tenait davantage de moi. Elle n'en faisait qu'à sa tête.

Il eut un petit sourire avant de poser sa tête sur ses bras croisés, comme s'il avait l'intention de dormir.

Le léger doute qui avait persisté dans l'esprit de Niccolo sur la véritable identité de l'homme n'avait plus de raison d'être.

Le téléphone de la cuisine, un ancien modèle abandonné là par les précédents propriétaires, étant définitivement hors d'usage, il lui fallait aller dans le salon pour appeler Megan.

Ne voulant pas arracher Rooney à sa rêverie, il se leva sans bruit et quitta la cuisine à regret. Une fois dans le salon, il tira la porte derrière lui pour que Rooney ne surprît pas son coup de fil.

Comme il s'y était attendu, la fête de la Saint-Patrick battait encore son plein au saloon. La personne qui décrocha avait du mal à l'entendre au milieu du brouhaha.

— Je voudrais parler à Megan. Pouvez-vous aller la chercher, s'il vous plaît ? C'est de la part de Niccolo.

Il répéta plusieurs fois, espérant que son interlocuteur comprendrait au moins l'une de ses requêtes. Puis il entendit une série de coups, comme si le combiné, abandonné au bout de son fil, rebondissait contre le mur. Les musiciens qui jouaient déjà, une heure auparavant, ne s'étaient pas fatigués. Le personnel devait être débordé, et nul doute qu'un client privilégié avait déjà hérité de l'assiette réservée par Megan à son intention...

— Allô ?

Il se redressa, serrant le combiné contre son oreille. Il n'arrivait pas à identifier la voix.

— Megan, c'est vous ?

— Megan ne peut pas venir à l'appareil.

— Bon, sang ! Dites-lui qu'il faut absolument que je lui parle. C'est très important. Dites-lui que c'est Niccolo !

— Ne quittez pas.

Il songea un instant à lâcher le téléphone pour aller voir si Rooney était toujours dans la cuisine. Mais, craignant de rater Megan dans l'intervalle, il se borna à maudire son imprévoyance : il eût mieux fait de se servir du sans-fil du premier étage.

— Allo ?

— Megan ?

— Megan demande que vous la rappeliez plus tard. Après 22 heures.

Niccolo n'en croyait pas ses oreilles. Megan s'imaginait-elle qu'il téléphonait pour lui faire des excuses, ou pour l'assurer qu'il ne l'importunerait plus ? Pensait-elle qu'il l'aurait dérangée au beau milieu de la journée la plus folle de l'année uniquement pour évoquer leurs états d'âme ?

— Ecoutez, dites-lui...

La ligne fut brusquement coupée. Son interlocuteur anonyme en avait eu assez de servir de messager.

Nick resta assis un moment, hésitant à rappeler. La maison était silencieuse autour de lui. Puis un bruit léger troubla cette tranquillité. Un déclic.

Le bruit sec d'une porte qui se fermait.

Niccolo bondit hors du salon, enfila le couloir.

La cuisine était vide. Une fois de plus, Rooney Donaghue avait disparu.

33.

Au volant de sa voiture, Niccolo sillonna les alentours une heure durant. En vain. Rooney demeura invisible. C'était justement cette aptitude à disparaître qui avait permis à Rooney de rester en vie. Combien de sans-abri avaient, en effet, été la cible de violences et d'abus, parce qu'ils n'avaient pas su se fondre dans le paysage urbain ?

Le temps qu'il revienne se garer devant chez lui, les rues étaient plongées dans l'obscurité. Il avait décidé de ne pas se rendre tout de suite au saloon. Inutile de déranger Megan en plein boom. Il était préférable d'attendre l'heure de fermeture, vers minuit.

Peu avant minuit, à l'issue d'un souper tardif avec Josh, et après une longue conversation téléphonique avec Iggy à propos du financement de son nouveau projet, Niccolo reconsidérait sa décision. Megan serait probablement morte de fatigue, lui-même se sentait plutôt vanné. Et l'urgence de lui parler de Rooney semblait s'être évanouie, elle aussi. Demain, il serait frais et dispos, capable de maîtriser ses émotions, et Megan serait sans doute de meilleure humeur. Ils risqueraient moins de prononcer l'un et l'autre des paroles définitives qu'ils regretteraient ensuite...

Il enfila son manteau et prit ses clés de voiture.

Megan n'avait pas l'apanage des volte-face subites.

Il découvrit un parking quasiment désert. La voiture de Casey était encore au garage, celle de Megan n'était pas là. Elle faisait souvent le trajet jusqu'à sa banque, en fin de soirée, pour y déposer les gains de la journée ; ce soir-là en particulier, elle avait certainement préféré ne pas garder les recettes dans l'antique coffre-fort du saloon. Il espéra simplement qu'elle avait emmené avec elle l'un de ses costauds de cousins, en guise de garde du corps.

La porte d'entrée était déjà verrouillée pour la nuit. La faible lueur à l'intérieur ne lui permit pas de voir s'il y avait encore quelqu'un dans la salle. Il décida de tenter sa chance du côté de la cuisine ; même si c'était fermé, quelqu'un lui ouvrirait.

C'était encore ouvert. Il poussa la porte de service. Une légère bruine s'était mise à tomber et il passa un moment dans l'entrée à s'essuyer les pieds. Il se débarrassa de son manteau et pénétra à l'intérieur.

Le saloon était étonnamment silencieux. Il s'était attendu à rencontrer quelques clients attardés, à tout le moins des membres du personnel en train de souffler après un service particulièrement éprouvant. Megan avait-elle renvoyé les derniers traînards pour fermer avant les douze coups de minuit fatidiques ?

Si la cuisine n'avait pas encore retrouvé son aspect impeccable, les rangements étaient bien avancés. Les comptoirs avaient été débarrassés, le sol balayé, les restes de nourriture rentrés dans les glacières. Les trois éviers étaient remplis de vaisselle trempant dans de l'eau savonneuse. La lumière en veilleuse semblait indiquer que les sœurs Donaghue avaient jeté l'éponge — jusqu'au matin.

Il était à mi-chemin quand il entendit les éclats d'une conversation venant du bar. Il s'arrêta, l'oreille aux aguets. Une voix de femme, tout d'abord, vibrante d'indignation, attira son attention.

— Vous faites erreur. Je ne sais pas qui vous êtes et je ne connais pas votre fille.

Un homme lui répondit. Son accent charmeur évoquait les nuits de clair de lune, le parfum des magnolias et l'indolence du Sud. Niccolo dut faire un effort pour comprendre ce qu'il murmurait.

— Vous fatiguez pas, chérie. Je sais qu'Alice Lee est entre vos mains. Je l'ai vue de mes propres yeux. Et j'ai l'intention de la récupérer.

— Je m'occupe d'une petite fille dont la mère est en train de déménager dans le Wisconsin. Elle ressemble peut-être à...

— Je connais ma fille, mademoiselle Donaghue. J'aime ma fille, et elle m'aime !

Niccolo s'avança à pas de loup. Risquant un regard par le passe-plat, il découvrit avec horreur que le personnage pointait une arme en direction de Casey.

Elle était debout derrière le bar. Personne d'autre n'était en vue dans la salle. Sa brusque apparition risquait de compromettre le fragile équilibre des forces en présence. Instinctivement, il s'immobilisa.

Casey se pencha au-dessus du comptoir et apostropha l'inconnu sur un ton de défi.

— Vous savez ce que j'ai entendu sur votre compte, Bobby Rayburn ? Vous aimez votre fille, ah ça oui ! Au point de ne pouvoir vous empêcher de la tripoter. Vous êtes un malade, et les poules auront des dents avant que j'ouvre cette porte et que je vous laisse emmener la petite !

Niccolo cessa de respirer. La situation était claire et d'autant plus dangereuse que Casey ne céderait visiblement pas. Il avait appris à la connaître, et était certain d'une chose : si elle donnait l'apparence d'une femme légère, dans son âme, Casey était une militante au grand cœur.

— Ce que je fais avec ma fille ne vous regarde pas, espèce de traînée ! Vous n'avez pas votre mot à dire ! Alice Lee et moi, nous avons des liens très particuliers. Ce n'est pas vous, ou cette salope que j'ai épousée, qui allez me dicter ma conduite. Sa mère est persuadée qu'elle connaît mieux sa fille que moi. Elle ignore tout des sentiments d'Alice. Je suis le seul à la comprendre !

— Détrompez-vous, j'ai ma petite idée sur la question, riposta Casey en montant le ton. Vous lui faites peur. Cette enfant est terrorisée par les horreurs que vous lui avez fait subir. Et tout l'argent du monde n'effacera jamais ça !

— Je l'aime ! Et Alice Lee le sait. Je ne lui ai rien fait qui ne soit l'expression de mon amour pour elle.

— Vous êtes vil et méprisable.

Niccolo aurait voulu dire à Casey de se taire. Mais comment ? Epouvanté, il la vit se pencher vers l'homme qui la tenait en joue. Sa fureur était telle qu'elle ne laissait aucune place à la peur.

— Vous voulez me descendre, Bobby Rayburn ? Ne vous gênez pas ! A la seconde où ma sœur entendra le premier coup de feu, les flics débarqueront. Et le monde entier saura quel monstre vous êtes en réalité. Votre femme sortira de prison et on lui confiera la garde d'Alice Lee. Qui sait si elle ne sera pas décorée pour avoir arraché l'enfant à vos sales pattes ? C'est vous qui finirez en tôle. Une punition encore trop légère pour un pervers comme vous. Ce qui me console, c'est de savoir que vos compagnons de cellule, eux, n'auront aucune pitié pour un salopard de votre espèce. C'est connu, les pédophiles ne font pas de vieux os en prison.

Rayburn fit un pas vers elle. C'était un homme courtaud, avec une épaisse tignasse bouclée et un visage ouvert, presque enfantin. Ses traits cependant étaient tordus par la rage.

— Je n'ai jamais forcé Alice Lee. Elle aimait que je la touche. Elle voulait que je lui fasse...

— Arrêtez, espèce d'ordure ! Epargnez-moi les détails. Seigneur, vous n'avez même pas idée à quel point vous êtes ignoble !

— Donnez-moi cette clé, ou je tire.

Il agita son arme devant le visage de Casey.

— Vous me croyez incapable de tirer peut-être ?

— Je vais vous donner un conseil, Bobby. Sortez d'ici. Et laissez l'Etat de l'Ohio décider du sort d'Alice Lee. Vous leur raconterez tout ce que vous m'avez dit, et ils agiront en conséquence.

— Si j'avais voulu y mêler la police, je vous aurais dénoncée.

— Vous ne voulez pas que la police mette son nez dans votre histoire, parce que, en y regardant de plus près, ils hésiteront à vous confier Alice Lee. Votre dossier ne tiendra pas la route une seconde fois.

— Je vais la prendre et l'emmener. Ça fait un moment que je vous surveille. J'attendais l'instant propice.

— C'est vous qui avez crevé mes pneus, n'est-ce pas ?

— Je voulais vous empêcher de vous enfuir avec Alice Lee.

— Si vous avez si peur de la police, c'est sans doute pour une bonne raison. Vous craignez que vos mensonges vous rattrapent ? Ou vous n'avez pas le bras assez long pour faire jouer vos amis haut placés à

Cleveland ? Moi, j'ai de quoi vous mettre des bâtons dans les roues. Et ça m'étonnerait que vous arriviez à regagner la Floride avec Alice Lee.

— Dites donc, chérie, vous avez un sacré culot pour une môme qui a un revolver pointé sur elle.

— On peut en discuter le restant de la nuit, mais je n'ouvrirai pas la porte de l'appartement.

Elle luttait visiblement pour ne pas perdre son sang-froid et, malgré sa fureur, elle baissa le ton.

— Ecoutez, on est dans une impasse, là. Vous avez des avocats ; de mon côté, j'en ai aussi. Laissons-les arranger ça entre eux.

— Vous me prenez pour un imbécile ? Vous reprendrez la fuite avec ma petite Alice.

— Non, la poursuite infernale, ça suffit comme ça. Je ne bougerai pas, et nous laisserons le tribunal décider.

— La justice a déjà rendu sa décision : l'enfant m'appartient.

Il tendit le bras au-dessus du comptoir et la visa à la poitrine.

— Si vous me descendez, si vous arrivez à vous enfuir avec Alice Lee, ce sera avec les flics à vos trousses. Vous voulez finir en prison pour meurtre ?

Rayburn sembla considérer la question. Ce qui, pour Niccolo, était fort mauvais signe. L'homme affermit le revolver dans sa main, se rapprocha encore de sa cible. Il était temps d'intervenir.

Niccolo poussa la porte battante et prononça la phrase consacrée.

— Lâchez votre arme, Rayburn !

Bobby pivota brusquement, la hanche contre le comptoir, l'arme au poing. Casey plongea sur le revolver. Rayburn tituba sous le choc. Niccolo vint à la rescousse ; Rayburn et Casey se disputaient le pistolet ; le coup partit. Casey ? Elle s'effondra à la renverse sur les étagères dans un fracas de verres brisés. Rayburn de s'affaler lentement sur le plancher.

— Bon sang ! Il est touché...

Niccolo bondit vers l'homme gisant à terre et s'agenouilla à son côté. Le sang jaillissait de sa poitrine.

— Appelez les urgences.

— Casey... Je...

C'était Megan pénétrant à son tour par la porte de communication entre la cuisine et le bar.

— Que se passe-t-il ? Oh, mon Dieu !

— Megan, vite, appelez les urgences ! cria Niccolo.

Levant les yeux, il découvrit Casey, tétanisée, tenant toujours le revolver de Rayburn.

— Posez cette arme, Casey. Lentement... là, sur le comptoir.

— Je l'ai tué, murmura-t-elle d'une voix blanche.

— Posez-moi ce pistolet. Tout de suite.

Niccolo se servit de son pull-over pour étancher le sang qui s'écoulait de la poitrine de Rayburn. Megan, au téléphone, donnait les indications d'usage à police secours ; Casey avait fini par lâcher le revolver.

— Je l'ai eu, finalement, ce salopard.

Elle hésita.

— Est-ce qu'il est... mort ?

— Non. Enfin, pas encore.

Etait-ce la réponse qu'elle attendait ?

— C'est le père d'Ashley.

— J'ai tout entendu.

— Même quand il a parlé de...

— Des abus sexuels ? Oui, j'en ai suffisamment entendu pour faire une déposition.

— Nick, on dirait que nous sommes abonnés aux rencontres chocs !

Elle eut un rire forcé qui s'acheva dans un sanglot.

— Je vais me retrouver en prison.

— L'arme appartient à Rayburn. Il était prêt à tirer. C'est un cas de légitime défense, Casey.

— Doublé d'un kidnapping...

Niccolo releva la tête. Rayburn était toujours inconscient. Sa respiration, toutefois, était plus régulière, et l'hémorragie moins abondante.

— Je serai accusée d'avoir enlevé Ashley, précisa-t-elle à l'intention de Niccolo qui la fixait d'un air interrogateur.

Megan revint dans la salle.

— Ils sont en route. Le gars de police secours reste en ligne au cas où. Vous vous y connaissez en réanimation, Nick ? J'ai bien suivi un cours de secourisme, mais ça remonte un peu loin.

— Il respire. Le pouls n'est pas trop mauvais. Pour l'instant, il faut surtout arrêter l'hémorragie. Gardez quand même le réanimateur au téléphone, on ne sait jamais.

— Megan...

Laissant Niccolo, Megan s'approcha de sa sœur.

— Qu'y a-t-il, Casey ? As-tu été blessée ?

— Quand tu raccrocheras le téléphone, pourras-tu me rendre un service ?

— Tout ce que tu veux.

— Tu voudras bien appeler Jon ?

Casey était isolée dans une petite pièce. La salle d'interrogatoire, supposa-t-elle. Des murs gris, une table métallique dont le dessus était entièrement cabossé... Elle préféra ne pas se demander pourquoi.

Ses connaissances en matière de services de police provenaient essentiellement des séries télévisées. D'où l'impression qu'elle avait de vivre un épisode de *New York Police Blues*. Elle s'apprêtait quasiment à voir apparaître la silhouette musclée de Jimmy Smits, mâchant son chewing-gum, l'air pensif. Mais Jimmy Smits ne franchirait pas les portes de la salle ; le personnage qu'il avait incarné était mort...

Tout comme Rayburn, probablement. Ne l'avait-elle pas tué ?

— Tous mes vœux pour la Saint-Patrick, vieille branche, se murmura-t-elle avec une grimace de dérision.

La porte s'ouvrit alors, livrant passage à Jon Kovats. De toute son existence, elle n'avait été aussi soulagée de voir quelqu'un. Pour la seconde fois en peu de temps, elle éclata en sanglots.

— Casey..., dit-il, tirant une chaise près d'elle et prenant ses mains. Quelle soirée, hein ?

— Dis-moi, est-il mort ?

— Ta réponse préférée à cette question serait... ?

— Non !

Elle leva ses yeux emplis de larmes.

— Enfin, je pense.

— Il n'est pas mort. Et il n'en prend pas le chemin, sauf si quelqu'un d'autre lui tombe dessus. Les deux lieutenants qui ont consigné la déposition de Niccolo au saloon, par exemple, rêvent de mettre la main sur le gars. Cela dit, je crois qu'il est relativement en sécurité à l'hôpital.

— Jon, tu sais ce que je pense de cette saloperie de NRA[1]. Jamais, je ne posséderai un revolver. Ma vie dût-elle en dépendre...

— C'était le cas ce soir.

— Pas du tout ! Megan garde un revolver dans le tiroir, sous la caisse enregistreuse. Eh bien, même si j'avais eu la possibilité d'y accéder, je ne m'en serais pas servie. Mais quand j'ai vu Rayburn viser Niccolo...

— Tu lui as tiré dessus.

— Non. J'ai voulu lui arracher son arme. Le coup est parti accidentellement.

— C'est toujours ce qu'on dit dans ces cas-là.

— C'est pourtant vrai. Tout est allé si vite.

— Imaginons que tu aies eu accès au revolver. Si cela avait été le seul moyen pour l'empêcher de s'emparer d'Ashley, aurais-tu tiré ? Réfléchis.

Du bout des doigts, elle écrasa les larmes qui continuaient à rouler le long de ses joues.

— C'est pourquoi ? Un jeu-concours télévisé ?

— Réponds à ma question.

Elle prit le temps de réfléchir.

1. NRA : National Rifle Association : Puissante organisation américaine favorable au port d'armes.

— Non. Je hais ce salaud. Mais c'est un malade, et un être humain. Pas une bête.

— Bonne réponse. Il faudra t'en souvenir pour ta déposition. Précise-leur bien que c'était purement accidentel.

— Et ce n'est pas un mensonge, Jon.

— Je te crois. Malheureusement...

— Je sais. Je vais être condamnée pour enlèvement, n'est-ce pas ?

— Ça, pas question ! L'accusation n'ira pas jusque-là. Mon idée serait plutôt de convaincre les autorités de ne pas te poursuivre. Un enquêteur, en Floride, a localisé la précédente baby-sitter d'Alice Lee. Et celle-ci a accepté de témoigner contre Rayburn.

— Quoi ? Comment as-tu découvert ça ?

— Je viens d'entrer en contact avec cet enquêteur. Il a été engagé par un « Groupe de mères concernées », et il était sur la piste de la baby-sitter depuis un mois.

— C'est sans doute le même groupe de femmes qui m'a confié Alice Lee.

Il eut un hochement de tête distrait ; il préférait ignorer ce genre de détails.

— La baby-sitter avait disparu avec ses parents au moment où la justice débattait de la garde d'Alice Lee. La famille, après avoir reçu une grosse somme d'argent, avait précipitamment quitté la ville. Sans prévenir personne. Mais la petite est honnête et, depuis qu'on a retrouvé sa trace, bien décidée à dire ce qu'elle sait. Son témoignage est capital. Elle a vu beaucoup de choses en étant dans la maison de Rayburn. Et l'héritage surprise de ses parents présente toutes les apparences de la subornation de témoins.

— Alors, c'est fini ? Ils vont relâcher Dana et elle va récupérer Alice Lee ?

— Il y a des chances.

Les larmes de Casey se tarirent d'un coup.

— Peu importe ce qui m'arrivera désormais. Savoir Alice Lee en sécurité n'a pas de prix à mes yeux.

— Casey, personne ne te demande de te sacrifier pour obtenir la rédemption. Tu le sais, n'est-ce pas ? La mort de ce petit garçon n'est pas arrivée par ta faute. O.K. ?

— Je n'ai pas cherché à me sacrifier. J'ai voulu aider cette enfant, c'est tout. Si je dois aller en prison, ce ne sera pas de gaieté de cœur, mais au moins aurai-je la satisfaction de savoir qu'elle est sauvée.

— Je ferai tout ce qui est en mon pouvoir pour t'éviter une condamnation. A une condition.

Elle se redressa.

— Laquelle ?

— Que tu viennes chez moi quand tout ceci sera terminé. Je préférerais t'avoir à l'œil pendant un moment. Je ne dis pas que tu aies mal agi dans le cas présent, mais qu'un bon conseiller ne serait pas de trop... quand il te prend l'idée de jouer les justicières du Far West.

— Je suis satisfaite de la manière dont les choses ont tourné, Jon. Sans ton aide.

— Alors, veux-tu venir chez moi parce que, simplement, c'est ta place ?

— Parce que je t'aime ?

— Ce serait aussi une bonne raison, je dois dire.

L'expression de Casey se radoucit.

— Sache que je t'aime, sale moralisateur facho.

— Ça, c'est ce que j'appelle une merveilleuse déclaration d'amour !

34.

— Le bruit a réveillé Ashley.

Après le coup de feu, Peggy était descendue en peignoir de bain de l'appartement du premier. Depuis, l'enfant qu'il fallait rassurer et les dépositions à faire l'avaient forcée sans cesse à grimper et à descendre l'escalier

— Son véritable nom est Alice Lee.

Les événements de la soirée avaient déboussolé Megan. Peu à peu, toutefois, les pièces du puzzle se mettaient en place dans son esprit.

— Je n'arrive pas à croire que Casey ait accepté d'enlever cette enfant à son propre père, reprit-elle.

— Elle avait de bonnes raisons, intervint Niccolo. J'en ai entendu suffisamment pour témoigner en ce sens.

— Nick, c'est incroyable, on dirait qu'un bon génie vous pousse dans les parages chaque fois que la famille est en difficulté...

Elle fronça les sourcils.

— Qu'est-ce qui vous a fait venir ? Et pourquoi aviez-vous appelé auparavant ?

Son regard s'arrêta sur le peignoir de Peggy.

— Avant que je ne me lance dans des explications, si nous faisions un peu le point ? Peggy, souhaitez-vous rester ici cette nuit avec Ash... Alice Lee ? J'ignore si Casey reviendra, ou quand elle rentrera.

— Casey va s'en sortir, n'est-ce pas ? s'enquit Peggy.

— Sincèrement ? J'ai l'impression qu'elle s'en tirera avec une tape sur les doigts.

— L'un d'entre nous devrait-il quand même aller l'attendre au commissariat ?

Megan était encore froissée que Casey lui ait interdit de le faire.

— Jon est avec elle, il lui est plus utile qu'aucun de nous. Le père Brady a appelé un avocat, quelqu'un de la paroisse, un crack.

— Merci. Les seuls que nous connaissions sont des avocats peu scrupuleux qui ne reculent devant rien pour attirer le client.

Megan posa la main sur le bras de Niccolo. Elle ne pouvait se retenir de le toucher depuis qu'elle l'avait trouvé sur le plancher du saloon, en train d'administrer les premiers soins à Bobby Rayburn. Un instant, elle avait cru qu'il avait été blessé de nouveau — et cela l'avait terriblement choquée.

— Peggy, que souhaites-tu faire ?

— Je n'ai pas vraiment envie de passer la nuit ici. Demain, ça ira mieux, mais ce soir...

Elle se frotta les bras.

— Si nous allions dormir chez toi, Megan ?

Niccolo la prit de vitesse.

— Pourquoi ne viendriez-vous pas plutôt chez moi ? Ce n'est pas la place qui manque, et Alice Lee apprécie la maison. Et puis j'aimerais vous parler, à toutes les deux.

La proposition parut plus que plaisante à Megan.

— Je vais chercher Alice Lee. Peggy, rassemble tes affaires.

— Inutile de me le dire deux fois, s'écria celle-ci, aussi enthousiaste que sa sœur.

Peggy remonta l'escalier ; Megan, qui s'apprêtait à la suivre, fut retenue par Niccolo.

— C'est une bonne chose, finalement, que vous ne soyez pas venue au téléphone, quand je vous ai appelée en début de soirée. Juste à titre d'information, pourquoi avez-vous refusé de me parler ?

— J'étais dans les catastrophes jusqu'au cou. Un robinet cassé répandait des litres d'eau par terre, deux clients éméchés avaient besoin d'un taxi et de quelqu'un pour les empêcher de prendre le volant dans leur état, seize plats du jour manquaient et... Vous avez cru que je vous envoyais promener ?

Il sourit légèrement.

— Mouais. Un peu.

— Si ç'avait été le cas, vous l'auriez su tout de suite. J'aurais été beaucoup plus directe.

Elle passa ses bras autour de sa taille.

— Nick, je suis insupportable. Je le sais. Mais soyez patient, je travaille la question. Je suis ravie que vous gardiez la maison, même si je ne l'ai pas montré sur le moment. Tellement ravie, en fait, que j'en ai été troublée, si vous voyez ce que je veux dire. Je n'ai pas envie de dépendre autant de vous, bon sang !

— Vous n'avez pas besoin de moi, Megan. Vous saurez toujours vous débrouiller toute seule. C'est de nous que vous avez besoin.

— Vous croyez ?

— Simple interprétation personnelle.

— Je vais y réfléchir.

Il l'attira contre lui, la serra un instant, puis s'écarta.

— Allez chercher Alice Lee. Je vais faire chauffer la voiture pendant ce temps.

Alice Lee, ignorant tout de l'apparition nocturne de son père au saloon, s'était rapidement rendormie dans l'une des chambres de la maison de Niccolo. Megan, après l'avoir mise au lit et bercée, trouva Niccolo dans la cuisine, préparant du thé en compagnie de Peggy.

— En prendrez-vous ? lui proposa-t-il.

— Je préférerais un peu de vin.

— Il y a du rouge sur le dessus du réfrigérateur. Du blanc, à l'intérieur.

Elle savait où étaient rangés les verres et se servit du merlot. Puis, prenant une chaise près de sa sœur, elle se mit à l'aise en ôtant ses chaussures.

— Ashley s'est endormie ? demanda-t-elle.

Megan ne corrigea pas. Il faudrait encore du temps pour qu'ils fussent tous habitués à la nouvelle identité de la petite fille.

— Elle m'a demandé pourquoi la police était venue au saloon.

— Qu'as-tu répondu ?

— Que quelqu'un les avait appelés parce qu'il y avait eu un grand bruit en bas.

— Et elle a avalé ça ?

— C'est la vérité, n'est-ce pas ? Elle était trop fatiguée pour ergoter. Demain, par contre, nous aurons sûrement droit à d'autres questions.

— J'ai observé la manière dont tu t'occupais d'elle. Tu t'es attachée à la gamine, on dirait ?

Megan ne s'en défendit pas. A quoi bon ? Pendant des années, elle avait voulu donner l'image d'un personnage qu'elle n'était pas. Sans arriver à tromper ses proches. A présent, il ne lui restait plus qu'à accepter la situation et à découvrir qui elle était réellement.

Elle releva le menton. Elle se sentait nue sans ses défenses habituelles.

— C'est une petite fille merveilleuse. Qui a maintenant une chance de mener une vie normale. Avec sa mère.

-- Elle aura besoin de thérapie, dit Peggy. Elle en a véritablement vu de toutes les couleurs.

Niccolo posa le thé sur la table, devant Peggy.

— Elle a de la force, cette enfant. Avec l'aide appropriée, elle retrouvera vite sa joie de vivre.

Le téléphone sonna ; Nick disparut dans la pièce voisine pour répondre. Peggy prit quelques gorgées de thé, Megan sirota son verre. Elles tendaient l'oreille, toutes les deux, sans succès.

Niccolo reparut.

— C'était Casey. Ils ne vont pas la garder au commissariat : il n'y a pas eu de plainte déposée contre elle pour l'instant, et personne ne semble pressé de l'inculper. Elle a deviné que vous étiez ici quand le téléphone n'a pas répondu chez Megan.

— Où est-elle à présent ?

— Chez Jon, pour la nuit. Elle vous parlera demain matin. Là, elle était trop épuisée.

— Je suis heureuse qu'elle ne soit pas seule. Vous aviez quelque chose à nous dire, me semble-t-il ? demanda Megan qui, rassurée, pouvait maintenant accorder toute son attention à Niccolo.

— Quand je vous ai appelée au saloon, c'était pour vous dire que Rooney était ici.

Peggy posa sa tasse avec brusquerie.

— Ici ? Dans cette maison ?

— J'avais laissé mon adresse à plusieurs reprises dans des lieux où il était susceptible de passer. Finalement, ce soir, il a trouvé son chemin jusque chez moi. Il s'agit bien de Rooney, Megan. Il a parlé de vous et de Casey.

Vingt-quatre heures sans sommeil, le jour de travail le plus dur de l'année, Casey tirant sur le père d'Alice Lee — tout cela commençait à faire beaucoup pour Megan. Cette nouvelle donne avait du mal à passer.

— Il était là ? Quand vous m'avez téléphoné cet après-midi ?

— Assis à cette même table, en train de manger un bol de Cheerios.

— Qu'est-ce qu'il a dit ? A quoi ressemble-t-il ?

— Où est-il parti ? ajouta Peggy.

— Je l'ignore. Il est sorti pendant que je cherchais à joindre Megan. J'ai passé plus d'une heure ensuite à patrouiller dans les rues ; hélas, il avait bel et bien disparu.

Il leur rapporta sa discussion avec Rooney, sans en atténuer le côté décousu, et fit, à leur demande, une description aussi précise que possible de l'homme qui était leur père.

— Il a parlé enfin de ses petites filles, a prétendu que les étoiles les avaient prises. Je lui ai dit que ses enfants étaient des adultes à présent. Je ne suis pas certain qu'il m'ait compris.

— Pauvre homme, dit Peggy d'une voix altérée.

— Rooney, reprit Niccolo, a dit qu'il avait malencontreusement détourné son attention, et m'a adjuré de ne pas commettre la même erreur.

— On dirait qu'il veut se charger de tous les fardeaux du monde.

— Peut-être plus maintenant. Il a eu une phrase énigmatique pour signifier que c'était terminé.

— Qu'est-ce qui est terminé ?

Niccolo la regarda, impuissant.

— Si seulement je le savais.

— A-t-il dit autre chose ?

— Oui, que vous ressembliez à votre mère, en moins fragile. Casey...

Il chercha à retrouver les mots exacts.

— Casey, en revanche, était comme lui : toujours à faire le contraire de ce qu'on lui demandait.

— C'est Rooney, il n'y a plus de doute.

Megan ravala sa salive malgré la boule qui lui obstruait la gorge.

— A-t-il parlé de moi ? demanda Peggy.

Niccolo fit signe que non.

— Désolé.

— Ce n'est guère surprenant. Il est parti avant de savoir comment j'avais tourné.

Megan couvrit la main de sa sœur.

— Il t'aimait à la folie, Peg. Mais il commençait à battre la campagne à cette époque. Il te prenait sur ses genoux et te chantait des mélodies irlandaises. Puis il se figeait, comme en transe, le regard vide. Il te tenait toujours fermement, mais il était à des millions de kilomètres de là. Si je lui parlais, il ne me répondait pas. Jamais, toutefois, il ne t'aurait laissée tomber de ses genoux, jamais il ne t'aurait mise en danger...

Niccolo resservit du thé à Peggy.

— D'après ce que je comprends, cet homme a lutté contre la maladie mentale une grande partie de sa vie d'adulte. Et plus qu'aucun autre, il s'est battu pour ne pas sombrer — parce qu'il désirait, par-dessus tout, élever ses filles. Que cet homme, foncièrement bon, ait forcé sur la bouteille, c'est probable. N'était-ce pas pour éloigner les voix qui le harcelaient, et combattre ses pulsions ? Malheureusement, ces forces qui l'entraînaient vers les ténèbres étaient plus puissantes, et il n'a pas pu résister. Malgré tout, aujourd'hui encore, Rooney n'a pas perdu tout sens des responsabilités puisque, depuis des années, il se bat pour protéger quelqu'un, ou quelque chose.

Megan n'était pas prête à accepter cette vision. C'était galvanisée par la colère d'avoir été abandonnée qu'elle avait pu reprendre les rênes du saloon et de la famille. Cette rage était sa raison de vivre.

Elle prit son verre de vin, songea à tout l'alcool que son père avait ingurgité, à l'influence que cela avait pu avoir sur son état mental — et le posa sur la table sans y toucher.

— Bon sang, vais-je finir comme Rooney Donaghue si je siffle ce verre ?

Niccolo préféra décider pour elle et alla vider le vin dans l'évier.

— Comme je vous l'ai dit, je crois plutôt qu'il buvait pour oublier ses troubles et ses absences.

— Vous vous montrez trop complaisant avec lui.

— Moi, je vais me coucher, annonça Peggy en se levant. Je tombe de sommeil, et je préfère être là au cas où Ashley... Alice Lee se réveille. Nous pourrons terminer cette discussion demain matin, n'est-ce pas ? Au fond, est-ce si important de savoir pourquoi Rooney est parti ? Le plus urgent, c'est de voir ce que nous pouvons faire, maintenant, pour l'aider.

Sa petite sœur était plus mûre qu'elle ; si Megan l'admirait, cela aussi la rendait triste.

— Dors bien, Peg.

Niccolo attendit qu'elle ait quitté la pièce pour reprendre la parole.

— Il a laissé derrière lui trois femmes fortes. S'il pouvait voir ce que vous êtes devenues, il serait fier.

— Certes... Vous dites qu'il protégerait quelqu'un ou quelque chose... Avez-vous une idée plus précise sur la question ?

Il lui prit les mains.

— Oui. Voulez-vous l'entendre ? Ou préférez-vous attendre que les choses se calment un peu ?

— Je vous écoute.

— La première fois que je me suis rendu à l'abri de Rooney, j'y ai trouvé une vieille coupure de presse sur James Simeon. La nuit du hold-up, j'ai ramassé sur le parking un bouton de manchette ayant appartenu à Simeon. Il semblait avoir été perdu par Rooney.

— Comment savez-vous qu'il s'agit du bouton de manchette de Simeon ?

— Ils ont mis au jour son frère jumeau en découvrant le squelette. A présent, nous possédons la paire.

— Avez-vous fait part à Jon de votre trouvaille ?

— Pas encore. Je craignais de déclencher des poursuites contre Rooney. Et qu'il prît peur, s'il avait dû répondre aux questions de la police.

Niccolo, une fois encore, protégeait son père. Elle n'en fut pas surprise.

— Le corps de Simeon a été découvert non loin de l'endroit où se réfugiait Rooney, c'est ça ?

— Pour moi, il est clair que Rooney savait où était enterré Simeon, Megan. Il voulait que les ouvriers arrêtent de creuser. Il me l'avait dit. Jusque récemment, j'ai cru que Rooney avait ramassé le bouton de manchette à l'endroit de la sépulture.

— Comment ce bijou serait-il remonté à la surface ?

— Les terrassiers avaient pu le faire apparaître au moment des travaux préliminaires d'aplanissement.

— Et vous avez changé d'hypothèse ?

— Souvenez-vous, pendant notre courte promenade, hier, je vous ai dit que le père McSweeney, dans son journal, faisait mention d'une Lena Tierney. Je me demandais s'il pouvait s'agir de votre Rosaleen. Lena était la gouvernante du père. Je ne vous ai pas dit que James Simeon était son précédent employeur. McSweeney laisse entendre que quelque chose de terrible s'est passé, qui a obligé Lena à quitter la maison Simeon. C'est d'ailleurs la raison pour laquelle le père l'a engagée au presbytère.

— Ce n'est pas un peu tiré par les cheveux, votre théorie ? Nous n'avons aucune preuve que des liens existent entre cette Lena Tierney et ma famille. A moins qu'au fil de votre lecture... ?

— Vous touchez du doigt le problème : le journal s'arrête là. Au beau milieu du récit.

— J'admets que c'est rageant.

— Réfléchissez bien, Megan. Rooney a-t-il jamais fait allusion à James Simeon devant vous, à un scandale de famille, un secret, que sais-je, une anecdote liée à Rosaleen ou à Rowan Donaghue ?

— Notre famille serait impliquée dans la disparition de Simeon ? C'est ce que vous suggérez ?

Niccolo se carra contre le dossier de son siège.

— J'essaye de placer les différentes pièces du puzzle. C'est tout.

Elle esquissa un sourire.

— Je dois reconnaître que les Donaghue ne sont pas exactement des enfants de chœur. Ils n'hésitent guère à enfreindre la loi quand ça les arrange. Prenez Casey, par exemple.

— Vous rappelez-vous de quelque chose en particulier ?

Elle essaya, sincèrement, laissant remonter du fond de sa mémoire les histoires que Rooney lui racontait jadis. Cela semblait si lointain.

Elle finit par lever les yeux.

— Il répétait toujours qu'en tant que fille aînée, ce serait à moi d'être la dépositaire des secrets. Dans son esprit, il s'agissait des recettes de Rosaleen et, effectivement, il me les a léguées. Rien d'écrit, bien entendu. Non, il me les a enseignées, peu à peu, au hasard des moments que nous passions dans la cuisine. Lorsque je venais l'aider et qu'il se sentait d'humeur ou capable de jouer les professeurs.

— Ces... secrets auraient-ils pu être d'un autre ordre ?

— Comment savoir avec Rooney ? J'ai toujours pensé, de mon côté, qu'il parlait des recettes de notre ancêtre. Je n'ai pas cherché plus loin.

Elle demeura silencieuse un long moment, se creusant les méninges à la recherche d'un indice, d'une piste encourageante. A l'évidence, elle avait enfoui les souvenirs de son père trop profond et, contrairement aux restes de James Simeon, ils refusaient de refaire surface.

Niccolo joignit le bout de ses doigts.

— D'après Iggy, les archives recèlent peut-être un autre carnet ayant appartenu à McSweeney. Il est prêt à m'aider dans mes recherches si je veux fouiller.

— Vous comptez vous y mettre ?

Il consulta son bracelet-montre.

— Je parie qu'il veille encore. J'ai envie de lui passer un coup de fil.

— A cette heure-ci ? Le pauvre homme ne dort jamais ?

— Très peu.

— Ça ne pourrait pas attendre quelques heures ?

— Si, bien sûr. C'est moi qui n'ai pas la patience d'attendre.

Il ajouta avec un regard de braise :

— Et puis, comment voulez-vous que je trouve le sommeil, vous sachant au bout du couloir dans la chambre d'amis ?

— Et moi donc, renchérit-elle.

— Hum. Je vais appeler Iggy.

35.

Comme Niccolo s'y était attendu, Iggy n'était pas encore couché. Le temps qu'il arrive, le prêtre avait fait du café et préparé une assiette de petits sandwichs. Niccolo, qui ne s'était pas rendu compte à quel point il avait faim, se jeta dessus.

Iggy sirotait son café à petites gorgées.

— Nous avons des lettres datant des dernières années du sacerdoce de McSweeney. J'ai eu l'occasion de les parcourir ; leur contenu est plutôt théologique. Il s'agit d'échanges épistolaires avec un autre prêtre, qui nous les a renvoyés pour nos archives, après le décès de McSweeney. Il y a aussi quelques comptes rendus de réunions diocésaines, et des bilans annuels paraphés de sa main.

— Pas trace de journal ?

— Nous nous trouvons devant une masse de documents non encore catalogués. Nous avons beau trier à tour de bras, il reste des piles de cartons, scellés depuis des dizaines et des dizaines d'années. Si le cœur vous en dit...

Niccolo posa sa tasse.

— Je suis prêt à m'y mettre.

Il hésita un instant avant de poursuivre :

— Iggy, savez-vous quelque chose qui pourrait nous aider ?

— Ai-je entendu des secrets en confession qui éclaireraient le meurtre de James Simeon, c'est ce que tu sous-entends ?

— En quelque sorte...

— Je ne peux rien te dire.

— Vous ne pouvez, ou vous ne voulez rien dire ?

— Un peu des deux, vois-tu. J'étais le confesseur de Rooney Donaghue, et j'ai été témoin de sa lente dégradation. A l'époque, ce qu'il m'a confié paraissait très décousu, et je ne l'ai pas gardé à la mémoire. Le peu dont je me souvienne est sujet à caution, avec la distorsion des années. Et les éléments importants, quant à eux... je ne peux les révéler.

— M'avez-vous passé le journal de Patrick McSweeney dans l'espoir que je résolve un mystère vieux de cent ans ? Aviez-vous déjà idée de ce que j'allais y trouver ?

Iggy eut ce sourire énigmatique qui le faisait ressembler à un Leprêchaun de son Kerry natal.

— J'en sais davantage sur toi, Nick, que sur tout ce qui s'est passé à Whiskey Island depuis un siècle. Je savais que tu ne cesserais pas tes recherches avant d'avoir obtenu des réponses satisfaisantes.

— Il n'est pas dit que je trouve quoi que ce soit, vous savez ? C'est sans garantie.

— Heureusement, ce n'est pas ça qui t'empêchera de t'obstiner, mon garçon.

Megan avait pensé s'endormir tout de suite. Elle n'était pas du genre à rester allongée des heures sur son lit à ratiociner. Les décisions nocturnes, de toute façon, ne tenaient jamais à la lumière du jour. Elle avait renoncé depuis des années à se torturer inutilement la cervelle.

Ce soir-là, cependant, les événements de la journée se télescopaient sous son crâne, telles les aventures mythiques du géant Finn MaCool, héros de tant d'histoires racontées par son père, infinies variations sur quelques thèmes forts et simples.

Toute sa vie, elle s'était battue pour maintenir son petit monde dans le droit chemin. Elle avait abandonné ses études supérieures pour conserver le Whiskey Island Saloon au sein de la famille. Elle avait lutté pour donner une éducation digne de ce nom à Casey, et à Peggy la stabilité et l'amour qu'une mère lui eût offerts.

Et voici qu'aujourd'hui, Casey avait des démêlés avec la justice pour avoir voulu faire la loi elle-même, et Peggy allait devoir affronter une existence de mère célibataire.

Inutile d'avoir lu Freud dans le texte pour reconnaître sa part de responsabilité dans cet état de fait, songeait Megan. Son exemple avait incité Casey à la révolte : fais ce qui est juste à tes yeux, et rien à fiche de ce qu'en pensent les autres ! Quant à Peggy... En mettant de côté sa vie personnelle pour se dévouer à ses sœurs, Megan lui avait montré qu'à force de travail et de sacrifice, on finissait par obtenir ce que l'on désirait vraiment.

Et pourtant, qui oserait leur disputer le bien-fondé des valeurs qu'elles défendaient ? Agir pour la justice. Se battre pour les droits des enfants. Faire passer la famille avant tout. Travailler avec vaillance pour atteindre le but fixé !

Megan avait fait ce qu'elle avait pu, elle avait commis des centaines d'erreurs, remporté quelques victoires importantes. Casey et Peggy n'en avaient pas moins grandi et mûri. Quand ses sœurs auraient toujours soif de son amour et de son soutien, comme elle des leurs, elles avaient cessé d'être des enfants malléables entre ses mains. Elles étaient tout simplement devenues ses sœurs, sans plus de hiérarchie, et elle se sentait heureuse et fière de les avoir.

L'avenir était devant elle comme un corridor bordé de portes. Certaines se fermaient, d'autres s'ouvraient. Dans son rêve éveillé, elle vit Niccolo sur le seuil de l'une d'entre elles. Il la regardait de ses yeux chaleureux, accueillants, tout en se gardant de lui faire signe d'entrer. Dans sa grandeur d'âme, il la laissait libre d'agir à sa guise.

De façon plus inquiétante, son père, silhouette indistincte sous des épaisseurs de vêtements repoussants de saleté, se tenait sur le seuil voisin.

Puisque le sommeil se dérobait... elle se leva et quitta sans bruit la chambre qu'elle partageait avec Peggy et Alice Lee. Niccolo n'était sûrement pas rentré de Sainte-Brigid. Elle s'en fut néanmoins à sa recherche. S'il avait découvert la partie manquante du journal, elle pourrait peut-être l'aider à décrypter le texte. Elle doutait qu'il exhumât des secrets de famille. Mais y avait-il une autre façon de comprendre l'univers de son père ?

Niccolo n'était pas là. Le thé qu'elle avait refusé plus tôt semblait maintenant une bonne idée, et elle mit la bouilloire à chauffer en attendant son retour.

Un raclement provenant de la véranda à l'arrière la surprit soudain. Niccolo avait-il oublié ses clés ? Non, la silhouette visible à travers le carreau était d'une stature plus modeste. Un intrus essayait-il de s'introduire dans la maison ?

Elle fut comme paralysée. Faire un geste ? Former une pensée claire ? L'homme qui se tenait sous le porche était son père.

— Megan ?

Elle se retourna brusquement. Josh, sur le seuil de la cuisine. Il avait fait une brève apparition quand elle était arrivée avec Peggy et Alice Lee ; il avait ensuite disparu dans sa chambre.

— J'ai entendu du bruit, dit-il à voix basse.

Il passa devant elle et jeta un coup d'œil dehors.

— Oh, encore lui.

La présence de Josh avait sorti Megan de sa torpeur. Elle posa la main sur son épaule.

— Je m'en occupe.

— Nick a dit qu'il pouvait venir quand il voulait et...

— Je sais, Josh. C'est mon père.

Le silence du jeune garçon fut éloquent. Derrière la porte, l'homme avait l'immobilité d'une statue.

Megan se dirigea vers lui.

— Tu peux aller te recoucher, Josh. Tout va bien. Merci. Tu es un garçon courageux.

La réponse de l'intéressé se perdit dans un murmure incompréhensible ; il s'esquiva aussi silencieusement qu'il était venu.

Inspirant profondément, Megan fit sauter le loquet de la porte. L'haleine glacée de la nuit s'engouffra dans la tiédeur de la cuisine. L'homme, planté au haut du perron, ne fit pas un geste.

— Bonsoir, Rooney.

Elle ouvrit le battant plus grand.

— Veux-tu entrer ?

Il n'avait l'air ni surpris ni ému de la voir. Il se glissa dans la cuisine sans se faire autrement prier et s'installa à table ; il en avait le droit.

Les phrases se bousculaient dans la tête de Megan. Tous les mots, les milliers de mots, accumulés depuis le soir où il l'avait abandonnée...

Elle s'entendit lui demander s'il désirait une tasse de thé.

— Tu sais comment je le prends, Kathleen.

Elle ne cilla pas.

— Je ne suis pas Kathleen. Je suis Megan, ta fille.

Il gloussa de rire comme s'il s'agissait d'une bonne blague.

Elle ressemblait à sa mère, il est vrai. Kathleen Donaghue, elle aussi, était une femme de petite taille aux courbes très féminines. Si Megan avait hérité de la rousseur de son père, tout le reste venait en droite ligne de sa mère : son petit nez, ses yeux bruns, son intrépidité.

A cet instant, cependant, la sagesse et la clairvoyance de Kathleen faisaient cruellement défaut à sa fille.

L'eau se mit à bouillir, crachant des jets de vapeur dans la pièce à peine éclairée. Sans savoir comment, Megan se retrouva devant le fourneau, éteignit le gaz, ébouillanta la théière, et versa l'eau sur le thé.

Puis elle se retourna, essayant de distinguer le visage de son père dans la pénombre. De le reconnaître.

— Je sais comment tu aimes ton thé : très fort, avec beaucoup de lait et de sucre. Assez pour que la petite cuillère tienne droite dans ta tasse.

Il poussa de nouveau un gloussement de rire, qui s'acheva sur un tremblement ténu.

— Cela fait un bail que je n'en ai pas bu du comme ça.

— Je veux bien te croire.

— J'ai dû abandonner.

— Pourquoi ?

— Il faut lâcher ce qu'ils te demandent de lâcher.

— Qui te demande cela, Rooney ?

Pas de réponse.

Elle tenta une approche différente.

— Maintenant, tu peux être en paix, n'est-ce pas ?

— Trop tard... J'ai essayé de faire de mon mieux pour monter la garde.

Il secoua la tête. Sans tristesse. Son visage exprimait peu d'émotions, même lorsqu'il riait, comme si ses sentiments s'étaient écoulés hors de lui, goutte à goutte, le laissant exsangue et vide. La créature qu'il était devenu semblait hors d'atteinte. Un étranger, se rendit-elle compte avec amertume.

Elle s'était mise à trembler. Et quand elle voulut soulever la théière pour la porter sur la table, elle dut faire un énorme effort pour ne rien renverser. Elle s'agita ensuite, retardant le moment de le rejoindre, allant du Frigidaire pour le lait au placard pour le sucre, et de nouveau au comptoir pour y décrocher deux chopes. Enfin, elle prit place en face de lui.

L'homme qui la regardait était la caricature du père qu'elle avait connu.

Pourtant, sans doute possible, c'était Rooney Donaghue, aussi sûrement qu'elle était Megan, sa fille aînée.

Si les yeux étaient les mêmes, ils étaient plongés dans ceux de la folie. Si les traits étaient semblables, l'expression en avait été impitoyablement altérée par la cloche. Son visage, creusé de rides profondes emplies de crasse, était celui d'un homme vaincu, vieilli avant l'âge. Voûté, cassé. Péniblement affalé sur sa chaise.

Il incarnait toute la souffrance d'un être dévasté par des forces qu'il ne contrôlait plus.

La somme de mensonges qu'elle s'était racontée et sur laquelle elle avait bâti sa vie avait été nécessaire. Si elle avait admis que Rooney ne souffrait pas de pusillanimité, mais d'une maladie dévastatrice, sans doute n'eût-elle pas trouvé la force de vouloir le remplacer dans son rôle. Elle aurait fait la chasse aux symptômes du terrible mal, chez elle et chez ses sœurs, soupçonnant toutes leurs idées un peu folles et incongrues d'être les signes avant-coureurs de la psychose héréditaire.

Et probablement aurait-elle sombré dans le désespoir, ou la révolte, brandissant le poing contre le ciel qui permettait de telles injustices.

Pour survivre elle s'était forgé de ce père qui, en réalité, avait souffert en silence, dans le secret de son âme — l'image d'un scélérat.

— Rooney, murmura-t-elle en tendant la main vers lui, presque à le toucher. Je suis si heureuse de te revoir.

— Je sais où tu habites, dit-il tout à trac.

— Vraiment ?

— Au saloon.

Elle n'essaya pas de le détromper.

— Tu y vivais aussi. Dans l'appartement du premier étage. Avec maman, Casey, Peggy et moi. Tu t'en souviens ?

— J'ai besoin d'un bain.

— Pas de problème. Tu peux en prendre un ici. Tu veux faire ça maintenant ?

— Le thé d'abord.

Elle le lui servit. Beaucoup de lait, beaucoup de sucre...

— As-tu faim ? Veux-tu que je prépare quelque chose à manger ?

— Les recettes de Rosaleen...

— Je me sers toujours des recettes de Rosaleen, Rooney. Je les prépare pour nos clients au restaurant.

— Grand-maman Lena. Elle était la grand-mère de mon père.

Megan s'arrêta de respirer.

Il leva les yeux, et son expression sembla l'intriguer.

— Elle était rousse. Ma mère me l'a dit. Comme toi, et moi.

Ses cheveux étaient plutôt gris à présent.

— Elle s'appelait Lena ?

— Rosaleen.

— Mais tu l'appelais : grand-maman Lena ?

— Elle était très âgée, mais toujours jolie. Elle me faisait sauter sur ses genoux et me racontait des histoires formidables.

— Ces histoires... tu te les rappelles ?

— Les étoiles les ont prises. Elles sont parties maintenant. Elle aussi, elle est repartie. Avec les étoiles...

Megan garda le silence tandis qu'il buvait. Il n'avait pas, étonnamment, perdu ses bonnes manières : il sirotait son thé à petites gorgées, sans bruits intempestifs ni claquements de langue. Cela l'humanisait.

Le silence s'éternisant, elle alla sortir un bloc de cheddar blanc du réfrigérateur, le découpa en tranches fines qu'elle disposa avec des crackers et une granny-smith d'un vert éclatant sur une assiette — qu'enfin elle poussa dans sa direction.

— Un en-cas, si jamais tu as un petit creux.

— On trouve de la nourriture partout.

Il avait dit la même chose à Niccolo. Une fois de plus, Rooney cherchait à la rassurer — directement, cette fois-ci — sur le fait qu'il mangeait à sa faim.

— Pas aussi bonne que ce délicieux cheddar, dit-elle en esquissant un sourire.

— Tu as toujours aimé le fromage, toi.

Contrairement à sa mère, se souvenait Megan. Kathleen Donaghue avait une sainte horreur du fromage. Rooney, semblait-il, avait fini par comprendre qu'il était en présence de sa fille.

— Et toi aussi. Tu te souviens, nous nous faufilions en bas, le soir venu, pour nous servir dans le frigo ?

Il plaça une tranche de cheddar sur un biscuit et en grignota les bords. Sa manière à lui de répondre, sans doute.

Megan attendait avec impatience le retour de Niccolo. Elle avait enfin Rooney devant elle, et ne souhaitait qu'une chose : qu'il restât. Or, l'angoisse la rongeait ; elle avait l'impression qu'à la moindre tentative pour le retenir, elle provoquerait immanquablement sa fuite. Niccolo, lui, saurait comment s'y prendre. Si seulement il pouvait rentrer. Et vite...

Comme s'il captait son anxiété, Rooney repoussa l'assiette et sa chope à moitié vide. Pour la première fois, il montra de l'émotion. Ses yeux s'embuèrent.

— Un homme est mort. J'ai vu.

Elle le regarda avec des yeux ronds.

— Quel homme ?

— Whiskey Island.

— Tu veux dire sur la péninsule, ou au saloon ?

— Rien pu faire. Les étoiles ont vu. A présent fini pour elles. Elles ont bougé. Ne voient plus.

Avait-il assisté aux événements de la soirée, dissimulé dans l'ombre, une fois de plus ? Revenait-il sans cesse hanter les lieux, fantôme hagard de son propre désastre ? Savait-il ou non que Casey était l'auteur du coup de feu ? Dans le doute, mieux valait ne pas risquer de l'inquiéter davantage.

Elle chercha les mots pour lui donner un semblant d'explication.

— Un homme est venu au saloon et a essayé de... prendre quelque chose qui ne lui appartenait pas. Il avait un revolver. Il y a eu une lutte, et il a été blessé accidentellement. Mais pas tué. Il survivra, Rooney. Personne d'autre n'a été touché. Il n'y a pas eu de mort.

— Il est mort. Il le fallait. Personne ne devait savoir. Trop tard, maintenant.

— Mais non, Rooney, je t'assure. Il est à l'hôpital. Et, quand il en sortira, il ira probablement en prison.

— Un homme terrible. Les étoiles veillaient. Pendant toutes ces années. Garder le secret, à tout prix. J'ai été distrait. Pas fait attention... J'ai essayé, essayé.

Les larmes roulaient à présent le long de ses joues hâves. Comment réconforter cet homme, muré dans la folie et le chagrin ?

— Grand-maman Lena racontait des histoires, reprit-il. Grand-papa Rowan connaissait le dénouement. Il fallait que je fasse attention. Tout le temps. J'ai échoué... Ils savent aujourd'hui...

— Veux-tu parler du corps qui a été découvert sur Whiskey Island ? Est-ce à cela que tu penses ? Tu n'as pas à te sentir coupable parce qu'ils ont déterré des ossements. Ce n'est pas ta faute.

Elle marqua une pause. Quels mots pourraient faire mouche ?

— Les étoiles ont peut-être pensé que le temps était venu, risqua-t-elle. Elles voulaient peut-être que tu cesses de monter la garde ?

Il la regarda dans les yeux. Les larmes avaient creusé des sillons dans la crasse de son visage ; elles scintillaient à présent, prisonnières du chaume clairsemé de sa barbe roussâtre.

— Mon devoir, c'était de garder le secret. Après moi, Megan aurait continué.

Elle s'engouffra dans la brèche.

— Tu n'as pas à t'inquiéter. J'ai gardé les recettes de Rosaleen secrètes, Rooney. Personne ne les connaît. Et je les apprendrai à ma fille aînée, plus tard, comme toi.

— Je ne sais pas quoi faire.

— Je sais, moi, dit-elle avec une assurance qu'elle était loin d'éprouver. Le temps est venu de prendre soin de toi. De rentrer à la maison, et de laisser les gens qui t'aiment t'aider. Rien d'autre n'a d'importance, Rooney. Tout ça, c'est fini, c'est fini, répéta-t-elle. Tu m'entends ?

Il soutint son regard, longtemps. Que pouvait-il bien voir ?

Ses nerfs allaient craquer ; Rooney brisa le silence.

— Je voudrais prendre un bain.

Agir. C'était son rayon. Elle sauta de sa chaise.

— Pas de problème. Je vais laver ton linge pendant que tu seras dans l'eau. Tu pourras mettre des vêtements de Nick en attendant que les tiens sèchent...

— Je les lave, moi.

Il valait mieux ne pas le contredire.

— Voudrais-tu que je te trouve des habits propres que tu pourras garder ? Tu laveras ton linge à la prochaine occasion.

Il ne dit ni oui ni non. Il se leva et quitta la cuisine. Elle lui emboîta le pas et le dirigea vers le cabinet de toilette du rez-de-chaussée : une simple douche, sans baignoire. Il ne fit aucun commentaire. Elle lui donna un gant et une serviette, un savon neuf.

— Je vais te chercher de quoi t'habiller pendant que tu prends ta douche. Je te poserai ça devant la porte.

Il eut nettement l'air de trouver qu'elle faisait beaucoup de chichis pour rien et lui ferma la porte au nez.

Une simple planche de bois la séparait de l'homme qu'elle avait jadis idolâtré au-delà de l'imaginable. Pour la première fois depuis les terribles journées ayant suivi sa désertion, elle se laissa aller au chagrin. Les larmes lui montèrent aux yeux et roulèrent bientôt le long de ses joues. Elle effleura le chêne récemment poncé, soulignant du bout des doigts la moulure ouvragée de la serrure, et pleura en silence sur tout ce qu'elles avaient perdu, elle et ses sœurs.

Comment l'empêcher de fuir une nouvelle fois ? Comment lui fournir l'aide dont il avait cruellement besoin ? Un instant, elle songea à appeler Niccolo pour lui demander de rentrer. En unissant leurs efforts, peut-être arriveraient-ils à faire accepter à Rooney l'idée d'un séjour à l'hôpital ? Mais le moyen d'entrer en communication avec un être qui ne parlait pas le même langage... Un doux dingue, qu'obnubilaient les étoiles et les morts ?

Téléphoner à l'oncle Frank ? Pourquoi pas ? Avec son influence, il arriverait sans doute à convaincre un juge de faire interner Rooney. Mais comment son père prendrait-il cela ? A n'en pas douter, il serait terrifié, humilié... Ce serait le trahir.

Durant sa longue absence, il avait été capable de survivre, bon an mal an. Et voici qu'il revenait, de sa propre initiative. De la patience et de l'amour suffiraient-ils à maintenir Rooney sur le chemin du retour ?

La douche coula jusqu'à l'épuisement du ballon d'eau chaude. Elle prit son temps pour rassembler des vêtements ; Niccolo ne lui tiendrait pas rigueur pour ces « emprunts ». Puis elle posa la pile de linge dans le couloir et revint s'asseoir dans la cuisine.

Le ruissellement s'arrêta. Elle entendit la porte du cabinet de toilette s'ouvrir ; Rooney devait chercher à tâtons parmi les vêtements qu'elle lui avait apportés. Elle allait lui laisser le temps de s'habiller ; ensuite, elle tenterait de le persuader de rester. Au moins jusqu'au retour de Niccolo. Lui savait que faire en cas de crise.

Niccolo... le seul être avec lequel elle envisageait de partager ses soucis. Niccolo, qui avait eu le mot juste en lui disant qu'elle n'avait pas besoin de lui, mais d'eux.

La vérité de ses paroles avait fini par éveiller un écho dans son cœur verrouillé à triple tour. Non parce qu'elle se trouvait à un tournant de son existence, mais parce qu'elle comprenait, finalement, ce que cela signifiait de faire partie d'un tout. Certes, elle était membre d'une nombreuse famille, mais elle s'était toujours débrouillée pour garder son quant-à-soi. Au milieu des autres, tout en restant isolée dans sa tour d'ivoire...

Après la désertion de Rooney, elle n'avait plus accordé sa confiance à quiconque. Pas plus qu'à son cœur. L'important pour elle, tout au long de ces années, avait été de garder le contrôle. La haute main sur ses sentiments. Surtout ne rien dévoiler qui...

Un autre déclic se fit entendre. Son cœur bondit : Niccolo arrivait, enfin, juste à temps. Elle s'élança à sa rencontre... et déchanta vite en débouchant dans le couloir vide.

Devant la porte de la salle de bains ouverte et la pile intacte des vêtements propres, elle comprit. Rooney avait filé.

Quelque chose était posé sur le tas de linge. Un petit cahier relié de cuir. Elle l'ouvrit à la première page et déchiffra l'inscription tracée d'une écriture arachnéenne à l'encre violette.

Niccolo ne risquait pas de trouver le journal du père McSweeney dans les archives de Sainte-Brigid.

Elle le tenait entre ses mains.

29 juin 1883

***D**ieu est perfection. Le sacrifice de Son fils un acte d'amour parfait. Comme il est difficile pour nous, simples mortels, d'aimer Dieu parfaitement !*

Et combien plus ardu est-il d'aimer un autre être humain — une femme, par exemple, fatiguée peut-être par le labeur d'une longue journée, une femme avec ses défauts dont les sacrifices, eux aussi, sont le reflet de l'imperfection...

Pourtant, cet amour n'est pas négligeable. Il possède, j'en suis certain, sa grandeur. Aimer quelqu'un, en dépit de ses failles, en dépit de nos propres petitesses. Contempler la splendeur d'une âme, présence incarnée de notre Sauveur.

Un prêtre a parfois l'impression que sa tâche est parmi les plus dures. N'est-il pas plus dur — mais ô combien gratifiant !— d'aimer, tout simplement, un autre être ?

Que notre épanouissement spirituel serait limité si nous n'étions point capables d'amour...

Journal du père Patrick McSweeney — Paroisse Sainte-Brigid, Cleveland, Ohio.

36.

Juin 1883

— Il y a certaines choses qu'une femme doit garder pour elle. Et d'autres qu'elle a intérêt à partager avec une autre femme, déclara Katie Sullivan en acceptant le thé que venait de lui servir Lena.

Celle-ci leva les yeux de la tasse qu'elle était en train de remplir. Katie et elle s'étaient installées dans le petit jardin du presbytère. Katie, qui faisait la lessive du père McSweeney, était venue livrer le linge lavé et repassé. Lena, de son côté, avait terminé ses tâches de la matinée ; les deux femmes s'accordaient un petit moment de détente. Les enfants de Katie jouaient non loin, au pied de la fontaine, devant le bureau du père ; leurs rires égayaient les murs de pierres grises du cloître miniature.

— Et que devrais-je donc partager ?

— Soit tu n'en sais rien... soit tu ne veux pas m'en parler. Tu peux penser que ce n'est pas mon affaire. Après tout, plus le puits est profond, plus goûteuse est l'eau. Mais s'il s'agit d'ignorance...

Lena la regardait, perplexe.

— Si tu crois que je te cache quelque chose...

— N'est-ce pas le cas ?

— Je ne vois pas à quoi tu fais allusion.

Katie ne parut guère surprise.

— C'est bien ce que je craignais. Veux-tu que je t'en parle, ou préfères-tu attendre et t'en rendre compte par toi-même ?

— Les surprises ont rarement été bonnes au cours de mon existence.

— Je pense que tu es enceinte, ma chère. Est-ce que je me trompe ?

Lena avait l'air médusée.

— Qu'est-ce qui te fait croire cela ?

— Tu chipotes la nourriture. Tes joues ont pris une couleur inhabituelle.

— Je fais un peu de dyspepsie, c'est tout.

— Ça n'explique pas ton embonpoint.

Lena prit le temps de respirer calmement.

— Katie, c'est impossible. J'ai saigné le mois dernier.

— Et ce mois-ci ?

Lena évita son regard.

— Pas encore.

— Ces saignements, le mois dernier, étaient-ils aussi abondants que d'habitude ?

Lena rougit.

— Oui... non. Effectivement, ce n'était pas comme d'habitude.

— Pour Annie, je n'ai su que j'étais enceinte qu'au moment où j'ai senti son premier coup de pied dans mon ventre.

Lena ferma les paupières. Elle avait bien remarqué, la semaine précédente, que ses règles n'étaient pas revenues. Elle n'avait pas voulu y penser.

— Tu as attendu si longtemps, dit Katie avec douceur. Tu n'as pas de raison de te faire du souci. La santé de Terence s'améliore de jour en jour. C'est un cadeau, ma chère. Un magnifique cadeau après tout ce que tu as dû endurer.

Ce qu'elle avait enduré ? Katie était loin de soupçonner le pire... Car — que Dieu lui pardonne ! — si sa grossesse remontait au début du mois de mai, Lena ignorait qui était le père de l'enfant.

— Ce n'est pas possible, dit Lena. Non, tu te trompes.

— Pourquoi ? Terence aurait-il perdu sa virilité ? A voir ses regards enamourés, j'ai peine à le croire.

Lena eut l'impression que sa poitrine allait exploser sous les battements désordonnés de son cœur. Cette terrible nuit, quand Simeon l'avait pratiquement étranglée... elle avait eu des relations avec les deux hommes.

Si, justement, le bébé avait été conçu cette nuit-là, quelle semence l'avait fécondée ? Celle de Simeon ou celle de Terence ?

— Tu as l'air sous le choc, reprit Katie. Tu t'y feras. Tu seras une bonne mère, Lena, calme et forte.

Elever un enfant de Simeon ? Serait-elle jamais capable d'aimer l'enfant de celui qui l'avait prise de force ? Pourrait-elle prétendre, jusqu'à son dernier souffle, qu'il était bien celui de son mari ?

Saurait-elle un jour, avec certitude, de qui était réellement l'enfant ?

— Bois ton thé, Lena. Et cesse de t'inquiéter. C'est inutile. Qui vivra verra.

Lena leva les yeux sur son amie et surprit l'expression légèrement peinée de Katie. Pour toutes les femmes d'Irishtown Bend, si dénaturées fussent-elles, les enfants étaient toujours des dons de Dieu.

Il lui fallait dire quelque chose pour ne pas éveiller la suspicion de sa compagne.

— Tu as raison. Il faut que cette nouvelle fasse son chemin. C'est... c'est merveilleux.

— Heureuse de te l'entendre dire, ma chère. Je commence à tricoter dès ce soir !

Tous les matins, avant d'aller préparer le petit déjeuner du père McSweeney, elle s'arrêtait à l'église et priait avec ferveur pour aimer cet enfant innocent — et pour qu'il ressemble à Terence. Ce n'était pas tant la couleur de cheveux qui l'inquiétait — sa mère et celle de Terence étaient toutes les deux brunes comme Simeon —, c'était l'idée de reconnaître dans le petit visage la figure honnie de son tortionnaire, le teint blafard, la lèvre tombante...

Juillet fut bientôt là et ses essaims de moustiques, sa chaleur étouffante portée par un humide vent du sud... et Lena dut se résoudre à révéler sa grossesse à Terence.

Elle choisit soigneusement son moment, le soir, tard, au lit, juste avant qu'il s'endorme. Elle se tourna vers lui et chuchota la nouvelle à son oreille. Dans la pénombre, elle le vit sourire. Il la serra contre lui de son bras valide.

— Je le savais. Crois-tu que je ne connaisse pas ton corps ? A ton avis, ce sera un fils ou une fille ?

Son seul souhait était que l'enfant fût aussi blond que son père.

— Toi, que préférerais-tu ?

— Une petite fille, aussi rousse que sa maman. Le bon père te laissera-t-il travailler encore un moment ?

— Je pense que oui. Je ne lui ai encore rien dit.

Confesser son secret au père McSweeney lui donnait des sueurs froides, car lui comprendrait immédiatement l'énormité du problème.

— Je serai bientôt capable de briguer un emploi. Nous nous débrouillerons, ne t'inquiète pas. Dès que je rapporterai de nouveau un salaire à la maison, tu choisiras si tu veux continuer ou non à travailler au presbytère.

Elle ferma les yeux, sans pour autant trouver le sommeil de toute la nuit.

Rowan avait été obligé d'attendre le retour de Nani pour la questionner sur James Simeon. Elle avait en effet accompagné Julia, au titre de caméristе — de cabiniste, si l'on peut dire, en l'occurrence —, à bord du paquebot qui les avait conduites en Angleterre. Une fois sa maîtresse installée chez ses cousins éloignés du Kent, dans un aristocratique manoir peuplé de dizaines de domestiques, Nani — dont le fort accent hongrois aggravait le statut d'étrangère — était devenue superflue. Elle avait donc été renvoyée vers Cleveland et avait repris ses fonctions au « château ».

Rowan était content de la revoir. Il éprouvait beaucoup d'amitié pour elle et, si Nani avait été une authentique catholique irlandaise, qui sait si les choses ne seraient pas devenues plus sérieuses ?

— As-tu fait bon voyage ? lui demanda-t-il, dès qu'il put voler quelques minutes de son temps, dans la cour, derrière l'office.

— Le voyage du retour a été meilleur. Mme Simeon avait été malade pendant toute la traversée.

Il claqua la langue en signe de sympathie. S'il connaissait le dévouement et l'attachement de Nani à sa maîtresse, il en mesurait aussi la fatigue. Tout travail est fatigant.

— Dis-moi, Nani, trouves-tu que ce soit une bonne maison ici ? Es-tu bien traitée ?

Le silence prolongé de la jeune fille révélait qu'elle voyait bien où il voulait en venir.

— La place n'est pas mauvaise, finit-elle par dire. Je gagne bien ma vie, et je ne suis pas maltraitée.

— Est-ce le cas des autres ?

— Tu veux parler de Lena ? Si d'autres employées ont à se plaindre, ça, je n'en sais rien.

— Quand Lena a quitté brusquement son travail, as-tu entendu dire quelque chose de particulier ?

— J'étais en voyage. Je ne suis pas au courant de ce qui s'est dit.

— Pourtant, il s'est passé un ou deux jours avant ton départ, Nani. Alors ?

— Bloomy était furieuse. Avec tout le travail supplémentaire qu'elle devait fournir...

Il attendit.

Elle se tut, interminablement.

Rowan laissa échapper un murmure impatient.

— Le dernier soir où Lena a travaillé ici, elle est rentrée avec des marques tout autour du cou. Elle a raconté à son mari qu'un homme l'avait attaquée à la descente du tramway.

— Elle ne m'a rien dit.

— Peut-être pas ce jour-là, en particulier. Mais avant ? Avait-elle peur de quelqu'un ?

Il marqua une pause avant de suggérer :

— De Simeon ?

— Je n'ai rien vu.

— Je ne te demande pas ce que tu as vu, mais ce qu'elle t'a dit.

— Ce qu'elle m'a dit, c'était à moi. Pas pour que je le répète.

— Nani, aimes-tu Lena ? Est-elle ton amie ?

— Ça n'est pas bien de me questionner comme ça.

— Je t'en prie.

Elle se tut si longtemps qu'il avait renoncé à en tirer quoi que ce fût. Puis, comme ils retraversaient la cour en direction de la maison, poussant un profond soupir :

— Un soir, dit-elle, bien avant son départ, Lena m'avait demandé de rester dans la cuisine avec elle. Elle disait... M. Simeon, il...

Elle baissa la voix :

— Elle avait peur. Il lui avait dit de drôles de choses. Ce soir-là, il avait renvoyé tous les autres domestiques. Tous, sauf elle. Et elle n'était pas tranquille.

Rowan, étouffant un juron, vit des larmes briller dans ses yeux.

— J'ai essayé de rester avec elle. Quand M. Simeon m'a vue, il m'a obligée à partir. Et si je n'avais pas obéi...

— Tu aurais perdu ta place, je sais, dit-il en frappant sa main ouverte de son poing. Et ça s'est passé longtemps avant qu'elle quitte son emploi ?

Nani était lancée à présent : elle passa aux aveux.

— Avant ce fameux soir, M. Simeon ne donnait jamais de congé au milieu de la semaine. A personne ! Ensuite... dès que Mme Simeon sortait avec ses amis...

— As-tu demandé à Lena ce qui se passait ? As-tu essayé de lui venir en aide ?

Nani se mit à pleurer sans bruit.

— Qu'est-ce que j'aurais pu faire ?

— Tu ne voulais pas savoir, n'est-ce pas ?

— M. Simeon... à moi, il n'a jamais fait de mal. Il n'a jamais essayé.

— L'infâme crapule !

Rowan, certes, avait eu des soupçons : il avait imaginé que Simeon, dans un accès de rage, avait frappé Lena. Avec suffisamment de violence pour qu'elle s'enfuît sans demander son reste. La vérité était autrement douloureuse. Il ne s'agissait pas d'un acte isolé : pendant des mois, Lena avait été abandonnée, seule, et livrée aux bons caprices de son employeur.

Avec horreur, il songea soudain à l'enfant que Lena portait. Pas plus tard que la veille, Terence lui avait annoncé, non sans fierté, la bonne nouvelle...

Rowan vit rouge. Lui, qui vivait dans la même maison que Lena Tierney, avait pu apprécier au fil du temps sa personnalité et sa droiture exceptionnelle. Elle n'était pas femme à céder à un autre homme que son mari. Ce qui s'était passé entre Simeon et elle n'avait pu s'accomplir que contre sa volonté.

Simeon serait-il apparu devant lui à cet instant, il l'eût volontiers étranglé de ses propres mains, sans le moindre remords.

Nani pleurait à chaudes larmes à présent.

— M. Simeon, il était furieux quand Lena n'est pas revenue. Il a crié sur Bloomy. Il a dit que Lena ne retrouverait jamais une place ailleurs. Jamais. Et que son mari n'avait qu'à aller pourrir en enfer. C'étaient ses mots.

— Tu aurais dû m'en parler plus tôt. Nous sommes amis, tu pouvais te confier.

— Et Lena, elle n'a rien dit.

Il ne fallait pas être grand clerc pour comprendre pourquoi. Il pensa à la honte de Lena. Puis il ravala sa colère. Il ferait rendre gorge à Simeon. Quand et comment ? Il l'ignorait. Mais le millionnaire paierait pour son crime. Il s'en fit le serment.

— Un homme riche peut toujours faire ce qu'il veut des femmes, fit amèrement remarquer Nani. C'était vrai dans mon village. Ça reste vrai ici. Une femme ne peut qu'espérer échapper à l'attention de tels hommes.

— Eh bien, il y a un homme riche dans cette ville qui n'échappera pas à la mienne. Un jour ou l'autre, il s'en mordra les doigts.

Nani n'essaya pas de discuter. Chassant ses larmes d'un revers de main, elle rentra bientôt dans la maison de ses maîtres.

Le père McSweeney avait deviné la vérité bien avant qu'elle ne lui en parle.

— Simeon est-il au courant ? demanda-t-il le jour où Lena se décida enfin à lui avouer qu'elle était enceinte.

— Non ! Je ne lui dirai jamais, et vous non plus, mon père.

Il replia le journal qu'il avait fait semblant de lire pendant qu'elle lui servait son petit déjeuner. Son regard et ses pensées avaient été ailleurs. Bientôt, avait-il songé, elle ne pourrait plus dissimuler son état.

— Est-ce l'enfant de Simeon ?

— Ce sera celui de Terence. Le reste ne regarde personne.

— Et Terence ?

— Le bébé pourrait être de lui. Il ne soupçonnera rien.

— La ville n'est pas immense. Tôt ou tard, Simeon saura.

— Quel intérêt pour lui ? Il a déjà eu ce qu'il voulait, n'est-ce pas ? Que voulez-vous qu'il fasse du rejeton d'une malheureuse servante irlandaise ?

Le père McSweeney ne cacha pas son inquiétude.

— Cet homme ne peut s'empêcher de marquer de son sceau tout ce qu'il touche.

— Qu'il essaye un peu de toucher à mon enfant ! s'indigna Lena, les poings sur les hanches. Je nierai toujours qu'il puisse en être le père.

— Il sait compter, Lena, il n'est pas stupide.

Que Simeon pût s'intéresser au fruit de ses amours ancillaires la dépassait.

— Il ne faut pas que vous attiriez l'attention, Lena. Gardez le secret sur cette grossesse le plus longtemps possible. Vous devrez cesser de travailler pour un temps. Cet homme est imprévisible. Tenez-vous loin de lui, aussi loin que vous le pourrez.

— Votre mise en garde est superflue, mon père. J'espère bien ne jamais revoir le visage de cet homme. Ni là...

Elle acheva dans un murmure douloureux :

— ... ni au fond du berceau.

— Sachez que vous serez dans mes prières jusqu'au jour de sa naissance.

Elle eut un sourire incertain.

— Mon père, je suis déjà dans vos prières.

Il ne se dérida pas pour autant.

— Une petite prière supplémentaire n'a jamais fait de mal à personne.

Tous les soirs, Terence venait à la rencontre de Lena, au pied de la colline. Il avait troqué l'une de ses deux béquilles contre une canne. Si son allure restait lente et irrégulière, il était maintenant capable de traverser Whiskey Island, et s'il ne pouvait encore grimper la rue en pente, il prenait plaisir à attendre Lena, à guetter, là-haut, son apparition. Ensuite, ils rentraient chez eux, à pas comptés.

Une semaine environ après avoir dit à Terence qu'elle attendait un enfant, elle finissait de servir un succulent dîner au presbytère. Le père McSweeney avait tenu à mettre les petits plats dans les grands : il recevait différents hommes d'affaires du diocèse, dans l'intention de les intéresser à l'agrandissement de l'école paroissiale. Lena s'était donc surpassée.

Elle avait prévenu Terence de son retard probable. Un regard à la pendule de l'entrée la fit toutefois pousser un petit gémissement. Si elle ne se dépêchait pas, il l'attendrait vraiment trop longtemps. Le ciel était menaçant, de sombres nuages roulaient sur un fond lointain de grondements de tonnerre. Le jeune homme censé l'escorter n'était pas encore là. Et le père McSweeney était plongé dans une sérieuse discussion...

Si l'orage crevait, Terence serait trempé. Elle devait se hâter. Elle fit part de sa décision à la jeune femme qui avait été engagée afin de l'aider à servir et à nettoyer la cuisine pour la circonstance, et quitta le presbytère.

Déjà les éclairs zébraient le ciel tandis qu'elle cheminait le long du trottoir. La plupart des résidents, de part et d'autre de la rue, avaient prudemment battu en retraite dans leurs maisons cossues. Seul un groupe d'enfants s'obstinait à jouer au base-ball au milieu de la chaussée. Elle leur enjoignit d'aller se mettre à l'abri. Personne n'écouta. Puis une mère vint chercher l'un d'entre eux ; elle poussa devant elle le récalcitrant, en lui tirant l'oreille. Les autres, râlant et traînant des pieds, s'en furent un à un.

— Qu'est-ce que je t'avais dit ? lança Lena en croisant le dernier traînard.

— Ouais, mais t'es pas ma mère.

La réflexion du gamin orienta ses pensées sur ce qui se passait à l'intérieur de son corps. Bientôt, elle ne pourrait plus nier l'évidence. Bientôt l'enfant allait bouger...

Quelle que fût la semence à l'origine de ce petit être, il n'était pas responsable de la manière dont il avait été créé. Que Terence en fût le père ou l'infâme Simeon, l'enfant aurait tout autant besoin de soins, d'éducation, de tendresse et d'amour. Lena le nourrirait au sein, veillerait sur ses nuits, s'inquiéterait des dangers, de la maladie, et rirait à ses espiègleries.

Se lamenter ne servait à rien. Elle ne pouvait changer le cours des événements. Elle avait fini par le comprendre.

Désormais, dans ses prières, elle demandait de pouvoir aimer cet enfant comme le sien, qu'il fût brun, blond ou roux. Peu importait.

Plongée dans ses pensées, elle abordait la rue en pente menant vers Whiskey Island quand elle remarqua une voiture de maître, garée plus loin, le long du trottoir. Une voiture dont le monogramme fit flamber la haine en elle. A cette distance, elle ne pouvait distinguer s'il y avait quelqu'un à l'intérieur ; elle n'il fallait sûrement pas s'approcher pour vérifier la chose.

Le cœur battant à grands coups désordonnés, elle jeta un regard affolé autour d'elle. Où se cacher ? Où se cacher, le temps que l'orage éclate et que Simeon, lassé, se décide à partir ? S'il guettait sa venue — et quelle autre explication pourrait-il y avoir à sa présence ? —, il finirait par croire qu'elle n'avait pas quitté le presbytère, à cause du mauvais temps.

Comme le père McSweeney et Terence avaient eu raison d'insister pour la faire escorter !

Les maisons alentour, construites à flanc de colline, possédaient, pour la plupart, des vérandas sur piliers qui offraient un abri à l'aplomb de leur plancher. Elle se blottirait sous l'une des maisons et laisserait passer le gros de la tempête, en attendant que la voie fût libre. Elle courrait alors rejoindre Terence au bas de la rue...

Elle avait pratiquement atteint son but, lorsque, derrière elle, un homme se détacha du tronc d'un grand orme et attrapa son bras. Elle voulut pousser un cri, mais il lui plaqua une main sur la bouche et, de l'autre, explora le contour de ses hanches et de sa taille à travers sa robe, tout en la serrant brutalement contre lui.

— Ne crie pas, ou tu t'en repentiras, Lena.

Quoiqu'elle lui tournât le dos, elle connaissait trop la voix de James Simeon pour avoir un doute sur l'identité de son agresseur. Elle se débattit un moment. En vain. Il était, de loin, le plus fort. Sa poigne, telle une griffe de vautour, lui meurtrissait les chairs.

— Nous allons marcher jusqu'à ma voiture. Si tu tentes de m'échapper, je n'hésiterai pas à te briser le cou. Hoche la tête, si c'est d'accord.

Elle fit signe que oui.

Il enleva lentement la main qui la bâillonnait et l'entraîna en direction de son attelage. Il la poussa sans ménagement à l'intérieur, monta à son tour et claqua la portière derrière lui.

Dans la voiture, toutes vitres fermées, la chaleur était oppressante. Assise en face de lui, muette, elle était trop en colère pour sentir la peur.

— Pas le moindre petit bonjour, Lena, après ces semaines de séparation ?

— Vous n'avez pas le droit de me traiter ainsi.

— Tiens, tiens. Comme si je ne t'avais jamais touchée ! Tu étais même bien payée pour ça, non ?

— Vous m'avez forcée.

— Tu n'as rien fait pour m'arrêter.

— Je n'avais pas le choix. Vous teniez ma vie entre vos mains !

Il eut un sourire matois.

— C'est ainsi que tu te racontes l'histoire, Lena ? Beau tour de passe-passe ! Je t'ai prise aussi souvent que j'en ai eu envie. Tu as bien pleurniché un peu au début, mais tu n'as jamais dit non. Tu troussais tes jupes sans te faire prier et tu te laissais faire. Une petite récréation, au milieu d'une existence remplie de corvées, c'était pas si mal, non ? Avoue que tu rêvais de sentir un homme véritable entre tes cuisses !

— Un homme ? Vous voulez rire — je n'en ai pas vu la queue d'un !

Il applaudit sans bruit.

— Votre toupet me manquait, ma chère. Alors, cette nouvelle situation, elle te plaît ? Drôlement habile de ta part de te faire engager par ce curé. L'unique personne en ville qui pouvait oser te prendre comme domestique. Très astucieux. Chapeau ! Est-ce que tu lui rends le même genre de... services qu'à moi ?

— Vous êtes immonde. Vous méritez d'aller brûler en enfer !

— La réponse est non, alors. Dommage. Il rate quelque chose, ce pauvre homme.

— Si vous croyez pouvoir encore abuser de moi, vous vous trompez. Je vous crèverai les yeux avant ! Vous n'avez plus aucun moyen de pression sur moi.

— Tss. Tss. Moi qui venais te dire que tu étais pardonnée. Et que tu pouvais revenir travailler dans la cuisine, pour un salaire double.

Derrière son offre, il y avait un piège. C'était à parier. Il se réjouissait visiblement de la narguer. Cependant, s'il avait pris le risque de l'aborder aussi brutalement dans un lieu public, ce n'était pas pour assouvir un simple désir. D'ailleurs il ne l'avait pas touchée depuis qu'ils étaient montés dans la voiture.

En regimbant, elle avait fait son jeu, se rendit-elle compte. Au fond, il n'aimait rien tant que sa révolte. Ça l'excitait. Alors que sa passivité l'exaspérait.

Elle le regarda droit dans les yeux et se força à adopter un ton très calme.

— Je ne retournerai pas chez vous pour tout l'or du monde. Est-ce tout ?

— Parle-moi un peu de ton mari, ma mignonne. Comment se porte-t-il, cet excellent homme ?

— Sa santé s'améliore de jour en jour.

— Sur tous les plans ?

— Absolument.

— Rafraîchis-moi un peu la mémoire. A-t-il perdu la vue dans l'accident ?

— Pas du tout.

— Alors, son cerveau s'est ramolli ?

— Absolument pas, il a toute sa tête.

— Alors, ce bébé, d'où sort-il, à son avis ? A moins qu'il n'ait pas encore découvert la vérité ?

Elle sursauta et demeura sans voix.

— Tu pensais t'en tirer à bon compte, peut-être ? Je n'ai pas cessé de te garder à l'œil. Oh, tu as pris tes précautions. Et il n'y a qu'aujourd'hui que j'ai pu t'aborder, seule, et t'interroger.

— Qu'est-ce qui vous fait croire que j'attends un enfant ?

— Mon petit examen de tout à l'heure, pour commencer.

Elle se souvint de ses mains inquisitrices sur ses hanches et son ventre, quand il l'avait saisie à bras-le-corps sous l'orme centenaire.

— Ta poitrine a grossi, elle aussi. Si ton époux n'a rien remarqué, il n'est vraiment pas malin.

— Mon mari m'attend au bas de la colline. S'il ne me voit pas arriver rapidement, il va monter à ma rencontre.

— Cela m'étonnerait. S'il fait cette bêtise, mon palefrenier l'en empêchera. Je le regrette presque, d'ailleurs. Rien que pour voir la tête du pauvre homme qui, après avoir péniblement grimpé la pente, nous trouverait tous les deux ici, ha, ha !

Lena en frémit d'horreur. Elle pointa le menton en avant et déclara d'une voix assurée :

— Cet enfant est celui de Terence. Il a été conçu après que j'ai quitté votre service.

— Je pourrais lui dire le contraire.

— Je lui dirai que vous mentez. De nous deux, c'est moi qu'il croira.

— Pas si simple ! Quand le germe du doute est là, rien n'arrête sa croissance. Il comptera les mois...

— Et verra que c'est bien son enfant.

Elle se glissa vers la portière. Il ne fit pas un geste pour la retenir.

— Racontez ce que vous voulez à Terence, il s'en fiche pas mal. Il sait quel genre d'homme vous êtes.

— Mais pas quel genre de femme il a épousée, apparemment.

Elle tressaillit sous l'insulte.

— Même si Terence ajoutait foi à vos paroles, il me pardonnerait. Parce qu'il m'aime. Mais ça, évidemment, c'est quelque chose que vous ne pouvez pas concevoir.

— Et quand il regardera son enfant, et qu'il reconnaîtra mes yeux, mon nez ou ma bouche ? dit-il en partant d'un gros rire. Se souviendra-t-il de son amour pour toi ? A ton avis, Lena...

La main sur la poignée de la portière, elle se retourna et le foudroya du regard.

— Au royaume de l'infamie, vous n'avez pas d'égal, James Simeon. Vous pouvez me calomnier aux yeux de Terence, débiter tous les mensonges de la terre, jamais, vous m'entendez, jamais je ne remettrai les pieds chez vous ! Vous aurez peut-être quelque difficulté à trouver une autre malheureuse pour se plier à vos quatre volontés. Vous connaissant, toutefois, je suis certaine que vous y arriverez.

— Joli petit discours. Tu ne cesseras jamais de m'étonner.

— Moi, il y a longtemps que plus rien ne m'étonne, venant de votre part.

— Dépêche-toi de rentrer avant que l'orage n'éclate, ma fille. Et prends soin de toi, maintenant que tu es grosse. Ce serait dommage d'avoir un petit bâtard souffreteux de plus dans les rues de Whiskey Island, pas vrai ?

Elle souleva le loquet ; il la laissa sortir.

— Salue bien bas ton cher époux de ma part, lui lança-t-il. Lui et moi, nous aurons une petite discussion, l'un de ces jours. Tu peux y compter.

37.

Plus l'orage se rapprochait, plus Terence était anxieux. Ce n'était pas qu'il craignît d'être mouillé — c'était pour Lena qu'il s'inquiétait. Il l'imaginait filant le long de rues assombries, sous un déchaînement d'éclairs. Elle allait vouloir se dépêcher et, avec cette pente raide, rendue glissante par la pluie, ne risquait-elle pas de se rompre les os ?

Il envisagea alors de faire un bout de chemin à sa rencontre. Mais était-il seulement capable de grimper la pente ? Ses forces étaient loin d'être revenues. Un jour, sans doute, il se déplacerait à l'aide d'une simple canne. Pour l'heure, il ne pouvait se passer de la solide béquille que Rowan lui avait bricolée, avec sa poignée d'appui cruciforme. Coincée sous l'aisselle de son bras blessé, elle lui permettait de se déhancher, tandis que, dans l'autre main, sa canne l'aidait à se propulser en avant. Malgré son allure d'escargot, et sa boiterie prononcée, il ne se débrouillait pas mal en terrain plat...

Il décida de faire un essai. Il verrait vite comment il s'en tirerait. D'abord, il croisa un voisin qui rentrait chez lui au pas de course, fuyant la pluie imminente, et ils échangèrent des bonsoirs ; il salua ensuite un passant qui se hâtait. Quand l'homme eut disparu à sa vue, la route de la colline s'offrit à lui, vide de toute présence.

Si Terence se fatiguait vite, l'ascension n'était pas aussi dure qu'il l'avait craint. Un vent fort se leva en rafales, lui faisant perdre l'équilibre à plusieurs reprises. Il s'habitua peu à peu à en contrebalancer les rudes assauts en manœuvrant sa canne avec dextérité. Une fois au tiers du chemin, environ, il s'accorda une pause pour reprendre des forces. Toujours pas de Lena à l'horizon.

Un sourd pressentiment lui serrait le cœur. Pourtant, avait-il lieu de s'inquiéter ? Le père McSweeney n'aurait pas laissé partir Lena sans escorte...

Il reprit son chemin, cahin-caha, le souffle court, les muscles raidis par l'effort, chancelant sous les sautes de vent. Il couvrit un nouveau tiers du trajet sans croiser âme qui vive. Le ciel s'était assombri au point que la nuit semblait être tombée. Seuls les éclairs qui zébraient l'espace au-dessus du lac l'éclairaient par intermittence. S'arrêtant un instant, il s'épongea le front d'une main moite qu'il essuya sur son pantalon.

Il était pratiquement arrivé au sommet, le cœur battant à tout rompre, mais exultant de joie, lorsqu'un homme apparut brusquement, lui barrant l'accès à la crête. Planté au milieu de la chaussée, jambes largement écartées, bras croisés, l'homme semblait décidé à ne pas le laisser passer.

— Terence Tierney ?

Terence s'arrêta, en appui sur sa béquille.

— A qui ai-je l'honneur ?

— Peu importe. Rentrez chez vous, à présent. Votre épouse a été retenue.

— Retenue ?

— C'est ça. Elle vous rejoindra plus tard.

Terence sentit la colère monter en lui. L'homme était jeune et bâti en force, avec un cou de taureau, des épaules larges, un torse massif. Son visage couturé et son nez épaté trahissaient le boxeur.

— Je ne compte pas rebrousser chemin. Si ma femme est en retard, je préfère l'attendre au presbytère.

Ayant dit ces mots, il s'avança en direction de l'inconnu qui, lui, n'avait pas bougé d'un pouce.

— On te demande pas ce que tu préfères, mon bonhomme. Ta poule a mieux à faire pour le moment que de te donner le bras jusque chez toi. Allez, file ! Quand M. Simeon en aura fini avec elle, il te l'enverra.

Terence, sidéré, s'arrêta net.

— Simeon ?

— Puisque je te le dis. Ils sont en train de s'expliquer. C'est pas le genre d'homme à apprécier qu'on quitte son boulot sans crier gare.

Terence se demanda soudain ce que Lena ne lui avait pas dit. Pourquoi un homme aussi puissant que Simeon se souciait-il de la démission d'une domestique ? Il y avait des dizaines de candidates à sa porte, prêtes à occuper le poste vacant.

Une peur affreuse l'envahit, lui mouillant les tempes d'une sueur glacée. Il se représenta Lena, seule, en tête à tête avec cet homme redoutable, qu'elle avait charitablement décrit comme « désagréable », mais qui, au dire de tous, était capable du pire.

L'homme de main de Simeon comptait sur sa peur. Aussi, dissimulant ses sentiments, Terence prit un ton de dédain pour l'apostropher.

— Mon épouse ne discute pas avec des personnages du genre de Simeon. Allez, laissez-moi passer.

— Ne m'oblige pas à employer les grands moyens. Rentre chez toi, l'Irlandais.

— Pas question. Je tiens à aller au-devant de ma femme.

Le jeune homme ricana.

— Mais fous-lui la paix, à ta rombière ! J'te dis qu'elle est occupée avec mon maître. Et pour un bon moment, je te le garantis. Quand je te vois, je la comprends, la môme.

— Je vous interdis... ! Mon épouse est une femme honnête.

— Honnête, honnête, parlons-en ! s'esclaffa l'autre en imitant l'accent de Terence. Oh, je dis pas qu'elle gagne pas honnêtement son fric en écartant les cuisses, mon vieux. En tout cas, M. Simeon a l'air d'apprécier, puisqu'il en redemande.

Terence fit un moulinet si vif avec sa canne qu'il cueillit le gars par surprise. Déséquilibré, le boxeur s'étala sur le sol. Terence, furieux, le frappa de nouveau ; le bout de sa canne se brisa sur le crâne de son adversaire.

Eût-il été doué de sa vigueur d'antan, l'autre aurait probablement perdu connaissance sous le choc. Il n'en était rien. Le blessé, tout en hurlant de douleur, attrapa l'extrémité de la canne et tira violemment. Terence s'effondra sur lui.

*
* *

A peine Lena avait-elle quitté la voiture attelée que les nuages crevèrent en torrents de pluie. Elle rabattit son châle sur sa tête et, les yeux fixés sur le sol, entama la descente.

— ... Z'avez intérêt à vous dépêcher, lui lança une voix masculine.

Surprise, elle leva les yeux, et, à travers le ruissellement qui l'empêchait pratiquement de distinguer quoi que ce fût, elle vit un homme, venant à sa rencontre en traînant la jambe, la casquette tirée sur les yeux. S'agissait-il du palefrenier de Simeon, un voyou connu pour sa cruauté, haï de tout le personnel ? Si c'était le cas, il avait donc abandonné son poste de guet.

Elle resserra les pans de son châle et pressa le pas. L'eau qui courait sur la route non pavée avait déjà transformé la terre argileuse en patinoire et la glaise collait à ses semelles.

« Pourvu que Terence soit déjà rentré. Pourvu qu'il ne se soit pas heurté au brutal palefrenier. Seigneur, laissez-moi lui parler avant que Simeon ne le fasse, je Vous en prie... », psalmodiait la jeune femme en baissant le front sous les rafales.

Elle aurait dû savoir que Simeon ne s'avouerait jamais vaincu, qu'il trouverait un moyen de lui faire payer sa rébellion. Tout comme le père McSweeney, elle avait sous-estimé la soif de vengeance du millionnaire. Comme ils avaient été naïfs de penser pouvoir protéger Terence !

Il ne lui restait plus qu'à prier avec ferveur pour que, dans son amour, Terence réussît à comprendre son sacrifice, et qu'un jour il lui pardonnât.

Elle aurait dépassé sans le voir l'homme vautré sur le bord de la chaussée si son corps, formant barrage, n'avait créé un ruisselet qui l'obligea à ralentir. Elle l'aperçut alors, poussa un cri, et courut vers lui.

— Terence !

Elle s'agenouilla dans la boue. Il gisait sur le côté, recroquevillé. Ecartant ses cheveux, elle découvrit une blessure à sa tempe d'où le sang giclait à gros bouillons.

— Sainte Mère de Dieu ! s'écria-t-elle en appliquant son châle roulé en boule sur la blessure pour arrêter l'hémorragie. Terence ! Terence !

Un instant, elle le crut mort. Puis il tourna lentement la tête, battit des paupières ; ses yeux s'ouvrirent et se fixèrent sur elle.

— Terence, tiens bon. Il faut que j'aille chercher du secours.

— Simeon...

Il eut un rictus douloureux ; sa voix se fit plus faible, plus lointaine.

— Est-ce qu'il t'a... fait du mal ?

— Non ! non ! C'est un homme horrible... Mais il ne me fera plus jamais de mal.

— Mais il... il t'en a fait.

Elle se mit à sangloter.

— Pas maintenant, Terence. Nous en parlerons plus tard. Je vais appeler à l'aide.

— ... suis si désolé. Je le tuerais... de mes mains, si... si je pouvais. Pour toi.

Elle sut alors qu'il était au courant de tout et que son amour l'absolvait.

— Je sais, je sais que tu le ferais, mon bien-aimé. Je t'en prie, mon amour, ne meurs pas. Laisse-moi courir jusqu'à cette maison là-bas...

— Le bébé. Prends bien soin de mon... bébé.

— Oui, bien sûr. Mais tu seras là pour m'aider. Nous...

— Rowan... il t'aidera, lui.

Si ses paupières restèrent ouvertes, ses yeux avaient cessé de voir. Sa bouche se détendit et sa tête roula sur le sol spongieux.

— Terence ! cria-t-elle en lui secouant l'épaule. Terence, ne m'abandonne pas !

Elle le secouait toujours lorsque, la pluie diminuant d'intensité, quelqu'un vint s'enquérir de cette femme agenouillée dans la boue qui ne cessait, comme un chien à la mort, de hurler.

38.

Elle aurait volontiers vendu la maison de Tyler Street. Mais ceux qui en auraient eu les moyens préféraient des maisons situées plus haut sur la colline. Les Irlandais s'étendaient vers l'ouest, dans des zones plus saines, éloignées de la rivière. Rowan lui offrit d'acheter la pauvre masure. Elle refusa.

Le père McSweeney insista pour qu'elle emménageât dans la maisonnette des gardiens, au presbytère. Le vivre et le couvert auraient été déduits de ses gages ; le bon père n'y pouvait rien ; les autorités ecclésiastiques s'opposaient à tout arrangement. Comme la maison où elle avait vécu jusqu'alors avec Terence ne lui coûtait rien, elle y resta. Rowan fit de même — malgré les regards lourds de sous-entendus et les ragots.

— Et que croyez-vous qu'ils fassent sous le même toit, hein ? demanda Katie Sullivan, le jour où la rumeur lui parvint aux oreilles, à la commère la plus vipérine du voisinage. Elle, avec son gros ventre, qui pleure son pauvre époux, et lui, nuit et jour dehors, à maintenir la paix et l'ordre dans les rues de notre bonne cité ? Que la peste soit des mauvaises langues !

L'intensité du deuil de Lena fit frémir Katie ; celle-ci, d'ailleurs, ne se gêna pas pour le lui dire. Son chagrin risquait d'atteindre le bébé et de lui faire du mal. Elle parlait en vain... Lena encaustiquait la maison du père McSweeney et lui préparait ses repas comme une automate ; elle se nourrissait très peu et dormait encore moins ; elle sanglotait jour et nuit.

La veillée mortuaire et les funérailles de Terence avaient été très suivies. Terence était apprécié de la communauté. Il avait suscité l'admiration de tous, après son accident, en luttant pour recouvrer sa dignité.

Sa mort était un choc terrible pour les habitants de Whiskey Island. Si, depuis l'installation des premiers colons irlandais, la presqu'île avait été le théâtre de rixes en tout genre ; si, tous les soirs, « le panier à salade » faisait son plein d'ivrognes et de mauvais garçons, le meurtre n'y était pas monnaie courante. L'assassinat de Terence Tierney avait frappé les imaginations : quelqu'un avait osé s'attaquer à un infirme, lui défoncer le crâne à coups de pierre, et le laisser se vider de son sang, sous les trombes d'eau d'un orage déchaîné.

Pour quel motif ? Terence était un pauvre parmi les pauvres. Il n'avait sur lui ni argent ni objet de valeur. Il n'avait volé ni le travail ni la femme de qui que ce fût. Il n'avait jamais frappé personne, pas même donné un coup de pied à un chien.

Sa propre femme était enceinte.

Pendant que les citoyens organisaient des patrouilles locales, toutes les nuits, Rowan poursuivait, de son côté, son enquête personnelle. Lena lui avait fait un récit circonstancié de la soirée tragique et de sa rencontre avec l'homme qui était sans doute l'assassin de son mari. Si elle soupçonnait le palefrenier des Simeon, elle ne pouvait malheureusement pas affirmer avec certitude que l'homme à la casquette, et à la claudication prononcée, croisé sous la pluie battante de cette sinistre nuit, était bien l'employé du magnat de l'acier.

Rowan avait voulu questionner le garçon d'écurie. Il était d'abord tombé sur son père — le jardinier de l'hôtel particulier — qui lui avait juré ses grands dieux que son fils était rentré de sa course avec M. Simeon avant l'orage. Sans un poil de mouillé. Sur ce, le jeune coq de basse-cour avait fait son apparition, frais et rose, toujours aussi crâneur — et sans la moindre trace de boiterie.

Lena aurait aimé accuser Simeon de la mort de Terence. Mais pourquoi aurait-il fait assassiner un homme qu'il s'apprêtait à tourmenter par des révélations sur les infidélités de sa femme ? Il était davantage dans le caractère de Simeon de faire souffrir sa proie, comme un chat joue avec une souris avant de lui porter le coup de griffe fatal.

Elle s'était attendue à ce que Simeon continue à la poursuivre, renouvelle ses offres d'emploi, profite de la situation. Une jeune veuve bientôt mère était une proie idéale. Un mois avait passé, puis un autre, puis un troisième, sans qu'il se manifestât. Elle commençait à croire qu'il avait renoncé. Avec son ventre rond, quel attrait pouvait-elle encore avoir pour un homme qui pouvait s'offrir n'importe quel tendron appétissant ? Avec la disparition de Terence, n'avait-il pas eu le dernier mot ? Dans son triomphe, il avait dû l'oublier.

Comme pour confirmer sa fragile hypothèse, Rowan lui fit part d'encourageantes nouvelles. Il rentra tard un soir de son travail et la trouva dans le rocking-chair ouvragé dont Terence lui avait fait cadeau le jour de ses noces. Elle se balançait, le regard fixe, devant l'âtre éteint. Pourtant, le matin même, Rowan avait obligeamment préparé une flambée.

— Lena, vous devriez être couchée à cette heure-ci.

Elle le regarda, un sourire tremblant sur les lèvres.

— Je ne rêve jamais de Terence. N'est-ce pas étrange ?

— C'est trop tôt. Vous rêverez de lui quand votre chagrin se sera un peu calmé.

— Nous avons été assis devant cette cheminée si souvent, tous les deux. Moi dans ce fauteuil, lui sur cette chaise... Il me faisait la lecture. J'ai l'impression d'entendre encore sa voix.

— Nous découvrirons l'homme qui l'a tué, Lena.

— Les hommes cherchent la vengeance. Les femmes regrettent ce qui a été.

Rowan s'installa sur le banc près de la cheminée.

— J'ai des nouvelles qui pourraient vous intéresser.

Plus rien ne l'intéressait. Cependant elle chérissait Rowan, et, pour rien au monde, elle ne l'aurait blessé.

— Qu'est-ce donc ?

— C'est à propos de Simeon.

Elle baissa les yeux sur ses mains.

— Quelqu'un a-t-il fini par régler son compte à ce monstre ? Définitivement ?

— Est-ce ce que vous souhaitez ?

Elle haussa les épaules.

— Il a si peu d'amis.

— Très bientôt, il aura un enfant.

Elle arrêta brusquement son balancement et devint pâle comme un linge. Si Rowan le remarqua, il ne souffla mot.

— Son épouse attend un enfant, précisa-t-il. Elle devait rentrer d'Angleterre ce mois-ci. Finalement, elle y restera jusqu'à la naissance. Elle ignorait son état avant de partir en voyage. Nani m'avait raconté, à son retour, que cette pauvre Mme Simeon avait été affreusement malade pendant toute la traversée, je m'en souviens. Ce devait être le début de sa grossesse.

— Qui vous a dit cela ?

— Bloomy. M. Simeon est dans tous ses états. A ce qu'elle dit, il a convoqué un architecte pour rajouter une aile supplémentaire à la maison, et il est parti à New York choisir l'ameublement. Tout ce qu'il y a de plus somptueux, comme d'habitude. L'enfant sera gâté...

— Il n'aura pas le meilleur des pères.

— Qui sait si la paternité ne changera pas le bonhomme ? On dit que les enfants accomplissent parfois des miracles.

— Il traitera cet enfant comme une possession de plus, de la même manière qu'il traite tous ceux qui l'approchent de près ou de loin. Il est incapable de sentiments sincères, incapable d'aimer qui que ce soit. Et il n'apprendra jamais. C'est trop tard.

— Vous le haïssez, n'est-ce pas ?

Elle n'avait plus la force de haïr. Même pas Simeon.

— Je suis ravie, Rowan. C'est un homme à idées fixes. Avec cet enfant, peut-être oubliera-t-il un peu le reste.

— Et les autres ?

Rowan, visiblement, s'attendait à ce qu'elle se confie. Aurait-il la même magnanimité que Terence et le père McSweeney, qui, tous deux, lui avaient pardonné ? Rowan jugeait le monde à travers son regard de policier. Ses opinions devaient être plus tranchées sur le bien et le mal. Elle craignait qu'il ne la condamne à jamais.

Comme elle restait murée dans son silence, très doucement, en pesant ses mots, il l'interrogea.

— Avez-vous peur, Lena, qu'il... tourne son attention vers vous, de nouveau ?

— James Simeon a disparu de mon existence, et j'en remercie le ciel. Maintenant qu'il aura un héritier, j'espère que cela l'occupera pour le restant de ses jours.

Décidément, songea-t-elle, dame Nature se montrait généreuse avec cette créature frivole et mondaine de Julia Simeon. Non seulement un enfant lui était accordé, malgré sa santé chancelante, et après de longues années de stérilité, mais elle avait la chance de mener sa grossesse, entourée de membres de sa famille, d'amis aux petits soins, d'une cohorte de servantes diligentes et surtout — surtout ! — loin de son tyran d'époux. Fût-elle restée à Cleveland, il l'aurait probablement enfermée à double tour dans sa chambre à coucher, pour tout contrôler — et lui enlever jusqu'au goût de la liberté.

L'emploi du temps de Lena était, lui, réglé avec une précision immuable. Levée tôt, elle s'affairait aux tâches ménagères avant de prendre un substantiel petit déjeuner en compagnie de Rowan. Elle se préparait ensuite pour sa journée de travail à la cure. Le père McSweeney lui envoyait sa voiture tous les matins, et la faisait raccompagner chaque soir.

Même lorsque sa grossesse devint visible, il ne lui demanda pas de rester chez elle. Il savait à quel point son salaire lui était nécessaire. Son ardeur à la tâche ne s'était pas ralentie. Aux membres de la paroisse, chuchotant qu'il était inconvenant d'employer une femme si proche de son terme, il demanda s'ils préféraient payer les gages de Lena pendant qu'elle se claquemurerait chez elle. Les mauvaises langues se turent immédiatement.

Elle continuait à envoyer de l'argent en Irlande. Les parents de Terence avaient été effondrés en apprenant la mort de leur fils. Dans une lettre, rédigée par le père McSweeney, elle leur avait assuré qu'elle ne renonçait pas à les faire venir, plus tard. Elle souhaitait les avoir près d'elle, avec sa propre mère, pour élever ensemble son enfant et démarrer une nouvelle vie.

A la vérité, elle doutait parfois que les Tierney vécussent assez longtemps pour entreprendre la traversée. Sans l'aide de Terence, épargner tenait de la gageure. Néanmoins, tous les mois, elle ajoutait quelques piécettes dans la boîte de métal cachée sous son lit. C'était surtout l'espoir qu'elle entretenait ainsi.

A l'approche de Noël, son tour de taille était devenu impressionnant. L'hiver avait beau être le plus doux dont elle se souvienne, elle redoutait d'avoir à circuler dans les venelles verglacées de Whiskey Island. Rowan était au logis plus souvent qu'à son tour. Il prétextait des migraines, de la fatigue, prétendait que ses amis n'étaient pas d'humeur à partager une pinte de bière avec lui. Lena n'était pas dupe : il sortait le moins possible pour veiller sur elle. Le matin, il l'aidait à monter dans la voiture ; le soir, il était là pour l'en faire descendre...

Katie s'arrêtait souvent dans la journée pour déposer de la soupe ou du pain ; ainsi Lena n'avait pas, le soir, à préparer son dîner. Fidèle à sa promesse, Katie avait terminé de tricoter une layette complète. Lena, qui n'avait pas réussi à finir sa première couverture de berceau, regardait pensivement les petites brassières en songeant au bébé qui les porterait.

Elle passa tous les dimanches de l'avent, et même le jour de Noël, à Sainte-Brigid, en prières. Elle préférait éviter les jours fériés à Whiskey Island, le souvenir de ceux qu'elle avait passés avec Terence étaient par trop douloureux. Fut-elle soulagée de voir arriver la fin du mois de décembre ? A l'instar de Marie, le jour de sa délivrance approchait.

Un soir, trois semaines avant la naissance prévue par Granny, la vieille sage-femme de Whiskey Island, Lena se posta devant le presbytère pour attendre sa voiture. Le temps était maussade, le ciel sans étoiles ; seul un pâle croissant de lune jetait sa lumière incertaine sur le quartier. Elle se drapa du mieux qu'elle put dans les plis de sa cape ; son ventre proéminent rendait la chose difficile.

Elle se sentait plus fatiguée qu'à son habitude. L'air frais allait peut-être rendre un peu de couleur à ses joues exsangues avant qu'elle ne retrouve Rowan. Elle l'espérait, car il s'inquiétait trop pour elle. Récemment, il lui avait fermement demandé de renoncer à travailler dans son état. Il lui avait même proposé de partager son propre salaire pour couvrir le manque à gagner.

Rowan était la bonté même : un ami dévoué sur lequel elle pouvait compter de façon indéfectible. Cependant elle ne voyait pas pourquoi son amitié dût prendre de telles proportions. Aussi longtemps que ses forces ne la trahiraient pas, elle travaillerait.

Tout en battant la semelle sur le pavé, elle observait le paysage silencieux, aux tons plombés. Aux avant-toits des maisons couvertes de givre pendaient de longues stalactites. Elle jetait un coup d'œil à l'horloge de la banque faisant le coin de la rue lorsqu'elle aperçut un homme qui manifestement, à moitié dissimulé derrière une colonne de marbre, la surveillait.

Simeon ? Son cœur défaillit. Mais non : l'homme était plus petit et plus jeune que son tortionnaire. S'agissait-il de son palefrenier ? Il faisait trop sombre pour l'affirmer.

Un claquement de sabots signala l'arrivée de l'attelage ; aussitôt l'homme en faction disparut dans la nuit.

En dépit de l'opiniâtre dégoût que lui inspiraient les « papistes », Bloomy avait assisté aux funérailles de Terence. Mais, dans la cohue des participants, Lena et elle n'avaient guère eu le temps de se parler. Depuis la cérémonie, les deux femmes n'avaient plus eu l'occasion de se rencontrer. Un samedi matin, deux jours après l'épisode du guetteur tapi dans l'ombre, elles tombèrent nez à nez chez le même commerçant, dans un marché que Bloomy ne fréquentait pas habituellement.

— Lena ! s'écria la vieille cuisinière en fixant le ventre distendu de celle-ci avec des yeux écarquillés. Mais... j'ignorais tout.

— Oui, je portais l'enfant de Terence... quand il a été tué.

— Et la naissance est pour bientôt, on dirait.

Effectivement, Lena avait l'impression qu'elle devancerait les prédictions de Granny. Depuis la veille, son dos la faisait atrocement souffrir, et durant la nuit, des douleurs l'avaient réveillée. Le bébé semblait plus calme qu'à l'accoutumée, comme s'il rassemblait ses forces.

— Oui, très bientôt, confirma-t-elle.

Peu désireuse d'entendre des ragots sur la maison Simeon, elle interrogea Bloomy sur sa santé et l'écouta poliment lui donner des nouvelles de ses grands enfants avant de mettre fin à l'entretien.

Elle n'attacha guère d'importance à cette rencontre. Le soir même, rentrée la première au logis, elle s'étonna de ne pas trouver Rowan à sa descente de voiture. Elle commençait à s'inquiéter quand elle entendit des pas.

Rowan n'était pas seul. Nani l'escortait, une Nani au teint brouillé et aux yeux rouges, qui semblait dans tous ses états.

— Nani ?

Elle quêta une explication dans le regard de Rowan.

— Nous avons quelque chose à vous dire. J'ai pensé qu'il valait mieux que Nani vous en parle directement.

Lena s'installa péniblement dans son fauteuil favori et croisa les mains sur son giron. Au fil des heures, elle s'était sentie de plus en plus mal ; elle n'aurait pas pu rester debout un instant de plus.

— Nani, vous êtes toujours la bienvenue ici, dit-elle.

Rowan tira la chaise de Terence de son coin, aida la jeune fille à s'y asseoir et se laissa tomber sur son banc habituel.

— Je n'ai pas pu vous aider... avant, lança Nani sans préambule. J'ai essayé...

Le regard de Lena se posa sur Rowan. Il ne semblait guère surpris par l'attitude de Nani. Depuis combien de temps savait-il ? Jusqu'où avait-il découvert la vérité ?

Il se pencha vers elle.

— Lena, je sais que Simeon a abusé de vous... Depuis quelque temps, déjà.

Elle ferma les paupières, nauséeuse, le rouge de la honte aux joues.

— Ecoutez Nani jusqu'au bout, ajouta-t-il.

— Bloomy m'a dit, aujourd'hui, pour le bébé.

Lena ravala la bile amère qui lui brûlait le gosier et foudroya Nani du regard.

— L'enfant est celui de Terence.

Les yeux de la jeune Hongroise s'étaient emplis de larmes.

— Vous n'étiez pas venue travailler le jour de la garden-party, vous n'étiez plus là quand je suis rentrée de voyage. Personne n'a pu me dire pourquoi. Tout le monde disait que c'était normal, qu'on ne pouvait pas faire confiance aux Irlandais.

— Mais vous, Nani, vous saviez que c'était faux, n'est-ce pas ?

— J'avais honte... Honte de n'avoir pas pu vous défendre.

Lena éprouva de la compassion pour cette jeune femme qui avait été son amie.

— De toute façon, Nani, vous n'auriez rien pu faire. Longtemps, j'ai cru qu'il en était de même pour moi.

— Vous auriez pu faire appel à moi, dit Rowan en faisant craquer les jointures de ses doigts. J'y aurais mis bon ordre.

Son visage cramoisi témoignait de sa rage intérieure. S'il n'était pas violent, habituellement, il pouvait aller très loin pour protéger ceux qu'il chérissait. Lena essaya de lui faire entendre raison.

— Sincèrement, croyez-vous que Simeon aurait filé doux si vous lui aviez fait la morale ? Qu'auriez-vous fait ? Vous l'auriez tué ? Je ne voulais pas vous mêler à ça, Rowan. Je tiens trop à vous pour vous laisser gâcher votre existence à cause de cet infâme personnage.

Rowan reprit la parole d'une voix étranglée par l'émotion.

— Je suis prêt à tout pour vous.

Elle prit brusquement conscience de la profondeur des sentiments de Rowan à son égard. Ils dépassaient de loin le simple cadre de l'amitié et de l'affection.

L'homme sur qui elle s'appuyait chaque jour davantage, depuis la mort tragique de son mari, était amoureux d'elle.

Elle lui répondit en bégayant :

— Je... je ne pouvais vous demander de détruire votre existence.

— Vous avez préféré laisser Simeon détruire la vôtre.

— Non ! J'ai repris ma vie en main. Je suis en sécurité à présent. Simeon ne pense plus à moi.

Nani lui fit face, le visage ruisselant de larmes.

— Lena, Mme Simeon ne peut pas avoir d'enfant. Ni maintenant ni plus tard.

— Nani, que racontez-vous ? Elle est enceinte. Simeon est en train d'installer la plus luxueuse nursery...

— Elle n'est pas enceinte. Il l'a envoyée au loin pour...

Elle chercha le mot juste :

— ... pour faire semblant. C'est elle qui me l'a dit. A bord du bateau. Elle devait dire qu'elle était enceinte. Même à sa propre famille. Seul son docteur savait la vérité.

— Mais pourquoi ? Pourquoi construire une nouvelle aile à la maison pour un enfant qui n'existe pas ? Cela n'a aucun sens, Nani.

Rowan s'empara des mains glacées de Lena et les frotta dans les siennes pour les réchauffer.

— Il mettra un autre enfant dans la nursery, Lena.

Soudain, elle réalisa.

— Non ! hurla-t-elle.

Elle voulut lui retirer ses mains, il les serra plus fort.

— Il lui fallait un héritier. Il...

Lena se dressa comme une lionne en furie.

— Vous vous trompez. Tous les deux ! C'est impossible. Il ne m'a jamais demandé s'il pouvait élever cet enfant...

— Il ne demande jamais, cet homme : il prend !

Elle baissa les yeux sur leurs mains enlacées.

— Et il paye. Il pense qu'il peut tout acheter. S'il avait voulu mon bébé, il serait venu me proposer de l'argent...

Elle ne se souvenait que trop bien des pièces qu'il lui jetait négligemment, chaque fois qu'il avait pris son plaisir avec elle. Elle les avait cachées, jusqu'au moindre penny, dans une jarre de sa cuisine.

Rowan secoua la tête.

— Simeon ne montre jamais son jeu à l'avance. Il attend tout bonnement la naissance pour abattre ses cartes maîtresses. Il sait dans quel pétrin vous êtes, il vous vantera l'existence dorée qu'il brûle d'assurer à l'enfant. Il vous rappellera le mépris qu'il vous inspire, et combien vous serez malheureuse d'avoir à élever son enfant. Il vous offrira alors une somme assez importante pour vous permettre de recommencer votre vie. Vous pourrez faire venir votre famille d'Irlande, emménager dans une belle maison. Tout ça, simplement en vous débarrassant d'un enfant que vous ne souhaitez pas vraiment.

Mais cet enfant, elle le voulait. Qu'il fût celui de Terence... ou de Simeon. Cette certitude lui vint dans une absolue clarté.

— Comme il gisait à l'agonie, Terry m'a fait promettre de prendre soin de son enfant. Il savait pourtant... Il avait deviné ce que Simeon m'avait fait subir. Jamais Simeon ne mettra ses sales pattes sur ce petit. Jamais !

— Il vous a choisie, exprès, vous savez, intervint Nani. Vos cheveux, votre teint...

— Il m'a choisie...

L'idée avait de quoi la rendre malade. Mais n'avait-elle pas surpris son regard calculateur de maquignon sur elle ? Ne lui avait-il pas sans cesse répété qu'il admirait son énergie, sa vivacité, son intelligence ? Ce qu'elle avait pris pour de viles flatteries étaient en fait... Oui. Il l'avait sélectionnée comme une jument pour son étalon de concours. Il le lui avait dit. Hélas, elle n'avait pas voulu l'entendre.

Elle se laissa aller contre le dossier du fauteuil, vaincue. Si Rowan lâcha ses mains, il resta penché sur elle, la couvant d'un regard bienveillant.

— Que faire ? demanda-t-elle enfin. Il ne renoncera jamais. Il trouvera le moyen de me prendre le bébé.

— Vous devez quitter la ville. Avant la naissance... Nous vous cacherons en lieu sûr, l'enfant et vous, jusqu'au départ de Simeon. Il a prévu de rejoindre sa femme à son dernier « terme » et de l'emmener à Londres, sous prétexte que les soins y sont meilleurs. S'il attend votre accouchement pour partir, il ne pourra pas le faire indéfiniment. On n'a jamais vu de grossesse durer plus de neuf mois !

— Il partira les mains vides, dit Lena d'un ton las, et un pauvre orphelin de Londres fera les frais de la supercherie. Il n'est jamais à court d'idées. Mais où pourrais-je aller ? Sans argent, sinon... les quelques économies pour ramener la famille d'Irlande.

— J'ai de l'argent à la banque. Je ne pourrai le retirer avant lundi matin — et ce sera trop tard.

— J'en ai un petit peu de côté, moi aussi, intervint Nani en se levant. Je vais vous l'apporter.

Lena secoua la tête.

— Je ne peux accepter votre argent.

— Vous le devez. Je tiens à vous aider. Je vous en prie...

Nani, bourrelée de remords, voulait réparer, d'une certaine manière, sa lâcheté d'antan. Lena n'eut pas le cœur de lui refuser.

— D'accord, j'y consens. Merci.

Nani rassembla ses affaires et se dirigea vers l'entrée.

— J'attendrai dehors.

— Inutile, lui dit Rowan, se levant à son tour.

— Si, j'insiste, dit-elle en sortant.

Lena se raidit. La douleur aiguë qui l'avait réveillée la nuit précédente revenait avec plus d'acuité. Elle attendit que le spasme reflue un peu avant de dire, d'une voix hachée :

— Il n'y aura pas assez d'argent, même avec les économies de Nani.

Rowan se tenait devant elle, pétrissant gauchement son chapeau entre ses doigts.

— Je vais aller trouver le père McSweeney. Il me prêtera le nécessaire. Puis je vous mettrai dans le train pour Chicago. J'ai des amis de Mayo qui s'y sont installés. Ils vous accueilleront et vous aideront à trouver un emploi, une fois que le bébé sera né.

— Et vous, Rowan, qu'allez-vous devenir ?

— Quand vous serez installée, en sécurité, que l'enfant aura grandi, et que vous serez remise de votre deuil...

— Eh bien ?

— Je vous rejoindrai.

Avait-elle le choix ?

— Je vais préparer mon bagage. Je rassemblerai vos affaires par la même occasion. Je serai prête quand vous reviendrez.

— A la bonne heure. Par prudence, toutefois, je vais demander à Seamus Sullivan de venir vous tenir compagnie pendant mon absence.

Elle comprenait son inquiétude — bien justifiée après tout ce qu'ils venaient d'apprendre — et même, elle la partageait. Mais elle voulait passer un moment, seule, dans son humble logis, avec ses souvenirs.

— Dites à Seamus de ne pas se presser. Il n'aura qu'à frapper deux fois, je lui ouvrirai. Et dites au père McSweeney que je suis désolée de le quitter ainsi.

Ses yeux s'emplirent de larmes. Elle était vraiment triste de ne pouvoir faire ses adieux au prêtre. Il avait été si bon et miséricordieux pour elle.

Rowan se dirigea vers la porte, s'arrêta un instant sur le seuil pour coiffer son chapeau.

— N'ayez crainte, il comprendra. Soyez prudente, Lena. Je reviendrai dès que possible.

39.

Son bagage fut vite prêt, elle possédait si peu... Elle plia la layette dans un coin du sac de toile qui avait déjà fait le voyage d'Irlande, y joignit ses pauvres hardes, quelques affaires de toilette, un tire-bouton. Un portrait de Terence dans un petit cadre de métal qu'elle emballa avec soin dans un jupon et plaça sur le dessus. Et la messe fut dite.

« Et d'un », murmura-t-elle, pour se donner du courage.

Elle grimpa ensuite l'escalier branlant menant à la chambre de Rowan. Péniblement, car son dos la faisait encore souffrir ; des crampes douloureuses lui serraient le ventre par instants.

« Ce n'est tout de même pas le bébé. C'est trop tôt. »

Les souffrances qu'on lui avait abondamment décrites ne correspondaient pas à ces symptômes. Elle se sentait brouillée, nauséeuse...

Dans la chambre, elle trouva une sacoche de cuir qu'elle garnit de vêtements et du nécessaire de rasage de Rowan. Comme chaque fois qu'elle pénétrait dans la minuscule pièce sans air — elle la connaissait bien pour y avoir fait régulièrement le ménage —, elle se demanda comment Rowan avait pu supporter un logement aussi misérable. Au début, par amitié pour Terence, c'était clair. Mais ensuite, sa présence, à elle, n'avait pas été étrangère à sa décision de rester.

Jamais avant ce jour il ne lui avait par le moindre signe, fût-ce un mot ou un geste, signifié qu'il éprouvait plus que de l'amitié pour elle.

Elle redescendit, un peu étonnée que Seamus ne fût pas encore arrivé. Il avait dû être retardé en chemin.

En allant récupérer sous son lit la boîte en fer-blanc où elle rangeait ses économies, elle pensa à sa mère et aux parents de Terence. Ils ne verraient sans doute jamais l'Amérique. L'argent lui permettrait de fuir avec leur futur, et unique, descendant. Et, dans son cœur, elle savait qu'ils l'approuveraient de faire passer l'enfant d'abord.

Enfin, dans la cuisine, elle descendit le pot de terre du haut de l'étagère. L'une des expressions favorites de Katie lui revint à la mémoire.

— « Le coq chante, les poules veillent au grain », James Simeon, dit-elle ironiquement en ajoutant les pièces d'argent dans sa tirelire, qu'elle dissimula ensuite dans son sac de voyage.

Elle fit une dernière inspection de la maisonnette, boucla les bagages qu'elle plaça près de la porte d'entrée. Dieu, qu'elle se sentait fatiguée ! Comme si elle avait grimpé la colline de Sainte-Brigid au pas de course ou poussé sa lourde charrette jusqu'au port. Et Seamus qui n'était toujours pas là...

A bout de forces, elle s'effondra sur un siège tandis qu'une nouvelle vague de nausées, et de coups de poignard au ventre, la terrassait.

Elle se pencha en avant, la tête entre les genoux ; un liquide s'écoulait le long de ses jambes. Avec horreur, elle s'aperçut que sa jupe et son jupon étaient trempés.

— Sainte Mère de Dieu !

Le doute n'était plus permis : elle était en train de perdre les eaux. Il n'était plus temps de courir à Chicago. Le bébé en avait décidé autrement.

Si seulement sa chère Katie était là pour l'aider de ses conseils éclairés ! Dès que Seamus arriverait, elle lui demanderait d'aller la chercher avant d'appeler Granny à son chevet.

Pourrait-elle aller jusque chez les Sullivan... ? Un spasme violent l'en dissuada. Elle était trop faible à présent, et les contractions trop rapprochées.

Pour l'heure, il lui fallait quitter ses vêtements mouillés. Son autre chemise était déjà dans le sac. Elle la sortit du paquetage et réussit à marcher jusqu'à la chambre, en se tenant aux murs. Entre deux séries de contractions, elle se déshabilla, priant avec ferveur que Seamus lui laissât le temps d'enfiler sa chemise avant de se présenter à sa porte. Nonobstant il fallait qu'il vienne vite, car Granny demeurait à l'autre extrémité de Whiskey Island et, avec ses vieilles jambes, le trajet lui prendrait un bon moment.

Pourvu que le bébé attende jusque-là ! Au moins jusqu'à l'arrivée de Katie... Elle prendrait les choses en main...

Elle s'allongea sur le lit pour soulager la douleur qui lui vrillait le dos sans relâche. Elle repensa à la nuit où Terence lui avait fait l'amour pour la première fois depuis son accident. La nuit où cet enfant avait probablement été conçu. Ses souvenirs l'entraînèrent dans un demi-sommeil, lardé de pénibles sursauts.

Quand elle revint à elle, la souffrance lui tordait les entrailles. Elle serra les dents et s'agrippa au matelas.

Où était Seamus ? Rowan et Nani l'avaient quittée depuis longtemps déjà... et le mari de Katie était un homme sur lequel on pouvait compter. Il ne l'aurait pas laissée seule, la sachant en danger. Peut-être n'était-il pas chez lui au moment où Rowan était passé le prévenir... Katie était-elle partie à sa recherche ? En ce cas, ne serait-elle pas passée d'abord voir son amie ?

Elle considéra une fois encore la possibilité d'aller chercher du secours. Trop tard... La douleur était trop forte. Aurait-elle encore la force de se traîner jusqu'à l'entrée pour ouvrir à... Seamus...

Elle sombra dans un gouffre sans fond.

Rowan attendit que Nani fût montée à bord du tramway qui la ramènerait chez les Simeon avant de se diriger vers Sainte-Brigid. Il était tourmenté de savoir Lena seule, chez elle, proie ô combien facile pour Simeon ! Il se raccrochait à l'idée que Seamus serait bientôt à son côté. En effet, à peine avait-il touché deux mots de la situation à Seamus, celui-ci avait lâché sa pipe, passé le peigne dans ses cheveux et décroché son manteau. Lena serait en sécurité avec cet excellent homme, capable, si besoin était, de tordre le cou aux coquins qui menaceraient ses amis les plus chers.

Tout le monde aimait Lena. Elle brillait d'un feu si particulier. Elle était comme une lumière dans leur monde ténébreux. Son courage à toute épreuve lui valait le respect de la communauté. Il ferait beau voir qu'un millionnaire dépravé cherchât à la perdre !

Rowan, à son tour, était tombé amoureux d'elle. Ses tendres sentiments ne remontaient-ils pas au jour même de son mariage ? Pendant des années, il n'avait pas voulu le reconnaître. Pour ne pas se priver de sa merveilleuse présence. Et par loyauté envers Terence, son meilleur ami, qu'il chérirait jusqu'à son dernier souffle. Mais cependant que Terry arpentait les verts pâturages du paradis...

Le presbytère était sombre. Seule une petite lampe brûlait dans le bureau du père McSweeney. Le prêtre devait travailler à son sermon du dimanche matin. Rowan traversa le jardinet et frappa à la fenêtre. Quand le père leva le regard de ses livres, Rowan lui indiqua la porte d'un geste muet.

Une fois introduit dans le hall de la cure, il ne se répandit pas en civilités inutiles.

— James Simeon a l'intention de subtiliser le bébé de Lena et de l'élever comme son propre enfant. Il a monté tout un plan pour parvenir à ses fins.

— Mais... son épouse n'est-elle pas sur le point de lui donner un héritier ?

— Oh ! non.

En quelques mots, Rowan dressa un tableau de la situation aussi complet que possible.

— La seule solution pour Lena, conclut-il, c'est de quitter la ville au plus vite. J'ai les moyens de l'aider. Malheureusement mes fonds sont à la banque, indisponibles jusqu'à lundi. Or j'ai l'intention de mettre Lena dans le premier train pour Chicago.

L'expression du père McSweeney était impénétrable.

— Il y a un grand vide à l'intérieur de Simeon, là où son âme devrait se trouver.

— Pouvez-vous m'avancer la somme pour le voyage, mon père ?

— J'ai très peu d'argent à ma disposition. Nous pourrions vider le tronc des pauvres... Vous ne dépasseriez pas Toledo. Il y a un homme, toutefois, que je peux aller voir. Un paroissien fort généreux qui...

— Irez-vous lui demander, mon père ? Pour Lena ?

— Quelle question !

La sérénité coutumière de son visage laissa place à une intense expression de rage.

— Lena m'est précieuse. Je crois toujours avoir fait ce que j'ai pu pour elle, mais ce n'est jamais suffisant. Si je peux contribuer à mettre Lena en sécurité, et Simeon hors d'état de nuire, j'en serai assez heureux pour risquer le blâme de mes supérieurs.

Rowan eut un bref sourire.

— Je vais vous attendre. Pouvez-vous y aller dès maintenant ?

— Je suis déjà parti. Je vous accompagnerai ensuite jusque chez Lena, je tiens à lui dire au revoir.

Cette requête étonna légèrement Rowan. Il n'y avait pourtant pas de quoi, songea-t-il. Lena n'était-elle pas la gouvernante du prêtre, et un membre apprécié de son troupeau ? De plus, la jeune femme serait certainement heureuse de quitter Cleveland avec la bénédiction du bon père.

Il se demanda un instant s'il ne valait pas mieux prendre les devants, retourner chez Lena immédiatement. Mais il aurait aussi vite fait d'attendre la voiture attelée du père McSweeney.

Le prêtre de son côté était, semblait-il, parvenu à la même conclusion.

— Je vais aller à pied chercher cet argent. Pendant ce temps, pouvez-vous préparer les chevaux et la voiture ? Ainsi, nous gagnerons du temps. Je vous conduirai tous deux à la gare.

— Comptez sur moi, mon père.

McSweeney lui pressa amicalement le bras et partit décrocher sa pèlerine.

Lena avait repris connaissance, crucifiée par l'intensité de la souffrance — celle-ci n'avait plus ni commencement ni fin. Elle était certaine d'être à l'agonie ; sans doute le bébé refusait de naître : elle ne l'avait pas assez désiré...

Et puis, cette peur de mourir, elle l'accepta peu à peu... et l'appela même de tous ses vœux. Ce n'était plus la présence de Granny ou de Katie qu'elle souhaitait, mais celle du père McSweeney — qui lui donnerait l'extrême-onction.

Quand le besoin d'expulser l'enfant devint impérieux, elle en fut surprise. Elle s'apprêtait à mourir avec son bébé, aussi unis qu'ils l'avaient été au cours des derniers mois. Pourtant, la nécessité de se séparer de lui se fit pressante. Et ses efforts, qui jusque-là avaient paru inutiles, étaient maintenant instinctifs. Son corps prenait le relais.

Elle poussa de toutes ses forces et manqua s'évanouir. Puis un léger répit lui permit de reprendre sa respiration avant qu'une nouvelle série de contractions ne la clouât sur sa couche, haletante, fébrile et ruisselante de sueur.

Chaque fois qu'elle pensait avoir atteint le summum du supplice, et qu'à bout d'énergie, elle sentait sa volonté faiblir, ses muscles reprenaient le travail d'expulsion. On aurait dit que le bébé était vraiment décidé à trouver son chemin vers la lumière.

La douleur explosa. Elle jeta un cri. Sa dernière heure était arrivée... A cet instant, quelque chose de chaud glissa le long de ses cuisses... la pression se fit moins violente dans son bassin...

Trop faible pour oser bouger, elle demeura un instant dans un état d'hébétude, vaguement étonnée par l'absence de contractions. Puis elle se hissa sur ses coudes. La tête du bébé était sortie. Dans un dernier effort, elle acheva la délivrance.

Elle avait déjà vu des nouveau-nés, par le passé. Mais le sien... Elle tremblait si fort qu'elle n'osa le prendre. Elle tourna le petit corps sur le côté, le hissa sur ses cuisses, lui tapota le dos. Le bébé ne respirait pas. La terreur la saisissait quand un faible vagissement emplit la chambre.

Vivant ! Il était vivant.

Quand elle fut assurée que le bébé respirait normalement, elle se redressa légèrement et le mit sur le dos.

C'était un garçon.

— Bénie êtes-vous, Marie mère de Dieu, murmura-t-elle avec gratitude, dans un souffle.

Elle avait beau se sentir à bout de forces, trembler incessamment de tous ses muscles endoloris, la survie de son fils passait avant tout. Il fallait couper le cordon ombilical, se débarrasser du placenta et des membranes, protéger le nouveau-né du froid mordant, le nourrir.

Elle réussit à accomplir ces différentes tâches, très lentement, l'une après l'autre, utilisant d'abord une paire de lacets et le rasoir-sabre de Terence dont elle n'avait pu se séparer, puis un édredon très doux, mais si vaste que son fils y disparut pratiquement. Elle enveloppa la délivrance dans des chiffons qu'elle jetterait plus tard et procéda à quelques ablutions. Enfin, drapée dans une couverture, elle s'assit avec difficulté, le dos contre le mur, et prit l'enfant dans ses bras.

Alors seulement, elle osa l'examiner de près.

Il était minuscule — puisque né avant terme — mais parfait. La patience ne semblait pas être son fort à voir la manière dont il se tortillait et protestait avec vigueur.

Il n'avait hérité ni de la blondeur de Terence ni des cheveux noirs de Simeon : le petit crâne où battait la fontanelle était couvert d'un fin duvet tout ce qu'il y avait de plus roux.

Elle scruta avidement son visage...

Le bébé ne ressemblait qu'à lui-même et à personne d'autre.

Même s'il était le fils de cet être dénaturé et pervers qu'était Simeon — et elle n'en aurait jamais la certitude —, elle l'élèverait dans la foi chrétienne et l'amour de son prochain, elle s'en faisait le serment. Comment croire en effet que l'âme d'un nouveau-né puisse être habitée par le Malin ?

— Tu t'appelleras Terence Rowan, dit-elle — puis, ayant une pensée pour le père McSweeney, elle reprit : Terence Patrick Rowan. Ces trois hommes seront tes modèles. C'est à eux que tu ressembleras, petit Terry.

Le visage menu se plissa comme s'il allait pleurer. Des coups alors ébranlèrent la porte. Enfin, Seamus était arrivé.

Elle essayait de se sortir du lit pour aller ouvrir lorsqu'elle entendit la porte voler en éclats, son vieux verrou n'ayant pas résisté.

Des pas précipités.

James Simeon apparut sur le seuil de la chambre.

— Décidément, Lena, on dirait que tous les hommes se donnent le mot pour te défendre !

C'était un cauchemar. Elle allait se réveiller.

— Un de supprimé, lança-t-il avec un petit sourire satisfait.

— Qu'avez-vous fait ? Où est Seamus ?

— Je crains que le malheureux n'ait un sérieux mal de crâne. Eût-il vu mon visage, il serait un homme mort, à l'heure qu'il est. Oh, il s'est défendu vaillamment. Le bougre était lourd : j'ai eu toutes les peines du monde à le tirer dans une venelle écartée sans être remarqué. Il gît maintenant dans le caniveau de l'un de vos nombreux saloons.

— Vous irez griller en enfer.

— Alors, ce nourrisson ? C'est un mâle, j'espère.

Elle serra son fils contre elle.

— Ça ne vous regarde pas. Cet enfant ne vous appartiendra jamais. Il est à moi.

— Tu as le choix, Lena : ou tu me suis et tu t'occupes du bébé jusqu'au jour de mon embarquement. Libre à toi ensuite de disparaître avec l'argent que je compte te donner pour recommencer ta vie ailleurs. Ou bien tu m'obliges à prendre l'enfant de force. Ce choix te condamnera. Tu ne pourrais pas garder notre petit secret, n'est-ce pas ?

Quelle que fût la solution choisie, Simeon ne laisserait pas de témoin derrière lui. Comment pouvait-il la croire naïve à ce point ?

Elle essaya de discuter avec lui.

— Il y a des gens qui connaissent la vérité. Si je disparais brusquement, ils sauront ce que vous avez fait.

— Et quelles preuves posséderont-ils ?

— Ils n'auront pas besoin de preuve, ils parleront. Et votre réputation sera salie.

— Que veux-tu que ça me fasse ? Tout le monde sait déjà que je suis sans pitié.

— J'ai des amis qui ne prendront aucun repos qu'ils ne vous aient traîné en justice.

— Leur repos est bien le dernier de mes soucis, dit-il en faisant un pas vers elle. Alors, fille ou garçon ?

Sa seule chance, songea-t-elle, était de continuer à le faire parler. Il fallait l'occuper jusqu'au retour de Rowan. Elle ne doutait pas qu'il aurait le dessus dans un combat singulier avec Simeon.

A moins que celui-ci ne fût armé.

— Si je vous suis... où irons-nous ?

— Dans ma villa d'été de Bratenahl. Quelle déveine qu'il n'y ait pas assez de neige pour sortir le traîneau ! Je sais combien tu apprécies une bonne course.

— Vous vouliez que j'accouche là-bas ?

— J'avais déjà prévu la sage-femme. J'avais oublié que les Irlandaises pondent des bébés aussi facilement que des portées de chatons.

Il la dominait de toute sa hauteur, au-dessus du lit, terrible et menaçant.

— Vas-tu me dire enfin le sexe de cet enfant ?

— C'est un garçon. Terence Patrick Rowan.

Il eut un mince sourire.

— Un fils. James Worthington Simeon. Worthington... Le nom de famille de Julia, bien qu'elle ait peu contribué à notre affaire. Bravo, Lena. Justement, je souhaitais un garçon.

Il tendit les bras ; elle secoua la tête.

— Je ne vous le donnerai pas. Si vous tentez de me l'arracher, vous risquez de lui faire du mal. Est-ce ce que vous souhaitez ?

Il réfléchit suffisamment longtemps pour donner la chair de poule à Lena.

— Montre-moi sa figure, dit-il enfin.

— Et s'il ne vous ressemble pas, que ferez-vous ?

— Tu crois t'en tirer aussi facilement ? Tous les enfants se ressemblent. Montre-le-moi, te dis-je !

Elle souleva la couette d'une main tremblante. Terry s'était déjà assoupi.

— Il est aussi roux que je le suis. Les cheveux de votre femme sont loin d'être de la même couleur.

Il regarda le bébé, puis fixa de nouveau ses yeux sur elle.

— C'est vrai, mais tu n'as jamais vu la mère de Julia.

Son cœur s'arrêta de battre un court instant.

— Vous avez tout planifié depuis le premier jour.

— Effectivement, dit-il en se rengorgeant.

— Vous êtes persuadé que Terry est votre fils. Mais vous êtes-vous jamais demandé si vous étiez capable d'engendrer un enfant ? Au lieu d'accuser votre femme de stérilité...

Elle avait lancé sa flèche à tout hasard. En voyant son visage se convulser de rage, elle comprit qu'elle avait fait mouche : il avait des doutes sur lui-même.

— Celui-ci n'est qu'un petit bâtard de plus que j'ai semé ! vociféra-t-il. Il tombe juste au bon moment, c'est tout !

Elle recula le plus loin possible de lui, à l'autre extrémité du lit, et continua à le provoquer.

— J'ai pourtant entendu dire le contraire. Votre épouse se plaint. Si elle pleure chaque fois que vous approchez du lit conjugal, c'est que vous êtes un piètre mari. Ayant moi-même constaté quelques... défaillances, je ne peux pas lui donner tort.

Avec un hurlement de fureur, il se jeta sur elle. C'était ce que Lena attendait. Elle sauta du lit et courut vers la porte, serrant l'enfant contre elle. Le temps qu'il se relève et se lance à sa poursuite, elle pensait gagner le porche. Elle se mettrait à crier. Les maisons étaient si proches les unes des autres. Quelqu'un l'entendrait. On viendrait à son secours.

Il la rejoignit comme elle atteignait la porte à moitié enfoncée. De ses longs bras, il la plaqua, elle et le bébé, contre lui.

Le nouveau-né se mit à vagir.

— Après tout le mal que vous vous êtes donné, allez-vous estropier cet innocent ?

Il desserra un peu son étreinte, lui donnant juste assez d'espace pour respirer. Il avait beau être hors de lui, il ne la tuerait pas. Il était beaucoup trop risqué pour Simeon d'enlever le bébé en laissant derrière lui le cadavre de sa mère.

— Je vois que tu as déjà préparé tes bagages, dit-il d'un ton glacial. Allons-y maintenant. C'est dans ton propre intérêt de quitter la maison avant que ton copain policier ne rentre ou que ton garde du corps ne reprenne ses esprits. Je ferai feu sur le premier qui passera la porte.

— Je ne suis pas habillée, protesta-t-elle.

— Tu as une minute pour passer tes vêtements. Donne-moi ce bébé.

Il la saisit par les épaules et la fit pivoter.

— Donne-moi mon fils !

Etouffant un sanglot, elle lui tendit son précieux fardeau.

— Habille-toi !

Elle n'avait que les vêtements mouillés dont elle s'était dépouillée plus tôt, les autres étant pliés dans son sac. Elle les enfila tandis qu'il la surveillait du coin de l'œil. Il tenait le bébé au travers de son épaule comme un vulgaire paquet, ignorant ses pleurs.

— Il a les poumons solides, ce marmot, lâcha-t-il. Et du caractère.

Elle mit ses souliers, s'y reprit à deux fois pour en nouer les lacets, et se redressa.

— Rendez-le-moi, à présent, lui ordonna-t-elle en tendant les bras.

Simeon haussa les épaules et lui remit Terry. Elle le berça tendrement ; les vagissements diminuèrent d'intensité.

— Il a faim, dit-elle. Il faut qu'il tète.

— Tu feras ça en route.

— Il fait trop froid dehors.

— Ça suffit !

— Laissez-moi au moins prendre ma cape la plus chaude. Je l'envelopperai dedans, contre moi.

— Eh bien, va. Nous aurons à marcher jusqu'à la voiture.

— N'avez-vous pas peur que les gens reconnaissent votre blason sur la portière ? Quand on constatera ma disparition, ce sera facile de faire le lien avec vous.

— Petite écervelée, crois-tu que j'aurais pris mon attelage pour venir dans ce coin maudit ?

Elle remarqua seulement alors qu'il n'était pas vêtu de ses atours habituels. Il s'était déguisé en ouvrier et, lorsqu'il enfoncerait sa casquette et remonterait le col élimé de son modeste pardessus, il ressemblerait à n'importe quel habitant de ces pauvres ruelles.

Son dernier espoir s'évanouit.

— Ma cape est près de la cheminée, dit-elle d'une voix découragée.

— Qu'attends-tu pour aller la chercher ?

Elle gagna le salon, le petit Terry serré contre son sein. Simeon la suivit jusqu'au portemanteau où pendait le vêtement. D'un bras, Lena décrocha la cape et la jeta sur ses épaules.

Comme les plis lourds du tissu se déployaient en corolle autour de son corps, une chance de salut s'offrit brusquement à elle.

Un geste furtif. Puis, sans se retourner, elle s'adressa à Simeon.

— Je n'arrive pas à l'agrafer d'une seule main. Voudriez-vous... ?

Il s'approcha, posa une main brutale sur son épaule.

Elle fit volte-face, brandissant le tisonnier qu'elle avait pu saisir à son insu, et l'abattit d'un coup formidable sur le bras de Simeon.

Hurlant de douleur, il se jeta sur elle. Lena s'écarta d'un bond et réussit à lui porter un autre coup au bras avant qu'il ne lui arrache le tisonnier. Il hésitait à s'en servir — par peur, comprit-elle, de blesser l'enfant.

Ramassant les plis de sa cape, elle courut vers la cuisine. Il la poursuivit en égrenant un chapelet de jurons.

La porte arrière... vite !

Hélas, il la cueillit au coin du fourneau. Il la retenait par le pan de son vêtement ; elle se débattit ; et sa main se referma sur la poignée de l'une de ces lourdes marmites de fonte qu'elle avait si souvent utilisées pour transporter la nourriture des « ratiers ».

D'un moulinet du bras, elle la projeta à la tête du fourbe.
Atteint en pleine tempe, il s'effondra.
C'en était fini.
Elle avait tué James Simeon.

19 janvier 1884

Le diable se cache sous de nombreux déguisements. Mais les âmes damnées qui ont choisi de le servir savent le reconnaître. Ni les sermons, ni les bénédictions, ni même les occasions de se racheter ne les dissuadent d'exécuter leurs noirs desseins. Tous les matins que Dieu fait, ces sectateurs de Satan renouvellent leurs vœux d'accomplir le mal et le soir, bien souvent, ils se couchent, satisfaits et de leurs mauvaises pensées et de leurs vraies scélératesses.

Un homme entraîné à faire le mal trouvera toujours le moyen de nuire. Dans les lieux et les situations les plus improbables.

La même règle s'applique au bien.

Le meilleur des hommes est confronté, un jour ou l'autre, à ces deux forces contradictoires et, parfois, il lui est bien difficile de faire la part des choses.

Hier soir, je suis allé chez les Tierney, dans l'intention d'aider Lena à fuir son tortionnaire. Rowan et moi, à notre arrivée, l'avons appelée : les pleurs d'un petit enfant nous ont répondu.

Nous avons trouvé Lena dans la cuisine, son nouveau-né serré contre elle. A ses pieds gisait le corps sans vie de James Simeon.

Il avait voulu lui arracher l'enfant.

Elle s'était défendue, et l'avait frappé avec ce qui lui était tombé sous la main : un pot de fonte posé sur le fourneau.

Est-ce un crime ?

Et quel maître servirais-je en le dénonçant ?

Journal du père Patrick McSweeney — Paroisse Sainte-Brigid, Cleveland, Ohio.

40.

Mars 2000

Les recherches de Niccolo s'étaient montrées vaines.

— C'est le genre de secret qu'un prêtre emmène avec lui dans la tombe, avait décrété Iggy, comme ils terminaient l'inventaire de la dernière caisse d'archives. Surtout si la vérité lui a été dévoilée au cours d'une confession. En tout cas, s'il a écrit à propos de la mort de Simeon et de son meurtrier, il n'aura pas laissé ces pages traîner derrière lui. Cela se comprend.

Niccolo dut se faire une raison. Il ne trouverait probablement jamais l'explication du lien ténu qui semblait unir les Donaghue à James Simeon. Etait-elle enfouie quelque part dans le cerveau dérangé de Rooney ? Si oui, bien malin qui pourrait la décrypter dans ces méandres. Pour sa part, sans autres faits tangibles, il ne lui restait qu'à jeter l'éponge.

Il était presque 4 heures du matin. Il s'attendait à trouver la cuisine de sa maison déserte. Il tomba sur Megan, endormie à table, la tête sur ses bras croisés.

— Megan ?

Elle se redressa, les boucles en bataille, tirebouchonnées sur son front et ses joues où s'était imprimée la trace de ses doigts. Ses yeux étaient rouges et gonflés.

— Nick ? Enfin... Avez-vous eu mon message ?

— Non. Vous l'avez laissé sur le répondeur d'Iggy, sans doute ? Nous étions dans la bibliothèque de la salle paroissiale — et dans les cartons jusqu'au cou.

— C'est bien ce que je me suis dit. Et vous n'avez rien trouvé, n'est-ce pas ?

Il secoua la tête.

Elle prit quelque chose sur ses genoux et le lui montra. Un instant, il crut qu'il s'agissait du journal qu'il copiait depuis des semaines. Le carnet était toutefois d'un format inférieur, et le cuir de la reliure beaucoup plus abîmé. Il tendit la main, elle y déposa le livret.

— Où l'avez-vous déniché ?

— Rooney me l'a donné.

Il s'accroupit près d'elle sans ouvrir le manuscrit.

— Il est revenu ?

— Deux fois en une journée. C'est bon signe, Nick, non ? A ce train-là, il finira peut-être par s'installer de façon permanente. Alors, nous pourrons lui fournir l'aide dont il a besoin. Il est tellement triste, et tellement... malade.

Sa voix s'était brisée sur un sanglot. Niccolo l'attira dans ses bras, et la serra, gauchement.

— Je sais, Megan.

Elle pleurait désormais.

— Il n'avait pas l'intention de nous abandonner. Je le sais à présent. Mais il n'avait pas le choix. Il est incapable d'agir de façon sensée.

— Oui, il entend des voix que nous n'entendons pas. Elles sont aussi vraies pour lui que la mienne à vos oreilles en ce moment.

— Croyez-vous que nous pourrons faire quelque chose pour lui, quand il se sera laissé apprivoiser, qu'il cessera de se méfier de nous ?

— C'est très possible. Le traitement des maladies mentales a fait de tels progrès ces dernières années.

— Il m'a laissé le journal. Il a voulu que je comprenne.

— Comment l'histoire finit-elle ?

— Rosaleen a tué James Simeon. Le père McSweeney l'a trouvée près du corps.

— Pour quelle raison ? Le savez-vous ?

— Parce que Simeon était l'incarnation du mal. Il avait abusé d'elle, alors qu'elle était à son service, puis, quand elle est tombée enceinte, il a voulu lui prendre le bébé. Elle s'est défendue comme elle a pu. Elle l'a frappé d'un coup de marmite sur la tête, dans son humble petite maison.

Megan tenta sans succès de sourire à travers ses larmes.

— Vous avez intérêt à filer hors de ma cuisine quand je suis en colère !

— Et son mari ?

— Rosaleen s'est mariée deux fois. La première, avec un dénommé Terence Tierney. Le père McSweeney était persuadé que Simeon était responsable de sa mort.

— Le prêtre parle souvent de Terence et de Lena. Il les tenait en grande estime.

— Rowan Donaghue, mon arrière-arrière-grand-père, était le meilleur ami de Terence, et il avait pris pension chez les Tierney. Après le décès de Terence, il a découvert la forfaiture de Simeon, et a voulu sauver Rosaleen de ses griffes en l'emmenant à Chicago. Il n'en a pas eu le temps, Simeon est mort avant, le crâne fracassé. Rowan s'est probablement chargé de faire disparaître le corps, l'enterrant dans un coin reculé de Whiskey Island. Le père McSweeney lui a-t-il prêté main-forte ? Je l'ignore. J'en étais à la scène du meurtre quand... je me suis endormie. Il reste quelques pages que je n'ai pas encore lues. Les dernières pages du carnet sont vierges. McSweeney était un homme avisé et subtil. La plupart du temps, j'ai dû deviner la vérité entre les lignes. Mais pourquoi son journal a-t-il atterri entre les mains de Rooney, Nick ?

— Il était le dépositaire de ces secrets. Il vous en a parlé toute votre enfance, rappelez-vous.

— Et moi qui croyais qu'il s'agissait de recettes de famille !

— Oui, il a bien caché son jeu.

— Il m'a dit cette nuit que c'était à mon tour de prendre la relève, d'être la gardienne de cette mémoire. Il semblait ravagé à l'idée qu'il avait failli à sa mission. Il a pleuré... Il semble persuadé que les étoiles sont ses ancêtres, et qu'il les a profondément déçues parce qu'il n'a pu empêcher la découverte du corps. Il a l'impression d'avoir trahi.

— Trahi Rowan et Rosaleen... Le mystère de la disparition du magnat eût-il été élucidé, Rosaleen aurait été condamnée pour meurtre. Elle n'aurait pas pu avoir des enfants avec Rowan, ni ouvrir le saloon, créant ainsi un endroit important pour leur descendance et pour la communauté.

— Ont-ils alors dérobé le journal du père McSweeney, après sa mort ?

— Possible. Pourquoi ne l'ont-ils pas tout simplement détruit ? C'eût été plus sûr.

Megan se leva. Niccolo en fit autant et elle se jeta dans ses bras.

— Parce que, dit-elle, c'est l'histoire d'une femme exceptionnelle. Une femme qui a commis un acte désespéré pour sauver son enfant. Peut-être ont-ils souhaité que quelques-uns, au moins, parmi leurs descendants, sachent qui elle était vraiment.

— Et s'ils avaient voulu vous laisser une chance, Megan, d'apprendre qui était en réalité votre arrière-arrière-grand-père ?

Elle s'écarta légèrement pour le regarder en face.

— Vous croyez ?

— Rooney est issu du premier fils de Lena, n'est-ce pas ?

— C'est vrai. Son grand-père s'appelait... Terry. Un diminutif de Terence, j'imagine. Vous avez raison, il devait être ce bébé que Simeon a essayé d'enlever. Rowan l'a adopté quand il a épousé Rosaleen, puisque c'est un Donaghue

— Votre ancêtre était-il le fils de Terence Tierney... ?

Niccolo fit une pause.

— Ou de James Simeon ?

— Quelle terrible question !

— Une question que Rosaleen s'est sans doute posée toute sa vie.

— Nous n'en saurons jamais rien. Je ne peux que prier pour transmettre à mes futurs enfants les gènes d'un pauvre immigrant irlandais — et non ceux d'un millionnaire dépravé.

Niccolo caressa tendrement ses cheveux.

— Pauvre Rosaleen, reprit Megan en frissonnant. Vivre toute son existence dans la hantise d'être dénoncée, arrêtée par la police...

— Qui sait ce qui lui serait arrivé ? Simeon était méprisé...

— Les Irlandais aussi.

— Voulez-vous terminer la lecture du journal ?

— Il sera bien assez tôt pour cela, demain. Accepteriez-vous de le lire avec moi ?

— Avec joie, Megan.

Elle posa les mains sur ses épaules.

— Il y a tant de choses que j'aimerais comprendre, Nick.

— Il me semble que, ce soir, vous avez fait un bon bout de chemin... et dissipé nombre de malentendus.

— Je compte arrêter de porter tous les malheurs du monde sur mon dos. Arrêter de vouloir passer pour la personne que je ne suis pas. Je me suis tellement trompée sur mon propre compte. Voyez-vous, je commence tout juste à entrevoir quelques petites vérités. Quel cancre j'ai fait !

— Et qui est la véritable Megan ?

— Je suis forte, certes, mais pas assez pour me passer de ceux que j'aime. Mes sœurs, ma famille...

Sa voix s'étrangla :

— ... mon père, acheva-t-elle dans un murmure.

— Heureux sont-ils, Megan, de vous avoir.

— Et puis il y a cet étranger qui a croisé ma route. Qui a fait le siège de cette forteresse où je m'étais enfermée. Qui a attendu patiemment que je veuille bien ouvrir la porte, révéler mes émotions, mes sentiments... Un homme solide, lui aussi, et courageux. Un homme qui a néanmoins besoin d'une femme à ses côtés, pour partager ses doutes, ses espoirs et ses rêves.

— Qu'en est-il de cet étranger ?

— Je l'aime, lui aussi.

Son cœur s'enfla d'un tel amour que la parole manqua à Niccolo.

Elle prit son visage en coupe entre ses douces mains.

— Vous me demandez qui je suis. Eh bien, je répondrai que, d'abord et avant tout, je suis cette femme qui a besoin de nous. Si le cœur vous en dit...

Pour toute réponse, il l'embrassa longuement.

Emporté par une vague de désir qui lui fit tourner la tête, il souffla d'une voix rauque :

— La nuit a été longue... Veux-tu te reposer dans mes bras ?

Il la prit par la main pour l'entraîner. Elle résista.

— Attends, Nick, tu veux bien ? Il y a quelque chose que j'aimerais faire d'abord.

— Tout ce que tu veux, mon ange.

— Viens avec moi.

Il la suivit dans le salon qui donnait sur la façade. Au fil des mois, grâce au travail de l'équipe des jeunes, la pièce était devenue un lieu accueillant et chaleureux, avec ses murs blanc cassé, sa belle cheminée de briques anciennes, et ses banquettes près de l'âtre. On s'y sentait au cœur de la maison.

Megan prit la lampe de la table basse et alla la poser sur l'appui de la fenêtre.

— Il y a une prise à gauche, se contenta-t-il d'indiquer, devinant ce qu'elle voulait faire.

Il ne fallait pas l'aider. C'était un rituel sacré, que Megan devait accomplir seule.

Elle brancha la lampe et l'alluma. La lumière se mit à briller, dans la nuit, comme un fanal au carreau.

— C'est pour toi, Rooney, dit-elle doucement. Pour que tu retrouves sans peine ton chemin. Sache que nous sommes là, à t'attendre...

41.

19 janvier 1884

Je vais maintenant mettre un terme à ce récit, pour que, dans le futur, nul doute ne subsiste quant à son dénouement.

Rowan fit sortir Lena de la maison. Il dut la porter, avec le bébé, tout au long du chemin, jusque chez Katie Sullivan. Seamus finit par réapparaître, un peu plus tard, à moitié mort de froid, une énorme bosse sur la tête. Il guérira, mais, à mon avis, il ne sera plus jamais le même homme.

Je restai près du cadavre de Simeon, attendant le retour de Rowan. Sans en avoir parlé, nous étions, je crois, d'accord sur la suite à donner à ce geste fatal, bien que je fusse prêtre, et lui, un officier de la loi. La nuit était particulièrement obscure ; Simeon lui-même avait dû la choisir ainsi, pour exécuter ses plans machiavéliques.

Je réfléchis au meilleur moyen de nous débarrasser du corps sans éveiller la suspicion. L'idéal était de trouver un endroit où nul ne pourrait découvrir ses restes, en tout cas pour de nombreuses années.

Le lac était démonté cette nuit-là, roulant de hautes vagues crêtées d'écume sous un vent glacial et cinglant. Confier la dépouille de Simeon à ces rivages semblait un parti bien hasardeux. En revanche, l'hiver s'étant montré exceptionnellement doux, le terrain meuble n'opposerait pas trop de résistance à nos pelles. Encore que, pour accomplir notre terrible tâche, il nous faudrait attaquer la couche de sol gelé à coups de pic et de pioche. Nous y passerions sans doute le restant de la nuit.

Absorbé dans mes pensées, je faillis ne pas remarquer que l'homme, à mes pieds, avait légèrement bougé. En arrivant sur la scène du crime, j'avais immédiatement tâté son pouls. Sans le trouver. J'en avais déduit, bien abusivement, qu'il était mort.

Or voici que Simeon se mit à s'agiter avec une sorte de grognement bestial à vous glacer les sangs. Il ouvrit les yeux — des yeux maléfiques, ceux du diable lui-même — qui se posèrent sur moi comme ils s'étaient posés sur Lena dans ces terribles moments où il avait abusé d'elle.

Je ne connais rien à l'amour entre époux, en dehors de ce qu'un prêtre peut glaner dans son confessionnal. Je n'ai jamais aimé de femme, ou plutôt je pensais n'en avoir jamais aimé jusqu'à cet instant fatal où Simeon tenta maladroitement de se rasseoir. La rage me saisit alors. Je m'agenouillai près de lui, non pour prier pour son âme, mais pour le prendre à la gorge. Je serrai de plus en plus fort ; il lutta faiblement. Bientôt, il cessa de se défendre. Pour toujours.

Rowan me trouva ainsi, la haine au cœur, les mains autour du cou de Simeon, dont la face avait pris une teinte terreuse. Il m'aida à me relever et me regarda au fond des yeux. Il sut alors ce que j'avais fait et pourquoi.

Je consigne ces faits, ici, dans mon journal, pour que la vérité soit connue après ma mort.

Lena Tierney n'avait pas tué James Simeon. Rowan et moi ne pouvions pas la laisser croire cela. Cependant, comment lui dire que l'idée de ce qu'il lui avait fait subir, que les souffrances qu'il lui avait infligées m'avaient rendu enragé au point que j'avais étranglé cet homme pour la venger ? que je l'avais supprimé pour elle ?

N'en aurait-elle pas déduit que son directeur de conscience, son confesseur, éprouvait pour elle des sentiments bien peu en accord avec son sacerdoce ?

Finalement, Rowan prit sur lui la responsabilité de ce meurtre et en convainquit Lena. J'imagine que, jusqu'à son dernier souffle, elle le croira. Rowan se fût-il trouvé à ma place, il aurait agi comme je l'ai fait. Je crois pouvoir l'affirmer en mon âme et conscience.

Mais le véritable meurtrier de James Simeon, c'est moi.

Je l'ai tué... par amour. Et j'aurai beau prier chaque jour que Dieu fait, je ne recevrai jamais Son pardon. Parce que je n'éprouve aucun remords, et n'en éprouverai jamais.

Nous trouvâmes la charrette de fortune que Simeon avait prévue pour emmener Lena et nous payâmes un homme pour la ramener à l'écurie de louage. Puis Rowan et moi ensevelîmes Simeon aux confins de Whiskey Island dans une fosse, près d'un chantier de construction navale abandonné. On aurait dit que la tombe avait été creusée par d'invisibles mains et n'attendait que nous. Sur ses bords s'élevait un haut tas de terre, qui céda facilement sous nos pelles.

La neige se mit à tomber sur le lieu désert, effaçant jusques à nos traces.

Notre forfait accompli, nous retournâmes dans l'humble logis de Lena. Sur le sol de la cuisine, nous trouvâmes un bouton de manchette, frappé du sceau orgueilleux du tyran. Rowan le conserva, comme un témoignage de ce qui s'était passé. Je devine qu'il a voulu garder ce talisman pour se prouver, aux heures les plus ténébreuses de certaines nuits, que Simeon est réellement mort et que jamais il ne reviendra hanter Lena et son fils.

Je serai, moi, en revanche, hanté jusqu'à mon dernier souffle. Non par le meurtre que j'ai commis, mais par les sacrements que je serai appelé à donner.

Rowan et Lena se marieront, lorsque le chagrin de la perte de Terence se sera estompé. Je célébrerai leur mariage, et je baptiserai leurs enfants. Tout en sachant, au fond de mon cœur, qu'il est juste qu'il en soit ainsi, car ils méritent d'être heureux, ensemble.

Il n'empêche... Et ce hiatus est ma crucifixion.

Avant de mourir, je confierai ces notes à Rowan Donaghue pour qu'il les garde, ou en dispose, à sa convenance. C'est un homme bon et droit, et j'ai toute confiance en lui : il agira au mieux.

Voilà l'histoire, dans sa vérité.

Ne me jugez point trop durement, car je ne suis qu'un homme.

J'ai agi comme n'importe lequel d'entre vous l'aurait fait dans ma situation, pour peu qu'il aime une femme.

Journal du père Patrick McSweeney — Paroisse Sainte-Brigid, Cleveland, Ohio.

DANS LA MÊME COLLECTION

NORA ROBERTS	*Le cercle brisé*
ALEX KAVA	*Sang Froid*
ERICA SPINDLER	*Rapt*
EMILIE RICHARDS	*Le refuge irlandais*
CHARLOTTE VALE ALLEN	*L'enfance volée*
MEG O'BRIEN	*Le piège*

3 NOUVEAUTÉS À PARAÎTRE EN MAI 2004

MIRA

Cet ouvrage a été composé et mis en pages
par les ÉDITIONS HARLEQUIN

Impression réalisée sur CAMERON par

BUSSIÈRE CAMEDAN IMPRIMERIES

GROUPE CPI

à Saint-Amand-Montrond (Cher)
en février 2004

Imprimé en France
Dépôt légal : mars 2004
N° d'édition : 10406. — N° d'impression : 035962/1